La última condesa nazi

VIRUCA YEBRA

LA ÚLTIMA CONDESA NAZI

ESPASA

Obra editada en colaboración con Editorial Planeta – España

Bajo el sello editorial ESPASA M.R.
Avenida Presidente Masarik núm. 111,
Piso 2, Polanco V Sección, Miguel Hidalgo
C.P. 11560, Ciudad de México
www.planetadelibros.com.mx

Primera edición impresa en España: octubre de 2021
ISBN: 978-84-670-6283-0

Primera edición impresa en México: enero de 2022
ISBN: 978-607-07-8238-1

Impreso en los talleres de Litográfica Ingramex, S.A. de C.V.
Centeno núm. 162-1, colonia Granjas Esmeralda, Ciudad de México
Impreso en México –*Printed in Mexico*

A mis hijos Ricardo y Cristina,
inspiradores de muchos momentos.

Primera parte

Capítulo 1

La soledad del invierno

Alemania, 1945

Durante la noche el resplandor de los bombardeos había iluminado el cielo, haciendo que las nubes brillantes y pálidas lo recortaran como si fueran figuras fantasmales. El atronador estruendo convivía en la oscuridad con el pánico y la incertidumbre. Clotilde hacía tiempo que solo era capaz de dormir por agotamiento.

Esa noche, sin embargo, el duermevela habitual de la condesa de Orange se tornó en un sueño profundo... Los resplandores tomaron tregua y los ruidos de la batalla se espaciaron. Sin previo aviso, el silencio lo cubrió todo. Una sobrecogedora calma invadió el castillo. La súbita paz hacía presagiar que la última contienda al oeste del Estado Libre de Sajonia había llegado a su fin.

Se estremeció bajo el cobertor de plumas de eider que la aislaba del ambiente helador del cuarto. Tomó conciencia de su despertar cuando el silencio se transformó en miedo, y la soledad, que le acompañaba en los últimos meses, se convirtió en desamparo y tuvo la percepción de un peligro inminente.

Saltó de la cama sin calcular la pérdida de cobijo que le proporcionaba el lecho acogedor del grueso y cardado colchón de lana. Se vistió deprisa. Destemplada y tiritando de frío, se aproximó a la ventana escarchada y opaca. Expulsó con fuerza el aliento, consiguiendo que el vaho aclarara un poco el cristal. Miró hacia afuera.

El día había amanecido con una intensa bruma que impedía ver la explanada sur del castillo. La oscuridad azulada del amanecer buscaba la claridad de la nieve que, esponjosa y fresca, se mimetizaba con la niebla, y ambas conformaban un conjunto espectral. Apenas se percibía el despertar del nuevo día.

La condesa Clotilde sintió miedo. Su mundo se desmoronaba; sabía que era el fin. Pero estaba sujeta a sus raíces y se resistía a huir. Volvió a percibir en sus entrañas la inseguridad al tener lejos al hombre de su vida. De nuevo, un acceso de tristeza recorrió su cuerpo, obligándola a secarse las lágrimas. Cada día amanecía con la sensación de no creerse su realidad: estaba sola y debía enfrentarse a los hechos, sacando fuerzas de su interior.

Un destacamento de soldados franceses ocupaba desde hacía semanas las dependencias nobles del hogar creado por Clotilde de Orange y su marido, el príncipe Maximiliano von Havel.

El castillo era una edificación de piedra arenisca de Sajonia y grandes ventanales que permitían pasar la luz. De arquitectura poco agraciada, demasiado grande para ser una construcción rural y con pretensiones principescas al haber pertenecido en otro tiempo a la duquesa de Wittenberg. Su estructura podría recordar los castillos de agua. Pero su enclave lo obligaba a estar rodeado de un jardín delimitado por estilizados tilos, que protegían los campos de labor perfectamente ordenados. Todo ello enmarcado en la lontananza por la gran masa verde de Bosque Teutónico que se extendía hasta el infinito.

Clotilde von Havel, de soltera Clotilde de Orange, lo había heredado de sus padres al casarse —con apenas dieciocho años— con el que en ese momento era comandante de la Wehrmacht, las Fuerzas Armadas Unificadas de la Alemania nazi.

Entre esos enormes muros había construido su hogar a lo largo de los últimos quince años con sus tres hijos: Amalia, la mayor, que vivía con sus abuelos en Berlín; Frank y Victoria, que permanecían a su lado, y algunas temporadas con su marido cuando este aún pertenecía a la Reichswehr, las Fuerzas Armadas de la República de Weimar, antes de que Hitler las disolviera.

Un escalofrío le recorrió las entrañas. Llevaba meses posponiendo la huida, esperando tener algún futuro. Pero aquella madrugada de principios de 1945, la melancolía hizo mella en Clotilde. Allí, apoyada en la ventana, mirando el amanecer fantasmal, recordó la última vez que su marido Max disfrutó de su hogar.

* * *

El comandante Von Havel tuvo conocimiento a principios del año cuarenta y dos de que su casa familiar de Sajonia iba a ser ocupada por el ejército nazi, razón por la cual solicitó a sus superiores un permiso especial para ser él mismo quien organizase la intendencia.

Maximiliano era un militar comprometido con el cumplimiento del deber, y tenía la rectitud de acción y la integridad como valores esenciales. De ahí que desconfiara de que soldados no profesionales cumplieran con las reglas establecidas.

Las tierras de labor pertenecientes al castillo de Orange se convertirían en un campo de trabajo. Los hombres eran reclutados para combatir en el frente, por lo que las producciones agrícolas se ralentizaban; por eso, con frecuencia, el ejército tomaba las granjas y los castillos rurales y los convertía en campos de trabajo en los que los prisioneros de guerra aseguraban la producción.

El comandante Von Havel procuró que los prisioneros estuvieran dignamente instalados, aunque carecieran de comodidades. Para ello, se improvisaron jergones y camastros. La única ropa de abrigo de la que pudieron disponer fueron las mantas que se usaban para los caballos. Clotilde en todo momento trabajó a su lado.

Antes de partir al frente, Maximiliano instruyó a su mujer acerca de las medidas impuestas por la Convención de Ginebra con respecto a los prisioneros de guerra.

—Será difícil que podáis mejorar las condiciones de los prisioneros, pero cualquier actuación es importante. Sea como fuere, nunca te enfrentes a los mandos y evita confraternizar con ellos. No cabe duda de que una ocupación llevada a cabo por «los nuestros» será más amable para la familia; pero no olvides que la guerra transforma a las personas. Tu principal misión es proteger la vida doméstica. Dentro de unos meses nos veremos en Berlín en casa de tus padres. —Max sabía de la amabilidad de Clotilde debido a su educación católica: hay que tratar al prójimo como a uno mismo.

—Vete tranquilo. Haré todo lo que esté en mi mano para que los prisioneros sean tratados con dignidad. Procuraré adaptarme al hecho de tener nuestra casa en manos de la milicia. —Clotilde pensaba que Maximiliano podría encontrarse como aquellos hombres, lo que le llevaba a cumplir con el deseo de su marido.

La condesa Clotilde —le gustara o no— asumió la ocupación de su hogar no tanto como un deber patriótico sino como una imposición. Clotilde se instaló en el segundo piso del castillo, limitando el trato con los mandos, y más aún con los soldados, con los que procuraba no coincidir. Ella se ocupaba de la buena marcha de la vida doméstica del castillo, y la milicia tenía tomada la granja y la zona noble.

Coincidiendo con la llegada de la primavera de aquel año, la condesa Clotilde viajó a Berlín. Deseaba ver a su marido, ya que cada día se reducía más el tiempo de estar juntos.

Un nuevo embarazo y el repentino cambio de destino de Maximiliano hicieron que regresara a Sajonia antes de lo previsto; esta vez acompañada de sus padres, que deseaban pasar el verano en el campo junto a su hija.

El mal embarazo de Clotilde, que la llevó a guardar reposo, hizo que sus padres retrasaran el regreso a Berlín.

Los prisioneros de guerra eran vigilados por la noche y se les hacía trabajar por el día.

A medida que se adentraba el otoño, las condiciones de los que habitaban el castillo fueron haciéndose más extremas: mientras los soldados disponían de estufas y comida caliente, los prisioneros de guerra se helaban de frío y tomaban un rancho a base de sobras.

Recordando los consejos de su marido, deseaba hacer algo, pero tenía que ser muy cautelosa para no levantar la desconfianza de los nazis. El hecho lamentable de la muerte de dos prisioneros dio pie a Clotilde para intervenir.

Acudió a las cocinas para hablar con Frau Jutta, cocinera del castillo desde que se había convertido en el hogar de Clotilde y Max von Havel. Jutta tenía un aspecto rudo pero agradable, era lista y resolutiva, y desde el primer momento se convirtió en la mano derecha de su señora, la condesa de Orange.

—Si esto continúa así, no habrá gente que atienda la finca —oyó que comentaba Frau Jutta a sus subordinadas.

—Y si esto ocurre, ya pueden olvidarse los militares de los suministros de víveres que cada día salen de aquí —apuntó una de las criadas.

Los sirvientes, al ver llegar a la condesa, se dirigieron a sus respectivos quehaceres.

Clotilde se aproximó a la cocinera.

—Frau Jutta, tenemos que poner en marcha nuestro plan. Hablaré con mi padre para ver qué opina.

—Sí, señora condesa; creo que el señor embajador sabrá mejor que nadie cómo gestionar este problema.

—Gracias, Frau Jutta, la tendré informada; cuento con usted para lo que se decida.

Clotilde fue al encuentro de su padre, que, a pesar del mal tiempo, acababa de llegar de darse un paseo por el campo con dos de los perros pastores, de los muchos que salvaguardaban los rebaños de ovejas de los lobos.

Clotilde no se demoró en exponerle el problema.

—Es fundamental hablar con el superior al mando —apremió Clotilde.

—En estas circunstancias, si a un militar le exponemos un problema, nos dirá a todo que no. Debemos acudir a él con una solución que no le perjudique en nada o con la que incluso pueda apuntarse un tanto. —El embajador Theo de Orange era un hombre pragmático y conocía bien la mentalidad de los militares.

—Podemos decirle que disponemos de alguna ropa de abrigo de los trabajadores que se han alistado, y que podrían usarla los prisioneros para no enfermar. Igualmente, debemos pedir permiso para proporcionarles por la noche alguna bebida caliente, así como instalar una estufa en medio del barracón que caldee el ambiente —sugirió Clotilde, que ya venía pensando en ello desde hacía días.

—Son buenas ideas, y creo que fáciles de poner en marcha. Iré a hablar con el superior al mando. Le dejaré claro que estas medidas tienen como fin el preservar la producción de la finca —concluyó el padre de Clotilde.

El mando vio en la propuesta una solución efectiva al problema, pero dejó muy claro que la tropa no se ocuparía de ello.

A partir de aquel momento, los señores de la casa se encargaron de mejorar la vida de los prisioneros.

Los rumores de que la guerra se perdía llevaron a los padres de Clotilde a plantearse regresar a Berlín, ahora que todavía los caminos estaban en manos de los alemanes.

En una de las habitaciones del segundo piso, que disponía de una chimenea rústica de buen tiro, se habilitó un salón familiar.

Al anochecer solían escuchar la BBC, algo que, por supuesto, ocultaban a los militares. La madre de Clotilde pertenecía a la aristocracia inglesa y su flema británica no dejaba lugar a dudas.

—Debemos irnos a Berlín y desde allí llegar a Inglaterra. Tu hermana Erna, aunque se pasa el día en el hospital, nos ha dicho que no soporta llegar a casa y encontrarla vacía —argumentó la madre de Clotilde, que temía por su hija mayor, soltera, enfermera en un hospital de Berlín y poco dada a la vida social.

—Estoy de acuerdo contigo, querida; las cosas van a empeorar para Alemania. Los aliados van a desplegar una gran ofensiva sin precedentes en cualquier momento. No me extrañaría que los rusos entraran en Alemania. —En su juventud, Theo de Orange había estado destinado como secretario de embajada en Londres, donde conoció a su mujer. Al finalizar la Primera Guerra Mundial, volvió a la ciudad del Támesis, esta vez como embajador.

—No comparto tu idea, papá. Los rusos jamás entrarán en Alemania. Además, yo no puedo irme; mi embarazo está en la recta final. —Clotilde quería aferrarse a su vida de siempre y se negaba a ver la evidencia.

—Podemos irnos tu padre y yo con tu hija Amalia en nuestro coche, y cuando des a luz te vienes a Berlín con los niños. —La madre de Clotilde estaba dispuesta a ejecutar su plan; hacía meses que quería irse, ya que echaba de menos su casa de Berlín.

—Veo bien que os llevéis a Amalia; solo tiene trece años, pero me he dado cuenta de cómo la miran los soldados y no me agrada nada.

Los principios liberales y profundamente católicos del anglófilo diplomático Theo de Orange chocaban con la corriente enajenada en la que estaba inmersa Alemania, donde el pensamiento vesánico de las masas era lo único admisible. Sin lugar a dudas, Clotilde amaba a su país, pero dudaba de aquellas ideas.

La condesa sentía miedo de lo que le rodeaba y deseaba aferrarse a lo único real de su existencia: su casa de Sajonia. Aquellas paredes eran su refugio; no concebía irse a otro lugar. En el fondo, pensaba que, cuando llegara la paz, las cosas volverían a estar en su sitio y ella podría seguir con su vida de antes.

El día que sus padres y su hija mayor abandonaron el castillo, Clotilde se quedó sumida en una tristeza profunda y un incontrolable miedo a la soledad, marcados por la incertidumbre de los peligros que podían acecharles, tanto a ella como a sus hijos. En plena guerra, la supervivencia del día a día marcaba lo cotidiano.

Durante sus quince años de matrimonio, había pasado por momentos de desánimo y hartazgo al sentir que su marido la dejaba sola por tener que acudir a misiones lejos de casa. Lo superó gracias al amor incondicional que sentía por él, aunque en los últimos tiempos, con frecuencia, sentía una rabia incontrolada contra Max, pues, a pesar de que ella le insistía en que dejara la carrera militar, este nunca albergó el más mínimo deseo de hacerle caso. Como consecuencia de ello, a Clotilde la invadían unos deseos irrefrenables de rebelarse contra su situación de abnegada mujer de un militar que jamás dejaría de serlo.

La soledad del día a día se había instalado en su vida: soledad en su cuarto, sus decisiones, la educación de sus hijos, en el trabajo de la granja... A Clotilde esa soledad la iba minando por dentro.

Los días transcurrían velozmente, y a la par cambiaban las condiciones de vida del castillo, donde cada vez escaseaban más los alimentos. Además, un crudo invierno se precipitaba sin remedio.

Al igual que en ocasiones anteriores, Clotilde estaba sola cuando dio a luz. Su hija Victoria nació en la primavera del año cuarenta y tres. El bebé presentaba problemas de desnutrición, por lo que necesitó cuidados extremos; debido a ello, la condesa de Orange no pudo viajar a Berlín al encuentro de sus padres y de su hija Amalia, quienes continuaban en la capital del III Reich.

El diplomático De Orange se encontró en una encrucijada: huir a Londres o quedarse en Berlín esperando el fin de la guerra.

—No iremos a Londres. Los bombardeos allí son continuos. Por ahora permaneceremos en nuestra casa de Berlín. No te preocupes por Amalia; aquí no le falta de nada. Ya viajaréis cuando la niña y tú estéis completamente restablecidas. —Theo de Orange hablaba por teléfono con su hija Clotilde menos de lo que deseaba, ya que, a medida que avanzaba la guerra, las comunicaciones cada vez se hacían más complicadas.

—En estos momentos es difícil saber en dónde estará uno más seguro. Al menos, en Berlín estáis en vuestra casa; se trata de resistir y tener suerte. —Clotilde ya no sabía qué decirle a su padre. Su propio ánimo estaba por los suelos.

* * *

El miedo a un ataque masivo del bloque aliado corrió como la pólvora por toda Alemania, pero Sajonia quedaba lejos del Atlántico. Así que Clotilde decidió que el campo era el lugar menos malo para esperar el fin de la guerra.

En junio de 1944 se perpetró la invasión, que no pudo ser rechazada por el ejército nazi. Los aliados se extendieron por Alemania como una mancha de aceite sobre el suelo. Poco a poco, fueron engullendo la Alemania nazi, arrasando a todo un país que había mirado con desprecio a naciones, pueblos y religiones.

El destacamento alemán del ejército de tierra que ocupaba el castillo recibió órdenes de replegarse. El día anterior, el joven capitán nazi que dirigía la pequeña compañía que quedaba por retirarse mandó llamar a la condesa.

—Le he hecho venir para advertirle que no se le ocurra huir a Berlín. Pero tampoco debe quedarse aquí. Los aliados no tardarán en llegar; incluso me atrevo a decir que los rusos tarde o temprano se harán con Sajonia. Mi sugerencia es que huya hacia el sur.

—Le agradezco su consejo, y deseo hacerle una petición. Sus soldados han acabado con todos nuestros víveres. ¿Podría disponer que nos dejen algo con lo que podamos emprender el viaje? —Clotilde estaba indignada, pero hizo acopio de su flema británica y expuso el asunto sin mostrar resentimiento alguno.

—Me temo que eso no va a ser posible. Mis soldados deben acudir a defender bastiones aún defendibles y necesitamos todos los alimentos disponibles. Esto es una granja; seguro que sabrán buscar recursos. —El joven capitán cumplía órdenes, aunque bien sabía que habían esquilmado a aquella gente.

Clotilde no imploró caridad. Una vez finalizada la conversación, se fue en busca de Frau Jutta.

—Esta noche tenemos que robar a los soldados todas las latas de conserva que podamos. Cuando estemos preparadas, tendremos que huir y no podremos emprender el viaje sin víveres para subsistir en los caminos.

Aquella noche de otoño del año cuarenta y cuatro, Clotilde puso a prueba sus dotes de actriz: se vistió con ropa sencilla, se desabrochó la blusa y se dirigió a las caballerizas, donde dos soldados custodiaban los carros que de madrugada iban a partir junto al convoy.

Llevaba en sus manos dos tazas humeantes.

—Señores, en una noche como esta, un té caliente les entonará el cuerpo. —El contoneo provocador del cuerpo de Clotilde surtió el efecto esperado.

Un soldado, casi un niño, con la cara plagada de acné, sonrió a Clotilde con descaro.

—Tú sí que me entonas el cuerpo —comentó el soldado mientras su compañero se acercaba para alcanzar una de las tazas.

En ese momento, Jutta, con sigilo, aprovechó para entrar en las caballerizas. Por la tarde había visto que habían cargado las cajas con las conservas en uno de los carros.

Los soldados, que creían que Clotilde era una criada que buscaba pasar un buen rato, se acercaron a ella con procacidad. En ese momento, Clotilde fue consciente de que lo primero era la subsistencia; y dejarse manosear por dos mozalbetes, un mal menor.

Antes de que la situación llegara a más, Jutta salió de las caballerizas y simuló que acababa de llegar.

—¡Eh, tú! ¡Descarada! Vete a las cocinas a trabajar. Y vosotros, si no fuera porque os vais en unas horas, pondría en conocimiento del capitán estos hechos.

A Jutta le sudaban la nuca y la frente, pero mostró su firmeza. Los soldados sí conocían a la cocinera y sabían lo que mandaba en la casa. Así que se recompusieron y volvieron a sus posiciones como si no hubiera pasado nada.

Las dos mujeres emprendieron el camino hacia las cocinas. Jutta insultaba a Clotilde con un tono desabrido.

—Vaya mujerzuela estás hecha... ¡Qué vergüenza!

Cuando estuvieron dentro, la condesa preguntó si había podido robar las conservas.

—Enterré bajo la paja de la cuadra de los viejos percherones un buen número de latas. Mañana las ocultaré mejor. No pude robar más; si estoy un minuto más, ese par de desgraciados le hacen un niño —se rio la cocinera con cierta amargura.

—A partir de hoy, debemos ir preparándonos para nuestra huida. En cuanto se vayan los soldados, enterraremos todos los objetos de valor. Tenemos que envolverlos en retales de lino y veremos lo que nos podemos llevar. —Clotilde hacía meses que había escondido todas sus joyas. No imaginaba que jamás volvería a su casa.

El curso de la guerra cambió como las nubes inmersas en el atardecer: empiezan mostrando el resplandor rojizo y pletórico de la victoria para, al cabo de un tiempo, ir desvaneciéndose en haces geométricos de tonos azules, que, teñidos de fuego, van degradándose en el horizonte cual alegoría del ocaso de las huestes nazis.

A los pocos días del repliegue de los soldados alemanes, llegaron los aliados. Si antes no estaba segura, ahora corría peligro. Clotilde era el enemigo y como tal iba a ser tratada.

La condesa había oído decir a Frau Jutta que la soldadesca francesa aseguraba que la batalla estaba perdida para los alemanes y que el desenlace era cuestión de horas. Sin embargo, los bombardeos seguían sucediéndose día y noche sin fin...

Clotilde, tras sentir la calma tensa del silencio aquella madrugada de principios del año cuarenta y cinco, en la que se despertó con el fin de la batalla, se echó encima un grueso batín que había pertenecido a su abuelo, bajó a las dependencias de las cocinas por la escalera del servicio, dio los buenos días y se dirigió a la cocinera.

—¿Hay alguna novedad? Es increíble; me ha despertado el silencio. ¿Quiénes nos habrán bombardeado esta noche, los americanos o la Royal Air Force británica?

La cocinera se disponía a diluir en agua hirviendo la poca leche que tenía y, sin levantar la vista, le respondió:

—Creo que los británicos. Acudí a su alcoba, pero estaba usted profundamente dormida. Así que preferí no despertarla. De madrugada llegó un destacamento de soldados americanos con un oficial al frente. Si quiere, mando a decirle que usted desea verle.

—No pierda tiempo; vaya usted misma. Voy a arreglarme un poco.

Clotilde subió de nuevo a sus habitaciones e intentó vestirse con sus mejores ropas, informales pero elegantes. Se miró a un gran espejo con copete heráldico y ornamentos florales, el único mueble de su habitación que pidió trasladar al segundo piso cuando los soldados nazis ocuparon la zona noble del castillo. La segunda planta siempre había estado destinada al servicio. El suelo era de piedra, las ventanas eran de pequeñas dimensiones y las paredes carecían de ornamento alguno.

Una doncella pidió permiso para entrar a peinarla; esta reminiscencia del pasado la mantenía por dignidad, ya que durante la guerra había tenido que renunciar a numerosos privilegios de su estilo de vida.

El más notorio era la ausencia de hombres que realizaran el trabajo de la granja, dado que habían sido reclutados para la guerra. De ahí que la condesa no solo dirigiera la casa, sino que también trabajaba como una más en lo que hiciera falta.

El frío helador del dormitorio hizo que la propia sirvienta se estremeciera. En las cocinas, la temperatura era agradable; sin embargo, en el resto del edificio las estufas de porcelana o de hierro fundido solo se encendían a determinadas horas del día.

Elegante y sobria, bajó las escaleras que daban al *hall*.

Dos cuadros monumentales embellecían la entrada principal. A la izquierda, el comedor había sido convertido en sala de operaciones. A la derecha, una gran puerta de dos hojas se abría a los salones.

La condesa se encaminó a la estancia central. La dignidad emanaba de su porte sereno y al mismo tiempo altivo.

De pie, varios oficiales americanos y franceses hablaban entre ellos. El responsable del destacamento que ocupaba la casa se cuadró ante Clotilde. La condesa hizo un gesto con la cabeza para contestar al saludo marcial del militar.

Sin maquillaje en su rostro y con el cabello recogido en un sencillo moño, aquella mujer de treinta y tres años, ojos azul verdosos, piel blanquísima y rostro perfilado, tenía un atractivo envolvente y cautivador que incitaba al deseo y al mismo tiempo a la protección.

El militar, vestido con ropa de abrigo, dio un paso al frente y, acercándose a Clotilde, le besó la mano.

—Bienvenidos a mi casa —saludó sin protocolo Clotilde.

—Muchas gracias por su hospitalidad, pero, por desgracia, esta misma tarde saldremos para Berlín. Necesito hablar con usted. —El militar americano tomó a Clotilde del brazo y la apartó del grupo, acercándola a la chimenea—. Soy el mayor Henry C. Marshall y siento ser portador de malas noticias. Debo transmitirle la información de que su marido, el comandante Maximiliano von Havel, ha muerto. Creemos que fue fusilado por los suyos.

Clotilde no alcanzó a asimilar tal cosa. Miró con ojos incrédulos al militar de voz fría y semblante serio, y por un instante dudó de que le dijera la verdad.

—Pero ¿cómo lo sabe usted? Eso no es posible. —Clotilde se resistía a creer que su marido fuera un traidor.

—Nos lo han comunicado por radio los ingleses. Al parecer, pertenecía al grupo de militares que se sublevó el pasado mes de julio contra Hitler.

Así, sin más, un hombre al que no conocía de nada le informaba, sin la menor consideración, de la muerte de su marido. ¡Meses después de su fallecimiento! Y por si fuera poco lo calificaba de traidor...

Todo empezó a darle vueltas. Tuvo un desvanecimiento que la obligó a tomar asiento en uno de los sofás. Se desplomó perdiendo la consciencia por unos minutos. Le reconfortó el fuego vigoroso de la enorme chimenea de madera tallada que presidía la estancia principal de la vetusta edificación.

Clotilde había temido durante años este instante. Cada vez que recibía noticias de su marido, le angustiaba que le comunicaran que estaba herido, que había sido hecho prisionero o incluso que había muerto. El oficial americano, sin saberlo, había reducido a la nada su existencia; la había despojado de su alma, convirtiéndola en un envoltorio frío y perfecto. Se sentía morir, pero su orgullo sajón le impedía derramar una sola lágrima.

A pesar de haber convivido de una forma discontinua con Max y sentir siempre la soledad de su ausencia, Clotilde estaba unida a él por un amor casi adolescente que le hacía depender absolutamente de él. A partir de ahora, debía enfrentarse a la vida completamente sola, sin respaldo alguno de un hombre fuerte y resolutivo que le hiciera la existencia fácil y cómoda.

Estaba a punto de caer en el abismo de la nada... En ese momento, la imagen de sus hijos acudió a su rescate; de ellos sacó las fuerzas para continuar adelante. Con el corazón destrozado por la pérdida de su único amor, echó mano de lo único que le quedaba en el alma: su orgullo de mujer sajona, que le llevó a reprimir su desesperación.

—Ahora no... Mañana lloraré... Cuando no haya intrusos que se regodeen en mi sufrimiento. Cuando tenga tiempo para pensar...

Clotilde tragó saliva y respiró profundamente, reprimiendo sus lágrimas. Contuvo su rabia apretando los dientes. «A estos oficiales no les voy a dar el gusto de verme sufrir», se dijo para sus adentros. No quería mostrarse débil ante el enemigo, aunque este fuera correcto, pero distante.

El mayor le ofreció un café humeante y oloroso; algo absolutamente inusual en aquellos tiempos. Los americanos traían consigo alimentos que no se encontraban desde hacía meses.

—Siento haberle dado esta triste noticia —se disculpó el americano, sin convicción. La milicia aliada tenía la consigna de la desnazificación de Alemania, y entre esas medidas estaba la prohibición de hablar con la población civil. Eisenhower exigió durante la ocupación una política de no fraternización.

El mayor Marshall hubiera querido ser más condescendiente con la condesa Clotilde, pero debía dar ejemplo cumpliendo con la consigna de no simpatizar con los alemanes.

—Le agradezco que se haya tomado el interés de informarme —contestó Clotilde algo repuesta.

—El capitán Fortabal nos ha hecho un informe muy detallado de la buena acogida que ha dispensado a las fuerzas de ocupación. Por este motivo, vamos a expedirle un salvoconducto para que pueda huir de aquí. Le sugiero que intente entrar en la Alemania ocupada por nosotros los americanos. Aquí corren peligro de muerte. El ejército ruso está a las puertas del pueblo; no hay tiempo que perder. Cargue un carro con las pertenencias que quiera transportar y llévese a sus hijos y a quien usted desee. Pero debe ponerse a ello de inmediato. —Clotilde entendía a la perfección el inglés, ya que su familia materna era inglesa y todos los veranos de su infancia los había pasado en la casa solariega que tenían sus abuelos en los alrededores de Bristol. El mayor añadió—: Les daremos algo de comida. E insisto, llévese lo imprescindible. El viaje va a ser duro en pleno invierno. Si no se va, le auguro un final terrible a manos de los rusos —apuntó el mayor, quien desde el primer momento se mostró subyugado con la belleza de la condesa.

Clotilde salió de la estancia como una autómata; su lado práctico de la vida la llevó de nuevo a su alcoba; debía cambiar su traje elegante por uno de viaje, cómodo y de abrigo. Fue en ese momento cuando empezó a cuestionarse quién había sido realmente su marido. Él jamás le dio muestras de pertenecer a ningún movimiento antinazi, ni siquiera criticaba a Hitler en público; como mucho, en privado, alguna vez le había dicho que algunos militares nazis no respetaban el honor ni la nobleza del auténtico militar; o incluso llegó a criticar a algún mando consumido por su fanatismo.

No podía creer lo que le había dicho el mayor americano.

La viuda del comandante Von Havel decidió que viviría para conocer la verdad y restituir el honor de su marido, un militar alemán que, por encima de su propia vida, había estado siempre al servicio de su patria.

Conforme pasaban los minutos, Clotilde fue sintiéndose cada vez peor. No podía dejar de llorar con desesperación mientras se cambiaba de ropa, pero en lugar de quedarse inmóvil, la angustia hizo fluir la adrenalina impulsándola a una actividad frenética.

De nuevo fue en busca de Frau Jutta; encontró a la cocinera desayunando en el comedor de servicio. Clotilde se arrojó en sus brazos.

—Me acaban de informar de que mi marido ha muerto. —Era la primera vez en su vida que lloraba ante un subordinado. Jutta no dijo nada. Solo la abrazó, frotándole la espalda hasta que Clotilde se fue calmando—. Nos vamos a mediodía. Dígale a Antje que prepare a los niños tal y como habíamos planeado, y que los mozos Nico y Blaz suban a los carros los baúles que ya están cerrados. Yo convocaré al resto del personal en el patio de armas, por si alguien más desea huir con nosotros. —Clotilde apenas tenía fuerzas para hablar.

—No se preocupe. Gracias a Dios, llevamos meses planificando y organizando este día. Solo es cuestión de que cada uno de nosotros haga lo que tiene que hacer. —Jutta animó a Clotilde a comer algo, mientras ella avisaba al personal para que se pusiera en marcha. Fue incapaz de probar bocado, aunque mordisqueó un trozo de pan con queso que le puso Frau Jutta en un plato corriente. Al verse sola, volvió a llorar con desesperación.

* * *

En esos momentos no imaginaba Clotilde la crudeza del viaje que estaba a punto de emprender. Y mucho menos podía figurarse que jamás volvería a aquel mundo que, hasta ahora, había sido la única referencia de su vida. Ignoraba que el pasado formaría parte de una sociedad de privilegios, jerarquías y desigualdades que se desmembraba en aquellos días, en los que la invencibilidad de los rusos se hacía patente en el frente oriental.

El pequeño pueblo al que pertenecían las tierras de la familia de Orange estaba al otro lado del Elba. Los americanos tenían la orden de no ocupar objetivos militares más allá del río. No querían sacrificar vidas de soldados en tierras al este de Alemania, que luego iban a ser gestionadas por los rusos. Una vez que el Ejército Rojo entrara en el pueblo, ellos abandonarían sus posiciones para seguir hacia Berlín.

Se dispusieron dos carros tirados por caballos percherones de patas cortas y recias. El coche de la casa lo habían requisado los nazis, pero, aunque no hubiera sido así, encontrar gasolina en aquellos tiempos era imposible.

—¿Qué es todo esto? —bramó el mayor, que había salido al patio a observar los preparativos para la marcha—. ¿A dónde se creen que van? —Los criados lo miraron confundidos. La condesa había dado la orden de cargar en los carros cuatro baúles y no entendían la contraorden—. No pueden viajar con tantos enseres. Hay carreteras cortadas, caminos intransitables..., y estos baúles solo les entorpecerían la huida. Háganselo saber a su señora. —El militar volvió a entrar al castillo maldiciendo, al tiempo que ordenaba a sus ayudantes que organizaran los carros.

Ante tal contrariedad, la condesa decidió dejar los baúles de ropa y recuerdos. Alcanzó a rescatar un «tú y yo» de exquisita porcelana de Meissen y otros objetos, además de un lienzo de Lucas Cranach el Joven, que ya desde el comienzo de la guerra había sido desmontado de su marco y cosido al interior de un abrigo de visón, al que se le dio la vuelta a fin de ocultar su valor. Con toda seguridad, esta pintura y sus joyas eran las pertenencias más valiosas que Clotilde llevó consigo junto a recuerdos personales como fotos, documentos de propiedad y las poesías escritas por sus amigas Lena y Noa Bengio, sus amigas apresadas por los nazis. Allí se quedaron dos baúles repletos de vidas pasadas.

La condesa de Orange dirigió una última mirada al castillo que había sido su hogar. La tristeza atenazó su corazón e inundó sus ojos de lágrimas que intentó contener. Apretó los dientes y subió a uno de los carros conducido por el joven aprendiz de mozo de cuadra. Con tono implacable, dio la orden de partir.

—Sola he llegado hasta aquí y sola emprenderé el camino. —Clotilde sabía que ella era el único motor de aquella expedición.

Los niños iban en el mismo carro junto con su inseparable Frau Jutta. Los habían abrigado bien. A Frank, el hijo mediano, lo vistieron con sus habituales pantalones cortos Lederhosen de cuero, que iban encima de unas gruesas medias, camisa, jersey, chaqueta y abrigo, gorro y guantes de lana. La pequeña Victoria apenas podía moverse a causa de la camiseta interior de lana que le pusieron.

Viajarían desde el Este al Oeste e intentarían entrar en Turingia, para luego alcanzar el norte de la antigua Franconia. Una vez superado este trance, atravesarían toda Baviera a fin de llegar al sur de Múnich, donde solicitarían ser acogidos por el príncipe Gustav von Havel, el hermano mayor de su marido.

No tenía otra opción. Ya hacía meses que había descartado huir a Berlín. Sabía que viajar al encuentro de sus padres y de Amalia era meterse de lleno en la guerra. No podía evitar entristecerse cada vez que pensaba en su hija. Se preguntaba una y otra vez si había hecho bien enviando a su primogénita a Berlín.

Así que después de sopesar todas las posibilidades, decidió seguir las recomendaciones de los americanos y, aunque para ella fuera la peor de las opciones, emprendió el viaje hacia el sur de Baviera. Su cuñado el príncipe Gustav, a pesar de su carácter malvado, era el Fürst de la familia Havel y, como tal, tenía la obligación de socorrer a la familia de su hermano. Aunque Gustav y Clotilde sentían una mutua animadversión desde hacía quince años, en aquellos momentos esta era la única salida. Las zonas de ocupación americanas eran las más seguras.

Abandonaron el castillo evitando entrar en el pueblo. Cuando llegaron a una colina, desde donde se podía divisar el valle que dejaban atrás, pudieron ver con claridad cómo las primeras avanzadillas de soldados rusos entraban en el pueblo. Fustigaron los caballos intentando alcanzar el bosque y adentrarse en la espesura de un futuro incierto.

Atrás quedaba su vida tal y como la había conocido hasta entonces. Clotilde no quiso echar una última mirada. Quería llorar, o gritar, o golpear con fuerza la tierra, negándose a asumir su nueva situación que la condenaba a la miseria. Por otro lado, el simple hecho de pensar en ser acogida por su cuñado le producía dolor de estómago.

Su mayor preocupación era poner a salvo a sus hijos; esto era lo único que la impulsaba a buscar la protección del príncipe Gustav von Havel.

Capítulo 2
La huida

El día transcurrió sin incidentes. Los caminos eran conocidos y los viajeros, aparte de miedo e incertidumbre, estaban descansados y sentían un cierto alivio de haber escapado de los rusos.

La primera noche la pasaron en una iglesia sin techo. Hicieron turnos para vigilar los carros y los caballos. Todavía no se habían encontrado refugiados ni prisioneros liberados. Todo parecía presentarse mejor de lo imaginado.

Al sobrepasar la ciudad de Glauchau, pasaron a recorrer caminos más transitados y, conforme abandonaban territorios conocidos, iban encontrándose con más familias en la misma situación que ellos y en su mayoría infinitamente peor: a pie, sin comida y acarreando sus pertenencias o a personas inválidas o heridas.

Muchos eran polacos que llevaban huyendo semanas y que contaban horrores del Ejército Rojo. Gentes de toda condición: campesinos, pequeños industriales, profesionales... En su mayoría, alemanes étnicos, un pueblo que ya llevaba sobre sus espaldas demasiados dramas vividos.

En aquella huida sin retorno podían considerarse unos privilegiados, aunque en esos momentos no lo supieran. La vida de aquellos que no habían podido o querido huir estaría condenada a la opresión, el desprecio y, en muchos casos, a la deportación a Siberia.

Más de quince millones de alemanes étnicos sufrieron de inanición, congelación y muerte durante su expulsión de los territorios de Alemania del Este.

A Clotilde le llamó la atención una mujer vestida con varias capas de harapos. Caminaba por el borde de la carretera, tambaleándose, y parecía a punto de caerse. Su lastimosa situación le causó una honda impresión. Llevaba de la mano a una niña, que apenas podía sujetar el hatillo que arrastraba sobre la nieve. Debía de tener la misma edad que Victoria; y se la veía desnutrida y muy cansada.

La columna de refugiados continuaba su marcha lenta, sin reparar en la inanición de aquellos dos seres indefensos. Cada refugiado que formaba parte de aquella columna interminable llevaba muchas jornadas sintiendo la muerte en su piel, y cada vez que veían algo tirado en el camino se habían acostumbrado a despejarlo sin detenerse a identificar si era humano o no.

Un carro adelantó al de Clotilde; el arriero le gritó a la refugiada para que se apartara. La mujer, ante el peligro inminente, se giró esquivando las ruedas del carro, lo que provocó que la moribunda se desorientara y siguiera caminando, pero en sentido contrario. Clotilde pudo ver su rostro, de un gris mortecino.

Fue como mirarse en un espejo. Se vio a sí misma sola como aquella mujer, sin aliento ni deseos de seguir viviendo.

—Nico, Blaz, suban a esa mujer y a su hija al carro —ordenó la condesa, sin reparar en las consecuencias de tener dos bocas más que alimentar y ninguna ventaja, ya que no podrían ayudar a la hora de enfrentarse a los obstáculos del viaje.

La refugiada alzó sus ojos hacia aquella hermosa aparición; farfulló algo ininteligible y se dejó socorrer.

Blaz sí fue consciente de esta rémora y, sin que la condesa lo percibiera, hizo un gesto de desagrado antes de parar el carro y bajarse con cierta dificultad a causa de una cojera de nacimiento.

Entre Nico y Blaz cogieron los dos bultos y los subieron al carro, como quien agarra sendos sacos de patatas, sin la más mínima consideración.

El grupo de refugiados de Clotilde siguió la marcha perezosa y cansina.

Las mujeres y los niños confiaban en Clotilde como líder indiscutible del grupo. Los mozos, sin embargo, desde el primer momento albergaban otras ideas.

Clotilde gobernaba las riendas del tiro de caballos; apretó las bridas y continuó la marcha renqueante de un carro ya de por sí lento y ahora sobrecargado.

No pudo evitar que su rostro se contrajera; le resultaba imposible contener las lágrimas. No quería mostrar debilidad, pero ya no le quedaban fuerzas; lloraba cuando no la veían o cuando la creían dormida, pero ni eso podía hacer abiertamente. Cuando las fuerzas flaqueaban, todos ponían sus miradas en Clotilde. Ella lo sabía y se mostraba fuerte, capaz de superar cualquier obstáculo, pero en su interior se sentía muy sola, débil, sin fuerzas, con ganas de bajarse del carro y dejarse morir en cualquier cuneta, con tal de no seguir tirando de aquella miserable vida.

Agachó la cabeza y tragó saliva. Al igual que tantas veces en los últimos tiempos, Clotilde echó mano de su fuerte instinto de supervivencia.

Hubiera dado cualquier cosa por poder llorar sin consuelo, incluso gritar con rabia que ella no era la roca que todos creían que era. Que la invadía el desamparo de la soledad. Hubiera deseado ser una de las mujeres que se encontraban en los caminos, dueñas de su destino, aunque este fuera incierto, pero sin la responsabilidad de salvar a las personas que tenía a su cargo.

Y a todo eso se añadía la angustia de no saber qué suerte estarían corriendo sus padres, su hermana Erna y su hija Amalia. Reprimía el duelo de haber perdido a su marido como quien deja el trozo más amargo para el final. Le suponía tal dolor que si no lo apartaba a cada instante de su mente, con gusto se dejaría ir con él al otro mundo.

Sea como fuere, el panorama que tenía ante sí la obligaba a sacar de donde fuera las fuerzas necesarias para asumir la responsabilidad de cuidar de los suyos, ya fueran sus hijos, Antje la niñera —que lloraba y tosía a todas horas maldiciendo el momento en que había decidido echarse a los caminos— o Jutta, que protestaba contra los mozos que comían doble ración, sin mencionar los malos modos que con frecuencia se gastaban últimamente. En cualquier caso, Jutta, la fiel cocinera, era el único apoyo que tenía.

La jornada había sido extenuante. La lluvia arreciaba con fuerza, empapándoles la ropa e impidiéndoles ver el camino. Uno de los carros se metió en un lodazal y no podían sacarlo; tuvieron que bajar a tierra y, con el fango hasta las rodillas, empujarlo hasta liberarlo.

Soportar la lluvia en la cara durante horas, cuando no la nieve o el granizo, minaba la moral de los viajeros.

Las ropas no se llegaban a secar nunca, y la humedad iba calando en los huesos como un cuchillo afilado.

Dos compañías de soldados invadieron de pronto la carretera. Los carros tuvieron que hacerse a un lado, provocando el atasco de las ruedas del carro guiado por Blaz; este comenzó a blasfemar. De malos modos, hizo bajar a las ocupantes del carro. La mujer que habían recogido no podía moverse; el cojo la arrastró hasta el borde del carro y la dejó deslizarse hasta el suelo.

Clotilde observó la actitud del mozo. No pudo aguantarse y con más rabia que educación, le gritó:

—Cuando haya desatascado el carro, deje las riendas a Frau Jutta, y siga usted a pie —ordenó la condesa con determinación.

El mozo, visiblemente malhumorado, tuvo el impulso de contestarle a la condesa, pero no lo hizo. Sobre él planeaba un deseo de venganza. Desde que era un niño había sentido la relación con sus patronos como una especie de opresión feudal, y un sentimiento de rencor había ido creciendo en él alimentado por el complejo de no sentirse como los demás debido a su cojera, lo que lo hacía depender siempre de sus señores.

El frío, que le entumecía la planta de los pies, le obligó a sujetar su orgullo. Pero los deseos de llevar a cabo su plan, trazado con anterioridad, se incrementaron.

Al caer la noche, se dispusieron a dormir junto a otros refugiados en las bombardeadas oficinas de una fábrica confiscada por los americanos a un nazi. Clotilde frotó las extremidades de los niños con un ungüento elaborado a base de grasa y hierbas como la menta, la ortiga, el hipérico y la manzanilla, que se solía aplicar a los animales en las patas; aquella pasta tenía la propiedad de producir calor al frotarla sobre la piel.

Las provisiones tenían que ser racionadas, pues no sabían el tiempo que tardarían en llegar a su destino.

Cuando todo parecía estar en calma, ya de noche cerrada, uno de los criados se acercó a Clotilde para intentar arrebatarle, con sigilo, el saco de comida que le servía de almohada. La condesa se despertó y comenzó a gritar. La cocinera, que dormía cerca, atizó un buen golpe al joven, lo que provocó que soltara el saco, que se desparramó por el suelo cubierto de cascotes; el mozo echó a correr hacia la entrada con el fin de subirse a uno de los carros que previamente había enganchado a uno de los caballos. Mientras esto ocurría, el segundo mozo salió corriendo con otro de los sacos de comida, aprovechando que Jutta estaba distraída y no lo vigilaba. Con relativa facilidad, pudieron huir en la espesura de la noche, sin que nadie los persiguiera.

Clotilde y Jutta se quedaron desmoralizadas; su abatimiento había llegado al límite. Ninguno de los refugiados que estaban con ellas se movió para ayudarlas. La supervivencia estaba por encima de la humanidad.

El robo de parte de las provisiones mermó todavía más las fuerzas de Clotilde. Al hacer balance de su situación, constató que, salvo los niños y Jutta, todos estaban enfermos. Ella misma ocultaba los accesos de fiebre que tenía, causada por aquella humedad que se le metía en los huesos.

La mujer a la que habían recogido se encontraba en las últimas; no dejaba de toser y expectorar. La niña, sin embargo, parecía estar más repuesta después de descansar y de haber comido.

Con los ánimos exaltados tras el incidente, era difícil volver a conciliar el sueño.

Frau Jutta se acercó a la refugiada para interesarse por su salud.

—¿De dónde son ustedes? —le preguntó Frau Jutta.

—Somos de Polonia, de Poznan —contestó la señora, sin fuerzas.

—¿A dónde se dirigen? ¿Les espera alguien en algún lugar? —quiso saber la cocinera, a pesar de que la mujer apenas podía hablar.

—Mi marido ha muerto. Venimos huyendo de los rusos. Y mi intención era llegar a España, donde vive mi hermana. Le ruego que se ocupe de mi hija; en el bolsillo interior de mi abrigo tiene usted todos los documentos de identificación, así como la dirección de mi hermana en Madrid. Por favor, no abandone a mi hijita —suplicó con un hilo de voz la madre moribunda.

—No se preocupe. Me ocuparé de su hija; ahora intente dormir un poco.

Frau Jutta la arropó con una manta y la dejó descansar. Miró a la niña; su carita demacrada estaba iluminada por dos grandes ojos azules con los que miraba a Frau Jutta con verdadera admiración. No pudo evitar acordarse de su hija, muerta al nacer. Hubiera querido tener más hijos, pero su marido —como tantos otros— fue enviado al frente y nunca volvió a saber de él.

Jutta se acercó a la niña.

—¿Cómo te llamas? —le preguntó con cariño.

La niña abrió los ojos con extrañeza. No entendía el idioma en que le hablaba. Al darse cuenta, la cocinera se acercó la mano al corazón y le dijo su nombre. La niña esbozó una pequeña sonrisa.

—Sidonia —contestó, y un destello de alegría iluminó sus ojos tristes.

La cocinera acarició la cara de Sidonia; se sacó del bolsillo una galleta de canela y se la puso en las manos a la pequeña. Los ojos de sorpresa de la niña fueron la viva expresión de la felicidad; miraba aquella forma redonda de olor penetrante como si fuera algo mágico, sin atreverse a llevársela a la boca. Jutta hizo un movimiento para acercársela a los labios. Entonces, sin decir una palabra, Sidonia la abrazó, sonriéndole. La cocinera se emocionó como pocas veces le había ocurrido al sentir el calor de aquel pequeño ser que le estaba dando lo único que poseía: amor.

Disfrutó viendo cómo Sidonia paladeaba cada miga de aquella galleta seca. Al acabarse el manjar, la niña se enganchó al cuello de la cocinera como si fuera un monito desvalido. Jutta sintió aquel cuerpo casi etéreo, que había encontrado en ella el cobijo de la seguridad.

La cocinera desplegó la toquilla de lana que llevaba sobre los hombros y la abrazó dándole el calor de su propio cuerpo; la niña se acurrucó en su pecho y al cabo de unos minutos se durmió plácidamente.

Durante la noche, la madre de Sidonia dejó de sufrir. La niña, con apenas dos años, ni siquiera fue consciente de que no volvería a verla nunca más. Hacía semanas que al abrazar al cuerpo de su madre solo percibía los escalofríos de la muerte. Se aferraba a aquel ser como único sustento de vida. Cada noche tomaba la ración de pan que su madre le ofrecía y se dormía en su regazo, intentando sacar leche de unos pechos que solo rezumaban sudor febril.

Frau Jutta decidió hacerse cargo de aquella criatura, aunque fuera lo último que hiciera. Por su parte, Sidonia la adoptó como su nueva madre, convirtiéndose en un apéndice de la cocinera.

* * *

La pequeña expedición de Clotilde se hizo lenta y agotadora.

Atravesar ríos con sus puentes hundidos, o desatascar el carro del fango de los caminos fue trabajo arduo para tres mujeres y un niño, Frank, de apenas diez años. Las pequeñas Victoria y Sidonia no contaban para estas tareas.

Los refugiados presentaban un lamentable aspecto. A medida que pasaban los días, sus ropas adquirían un olor cada vez más desagradable y andrajoso, aunque la suciedad no era su principal problema. Los alimentos escaseaban, y el desprecio de las gentes que encontraban a su paso era continuo. En muchos pueblos, los alemanes no aceptaban a los refugiados. Para ellos, todos eran polacos o checos y, como mucho, les concedían el gran favor de dejarles que pasaran la noche en el granero.

Consiguieron llegar a la frontera con Franconia. Los pasos fronterizos estaban cerrados a cal y canto, y los salvoconductos no siempre eran aceptados. Lograron pasar gracias al salvoconducto expedido por el oficial americano.

Una vez en territorio dominado por los americanos, el ánimo empezó a mejorar. De todos modos, las noches eran el peor momento de la jornada. Los ataques de forajidos, fueran liberados o soldados nazis camuflados, eran habituales; y el carro de Clotilde no pasaba desapercibido. Consiguieron que unos campesinos les dejaran pasar la noche en un alpendre.

—Créanme que lo siento, pero solo puedo darles este acomodo. En estos tiempos no se sabe qué tipo de gente anda por los caminos. Mi mujer y yo hemos decidido que solo acogemos a refugiados que sean mujeres y niños. Tendrán que compartir la estancia con otra familia —le advirtió el campesino a Clotilde.

—Le agradecemos mucho su generosidad. A primera hora de la mañana emprenderemos de nuevo el camino.

La condesa saludó al grupo de refugiados con cortesía. Enseguida se dio cuenta de que la familia con la que pasarían la noche era muy similar a la suya. La condesa María Anna Schönburg se presentó; era una señora de aspecto frágil y refinado, de baja estatura y muy delgada. Irradiaba bondad y firmeza.

Por unas horas, los pequeños, y especialmente Victoria —la benjamina de la familia—, compartieron juegos y risas con los demás niños. Sidonia, desde un rincón, observaba los juegos sin atreverse a participar.

Antje ya no podía ocuparse de los niños a causa de su debilidad. Jutta y Clotilde tenían que ayudarla a bajar y subir del carro. Y eso que Clotilde también había empezado a toser y su pecho emitía unos pitidos al respirar que a veces no le dejaban hablar.

Descansar sobre paja seca era un lujo. El frío era helador, y aunque no se permitía encender una hoguera dentro del cobertizo, sí pudieron hacerlo en el patio. Allí cocieron patatas, untándolas con un poco de manteca de cerdo, entre la que se podía encontrar algún trozo despistado de tocino.

Bien entrada la noche, cuando todos dormían, María Anna se aproximó a Clotilde y, despertándola con suavidad, le advirtió que alguien intentaba abrir el granero. Clotilde apartó a Victoria a un lado, pues la niña se había acostumbrado a dormir pegada a ella. Miró a su hijo Frank, que dormía plácidamente. Le despertó con suavidad, colocando el dedo índice sobre los labios, y le indicó que guardara silencio; a continuación, despertó a la cocinera y a la niñera, que se quedaron inmóviles y expectantes, calibrando el peligro que les acechaba.

Con toda seguridad, al menos dos hombres estaban en el exterior, intentando entrar.

La condesa María Anna comenzó a gritar con furia y coraje:

—Rudi, Otto, Peter, Frank, ¡despertaos! ¡Alguien intenta abrir la puerta! ¡Preparaos para hacerles frente!

Los chicos comenzaron a hacer ruido y a gritar. La frágil mujer se había convertido en una auténtica leona, protegiendo a sus cachorros indefensos. Al cabo de un rato, todo volvió a la calma; el susto había pasado. Aquella mujer de aspecto frágil había urdido el plan de que sus hijos gritaran para dar la impresión de que en el cobertizo se guarecía un buen número de hombres, y que, a las malas, le harían frente a cualquier asaltante.

Esa noche Clotilde comprendió que solo la determinación y el valor pueden hacer cambiar tu destino. Pero la inteligencia y la planificación te darán la posibilidad de cambiarlo a tu favor.

Cuando los ánimos se calmaron y los más jóvenes volvieron a coger el sueño, María Anna se dirigió a Clotilde:

—Seguramente eran prisioneros de guerra liberados. Es la segunda vez que nos ocurre algo parecido. La otra vez éramos varias familias y entre todos les hicimos frente.

—No entiendo cómo son tan inhumanos —protestó Clotilde.

—Los prisioneros están acostumbrados a vivir en muchos casos gracias a la muerte de sus semejantes más débiles. Los campos de concentración fueron tan salvajemente destructivos que la supervivencia estaba en la superioridad del individuo frente al semejante. Muchos de los que lograron sobrevivir se convirtieron en seres «deshumanizados», acostumbrados a tanta barbarie. —La condesa Schönburg sabía estos detalles porque había coincidido con unas mujeres liberadas de un campo de concentración, que le contaron atrocidades de su cautiverio.

—Perdona mi ignorancia. Es terrible haber tenido que pasar por un sufrimiento tan grande que llegue a condicionarte la vida para siempre.

Y eso que ninguna de las dos sabía a ciencia cierta lo que habían tenido que soportar aquellos liberados.

—¿A dónde os dirigís vosotros? —preguntó la condesa Schönburg.

—Al suroeste de Baviera. —Clotilde no deseaba ser más explícita.

—Mi hermano posee una casita de veraneo en Prien, a orillas del Chiemsee; me la ha ofrecido para que viva allí con los niños. —Anna era una mujer angelical y al mismo tiempo fuerte.

—Yo no he tenido más opción que acudir en busca de la ayuda de mi cuñado, el príncipe Von Havel, por el que siento verdadera antipatía. Espero estar poco tiempo bajo su protección; el justo para poder viajar a Inglaterra, donde vive la familia de mi madre —se sinceró Clotilde con su nueva amiga, viendo que ella era una mujer sin dobleces.

—Siento no poder ofrecerte que me acompañes. Como puedes imaginar, soy una invitada en casa de mi hermano.

—Te agradezco infinito el detalle solo por haberlo pensado.

—Créeme que me veo muy reflejada en ti. Las dos viajamos solas, sin nuestros maridos. El mío hace dos años que se alistó; lo último que supimos fue que le enviaban a Rusia. Desde aquello, no hemos vuelto a tener noticias suyas.

—Lo que me acabas de decir todavía me une más a ti. Quién sabe si tu esposo luchó junto al mío, ya que Rusia fue también uno de sus destinos. Por desgracia, antes de emprender este viaje me comunicaron su muerte.

—Lo siento de veras. Consuélate sabiéndolo. Yo no sé siquiera si soy viuda. —María Anna Schönburg no pudo contener las lágrimas; su nueva amiga se acercó a ella para abrazarla.

María Anna y Clotilde siguieron su viaje, cada una con un pasado similar y un destino incierto...

El encuentro con los Schönburg fue el impulso que los Havel necesitaban para seguir su camino, un camino lleno de obstáculos. Había que llevar los caballos al paso y no al trote, para no cansarlos. Con frecuencia, se encontraban los caminos intransitables, por lo que tenían que dejar la carretera y empujar los carros campo a través.

Una vez superado el antiguo ducado de Franconia, ahora tenían que atravesar el resto de Baviera para llegar a su destino.

Afortunadamente, el invierno amainaba y los primeros brotes de una primavera incipiente empezaban a vislumbrarse. Sin embargo, la enfermedad de Antje le estaba comiendo la vida y Clotilde cada vez tosía con más intensidad.

A pesar de que la guerra estaba perdida y a punto de acabar, los estadounidenses todavía se encontraban con pequeñas formaciones de soldados alemanes que presentaban resistencia.

Faltaban pocas jornadas para alcanzar el pequeño pueblo agrícola dominado por la vetusta fortaleza Havel. El carro de Clotilde, lleno de mujeres y niños, no parecía representar peligro alguno. Los niños trataban de hacer más llevadero el viaje. Frank se entretenía en adivinar el nombre de los árboles que poblaban los bordes de los caminos, al tiempo que ejercía de maestro de las pequeñas Victoria y Sidonia.

Con frecuencia, los soldados aliados les hacían bajarse del carro para inspeccionarlo; creían que podían ocultar a algún nazi al «escape». Los aliados no solo tenían que ganar la guerra; también tenían que juzgar el nazismo y ajusticiar a los genocidas.

Al finalizar la cuarta semana de viaje, Clotilde de Orange pudo ver a lo lejos el sinuoso camino que conducía a la espléndida colina donde se asentaba el castillo de su cuñado, una fortaleza de gruesos muros, con un estilo ecléctico a causa de las sucesivas ampliaciones sufridas a lo largo de su historia. Aun así, se trataba de un conjunto armonioso que dominaba un fértil valle agrícola.

Volver a aquella casa le revolvía el estómago. Para ella, Gustav era un ser despreciable que siempre había ninguneado a su hermano, más por envidia que por sentirse el primogénito. A pesar de ser los dos militares, Gustav siempre observó la admiración y el respeto que Max, quince años más joven que él, recibía de sus subordinados, algo que Gustav despreciaba.

La voz entusiasta de Frank la abstrajo de sus pensamientos. Aunque el nudo que se le había puesto en la garganta casi le impedía pronunciar palabra.

—Mami, ¿es ese el castillo de tío Gustav? Ese sí que es un castillo, y no el nuestro —comentó el niño al tiempo que despertaba a su hermana con el codo.

—En realidad, es una fortaleza convertida en palacio. —Clotilde tenía que reconocer que aquella mole de piedra impresionaba a cualquiera. Al fin y al cabo, su hijo nunca había visto nada semejante, acostumbrado al castillo rural de Sajonia en el que se había criado.

—¿Por qué tío Gustav no está en la guerra como papá? —preguntó Frank, al que todavía no se le había dicho que su padre había muerto.

—Tío Gustav sufrió un accidente hace años y necesita un bastón para andar. Su salud no es buena —le explicó.

El príncipe Gustav podía ser todo lo abominable que uno pueda imaginar, pero el hecho de ser el Fürst, el primogénito y cabeza de la familia Havel, lo convertía en el heredero de las propiedades del principado. También era consciente de la tradición de que «es el castillo el que hereda al príncipe, y no el príncipe al castillo», por lo que el Fürst estaba obligado por honor a cuidar de sus hermanos y sus descendientes, y proporcionarles el bienestar que necesitaran.

El viaje hasta allí había sido muy difícil, pero el hecho de haber llegado era aún peor. Clotilde notó que le faltaba el aire. De nuevo le invadió la impotencia de la soledad y el desamparo... Cerró por un momento los ojos evitando llorar; su cuerpo ya no le respondía; hacía días que arrastraba un enfriamiento que le causaba sudores y tiriteras cada vez más frecuentes, pero Clotilde no quería quejarse. «Desde luego, esta es una etapa, pero no mi destino», pensó.

Condujo el carro hasta la entrada principal del castillo. Cuando se bajó, su hijo Frank fue tras ella; Victoria, al ver a su hermano seguir a su madre, quiso hacer lo mismo. Clotilde le pidió a Frank que ayudara a la pequeña y la cogiera de la mano.

Un mayordomo salió a su encuentro bajando las escaleras que conducían a la entrada principal.

—Permítame preguntarle qué desea la señora. —El hombre miró a aquella mujer con desprecio; el aspecto de Clotilde era deplorable, a pesar de haberse peinado e intentado arreglarse un poco.

—Soy la princesa Von Havel, cuñada del príncipe Gustav. Comuníquele que deseo verle —respondió Clotilde con su seguridad maltrecha.

—Permítame saber qué desea, para comunicárselo al príncipe —volvió a preguntar el mayordomo con el mismo soniquete.

—Llevo cuatro semanas huyendo de la guerra que se libra en el Este e intentando escapar de los rusos. Solicito el amparo del príncipe hasta que pueda emprender viaje a Inglaterra.

—Permítame. Por favor, espere aquí. Voy a informar al príncipe. —El mayordomo subió las escaleras arrastrando los pies.

Clotilde no sabía que la neumonía corroía sus pulmones mermando sus escasas fuerzas para poder salir de allí. De todos modos, tampoco tenía a donde ir. Apenas le quedaba comida, y la humedad de sus ropas le oprimía el pecho; hacía días que tosía sin parar. Solo Jutta resistía sin enfermar. Antje, la niñera, pasaba el día tumbada en el carro sin moverse; su enfermedad la consumía.

Al cabo de un buen rato, el mayordomo apareció de nuevo, acompañado de dos fornidas doncellas de cara poco amistosa que caminaron en dirección a los niños.

—Me han dado la orden de acogerles en el castillo —informó el mayordomo, acercándose a Clotilde.

La condesa respiró profundamente. Mientras cada una de las doncellas tomaba a un niño para conducirlos al castillo, Clotilde hizo ademán de seguirles, pero el mayordomo se parapetó ante ella, impidiéndole el paso.

—El príncipe ha dicho que se ocupará de sus hijos, tal como es su deber como el Fürst del principado Havel. Pero que usted no puede poner los pies en la casa. Debe irse de inmediato.

—Pero ¿qué se ha creído? ¡Si yo no entro, mis hijos tampoco! No... no voy a dejar a mis hijos aquí —titubeó Clotilde, desesperada y consumida por la fiebre. En ese momento, se le empezó a nublar la vista y se desplomó como un papel hecho cenizas. Aquella situación vino a agravar su estado.

La pequeña Victoria, al ver a su madre en el suelo, comenzó a llorar sin consuelo. Frank se dio cuenta de lo que estaba sucediendo y se zafó de la criada echando a correr hacia su madre, acción que no pudo impedir el mayordomo. Clotilde no reaccionaba, tirada en el suelo e inconsciente... Su hijo consiguió llegar hasta ella y comenzó a zarandearla a fin de hacerla volver en sí, pero el cuerpo de Clotilde no mostraba señales de vida.

Una de las doncellas volvió sobre sus pasos y agarró al niño por un brazo sin importarle las patadas ni los gritos de Frank. Casi en volandas lo arrastró hasta la entrada del castillo. Se giró para comprobar si Clotilde se había levantado, pero aquel cuerpo andrajoso seguía en el mismo sitio; así que cruzó el umbral y se perdió en las profundidades del edificio.

Jutta no daba crédito a lo que estaba pasando. Todo había sucedido tan deprisa que no pudo reaccionar a tiempo. Cuando se dio cuenta de todo, Clotilde ya se había desmayado. Saltó del carro y acudió a socorrerla. Mientras tanto, el mayordomo las conminó a abandonar de inmediato las tierras del príncipe, y luego desapareció tras las doncellas.

Jutta intentó reanimarla, pero fue imposible. La subió al carro con gran esfuerzo. Solo ella y Sidonia se mantenían en pie. Clotilde no volvía en sí y la niñera seguía en el mismo sitio.

Jutta decidió tomar el camino de Múnich, donde tenía unos parientes que quizás pudieran ayudarlas. Sobrepasó varios pueblos sin encontrar ningún refugio adecuado. Deseaba llegar a algún lugar donde poder pasar la noche y atender a las enfermas. Clotilde parecía haber recobrado la consciencia, aunque seguía inmóvil. Vio unas ruinas, quizás un antiguo pajar, y se encaminó a ellas; al menos, no llovía y el frío era soportable. Clotilde empezó a preguntar por sus hijos. A medida que fue recordando lo sucedido, su desesperación iba en aumento.

Antje estuvo dos días debatiéndose entre la vida y la muerte, al cabo de los cuales falleció. Jutta la arrastró hasta el campo, la desnudó e intentó cubrirla de tierra, ya que no tenía cómo enterrarla. Puso sus ropas pestilentes a secar en la hoguera, y cuando estuvieron secas, desvistió a Clotilde y le puso la ropa seca de la muerta. Clotilde estaba muy débil. Solo deliraba, repitiendo una y otra vez el nombre de sus hijos.

Permanecieron dos días más en el lugar. La cocinera deseaba que Clotilde recuperara las fuerzas con el descanso. Al fin, empezó a decir frases coherentes.

—Jutta, no sé qué puedo hacer. Ya no me quedan fuerzas para seguir. Mis hijos son mi única razón de ser. —Clotilde estaba muy débil.

—El tiempo está cambiando; ya no hace tanto frío. Intentemos llegar a Múnich. Yo tengo unos parientes allí y quizás puedan ayudarnos. Los niños estarán bien cuidados, de eso no hay duda. Si hubieran seguido con nosotras, estarían abocados a enfermar o morir. Cuando podamos, vendremos a buscarlos —comentó Jutta.

Clotilde volvió a subirse al carro como pudo. Las palabras de Jutta la animaron.

—Sí, llevas razón, Jutta. Mis hijos están fuera de peligro, y eso es lo único que debe importarme ahora —replicó Clotilde con zozobra.

Horas después de emprender viaje, pararon en una encrucijada de caminos; bajaron del carro y se dispusieron a comer un poco de pan duro con unos restos de morcilla de lengua; eran las últimas provisiones que todavía les quedaban.

Clotilde a duras penas pudo sentarse en una piedra; utilizaron un tocón enorme a modo de mesa improvisada. Frente a ella, unas flechas indicaban caminos opuestos: Múnich, ponía una, y castillo de Ulm, señalaba otra.

La condesa Clotilde recordó haber pernoctado una noche en el castillo de Ulm de camino a su pedida de mano, que, aunque resultara paradójico, tuvo lugar en la fortaleza Havel. De igual modo, tuvo presente la pena que supuso para su padre, el diplomático Theo de Orange, enterarse de la muerte de su amigo el barón de Ulm en un accidente de coche.

—No tenemos nada que perder. Acerquémonos al castillo. Me presentaré y pediré que nos ayuden. Necesitamos reponer fuerzas. Así no podemos continuar —dijo Clotilde, abatida.

Jutta tenía claro que, si proseguían el viaje, la vida de Clotilde correría peligro. Sin pensárselo más, tomaron la desviación al castillo.

Era media tarde y el sol daba de frente. Apenas se dibujaba en el horizonte el gran edificio de piedra, que se mantenía aislado de intrusos gracias a un enorme jardín y al muro que lo circundaba.

Jutta detuvo el carro renqueante y paupérrimo a las puertas de la propiedad. Aún no les había dado tiempo a bajarse, cuando una voz desafiante y recia les gritó desde una garita.

—¡Váyanse de aquí! Esto es una propiedad privada.

—Deseo ver al barón de Ulm. Por favor, dígale... —empezó Clotilde, aunque sus escasas fuerzas le impidieron ser más enérgica. Quiso explicarle quién era. Pero su rostro enfermo, su aspecto desaliñado, cabellos sucios y apariencia pestilente solo provocaron el grito hierático del guarda.

La condesa no se amedrentó y permaneció ante las puertas, impertérrita y desafiante. Sin embargo, su orgullo mal entendido le impidió gritar su nombre. Su cuerpo, inundado en sudor por la fiebre, apenas se mantenía erguido. Así que Frau Jutta tomó la iniciativa y, puesta en jarras, gritó tanto o más que el portero.

—Soy la cocinera de la condesa de Orange. Indíquele a su señor que la princesa Clotilde von Havel requiere ser recibida por el barón de Ulm.

—¿Quién me asegura que es verdad lo que dice? —contestó el guarda con un tono menos agresivo.

—Tendrá que arriesgarse a preguntarle al barón. Nosotras no vamos a movernos de aquí; y usted verá si no le compensa asegurarse de si el barón recibirá o no a la condesa.

El guarda entró en uno de los edificios que conformaban la puerta principal de acceso a la finca. Enseguida, un joven salió en dirección al castillo atravesando el gran jardín que le separaba de la entrada. Al cabo de un buen rato, regresó con la orden de dejar entrar a la pequeña comitiva de incierta procedencia.

El muchacho dirigió el carro hasta un lateral del castillo, frente a las escaleras que conducían a las cocinas.

La condesa, con su dignidad herida, pero con el semblante regio, no se apeó del carro y mantuvo la mirada al frente. De haber mirado al edificio, quizás hubiera podido sentirse observada por un hombre joven que, expectante, trataba de comprobar su identidad.

Fueron unos minutos eternos, al cabo de los cuales un criado de librea indicó a la condesa que le siguiera.

La condujo a las habitaciones nobles del castillo, donde una doncella le informó que, por expreso deseo del barón, le daba la bienvenida.

—Le prepararemos un baño y le proporcionaremos ropa limpia; el médico no tardará en llegar. —La doncella del castillo parecía sacada de un cuento. Su uniforme estaba impoluto y su aspecto era el de una princesa; al menos, así se lo pareció a Clotilde, que se dio cuenta de que la joven evitaba acercarse mucho a causa del pestilente olor que desprendía.

Clotilde no daba crédito a lo que estaba oyendo: ¡un baño!, ¡ropa limpia!

—¿La señora que venía conmigo y la niña están atendidas? —preguntó en un tono ligeramente impostado. Se sentía desfallecer, pero deseaba con toda su alma demostrar que no era una andrajosa.

—Sí, señora condesa; han sido debidamente instaladas. No se preocupe por nada. —Al tiempo que ejecutaba las órdenes que le habían dado, la criada pensaba: «Si esta andrajosa es una condesa, que venga Dios y lo vea».

—Muchas gracias. Si no le importa, deseo estar sola durante el baño. Le avisaré cuando la necesite.

Jamás había disfrutado de un baño como aquel y nunca olvidaría el olor a lilas de aquel jabón.

En cuanto sintió el confort del agua caliente sobre su cuerpo, el vapor perfumado envolviéndola, el pelo liberado de grasa y polvo... acarició su piel tersa y excesivamente blanca... y sintió placer en ello. Hacía mucho tiempo que no experimentaba esa sensación. Deseó ser tocada por unas manos suaves y fuertes que ejercieran presión allí donde ella lo necesitaba. De tener fuerzas, al igual que en otras ocasiones, se hubiera proporcionado placer a sí misma; práctica que le hacía superar las largas ausencias de su marido... Sin embargo, en aquellas circunstancias, un acceso de rabia y desesperación invadió su cuerpo, llevándola a llorar sin sosiego, con odio, desesperación y sin descanso. Gritó mordiendo la toalla..., hasta calmarse.

Se había contenido durante mucho tiempo; y no es que se sintiera a salvo, pero sabía que había llegado a un terreno amigo.

Sin embargo, la enfermedad que arrastraba la postró en la cama durante dos semanas, en las que tuvo que superar fiebres altísimas.

Capítulo 3
El barón de Ulm

Stefan von Ulm, decimoquinto barón de Ulm, era un hombre de negocios de treinta y ocho años, dueño de una de las fábricas de cerveza más importantes de Baviera.

Nunca le gustó mezclarse con los nazis, pero la viabilidad de su fábrica, así como la pervivencia de sus propiedades en Alemania le habían obligado a no impedir que sus trabajadores se amoldaran a las exigencias del Gobierno de Hitler.

Venía de una familia de gran tradición cervecera. Allá por 1895, su progenitor viajó a Baltimore con el fin de adquirir el invento de William Painter que revolucionaría la industria cervecera: el tapón corona. De esta visita sacó doble partido, ya que también conoció a su futura esposa y heredera de la fábrica de cervezas más popular de la zona, con la que se casaría años después. Por esa razón, el actual barón de Ulm disponía de doble nacionalidad. Sea como fuere, su madre no deseó vivir en Alemania, de modo que, siendo todavía un niño, Stefan von Ulm fue llevado a los Estados Unidos, donde se crio lejos de la convulsa Europa.

Desde la Primera Guerra Mundial, el tener un nombre que sonara alemán era malo para los negocios. Por eso, cuando le convenía, Von Ulm usaba el apellido de su madre, haciéndose llamar Stefan Noon.

Al finalizar la Gran Guerra, su padre adquirió una fábrica de cerveza en el norte de Inglaterra, con lo que decidió instalar las oficinas centrales de su incipiente multinacional cervecera en Londres.

Su padre murió en un accidente de tráfico años antes de empezar la guerra en la que estaban inmersos en ese momento.

Stefan von Ulm hacía solo dos meses que había vuelto a Alemania de la mano de los americanos. Debía poner en marcha la fábrica destruida paradójicamente por las bombas de los propios americanos. Durante la guerra no viajó a Europa. Al frente de la fábrica germana siguió el director de siempre, cuya afinidad y entrega a la causa nacionalsocialista no dejaba dudas.

Los nazis usaron la fábrica como si fuera suya, y el castillo del barón sirvió de alojamiento a los mandos. Nunca fue bombardeado, y cuando lo desalojaron sus ocupantes, lo dejaron en el mismo estado en que lo encontraron, de modo que volver a ponerlo en uso fue tarea relativamente fácil para Stefan von Ulm.

* * *

Habían pasado casi dos semanas y Clotilde se empezaba a preguntar si el barón Von Ulm realmente existía. Su curiosidad iba en aumento, y todavía más cuando cada mañana su bandeja del desayuno incluía un minúsculo florero con una flor a la que se había añadido una tarjeta con su significado. Clotilde no conocía el lenguaje de las flores, pero leía con esperanza la palabra que daría sentido al nuevo día: amapola roja, consuelo. Amarilis, admiración. Campanilla, esperanza...

—Pronto podrá levantarse y pasear por la habitación —le dijo el doctor, que había ido cada día a visitarla.

—Le agradezco mucho todos sus cuidados. Y mi deseo es darle las gracias a mi anfitrión, pero todavía no le conozco —comentó Clotilde, por si el médico le daba alguna pista.

—No se preocupe por eso, ya lo conocerá. En estos momentos está muy ocupado con la fábrica y lo único que desea es que usted se recupere por completo.

Clotilde empezaba a estar intrigada con el personaje. No sabía absolutamente nada de él: si era joven, alto, feo, mayor, viudo... Al principio, sus preocupaciones eran su único mundo, pero al cabo de una semana empezó a ser consciente de su entorno y a preguntarse por su benefactor. Incluso llegó a preguntarle a las criadas por él.

—El señor barón desea que se restablezca. Nos ha dado orden de que cuando esté totalmente recuperada se lo hagamos saber. —Esta fue la respuesta del servicio.

—Jutta, ¿qué comentan los criados del barón? ¿Has podido saber algo sobre él?

—He preguntado, y poco me han dicho. Creo que es un hombre joven, y lo sorprendente es que hablan de él como si no fuera alemán; incluso uno de los criados le imita poniendo acento inglés.

Las dos mujeres se rieron por primera vez con ganas. Era como si no tuvieran derecho a hacerlo, como si el sufrimiento permanente les negara el alivio de la risa o de la relajación.

—Buenas tardes condesa, soy la señora Ploss; el barón Von Ulm me envía a decirle que esta noche tendrá invitados a cenar y que estaría muy honrado de contar con su presencia, si sus fuerzas se lo permiten —le informó una mujer mayor que había acudido a su alcoba. Clotilde dedujo que era el ama de llaves.

—Será un placer aceptar su invitación. —Al tiempo que contestaba, Clotilde pensaba en cómo podría ir a la cena si no tenía ropa que ponerse.

La respuesta la obtuvo al instante. El ama de llaves volvió al pasillo y mandó pasar a un par de doncellas que portaban ropa y todo lo necesario para arreglarle el cabello.

El vestido que le proporcionaron quizás no fuese el último diseño de Madeleine Vionnet, pero sin duda era un clásico elegante de los años treinta, de seda drapeada en color crudo, puños de vuelta y largo hasta los tobillos. La famosa e influyente casa parisina de siempre marcaba un exquisito gusto.

Recordó los modelos que se había hecho en París durante los meses que acompañó a su marido cuando lo destinaron a la ciudad del Sena, en tiempos de la ocupación nazi. En aquellos días no tuvo que fingir; era ella misma: la mujer de un victorioso militar alemán. Hoy, sin embargo, todo era fachada.

Clotilde decidió que solo tenía un modo de demostrar su señorío, que no era otro que hacer despliegue de sus principales armas: su belleza y elegancia. Al mismo tiempo, quería agradecerle a su anfitrión todas las atenciones que había tenido con ella.

Se encaminó al salón principal segura de sí misma, aunque su interior era un manojo de nervios.

Stefan examinó con atención a la mujer de figura esbelta, porte altivo y espalda recta que encaminaba sus pasos hacia el sillón del que él, completamente embobado, acababa de levantarse para salir a su encuentro.

Estaba satisfecho con el resultado de «su juego». Le entretenía la especulación y la intriga de si sería capaz de convertir a la andrajosa del carro en una dama. Era evidente que aquella visión superaba con creces cualquier especulación.

—Mi querida condesa, me alegro de verla tan restablecida. Espero que todo haya estado a su gusto.

—Le agradezco sobremanera su hospitalidad y cuidados.

—Señores, tengo el gusto de presentarles a la condesa de Orange, amiga de la familia, alemana de madre inglesa, que se alojará durante un tiempo con nosotros. —Ulm presentó a sus invitados: el comandante Henderson y el capitán Collins de la RAF y los capitanes Harris y Clark de la USAAF.

Stefan no deseó dar más datos sobre Clotilde, ya que tampoco conocía su pasado más cercano. La tomó por el brazo y le ofreció una copa de champán que portaba un criado.

—Si le parece, pasamos directamente al comedor. Sé que todavía no está repuesta del todo, de modo que procuraré que la velada no se alargue demasiado.

Clotilde tomó la copa Pompadour, acercándosela a los labios; bebió un pequeño sorbo y, mirando al barón, le dio la enhorabuena por el magnífico champán.

Los comensales siguieron a su anfitrión al salón contiguo, donde una mesa exquisitamente adornada daba la medida del refinamiento del dueño del castillo.

—¿Debo entender que la guerra le cogió entre los dos bandos? ¿O tenemos que tratarla como al enemigo? —comentó, por el camino, el capitán Harris, vestido con el uniforme americano.

—Si su deseo es saber dónde pasé la guerra, debo confesarle que mi castillo de Sajonia me sirvió de refugio, del mismo modo que fue alojamiento de los militares americanos que amablemente facilitaron mi huida hasta aquí. —A Clotilde le hervía la sangre cuando percibía la estupidez a su alrededor.

—Lo celebro y deseo que su estancia sea agradable. Sin duda, no ha debido resultarle fácil el viaje. —El oficial percibió el malestar de sus camaradas e intentó enmendar su desafortunada «gracia».

Acto seguido, los militares apuraron el magnífico brandi que Von Ulm les ofreció, antes de ocupar sus asientos en la mesa.

Clotilde puso a prueba todo lo que su madre le había enseñado acerca de cómo debe comportarse una gran señora. Tenía claro que ella pertenecía a la nobleza rural, y el refinamiento que se respiraba en la casa del barón era algo a lo que no estaba tan habituada, aunque había sido instruida para ello. Era evidente que a quien quería causar buena impresión era a su anfitrión, pues no recordaba a nadie tan sofisticado como él. Hasta ese momento, nunca había tenido que demostrar quién era. Pero, debido a la situación de inseguridad que albergaba en su interior, se sentía examinada por los ojos del barón; quien, en realidad, estaba prendado de su belleza y no reparaba en la preocupación de la condesa: cómo entrar al comedor, cómo sentarse, desdoblar la servilleta, acercarse la copa a los labios...

La condesa saboreó la exquisita sopa de guisantes, de igual modo que agradeció la elección como segundo plato de gruesas lonchas de venado acompañadas de patatas horneadas al punto.

Cuando dejó de sentirse observada, tomó ella el relevo y escudriñó al barón. En ningún momento imaginó que su anfitrión pudiera tener aquella apariencia: de facciones delicadas, quizás más alto de lo que a ella le gustaba, delgado, ojos de un verde indefinido y pelo castaño peinado hacia atrás. Le sorprendió su forma de vestir: clásico, pero con toques sorprendentes, tales como un chaleco azul claro y un pañuelo a juego en el bolsillo exterior de la chaqueta. Era el único que vestía de civil. No podía asegurar que fuera atractivo, pero sí le resultó elegante y agradable. Sin embargo, no se sintió atraída por él. A Clotilde le gustaba el hombre varonil y atlético. El listón de su marido Max era difícil de superar.

En el transcurso de la velada, Clotilde fue sintiéndose cada vez más segura, sobre todo cuando fue comprobando cómo cada comensal iba sucumbiendo a su belleza, tratando de halagarla o dedicándole miradas de admiración.

A fin de incluir a la condesa en las conversaciones, comenzaron a hablar del hecho «lamentable» del bombardeo de Dresde, de cómo la RAF había destruido la monumental y bella ciudad; cómo las bombas de fósforo arrasaron la capital sajona, provocando el incendio más devastador que se pueda recordar.

—Les aseguro que fueron muchos los pilotos que no entendieron la orden de destrucción masiva, dado que ya estaba prácticamente ganada la guerra. Era sabido que Dresde no tenía valor militar, sino que más bien era un centro de refugiados y heridos —afirmó el comandante inglés, intentando justificar lo injustificable.

—Sin lugar a dudas, los ingleses deseaban demostrar su eficacia ante Stalin, que está decidido a destruir Alemania con la furia de la venganza por la masacre que Hitler ejerció sobre Rusia —argumentó el barón Von Ulm.

—Condesa, hizo usted muy bien en encaminarse al sur, sin duda la zona más segura; cualquier otra opción hubiera tenido trágicas consecuencias —comentó uno de los militares a Clotilde.

—Tiene usted razón, pero, aunque estemos en guerra, no debería haber lugar más seguro que una ciudad sin objetivos militares. —Clotilde no pudo seguir, le temblaba la voz, no entendía el desapego de aquellos hombres por la población civil alemana.

—Y dígame, ¿en su viaje hasta aquí ha tenido algún problema digno de contarnos? —Esta vez era Collins, el capitán inglés, quien deseaba saber más acerca de aquella misteriosa mujer.

Clotilde no quería hablar de su huida; pero vio oportuno mencionar a los presos liberados de los campos de concentración.

—Creo que deberían haber tenido en cuenta qué hacer con los prisioneros liberados. Muchos vagan por los caminos, viéndose obligados a delinquir —expuso Clotilde.

—Mi querida señora, por mucho que viva y hubiera imaginado, jamás me creería si le contara lo que nos hemos encontrado en los campos —se apresuró a responder el oficial americano—. Los nazis idearon toda una maquinaria destinada a la tortura, muerte y vejación del ser humano. Cuando salga a la luz lo que hicieron en los campos de concentración, se convertirá en el Holocausto más trágico y doloroso de la historia. No podríamos prever jamás el ingente número de prisioneros, y menos las condiciones en las que los hemos encontrado.

Clotilde se quedó impactada con tal afirmación.

—Ya se empieza a hablar de ello. Sin duda se les juzgará, y el pueblo alemán ya está pagando por ello.

—No le quepa duda, mi querida señora. Y ahora, si le parece, dejemos de hablar de esta tragedia; no sería justo amargar esta estupenda cena —concluyó el militar americano.

Clotilde, convaleciente todavía de su enfermedad, se sentía desfallecer. Pero no podía dejar pasar aquella oportunidad para enterarse de lo que le preocupaba. Casi sin fuerzas, volvió a tomar la palabra:

—Discúlpenme, me gustaría saber en qué situación se encuentra Berlín. Como alemana, deseo que la contienda acabe cuanto antes —dijo, deseando tener pistas sobre su familia.

—Berlín se prepara para la gran batalla, y me temo que los primeros en llegar serán los soviéticos. Estamos a finales de marzo, y todo apunta a que antes del verano acabará la guerra. —Collins deseaba mostrarse amable con Clotilde, que no siguió preguntando, ya que la debilidad física hizo mella en ella. Collins notó su abatimiento y quiso saber—: Entiendo que estará usted preocupada por la situación de algún familiar que vive en la capital.

—Así es. Mis padres, mi hermana y mi hija mayor creo que siguen allí; quisiera saber de ellos —confesó ella sin apenas fuerzas para hablar.

—¿No está segura de que todavía permanezcan en Berlín? —Collins deseaba profundizar en la situación de la condesa.

—Efectivamente. La intención de mis padres era viajar a Inglaterra, donde reside la familia de mi madre.

—Mi próximo destino es Berlín. Si usted me da la dirección de sus padres, en cuanto me sea posible, me ocuparé de averiguar qué ha sido de ellos y se lo haré saber.

—Se lo agradezco infinito. Nada podría hacerme más feliz que tener noticias de mi familia. —Clotilde esbozó una sonrisa de satisfacción que iluminó su rostro, pero ya no pudo ocultar su agotamiento, que no pasó inadvertido a los ojos del barón.

—Señores, van a permitirme que acompañe a la condesa a sus habitaciones. Todavía no está repuesta de su largo viaje. Pasen a la sala de fumadores, en donde continuaremos nuestra conversación.

El barón Vom Ulm se levantó de la mesa y, retirándole la silla a Clotilde, la tomó del brazo.

—Buenas noches, señores. Discúlpenme si no he sido una compañía amena; todavía estoy recuperándome de una neumonía. Ha sido muy interesante haber compartido con ustedes esta cena —se despidió Clotilde.

Con cierta dificultad se puso de pie y dirigió una mirada de agradecimiento al capitán Collins, que, al igual que sus compañeros de mesa, admiró la belleza de aquella mujer a la que la vida parecía haberle puesto muchos obstáculos en su camino.

En el corazón de Stefan von Ulm prendió una llama de admiración y sintonía con Clotilde. Su saber estar, su espíritu combativo y su búsqueda de la verdad le catapultaron más allá de su belleza.

El barón estaba pletórico. Al fin había encontrado el prototipo de mujer con el que siempre había soñado. Tenía claro que una mujer como Clotilde sería la perfecta compañera.

Incluso, casi por primera vez en su vida, su cuerpo —poco dado a sentir pasión por una mujer— había experimentado unos estadios de placer jamás sentidos antes.

Era evidente que al barón le había llegado el momento de sentar la cabeza. Tenía fama de *playboy*, aunque se decía que nunca remataba. Habitual de los casinos, conductor de deportivos y asiduo invitado en las cacerías del zorro de la aristocracia inglesa, le hacían merecedor de una fama de vividor, sin intereses políticos más allá de sus negocios. Había tenido hasta ahora una vida de vértigo, pero los tiempos estaban cambiando y con ellos el estilo de vida que debía llevar a partir de ahora.

Hasta ese momento, a pesar de haber conocido a mujeres muy sofisticadas y que pertenecían al gran mundo, no había encontrado a ninguna que alcanzara la cota sublime entre la belleza y la elegancia que él exigía. Un equilibrio imprescindible en la mujer perfecta que el barón deseaba para él.

Tenía un lema que llevaba a rajatabla: «Nobleza obliga».

Cuando Stefan vio a Clotilde sentada encima de un baúl en su destartalado carro, con un aspecto deplorable, los ojos hundidos, su piel apagada y, sin embargo, con su dignidad y señorío intactos, no se cuestionó si en realidad era la condesa de Orange, pero sí consideró que se trataba de una mujer joven, guapa y distinguida.

Recordó con claridad la vez que, con tan solo quince años, acompañó a su padre a cenar en la residencia del embajador de Alemania en Londres, Theo de Orange. Su progenitor deseaba introducirlo en los negocios; y la experiencia de presenciar las conversaciones diplomáticas a fin de recabar el apoyo de la embajada para llevar a cabo la compra de una fábrica de cerveza en el condado de Kent sería sin duda un buen aprendizaje.

Vom Ulm nunca olvidó el recibimiento tan cordial y familiar que les dispensaron el embajador y su esposa. Reparó en lo poco agraciada que era su primogénita, un año mayor que él, y la preciosidad de niña que era su hija pequeña, de tan solo diez años y de nombre Clotilde.

Gracias a la gran labor diplomática de Theo de Orange, la cervecera Ulm pudo implantarse en Inglaterra y consolidar el puente entre América y Europa.

Por ello deseó ayudarla. Tuvo claro que primero debía ser atendida por un médico. Una vez recuperara su salud, deseaba darle su sitio, devolviéndole su dignidad de gran dama. Todo lo demás estaría por ver, y mientras tanto él se divertiría viendo como aquel saco de huesos que había aparecido ante su puerta se volvía a convertir en una señora.

Capítulo 4
Resignarse a vivir sin amor

La rendición de Alemania el día 7 de mayo de 1945 fue para el mundo entero el fin de la guerra más sangrienta y horrible de la Humanidad. Durante ese mes, Clotilde recuperó fuerzas gracias al reposo y la buena alimentación. Fue cogiendo confianza con su anfitrión y pudo hablarle de sus hijos, retenidos en contra de su voluntad por su cuñado. Pasó varios días centrada en conseguir hablar con el príncipe Gustav, tratando de comunicarse con él vía telefónica. Después de varios intentos, al fin alguien contestó al teléfono.

—Dígame cómo puedo hablar con el príncipe Gustav —perseveró Clotilde.

—Permítame decirle que no insista. Hace semanas que el señor no se encuentra aquí. Él y sus sobrinos han viajado a Austria —se limitó a comunicarle el mayordomo del príncipe.

Clotilde se sintió muy desmoralizada. Sabía cómo se las gastaba Gustav, y tomó conciencia del hecho de que, si su cuñado no deseaba devolverle a los niños, nada ni nadie iba a poder conseguirlo. Por mucho que se empeñase, no podría luchar contra el poder y los recursos del príncipe Von Havel. Stefan le convenció de que nada era imposible y de que, muy pronto, los antiguos privilegios serían historia en el nuevo orden mundial.

El barón Vom Ulm se ofreció a acompañar a Clotilde al castillo Havel. Ella deseaba comprobar que lo que le había dicho el mayordomo era cierto; quería enfrentarse cara a cara con su cuñado y poder pelear por sus hijos, ahora que su cuerpo se lo podía permitir.

—No puedo presentarme allí contigo. Prefiero que me acompañe Frau Jutta y que nos lleve tu conductor.

De nada le sirvió a Clotilde volver sobre sus pasos y revivir la penuria de los caminos. Al llegar al castillo, se lo encontró cerrado a cal y canto. Preguntó a unos trabajadores por el príncipe Gustav y le dijeron que hacía semanas que se habían ido.

Clotilde regresó al castillo de Ulm desolada y con las manos vacías. Al ver su desesperación, Stefan trató de buscar alguna solución.

—Ha llegado el momento de iniciar un proceso por vía judicial para recuperar a los niños —propuso Von Ulm.

—Gracias por ayudarme en este empeño. Sin ti no podría ni pensar en pleitear contra Gustav.

Clotilde no pudo menos que admitir que junto a Stefan se sentía a gusto y protegida. Su bondad lo engrandecía.

Stefan deseaba contentar a Clotilde, y sabía que ayudarla a recuperar a sus hijos era la mejor apuesta. Con el visto bueno de la condesa, inició los trámites para solicitar la devolución de los hijos a su madre; sin duda, una tarea ardua y muy a largo plazo, sobre todo si se tenía en cuenta aquella época de posguerra.

El barón pasaba horas poniendo en marcha la fábrica. Pero por las tardes intentaba llegar pronto para estar con Clotilde.

—Deberías buscar un entretenimiento que te ocupe el tiempo libre; pensar a todas horas en tus hijos te hará enfermar —sugirió Stefan, mientras se ponía una copa de brandi.

—Llevas toda la razón, y quisiera comentarte una idea que se me ha ocurrido a raíz de que Jutta me haya informado de la escasez de alimentos que sufren en el pueblo.

—Sabes que cuentas conmigo para lo que sea. Este pueblo forma parte de mi responsabilidad —aseguró Ulm.

—Me gustaría organizar un comedor para los niños y que además les procuráramos algo de alimento para llevar a sus casas. Hay muchas familias que no tienen nada que llevarse a la boca —expuso Clotilde.

—No lo demores ni un minuto más —dijo Von Ulm dando su consentimiento con gusto.

La crisis alimentaria que se produjo al acabar la guerra dio lugar a muchas repercusiones en la salud y la mortandad.

Las tierras de labor todavía no estaban en producción. La poca comida que los niños llevaban a sus casas era insuficiente.

Clotilde comprendía que las tierras del barón estaban dedicadas al cultivo del lúpulo, y la pequeña producción agrícola era casi para el autoabastecimiento del castillo. En aquellos días se «estiraban» los víveres para dar cobertura al comedor infantil.

El barón Von Ulm acudió al encuentro de Clotilde después de una dura jornada dedicada a la reconstrucción de la fábrica de cerveza; esta vez la encontró hablando con Jutta en el *hall* de entrada.

—Algo estaréis tramando cuando os veo tan enfrascadas —comentó riéndose el barón.

—Llegas en el momento oportuno. Necesitamos producir alimentos básicos para los vecinos del pueblo.

—Cuentas con mi apoyo, pero debo centrarme en la fábrica; eso hará que el pueblo salga de la miseria en poco tiempo. —Stefan era un hombre de negocios frío y pragmático.

—Te comprendo. Se me ha ocurrido que dediquemos la pradera del jardín al cultivo de patatas; es la mejor tierra que podemos tener. —Clotilde sabía de lo que hablaba; no en vano, siempre se había ocupado de su finca agrícola.

—¡Manos a la obra! Haré que me envíen patatas de siembra desde Baltimore, junto a una maquinaria que ya está comprada y a punto de ser enviada por barco. La mayoría de los hombres del pueblo están trabajando en levantar la fábrica, pero las mujeres podrían ayudarte —contestó entusiasmado Stefan.

—Si conseguimos roturar esa tierra y ponerla a producir, de cada kilo de patatas que sembremos sacaremos diez. Con eso podríamos asegurar la subsistencia de las familias sin recursos del pueblo para el invierno.

A partir de este hecho, Clotilde y Stefan fueron desarrollando una camaradería envidiable. Eran conscientes de que juntos formaban un magnífico equipo, hasta el punto de que Stefan tenía en cuenta las opiniones de Clotilde en sus negocios.

Le había hecho olvidar sus propios problemas, pero su corazón seguía atenazado por la angustia de no tener a sus hijos con ella.

Con el paso de las semanas, Clotilde empezó a pensar en la única posibilidad que le quedaba para recuperar a sus hijos. Se resistía a tener que valerse de su sobrino Ralf von Havel —hijo único de su cuñado Gustav—, del que no sabía nada desde que le conoció en la primavera del año cuarenta y dos, cuando fue a visitar a su marido a Berlín. Sabía que había formado parte de las SS, pero no tenía ni idea de qué habría sido de él al finalizar la guerra. Le gustara o no, sabía que, si alguien tenía algún predicamento sobre Gustav, ese era su hijo Ralf.

Lo complicado sería saber dónde podría localizarlo. Como siempre, fue en busca de Jutta para hablarle de su idea.

—Jutta, debo hablar con Stefan y pedirle que me ayude a localizar al príncipe Ralf —le espetó Clotilde a la cocinera, entrando en su cuarto a la hora del descanso.

Jutta estaba acostumbrada a estas visitas repentinas de Clotilde y, lejos de molestarle, las consideraba un detalle de cariño.

—No sé si debe hacerlo. Puede comprometerle. No sabemos qué habrá sido del príncipe todos estos años ni en qué habrá podido estar involucrado. —Jutta suponía que Ralf, por su estatus y la influencia de su padre, habría tenido algún cargo importante en las SS.

—Lo sé, pero estoy desesperada. Solo el príncipe Ralf puede darme noticias de mis hijos e interceder por mí ante su padre.

—Pues dígale al barón quién es Ralf, y deje que sea él quien valore la posibilidad de implicarse en su búsqueda o no —aconsejó Jutta a Clotilde.

—No sé si el barón verá oportuno meterse en este lío —reflexionó la condesa.

—Un hombre enamorado hace lo que sea por su amada, y la verdad es que este no puede estar más entregado. Pero tenga cuidado; creo que deberá empezar a pensar qué hará cuando le pida que se case con él —le advirtió Jutta.

—Usted siempre con sus romanticismos. Es un hombre atento y servicial, solo eso —contestó Clotilde con escaso convencimiento.

—Bueno, yo sé de lo que hablo. Ningún hombre se entrega como lo hace el barón si no está interesado. Ya sabe cuál es mi frase favorita: «Cuando un hombre está, está». Es decir, que cuando «está», se le nota enseguida su interés. Cuando «no está», su indiferencia es total; aunque con frecuencia las mujeres tendamos a justificar las cosas con tal de engañarnos.

Clotilde se echó a reír como una adolescente; sus facciones empezaban a recobrar la alegría de antaño.

—Pero no nos desviemos del tema y volvamos al asunto del príncipe Ralf. —La condesa era más práctica que sentimental.

—Pensándolo bien, el barón hará lo que sea con tal de ayudarla. Pídale que localice al príncipe, pero adviértale que ha pertenecido a las SS —replicó Jutta.

Clotilde abrazó a Jutta; en aquel momento era su amiga más preciada, y sus consejos representaban para ella un apoyo inestimable.

Von Ulm se acostaba cada noche pensando en Clotilde, extrañado de que no se comportara como la mayoría de las mujeres que buscaban «cazarlo», una actitud que deploraba.

El edificio de la fábrica ya estaba rehabilitado, y sus oficinas presentaban un aspecto moderno y funcional. Desde que Clotilde le había encargado que se ocupara de buscar a Ralf, Stefan no había dejado de intentarlo. Se encerraba en su oficina y le pedía a su secretaria que llamara a todos sus contactos, a fin de conseguir información sobre el paradero de Ralf von Havel; un empeño nada fácil, ya que su nombre no constaba en ningún sitio. Llegó incluso a plantearse si había muerto.

Pero cuando ya casi estaba a punto de abandonar su búsqueda, le llamaron para informarle de que había un ingeniero con ese nombre dirigiendo una fábrica en Stuttgart.

El barón de Ulm no pudo esperar. Emocionado y ansioso, tomó las llaves de su coche y regresó al castillo. Deseaba contarle a Clotilde que sus pesquisas habían tenido éxito.

Una sirvienta le indicó que la señora estaba cogiendo flores en la única zona del jardín donde todavía se cultivaban. Sin mediar saludo alguno y con una enorme sonrisa en su rostro, Stefan gritó desde el pasillo que formaban los agapantos:

—¡Tengo buenas noticias! Tu sobrino Ralf dirige una fábrica de motores eléctricos cerca de Stuttgart —informó pletórico.

Clotilde no daba crédito a lo que oía. Al fin, una esperanza. Dejó la cesta de flores en el suelo y corrió hacia él para abrazarlo. Él inclinó la cabeza y la besó en la boca por primera vez. Clotilde respondió a aquel beso con más cariño que pasión.

—Le llamaré hoy mismo. No sé cómo voy a poder compensarte todo lo que haces por mí.

—No se trata de que me compenses por nada. Supongo que ya te has dado cuenta de cuáles son mis sentimientos hacia ti. Por el momento, me conformo con estar a tu lado y ayudarte en todo lo que pueda. Aunque mi deseo es casarme contigo. —Stefan se dejó llevar por la reacción de Clotilde.

—Gracias, Stefan. Cada día que pasa descubro en ti al ser humano más adorable que hay en la tierra.

Clotilde era consciente de que Von Ulm estaba enamorado de ella y también tenía que reconocer que encontrar a una persona tan delicada, entregada y buena era imposible; de ahí que cada día fuera sintiendo más cariño hacia él.

A primera hora del día siguiente, Clotilde le puso una conferencia a Ralf.

Una secretaria con voz de pito y demasiado celosa de su trabajo insistía en saber si la llamada era personal o profesional. Al fin accedió a pasarle la comunicación a su jefe.

—Clotilde, ¿eres tú?... —Ralf no se podía creer que realmente estuviera ella al otro lado del teléfono. Estaba emocionado y nervioso; había soñado con esa posibilidad durante años.

—Buenos días, Ralf. Sí, soy yo. —Clotilde deseaba parecer tranquila, aunque no era así; su voz temblaba sin remedio.

—Dime cómo estás. ¿Necesitas algo? Debo decirte que no me hablo con mi padre desde que me enteré de cómo te trató. Fue un hijo de Satanás echándote del castillo enferma. —Ralf había heredado la amabilidad de su madre austriaca.

—Estoy bien, gracias a la hospitalidad del barón Von Ulm. Necesito que me ayudes a recuperar a mis hijos. Que hables con tu padre para que me los devuelva.

—Sé que pasa largas temporadas en Austria con ellos en alguna de las casas heredadas de mi madre. Será difícil de localizar, pero, en cuanto regrese a Alemania, iré a visitarle para hablarle de ello. —Ralf tenía el corazón encogido; estaba enamorado de Clotilde desde la primavera del año cuarenta y dos cuando la conoció, y no había dejado de quererla desde entonces.

—Por favor, toma nota de mi teléfono y tenme informada —le suplicó ella.

—Sé que no me escuchará, pues no me perdona que terminara mis días de ingeniero civil. Y menos que en estos momentos me esté comprando una propiedad en Chile con la herencia de mi madre. —Ralf, de un tiempo a esta parte, había conseguido alejarse de su padre, un ser que había sido muy pernicioso para él.

—¿Quieres irte de Alemania? —preguntó Clotilde, extrañada.

—Sí, pretendo pasar seis meses al año en Chile —contestó Ralf, notando la desafección de su tía.

—Me alegro de haber podido hablar contigo —se despidió ella.

—Clotilde..., te llamaré cuando tenga noticias —se despidió el príncipe.

Ralf se quedó ensimismado durante unos instantes. Recuperar a Clotilde le hacía sentirse pletórico y, al mismo tiempo, cauto.

En cuanto colgó el teléfono, a Clotilde la asaltó de nuevo la culpabilidad del pasado.

* * *

Pasar las tardes con Sidonia y Jutta se convirtió en un remanso de paz para Clotilde. Jutta siempre había sido su apoyo. Ahora era su única amiga, su confidente.

La cocinera enseñaba a andar en bicicleta a Sidonia en el patio este del castillo. Las risas de la niña llamaron la atención de Clotilde, que se maravilló con la evolución de la huérfana polaca.

—¿Alguien quiere un refresco? —preguntó la condesa, solicitando la atención de las «acróbatas».

—Yo. Yo lo quiero —gritó Sidonia, que ya había conseguido mantener el equilibrio sobre las dos ruedas de una bici demasiado grande para su estatura.

Jutta entró a pedir que les sirvieran un refresco en la mesa que utilizaba el servicio en verano y que estaba bajo un emparrado con una enredadera de hoja perenne. En cuanto apuró su refresco, la niña volvió a su tarea de subirse a la bici. Jutta y Clotilde se quedaron conversando.

—El barón me ha pedido que me case con él. ¿Qué opina? —preguntó la condesa, buscando una solución a sus dudas.

—Opino que, si yo fuera usted, no dudaría en aceptar —afirmó la pragmática Jutta, a la que el barón le parecía un hombre apuesto y de nobles sentimientos.

—Pero no estoy enamorada de él. Solo siento un gran cariño y mucho agradecimiento. Me levanto cada mañana pensando en Max y en lo feliz que he sido con él. Créame, Jutta, que no hay día que no llore su pérdida. —Clotilde se quedó pensativa, jugueteando con una mariquita que correteaba por la rústica mesa.

—Debe empezar a quitar de su mente la presencia del príncipe Max. Él ya no está, y usted debe seguir aquí. Por otro lado, a estas alturas de la vida, el amor ya no entra en las cuentas. Tiene que ser práctica: el barón sí está enamorado. Si se casa, recuperará su estatus, tendrá quien mire por usted y, lo más importante, siendo la baronesa Von Ulm tendrá más posibilidades de recuperar a sus hijos. —Jutta le hablaba como si fuera su hermana mayor.

En ese momento, Sidonia requirió su atención.

—Mirad, mirad, ¡ya me sostengo!

Jutta y Clotilde se levantaron para aplaudirla, acto que festejó la pequeña, y dejando la bici corrió hacia ellas para abrazarlas.

Clotilde miró a la niña y se acordó de Victoria, que tenía la misma edad. Se le llenaron los ojos de lágrimas pensando si su hija tendría a alguien que le diera el cariño que recibía Sidonia.

Jutta percibió la tristeza de Clotilde y decidió seguir con la conversación.

—Entonces, ¿qué le va a contestar al barón?

—Le voy a contestar que sí, que me caso. Sé que es difícil que la vida te dé dos veces una oportunidad; además, a mi modo, empiezo a quererlo...

Aquella noche, al terminar de cenar, la condesa sugirió tomarse un whisky en la biblioteca.

Clotilde reprimió sus sentimientos. No deseaba a aquel hombre. El simple contacto de sus dedos sobre sus hombros la incomodaba. No podía mirar sus manos ridículamente delgadas de piel mortecina y movimientos sinuosos. Su forma de comer, tan impostada y afeminada a la vez, le desagradaba; aunque todo se compensaba con el trato cariñoso y tierno de él.

—Acepto tu ofrecimiento. Pero te propongo que no pongas objeción en darme el divorcio si así te lo pido en un futuro. —Clotilde miró a los ojos a Stefan, intentando descubrir sus pensamientos.

Von Ulm se había sentado junto a la chimenea y se disponía a saborear su brandi preferido con un poco de chocolate. La respuesta de Clotilde le cogió de sopetón, pero ya sabía que ella era así de directa.

—Haremos un acuerdo matrimonial. En el mismo especificaré que te cederé una cantidad de dinero, siempre y cuando me des un heredero —expuso el barón.

—Lo veo justo. —Clotilde no había pensado en algo tan natural como aquella reivindicación. Nunca se había planteado tener más hijos, pero este extremo no le desagradaba—. Nos casaremos aquí en el castillo, y me gustaría que fuera algo íntimo. El sacerdote del pueblo podría oficiar la ceremonia —especificó Clotilde.

* * *

Los preparativos de la boda apenas se demoraron dos meses, al cabo de los cuales se ofició una ceremonia sencilla en la capilla del castillo, en cuyo interior el color vainilla y el rosa se daban la mano para enaltecer el dorado de las columnas.

Una de las vidrieras del altar mayor representaba el escudo de armas de la familia. La capilla quizás fuese el elemento arquitectónico más antiguo del castillo, que era en su mayor parte una edificación relativamente moderna construida sobre la base de una fortificación medieval.

Von Ulm consiguió reunir en solo dos semanas a los componentes del coro parroquial y hacer que volvieran a cantar como antes de la guerra.

Stefan era un hombre educado y considerado en exceso. La primera noche que el barón compartió lecho con Clotilde todo fue preparado con exquisito detalle. La alcoba principal del castillo había sido adornada con infinidad de jarrones repletos de flores silvestres de multitud de colores. El suave perfume de las flores frescas invitaba a dejarse llevar por el aroma confortable.

Clotilde añoraba el sexo, largamente privada de él.

Aunque la visión de Stefan con un batín de terciopelo carmesí no le causó sensación alguna, tuvo que reconocer que la simple imagen de ser penetrada por un hombre después de tanto tiempo le produjo un placentero estremecimiento anticipando lo que iba a suceder.

Stefan le había indicado que quería que le esperase en la cama completamente desnuda y tapada por el edredón esponjoso de plumas. Así lo hizo, y él se acercó con suavidad; ella, pudorosa, procuró no mirar la desnudez de su marido. Este entró en el lecho y comenzó a tocarla sin destreza, estrujando sus pechos como si amasara pan.

Clotilde sentía dolor más que placer.

«Este hombre no tiene ni idea de hacerle el amor a una mujer», pensó la nueva baronesa Von Ulm.

—Eres tan hermosa que me intimidas. —Stefan intentaba justificar su torpeza.

El barón se puso encima intentando penetrarla.

—¿Me sientes? Dime que me sientes —decía Von Ulm con desesperación.

Clotilde quería decirle que lo sentía, pero no era así; no podía excitarse con un miembro ridículamente pequeño y en forma de colibrí. Era patético. Ella estaba acostumbrada al miembro de Maximiliano, que, erguido y grueso, la llenaba por completo, provocándole un placer absoluto.

Clotilde decidió entrar en acción y tomar la iniciativa. Stefan aquella noche supo lo que era una mujer y lo que era capaz de hacer, no solo para procurar placer a un hombre, sino para recibirlo y exigirlo. Nunca había experimentado nada igual. Stefan se quedó exhausto y feliz. No podía imaginar que aquella mujer tan refinada y elegante pudiera ser una experta en la cama.

A Clotilde no le ocurrió lo mismo. Viendo a su lado a Stefan durmiendo con placidez, se le saltaron las lágrimas al compararlo con Max, y recordó cómo su marido la instruyó en las artes amatorias aprendidas en los burdeles de París.

Durante la ocupación, los alemanes no solían mezclarse con los franceses más allá de lo estrictamente necesario y solo en los burdeles y en las veladas de la alta sociedad se confraternizaba con los invasores.

En esa época, Clotilde pasó una temporada acompañando a su marido en París. En la Ciudad de la Luz vivió la mejor época de su vida junto a Maximiliano. Se les asignó un piso palaciego en la rue de l'Elysée, propiedad de una familia judía que había huido a Argentina.

Fue una época extraordinaria en la que disfrutaron de los espectáculos musicales en el pequeño teatro Hébertot o en la Ópera. Un nuevo embarazo truncó su estancia en la ciudad del Sena, obligándola a regresar a Alemania. Por desgracia, a los pocos meses tuvo un aborto, que la postró en cama y la sumió en una profunda tristeza.

Aunque el barón estaba muy satisfecho con su noche de amor, Clotilde, sin embargo, supo desde ese preciso instante que Stefan jamás le daría placer, y dudaba mucho de su capacidad amatoria. Pero, en aquellos momentos, ese no era su principal problema.

* * *

Habían transcurrido varios meses del fin de la guerra, cuando Stefan acudió a la biblioteca donde estaba Clotilde leyendo. Iba acompañado de un militar.

—Querida, el capitán Collins viene a verte. Trae noticias de tu familia. —Stefan no sabía cómo preparar a su mujer para lo que le iba a decir el capitán; así que atravesó la estancia y se acercó a ella, cogiéndole de la mano.

El libro que Clotilde tenía entre sus manos resbaló involuntariamente cayendo al suelo, enderezó su columna y ahogó un gemido en su garganta, anticipando el dolor que presentía le iba a causar la información del capitán. Hacía tiempo que esperaba algo así.

Después de un breve saludo con la cabeza, Clotilde suplicó al capitán Collins que se sentara y le comunicara lo que había averiguado.

—Se está llevando a cabo el desescombro de la zona residencial donde estaba ubicada la casa de sus padres. Por desgracia, han aparecido los cadáveres de sus padres y de su hermana, así como de tres sirvientes de la casa. Pero no hay rastro de su hija Amalia. Seguramente no se encontraba allí en el momento del bombardeo.

Su hija podría estar viva. Solo pensar en esa posibilidad le daba una esperanza. Hacía tiempo que albergaba la idea de que ninguno hubiera sobrevivido a los bombardeos de Berlín.

—¿Podemos averiguar algo más? —preguntó nerviosa Clotilde.

—Por desgracia, mi aportación acaba aquí. Debo incorporarme a otro destino. Le he pedido a un amigo que siga investigando el paradero de su hija, pero he de decirle que Berlín es un caos, y encontrar a alguien, una tarea casi imposible. —El capitán Collins sentía no poder continuar con el encargo.

Clotilde respiró profundamente, se llevó las manos a la cara y rompió a llorar. Le faltaba el aire, se disculpó y salió de la estancia camino de su cuarto. Stefan le pidió excusas a Collins y corrió tras ella.

* * *

El invierno se había echado encima, y los problemas de Von Ulm también. Él siempre decía que ser rico no supone no tener problemas, sino que estos eran proporcionales a sus obligaciones.

—Querida, necesito viajar a Inglaterra. Hace más de un año que ha acabado la guerra. Las oficinas centrales de Londres fueron destruidas por los alemanes y es necesario que me ocupe de su reconstrucción. Si no pongo a funcionar todo el engranaje, mi negocio no será viable. Me gustaría que me acompañaras —suplicó Stefan.

—Te entiendo, y sé que ahora me toca a mí estar a tu lado. Aunque tengo la sensación de que irme de aquí es abandonar mi lucha por recuperar a mis hijos. La última vez que hablé con Ralf me aseguró que su padre no quiere ni hablar del asunto con él. —A pesar de ese sentimiento, Clotilde sabía que debía acompañarlo.

—No va a ser así. Tengo personas que siguen buscando a Amalia y abogados que trabajan para reclamarle los niños a Gustav.

Al menos, dejaba en Alemania a Jutta. No le podía pedir que abandonara la vida que ahora disfrutaba allí, y menos sabiendo que tenía una labor que llevar a cabo, no solo ocupándose de la pequeña Sidonia, sino continuando con el comedor infantil.

Le hacía ilusión reencontrarse con su tía, lady Violet Stone. De modo que antes de partir para Inglaterra le escribió para comunicarle su llegada.

Capítulo 5

El secreto del comandante Von Havel

La familia materna inglesa de Clotilde de Orange pertenecía a lo que se podía llamar la baja nobleza. Poseían una preciosa *country house* en Clifton, a las afueras de Bristol, si bien era cierto que la belleza de las féminas de la familia les había dado la oportunidad de emparentar con un duque y un marqués con la dignidad de par de Inglaterra. Este hecho había tenido lugar a finales del romántico siglo XVIII, cuando los sentimientos eran una prioridad. En el siglo XIX, sin embargo, ningún primogénito varón de la alta nobleza se desposaría con una señorita que no dispusiera de una respetable fortuna o cuya familia tuviera un título de menor categoría.

Clotilde temía que las circunstancias de posguerra no fueran halagüeñas para su familia inglesa, que nunca contó con rentas muy considerables, aunque sí gozaba de un prestigio indiscutible y una activa vida social; este al menos era el caso de su tía Violet. Lo primero que hizo la condesa de Orange al llegar a Londres fue visitar a la hermana de su madre, lady Violet Stone, una viejecita encantadora que rehusaba residir en la ciudad todo el año, aunque desde que acabó la guerra había convertido su «*petit hotel*» de Londres en su residencia habitual de invierno.

La casa señorial de Clifton era demasiado costosa de caldear en invierno. Estaba cuidada por el personal de siempre, en su mayoría personas de avanzada edad, que consideraban la *country manor house* como su propio hogar. Todo ello contribuía a que Violet disfrutara de verdad de su casa cuando invitaba a sus amigos a pasar el fin de semana.

Por otro lado, para una mujer tan involucrada con la cultura como lady Violet Stone, la vida londinense era más entretenida que la de la campiña, al menos en la temporada de teatro y ballet. La representación de *La Bella Durmiente*, de Rattigan, en el Covent Garden le había gustado tanto que la vio varias veces al finalizar la guerra.

Lady Violet no era nada *snob*. Más bien representaba el prototipo de mujer inglesa, de rostro huesudo, frialdad enfermiza y rictus congelado. Su flema británica le hacía parecer inmune a las emociones, que jamás exponía en público. En soledad, el sufrimiento por la pérdida de su hijo y de su hermana, la señora de Orange, la estaban destruyendo por dentro. Aun así, su rígida educación la llevaba a convivir con las dificultades y el dolor sin quejarse.

Solo expresaba alguna frase de cariño a su perra Chelsea, una Cavalier King Charles de ojos saltones y mirada lánguida, que le llenaba de pelos bicolores, sedosos y largos, el vestido gris de gruesa lana inglesa con el que cada mañana salía a pasear por los alrededores de Mayfair, siempre ataviada con el mismo sombrero de fieltro, la misma gabardina y el mismo inevitable paraguas.

Clotilde prefirió acudir a la cita con su tía sin Stefan; de ese modo, podrían hablar ambas con total libertad. Tenía mucho que contarle y los sentimientos, aunque contenidos, estaban a flor de piel.

La ahora baronesa Von Ulm tocó el timbre pasados unos minutos de las cinco de la tarde. La descortesía de llegar después de la hora citada era algo intolerable en la Inglaterra del bombín y el reloj de bolsillo.

Un mayordomo estirado y circunspecto la hizo pasar al gabinete donde se serviría el té. La casa de lady Violet era de arquitectura georgiana; la típica casa austera conocida como *terraced house*.

Clotilde observó la estancia, abigarrada de porcelanas Staffordshire con su famosa colección de perros incluida, cuadros de la campiña inglesa con escenas costumbristas, gruesas cortinas y suelo con la consabida moqueta. Parecía que el tiempo no hubiera pasado por allí y la guerra tampoco. Sin embargo, superada la primera impresión, comprobó el visible deterioro de la casa, con paredes desconchadas, y el estado calamitoso de los muebles victorianos, que conservaban una decadente dignidad en los mismos lugares de siempre.

Se aproximó a una consola en la que se exponían numerosos retratos. Entre ellos, el de una niña de corta edad. Clotilde dio un respingo. Aquella niña era igual que su hija Victoria. Se dio cuenta de que era ella misma y se le llenaron los ojos de lágrimas. Daría cualquier cosa por verla, por poder abrazarla y cuidar de ella.

La condesa sabía muy bien que Violet ponía todo su empeño en resolver conflictos y restituir el orden natural de su entorno. De ahí que necesitara su apoyo incondicional.

Todavía no se había sentado, cuando lady Violet, apoyada en un bastón con empuñadura de nácar, entró acompañada por una doncella impecablemente vestida a la antigua usanza: traje largo, cofia, guantes y puntillas por doquier.

Al reparar en la presencia de su tía, Clotilde se volvió para abrazarla.

Lady Stone, poco dada a las expresiones de afecto, respondió al abrazo, dedicándole un recuerdo a su fallecida hermana.

—¡Mi querida Cloty! Qué placer ver que sigues tan hermosa como cuando eras una adolescente y corrías por el campo en nuestra casa de Clifton. ¡Cuántos acontecimientos han pasado desde entonces! —Violet tomó asiento en un mullido sillón de orejas, y con un gesto le indicó a la doncella que le colocara bien el cojín de la espalda.

—¡Querida tía! Cómo me alegra encontrarte tan bien y comprobar que Hartnell's House sigue intacta, sin vestigios de la guerra —se apresuró a contestar la condesa de Orange, que encontró a su tía visiblemente envejecida.

—Ojalá fuera así. Las bombas destruyeron mi precioso jardín, el invernadero y las cocinas; perdí innumerables piezas de porcelana, la mayoría de mis juegos de té de Royal Albert y mis vajillas de Royal Tudor, pero... solo son objetos materiales prescindibles. Por el momento, no me es posible reconstruir la zona bombardeada; así que he habilitado el antiguo comedor como cocina y poco a poco iremos reparando lo que se pueda. —Lady Stone se volvió hacia la doncella, que permanecía junto a ella—: Hágame el favor de traer el té. —Al dirigirse a la doncella cambió ligeramente el tono de su voz, haciéndolo más firme. Clotilde sonrió; aquel truco también lo usaba su madre, y no por ello podía considerarse que fueran impertinentes con el servicio; era algo grabado a fuego de generación en generación.

—Ven, siéntate junto a mí. Que estés en Londres me ha devuelto a la vida. Desde que me llamaste para informarme de la muerte de mi hermana, de tu padre y de Erna no me he movido de casa; son demasiadas las tragedias que han sucedido y me siento demasiado sola para superarlas. Pero tu presencia aquí da sentido a mi vida; quiero que sepas que aquí tienes a tu familia. —Lady Stone tomó la mano de su sobrina indicándole que se sentara enfrente de ella—. Ponme al día de tus pesquisas para dar con el paradero de Amalia y la batalla legal para recuperar a tus hijos. —Violet era así de pragmática; tener algo en que empeñarse la animaba sobremanera.

—Como te adelanté, Stefan tiene amigos entre los aliados americanos e ingleses que se están ocupando de investigar el paradero de Amalia. La recuperación de mis hijos es, si cabe, más difícil, debido a la imposibilidad de dar con mi cuñado Gustav.

—Entonces, todo sigue igual. —Lady Violet se mostró contrariada—. La posguerra se clava en nuestras vidas haciendo más estragos que la propia contienda. Antes teníamos esperanza; hoy padecemos la realidad.

Clotilde se dio cuenta de que su tía, tan flemática ella, estaba haciendo referencia a su propia realidad.

—Siento en el alma la muerte del primo William. —La condesa sabía que su tía sentía gran orgullo al relatar la honrosa hazaña de su hijo.

Violet se tomó su tiempo para iniciar el relato.

—Como sabes, después de servir en Noruega, se alistó a los «comandos británicos» creados por Churchill con reputados oficiales; los llamaban servicios especiales. Le entusiasmaba pertenecer a una fuerza de asalto equipada con armamento moderno. Entrenó duramente en el castillo de Achnacarry y participó con éxito en golpes de mano a lo largo del canal y la costa atlántica. Hasta que en la operación Basalt, en la isla de Sark, perdió la vida, para convertirse en un héroe. —Lady Violet hizo una pausa, dio un suspiro profundo y cogió un pastelito de limón de la bandeja que había traído la doncella con el té.

—Rememorar estos hechos es muy doloroso para ti. Si lo deseas, seguimos hablando de ellos otro día. —Clotilde intentaba que su tía no se fatigara.

—Querida niña, relatar la heroica actitud de William me llena de orgullo. —Violet Stone tomó una pequeña servilleta de hilo perfectamente almidonada, se la llevó a los labios con suavidad y extrema delicadeza y saboreó su pastel preferido, dándose unos minutos para retomar la conversación. Clotilde pensó que no hay nada más exquisito que observar a una gran dama comer—. William era un oficial entregado y, como tal, avanzó el primero para conducir a sus hombres contra el enemigo. Antes de alcanzar su objetivo, una granada alemana acabó con su vida en una noche de bombardeo en la que una espléndida luna brillaba tanto que los alemanes pudieron ver con claridad la aproximación de la fuerza de asalto inglesa —relató con voz tranquila y sin modular el tono en ningún momento.

—La guerra ha causado estragos irreparables. He leído en la prensa que han muerto muchos primogénitos de la clase dirigente inglesa. Este hecho, unido a factores como la subida de impuestos de sucesión, ha llevado a Inglaterra al triunfo de la meritocracia sobre el nepotismo —comentó Clotilde como algo positivo.

—Mi querida Cloty, lo que no se dice es que todo ello ha hecho colapsar el antiguo orden social y, por tanto, estamos ante el nacimiento de un nuevo tipo de sociedad. —Violet no deseaba que cambiara su mundo, y tenía muy claro que lo mantendría mientras viviera.

En realidad, la anciana estaba enfadada con las consecuencias de la guerra que libraron los británicos durante cinco largos años, enviando a sus tropas a combatir allí donde la guerra los llevara: Italia, Japón, África... ¡Cuántas vidas desperdiciadas para cambiar lo que para ella estaba bien!, pensaba con frecuencia.

Clotilde dio un sorbito al exquisito té negro de Ceilán que había sido servido por lady Violet en una taza de Wedgwood, que parecía tener más años que su dueña.

—Al menos, puedes contar la muerte heroica del primo William. Yo, por desgracia, no puedo explicar nada sobre cómo murió mi marido —se atrevió a decir Clotilde.

—Cloty, de eso quería hablarte. Quiero que tengas claro que Maximiliano fue un héroe; deseaba el fracaso de Hitler. Sabía que ese iluminado llevaría al desastre a Alemania. Me consta que William dispuso de información muy importante sobre posiciones alemanas gracias a la colaboración de tu marido.

—Pero... ¿cómo sabes tú eso? —preguntó Clotilde, incrédula.

—Mi pobre hijo me lo contó en una ocasión en que se produjo una discusión aquí en Hartnell's House en la que alguien nos echó en cara el hecho de tener parientes alemanes.

—Me molestan los prejuicios de la gente, dando por hecho acciones no probadas —interrumpió Clotilde enfadada.

—Desde luego. Pero William defendió a Maximiliano, asegurando que no era nazi, y que el hecho de haber estudiado en Cambridge le hacía pensar como un inglés, aunque fuera alemán de corazón.

—Pero eso no prueba nada. ¿Te dijo algo más? —Clotilde estaba ansiosa y se impacientaba con la lentitud de su tía.

—No te precipites; dame tiempo para contártelo bien. Al terminar la velada, mi hijo me hizo prometer que no lo contara, pero que Maximiliano le pasaba información de gran importancia, y que deseaba que yo lo supiera para que en un futuro se hiciera justicia. Y ese día ha llegado, aunque ninguno de los protagonistas esté vivo para atestiguarlo.

—No sabes la alegría que me proporcionan tus palabras. Desconocía la doble vida que tenía Maximiliano, pues siempre me mantuvo al margen de ello. —A Clotilde se le saltaron las lágrimas y, aun así, quiso contarle a su tía los pormenores del fusilamiento de su marido—. Cuando los aliados me comunicaron la muerte de Max, ejecutado por los nazis, no pude creerlo. Sabía que mi marido no comulgaba con la ideología nazi y que incluso se negó a afiliarse al partido, lo que tuvo consecuencias en su carrera impidiéndole ascender como debería. Pero no me creí que estuviera implicado en el atentado contra Hitler, como insinuaron los americanos.

—Desde luego que no. Tu marido tenía relación con militares ingleses, muchos de ellos amigos suyos de Cambridge, y por supuesto con William, su más fiel colaborador. —Violet estaba feliz de poder aclararle la conducta de Max.

Clotilde notó como si le hubiesen quitado una losa de encima, pues nunca creyó que Max estuviera implicado en un asesinato, aunque este fuera el de Hitler. Sus valores militares se lo impedían.

—Con tu información se abre una nueva posibilidad, y es que fuera ajusticiado por colaboracionista. En ese caso, entendería que no me lo contara, pues aparte de querer protegernos y de pasar por ser un traidor, el apellido Havel caería en desgracia, y eso él no podía consentirlo —reflexionó Clotilde en voz alta.

—Lo que no comprendo es que tú nunca notaras algo raro en su comportamiento, algo que te hiciera sospechar de él en este sentido.

La condesa se quedó callada... Empezó a rebuscar en sus recuerdos, y un hecho ocurrido a mediados del año cuarenta y tres acudió a su mente. Con cierto nerviosismo, volvió a tomar la palabra:

—Me gustaría relatarte algo para que juzgues la veracidad de lo que el primo William te adelantó.

* * *

Clotilde rememoró el día en el que tuvo que acudir al hospital de la ciudad por aproximarse el nacimiento de su hija Victoria. Envió un cable a su marido informándole del inminente acontecimiento. Maximiliano esta vez estaba en Polonia. El parto se complicó y le aconsejaron quedarse en el hospital unos días.

A la mañana siguiente de dar a luz, se personó en su habitación una enfermera que no pertenecía a maternidad. Se hizo pasar por amiga de la familia, aunque Clotilde nunca había oído hablar de ella. La enfermera la conminó a abandonar el hospital aquella misma tarde. Clotilde tomó en consideración sus palabras y decidió pedir el alta voluntaria, a pesar de que su bebé necesitaba cuidados posnatales.

Dos días después, una asustada criada informó de los daños causados por el bombardeo del día anterior en la ciudad, pero sobre todo de la destrucción del arsenal y el material bélico que iba destinado a combatir el frente este, cuyos depósitos se encontraban próximos al hospital. La criada se santiguó, dando gracias a Dios por la enorme suerte que había tenido su señora regresando al castillo.

Aquel hecho no hizo pensar a Clotilde que su marido estuviera involucrado en negociaciones con Inglaterra a fin de garantizar una paz justa y honorable para Alemania. Ni mucho menos que pudiera colaborar con la resistencia civil que operaba en la ciudad y que esta le hubiera informado del gran depósito de armas del que disponían los nazis para ser destinado a hacer frente al avance de los rusos por el este. Simplemente creyó que Max estaba informado de un posible bombardeo, dado que días atrás un batallón de infantería había sido acantonado en la zona y se disponía a tomar posiciones de defensa en la frontera este.

Clotilde terminó de contarle los hechos a su tía y tuvo claro que aquello tenía que ver con la doble vida de su marido.

—Mi querida Cloty, los hombres a veces buscan con tanta intensidad la felicidad de las mujeres que aman que no desean cargarlas con las preocupaciones y desánimos que no van a poder resolver, pero que les causan muchas desdichas. Sé que en estos momentos estás enojada con Max por no haberte hecho partícipe de sus problemas, pero no debes dejarte llevar por la frustración. Él solo deseaba ocultarte su doble vida para protegerte y porque te amaba por encima de su propia condición de soldado.

—Quizás lleves razón, tía, pero debo conocer los hechos. He tenido a mi marido en un pedestal de rectitud y honor, y no puedo entender esta doble vida. Tengo que saber lo que me ocultó para poder pasar página. En gran parte, acepté la vida de soledad y sacrificio que tuve con Max porque admiraba su rectitud y sus valores. Además, debo saber quién pudo delatarlo.

—Te entiendo, y deseo que puedas averiguarlo algún día. Pero tú no debes juzgarlo; solo a él le corresponden sus acciones. —Lady Violet tenía mucha vida a sus espaldas y había aprendido a relativizar casi todo.

—Llevas razón. Pero lo que me sugieres es muy difícil.

—Yo no tengo más información que pueda ayudarte. ¿Tienes alguna otra pista que te ayude a seguir?

—La verdad es que no. A todos los efectos, soy la viuda de un militar del ejército alemán muerto en combate, y hasta ahora no he dado otra versión de los hechos públicamente. Aunque a veces pienso que su hermano Gustav podría haber tenido algo que ver con su muerte. Que al enterarse de algo y considerándolo un traidor, mandó que lo mataran... En fin, no descansaré hasta saber la verdad —contestó Clotilde.

—¿Por qué piensas eso? Gustav no estaba en activo —preguntó intrigada Violet.

—El poder de Gustav en las altas esferas nazis era una realidad; no solo por su condición de príncipe, sino porque sus compañeros de guerra ocupaban los cargos más altos en el ejército.

—Pero ¿por qué iba a desear la muerte de su hermano? —La curiosidad de Violet iba en aumento.

—Ya sabes que ambos tuvieron una pelea que le causó graves secuelas a Gustav que le impidieron seguir en el ejército. Esto le llevó a vengarse de Max, procurando, siempre que le era posible, que le enviaran a las misiones más peligrosas.

Lady Violet, curiosa y amante de las historias trágicas, estaba encantada con el relato, aunque no deseaba importunar a su sobrina obligándola a explayarse más.

—Creo que no debes hacer conjeturas que no puedas constatar. Tiene lógica que Gustav se haya enterado de que a Max le han fusilado por traidor y desee vengarse no devolviéndote a los niños. —A Violet le encantaba imaginar películas...

—Todas son conjeturas, y quizás haya una explicación más sencilla —reflexionó Clotilde.

—Creo que ya hemos hablado demasiado de tristezas. ¡Cuéntame de Stefan! Tengo entendido que es un hombre fascinante. —Violet había sido una mujer de mucho éxito entre los hombres y las historias de amor le encantaban.

—Sí, es un hombre maravilloso; lo mejor que me ha podido pasar. Me ha costado verlo como mi marido, pero cada día se gana mi cariño y, por supuesto, mi admiración. Aunque tengo que confesarte que no existe pasión entre nosotros, al menos no la pasión que teníamos Max y yo.

—No te aflijas por ello; se puede llegar a ser feliz sin sentir pasión. Lo peor sería que os llevarais mal. Es difícil volver a enamorarte como lo estabas de Max. Cada relación es un mundo diferente. Te confieso que yo jamás me enamoré locamente. No cabe duda de que quien haya sentido alguna vez el amor incondicional es un ser privilegiado, y me atrevo a decir incluso que seguiría siéndolo aunque no fuera correspondido.

—¡Tía, voy a pensar que eres una romántica empedernida!

Al fin afloraron unas risas, contribuyendo a relajar un poco el ambiente de tristeza que hasta ahora las había acompañado.

—Y dime, ¿sabe Stefan que a Max lo ajusticiaron los suyos? —preguntó lady Stone.

—Nunca le he hablado de ello. ¿Crees que debo decírselo?

—Sin duda. No debes tener secretos en tu matrimonio. Pero, además, hoy por hoy, dar a conocer estos hechos es un orgullo.

—Se lo diré esta misma noche —concluyó Clotilde.

Violet no sabía cuándo podría volver a tener una conversación con su sobrina así de sincera. Hacía tiempo que su corazón no dejaba de «quejarse». Así que la miró con cariño y, volviendo a su estado natural, continuó hablando.

—Cloty, antes de que te vayas, quiero que prestes atención a unos consejos de tu anciana tía.

—Te escucho. Ya sabes que te considero mi segunda madre.

—Soy ya muy mayor y he vivido mucho. Siento decirte que, a poco que la gente conozca tu vida, siempre te van a considerar la condesa nazi. Da igual lo que desees demostrar. Tu marido perteneció al ejército de Hitler, tu cuñado fue un defensor de la ideología nacionalsocialista y tu sobrino, un militar de las SS. Así que, por mucho que quieras demostrar lo contrario, siempre tendrás que vivir con la idea de que la sociedad, antes de conocerte, te juzgará como una condesa nazi. No debes sufrir por ello, pero sí demostrar con hechos que no lo eres.

Clotilde se quedó de piedra. Nunca se había planteado tal cosa. Hasta ahora solo había luchado por sobrevivir.

—Querida tía, qué triste lo que me estás diciendo, y qué contradictorio. Llevo tiempo con rabia interior, pues el nazismo ha sido el causante de mis desdichas, destruyéndome la vida por completo.

—Insisto. Procura relativizar estos comentarios y serás más feliz. Y ahora, mi querida niña, no tengo más remedio que irme a descansar; mi corazón ya ha tenido demasiadas emociones por hoy.

* * *

A pesar de la advertencia de lady Stone, Clotilde, después de la visita, se sintió reconfortada. La conversación mantenida con la hermana de su madre le iba a servir para ser aceptada en la sociedad inglesa, toda vez que su tía se encargaría de dar a conocer los hechos hasta ahora ocultados por la prudencia de preservar la integridad de la familia Havel en Alemania. Pero hoy, una vez perdida la guerra por los nazis, el colaboracionismo del comandante Von Havel con los ingleses solo le podía reportar beneficios en todos los órdenes.

Cuando llegó a casa, Clotilde puso a Stefan al corriente de todo lo que había hablado con su tía.

La información sobre Max le pareció fascinante al barón.

—Tenemos que hacer algo para que Inglaterra reconozca la colaboración que ofreció Max a este país. Si no lo hacemos nosotros, nadie lo hará, y se olvidará como si nunca hubiera ocurrido; y no puedes consentir que la muerte de Max quede reducida a un ajusticiamiento por traición.

—Tienes razón. Después de los juicios de Núremberg, ya puede aflorar la verdad, sin ser denostado por ello.

—Si me lo permites, hablaré de ello con mis amigos, a fin de ir recabando información de la colaboración prestada por Max. En su momento, reclamaremos una distinción para tu marido. —Stefan disfrutaba como un niño montándose una historia de héroes y villanos.

El coqueto piso que Stefan tenía en Londres había sido destruido en su totalidad. Así que Von Ulm acudió a sus contactos a fin de resolver el problema del alojamiento, cuestión nada fácil en la posguerra.

Los barones Von Ulm aceptaron el ofrecimiento de un amigo de Stefan y se instalaron en un edificio residencial de ladrillo rojo y detalles georgianos en James Street; el estilo Reina Ana aplicado a la arquitectura dio lugar a una refinada combinación entre vidrio trabajado, el cobre de los remates, las tejuelas y la piedra rústica.

Las casas que aún quedaban en pie en el centro de Londres eran tristes y desapacibles. Las chimeneas no daban abasto para calentar unos espacios de techos altos y amplias estancias. La vida social londinense estaba constreñida por la austeridad, el racionamiento y el frío.

Clotilde se quejaba mucho del frío y la humedad. El Londres de posguerra no tenía nada que ver con el que ella recordaba de pomposas recepciones de frac, chistera y corbatas blancas.

Los bombardeos alemanes sobre Inglaterra, conocidos como *blitz*, mataron a más de cuarenta mil civiles y destruyeron infinidad de edificios. En aquel Londres de principios de 1947 se hacían verdaderos esfuerzos para llevar a cabo la reconstrucción. La población soportaba grandes carencias en lo más básico. Las cartillas de racionamiento eran fundamentales; incluso más que durante la guerra.

Stefan encontró mucho peor de lo que imaginaba sus oficinas en el barrio de Kensington. Volver a ponerlas en pie fue una labor muy complicada, solo viable gracias a la importación de materiales de Estados Unidos, donde Von Ulm tenía la única fuente de ingresos disponible: la cervecera heredada de su madre en Baltimore.

Todo su tiempo en Londres lo utilizaba en poner en funcionamiento la fábrica de cerveza en el condado de Kent y dirigir las obras de sus oficinas.

Clotilde no podía estar en casa sin hacer nada. Así que decidió ayudarle realizando labores de secretaria. Su alma inquieta encontró un modo de ayudar a su país, que no fue otro que influir en Stefan para no hacer negocios con aquellas empresas alemanas que estuvieran dirigidas por exnazis. En un principio, Von Ulm no se tomó muy bien estas exigencias de su mujer; al fin y al cabo, era un empresario. Clotilde, sin embargo, fue investigando cada empresa con la que se tenían tratos, descartando aquellas que con seguridad eran dirigidas por antiguos nazis.

Cada día era un maratón de problemas a resolver. Von Ulm puso en práctica su alma alemana e implantó el sistema germano de turnos de trabajo. Gracias a la dedicación absoluta a la causa, Clotilde se evadía de la angustia que le corroía por dentro: la ausencia total de noticias de sus hijos.

* * *

De todas las invitaciones de lady Violet a pasar un fin de semana en su casa de campo en Clifton, aquella fue, sin duda, la más interesante para Clotilde.

Regresar al escenario de su infancia era siempre un regalo para ella.

Los barones Von Ulm llegaron en su coche convertible al caer la tarde y se aproximaron a la puerta de roble con adornos de bronce. El barón tiró de la cadena de la que pendía una garra de león; el sonido de una campana alertó de la llegada de los invitados.

Terence —el viejo mayordomo—, impecablemente vestido con levita marrón y negra e inmaculados guantes blancos, les dio la bienvenida.

—Lady Violet me ha encargado que le disculpen. Se encontraba algo fatigada y se ha retirado. Me indicó que les diga que mañana el desayuno se servirá a las ocho.

—Gracias, nos hacemos cargo. Y dígame, ¿hay muchos invitados en la casa? —preguntó Clotilde, sabiendo que su tía en el campo recibía más que en la ciudad. No en vano, para los ingleses, la casa de campo suele ser su residencia principal.

—Señora condesa, esta tarde han llegado dos famosos actores, Peter Glenville y Alec Guinness, y con ellos otros invitados que no conozco. —El mayordomo nunca iba a admitir que una Stone bajara de condesa a baronesa; de ahí que utilizara su antiguo tratamiento.

—Está claro que tendremos asegurado el entretenimiento —comentó ella con amabilidad.

El mayordomo los condujo por corredores repletos de cuadros de antepasados y cómodas antiguas que sostenían alguna que otra lámpara de luz tenue y mortecina. Una vez entraron en el dormitorio, Stefan fue directamente a asearse, no sin antes dejar clara su opinión sobre los mayordomos ingleses.

—No soporto a los estirados criados ingleses. ¿Te has dado cuenta de cómo hizo énfasis en llamarte condesa?

—Es la costumbre. Deberías admitirlo. Ni siquiera yo voy a renunciar al título de mi familia. Este fue un asunto que ya discutí con Max y él lo aceptó de buen grado.

—No quiero discutir esto ahora —dijo con rabia el barón, y sin más, se acostó, rozándola solo con un beso de buenas noches.

Clotilde se había acostumbrado a la soledad sentimental y se resignaba a vivir sin apenas sexo, más allá del necesario para intentar procrear un heredero.

El desayuno en el comedor principal de la casa fue todo un espectáculo, sobre todo teniendo en cuenta la escasez de alimentos que había. Clotilde adoraba este momento. Stefan se quedó asombrado con semejante desayuno, aun a sabiendas de que era la comida principal para los ingleses.

—¿Cómo se las apaña tu tía para conseguir todo esto? Tés, huevos revueltos, beicon, cerveza, huevos fritos, salchichas, tomates asados, champiñones, habas cocidas, *muffins* crujientes, mantequilla, mermeladas de todas clases: naranja amarga, frambuesas... —exclamó Von Ulm, mirando con asombro el bufé.

—Mi tía siempre se ha llevado bien con la gente y nunca duda en hacerles favores. Compra la mayoría de las *delicatessen* en la tienda de comestibles del pueblo. Y, como es lógico, hasta allí se desplaza una de las criadas con los cupones asignados. Pero gracias a su simpatía innata, el tendero le ofrece otras viandas que solo se consiguen en el mercado negro.

—Nunca lo hubiera imaginado: lady Stone trapicheando con la ilegalidad... —se rio con ganas Stefan—. ¿Sabe que pueden detenerla?

—¡Anda, deja de meterme miedo! Ya se sabe que esto es muy habitual. Los granjeros venden bajo cuerda alimentos que son difíciles de conseguir.

* * *

Tal como había indicado el mayordomo, las caras más conocidas de la escena teatral inglesa aceptaron la invitación de lady Violet, al igual que otras dos parejas con títulos escoceses y galeses. Clotilde se perdía en la inagotable colección de tíos y primos desperdigados por la campiña británica y que nunca había podido conocer del todo. Solo recordaba haber ido en una ocasión a una siniestra mansión de un pariente en Escocia, y fue tal el frío que pasó que no quiso volver más.

—Cloty, a media mañana está previsto que llegue lord Porter. La guerra lo ha dejado sin rentas. Está muy bien relacionado con la mejor sociedad, lo que le ha servido para trabajar para el Ministerio de Exteriores. Según me ha dicho él mismo, conoce a Stefan —le susurró lady Violet a su sobrina.

—Efectivamente. Yo no lo conozco, pero Stefan me ha dicho que su amigo Ian Fleming, del servicio secreto, le ha encargado a lord Porter que se ocupe de las investigaciones para averiguar el paradero de Amalia.

—Es muy eficiente. Su trabajo en el Foreign Office está muy reconocido. Por eso lo he invitado. —Lady Violet era una mujer a la que no se le escapaba nada. Su cabeza funcionaba como si las distintas informaciones ocuparan un casillero en su cerebro; cuando las necesitaba iba sirviéndose de ellas selectivamente, intentando relacionarlas todas, a fin de dar con la mejor solución posible.

—Te agradezco mucho tu ayuda. No puedo dejar de pensar en mi hija Amalia; la incertidumbre me mata. El único consuelo es que todo apunta a que está viva. —A Clotilde le sudaban las manos de los nervios.

Al finalizar el desayuno, los invitados se animaron a dar un paseo por el campo a pie o a caballo. Clotilde prefirió esperar a que llegara lord Porter. Así que le aguardó en la biblioteca leyendo junto a la ventana. No podía concentrarse, no dejaba de pensar en Amalia.

Para ella había supuesto una tranquilidad la confirmación de que no estaba en casa de sus abuelos cuando fue bombardeada. Ahora, las últimas noticias que se habían recibido sobre la chica eran que en el hospital en el que trabajaba su tía Erna se había consignado un registro de ingreso de Amalia von Havel por heridas de metralla. Igualmente, se pudo averiguar que Amalia había trabajado de enfermera en el mismo hospital cuando acabó la guerra, pero a partir de ahí nadie sabía nada de ella.

Tal como estaba previsto, Porter llegó a media mañana en un flamante Jaguar, lo cual sorprendió a Clotilde, pues se suponía que no tenía dinero.

Vestía una chaqueta cortada con seguridad por Gieves y Hawkes. Su inigualable ajuste daba la medida de la elegancia del sujeto que la lucía.

El mayordomo de la casa salió a recibirlo junto a un criado que se ocupó del equipaje.

Clotilde no quería perder tiempo. Así que salió a su encuentro. Temía que si lo dejaba para más tarde, luego no tuviera oportunidad de hablar a solas con él. En la misma puerta de entrada se acercó a saludarlo.

—Soy la baronesa Von Ulm, de soltera condesa Clotilde de Orange. Le doy la bienvenida. Los demás invitados han salido a pasear.

Porter se quedó impresionado con la mujer tan atractiva y distinguida que tenía ante sí. Pocas veces podía uno coincidir en una reunión en la campiña inglesa con una mujer tan bella y con aquel porte de dama sofisticada y de actitud tan resuelta.

—Debo decir que estoy encantado de tener tan insigne recibimiento. Sabía que me encontraría con usted, pero nadie me había advertido de su belleza —saludó lord Porter, inclinando la cabeza y haciendo ademán de besarle la mano.

—Le agradezco sus cumplidos, aunque me temo que mi recibimiento es interesado. Si no le importa, podríamos pasar al salón. Me gustaría que hablásemos antes de que lleguen los demás invitados.

—Estoy a su disposición —contestó con un gesto de cabeza el «perfectito» personaje.

Lord Porter y Clotilde entraron en la casa y tomaron asiento en el salón, junto a la chimenea.

—Sé que trabaja en el Ministerio de Asuntos Exteriores y que mi marido ya ha hablado con usted respecto al paradero de mi hija, pero mi tía me ha comentado que quizás podría darme noticias más recientes sobre ella.

—Siendo eso cierto, poco más puedo decirle. Sabemos que su hija ejerce de enfermera en el sector soviético y parece ser que vive con un militar ruso.

Clotilde sintió gran alivio con la confirmación de que Amalia estaba viva, pero la noticia de que vivía con un militar soviético le paralizó el corazón. Su hija viviendo a sus dieciocho años con un militar ruso, con el que no se especificaba si estaba casada o no. Esta información la inquietó hasta el punto de desear viajar a Berlín y hacer ella misma una investigación sobre el terreno.

—¿Sería posible dar con su dirección? —suplicó Clotilde.

—No se preocupe, procuraré conseguir más información al respecto. Tenemos agentes que están investigando el asunto. Descuide, que la tendré informada. —Porter deseaba quedar bien con la condesa y, de paso, ganarse el agradecimiento de Stefan.

—Si lo considera oportuno, yo misma podría viajar a Berlín para buscarla. —Clotilde, en ese momento, sintió un malestar estomacal que atribuyó al hecho de haber desayunado demasiado.

—Usted no conseguiría nada. Esto es cosa de los servicios secretos. Pero desde luego debemos trabajar con celeridad. Cada día que pasa las cosas se complican más en Berlín. Con el comienzo de la guerra fría, el hecho de que viva en el sector ruso dificulta las cosas —confesó el joven funcionario de Exteriores.

—En cuanto la localicen, hágamelo saber para organizar mi viaje —contestó Clotilde con preocupación.

—Naturalmente. La tendré al tanto de todo —contestó Porter.

—Si no le importa, voy a tener que subir a mi habitación, ya que no me encuentro muy bien. He desayunado en exceso y tengo náuseas —se disculpó la condesa y, tras agradecerle su ayuda, salió del salón.

* * *

Clotilde se quedó embarazada en aquel verano de 1947. En el momento en que Stefan conoció la noticia de que su mujer estaba encinta, decidió que lo mejor era disponer de dos habitaciones, con el fin de que pudiera descansar sin ser molestada.

A Clotilde esta decisión no le agradó nada. Para ella, un matrimonio que no compartía el lecho era un matrimonio abocado al fracaso.

La vida sexual con Stefan se había limitado a intentar procrear un heredero, pero la buena armonía entre ellos, las charlas cotidianas acerca de la vida doméstica, social, empresarial o incluso política, desaparecerían si no compartían el lecho y, con ellas, el roce y la sintonía entre ellos. Clotilde aceptó la decisión, pero no la compartió.

El nuevo embarazo supuso para Clotilde una satisfacción al pensar que podría disfrutar de este hijo como no había podido hacer con los anteriores. Pero al mismo tiempo, le causó una enorme tristeza al comprobar que uno nunca podía borrar la ausencia de los otros.

Dio a luz a su cuarto hijo en Londres, poco después de que tuvieran lugar acontecimientos importantes tales como la creación del

Deutsche Mark, el inicio de la guerra fría entre rusos y americanos y la puesta en marcha del Plan Marshall, el programa de Estados Unidos de ayuda financiera para la reconstrucción de los países devastados por la guerra.

Albert von Ulm, primogénito del barón de Ulm, supuso para su padre la continuación del apellido familiar y un éxito personal como hombre.

Capítulo 6

El Berlín de posguerra

Los clubs de caballeros persistían fieles a sí mismos, conservando su rutina victoriana. Los socios mantenían un prudente perfil bajo, acorde con la sociedad del puritanismo, el racionamiento y el declive industrial de la Inglaterra de 1948.

Una vez dentro del club, tanto la decoración como el ambiente parecían trasladarte a otra época. El desconocimiento de las normas de la casa marcaba la diferencia entre ser o no ser miembro del clan. Esto no le ocurría al barón de Ulm, que pertenecía al exclusivo White's Gentlmen's Club. Aun siendo así, aceptaba de buen grado la invitación de lord Foley a participar de la tertulia con líderes del partido conservador en el Boodle's Club.

La flema británica impedía que la discusión se proyectara más allá de una mera exposición de los hechos.

—Han pasado tres años del fin de la guerra y las desavenencias entre aliados occidentales y orientales son ya un hecho que se veía venir —comenzó la charla el anfitrión.

—Sin duda, el Golpe de Praga ha acelerado la guerra fría, aunque esta ya se mascaba desde el principio —apostilló lord Campbell.

—Los compañeros de viaje no podían ser de estilos políticos más opuestos; estaba claro que unos y otros moverían ficha para mantener sus posiciones. —Sir Thomas era laborista y defensor a ultranza de las medidas aprobadas por el Gobierno del mismo signo.

—Señores, creo que los aliados occidentales hemos sido los primeros en mover «esa ficha». —Stefan era una persona equilibrada y analítica; disfrutaba con la política, intentando exponer una opinión ecuánime, analizándola y contraponiéndola, sin dejarse influir por su propia ideología liberal.

—¿Qué quieres decir con eso? —preguntó su anfitrión, animando al barón a significarse.

—El espíritu de Potsdam decidió que Alemania sería una unidad económica; los angloestadounidenses y franceses retiraron el Reichsmark, que se utilizaba desde 1924, y crearon el Deutsche Mark; es lógico que los rusos lo rechazaran —explicó Stefan.

—¿Acaso tú, como medio alemán, ves mal la creación de una nueva moneda? —El conservador lord Foley quería que Von Ulm tomara partido.

—Al contrario. Creo que es una gran idea. Al igual que estoy a favor de que Adenauer, como primer canciller de Alemania Occidental, haya entregado a cada familia cincuenta marcos para poder iniciar esta nueva etapa. Pero no seamos ingenuos; los rusos no iban a aceptar que a ellos no se les tuviera en cuenta —se defendió Von Ulm.

—Se le ha dado a Stalin el motivo para conseguir su anhelo: quedarse con la capital del Reich. Berlín está situado geográficamente en el corazón de la zona ocupada por los rusos. La decisión de intervenir el acceso a Berlín por tierra no nos debería extrañar —aseveró lord Campbell.

—Sin duda, a nadie le sorprende el bloqueo de Stalin. Soy laborista y aplaudo el acierto del primer ministro Attlee de utilizar la vía aérea como medio de transporte para abastecer a los ciudadanos de Berlín occidental —apostilló sir Thomas.

—No se olviden de que el presidente Truman también colabora en el abastecimiento de la población. —Stefan solía defender a los americanos.

La reunión en el club privado continuó distendida y agradable. Entrada la tarde, Stefan decidió regresar a casa. Se disponía a atravesar el *hall*, cuando vio llegar a su amigo Ian Fleming.

—Me alegro de verte. Iba a llamarte mañana. —Fleming saludó a Stefan con un apretón de manos.

—Yo también quería hablar contigo. Creo que te divertiría investigar sobre la colaboración del comandante Von Havel con el Gobierno inglés. Me gustaría que corroboraras esta información. Si así fuera, se le debería reconocer de forma expresa. —Stefan deseaba que Clotilde no fuera considerada nazi.

—Ya sabes que este tipo de cosas me apasionan. Si te parece, quedamos a almorzar aquí en el club y me cuentas todo lo que sepas. —El exespía nutría su imaginación con las historias reales que se iba encontrando gracias a su trabajo.

—¿Y cuál es el motivo por el que querías hablar conmigo? —preguntó Stefan antes de irse.

—Hemos localizado a la hija de tu mujer. Al parecer, dejó el sector ruso y se incorporó al hospital donde trabajó al final de la guerra. Dile a Clotilde que hable con Porter, que él le dará toda la información y le proporcionará lo necesario para poder viajar a Berlín. En estos momentos con el bloqueo no es fácil llegar, pero le facilitaremos toda la cobertura logística —concluyó Fleming.

—Ya sabes lo independiente que es Clotilde. Seguro que querrá ir sola, y lo entiendo; su hija Amalia no sabe de mi existencia. ¿Crees que puede ser peligroso el viaje?

—No te preocupes; cuidaremos de ella —aseguró el espía.

Stefan estaba deseoso de darle la buena noticia a su mujer. En cuanto entró en su casa fue lo primero que le dijo, incluso antes de saludarla.

Clotilde, emocionada, se echó en sus brazos, besándole las mejillas.

—Sin ti no hubiera sido posible. Eres el hombre más extraordinario que una mujer puede tener. —Stefan sonrió de satisfacción. Necesitaba ver a su mujer contenta y entusiasmada como una adolescente. Ella le pidió—: Por favor, Stefan, agiliza los trámites para que pueda viajar cuanto antes. No veo el momento de abrazar a mi hija; son demasiados años viviendo con la incertidumbre de no saber de ella. Me preocupa dejar a Albert al cuidado de las niñeras, pero sé que tú estarás muy pendiente de él.

—No te preocupes; vete tranquila. Me ocuparé de que Albert no te eche de menos.

* * *

En septiembre de aquel año de 1948, la condesa utilizó el puente aéreo que los aliados occidentales establecieron para abastecer a la población de Berlín oeste. Un C-54 aterrizaba al atardecer en el aeropuerto de Tempelhof, con la condesa de Orange a bordo. Era un avión de carga, aunque también se usaba para transporte de algún miembro del ejército o misiones especiales. Cientos de personas se congregaban alrededor de la pista de aterrizaje; aguardaban el puente aéreo, que suministraba alimentos, combustible y otros productos a la población de Berlín occidental. Un conductor militar esperaba a Clotilde al pie de la escalerilla.

El conductor era un joven simpático y hablador, que le iba mostrando la ciudad dividida: el área oriental, ocupada por los rusos, y la occidental, repartida entre Gran Bretaña, Francia y Estados Unidos.

—¿Hay problemas para pasar de un sector al otro? —preguntó Clotilde.

—No, la población berlinesa circula por los distritos sin dificultad; se han adaptado a las circunstancias.

—¿Y está siendo efectivo esto del «puente aéreo»?

—En realidad, ha sido una maniobra propagandística de los Estados Unidos. Los soviéticos siempre han estado a favor de abastecer a los berlineses de la zona occidental. Seguro que los rusos en poco tiempo levantan el bloqueo; lo malo es que la división de la ciudad será irremediable. —El joven conducía con cierta temeridad. A Clotilde le hubiera gustado haber llegado por la mañana para poder ver mejor las calles.

Pese a todo, pudo comprobar la destrucción de la ciudad. Percibió que los mismos alemanes que en su día gritaron «*Heil, Hitler!*» hoy abrazaban la democracia y el nuevo orden. Lo único que deseaban era reconstruir su país, olvidar y vivir en paz.

No pudo evitar una enorme pena al apreciar cómo los bombardeos de la batalla final habían reducido a escombros la ciudad de su infancia. Creía estar curtida en la tristeza; sin embargo, ver aquel cementerio de ruinas la sobrecogió. Cada vez que reconocía entre los escombros algún edificio singular, las lágrimas humedecían sus ojos; reprimirlas le provocó un fuerte dolor de cabeza.

No podía imaginar lo que la población de Berlín había pasado en cada bombardeo, huyendo de sus casas aterrorizados en busca de un refugio, en el que permanecerían horas convertidos en ratas asustadas.

A la luz del crepúsculo, la ciudad presentaba un aspecto todavía más fantasmal y sobrecogedor; las calles desiertas, sin luz ni transeúntes, solo algún vehículo militar se cruzaba con el suyo... El miedo se apoderó de ella hasta que al fin llegó a su hotel, un edificio anodino y práctico de reciente construcción en el sector británico.

En cuanto se instaló en su habitación, dio rienda suelta a su estado de ánimo. Recordó sobre todo a su padre, el hombre más honorable que había conocido, así como el día en el que su hija mayor, feliz y esperanzada, emprendió viaje a Berlín para vivir con sus abuelos. Recordó lo alegre y vivaracha que era su hija y también fantasiosa, siempre inventando historias para contárselas a su hermano Frank.

Para distraerse, miró por la ventana. Vio que en la construcción del edificio de enfrente se trabajaba en el segundo piso. Había cambio de turno; un gran número de hombres salían y otros entraban. Estaba exhausta y deprimida, y se echó en la cama con el deseo de descansar. Durante toda la noche, su mente iba y venía a los recuerdos de su infancia y de su hija Amalia.

Mientras trataba de conciliar el sueño, escuchaba los ruidos de la obra de enfrente. Por la mañana volvió a mirar por la ventana y no dio crédito a lo que veía: el segundo piso del edificio estaba prácticamente levantado y las obras ya habían comenzado en el tercer piso. Cuando Clotilde abandonó Berlín, la estructura del edificio estaba casi rematada.

A esta forma de trabajar en tres turnos, mañana, tarde y noche, se le llamó el «milagro alemán». Para los alemanes era la única forma de olvidar la guerra y comenzar una nueva vida, intentando «no saber» de los horrores cometidos por el nazismo.

Era domingo por la mañana y esperaba que su hija estuviera en casa.

El mismo conductor del día anterior se personó a buscarla en un jeep del ejército británico. Clotilde le entregó una nota con la dirección que le había proporcionado Porter.

El vehículo recorrió zigzagueando la ciudad: solares vacíos o llenos de cascotes, andamios, casas en reconstrucción, mujeres, ancianos y niños rebuscando en las ruinas o trabajando en ellas... En todas partes, tristeza y desolación.

Por fin llegó a la casa indicada. Era un edificio con visibles cicatrices abiertas por la metralla, que milagrosamente se mantenía en pie. El pasamanos había sido reparado, aunque algunos desconchones en las paredes, así como los peldaños remendados con maderas desiguales, daban la medida de lo que había sufrido con los bombardeos.

Preguntó por su hija a dos hombres que enyesaban la fachada.

—La enfermera vive en el tercero derecha.

—Muchas gracias —contestó Clotilde, sin desear ser distante, pero sintiéndose intimidada por las miradas de los hombres.

La condesa llevaba desabrochada una gabardina de verano en color beige, que le permitía lucir un sencillo vestido de gasa con estampado floral. Algo, en suma, sencillo y discreto. Pero la elegancia, al igual que la ordinariez, no puede ocultarse.

Una presión en el pecho hizo que subiera las escaleras ahogándose. Le preocupaba el estado físico que tendría su hija, y cuál sería su reacción al verla; pero, sobre todo, le angustiaban las posibles cicatrices que le hubiera podido dejar la guerra. Le habían advertido de que la población femenina de Berlín había sufrido muchas vejaciones al final de la guerra, con la entrada de los rusos. Por eso, se prometió a sí misma que no le preguntaría por ello a su hija; que fuera ella la que le contara lo que quisiera.

—Desearía ver a Amalia von Havel, soy su madre —contestó Clotilde al requerimiento de un hombre de mediana estatura y piel cetrina que le abrió la puerta. En su rostro se reflejó a partes iguales la desconfianza y la sorpresa al ver a aquella mujer que parecía salida de otro mundo en el que la belleza y el señorío podrían darse la mano. Pero en aquel edificio, en aquellas circunstancias, era chocante encontrar tanta belleza y elegancia en medio de la más absoluta penuria.

—La segunda puerta de la izquierda; ahí es donde vive —afirmó el hombre, mirándola con descaro y desprecio.

Sabía por Porter que, al no tener casa, el Gobierno había alojado a su hija en ese piso. En aquella vivienda de cuatro habitaciones, vivían cinco familias. Clotilde atravesó el largo pasillo hasta llegar a una puerta blanca descascarillada. Dio dos toques acompasados con sus nudillos.

—Un momento, ya abro —gritó una voz reconocible, aunque con un punto de dureza.

El pulso de Clotilde se aceleró de tal modo que le temblaron las manos sin control. Siempre imaginó este momento con júbilo, pero ahora un miedo atroz le recorrió el cuerpo. Tragó saliva para enfrentarse a lo que fuera.

La chica que abrió la puerta tenía reflejado en su rostro que su vida no había sido fácil y no pudo evitar un gesto de sorpresa ante la aparición de aquella mujer perfectamente arreglada. Al instante, su cuerpo se paralizó al reconocer a su madre, de la que no había tenido noticias en años y a la que tanto había añorado en los momentos más difíciles, y que ya solo asociaba con un pasado que jamás volvería y que nada tenía que ver con su vida actual.

Sin embargo, ver a su madre tal como la recordaba, hermosa y cálida, la hizo desmoronarse. Se abrazó a ella como si estuviera aferrándose a una visión, respiró su perfume y por un instante se sintió en su casa de Sajonia rodeada de seguridad, como si nada hubiera ocurrido, como si los horrores vividos hubieran sido una pesadilla.

Fueron solo unos instantes de felicidad completa, hasta que unos martillazos, seguidos de unos gritos, la devolvieron a la realidad.

—Hija, creí que no volvería a verte —balbuceó Clotilde entre sollozos y lágrimas, abrazada al cuerpo enjuto y demacrado de la joven, sin poder soltarla y descargando en ese acto todo el amor y el miedo que tenía apresados en su interior.

Amalia abrazaba el recuerdo de una madre feliz, entregada a sus hijos, sin ser consciente de que también Clotilde había cambiado... ¡Había soñado tantas veces con este instante! No quería que se evaporara, que todo fuera un sueño.

Entraron en la pequeña habitación sin ventanas, que en su día fue utilizada como cuarto trastero, donde un polvoriento y raído sofá tipo barco hacía las veces de cama. Sobre la mesa, un infiernillo servía al mismo tiempo de cocina y de calefactor.

—¿Y papá? —preguntó Amalia con la voz quebrada.

—Papá murió unos meses antes del final de la guerra. —En ese momento, Clotilde volvió a abrazar a su hija, que descargó toda su tristeza en un llanto entrecortado y liberador.

—Sabía que tenía que estar muerto; de no haberlo estado, hubiera venido a buscarme antes de que los rusos entraran en Berlín.

Clotilde prefirió no aclararle, en ese momento, que su padre había muerto bastante antes de que los soviéticos entraran en Alemania.

—Te vendrás conmigo a Inglaterra. —Clotilde estaba dispuesta a sacar a su hija de aquella inmundicia. Como mujer pragmática que era, deseaba solucionar primero lo tangible, para luego ocuparse del interior del ser humano.

—Gracias, madre, pero no deseo irme de Alemania. Aquí me necesitan y tengo una vida. Nunca me iré. —Amalia se había endurecido hasta tal punto que no le importaba herir los sentimientos de su madre. Ponerse en su lugar era inimaginable.

—Lo entiendo, pero no puedes seguir viviendo en este sitio —reflexionó Clotilde, viendo el pequeño e insalubre cuarto que ocupaba su hija.

—Madre, no tengo otro lugar, ¿no te has dado cuenta de que no hay más que ruinas? —La enfermera utilizaba un tono duro y frágil a la vez.

Clotilde vislumbró que su hija arrastraba mucho sufrimiento en su interior, así que prefirió no insistir. Intentó buscar las palabras adecuadas para que el encuentro transcurriera en armonía.

—Lo siento, hija, y claro que me he dado cuenta..., pero no soporto verte vivir en un lugar como este. —Prefirió cambiar de tema—: Quiero contarte que me he vuelto a casar y que tienes un nuevo hermano que se llama Albert. También debo decirte que tus hermanos pequeños viven con tío Gustav. Él me los arrebató y hace más de tres años que no sé nada de ellos. —Clotilde resumió su vida, escudriñando a cada frase que decía la reacción de su hija.

—No entiendo cómo ha podido hacer eso tío Gustav. ¿Qué ha pasado? —preguntó Amalia.

Clotilde le contó con detalle lo ocurrido. A medida que avanzaba en su relato, se iba dando cuenta de que Amalia no se mostraba enfadada, sino que parecía entender lo sucedido.

En su fuero interno, la joven pensó que al menos sus hermanos pequeños no habían estado expuestos a los horrores de la guerra; y el hecho de que estuvieran con su tío era un mal menor. Pensó en su hermana Victoria, a la que no llegó a conocer. Sin duda no tendría el amor de una madre, pero estaría protegida. En ningún momento tuvo en cuenta lo desgarrador que podía ser para Clotilde que le arrebataran a sus hijos.

—No debes preocuparte por el bienestar de mis hermanos; seguro que están bien y pronto podrán estar a tu lado —respondió la joven sin emoción.

—No sabes lo que es no poder ver a tus hijos. Cuando los tengas, lo sabrás. —Clotilde se sintió dolida con la frialdad de su hija.

La condesa tomó asiento en la única silla que había y Amalia se sentó en el sofá que hacía las veces de cama.

—Nunca tendré hijos. Pero perdona si te he molestado; la guerra me ha hecho ser práctica y poco sentimental. —Amalia buscó en su interior un ápice de caridad e intentó reconducir la conversación—: Y bien, hablemos de ti. Me alegro de que tengas una nueva vida. Estos días podrás hablarme de tu nuevo marido. Y, si te parece, podríamos aprovechar tu estancia en Berlín para ir a visitar el solar de la casa de los abuelos. Últimamente he ido varias veces por allí.

—Me dará mucha pena, pero debo ir. Además, debo certificar la propiedad, y algún día plantearme reconstruir la casa.

—El mundo ha cambiado, y hoy no tiene sentido una mansión. Le he dado muchas vueltas, y deberíamos construir una clínica en el solar —contestó Amalia.

—Me parece buena idea. Quizás algún día podremos planteárnoslo.

—Seguro que no te has casado con un pobre. Quizás él nos pueda ayudar con el proyecto.

Clotilde prefirió no contestar a semejante impertinencia. Constató que Amalia hablaba con sarcasmo e incluso con rabia. También notó cómo a veces fijaba la mirada en un punto infinito, al tiempo que salía con esas frases poco adecuadas.

—Al final de la guerra intenté buscar a los abuelos y a tía Erna entre las ruinas de la casa, pero no pude hacer nada; una montaña de escombros lo sepultaba todo. —Amalia soltó esta frase a modo de disculpa. Nunca pudo asimilar que la casa de sus abuelos fuera su sepultura, y que ella no pudiera liberarlos.

—Hija, nada podías hacer. Pero si hablar de ello te hace bien, te escucho con gusto. —Clotilde pretendía que Amalia soltara lo que le oprimía el alma.

—No deseo hablar de esa época —zanjó su hija—. Creo que debes saber por qué no estaba ese día junto a ellos. —Amalia le contó a Clotilde cómo se había salvado de morir en el bombardeo. Omitió que durante mucho tiempo había deseado haber muerto con ellos.

* * *

La enfermera recordó lo sucedido aquel mes de diciembre de 1944. Con apenas quince años, Amalia soñaba con vivir la vida de fiestas y viajes que sus abuelos le contaban.

Aquella mañana atravesó el espacioso jardín para llegar al garaje, donde el viejo automóvil permanecía sin utilizar por falta de combustible. Le encantaba escaparse hasta allí, ponerse al volante e imaginar que conducía hacia un destino donde no se escucharan los ruidos de la guerra. Como tantas veces, el cielo comenzó a aullar, las alarmas antiaéreas lo invadieron todo; se asustó, pero no lo suficiente como para salir corriendo.

La niña creyó que aquello pasaría pronto, como tantas otras veces, y decidió seguir jugando. Pero esa vez los bombarderos no pasaron de largo. Tenían un objetivo: destruir el barrio en el que supuestamente vivían altos dirigentes del Reich.

Amalia no supo lo que había ocurrido hasta que se despertó en el hospital donde trabajaba su tía Erna y que estaba cerca de su casa. María, la enfermera amiga de su tía, la atendía con cariño. Cuando se recuperó un poco, le explicó que una bomba había caído en la casa de sus abuelos.

La enfermera se hizo cargo de la chica, que cambió la mansión de sus abuelos por una habitación en un edificio en ruinas. Amalia comenzó a acompañar a María al hospital, y al poco tiempo se convirtió en enfermera, lo que la llevó a vivir, con tan solo quince años, los horrores de la guerra: cuerpos mutilados, jóvenes, casi niños, destrozados antes de haber vivido...

Los aliados eran los dueños de Alemania, e intentar localizar a su familia en Sajonia era imposible.

* * *

Amalia aún no había finalizado su relato cuando ante sus ojos apareció una rata de enormes proporciones bamboleando su larga cola y corriendo en busca de un refugio donde ocultarse. La enfermera se levantó del sofá y fue a coger una escoba.

—Llevo días detrás de este bicho y al fin sale de su escondite. Ayúdame a darle caza.

Clotilde echó mano de su propia silla con patas de aluminio oxidado.

La rata se metió detrás del sofá y, al moverlo, corrió hasta esconderse bajo la cortina que tapaba el hueco que hacía las veces de armario. Amalia descubrió la patita negra con sus «dedos» minúsculos asomando bajo la cortina y le asestó un fuerte golpe con la escoba; la rata cayó despanzurrada. Aquel arranque de furia pareció tranquilizar a la chica.

Miró a su madre; no sabía si llorar o reír. Su rostro se contrajo, pues a su mente volvieron las imágenes del final de la guerra. Aquellas imágenes que la perseguían noche y día, impidiéndole vivir en la realidad actual.

Desesperada, se echó en brazos de Clotilde y lloró sin consuelo y sin pronunciar palabra alguna. Ella la acompañó en aquel llanto purificador de limpieza interior, con el que pretendió sacar de su interior todo el horror y la crueldad a la que había estado sometida. Una vez más, recordó en silencio la impotencia de todo lo que había vivido que, a pesar de pertenecer al pasado, revivía dentro de ella como si hubiera sucedido el día anterior.

Amalia no estaba enfadada con su madre; dirigía su rabia hacia ella porque se sentía impotente por no superar el rencor que llevaba clavado en el alma.

* * *

El invierno de 1944 se había cebado con los habitantes de Berlín; sin comida, sin casas y sobreviviendo a la lluvia de bombas que descargaban sobre la ciudad cada día a todas horas.

La entrada de la primavera provocaba tanta esperanza como miedo. La guerra estaba perdida. Ahora la preocupación estaba en la entrada en la ciudad del Ejército Rojo. Las noticias que llegaban hablaban de que los soviéticos iban a infligir a los alemanes el mismo daño que estos habían hecho a sus mujeres e hijas cuando los nazis invadieron la Unión Soviética. No era otra cosa que la eterna venganza de la ley del Talión: «Ojo por ojo, diente por diente».

Como tantas mujeres alemanas, Amalia fue víctima de la violación y la vejación en dos ocasiones. La segunda vez fue peor que la primera, ya que fueron varios soldados los que le agredieron sexualmente, dejándola medio muerta entre las ruinas.

Amalia consiguió ponerse en pie y caminar hasta la calle, pero fue incapaz de avanzar mucho; su cuerpo no la sostuvo y se derrumbó sobre la acera.

El capitán Igor Kalinishenko vio cómo la joven trataba infructuosamente de ponerse en pie y caminar. Paró su vehículo y se acercó a la chica. El joven militar soviético sintió vergüenza de la consigna de algunos de sus superiores definiendo esta salvajada como «un entretenimiento». Sin pensarlo más, Igor subió a Amalia en el vehículo militar y la llevó a un hospital.

Durante un mes, se debatió entre la vida y la muerte. El oficial ruso acudía a visitarla cada día. Intentaba resarcir con sus atenciones el daño que sus compatriotas causaban a las mujeres alemanas. Nadie consiguió que aquella joven de pelo castaño y ojos sin vida dijera una palabra... Su cara no mostraba expresión alguna.

Cuando se recuperó de las heridas físicas —que no de las heridas del alma, que permanecerían en sus entrañas toda la vida—, el capitán Kalinishenko se hizo cargo de ella. Buscó una vivienda en el sector ruso y cuidó de Amalia con esmero y dedicación.

El oficial intentaba hablarle, pero no obtenía respuesta. Cuando llegaba a la casa se quitaba el uniforme, porque había visto que ella se estremecía solo con ver aquel traje marrón.

Más de seis meses estuvo Amalia sin articular palabra. Poco a poco, fue recuperándose. Decidió volver a trabajar de enfermera, lo único que la hacía feliz. Igor, entusiasmado, le buscó un puesto en un hospital. Amalia quería olvidarse de que había tenido otra vida. Se sentía protegida por el oficial que la había salvado.

Con el tiempo, empezó a pensar que vivir de prestado le causaba una angustia vital que se traducía en malhumor e inestabilidad emocional. Decidió ser valiente y tomar la decisión de salir de aquella situación que le impedía enfrentarse a su propia realidad, y se dispuso a empezar una nueva vida. Quizás algún día tendría fuerzas para buscar a su familia. El capitán le había informado de que su casa de Sajonia ahora la ocupaban militares rusos, pero nada se sabía de sus antiguos ocupantes.

Hasta el momento, no había tenido fuerzas suficientes para enfrentarse a la vergüenza de confesarle a los suyos que había sido deshonrada y que aceptó la ayuda de sus propios verdugos. Al menos, ella veía los hechos de ese modo. Cuando fue violada, era una chica de apenas dieciséis años que soñaba con príncipes azules y bailes de salón. Su negación a admitir las circunstancias le llevó a no desear buscar a su familia.

Amalia se había convertido en una mujer fuerte, pragmática y algo deshumanizada. Había sufrido demasiado y se sentía alemana hasta la médula. Odiaba ver su país ocupado y necesitaba hacer algo por él. En el fondo de su alma, estaba a favor de Hitler, no por convicción ideológica, sino por resentimiento de haber perdido aquella Alemania en la que había vivido.

Amparada por el regazo protector de su madre, Amalia lloró sin consuelo; en cierto modo, sintió que Clotilde podía imaginarse su sufrimiento e incluso entender su propia vergüenza al considerarse una mujer marcada por una lacra, e inadecuada para la vida social a la que había sido destinada.

Clotilde deseaba decirle que nadie la iba a juzgar y que todo por lo que había pasado la convertía ante sus ojos en una heroína.

Ninguna dijo nada, pero aquel abrazo lo dijo todo: la comprensión, el amor y los deseos de olvidar estuvieron presentes en aquel gesto de cariño que solo una madre puede transmitir a sus hijos.

Clotilde regresó a Londres reconfortada con el encuentro con Amalia, pero al mismo tiempo preocupada por el estado de ánimo que había detectado en su hija. Se propuso llamarla cada semana y convencerla de que ese mismo verano pasara unos días en el castillo Ulm, procurándole con ello el acercamiento al cariño familiar.

* * *

El verano de 1949 fue uno de los más felices para Clotilde, ya que consiguió que Amalia pasara unos días en el castillo. Le reconfortaba pensar que algún día podría reunir a todos sus hijos.

A su hijo Albert le encantaba pasar temporadas en Alemania. Adoraba los animales y, sobre todo, a su amiga y cuidadora Sidonia, de seis años, que se había convertido en su más entregada compañera de juegos.

Clotilde no tuvo que preguntarle a su hija por su pasado; era fácil adivinar las vejaciones a las que había sido sometida. Pero trató de hacerle entender que la guerra se había cobrado víctimas inocentes y que, al igual que ella, no eran culpables de todos los horrores a los que se habían enfrentado.

La hija mayor de Clotilde se sentía a años luz del estilo de vida que la unía a su pasado. Había aceptado la invitación de su madre para no ofenderla, pero hizo un gran esfuerzo por no despreciar el ambiente en el que se desenvolvía Clotilde, juzgándola al creer que solo se interesaba por seguir manteniendo una manera de vivir que pertenecía al pasado.

Amalia acudió a las cocinas en busca de Jutta. Siempre le había gustado ayudar a la cocinera a preparar postres. Sabía que todas las tardes Jutta se dedicaba a elaborar sus mejores recetas. En cuanto la vio entrar, a la cocinera se le iluminó la cara y salió a su encuentro. Un apretado abrazo rememoró el cariño que siempre habían sentido la una por la otra.

—Qué alegría me das. —La cocinera lloraba de emoción.

—¿Puedo hacer un bizcocho contigo? Espero que todavía me acuerde de cómo se hace. —Amalia estaba sonriente y relajada.

Jutta la tomó por los hombros y volvió a abrazarla como cuando era una niña, manchándole la nariz con la masa de hojaldre que todavía tenía en sus manos.

Sidonia jugaba con un muñeco de trapo. Al ver la escena, buscó un delantal y fue corriendo a dárselo a Amalia. Todas rieron con la ocurrencia.

—¿Quién es esta niña? —preguntó intrigada Amalia.

—Es Sidonia. Tu madre la recogió de los caminos cuando salimos de Sajonia. ¿No te contó las penurias que pasamos en la huida? —preguntó Jutta.

—Me contó, sobre todo, lo referente a mis hermanos —contestó Amalia.

—Muy típico de ella, no queriendo hacer sufrir a los demás con sus miserias —dijo Jutta, que vio la oportunidad de contarle lo mal que lo pasó su madre cuando atravesó Alemania enferma y ocupándose de todos.

Jutta comenzó a relatarle a Amalia el coraje con el que se enfrentó su madre al destino más incierto que hubiera podido imaginar.

A medida que iba mezclando la harina con el huevo y el azúcar, Amalia fue comprendiendo el sufrimiento y la fortaleza de su madre, y también su desaliento por no poder ir a Berlín a buscarla en plena batalla final, ni tampoco después, con la destrucción total de Berlín.

Gracias a la charla con Jutta, la joven tomó conciencia de que la guerra había golpeado a todos: para ella había supuesto un cambio demasiado radical con respecto a su vida anterior, pero a su madre también la había convertido en una persona diferente. A partir de aquel momento, puso su empeño en tratar a su progenitora con más benevolencia y comprensión.

* * *

Frau Jutta se sentía melancólica. Con su carácter fuerte disimulaba que estaba triste, pero lo cierto era que sufría en silencio.

Hacía cuatro años que vivía en el castillo y era prácticamente la que dirigía la casa.

—Debo hablar con usted. —Jutta se acercó a Clotilde cuando esta se disponía a salir al jardín.

—Acompáñeme. Daremos un paseo juntas y me dice qué le preocupa. Desde que he llegado, la encuentro triste. —Clotilde la conocía muy bien.

—Me he puesto en contacto por carta con la familia de Sidonia en Madrid, y creo que ha llegado el momento de cumplir con la promesa que le hice a la madre de la pequeña en su lecho de muerte, de enviarla a la dirección que me dio de sus tíos en España.

—Tenía que ocurrir. La niña es feliz con usted, pero debe estar con su familia. Así se lo prometió a su madre. —Clotilde sabía lo encariñada que estaba Jutta con la niña polaca.

—Sidonia me ha dado la vida estos años. Si la envío a España, me sentiré vacía.

—La entiendo muy bien. Yo también la echaré de menos. Me recuerda mucho a Victoria, que tiene su misma edad. —No pudo evitar que sus ojos se humedecieran—. Mirándola, me imagino a mi hija: con su misma estatura y jugando a las mismas cosas. —Clotilde no deseaba poner más triste a Jutta de lo que ya estaba; así que se secó las lágrimas y le expuso lo que pensaba—: Debería venirse a Inglaterra conmigo. Para mi hijo Albert sería como una segunda madre. Aunque quien más la necesita soy yo; me siento muy sola en Londres. Mi obligación es ayudar a mi marido con su empresa; esta tarea, junto con el cuidado de Albert, es en lo que ocupo mi tiempo.

—Pues, créame, que con lo que hace ya es bastante; no sé qué más quiere —apostilló Jutta, sin entender las elucubraciones de Clotilde. Desde luego, ella no se movería de allí.

—Me refiero a mi situación sentimental. Siempre le dije que me había casado sin amor, y no sé si esto que siento es amor, pero le aseguro que quiero a Stefan. Sin embargo, cada día noto más el desapego por su parte. De un tiempo a esta parte, me entra una enorme melancolía, pues presiento que la soledad me va a acompañar toda la vida, y por más que desee apartarla de mí, vuelve siempre como un karma que me persigue.

—Me temo que en el hecho de sentirse sola no podré ayudarla, ya que ese es mi verdadero temor al enviar a Sidonia a España. Debo asumir la soledad para el resto de mi vida y, si me lo permite, mucho peor que usted, ya que yo no tengo nada por lo que luchar. Mi vida siempre será servir en casa ajena.

—Es cierto lo que dice, pero aquí tiene su casa. Dispone de sus propias dependencias y todo lo que puede necesitar. —Clotilde no entendía la situación de Jutta, y creía que su desasosiego solo se debía a una cuestión material sin tener en cuenta su estado de ánimo.

—Intente ponerse en mi lugar y lo comprenderá —dijo con resignación la cocinera. Sabía que Clotilde no era egoísta, que la quería como si fuera de la familia, pero la relación entre ellas no era equilibrada; le faltaba el punto de la amistad entre iguales.

—Le prometo que algún día nos haremos compañía una a la otra. No sé cómo, pero presiento que será así. —Aquella conversación la llevó a pensar que ella y Jutta compartirían un hogar que ambas consideraran realmente suyo—. ¿En qué ha quedado con la familia española de Sidonia? —preguntó Clotilde.

—Que en primavera del año que viene les enviaré a la niña. Lo han aceptado. Saben que aquí está atendida, y en España las cosas tampoco andan demasiado bien.

—Dese tiempo. Puede enviarla en otoño; así pasa un verano más con nosotros. Albert la adora. —Clotilde deseaba que Jutta alejara de sí el fantasma de quedarse sin «su niña».

* * *

Había pasado un año del encuentro en Berlín con Amalia, que se había mudado a un pequeño apartamento recién construido. Seguía de enfermera, pero con la ilusión de poder construir un hospital en el solar que había sido la casa de sus abuelos.

A Clotilde no se le había olvidado la promesa de llevar a cabo este proyecto; así que aprovechó una de las cenas de verano en el castillo para que la misma Amalia expusiera su proyecto a Stefan.

—Me gustaría pedirte financiación para construir una clínica en el solar de mis abuelos en Berlín —le planteó Amalia al barón Von Ulm.

—Con gusto me gustaría ayudarte, pero debes tener algo de paciencia. En estos momentos, estoy inmerso en la reconstrucción del edificio que mi empresa tiene en Londres, pero en cuanto me reponga de esta inversión, no te preocupes, que me ocupo de tu hospital. Así que ve perfilando las ideas.

—Como hombre de negocios, seguro que te va a encantar lo que vengo pensando desde hace tiempo. —Amalia estaba entusiasmada con la posibilidad de realizar su sueño.

—Ya tu madre me ha hablado de la idea y la veo muy viable. Vete adelantando con el proyecto. En cuanto lo tengas listo, lo ponemos en marcha.

Von Ulm era así de generoso, pero, sobre todo, tenía un olfato especial para los negocios, y aquel le parecía muy bueno.

Aquella visita había servido para asumir una cierta normalidad familiar y enfocar el futuro con ilusión.

* * *

En los dos años siguientes, Clotilde se empeñó a fondo en la decoración del nuevo edificio de oficinas de la Compañía Ulm y en el cuidado de su hijo Albert, que hacía las delicias de su padre, quien, desde el primer momento, se encargó expresamente de su educación. La condesa quedó así relegada a su papel afectivo, pero sin influir casi nada en las decisiones que afectaban a la formación del primogénito de los Ulm.

El edificio de oficinas de Kensington se terminó de reconstruir en el año 1952. Los barones Von Ulm decidieron dejar el apartamento de James Street para mudarse al ático del edificio; era un cambio abismal, aunque no la casa definitiva.

La preocupación de recuperar a sus hijos seguía siendo motivo de tristeza, a la que ahora se le añadía la infructuosa lucha judicial.

Una tarde, Clotilde estaba colocando unos libros en las recién instaladas estanterías de la biblioteca, cuando el barón de Ulm entró en la estancia con una carta en la mano; saludó a su mujer con desánimo.

Clotilde se dio la vuelta y, conociendo a Stefan, sabía que le traía malas noticias.

—Ha llegado una carta de mis abogados en Alemania —informó Stefan.

—¿Dicen algo sobre la custodia de mis hijos? Llevamos mucho tiempo esperando noticias positivas. —Clotilde había pleiteado con Gustav por la custodia de sus hijos Frank y Victoria, sin que nadie le diera la razón. Se argumentaba que había sido ella la que había dejado a sus hijos al cuidado del príncipe Gustav y que para mayor abundamiento la condesa no residía en Alemania. Por otro lado, no cabía duda de que el poder de Gustav von Havel todavía pesaba en aquella sociedad de mediados de siglo, en la que las jerarquías de antaño resistían como últimos bastiones de la sociedad feudal.

—Siento darte esta mala noticia, pero han confirmado la custodia a Gustav.

—Lo sabía. Sabía que ese hombre movería cielo y tierra para hacerme daño donde más me duele.

Clotilde dio un manotazo a una pila de libros que esperaban su turno para ser colocados, haciéndolos caer desparramados por el suelo.

La condesa se aproximó a su marido y él, acercándose a ella, la abrazó con delicadeza arrastrándola hasta un sofá cercano. Dejó que se desahogara un poco, antes de exponerle su plan.

—¿Has hablado últimamente con Ralf? —preguntó el barón, que, aunque era poco expresivo sentimentalmente, se preocupaba por el bienestar de Clotilde, y admiraba su tenacidad y la capacidad de formar un equipo de trabajo con él.

—No, me envió hace meses una postal desde Chile. Al fin se ha comprado una hacienda y piensa vivir allí seis meses al año. De todos modos, he llegado a la conclusión de que, aunque desea ayudarme, no puede influir en su padre, ya que este me odia de forma obsesiva.

—Pues escríbele y entérate de cuándo tiene pensado regresar, y plantéale si te puede organizar una visita a tu hijo en su internado. Creo que lo necesitas. Al menos, verías a Frank, aunque no puedas ver a la pequeña Victoria. —Stefan era un hombre con ideas prácticas, y esta no cabía duda de que lo era.

* * *

El antiguo integrante de las SS seguía enamorado de Clotilde y aceptó la idea de Stefan de buen grado. Antes del verano regresaría a Europa y organizaría el encuentro sin que su padre pudiera sospecharlo.

El príncipe Gustav buscó el internado más recóndito que pudo encontrar: el colegio St. Blasien, dirigido por la Compañía de Jesús en el corazón de la Selva Negra, al sur de Baden-Wurtemberg, cerca de Friburgo. Y obligó a su director a prometer que nadie visitaría al chico sin su autorización.

Ralf le puso un telegrama a su padre indicándole que debía ir a Friburgo a una reunión y que, si le parecía bien, podría acercarse a visitar a Frank al internado.

El príncipe Gustav no sospechó nada. No en vano, Ralf, cuando visitaba a su padre, pasaba tiempo jugando con los niños, aunque tenía que reconocer que Victoria era su preferida desde el primer momento.

Stefan acompañó a Clotilde hasta Friburgo, aprovechando el viaje para reunirse en la ciudad con sus proveedores de flor de lúpulo. Aunque no podía ir con ella al colegio.

Se encontraron en el hotel de Friburgo donde iban a pernoctar aquella noche. Ralf y Stefan se conocieron aquella tarde y desde el primer momento sintieron simpatía mutua.

Salieron a cenar los tres juntos, y durante la cena Ralf tomó la palabra:

—Quiero hacerte un pequeño regalo —empezó diciendo Ralf von Havel con mucha ceremonia. Metió su mano en el bolsillo interior de su chaqueta, sacó un paquetito plano y se lo entregó a Clotilde. Esta, algo abrumada, lo desenvolvió con cuidado. Era una foto de Ralf con una niña en brazos.

Clotilde se llevó las manos a la boca.

—¿Es... es Victoria? —preguntó con deseos de llorar.

—Sí, es una foto que nos hicimos el verano pasado, y he pensado que te haría ilusión tenerla. —Ralf también estaba emocionado; adoraba a su prima pequeña, a la que siempre trataba como a una hija, y le recordaba a su hijita Sofía, muerta prematuramente.

Al día siguiente, Ralf y Clotilde hicieron un viaje de ida y vuelta que duró todo el día. Los kilómetros de carretera de montaña fueron interminables, aunque con las vistas más espectaculares que uno pueda imaginar. Sin embargo, el trazado de curvas hacía dudar de que aquella carretera llegara a alguna parte.

El ingeniero estaba pletórico al tener a Clotilde solo para él por unas horas. Se conformaba con mirarla.

Llegaron a St. Blasien al mediodía. Era un pequeño enclave compuesto por dos gigantescos edificios que lo dominaban todo: el colegio y la abadía.

Preguntaron por un local de comidas y les indicaron una casita cuya fachada sur daba al río. Clotilde eligió una mesa junto a la ventana.

Ralf fue a buscar a Frank. Un sacerdote con sotana y fajín a la cintura le entregó al muchacho. Al salir a la plaza que se abría delante del colegio, Ralf le indicó al chico que su madre le esperaba, pero que jamás se lo contara a nadie y menos al príncipe Gustav.

Los cabellos rubios de Clotilde estaban iluminados por la luz que entraba por las ventanas; era uno de esos días de finales de primavera en los que el sol caldea el ambiente húmedo habitual e impregna de belleza cualquier paisaje que toca. El pequeño pueblo parecía sacado de un cuento.

Frank entró en el comedor del pequeño local, ansioso por abrazar a su madre. Al verlo, Clotilde se levantó y se dirigió hacia él. El chico se había convertido en un adolescente con pelusilla rubia en el bigote. La condesa reconoció en él la imagen de Maximiliano. Ella, que no era dada a llorar en público, se emocionó al no poder resistir el dolor reprimido durante los últimos años.

Clotilde tuvo claro que el sentimiento de soledad que con demasiada frecuencia perturbaba su ánimo era debido a la añoranza de sus hijos y de su vida pasada. Fue incapaz de comer. Pasó todo el rato mirando a su hijo, atusándole el cabello, mientras este contaba entusiasmado sus logros con el baloncesto.

«No hay nada más cruel que alguien pueda apartar a sus hijos de su madre, privándoles a ambos del cariño y la seguridad que da el amor materno. Sin esa presencia, se conduce a los hijos a la inseguridad», pensó Clotilde con una pena infinita en sus entrañas.

Frank comía y hablaba a la vez. Conforme Clotilde fue sosegando sus emociones, se centró más en el relato de su hijo.

—Ayer ganamos a nuestros rivales de baloncesto; desde luego, eran inferiores a nosotros físicamente —comentó el muchacho, emocionado.

—¿Jugasteis contra otro equipo del colegio? —preguntó Ralf, interesado.

—No, eran visitantes. El equipo era austriaco; eran más bajos que nosotros y morenos.

A Clotilde aquel comentario de su hijo le desagradó, por parecerle un tanto racista. Pero no quería reprenderlo abiertamente.

—Seguro que los jesuitas os reprenden si opináis así del equipo rival —dejó caer Clotilde.

—Los curas son muy duros con nosotros. Hay uno que con el dedo gordo me tira de las patillas hacia arriba y me hace mucho daño. Tío Gustav me ha dicho que la próxima vez le haga frente.

Ralf rio la gracia, aunque a Clotilde no le pareció nada gracioso. Era la primera vez que veía a su hijo en más de siete años y no podía ejercer de madre y reprenderlo. Le invadió una enorme tristeza al pensar que Gustav podría estar adoctrinándole. Era muy poco el tiempo que tenía y prefería no iniciar una discusión sobre ello, pero una preocupación más vino a sumarse a las que ya tenía.

El chico prometió escribirle, y ella quedó en que también lo haría y enviaría sus cartas al apartado de correos del pueblo; ese sería su secreto.

Separarse de nuevo de Frank le rompía el corazón, pero pensar que su tío pudiera corromper su alma le preocupaba muchísimo.

En el viaje de regreso se lo comentó a su sobrino Ralf. Este no le dio importancia y le aclaró que los jesuitas no comulgaban con el racismo, y que la forma de hablar del chico era propia de un adolescente. Clotilde encontró razonable la explicación y se tranquilizó.

Ralf era un señor y, como tal, en ningún momento sacó la conversación de sus sentimientos hacia su tía. Cuando tenía ocasión, ella ponía énfasis en lo feliz que era con Stefan. Sea como fuere, durante gran parte del viaje de regreso a Friburgo, Clotilde fingió ir dormida, evitando así cualquier situación embarazosa.

* * *

El cambio de época era una realidad. Una nueva tristeza vino a añadir más desazón a su vida. En el otoño del año cincuenta y tres, lady Violet Stone los dejó para siempre. La debilidad física de su tía era un hecho, pero los deseos de Clotilde de aferrarse a la única familia que le quedaba eran un asidero imprescindible para ella.

El testamento de lady Violet no le reportó riqueza material alguna, ya que sus posesiones pasaban íntegramente a su nieto, el hijo de William. Sin embargo, la anciana dejó a Clotilde algunas de sus pertenencias más preciadas: su colección de perros de porcelana y numerosos objetos personales. Sin duda, fue la mejor herencia que podía dejarle. Gracias a su tía, Clotilde había recuperado algo de su pasado. A pesar del dolor que le causó la muerte de Violet, esta le dejó los recuerdos que había perdido cuando huyó de los rusos.

Violet Stone elaboró una lista exhaustiva con sus pertenencias. Sabía que su sobrina sería la única que apreciaría y daría buen uso a sus cosas. Violet disfrutó y se emocionó al hacer el inventario que le dejaba a su sobrina y sonreía cada vez que pensaba que aquellos objetos tendrían una nueva vida en manos de Cloty.

* * *

La posguerra en Alemania hasta el año cincuenta fue muy dura. Nadie quería hablar de la guerra, y poco a poco la vida cotidiana fue tomando visos de normalidad. Las tiendas de comestibles empezaron a mostrar en sus escaparates productos perfectamente alineados y en su mayoría enlatados. En el interior, las chacinas colgaban de unos ganchos ordenadas al estilo germánico por tamaño y sabores. Todos los productos se compraban a granel. El hambre de los primeros años de posguerra se fue olvidando...

La escasez de viviendas se remplazó por edificios en forma de caja con grandes ventanas y balcones en donde siempre había un lugar para las jardineras de petunias. Los centros históricos empezaron a reconstruirse; se levantaron nuevos edificios modernos de cristal y aluminio, de formas sencillas. Berlín se convertiría en el exponente de una arquitectura de vanguardia.

Mientras tanto, Londres se sacudía las consecuencias de la guerra gracias a la ayuda de América y al carácter inglés: «Si es importante para Inglaterra, el deber es hacerlo». Los ricos soportaron impuestos altísimos con tal de ayudar a su país.

Los soviéticos proclamaron la República Democrática de Alemania.

El mundo se polarizó en dos bloques antagónicos y emprendió el futuro dividido.

Sobre Berlín pesó el mayor cisma que una metrópoli puede soportar. A partir de 1952 se crearon las vallas que delimitaron el Berlín Este y el Berlín Oeste; estas eran vigiladas por soldados fronterizos, a pesar de estar abiertas las fronteras. En los años siguientes, la situación se complicaría mucho más.

Capítulo 7
Una verdad anunciada

Londres, noviembre de 1954

La nieve cubría los techos de los coches. Una vez despejada la vía, se acumulaba en los bordes de las calles; había cuajado durante la noche, pero no lo suficiente como para impedir el tránsito por las aceras.

Clotilde decidió acudir a Picadilly Street y comprar todo lo necesario en Fortnum and Mason para el té que ofrecería a sus amigas. Su conductor le acompañó hasta la misma puerta arropándola con el paraguas, lo que no evitó que las medias de seda se le mojaran con los copos de nieve racheada que caían sin descanso.

Entrar en el establecimiento le produjo un golpe de calor y de alivio; le encantaba la tienda preferida de la alta sociedad inglesa. Cada rincón había sido decorado con un gusto tan refinado como exclusivo. Los expositores ofrecían al visitante los sabores de siempre, presentados de modo exquisito. Envoltorios florales en tonos pastel multicolor la transportaban a una primavera explosiva, haciéndole olvidar el inhóspito invierno. Las diferentes cajas de té, bombones o galletas apiladas en forma piramidal invitaban a ser abiertas y disfrutadas plácidamente.

Cada rincón suponía un placer para los sentidos. Recorrer la tienda de abajo arriba era para la condesa como estar subida en un carrusel mirando aquí y allá y deseando alcanzar todo, con el único deseo de estar en contacto con la belleza.

Clotilde miró con nostalgia las coquetas cestas de mimbre para pícnic, con las vajillas de porcelana verde agua y el equipamiento completo listo para un placentero almuerzo al aire libre.

Sonrió al evocar aquella primavera del año 1927, cuando siendo apenas una adolescente visitó a sus tíos en Londres y acudió con ellos a presenciar la regata entre Oxford y Cambridge. Desde muy temprano, el personal de servicio se esmeró en organizar las cestas del pícnic que con posterioridad se llevarían al barco desde el que se seguiría la regata.

Su primo William Stone formaba parte del equipo de Oxford como timonel del barco de ocho remos.

El lugar elegido para ver pasar los barcos de la competición fue Railway Bridge, muy cercano a la meta. Con el fin de apreciar de cerca los veloces barcos cruzar el Támesis, las familias alquilaban barcas que, varadas en la orilla, no solo servían para vivir la competición desde el agua, sino que se instalaban en las mismas una especie de mesas en las que se organizaba una merienda acuática digna del protocolo más formal.

A Clotilde le encantaba esta tradición tan inglesa de hacer un pícnic en cualquier ocasión, ya fuese una regata o los juegos de fin de curso del colegio de los niños. Lo importante era tener la oportunidad de extender un bonito mantel y sobre él exponer deliciosos sándwiches de salmón ahumado, el exquisito queso Stilton o algo tan lujoso como aves de corral o caza servidos en áspic.

Aquel año ganó Cambridge, pero eso no fue ningún impedimento para que William invitara a su amigo el príncipe Maximiliano von Havel a tomar un refrigerio con su familia. Este reparó desde el primer momento en la criatura excepcional que sonreía entusiasmada a su primo William, que enseguida quedó eclipsado por la presencia notable de Maximiliano, joven atlético de pelo color miel, ojos azules y porte marcial.

Clotilde y Maximiliano eran alemanes y estaban orgullosos de serlo. De ahí que entre ellos surgiera una atracción mutua que permitió que tres años después se casaran y que siempre recordaran aquel primer encuentro como algo predestinado.

* * *

Clotilde volvió de su ensoñación al escuchar la voz engolada del dependiente:

—¿Desea la señora condesa que le ayude en algo? —preguntó ceremonioso un uniformado mozo, que más bien parecía un lacayo de un carruaje de época.

La señora fue indicando al joven tendero lo que necesitaba. Esta tarea solía realizarla la cocinera por teléfono, pero Clotilde adoraba visitar la tienda.

A punto estaba de coger su mermelada de arándanos preferida, cuando vio a lord Porter junto a una estantería en la que cajas de latón de diversos colores ofrecían una gran variedad de tés.

Su intención era acudir a saludarlo, pero rehusó hacerlo cuando vio que lord Campbell se le había adelantado. Observó una complicidad entre ambos que no supo calificar; incluso por parte de lord Campbell notó cierta desesperación al hablar con Porter. Dadas las circunstancias, Clotilde prefirió que no la vieran. Se movió hacia el expositor de los vinos olorosos y con disimulo observó la escena.

Porter jugaba con aquel hombre, y al acabar de firmar el pedido, en lugar de despedirse con un simple apretón de manos, se quitó uno de sus guantes de fina piel gris perla y cogió la mano de Campbell con complicidad e insinuación. Un gesto de satisfacción iluminó el rostro de lord Campbell, que cerró los ojos brevemente para abrirlos de inmediato y mirar con preocupación a su alrededor.

Clotilde y Stefan llegaron a casa al mismo tiempo. La condesa dio orden al chófer para que dejara las compras en la cocina.

—Te veo pletórico esta mañana. —Clotilde se acercó a su marido para darle un sonoro beso en la mejilla.

—Y no es para menos; entremos en casa y te cuento —dijo el barón con entusiasmo.

La pareja, después de entregarle a la doncella la ropa de abrigo, se encaminó al salón; Stefan pidió un brandi templado y Clotilde prefirió no tomar nada.

—Querida, tengo una buena noticia que darte. Me he encontrado con varios amigos en el club y estamos pensando en hacer un viaje en el *Queen Elizabeth*. Pasaremos en Nueva York tres meses; aprovecharé para atender mis negocios en Baltimore y regresaremos en avión a Londres —anunció Stefan, deseoso de que su mujer, al fin, pudiera disfrutar de unas vacaciones.

—¡Qué ilusión me hace! ¿Cuáles son las fechas que barajáis? Un crucero así requiere mucha organización —contestó Clotilde en tono práctico, como era habitual en ella.

—Seguramente en primavera. Así que tendrás tiempo para encargarte vestidos, sombreros y demás complementos. Preocúpate solo de tu equipaje; yo me encargo del mío.

—Me pongo a ello de inmediato. Por cierto, tía Violet me dejó en su testamento su juego de maletas Goyard; me da mucha pena no haber tenido la oportunidad de viajar con ella, pues en la última etapa de su vida había perdido la ilusión por los grandes viajes, precisamente ella, que transmitió a toda la familia esa gran pasión. Créeme que me acuerdo mucho de ella. No me hago a la idea de que ya no podré disfrutar de sus reuniones a la hora del té, donde invitaba a los personajes más curiosos, desde aristócratas bohemios a escritores, artistas, periodistas e incluso empresarios. No sé dónde conocía a tanta gente singular, pero lo cierto es que a todos les entusiasmaba ser invitados por Violet.

—Sí, tuve la suerte de ir un par de veces y reconozco que me encantó el arte de recibir de tu tía. —Stefan era mucho más mundano que Clotilde.

Conociendo a su marido, Clotilde retomó la conversación de los preparativos del viaje.

—Procuraré comprarme los atuendos más apropiados para cada ocasión. Si tengo alguna duda, te consultaré. No deja de sorprenderme tu interés por la moda —dijo Clotilde, resignada a que su marido quisiera siempre husmear en su vestuario.

—Solo deseo que no te centres únicamente en el momento de *«la grande descente»* para la cena. Me encanta la moda y disfruto viéndote elegir lo que te vas a poner —confesó Stefan.

—Nos llevaremos a Albert; será su primer viaje; con seis años cumplidos lo va a disfrutar muchísimo —comentó Clotilde, entusiasmada y cambiando de tema.

—¡Cómo se te ocurre! Lo dejaremos aquí con su niñera y el servicio. Estará mejor cuidado. Es innecesario, y él es demasiado pequeño como para enterarse de nada. Yo me he criado con nodrizas e institutrices, y he tenido una infancia muy feliz. —Stefan no entendía la idea pueblerina de Clotilde de tener tan presentes a los hijos.

—A veces no te entiendo. Adoras al niño y al mismo tiempo no renuncias a tener una vida al margen de la familia —comentó Clotilde a modo de reflexión.

—Debe ir acostumbrándose a nuestras ausencias, ya que el curso próximo ingresará en Ampleforth College —continuó Stefan.

—Sigo sin entender la mentalidad inglesa de enviar a los niños con apenas ocho años a los *boarding schools*. ¡Es un desapego tan grande! Si no te importa, llamaré a Frau Jutta para que venga a cuidarlo.

—Me parece buena idea. La presencia de Frau Jutta me da mucha seguridad; la casa funcionará como un reloj en nuestra ausencia. Por otro lado, creo que debes valorar que haya tenido en cuenta tu opinión a la hora de elegir el colegio para nuestro hijo, que a causa de tu empeño se formará en un colegio católico —apostilló Stefan.

—Desde luego que estimo tu concesión. Pero sigo pensando que Albert es demasiado pequeño para separarse de sus padres, y me gustaría que hubieras tenido en cuenta lo sola que me voy a sentir cuando él pase semanas sin venir a casa. —Clotilde no se hacía a esa idea, puesto que en Alemania no se estilaba esta costumbre.

Stefan, como cualquier hombre, huía de una discusión como el gato del agua fría; así que prefirió cambiar la conversación a una más frívola.

—Por cierto, ese corte de pelo a lo *soigné* que te has hecho te sienta muy bien. No se puede decir que sea muy sofisticado, pero te hace moderna y sexy. —Stefan se rio, sabiendo que Clotilde adoraba parecer sexy.

—Hombre, al fin me dices algo al respecto. Hay que ir con los tiempos... y, mira por donde, es perfecto para un viaje transatlántico, ya que se requiere estar expuesta de la mañana a la noche.

Este popular peinado fue un hito en la liberación de la mujer, ya que el hecho de no tener que ir a la peluquería y poder arreglarse el pelo en casa utilizando unos rulos supuso que cualquier mujer, con independencia de la clase social de la que proviniera, pudiera presentarse perfectamente arreglada al trabajo. Durante la guerra muchísimas mujeres tuvieron trabajos asignados a los hombres, lo que hizo que, después de la contienda, pudieran acceder a puestos de trabajo más variados y cualificados.

* * *

La condesa de Orange, como buena alemana, había anotado en una libretita los conjuntos que se iba a poner cada día y en cada ocasión.

Se propuso tener cierta rutina de cara a los días de navegación. Así que adquirió equipos deportivos para caminar por cubierta después del desayuno, actividad a la que no deseó sumarse Stefan, que prefería leer revistas en la sala de fumadores.

El momento del *tea time* significaba mucho para la condesa, más por la puesta en escena que por lo que realmente comía. La dieta era una de sus obsesiones, y no tenía pensado probar ni los pastelitos ni los sándwiches.

La actividad principal de la jornada estaría centrada en la noche, para lo cual Clotilde había desplegado su más glamuroso gusto, eligiendo para cada ocasión el vestido más espectacular.

Clotilde no defraudó las expectativas de Stefan y su baúl, sin duda, estaba más que a la altura de las circunstancias.

Trajes de cuidado corte de los mejores modistas franceses (Chanel, Balenciaga, Dior, Givenchy...) para la noche. Ropa informal: pantalones Capri, jerséis holgados, bermudas, zapatos Ferragamo, bolsos de Gucci, faldas amplias y vestidos vaporosos para los paseos por cubierta. Traje de chaqueta para el desembarco...

Varios amigos se animaron al viaje. Lord y lady Campbell, Norman Brown —anticuario londinense de refinada presencia y afeminados modales—, lord Porter y lord y lady Radcliffe.

Desde el primer día, Clotilde se percató de que lord Porter y el señor Brown eran pareja, hasta el punto de que este último no lo disimulaba; en cuanto salieron de Southampton, parecía querer dejar claro ante sus amigos que esa relación estaba consolidada. Si bien no compartían camarote, el señor Brown buscaba con obsesión la presencia de Porter, mientras que este evitaba sentarse a su lado en las cenas.

Los Radcliffe se integraban unos días en el grupo de Clotilde y otros en uno formado por amigos jugadores de polo. En cualquier caso, a Stefan no le agradaban por considerarlos un tanto *snobs*.

El *Queen Elizabeth* hizo escala en Cherburgo, Francia, donde subieron nuevos pasajeros. A Clotilde le entusiasmaba el trasiego del puerto, así que acudió a estribor para asomarse y ver subir y bajar a los viajeros por la pasarela. Se fijó en la presencia de un hombre joven, alto y muy distinguido, que vestía con traje de raya diplomática y corbata con nudo Windsor; le acompañaba una dama de gestos delicados y cuerpo de niña. Le agradaron los modales señoriales del hombre y la forma exquisita de tratar a la mujer.

Clotilde, desde el primer momento, se sintió sola, sobre todo durante el día. De ahí que se le ocurriera el juego de inventarse historias sobre los pasajeros. Cuando el hombre del traje de rayas pasó a su altura, ella notó su mirada recorriéndola de arriba abajo. Clotilde movió la cabeza ocultando la cara con el ala ondulada de su pamela; le molestaban los hombres que la miraban sin recato.

En la cena volvió a verle con la misma mujer, pero fue la última vez que ella le acompañó. En los días sucesivos se lo encontraba a cada paso, siempre impecable y solo. La miraba, inclinaba la cabeza y seguía su camino. Ni una palabra. Solo eso, un saludo furtivo. Y una mirada de admiración. Clotilde supuso que la mujer debía de estar aquejada de mareo, y permanecía en el camarote.

Clotilde tuvo que reconocer que aquel hombre era el prototipo físico que a ella le gustaba. Verle cada día y con frecuencia paseando por cubierta supuso para ella una diversión, ya que las tediosas charlas con lady Campbell le aburrían soberanamente. Por otro lado, los hombres iban a su aire y solo se juntaban con las damas para cenar.

* * *

—Querida, tengo un dolor horrible de cabeza. Si no te importa, me tomaré un analgésico y dormiré un poco. Me gustaría que te acercaras al camarote de los Campbell. Hace dos días que no los vemos. Deberíamos interesarnos por ellos —pidió Stefan.

—Me pasaré después del *brunch*.

—De acuerdo. Yo no iré al *brunch*. Descansaré hasta la hora del té. Te ruego que no me molestes hasta entonces.

—Este viaje está siendo extraño. Me siento muy sola. Tú cada noche te acuestas tardísimo; a veces ni apareces. —Clotilde notaba como si lo que la rodeaba no tuviera que ver con ella.

—Ya te dije que nos quedamos a jugar al bridge hasta tarde y con frecuencia nos enfrascamos en charlas interminables hasta el amanecer.

—Más bien parece un viaje con tus amigos, y que las mujeres os servimos solo para recepciones y cenas. Francamente, no está resultando muy placentero.

—No sé qué esperabas, esto es así. Vida social, descanso, casino, paseos por cubierta...

—Quizás sea solo eso, pero esperaba que viajar juntos contribuiría a unirnos más. Y es justo lo contrario. Incluso me siento más sola que cuando estoy en Londres y tú viajas por negocios.

—Creo que lo nuestro está muy equilibrado. Tú tienes lo que necesitas y yo también. Pedir más es no estar en el mundo.

—Uno de los dos seguro que no está en el mundo, pero dudo que sea yo. Francamente, encuentro inadecuado tu comentario.

—Tu concepto del matrimonio está anticuado, y no deja de ser una reminiscencia de tu educación un tanto tradicional. Con el tiempo, llegarás a disfrutar de las ventajas de una unión como la que yo te ofrezco: toda la libertad para que hagas lo que desees y un talonario sin restricciones.

—Algún día podrá ser así, pero hoy por hoy lo único que entiendo es que tú haces lo que deseas y a mí me utilizas solo para tu vida social, como si fuera un florero circunstancial. Siento que, a pesar de haber colaborado contigo en la puesta en marcha de las oficinas, no cuentas conmigo en tu vida cotidiana. Percibo la soledad de tu ausencia cada día.

—Lamento hacerte sentir así; sabes que valoro el equipo que formamos. Pero es hora de que disfrutes de lo que te has ganado. Tienes solo cuarenta y tres años. ¡Permítete gozar de la vida! ¡Suéltate al mundo de placeres que tienes ante tus ojos!

—¡Para ti es fácil decirlo! No tienes nada que te oprima el corazón. Yo cada vez que intento divertirme, mi conciencia me dice que no tengo derecho a ello mientras mis hijos no estén conmigo.

Stefan miró a su mujer con pena.

—Todo está en tu mente. Yo no me voy a hundir contigo. Llevo mucho tiempo soportando tus crisis emocionales. Necesito dejarlas a un lado, y te recomiendo que, al menos en este viaje, tú hagas lo mismo. —Von Ulm, después de decirle lo que pensaba, pidió a su mujer que le dejara descansar.

Clotilde se sentía víctima de sí misma. Un acceso de llanto le subió por las entrañas, pero su habitual orgullo le impidió soltarse a llorar delante de su marido.

—De acuerdo, Stefan; procuraré ser más superficial y disfrutar de los placeres que me proporciona tu estatus. No es esto lo que hubiera deseado, pero quizás hasta lo encuentre satisfactorio. —Clotilde no quiso seguir discutiendo y se dirigió al armario para elegir un conjunto de tarde que le sirviera a la vez para acudir al *brunch* y más tarde al *tea time*. Optó por un vestido camisero, zapatos de medio tacón, una pamela blanca y un pequeño bolso de mimbre con asa de bambú.

Acudió sola al restaurante. Pidió un sándwich con una copa de vino blanco al que le añadió hielo, y se sentó junto a la ventana que daba a cubierta, viendo pasar a los pasajeros de aquí para allá. Dejó volar sus pensamientos y, como tantas veces, recordó a Max; esta vez rememoró su luna de mil en Mallorca y navegar por aquellas aguas cristalinas. ¡Nunca pudo imaginar que se pudiera ser tan feliz!

Ahora estaba allí, desesperada y a punto de llorar. De nuevo se sintió víctima de su destino. ¿Qué hubiera podido hacer de no haberse casado con Stefan? Pero si no había sido educada para otra cosa... Se sentía presa en su propia trampa. Las gafas de sol le permitieron llorar abiertamente. Fue calmándose poco a poco, resignándose a su propia vida. Se secó los ojos, guardó el pañuelo en el bolso y encaminó sus pasos hacia el camarote de los Campbell.

Lady Campbell abrió la puerta y la miró con cierta indiferencia.

—Buenas tardes, lady Campbell —saludó Clotilde.

Una mujer fea y medio soñolienta la miró con indiferencia.

—Buenas tardes —contestó.

—Estamos preocupados por ustedes. Hace dos noches que no acuden a cenar. Nos han dicho que estaban indispuestos. —Clotilde sentía que sus palabras sonaban huecas. Lady Campbell parecía no escucharla.

—Mi marido se encuentra mareado, pero, en cualquier caso, por nuestra parte hemos decidido no volver a compartir mesa con ustedes —contestó sin mover un músculo.

—Ignoro el motivo de semejante decisión, y créame que deseo conocerlo por si puedo remediar su postura. —Clotilde empezó a sentirse muy incómoda; no daba crédito a semejante situación; se veía estúpida implorando comprensión cuando ella se había conducido en todo momento con enorme discreción.

—Usted no tiene ninguna culpa de la situación, pero, si quiere averiguar el motivo, tendrá que preguntárselo a lord Porter, hombre desalmado y cruel donde los haya.

Lady Campbell era una de las mujeres más ricas de Inglaterra; poseía minas en el norte y edificios enteros en Londres. Estaba muy enamorada de su marido, un aristócrata cazafortunas sin talento, cuya única virtud era su presencia física, que recordaba a un actor de Hollywood, virtud de la que carecía su insignificante y fea esposa.

Clotilde prefirió no seguir hablando y salió del camarote rumbo a cubierta; necesitaba tomar el aire y despejarse de semejante agravio.

Sus pasos la llevaron a la popa del barco. Allí se encontró al señor Brown. El anticuario estaba tumbado en una hamaca de madera y cubierto hasta la barbilla por una manta de cachemira estampada en tonos beige y marrones.

—Señor Brown, me alegro de encontrarle en su lugar preferido —alcanzó a decir una Clotilde algo repuesta del sofocón que le había hecho pasar lady Campbell.

—Buenas tardes, condesa... —Brown se incorporó apartando la manta; presentaba un aspecto extravagante a causa del imposible equilibrio entre cuadros, rayas, lunares y colores distribuidos por su indumentaria. Sin embargo, no podía decirse que fuera de mal gusto. El chocante anticuario balbuceó con amabilidad su saludo, ahogado en tristeza y desasosiego.

Clotilde no supo qué hacer. Estaba allí de pie como un pasmarote observando el sufrimiento profundo de aquel guiñapo humano que intentaba ocultar el rostro bañado en lágrimas, con un pañuelo demasiado afeminado para ser de hombre, pero apropiado para aquellas manos de pianista tísico, que delataban con claridad la condición íntima del personaje.

—Creo que he venido en mal momento —alcanzó a decir Clotilde, con deseos de salir corriendo. No quería más dramas por hoy.

—No, no se vaya. Es más, creo que su presencia es precisamente lo que necesito. Y dígame, ¿me buscaba por algún motivo?

—Bueno, no quiero causarle más sofoco, pero lady Campbell me ha confesado que no desea nuestra compañía en lo sucesivo. —Clotilde midió sobremanera las palabras.

—No me extraña. Y en otras circunstancias habría sido peor —reflexionó Brown sin que Clotilde entendiera nada—. Este viaje está podrido desde el primer momento. Todos nosotros hemos sido unos figurantes de Porter y Campbell.

—No entiendo lo que quiere decir —dijo Clotilde con deseos de que el anticuario se sincerara y le contara lo que estaba pasando. Al mismo tiempo, pensó que ella no era la única que sufría de desamor.

—Siento ser tan directo, pero usted es la única que está al margen de la figuración.

—Por favor, señor Brown, acláreme lo que me está diciendo; no le comprendo.

—Pues que Campbell está enamorado de Porter, y «mi» Porter se siente acosado por él. Continuamente le obsequia con todo tipo de regalos: desde el Jaguar que maneja a los trajes que luce. Campbell no repara en nada con tal de conseguir a Porter, ¡y usted no sabe cómo sufro! Porter, por deferencia, de vez en cuando queda con él —sollozó el desolado anticuario sin pudor.

La condesa se quedó boquiabierta. Aquel pobre hombre estaba tan ciego que no acertaba a ver que Porter los utilizaba y los tenía encandilados a ambos.

—Siento mucho esta situación. Seguramente la esposa de Campbell se ha enterado de todo y por eso desea apartarlo —intentó consolarlo Clotilde, a quien el absoluto desamparo de Brown le producía una gran pena; le hubiera gustado tener más confianza con él para poder consolarlo con más afecto.

—Sí, eso debe ser. No soporto a los que se amparan en el matrimonio sin renunciar a su condición de homosexuales —lloriqueó Brown sin consuelo.

—No se preocupe. Porter volverá con usted —dijo Clotilde con la intención de darle ánimo y sin saber qué debía de hacer. Le daba mucha pena ver sufrir a aquel ser tan angelical; pero no tenía ninguna confianza con él como para decirle que Porter era un desalmado y debía dejarlo. Le tomó de la mano y se la apretó en señal de cariño. Brown inclinó la cabeza y llorando se la besó—. Le dejo para que descanse un poco. En media hora he quedado en el salón de té con mi marido. Deseo que sepa que, si necesita una mano amiga, siempre estaré a su disposición.

Decidió ir a su camarote en busca de una rebeca, dado que se había levantado una suave brisa. Intentaría no hacer ruido para no molestar a Stefan.

El salón del camarote parecía algo revuelto, y le sorprendió que la puerta corredera del dormitorio estuviera cerrada. Con pasos cautelosos se aproximó a la puerta y la abrió muy despacio. Sus ojos no daban crédito a lo que estaban presenciando. La escena era demoledora. Porter y su marido estaban en la cama de matrimonio desnudos y jadeando. Ambos en posición de «cuchara», como dos fetos pegados espalda contra torso. Fue tal el shock que Clotilde se quedó rígida sin pronunciar una sola palabra.

Stefan miró hacia la puerta y vio a su mujer; se quedó horrorizado. Porter, que estaba de espaldas, percibió que algo estaba pasando; así que contorsionó su torso y volvió la mirada. Él sí que reaccionó. Alcanzó la sábana y se la echó encima.

—Vete de inmediato de aquí —alzó la voz Stefan fuera de sí, entre avergonzado y rabioso.

Ella no se movió de donde estaba clavada.

—Stefan, deja que se lo explique —insinuó Porter casi con dulzura.

—¿Qué le vas a explicar? —contestó Stefan, cambiando el tono de voz y mutando el color de su cara a un rojo incandescente.

—Le voy a explicar que somos amantes y que, como mujer de mundo que es, debe asumirlo —argumentó Porter en un tono turbio y lascivo.

Clotilde sintió náuseas, pero la forma de expresarse de aquel hombre que seguía abrazado a su marido le dio las fuerzas para hablar.

—Señor Porter, usted no es su amante; usted es un ser abominable que se acuesta con todos los homosexuales encubiertos de Londres. Se aprovecha de ellos, los seduce y los utiliza para que le costeen sus lujos. Los busca ricos y estúpidos y con mujeres necias y enamoradas... Pero se equivoca conmigo; no estoy en ninguna de esas categorías. Y me voy a encargar de que no haga más daño.

Porter pegó un brinco y de un salto se puso frente a Clotilde. Su cuerpo marmóreo y sin vello, como un dios griego, de suaves formas y mejor compostura, aquellas hechuras, casi hermosas y anémicas, tomaron forma de una fiera a punto de atacar. Por un momento, cambió el semblante. Desnudo ante ella, con un cuerpo de efebo esculpido en mármol blanco transparente, Porter comenzó a sonreír con una mueca malévola en la que se advertía el deleite en el sufrimiento ajeno. Con su mano grácil y parsimoniosa apartó un mechón de la frente de Clotilde.

—Mi querida condesa, si usted pretendiera algo contra mí, le aseguro que caería en la más absoluta desgracia. Le ruego, por su bien, que olvide lo que ha visto.

Clotilde miró a su marido, que, avergonzado, se había puesto un batín de seda y permanecía de pie sin saber qué decir. A Stefan le sobrevino una taquicardia punzante que le obligó a sentarse. Intentó calmarse. Viendo su inacción, Clotilde dio dos pasos hacia el armario, alcanzó su chaqueta de perlé blanca y, sin dirigirles la mirada, consiguió cambiar el tono mantenido hasta entonces.

—Señores, les espero tomando el té. —Clotilde hizo gala de su flema británica, al tiempo que salía del camarote con paso firme.

En cuanto se sintió a salvo de la hiena de Porter, buscó un refugio donde llorar y descargar toda la tensión que le había causado aquella lamentable escena; estaba a punto de desplomarse sin remedio. Se fue a su rincón preferido en popa, justo debajo de una escalera que la guarecía del aire y, en este caso, del mundo.

Así permaneció, amparada por su pamela blanca, demasiado rígida como para taparle toda la cara, pero a salvo de miradas indiscretas. Lloró sin pudor. Ahora lo entendía todo: su poca afición al sexo, su inclinación exagerada por la belleza, sus deseos de exhibirla en público. Sí, ahora lo tenía claro, y se enfureció con ella misma por no haberse dado cuenta antes. De haber sido así, se hubiera ahorrado muchos quebraderos de cabeza y sufrimientos inútiles. Un acceso de risa nerviosa le sobrevino, quizás para su propia protección, «¡Y yo que creía que hoy ya no me podían pasar más cosas...!». De nuevo el llanto irrumpió con fuerza. Permaneció allí mucho tiempo.

Estaba oscureciendo, ya se había tranquilizado un poco y dejado de llorar; se planteó qué hacer. ¿Cómo podría volver a compartir el camarote con Stefan?

—Mi querida señora, permítame ofrecerle mi pañuelo —oyó decir Clotilde, que, contrariada, alzó los ojos para ver quién osaba importunarla.

—Señor, no es de su incumbencia mi estado de ánimo —contestó Clotilde, molesta.

—Si algo en el mundo es de mi incumbencia, es usted. Desde el momento en que la vi asomada a la barandilla del barco en Cherburgo, supe que «era usted». No importa cuándo y dónde, nuestras vidas van a estar conectadas en lo sucesivo.

Clotilde no daba crédito a semejante declaración, y no cabía duda de que la perorata en aquellos momentos no podía ser más inoportuna... O quizás no.

Tomó el pañuelo que le ofrecía el viajero desconocido, que vio en este hecho un permiso para sentarse junto a ella.

—Permítame que me presente. Soy David Griffin. Viajo a Nueva York para, en unos días, tomar un avión a México, donde debo incorporarme a la dirección de los laboratorios Neco. Estoy casado y me he enamorado de usted con solo verla y observarla durante esta semana.

Así, de un tirón, David soltó todo lo que llevaba reprimiendo desde el momento en que la vio y que le tenía obsesionado día y noche.

—Usted se está equivocando. Su osadía parece no tener límites. —Clotilde esbozó una leve sonrisa. Por su cabeza pasaron otros pensamientos: «Es el hombre más guapo y atractivo que he conocido nunca: alto, de porte distinguido, pelo negro, ojos marrones, nariz contundente y sonrisa envolvente. Llevo días queriendo saber quién es y ahora me doy cuenta de que me he pasado el viaje deseando encontrármelo». La condesa miró a David y abiertamente sonrió.

—Sería conveniente que fuera a su camarote a arreglarse para la cena. Su ausencia alarmaría a sus muchos admiradores. —David no deseaba separarse de Clotilde, pero sabía que ella no podía faltar a una cena cuando ya había dejado de ir al *tea time*.

Su pétrea compostura se había derretido ante aquel rostro varonil, fuerte y cálido a la vez. Necesitaba un hombre en el que apoyarse.

—Perdone mi actitud, le agradezco su ayuda. No estoy en mi mejor momento —se disculpó Clotilde, al tiempo que se despedía.

Recorrió la cubierta de paseo pensando que algún día se dejaría llevar y daría rienda suelta a su otro yo, que le demandaba disfrutar de la vida.

Al llegar al camarote se encontró con Stefan, que ya se había vestido para la cena. Al verla, se puso visiblemente nervioso y, esbozando una mueca de pena, balbuceó algo así como una disculpa cargada de vergüenza. Al fin alcanzó a hablar de forma entrecortada:

—He intentado cambiarme a otro camarote, pero no hay ninguno libre. A partir de hoy dormiré en la *chaise longue*. En cualquier caso, solo quedan dos días para llegar a puerto. Te ruego que me des tiempo para que hablemos de lo ocurrido hoy; en estos momentos no podría decirte nada coherente. Solo te pido que me perdones por el daño que te estoy causando; por nada del mundo hubiera querido que te enteraras de mi condición de esta manera. —Stefan mostraba una cara enrojecida por el llanto, se le veía abatido y cansado.

Clotilde no respondió a sus palabras. No tenía nada que decir. Aunque valoró la caballerosidad de Stefan solicitando otro camarote y la educación de gran señor al disculparse en esos términos.

Stefan no esperó respuesta alguna y salió de la estancia. Se sentía avergonzado. Decidió acudir a un salón poco frecuentado. Pidió un whisky de malta y se sentó a leer un ejemplar de la revista *The New Yorker*.

No se sentía bien. Notaba una presión en el pecho que le oprimía el corazón; y a pesar de ello, experimentaba un cierto alivio; ahora no tendría que ocultar su doble vida.

A estas alturas, Stefan solo se había enamorado una vez, siendo muy joven, de un trabajador de la fábrica de su familia. Aquel chico le utilizó. Así que, después de aquella experiencia, juró que ningún otro hombre iba a someterle ni a utilizarle; de ahí que Porter no significara más que una diversión sin trascendencia. Aunque no le agradara, debía hablar con Clotilde y ponerla al día de la otra vida paralela que llevaba.

Tenía que contarle cómo había tenido que ocultar toda la vida su condición sexual, los sufrimientos que había tenido que soportar ante el desprecio de los que percibían su homosexualidad y, sobre todo, cómo con la experiencia fue aprendiendo a ocultar su secreto creando un personaje propio: rodeado de mujeres, con las que se mimetizaba, pero jamás se acostaba, y limitando sus devaneos con hombres a sus estancias en Londres, donde la homosexualidad clandestina convivía en una sociedad pendiente de otros intereses.

«Hablaré con Clotilde cuando todo esté más calmado. Ahora no estoy preparado para soportar sus reproches. Por otro lado, han sido muchos años de buena convivencia y no me gustaría perderla. Estoy en una encrucijada de la que no sé cómo voy a poder salir», pensó Stefan. Estaba cansado de ocultarse y vivir su propia farsa. Físicamente tampoco se sentía fuerte para afrontar una discusión con su esposa. Siempre había temido ese momento, aunque confiaba en que nunca llegaría.

Un camarero vestido de marinero se acercó para informarle de la hora de la cena. Stefan tomó la leontina de oro y miró su reloj de bolsillo. Llevaba allí más de una hora, y apenas se había dado cuenta del tiempo. Se levantó sin ganas de encontrarse con sus compañeros de viaje, pero su deber social le obligó a ello. Estaba seguro de que Clotilde también iría a cenar y no podía dejarla sola. Se daba cuenta de que prestaba poca atención a su esposa; incluso recordó que, con frecuencia, su mujer pasaba semanas en casa sin ver a nadie. Algo que se había acentuado a raíz de la muerte de Violet. Von Ulm sintió pena por ella.

La condesa acudió a cenar luciendo un vestido de Dior, de satén blanco brocado, ajustado y con escote palabra de honor, un collar de perlas de tres vueltas y unos tacones altísimos. Entró en el comedor principal del brazo de Stefan, con el que se topó en la entrada.

Clotilde buscó a David con la mirada, pero no lo vio. A su mesa se unió la señora Eddam, una viuda americana dueña de una firma de cosméticos, clienta y amiga de míster Brown.

—Os presento a Bárbara Eddam. Si sois alguien en Nueva York, la conoceréis; de lo cual se deduce que, si no la conocéis, no sois nadie en la Gran Manzana. —El singular anticuario presentó de esta forma divertida a la multimillonaria neoyorquina.

A Clotilde, aquella señora tan natural y auténtica le gustó desde el primer momento. Se acercó a ella.

—Encantada de saludarla. Solo mi maravilloso míster Brown podría sentar a nuestra mesa a una persona extraordinaria como usted —dijo Clotilde con entusiasmo, más por hacerle un cumplido al anticuario que por piropear a Bárbara, a la que acababa de conocer.

El abatido Brown se sintió reconfortado con la deferencia de la espectacular Clotilde, y tomándole la mano, se la besó con agradecimiento.

El que estaba que «trinaba» era Porter, por no verse en primera línea de la escena.

—Señora Eddam, después de esta presentación, me temo que tendré que hacer lo imposible para resultarle grato —afirmó Porter, con ánimo de ganarse los favores del insigne personaje.

—Mi querido amigo, hace tiempo que lo intenta sin éxito. Yo de usted me daría por vencido. No tiene categoría para ese estatus —se rio Bárbara, intentando que pareciera una broma, pero hablando muy en serio.

Sabía lo mucho que sufría su anticuario londinense con aquel desalmado y no estaba dispuesta a permitirle la entrada en la alta sociedad de Nueva York.

Clotilde miró a Bárbara; sus miradas se cruzaron. Ambas hicieron el mismo gesto imperceptible de satisfacción moral.

Lord Porter, entre rabia y contención, alcanzó a contestar:

—Bárbara siempre con sus bromas. Al fin y al cabo, solo ella puede permitírselas. Mañana entramos en el país donde el dinero lo mueve todo, y la vieja Europa solo sirve para dar pátina de señorío a los nuevos ricos.

Con el fin de que la conversación no decayera en alguna frase de difícil salida, el señor Brown intervino:

—Esta es la última noche de un viaje transatlántico que algunos no volveremos a repetir. Disfrutemos de ello.

La señora Eddam rio a carcajadas y mirando a Clotilde comentó:

—Condesa, pocas personas en este salón tienen la presencia aristocrática que a usted le sobra. Créame, soy experta en seres humanos y a usted hay que atesorarla. La llamaré a su hotel para volver a verla.

Al acabar la cena, comenzó el baile. Clotilde vio acercarse a David. Se puso rígida creyendo que iba a hablarle, pero él pasó a su lado y sacó a bailar a la señora americana.

A la condesa le incomodó semejante desfachatez. Al acabar el baile, David y su acompañante regresaron a la mesa.

—Les presento a David Griffin, insigne químico; sus fórmulas magistrales han hecho ganar mucho dinero a no pocos laboratorios. Por desgracia, no desea trabajar conmigo, pero es tan rematadamente seductor que no me resisto a seguir adorándole —comentó desenfadada la señora Eddam.

—Nos conocemos desde hace años y de sobra sé que te encanta exagerar —contestó David con una sonrisa entre pícara y cómplice.

—Te presento a mis amigos. Lo ideal es que bailes con esta joven tan hermosa; solo una belleza así podría darte calabazas.

David sacó a bailar a Clotilde, dada la insistencia de Bárbara.

A Clotilde no le agradó el descaro de la señora Eddam; pero la primera regla de educación le impidió mostrarse ofendida o contrariada en sociedad. Lo que sí le permitía esa regla era expresar en privado su malestar.

—¡Lo suyo es de una desfachatez inusitada! ¿Cómo se atreve? —alcanzó a musitar Clotilde entre dientes.

—Me he valido de la señora Eddam para poder tenerla en mis brazos delante de todo el mundo. Bárbara es una buena amiga a la que le encanta hacer de celestina. No ha sido fácil entre los ochocientos viajeros de primera dar con alguien que me pudiera presentar.

—No doy crédito a su atrevimiento. Es indecoroso que me hable de este modo, sabiendo que ambos estamos casados.

—Es cierto. Es una osadía por mi parte, y hasta hoy no me he atrevido a acercarme, pero hoy la he visto llorar y todo encajó. Usted no es feliz en su matrimonio. Yo me he casado con una persona encantadora y buena, pero de la que no estoy enamorado.

David apretó el talle de Clotilde y sujetándola fuerte la llevó bailando lejos de la mesa de sus amigos. Cada vez se fue acercando más, hasta que ella fue notando el cuerpo de él. Clotilde sintió que las fuerzas le abandonaban, que la humedad en su *petit culotte* de raso y puntillas le provocaba unos deseos enormes de abrazar a aquel hombre. Este sentimiento de deseo, de atracción poderosa y sexual, se perpetuaría toda la vida; jamás nadie le provocaría tal avidez por el sexo como David.

Sintió que las piernas no le sostenían; que la gente que la rodeaba percibía su falta de control. A fin de superar ese trance, a Clotilde se le ocurrió preguntar por Bárbara.

—Es una buena amiga, y la mujer más desinhibida que conozco. Mira, podrías aprender mucho de ella, y así te dejarías seducir por un pesado como yo. —David se echó a reír, provocando también la risa de Clotilde, a la que le hacía mucha falta apartar de su pensamiento tanta desazón.

La música tocaba a su fin. David fue aflojándola como quien se desprende del ser deseado después del acto culmen del amor.

—Mañana te veré en el mismo lugar de hoy. Deseo hablarte. Pronto desembarcaremos y esto no puede acabar así. —David tomó de nuevo la iniciativa y esta vez supo que Clotilde estaba con él. Del mismo modo que vio cómo lo miraba el primer día y los días siguientes en el barco. La atracción entre ambos era tan patente, tan visceral y carnal que solo hacía falta destapar la botella.

El majestuoso *Queen Elizabeth* —el transatlántico más grande del mundo— surcó las aguas del río Hudson con sus elegantes líneas en perfectas proporciones entre las plantas pintadas de negro y las grandes cristaleras blancas abiertas al mar; una coqueta armonía coronada por las chimeneas bicolores que tocaban el cielo azul de los primeros días de aquel verano de 1955.

Clotilde y David decidieron contemplar juntos la Estatua de la Libertad, asombrarse con el *skyline* de Nueva York y prometer que pronto encontrarían la ocasión para verse a solas y dar rienda suelta a su atracción.

Capítulo 8
Los últimos refugiados

Palacio Havel, Baviera, 1955

Llevaba toda la semana esperando este día. Le habían anunciado que su primo Ralf llegaría el viernes por la tarde. Desde que vivía parte del año en Chile, lo veía muy poco.

Al día siguiente cumpliría doce años y su mejor regalo sería, sin lugar a dudas, que su primo pasara unos días en casa.

Cuando bajó al comedor principal de la antigua fortaleza, ahora convertida en palacio, su anciano tío, el príncipe Gustav von Havel, ya estaba dando buena cuenta de un par de salchichas blancas y regordetas que pinchaba con saña y cortaba sin miramientos, para luego embadurnarlas en una salsa amarillenta de mostaza dulce y picante por igual, receta de la familia Von Havel desde tiempo inmemorial.

—Victoria, estarás contenta. Ralf llega esta tarde —dijo el viejo príncipe, sin levantar la vista de su codiciado y contundente desayuno.

—Sí, tío; con su permiso, he pedido que mañana le preparen su *Apfelstrudel* preferido, sin pasas, para celebrar mi cumpleaños.

—Me parece muy bien. Seguro que la gobernanta habrá tenido en cuenta los gustos de mi hijo a la hora de organizar los menús de estos días. —El huraño príncipe se sirvió un buen cucharón de ensalada hecha con grasa, trozos de beicon y patata cocida. Siguió enfrascado en la lectura de *Der Spiegel,* su revista preferida, engullendo a dos carrillos y sin mirar a su sobrina.

Victoria debía su nombre a su antepasada Victoria Enriqueta de Orange. No le pesaba llamarse así, pues tenía asumido que, en cada generación, al menos una mujer de su familia materna debía llevar el nombre de la famosa antepasada. —O eso era lo que le había contado su hermano Frank.

El príncipe tomó su servilleta con ambas manos y se limpió con fruición, deteniéndose más de la cuenta en el enorme y amarillento mostacho, dejándola a un lado sin doblar. Se puso en pie con gran dificultad, ayudado por un recio bastón con empuñadura de plata, cogió un *pretzel* para endulzar la boca y sin despedirse salió escoltado por un imponente dóberman, vasallo de su dueño.

En cuanto su tío salió del comedor, Victoria se dirigió al enorme trinchero estilo inglés, donde se exponían las distintas viandas.

Nada le gustaba más que desayunar sola, ponerse una buena rebanada de pan tosco y negro y untarlo de una mantequilla blanquísima hecha con la leche de las vacas de la finca. Se sentaba en el banco de la *bow window* y, mientras mordía distraída el fibroso pan, dejaba vagar su vista más allá del jardín, donde los campos de cultivo tejían entre sí una colcha de crochet de vivos colores hecha con apliques geométricos, cadeneta a cadeneta, punto a punto, medido y calculado, hasta llegar a una perfección armónica tan singular e impactante como solo la naturaleza, con su poder sobre formas y colores, era capaz de crear.

Hoy solo tenía ojos para los campos de colores alegres. Su primo Ralf pasaría unos días en casa y eso le daba sentido a su vida.

Recordó cuando en una ocasión comentó con Ralf:

—Los campos en barbecho me producen tristeza. Los miro continuamente y me entra una melancolía infinita.

—Pues no los mires —dijo Ralf sin darle importancia.

—¿Cómo que no los mire? Es imposible; están ante mis ojos —contestó Victoria, segura de tener razón.

—Mi filosofía es que si algo te entristece o te produce malestar, lo mejor es ignorarlo, quitártelo de la cabeza, como si no estuviera ahí. Si no miras los campos tristes y de colores oscuros, terminarás por no verlos. Fíjate en los que están al lado, disfruta de los colores alegres de esos trigales, observa cómo las espigas son mecidas por el viento, cómo brillan cuando les da el sol, cómo las nubes las oscurecen... Recréate en esos campos y te sentirás alegre y optimista.

El ingeniero Ralf, sin saberlo, le había dado a la pequeña el antídoto para huir de la melancolía y a veces de la soledad.

Se prometió a sí misma que aplicaría esa filosofía a todo lo que hiciera.

Victoria idolatraba a su primo, que para ella era como un padre. De haber vivido su progenitor, habría tenido solo cinco años más que su primo Ralf.

No recordaba nada de su niñez en Sajonia. Su verdadera existencia se inició el año en el que se perdió la guerra. Por aquel entonces solo tenía dos años, y cualquier referencia a la vida de su familia antes de esa época le venía de las historias que contaba su hermano Frank.

Este se refería a su padre aludiendo a su figura marcial e imponente recortada a contraluz en el rellano de la escalera; su voz fuerte e intimidatoria, su rictus impasible... Por todo ello, siempre equiparó la imagen de su padre con la de su anciano tío. Hasta el punto de mimetizar ambas personas en una.

De su madre, la condesa Clotilde de Orange, nadie hablaba. A lo largo de los años, Victoria fue atesorando datos de ella sin que nadie lo supiera. Escudriñaba en las conversaciones de los adultos a fin de encontrar alguna pieza que encajara en su puzle.

Tenía claro que su madre debía de ser la mujer más bella que cualquier ser viviente pudiera conocer, pero sin atisbo alguno de misericordia o dulzura en su interior. Solo un rostro perfecto, frío, impertérrito, con la altivez que da el sentirse superior por ser guapa. Pero... solo eran percepciones sin contrastar, y siempre tenían la misma procedencia: tío Gustav. Con los años, Victoria fue dándose cuenta de que la animadversión de su tío por su madre era enfermiza y obsesiva. Y siempre escuchaba frases inconclusas de reprobación y censura de su tío: «Una Orange..., al fin y al cabo», «La pequeña es demasiado clemente para poder llegar a la belleza de su madre...». Esta frase jamás la había entendido. ¿Qué tenía que ver la clemencia o la indulgencia con la belleza? Sin duda, su tío confundía la compasión y la bondad con la mediocridad; y la belleza con la perfidia.

Lo cierto fue que, a lo largo de su infancia, nadie le habló de su madre... Sin embargo, su hermano, cuando nadie le escuchaba, la recordaba con cariño y admiración. De igual modo que Ralf le llegó a decir que su madre era una mujer excepcional, de la que tenía que sentirse orgullosa. Ralf siempre tenía palabras amables para Clotilde. De ahí que en su interior empezara a crecer un sentimiento de cariño hacia ella que fue agrandándose con los años, a medida que se daba cuenta de que el no estar con ella era debido al resentimiento que profesaba su tío Gustav por Clotilde, que percibía en el empeño de borrar su existencia. De igual modo, Victoria notaba una protección extrema hacia ella que se traducía en sentirse vigilada cuando salía del castillo.

Más allá de este control férreo, el príncipe Von Havel no se ocupaba de su sobrina, jamás hablaba con ella; gracias a eso, ella se libró del adoctrinamiento del que sí fue objeto su hermano Frank.

Su hermano, aparte de una cierta protección, jugaba y hacía planes con sus amigos. De hecho, cuando tío Gustav lo envió al internado para que se hiciera «un hombre de provecho» apenas le echó de menos.

Los seis años que la distanciaban de Frank hacían que no la incluyera en sus gamberradas, como la vez que hicieron saltar por los aires el jeep de unos soldados americanos. Los chicos buscaban en el campo municiones que no habían explotado durante la guerra, les sacaban la pólvora, la juntaban y cuando tenían una cierta cantidad la hacían explotar. Solo la influencia del príncipe les salvó de algo más que de una reprimenda.

Frank se buscaba muy bien la vida. El primer dinero que ganó fue gracias a las fuerzas de ocupación americanas. Los soldados nazis se deshicieron de sus armas arrojándolas al río. Los chicos se percataron de ello y se dedicaron a rescatarlas y vendérselas a los americanos o canjearlas por cigarrillos Chesterfield.

* * *

—Princesa Victoria, su amiga Sabine está esperándola en la cocina —anunció el mozo de comedor, que se disponía a retirar lo que había sobrado del desayuno.

En Alemania todos los hijos de un príncipe de una casa reinante, es decir del Fürst soberano, heredan el título de príncipe. En el caso de los hijos de un príncipe que no es el primogénito se sigue aplicando esta norma. Pero los hijos que tengan las princesas ya no ostentan título alguno. De ahí que Victoria fuese princesa, pero sus posibles descendientes ya no podrían utilizar el título.

—Gracias, bajo enseguida —contestó la chica con claro signo de satisfacción.

Sabine acostumbraba a ir al castillo con encargos de su familia de acogida. Era dos años mayor que Victoria. Habían coincidido en el colegio del pueblo y poco a poco se habían hecho amigas, sobre todo, cuando le contó su historia: ella también era huérfana. Los padres de Sabine habían muerto en la guerra durante un devastador bombardeo. Su único pariente era un primo de su padre que ejercía de cartero en la isla de Borkum. En aquella isla inhóspita de vientos huracanados, bañada por las heladas aguas del mar del Norte y el de Frisia, vivió Sabine cinco años, hasta que al cartero lo encontraron muerto en la playa, a donde había ido a reparar las sillas de madera que llevaban su nombre; era tradición que los vecinos instalasen sus sillas de vivos colores en la playa, mirando al mar.

Las autoridades tuvieron que reubicar a la niña, ya que la mujer del cartero padecía una artritis avanzada que le impedía hacerse cargo de la pequeña.

De aquella época, Sabine guardaba el recuerdo más paternal que un huérfano puede atesorar: el cariño de la familia Braun, que la acogió como a una hija y le dio sentido a su existencia. En aquel pueblo de una sola calle, de habitantes huraños, desconfiados y antipáticos; sí, en aquel lugar absolutamente desapacible envuelto en viento y nieve, fue feliz.

Acompañaba al cartero recorriendo angostos caminos a lomos del caballo percherón de los Braun, o caminando kilómetros por la playa cuando bajaba la marea, hasta acercarse a los leones marinos que, perezosos e indolentes, se amontonaban unos junto a otros esperando la subida de la marea.

Todos sus recuerdos eran extraordinarios, al igual que aquel frío insoportable que se pegaba a los huesos y no había forma de deshacerse de él ni cuando dormía bajo mantas hechas con pieles de nutria, o cuando se calentaba las manos con las patatas asadas que se servían para acompañar los arenques en vinagre del almuerzo.

Michael Braun le regaló las dos únicas fotos que poseía de su familia y que ella guardaba como auténticos tesoros, junto a la cadena de plata que siempre había llevado al cuello y de la que pendía una llave.

* * *

Victoria bajó a las cocinas. La primera estancia la componía una serie de muebles y utensilios que únicamente se veían en la cocina del castillo; y estaba destinada a depositar las fuentes con la comida recién hecha. Allí estaba Sabine, de pie, sin atreverse a dar un paso más; mirando con sus grandes ojos azul noche las salchichas que habían sobrado del desayuno del príncipe Von Havel. Victoria se encaminó hacia la bandeja y, sin mediar palabra, cogió dos tiernas y regordetas salchichas, se las guardó bajo su chaqueta de punto y se encaminó a la salida. Sabine no daba crédito al descaro de Victoria; y no pudo reprimir una risa que a duras penas logró controlar.

Victoria, seguida de Sabine, subió de dos en dos las escaleras y a grandes pasos recorrió el pasillo que conducía al *hall* por el que se salía al patio de armas. Ya cerca de las caballerizas, las chicas se echaron a reír al unísono.

—¿Qué os traéis entre manos? —quiso indagar un joven mozo que pasaba por allí.

—No es asunto tuyo —replicó Victoria.

El mozo continuó su camino, no sin antes recriminarles sus malos modales y advertirle a Victoria que no podía irse al pueblo sin el consentimiento del príncipe.

—Si alguien se percata de que faltan dos salchichas de la fuente, sabrán que hemos sido nosotras —reflexionó Sabine, preocupada.

—No lo creo. La fuente la acababan de retirar cuando salí del comedor y, salvo la cocinera, nadie se molesta en contar las salchichas que se ha comido mi tío.

Victoria sabía que los refugiados habían pasado por épocas en las que solo comían patatas y pan de centeno y, como mucho, una vez por semana les daban un huevo cocido, que saboreaban lentamente. Pollo y salchichas solo se comían en Navidad o en alguna celebración especial. En la escuela, cada niño tenía un cuenco de metal esmaltado y su cuchara para tomar una sopa, a la que a veces se incorporaba algún trozo de conejo. Para Victoria, sustraer comida del palacio para dársela a Sabine ya se había convertido en una costumbre. No en vano, su amiga era la hermana que hubiera querido tener, y velaba por ella hasta donde la austeridad impuesta por su tío le permitía. Tampoco Victoria vivía en la abundancia; disponía de unas botas y unos zapatos, un solo abrigo y tres vestidos, uno de ellos para acudir a misa los domingos. Su tío le hacía saber que ella tenía mucha suerte por estar acogida por él, pero que debía vivir acorde a las circunstancias de la posguerra. Si tenía alguna pertenencia que la distinguía del resto de sus amigas, era porque se la había regalado su primo Ralf.

Las chicas atravesaron los jardines sur del castillo y salieron por la puerta principal. Mientras caminaban por la vereda, delimitada por antiquísimos tilos, Sabine se relamía con las salchichas sustraídas. Llegaron al pueblo después de darse una buena caminata.

En la plaza principal se inauguraba el nuevo ayuntamiento, aunque ya llevaba cerca de tres años en funcionamiento. Todos los habitantes se sentían artífices de aquella gran obra, que habían ayudado a construir ladrillo a ladrillo.

Las dos amigas también lo sentían como suyo. Durante años habían contribuido a limpiar los ladrillos de los escombros del antiguo ayuntamiento, única construcción que había sido bombardeada al final de la guerra. Con un cincel separaban las capas de argamasa de los ladrillos y, una vez limpios, los apilaban en un lugar para ser reutilizados. Las personas mayores y los niños se levantaban a las cinco de la madrugada para realizar esta tarea. Con frecuencia, se organizaban concursos para ver quién limpiaba más ladrillos. Victoria y Sabine nunca ganaron, pero participaron en todos los que se hicieron.

Esta práctica fue llevada a cabo en toda Alemania. En la década de los cincuenta las grandes ciudades estaban ya muy reconstruidas. En comparación con países como Francia o Inglaterra, el proceso de reconstrucción fue más rápido.

Frank y otros chicos consideraban las ruinas como su zona de juegos preferida. Sabían que no debían hacerlo, y por eso les resultaba atractivo.

Sabine se encontró en la plaza con los Oheinb —su familia de acogida—, propietarios de una magnífica granja a las afueras del pueblo.

—Hoy es un gran día para este pueblo y todos debemos estar muy orgullosos de haber conseguido levantar este edificio. Cuando terminen los festejos, venid a la granja; habrá *spätzle* para comer, y también abriremos una lata de carne de la Care-Mission* —las invitó el viejo granjero, que era un hombre amable, aunque seco.

—Muchas gracias por la invitación —contestó Victoria sin entusiasmo.

Acompañando al abuelo iba Otto, el hijo mayor de los agricultores; un chico de ojos saltones de un azul vidrioso que siempre miraba de soslayo, y de modales rudos y desafiantes.

—Victoria, te invito a bailar en cuanto empiece a tocar la orquesta —le propuso Otto, creyéndose merecedor de una princesa como Victoria.

La chica hizo un gesto con la mano indicando que luego se verían. Y siguió su camino.

—No soporto a Otto. Odio sus manos sudorosas, y su aliento a cebollino me produce náuseas; lo encuentro repugnante. Debemos irnos antes de que comience el baile —le comentó Victoria a su amiga. Sabine no abrió la boca; más bien apretó el rictus y bajó la mirada—. No entiendo por qué ni te mira. Es como si se sintiera superior a ti. Francamente, es odioso. No sé cómo puedes vivir bajo su techo.

Victoria hizo esa confesión motivada por la gran antipatía que sentía hacia Otto, sin saber lo que realmente opinaba su amiga.

Sabine apuró el paso y tomó por una calle poco transitada. Caminó con rapidez intentando tomar distancia con la plaza y el bullicio. Su amiga la siguió extrañada y confusa.

—Pero... ¿qué te ocurre? ¿A qué vienen estas prisas? —Victoria seguía a su amiga calle arriba como quien persigue a una gallina sin cabeza—. ¿Qué te pasa? No entiendo nada...

---

* Los americanos enviaron a Alemania, hasta 1957, The US-American Care, paquetes de ayuda con comida, que tuvieron un gran impacto positivo en los sentimientos de los alemanes respecto a Estados Unidos.

Sabine se paró en seco ante la fuente central de una pequeña plazoleta. Estaban ellas solas. Todo el pueblo se encontraba de festejo en la plaza.

A Sabine le temblaba la barbilla sin control; los ojos destilaban odio y su desnutrido cuerpo se desplomó hecho un ovillo. Victoria la intentó levantar, pero no era capaz. Sabine empezó a sollozar. Su diminuto cuerpo empezó a estremecerse y no dejaba de llorar. Victoria no sabía qué hacer para ayudar a su amiga. Se agachó y la abrazó con fuerza; aquel pequeño fardo sin forma era inamovible. Así estuvieron un rato hasta que la pequeña empezó a recuperarse.

Las dos se recostaron contra la fuente y Sabine, con la mirada perdida y sin pensar en lo que decía, escupió con desesperación su tortuoso secreto.

—Otto me hace cosas horribles... Ya no puedo aguantar más. Por la noche va a mi cuarto, me coloca un calcetín de lana en la boca y usa mi cuerpo. Cuando acaba me escupe y me insulta. —Hizo una pausa para limpiarse con la manga del vestido los mocos que le caían por la nariz. Gemía y lloraba a la vez—. El resto del día, si me encuentra ayudando en las tareas de la granja, me mira con desprecio o me empuja. He decidido escaparme; ya no aguanto más esta tortura. —Victoria la miraba con los ojos muy abiertos, no lograba entender lo que su amiga le estaba diciendo—. Además, hace dos días que estoy sangrando. Me asusté y se lo comenté a una de las trabajadoras. Me contestó que, a partir de este momento, ya soy una mujer y eso significa que puedo tener hijos y que tengo que saber que si un hombre me hace lo mismo que un perro a una perra, me quedaré preñada. —Sabine soltó todo como quien se confiesa para quitarse un gran peso de encima.

Fue en ese momento cuando Victoria fue consciente de lo que le contaba Sabine. No daba crédito a lo que estaba oyendo. No sabía qué contestar ni podía imaginar aquellos hechos. Se quedó bloqueada; su musculatura se contrajo de tal forma que no podía moverse. Sintió repugnancia, solo eso. Solo asco y deseos de salir corriendo. Por alguna extraña razón, no lo hizo.

Jamás había oído nada parecido. Con solo doce años, no podía imaginar por lo que estaba pasando su amiga.

Sabine miró a Victoria y se dio cuenta de que su momento de debilidad y desesperación le había llevado a hacer una confesión que nunca debía haber hecho. Comprendió que Victoria no estaba preparada para recibir semejante información. Miró a su amiga, intentando escudriñar en su mente y encontrar un ápice de comprensión o apoyo. No vio más que un rostro inexpresivo, horrorizado e incrédulo.

Se secó las lágrimas con la manga del vestido y, después de mirar con desprecio a Victoria, echó a correr sin rumbo. Solo quería huir.

Victoria no hizo nada; permaneció sentada sin poder reaccionar. Dejó que Sabine se fuera calle abajo sin atreverse a llamarla ni a correr tras ella. No pensaba nada, ni siquiera desafiaba su incredulidad. Simplemente estaba en shock.

Así permaneció durante un tiempo indeterminado, hasta que un grupo de chiquillos se aproximó alborotando y riendo. Victoria volvió a la realidad, se levantó y bajó hasta la plaza. Los festejos estaban tocando a su fin. Así que decidió regresar a casa. Por el camino se encontró a uno de los trabajadores de su tío, que la invitó a subir a la bicicleta y llevarla al palacio. Ella aceptó sin abrir la boca.

Al llegar, subió directamente a su cuarto. Aquella estancia de techos altos, paredes enteladas de un color verde desvaído por el tiempo y unos muebles Bidermeier —tan robustos como impropios de una habitación infantil— era, sin embargo, para Victoria, su mundo. El único lugar que sentía suyo.

Se tumbó en la cama intentando controlar su angustia. Al fin, rompió a llorar sin mesura. No pensaba en nada. Simplemente quería expulsar el asco y el horror que sentía.

Permaneció así mucho tiempo, hasta que el agotamiento la sumió en un sueño inquieto, donde las pesadillas se sucedieron, encadenadas a imágenes de persecuciones, acantilados vertiginosos en caída libre... A punto de sucumbir, se despertó bañada en sudor y con el corazón agitado.

Había caído la tarde y ya se vislumbraban las primeras luces en los establos. En una granja siempre hay trabajo; cuando no es en el campo, es en las cuadras. Victoria continuaba haciéndose preguntas: «¿Cómo pudo cometer tales actos? ¿Por qué no lo denunció a los Oheinb? ¿Por qué no me lo contó desde el primer momento...?». Todas quedaban sin respuesta hasta que empezó a ponerlas en primera persona, situándose en el lugar de su desprotegida amiga: «¿Y si a mí me hubiera pasado esto...? ¿Qué habría hecho? ¡Yo no lo habría consentido! ¿Le habría hecho frente, lo habría... y... cómo? Si te cogen desprevenida en un lugar donde estás sola, te tapan la boca y no puedes moverte... ¿qué haces?». Se fue indignando por momentos. Tomó conciencia de la situación por la que tuvo que pasar su amiga; le faltaba aire, no podía respirar...

Unos golpes secos y armoniosos la hicieron volver a la realidad.

—Victoria, ¿estás ahí? —interrogó Ralf al tiempo que golpeaba la puerta.

La chica no pudo responder; apenas tenía fuerzas. Un leve sonido salió de su garganta.

Ralf abrió la puerta y la vio hecha un ovillo sobre la cama.

—¿Qué te ocurre? ¿Te encuentras mal? —preguntó Ralf, que acababa de llegar y estaba extrañado de que no hubiera salido a recibirle.

—Perdóname —titubeó la niña—, me he quedado dormida sin darme cuenta —alcanzó a decir, descompuesta. No quería que su primo notara su abatimiento.

—Déjame que te vea. Creo que tienes fiebre. ¿Habrás cogido frío?

Ella no podía decirle lo que le ocurría. No solo le daba vergüenza confesarle semejante historia, sino que era incapaz de hablar de ella. Imaginó que Ralf no lo entendería e incluso podría querer apartarla de Sabine, por pensar que ese tipo de vejaciones solo pasaba entre las refugiadas huérfanas. Pero estaba claro que Ralf era el único que podía ayudarla.

—Siempre me preguntas si soy feliz o tengo con quien jugar, sobre todo desde que mi hermano se ha ido al internado. Tengo una amiga de la escuela a la que quiero mucho. Te ruego que le pidas a tío Gustav que solicite el cambio de mi amiga Sabine al palacio. Con ella aquí, podría tener una compañera y no me sentiría tan sola. —Victoria deseaba con todas sus fuerzas apartar a Sabine de su verdugo.

—Es una gran idea; no creo que sea muy difícil. Se lo comentaré hoy mismo. —Victoria se incorporó al instante llorando y echándose a los brazos de su primo; este se emocionó e incluso se le humedecieron los ojos; abrazó aquel diminuto cuerpecito y la acunó hasta que la niña fue calmándose—. Mi querida niña, mientras yo exista, siempre me tendrás a tu lado; si no fuera por ti, hace tiempo que hubiera dejado de visitar este lugar. —La pequeña siguió llorando sobre el hombro de su primo, aferrándose al único ser humano que la protegía y se acordaba de ella; enviándole postales allí donde se encontrara, o llamándola por teléfono para preguntarle si le había gustado el regalo que le había enviado—. Y ahora, descansa, que puedes estar incubando un resfriado. Es mejor que te quedes en cama. Te he traído varios rollos de Riesen, tus caramelos tofes preferidos. Cómetelos después de cenar. Volveré a verte más tarde.

Ralf besó a su prima en la frente y dio órdenes para que le subieran la cena y le dieran un buen vaso de leche caliente con miel.

El ingeniero adoraba a la pequeña, aunque la tiranía de su padre le impedía hacer por ella todo lo que le gustaría. En el fondo de su alma, la quería como a una hija, e incluso a veces fantaseaba creyendo que los ojos de Victoria, de un verde dorado, le recordaban los de su propia madre, fallecida cuando él apenas era un adolescente. De ahí que deseara darle el cariño que nadie le demostraba.

Capítulo 9

Vida y muerte de un Fürst

La sala de música era la estancia más alegre del palacio Havel. Sus cuatro puertas con cuarterones de cristal daban al suroeste del jardín, inundando de luz las tardes invernales.

Las paredes estaban revestidas de madera lacada en blanco con molduras doradas. Dos grandes cuadros con escenas de paisajes bucólicos competían en belleza y proporcionaban a la sala un ambiente relajado y elegante. Presidía la estancia un piano de cola Steinway. Al frente, un coqueto tresillo donde poder tomar el té, y a su derecha, una mesa de escritorio inglesa. Este era el mundo de su madre. Volver a él le transportaba a su infancia.

Desde muy pequeño, Ralf disfrutaba viendo a su madre tocar el piano en su paraíso particular. La recordaba como una mujer angelical que, sin ser una belleza, era el ser humano más dulce y amable que había conocido nunca.

Aquella estancia de techos altos, pintados con hiedras y pájaros, era la única habitación del palacio que le resultaba acogedora y cálida. Por eso, siempre que pasaba unos días en la casa de su padre, iba allí en algún momento para recordarse a sí mismo que existían personas por las que merecía la pena luchar.

—Sé que este es tu lugar preferido. —Cuando su hijo estaba en casa, Gustav deseaba estar con él y que le hiciera partícipe de su vida; por eso, sin que se le notara, se hacía el encontradizo. Al ver la puerta de doble hoja abierta, supuso que su hijo estaba en la sala de música.

—Así es —contestó lacónico Ralf. Mirando a su padre, no pudo evitar recordar una escena horrible que había marcado la relación con él para siempre.

* * *

Un día, siendo muy pequeño, se dirigió a la sala de música a ver a su madre, pero no estaba sola. Sin atreverse a entrar, se quedó medio escondido en el umbral de la puerta. Su padre increpaba a su madre hecho un energúmeno, diciéndole que no se metiera en sus asuntos. Ella, sentada ante el piano, no se atrevía a hablar, pero mantenía la mirada. Su dignidad de aristócrata austriaca le impedía mostrarse sumisa.

—Que sea la última vez que me pides explicaciones. Que te quede claro que llevaré a mi cama a quien quiera; y a ti ni se te ocurra recriminármelo nunca más.

La madre de Ralf se levantó de la banqueta del piano y se enfrentó a él.

—Puedes irte a la cama con quien desees, pero aquí no vuelvas a entrar. Esta habitación me pertenece. Desde el primer momento te dejé claro que este era el único lugar que deseaba decorar, que lo necesitaba para poder tocar el piano y sentirme libre. Así que sigue con tu vida e ignórame.

Gustav no podía consentir que alguien le hablara de ese modo, y menos aún su insignificante esposa, con la que se había casado por ser una de las pocas nobles europeas cuyo abolengo estaba a su altura, pero de la que distaba mucho de estar enamorado; más bien la aborrecía por su presencia humilde y su espíritu íntegro.

—No pongo ninguna objeción a tus deseos. Y ahora que lo tenemos claro los dos, ¿podríamos sellarlo con una pieza al piano? —El rostro de Gustav se había vuelto aparentemente amable y conciliador.

La madre de Ralf, un tanto desorientada, se sentó y se dispuso a seguir tocando la pieza que con anterioridad ensayaba. Minutos después, Gustav cambió su expresión, dejando entrever a un ser feroz, lleno de ira. El pequeño Ralf observaba la escena con sus ojos verdes con destellos dorados llenos de lágrimas.

Ninguno de sus progenitores se había percatado de su presencia.

En décimas de segundo, Gustav cerró con fuerza la tapa del piano, que cayó sobre las manos de su mujer, dejándolas convertidas en un amasijo de carne y huesos. La mujer profirió un grito desgarrador. El dolor físico era insoportable y proporcional a lo que significaba aquella mutilación.

El pequeño se asustó de tal modo que salió huyendo despavorido y sin rumbo; vagó por el jardín durante largas horas; su *nanny* y otros empleados del castillo salieron a buscarlo, hasta dar con él hecho un ovillo bajo un árbol cuyas ramas llegaban al suelo formando una cavidad en su interior. El niño estaba muy asustado y temblaba como un cachorrillo. Solo preguntaba por su madre...

Aquella imagen cruel se le quedó grabada al niño de por vida. A partir de entonces, sintió un miedo aterrador hacia su padre. Cada vez que se dirigía a él, le invadía una ansiedad incontrolable que le entumecía la lengua hasta el punto de no poder hablar. El temor a ser tratado como su madre anidó en el corazón del pequeño Ralf, hasta marcar su carácter. Sintiera lo que sintiera, siempre iba a obedecer la orden del más fuerte.

El trauma llegó a apoderarse de su alma, hasta el punto de creer que, si no obedecía al superior, acabaría como su madre, que jamás volvió a ser la misma: nunca más pisó la sala de música; se encerró en un cuarto alejado del de Gustav y poco a poco se fue apagando como un pajarillo al que nadie da su alimento.

Con la simple evocación de aquel ser angelical, a Ralf aún hoy se le saltaban las lágrimas.

* * *

A media mañana, Victoria fue en busca de Ralf a la sala de música.

—Sabía que te encontraría aquí. Esta también es mi habitación preferida, aunque a tío Gustav no le gusta que merodee por aquí —le confesó a su primo.

—Le pediré que te deje venir cuando quieras; es un lugar muy hermoso como para que nadie lo utilice. —Ralf se emocionó con la confesión de Victoria.

—Me encantaría poder venir sin hacerlo a escondidas. ¿Podemos irnos ya a la granja?

—Desde luego que sí. Creo que deberíamos ensillar los caballos e ir campo a través. Así aprovecharíamos la mañana para hacer ejercicio —sugirió Ralf, a quien le encantaba salir a montar a caballo.

—Perfecto. Te espero en las cuadras. —Victoria deseaba que Sabine pudiera trasladarse cuanto antes al palacio.

Al llegar a la granja, se encontraron con la señora Oheinb, que los saludó con cortesía:

—Buenos días, príncipe Ralf, ¿qué le trae por aquí?

—Buenos días, señora Oheinb. Mi prima Victoria está muy sola en casa de mi padre. Si a usted no le importa, nos gustaría que nos cediera a una de las chicas que tienen ustedes de acogida. Se llama Sabine.

—Me encantaría ayudarles, pero Sabine nos es muy útil aquí y realiza las mismas labores que un mozo.

Ralf se dio cuenta de inmediato de que la señora Oheinb buscaba una compensación.

—Por supuesto, como intercambio, le propondríamos un mozo de la finca.

—No lo considere una descortesía, pero en estos tiempos todas las manos son pocas; aunque también es importante llevarse bien con los vecinos. Así que con gusto les cedo a Sabine, si ella así lo desea. Le aseguro que podrá realizar cualquier tarea que se le ordene.

La señora Oheinb estaba encantada con el trueque. Por un lado, se quitaba de encima a una niña flaca y que solo le servía para recados y limpieza; y por otro, ganaba mano de obra en el campo. Todas las familias alemanas que acogían refugiados recibían una paga del Gobierno, que en aquellos tiempos era muy bien recibida.

Mandó llamar a la chica, al tiempo que les invitó a pasar a la casa.

—No se preocupe. Hace un día espléndido, y disfrutar de una mañana como esta es un placer —se apresuró a contestar el príncipe Ralf.

La edificación principal de la granja, con su fachada de vigas de madera, formaba parte de un conglomerado de edificios que enmarcaban una amplia zona de distribución. El acceso a la casa estaba delimitado por un pequeño jardín y un camino hecho con grandes piedras. A la derecha de la entrada principal, una mesa de piedra con dos bancos de madera a cada lado invitaba a sentarse. La señora Oheinb ofreció al insigne visitante una cerveza.

Una mujer de mediana edad acudió al cabo de un buen rato y dirigiéndose a la dueña de la casa, informó jadeando:

—No encontramos a Sabine por ninguna parte. Lo cierto es que nadie la ha vuelto a ver desde ayer. Una de las trabajadoras asegura que la vio por última vez al acabar los festejos.

Victoria se levantó y visiblemente nerviosa preguntó si habían ido a su cuarto.

—No, no he ido, pero duerme cerca de otras dos chicas y aseguran no haberla visto.

—¿Podemos ver su cuarto por si ha dejado alguna pista? —preguntó Ralf a la granjera.

—Desde luego. Vamos a averiguar qué ha ocurrido.

La pequeña comitiva se encaminó al pabellón donde dormían los trabajadores de la granja.

A día de hoy, eran pocos los refugiados que todavía permanecían en régimen de acogida. En otros tiempos, en las habitaciones solían dormir familias enteras. Aunque esta situación en las ciudades cambió pronto, en el mundo rural el proceso fue más lento, pero menos traumático.

El habitáculo de Sabine era un hueco bajo la escalera, donde solo cabía un jergón en el suelo, una pequeña silla y una percha en una pared.

—Como es tan pequeña se le ha habilitado este lugar para dormir —se disculpó la señora Oheinb.

Ralf no contestó. Con su corpulencia no podía entrar en aquel hueco.

Victoria, sin embargo, se coló y entró en el zulo insalubre. Casi se echa a llorar solo de pensar que su amiga dormía en semejante sitio. ¡Qué ciega había estado! ¿Cómo no se había planteado de qué forma vivía su amiga? Viendo aquello solo deseaba lamentarse.

Miró las perchas y vio que de una de ellas colgaba el abrigo que Sabine usaba en invierno; un abrigo que ella misma le había regalado. Pidió a la señora Oheinb que se lo dejara.

—Por supuesto, llévatelo; y también ese pañuelo en forma de hatillo que hay encima de la silla. Si regresa, no la quiero aquí. Así que la enviaré directamente al castillo. ¡Qué desfachatez, escaparse sin permiso! No, si ya decía yo que esa chica no era de fiar.

Victoria regresó al palacio triste y angustiada. ¿Qué habría sido de su amiga? ¿A dónde habría ido sin dinero y sin sus escasas pertenencias?

Le pidió a su primo que le permitiera retirarse a su cuarto.

—Descansa un poco, pero no te preocupes; la encontraremos. No tiene a donde ir y regresará. Al ser verano, seguramente habrá pasado la noche en cualquier cobertizo —reflexionó Ralf, poco dado a ocuparse de asuntos tan nimios para él como la desaparición de una chica huérfana.

—Ralf, estoy segura de que ha huido. Se llevaba muy mal con el hijo mayor de los Oheinb.

—Enviaré a alguien a que indague si la han visto por el pueblo o los alrededores. Ahora descansa si no quieres enfermar.

Victoria puso sobre la cama el hatillo y el abrigo de Sabine. No podía quitarse de la cabeza su confesión ni cómo pudo haber estado tan ciega como para no ver el sufrimiento y la mala vida que estaba teniendo su amiga.

Encontrarse de frente con un problema de tal magnitud le hizo alcanzar casi de repente un nivel de madurez como jamás había soñado. No solo se dio cuenta de la situación de su amiga, sino que fue consciente de la suya propia.

Se sentó en el banco de piedra situado bajo la ventana y, hecha un ovillo, empezó a mecerse como deseando encontrar el calor del cariño. Sabía que contaba con Ralf como si de un padre se tratara, pero le faltaban la confianza y la comprensión de una madre.

Fue consciente de que había perdido a la única amiga que tenía. Recordó los planes de futuro que habían hecho juntas, el compromiso de ambas de seguir siendo amigas ocurriera lo que ocurriera... Y ahora, Sabine se había ido sin dejar rastro. Si ella al menos la hubiera comprendido desde el primer momento...

Su mirada se posó en las pertenencias de Sabine; se levantó y tomó aquel abrigo de un rojo descolorido y muy usado. En sus bolsillos estaban los guantes de lana grises con las puntas de los dedos abiertas para poder trabajar con ellos.

En el bolsillo interior encontró dos fotos: una de dos hombres vestidos de paisano junto a Adolf Hitler, y otra de una niña muy pequeña —cuyos rasgos eran idénticos a los de Sabine— de la mano de una pareja; el hombre era uno de los de la foto anterior. La familia aparecía delante de una tienda en cuyo letrero podía leerse «Sastrería». Victoria supuso que aquella pareja eran los padres de Sabine.

Siguió mirando las pertenencias de su amiga. En el hatillo había papelitos perfectamente estirados de los envoltorios de chocolatinas, un muñequito minúsculo, una cajita de madera... Todos regalos que ella le había hecho. Victoria guardó todo en su armario.

El día transcurrió triste. Un aguacero torrencial vino a empañar, más si cabía, la celebración de un cumpleaños que estaba marcado por el despertar de una niña a la madurez, saltándose la adolescencia.

* * *

Desde que Victoria llegó a la fortaleza de los Von Havel, Ralf quiso protegerla, no tanto por pena sino por verdadero cariño. Por esa razón, siempre que podía mediaba ante su padre a favor de Victoria.

—Se puede decir que la chica ha sido educada como una buena alemana: trabajadora, austera y respetuosa con las jerarquías. Se la ha enviado al colegio del pueblo como una más. La austeridad es mi lema, y esta niña debe aceptar que nunca tendrá los privilegios de su clase; se la ha preparado para asumir que es una aristócrata sin dinero, pero con saber estar —reflexionó el viejo príncipe Gustav ante su hijo Ralf.

—Padre, es muy cruel que esta niña se haya criado sin su madre. Tarde o temprano, tendrás que dejar que Clotilde pueda hacerse cargo de ella.

—Estás muy equivocado. Asumí hacerme cargo de los niños y, mientras viva, esa mujer no podrá verlos ni pisar esta casa.

—Lo sé, padre. Eso ya lo hemos hablado mil veces. Pero una jovencita necesita a su madre. Es preciso que te plantees que Victoria la recupere.

—No lo consentiré de ninguna manera. La niña tiene aquí todo lo que necesita y no se irá a ninguna parte. Fin de la discusión. ¡Ah! Y, por cierto, deseo que sepas que no apruebo que hayas invertido la herencia de tu madre en esa locura de una finca en Chile. Ya estoy harto de callarme las cosas.

El príncipe Gustav se levantó de su butaca de orejas con precipitación, hasta el punto de tambalearse. Su movilidad reducida le impedía alejarse de la biblioteca con la premura que él deseaba.

Cualquier asunto referido a Victoria le producía malestar. Llevaba años pensando que era una venganza demasiado cruel impedir que la niña conociera a su madre, pero su prepotencia sin límites y su orgullo le impedían acceder a los ruegos de su hijo, que en cada visita al palacio le planteaba la posibilidad de que reconsiderara las cosas.

Su venganza estaba enquistada de tal modo que, sumada a su carácter cruel, lo llevaba a mantenerse en sus trece.

Por otro lado, acceder a las peticiones de su hijo sería ir contra su pensamiento vital: «Ser considerado y hacer el bien gratuito a los demás no trae más que debilidad». Además, a estas alturas de su vida era consciente de que su hijo se había alejado para no dejarse influir por él.

Lo más extraño de todo era que, en el fondo, hubiera dado cualquier cosa por contar con la compañía de su hijo e incluso con su cariño. Pero no tenía nada de eso; solo le quedaba la soledad y el alma carcomida por el odio. Y este sentimiento lo estaba matando poco a poco.

* * *

El anciano príncipe se acostó aquella noche muy alterado.

No pudo evitar recordar aquel día del año treinta, en el que se presentó en el castillo su hermano pequeño, Maximiliano. Gustav tenía por aquel entonces cuarenta años, pero ya había enviudado de la madre de Ralf, muerta prematuramente, desgastada por una vida de sufrimiento. Max, con el que apenas había convivido, era quince años más joven que él.

Maximiliano había terminado sus estudios en Inglaterra y, como mandaba la tradición, siguió la carrera militar. Su primer destino fue Berlín, lo que hizo posible que su noviazgo con Clotilde se consolidara y pronto se comprometieran.

El príncipe Gustav decidió que la pedida de mano tuviera lugar en el palacio-fortaleza de los Havel. Él, como Fürst de la familia, debía dar el visto bueno al enlace. Clotilde, sus padres y su hermana Erna atravesaron toda Alemania para asistir a una celebración que por tradición hubiera tenido que hacerse en su mansión de Berlín. Pero, dado el abolengo de la familia Havel, se aceptó el cambio de escenario.

Los Orange habían pernoctado el día anterior en el castillo de la baronesa viuda Von Ulm, con quien les unía una buena amistad que venía de los tiempos en que Theo de Orange era embajador en Londres, y gracias a su magnífica misión diplomática fue posible la adquisición de la fábrica de cervezas inglesa.

Retomaron el viaje y llegaron a la fortaleza Havel a media tarde. Se les condujo a sus habitaciones con la consigna de que la cena se serviría en el comedor principal a las siete.

El príncipe Gustav les esperaba en los salones. Era un hombre vigoroso y lleno de orgullo. Había participado en la Gran Guerra, de la que salió sin apenas secuelas. Su hijo Ralf no asistiría a la pedida de mano por encontrarse realizando sus estudios de ingeniería en los Estados Unidos.

Con su plenitud física, Gustav von Havel creía tener todo el derecho para mandar sobre vidas y haciendas. Sus correrías amorosas eran tan temidas como notorias. Siempre había tenido fama de conquistador impenitente al que ninguna mujer se le resistía.

La familia Orange al completo acudió al salón contiguo al comedor. Lucían sus mejores galas. Los padres de Clotilde poseían una clase innata, acostumbrados a los salones de las embajadas y de la sociedad berlinesa. Seguramente eran más refinados que el rudo príncipe, aunque no tuvieran tanto abolengo. Al menos, eso fue lo que pensó la madre de Clotilde al ver a Gustav.

Como diría el refrán popular, «La cabra tira al monte», y en cuanto el príncipe vio aparecer aquella belleza de mujer, se le revolucionaron las entrañas. En ningún momento disimuló su turbación, y menos aún reparó en las insinuaciones de su hermano para que se fijara en Erna, a la que de un modo u otro habían dejado entrever que podría intentar seducir al madurito príncipe dado que este era viudo. Pero lo cierto fue que Gustav solo tuvo ojos para Clotilde y, una vez más, Erna tuvo que tragarse la rabia de sentirse «el patito feo».

Para el príncipe, conocer a Clotilde supuso tener la convicción absoluta de encontrarse frente a frente con la mujer que deseaba tener entre sus conquistas. Su atracción no solo era física, era irracional, pasional... Sentía por todos los poros de su alma que Clotilde debía ser suya. No le importaba nada; ni la gran diferencia de edad ni que fuera la prometida de su hermano. La dificultad de la conquista sumaba adrenalina a sus deseos.

Creía a pie juntillas que cuando le declarara su amor, ella rompería el compromiso con Maximiliano. Buscando un lugar propicio para confesarle sus sentimientos, el príncipe Gustav le sugirió montar a caballo.

La yeguada Havel era famosa en la región. No en vano, su malograda esposa recibió como parte de la dote de boda dos ejemplares de caballos de raza Lipizzana. Clotilde adoraba montar a caballo, y la posibilidad de cabalgar a lomos de un ejemplar tan extraordinario la llevó a aceptar de inmediato la invitación.

—Cabalgaremos hacia la zona norte. Te mostraré las ruinas de una antigua fortificación y la cascada del oso pardo —indicó con entusiasmo el príncipe Gustav.

—Será un paseo delicioso. Estoy emocionada por montar un Lipizzana —confesó Clotilde, confiada.

El paraje angosto y aislado de la cascada era idóneo para descargar un torrente de sentimientos obsesivos e irracionales.

El príncipe Gustav sugirió acercarse a la orilla del pequeño lago que formaba la cascada al caer.

Ayudó a desmontar a Clotilde. Sujetándola por el talle, la atrajo hacia sí.

—Eres la mujer más hermosa que he visto nunca. Has nacido para ser una princesa y no la mujer de un oficial de poca monta —susurró Gustav a Clotilde sosteniéndola en sus brazos.

Clotilde no podía imaginar que aquello le estuviese ocurriendo a ella.

—Es muy descortés lo que estás diciendo. Por favor, bájame —balbuceó.

—No puedes casarte con mi hermano. No te merece. Sin embargo, yo puedo ofrecerte todo lo que hayas podido soñar. —Gustav deslizó suavemente a Clotilde hasta dejarla sobre la hierba. Acción que aprovechó ella para apartarse de él.

La condesa no podía entender aquella locura y se preguntaba qué podía haber hecho ella para desatar tales sentimientos.

—Por favor, volvamos a palacio. Esta situación es muy violenta e inapropiada.

—Lo entiendo y te pido que lo pienses esta noche. Que valores si quieres casarte con un militar sin recursos o con un Fürst soberano del Sacro Imperio Germano, un verdadero Uradel perteneciente a la alta aristocracia. —Al príncipe se le hincharon las venas de la frente; estaba rojo, exultante. Era tal la soberbia que emanaba que Clotilde no pudo sentir más desprecio por aquel sujeto presumido y arrogante, que olvidaba que los privilegios de las familias reinantes se habían perdido a raíz de las guerras napoleónicas y del Congreso de Viena desde hacía ya casi un siglo.

Sintió miedo y decidió ser fría. Le contestó a su futuro cuñado que lo pensaría y le daría una respuesta.

El príncipe Gustav la miró con ojos apasionados, loco de amor y enfermo de soberbia y orgullo. Creyó a pies juntillas que Clotilde sería suya sin remedio.

Lo primero que hizo la jovencísima condesa al llegar al castillo fue ir en busca de su prometido y contarle lo sucedido.

—Debemos mantener la calma. Tu hermano no es un hombre normal; es un prepotente y cree que puede tener lo que desea. —Clotilde estaba fuera de sí, no les podía contar a sus padres lo que le había ocurrido; debía evitarles el disgusto.

—Esto no se resuelve con calma. A ese sujeto jamás nadie le ha parado los pies, y ha de ser alguien de su misma sangre el que lo haga. No puede actuar como si el resto del mundo fuéramos títeres en sus manos. —Maximiliano estaba furioso. Siempre había tenido hacia Gustav un sentimiento de recelo mezclado con odio y respeto, lo que le había llevado a tener poco contacto con él. Su infancia estuvo marcada por las burlas, las palizas y el continuo acoso por parte de su bravucón hermano.

Su alejamiento de la casa familiar le había convertido en un militar aguerrido y fuerte, y no iba a dejar las cosas así. A pesar de los gritos de Clotilde para detenerlo, se fue en busca de Gustav, que todavía estaba en las cuadras. Le increpó sin darle tiempo a ponerse en guardia.

El príncipe cogió un látigo y le lanzó un latigazo que le cruzó el torso. Con furia, Maximiliano cogió su pistola y descerrajó dos tiros; uno de ellos le dio de lleno en una rodilla y otro en la cadera... Los criados, al oír los disparos, acudieron a ver qué pasaba. El príncipe Maximiliano miró con furia a su hermano mayor y sin un ápice de arrepentimiento, le escupió que desde ese instante sus vidas no volverían a encontrarse.

Gustav von Havel cayó de bruces sobre el suelo de las caballerizas. Sintió que su vida se había quebrado en un instante. Sin embargo, la mayor ofensa la había recibido su orgullo. El príncipe Von Havel consideró la confesión de Clotilde a su prometido como una traición sin límites, y el torrente de sentimientos que tenía hacia ella se transformó en un profundo odio. De su hermano se vengaría el resto de su vida. Él era un importante militar y se encargaría de que el joven teniente tuviera los peores destinos.

Años después de lo sucedido, Gustav asumiría hacerse cargo de los hijos de su hermano como un acto de honor ligado a las obligaciones de un Fürst para con su familia; pero eso no incluía necesariamente a Clotilde.

Gustav von Havel era rencoroso y vengativo. Deseaba hacerle el mayor daño posible a Clotilde y lo haría a través de sus hijos. Su principal obsesión era que su cuñada no pudiera volver a verlos.

* * *

Durante toda la noche, el anciano príncipe repasó su vida. Había vivido como un soberano sin serlo; con la categoría y el respeto heredados, pero sin la grandeza de sus antepasados.

Con veintiocho años fue condecorado con un Max Azul por su arrojo y valentía en la Gran Guerra y, en especial, por su intervención en el paso fronterizo italiano de los Dolomitas, donde estuvo a punto de perecer por la «muerte blanca» y que le costó la pérdida de varios dedos del pie a causa de la congelación.

Jamás aceptó el armisticio alemán, y menos aún admitió la disolución del imperio. Consideró el Tratado de Versalles una humillación para Alemania al desposeerla de todo su poder. Apoyó las unidades paramilitares que combatieron los levantamientos comunistas que se produjeron al final de la Gran Guerra, conocidas como los Freikorps, organizaciones del periodo de entreguerras que dieron lugar a la cultura racista, derechista y ultranacionalista impulsora del partido nazi. Asimismo, perteneció al Partido Alemán Socialista de los Trabajadores, que preconizaba el etnicismo. Su amistad con el escritor Dietrich Eckart le llevó a entrar en relación con la sociedad secreta Thule, y a participar en la transformación del Partido Obrero Alemán en Partido Nacionalsocialista Obrero Alemán, en el que militó con entusiasmo y mostró su apoyo incondicional al Führer. Sus soflamas antisemitas y sus ideas hitlerianas eran bien conocidas por todos.

En definitiva, formaba parte de un grupo de lunáticos de extrema derecha que buscaban la identidad histórica de lo alemán y que propiciaron el germen del nazismo, cuya teoría evolucionista estaba basada en el racismo y la preponderancia de la raza aria, y que tuvo su origen en las duras condiciones económicas impuestas al pueblo alemán tras su derrota en la Gran Guerra.

De igual modo, el nazismo se alimentó de la «conspiración judía» para hacerse con el control mundial. Y fomentó la idea de que los judíos eran los culpables de la situación económica de las familias alemanas que se habían arruinado por la usura de sus prestamistas.

Aunque al principio se valió de ellos, cuando llegó al poder, Hitler apartó de su camino al grupo de lunáticos que dieron forma a su ideología; los consideraba histriónicos e individualistas. Hitler solo quería incondicionales a su persona y no se fiaba de un aristócrata con ínfulas de poder.

Gustav, desde el primer momento, puso al servicio de la causa nacionalsocialista su palacio y su autoridad sobre las gentes de su territorio. Sin embargo, su influencia en la política nazi era, para su desgracia, más simbólica y social que real. De todos era sabido que el movimiento nacionalsocialista había prescindido de él, aunque le respetaba por ser el Fürst de una de las familias de más abolengo de Alemania.

Gustav von Havel sabía que él había dejado de servirle al ejército desde el momento en que se quedó impedido después del «accidente» provocado por su hermano Max. Paradójicamente, por encima de su propia ideología, estaban los intereses como príncipe.

Pese a ello, como buen militar que era, en el momento en que los americanos entraron de lleno en la guerra, tuvo claro que Alemania sería derrotada de nuevo.

Se dio el caso de que cuando los americanos llegaron al pueblo exigiendo la rendición, el alcalde —un nazi irredento y ofuscado— se negó a entregar la plaza, sin tener en cuenta que, en esos casos, los americanos tenían orden de bombardear el pueblo.

Así las cosas, un grupo de personas acudieron a la fortaleza para hablar con el príncipe y pedirle que interviniera para hacer entrar en razón al alcalde y que este se rindiera.

—Señores, debemos actuar con rapidez e inteligencia. La guerra ha terminado para Alemania y ahora toca sobrevivir a los vencedores. Solo hay una solución. —A Gustav no le tembló el pulso—. Hay que matar al alcalde e izar la bandera blanca —afirmó con contundencia el príncipe ante el asombro de los presentes.

El domingo siguiente, el príncipe Gustav von Havel presidió la misa de Resurrección con los americanos presentes tras la rendición del pueblo y el asesinato del alcalde. Solo había sido destruido el edificio del ayuntamiento.

Los años transcurridos entre 1945 y 1948 fueron los peores para el príncipe. La humillación de Alemania supuso para él un deterioro notable en su salud, ya maltrecha desde el incidente con su hermano, y que le obligó a usar bastón y a soportar terribles dolores desde entonces. A todo ello se añadió el gran desprestigio que para él supuso el tener que renunciar a participar en la Segunda Guerra Mundial.

Confiaba en que, más pronto que tarde, el orden mundial exigiría la restitución del poderío de Alemania.

* * *

—Buenos días, Alteza. —El veterano criado entró en el cuarto del príncipe como cada mañana a la misma hora y con el mismo ritual.

Se encaminó a las ventanas para descorrer los pesados y algo polvorientos cortinones de la estancia. En condiciones normales, el viejo príncipe ya se habría desperezado, pero el criado no le dio importancia y siguió con su ritual habitual.

Fue después de coger el grueso batín del príncipe y acercarse a la recia cama con dosel, cuando se dio cuenta de que su señor no se había movido. En ese instante se acercó al que había sido su «dueño» desde que nació y pudo comprobar que había muerto, sin duda con más placidez que con la que había vivido, haciendo quizás contrición de sus pecados y balance de una vida encenegada, repleta de cargas arcaicas, atesorando un estilo de vida que procuró hacer subsistir, pero que moría con él.

Aquella mañana de verano de 1955 en la que lucía el sol tenue y remolón de un nuevo día, comenzaba una época donde el dinero, los negocios y el éxito todavía convivirían unos años con el señorío, la elegancia y el buen gusto..., pero entraban para quedarse y quizás para aplastar lo mejor de una época que desaparecía.

Capítulo 10

El final del túnel

Cuando al fin pudieron desembarcar, Nueva York —la ciudad que nunca duerme— parecía un amasijo de gigantes de cristal y acero con mil ojos encendidos. A Clotilde le sobrecogió su grandiosidad. Deseaba perderse por aquella urbe lejos de su mundo, y quizás encontrar un sentido a su vida.

La *suite* de dos habitaciones que había reservado Stefan en el Waldorf Astoria le permitiría estar independiente de su marido. Pidió el desayuno en la habitación y, sin hacer nada por ver a Stefan, salió del hotel.

Park Avenue mostraba todo el esplendor rosado de los cerezos en flor, signo inequívoco de que la primavera estaba en ciernes. Clotilde miró a su izquierda: el edificio de Grand Central Station, presidido por su espectacular reloj de cristal de Tiffany, cerraba el bulevar que, majestuoso y elegante, se extendía en sentido contrario hacia el infinito. Aquella imagen le recordó una foto que sus padres enviaron a sus hijas cuando viajaron a la ciudad de los rascacielos. Max, viendo la ilusión que le hizo aquella foto, prometió a Clotilde que algún día la llevaría a aquella ciudad. Por desgracia, no pudo cumplir su promesa. Pero... ahora ella estaba allí, dispuesta a vivir la experiencia, únicamente con la incógnita de saber si David, el hombre que conoció en el barco, podría servirle para añadir alegría a su vida.

Caminó en dirección a Central Park. La grandeza de los edificios y la amplitud del bulevar dieron la medida a Clotilde de lo que era Nueva York: una ciudad moderna que había transformado la elegancia de antaño en poderío sublime.

Paseó hasta la extenuación, disfrutando con las apabullantes tiendas. Aquella ciudad le daba vida. Se percató de que, desde que había salido del hotel, no había dejado de disfrutar de todo lo que le rodeaba. Incluso había alejado de sus pensamientos a Stefan.

Por un momento, tuvo la debilidad de analizar el hecho de que, por segunda vez en su vida, un hombre con el que estaba casada tenía una segunda vida al margen de ella.

Pero el reconfortante paseo con la brisa del norte acariciándole la cara y el bullicio de la ciudad en movimiento procurándole cierta inhibición, contribuyeron a aclarar su mente. Tener un amante entraría en sus planes.

Se cobraría la revancha de haber pasado toda su existencia angustiada por hacer lo correcto; por no permitirse un capricho, viviendo para apagar fuegos aquí o allá, pensando en hacer lo que debía y no lo que a ella realmente le apetecía. La Gran Manzana alentó su propósito de comerse aquella apetitosa fruta; y para eso, ¡con quién mejor que de la mano de la desinhibida Bárbara Eddam!

Decidió regresar al hotel en uno de aquellos taxis Chevrolet amarillo chillón y llamaría a la señora Eddam, quien, al despedirse en el barco, insistió en que se pusiera en contacto con ella en cuanto se instalase.

Desde aquel mismo día, su nueva amiga la introdujo en el gran mundo: los mejores clubs nocturnos: Versalles, Guy Lombardo, Copacabana; tiendas de moda como Saks Fifth Avenue, Bergdorf Goodman y Barney's... Se podía decir que en aquellos días iniciaba una nueva vida donde el «yo» empezaba a tener consistencia.

Stefan, por su parte, fue llegar a Manhattan y regresar a su vida de antes de la guerra: reuniones de trabajo y visitas a la fábrica de Baltimore, y en Nueva York se metía de lleno en la clandestinidad de un ambiente que Clotilde no podía imaginar.

* * *

Había pasado una semana y no había sabido nada de David. A pesar de que este había quedado en ponerse en contacto con ella.

Bárbara Eddam la llamó para invitarla a ver la película de moda: *Melodías de Broadway*, de Minnelli, y luego a cenar en el restaurante

Sardi's, un lugar emblemático y auténtico donde siempre había gentes del teatro, actrices, agentes y críticos.

La condesa Clotilde adoró aquel lugar desde el primer momento.

No se percató del impactante efecto que provocó su entrada en el restaurante, donde las miradas se posaron en aquella mujer de belleza y elegancia incuestionables; para alguna pareja incluso fue motivo de discusión. Bárbara, sin embargo, lo tenía claro.

«La belleza puede ser relativa, a los ojos de unos o de otros, pero la elegancia o naces con ella o los ropajes más glamurosos no podrán dártela. De ahí que la elegancia no pertenezca ni a pobres ni a ricos; va intrínseca en las personas, por encima de su condición social o económica», pensó Bárbara cuando percibió la impresión que causó su amiga Clotilde al llegar al local.

La señora Eddam se dirigió a su mesa de siempre. Sin protocolo alguno, Bárbara entró en materia.

—Esta mañana me ha llamado David Griffin pidiéndome que organizase un encuentro contigo. Insistió mucho, asegurándome que tú estabas esperando su llamada. Supuse que te haría ilusión y lo he convidado hoy junto a otros amigos. ¿A ti te gusta? —empezó explicándose Bárbara.

—La verdad es que sí que me resulta muy atractivo —confesó con pudor Clotilde, que no estaba acostumbrada a preguntas tan directas e íntimas, aunque, por otro lado, tan propias del carácter americano.

—Eso es no decir nada. A cualquier mujer le resulta atractivo un hombre como David —se apresuró a contestar Bárbara, queriendo saber más sobre sus verdaderos sentimientos.

—Tienes razón. En realidad, me gusta mucho. Desde que desembarcamos no he dejado de pensar en él; me sorprendía que no me llamara... —se confesó Clotilde.

—Para esa pregunta tengo la respuesta. Ya sabes que está casado y hasta ayer ha estado en Nueva York su mujer. —Su anfitriona no se callaba ni bajo el agua.

—Eso me lo he imaginado. Pero llamarme hubiera sido lo correcto —reflexionó Clotilde en alto, agradeciéndole la sinceridad a su amiga. Por un momento le falló la voz. Se sentía agradecida por la amistad de Bárbara, lo que la llevó a pensar que no contarle el problema que tenía con Stefan era una deslealtad para con ella—. No me parece justo dejar de contarte lo que verdaderamente me aflige en estos momentos. Durante la travesía en el barco, me enteré de que mi marido es homosexual —le confesó.

—Nada nuevo bajo el sol, mi querida Clotilde. Desde el primer momento me di cuenta de su condición; así que no sufras por ello. —Bárbara, como mujer de mundo que era, asumía la condición humana como algo natural.

Clotilde miró a su amiga, sorprendida. «Esta mujer siempre va por delante de mí en todo lo mundano», pensó. A ella todavía le faltaba mucho para llegar a conocer el gran mundo.

—Pero... ¿no te parece horrible por lo que estoy pasando? —preguntó incrédula Clotilde.

—¡Claro que me lo parece! Pero debes asimilarlo, porque no puedes cambiarlo. Mi consejo es que por ahora vivas el momento y no pienses en el mañana; ni en nadie más que en ti. Lo que tenga que ser, será. Hazme caso e intenta disfrutar de la vida. —Bárbara era la mujer más pragmática y libre que había conocido.

No les dio tiempo a seguir hablando. Los primeros comensales comenzaron a llegar. Bárbara presentó a los señores Levitt, unos judíos famosos por construir casas adosadas con jardín en los suburbios de las grandes ciudades americanas, contribuyendo, junto con el Gobierno, a promover el sueño americano.

A la condesa le sorprendió el aspecto de él, poco hablador y rayando en lo vulgar. Sin embargo, la señora Levitt era de lo más extrovertida; presentaba un aspecto algo exagerado, pero no cabía duda de que lucía lo más «chic» de Nueva York.

—¡Anda, una verdadera condesa! Y alemana... —soltó con cierto recelo y a modo de saludo la señora judía.

—Sí, y orgullosa de serlo, aunque no comulgue con todo lo ocurrido —respondió Clotilde, percibiendo el prejuicio de la señora Levitt. «A esto se refería mi tía Violet cuando hablaba de saber encajar estos recelos», pensó.

—Me alegro de oírlo. Aunque hasta el momento, conocer a alemanes no era mi mayor ilusión; quizás usted logre que cambie de opinión. —La señora Levitt había perdido a todos sus primos en el Holocausto y era una detractora de todo lo alemán.

—Mi querida amiga, te entiendo muy bien. Yo, como judía no practicante, tampoco quiero conocer a los alemanes que dieron muerte a mi tía Sara y a toda su familia, pero tenemos que empezar a pensar que no todos los alemanes eran nazis y, desde luego, la condesa no lo es. —Bárbara salió en defensa de Clotilde; no en vano, se había informado por su amigo Brown de quién era ella.

Clotilde se sintió muy incómoda con la situación y prefirió dejar la conversación en ese punto; tuvo la suerte de que en ese momento llegaron el resto de los invitados.

Los Guépin, matrimonio inglés, casados en segundas nupcias; él, vicepresidente de la petrolera Shell y ella Jean Follett, divorciada de su primer marido Víctor, cuarto barón de Brougham, a cuyo antepasado se le debía que la aristocracia británica eligiera Cannes y Niza como lugar de vacaciones en invierno. La distinción de lady Follett era plausible: de delgadez extrema, vestimenta lánguida y trato cortés sin aspavientos. Clotilde observó divertida el contraste de la «naturalidad» de su amiga Bárbara con la mesura respetable de Jean.

Los dos matrimonios eran un ejemplo palpable de la diferencia entre los nuevos ricos americanos y el refinamiento de la vieja Europa.

Los comensales aceptaron a la condesa encantados, ya que blandía las tres premisas fundamentales para ser aceptada en la alta sociedad neoyorquina: ser presentada por Bárbara, ya que de todos era sabido que la señora Eddam no introducía en sociedad a cualquiera; tener un título nobiliario europeo, que era un punto de distinción en una sociedad donde solo el dinero marcaba la diferencia; y ser guapa y elegante, un adorno muy a destacar.

El último en llegar fue David Griffin, algo contrariado, ya que esperaba que la reunión fuera en *petit comité*.

David y Clotilde se miraron abiertamente. Ambos sintieron un cosquilleo frenético en su interior.

«Si tuviera que dibujar en mi cerebro a la mujer ideal, con seguridad tendría el físico de Clotilde», pensó David.

Amparados por el bullicio del resto de los amigos, que se saludaban y se ponían al día de sus viajes por el mundo, David se acercó a Clotilde.

—Eres todavía más hermosa de como te recordaba; no he dejado de pensar en ti todos estos días. En cuanto mi mujer se fue a México, hablé con Bárbara para darte la sorpresa —se disculpó David, al tiempo que apretó la mano de Clotilde, acariciándola. Ella aceptó la disculpa y le miró con enorme deseo de ser acariciada por aquellas manos expertas. La compostura social les obligó a integrarse en la reunión.

—Tenéis que ir a Marbella; es un auténtico paraíso —comentó entusiasmada Jean Guépin.

—¿Dónde queda Marbella? —preguntó Clotilde, intentando incorporarse a la conversación.

—En el sur de España. Un compatriota tuyo, el príncipe Alfonso de Hohenlohe, ha construido un pequeño hotel al que vamos todos. Recuerda a los bungalós de los moteles de California; incluso creo que un arquitecto californiano los ha proyectado. Todo muy sencillo, pero con mucho gusto —apuntó el señor Guépin, que disfrutaba del lujo camuflado en sencillez.

—No he oído hablar de ese lugar, y eso que tengo sangre española —dijo David, sabedor de que eso era un valor, pero no una condición, ya que nunca había vivido en España.

—¿Cómo es que tienes sangre española? —preguntó Guépin intrigado.

—Mi madre nació en México de padres españoles. Se enamoró de mi padre y le persiguió por medio mundo hasta que consiguió casarse con él —resumió David.

—Pues les emplazo para que nos visiten en España —invitó Félix Guépin, que ya se había comprado la finca Holanducía, de más de cuatrocientos mil metros cuadrados, una de las fincas más grandes de la localidad malagueña, donde se hizo construir una casa al más genuino estilo que imperaba entre la alta sociedad mundial que había decidido disfrutar del mejor clima de Europa en un entorno exclusivo: arquitectura autóctona con toques coloniales, muy al estilo de la Baja California. Un concepto utilizado por los conquistadores españoles que volvían a España.

—Adoro Marbella, donde la sencillez y la elegancia van de la mano. Conozco el mundo entero y tengo claro que acabaré allí mis días. Aunque os resulte tétrico, confieso que me he comprado un panteón allí.

—Condesa, sin duda te encantaría el lugar. Según Bárbara, añoras la clase de antes, aunque estés en un punto de buscar la vida sencilla.
—Jean tenía buen ojo para los seres humanos, aunque su exigente listón social le impedía mostrar su enorme bondad.

—Te haré caso. Cuando tenga la oportunidad, visitaré ese paraíso del que hablas. —A Clotilde le divertía Jean; era como su tía Violet, pero en joven y alta.

Después de una velada de fluida conversación, David se ofreció a acompañar a Clotilde a su hotel. Cuando iniciaron el paseo, ella se interesó por su vida. El prestigioso químico relató su infancia.

—He nacido en Shanghái, ya que mi padre, ingeniero de profesión, fue a trabajar allí cuando la ciudad era el centro neurálgico comercial del sudeste asiático. Antes de que la población occidental abandonara la zona con motivo de la guerra del Pacífico, mi familia regresó a América, y fue cuando cursé la carrera de química.

—Encuentro fascinante que hayas nacido en Shanghái —interrumpió Clotilde.

—Me encantaría llevarte a conocerla, aunque ahora ya no es lo que fue. Sigo resumiéndote mi vida; quiero que no haya mentiras entre nosotros. Me ficharon los laboratorios ingleses Neco. Mi mujer es hija de uno de los fundadores. La conocí en el British Champion's day, evento al que fui invitado por la empresa.

Clotilde había estado varias veces en el evento final de la temporada de Ascot, y podía imaginar la impresión que eso causa.

—Cuando te conocí a ti supe que lo que sentía por mi mujer no era amor. En cuanto te vi, fui consciente de que tú eras la mujer que me inspiraba la pasión, la certeza del amor. No solo por tu belleza, sino porque bajo esa apariencia te vi sufrir, derrumbarte y resurgir altiva y luchadora; porque veo en ti la bondad que otros no perciben y el auténtico señorío que nada tiene que ver con el dinero. —David, al terminar de hacer esta declaración, la besó en la mejilla sin atreverse a llegar a más.

Clotilde rompió a llorar. Nadie había escudriñado en su alma hasta entonces; ni había visto más allá de su envoltorio extraordinario. Había alimentado una imagen distante creada como protección al mundo exterior, sin permitirse en ningún momento mostrarse como un ser de carne y hueso. Aquella noche, Clotilde tuvo la certeza de que aquel hombre la aceptaría en su más profunda esencia, con todas sus virtudes y contradicciones, y que solo a él se entregaría por completo.

David reparó en que estaban justo en la puerta principal de la iglesia episcopal, St. Bartholomew.

—Aquí venía de joven con mi padre —comentó.

—Otro escollo en nuestra vida: tú eres anglicano y yo, católica —dijo Clotilde en un tono jovial, echándose a reír.

—Bueno, ojalá todos los escollos fueran como este. Entre ambas religiones hay muchas similitudes.

—Sí, y notables interpretaciones con respecto a algunos sacramentos —remató ella.

—Lo que menos podía imaginar es que nuestra primera discusión fuera por temas religiosos —se rio David, cogiéndola por los hombros y atrayéndola de improviso hacia él y dándole un beso largo y profundo con el que se extasió, poseyéndola con la imaginación y haciéndola suya sin ni siquiera tocarla. Con aquel primer beso selló la relación que perduraría entre ellos.

Clotilde se dejó llevar por aquel momento y se estrechó contra David. Se apasionó hasta tal extremo que empezó a jadear. David fue consciente de lo excitada que estaba. Calibró la posibilidad de llevarla a un rincón en la sombra y hacerle el amor allí mismo; al menos eso era lo que su cuerpo le estaba exigiendo; deseaba estar dentro de aquella mujer.

Su libido decidió por él, tomó a Clotilde por los hombros y la apoyó contra la fachada de la iglesia, acarició sus pechos con ambas manos, cerró los ojos deseando hacerla suya... Clotilde jadeaba y se movía demandando más; fue consciente de que ella buscaba liberar su miembro; él siguió besándola hasta que se sintió libre. Entonces subió el vestido de Clotilde y penetró en lo más íntimo de ella, deslizándose en su interior con suavidad y vigor, llenándola, y ella lo acogió con un ardor que hacía tiempo no sentía.

Fue un coito robado a la noche, al sentido común y a la decencia; pero a Clotilde no le importaba nada de eso en aquel instante; solo deseaba ser poseída y amada a la vez. Hubiera deseado seguir; estaba acostumbrada a repetir los orgasmos. David tomó consciencia del riesgo que corrían y le susurró al oído:

—Tenemos que parar. No podemos seguir aquí, en la calle.

—Lo sé, lo sé. —Clotilde respiró profundamente experimentando un doble sentimiento de placer y rabia. Hacía mucho tiempo que no tenía relaciones íntimas, y mucho menos había tenido la oportunidad de dar rienda suelta a sus deseos de sexo pleno.

Recompusieron sus ropas con la lujuria todavía en su piel. Y emprendieron el paseo abrazados. Clotilde continuaba en una nube de deseo.

David tenía claro que no iba a utilizar a Clotilde como un objeto valioso a conquistar. Sabía que había encontrado el amor en ella y no deseaba que este fuera flor de un día, como le había ocurrido otras veces, que se enamoraba de una mujer y luego la dejaba para volver con su esposa o porque aparecía otra en el horizonte.

Despedirse a las puertas del hotel supuso un desgarro interior.

—¿Cuándo podremos volver a vernos? —preguntó ella con zozobra.

—Me gustaría que pudiéramos tener un día entero para nosotros y hacer una excursión hasta Port Jefferson en Long Island; mi familia tiene allí una casita de madera y debo ir un día de estos para supervisar que esté en condiciones para que vaya mi madre a pasar el verano.

—Me encantará conocer esa zona —contestó ella—. La verdad es que a mí me va bien cualquier día. Como ya te dije, mi marido está ocupado en sus asuntos; solo debo decírselo a Bárbara, para que no cuente conmigo.

—Perfecto. Te llamo mañana y lo organizo. Me hace mucha ilusión enseñarte los lugares de mi infancia.

A partir de aquella noche, Clotilde y David se vieron cada día. Hacían planes de todo tipo; incluso disfrutaron de la tan de moda montaña rusa Cyclone en Coney Island.

Fueron siete días maravillosos en los que Clotilde gozó de la vida de forma sencilla, como una pareja normal y corriente, sin preocuparse por estar expuesta o sujeta al corsé que había ceñido toda su existencia. Quizás por eso se enamoró sin remedio de él.

Tomaron la coqueta casita de verano de la familia Griffin como lugar donde dieron rienda suelta a sus desatados deseos de sexo. Eran dos seres unidos por una atracción perturbadora. Clotilde se hizo adicta a él. Incluso constató que el juego experto y entregado de David había superado el listón de su marido Max. Clotilde achacó aquel hecho a que los latinos eran más pasionales.

El químico no pudo seguir mintiendo a su mujer, que aceptaba la ausencia de su marido por razones de trabajo. De modo que tuvo que regresar a México. David prometió a Clotilde que se verían en Londres, donde estaba la sede central de su empresa.

* * *

La condesa se había dado un baño de sales y se presentó ante su marido espléndida, envuelta en una bata de seda y encaje color champán, cuya transparencia dejaba vislumbrar el *bustier* de satén color rosa anaranjado con paneles elásticos que realzaban su cintura de avispa. Se sentía pletórica, como nunca en muchos años.

Stefan estaba en el salón; leía *The New York Times* sentado en una butaca, junto a uno de los dos grandes ventanales que daban a Park Avenue. El estilo francés del mobiliario y los tonos grises y blancos de paredes y tapicerías formaban un todo armónico y elegante. El barón levantó su mirada del tabloide; deseaba romper con la frialdad que se había instalado entre ellos. Así que prefirió empezar por comentarle a Clotilde que había recibido un telegrama de Fleming en el que le confirmaba la colaboración de Max con el Gobierno inglés, y que estaban dispuestos a agradecérselo personalmente, aunque no podían hacerse públicos tales hechos, ya que todavía estaban clasificados como secreto de guerra.

A Clotilde la noticia le llenó de satisfacción, aunque era consciente de que necesitaba saber los detalles de su muerte.

—Te agradezco mucho tu ayuda; sin ti no lo hubiera conseguido —reconoció ella con emoción.

Stefan había alcanzado su propósito de poner a su mujer en la mejor disposición hacia él. Además, el buen ánimo de ella favorecía la conversación que hacía semanas que deseaba tener. Con cierta parsimonia, fue buscando las palabras adecuadas para expresarle a su mujer la idea que se le había fijado en su mente.

—Desde la fatídica tarde en el barco, esperaba una conversación contigo. Pero en ningún momento he encontrado la ocasión propicia —comenzó diciendo.

—Pues mira por donde, a mí me ocurre lo mismo. Me gustaría saber a qué atenerme después de lo vivido en el barco —apuntó Clotilde con cierta ansiedad.

—Me gustaría que por el momento no habláramos de divorcio. Creo que no nos beneficia a ninguno de los dos. Por mi parte, siento mucho que hayas tenido que presenciar aquella escena y enterarte de ese modo de mi condición sexual. Créeme que es muy penoso para mí todo esto. Te quiero, te respeto y sé que no te mereces lo que ha ocurrido. —Stefan estaba dispuesto a abrirse a la verdad—. Por otro lado, montar un escándalo sacando a la luz estos hechos nos perjudicaría a ambos y, sobre todo, a nuestro hijo Albert. —Era evidente que Stefan apreciaba a Clotilde, aunque la hubiera utilizado para salvaguardar su honor y procrear un hijo; al igual que ella se había casado con él para resolver su situación económica.

—Tienes razón. Ahora no es el momento de cambiar nada. —Clotilde sabía que su contrato matrimonial estaba plagado de cláusulas que, de no cumplirse, implicarían que ella volvería de nuevo a la pobreza, y además con deudas, ya que Stefan había hecho un préstamo a su hija Amalia para pagar las obras de la clínica en Berlín. Estoy de acuerdo contigo. Pero dime, ¿cuál es tu propuesta? —Clotilde estaba poniéndose nerviosa. Para evitarlo, se levantó y fue al minibar a ponerse un whisky con mucho hielo.

—Mi propuesta es que sigamos como estamos. Aunque tú hagas tu vida y yo la mía; que nos respetemos y nos hagamos compañía. Si algún día cambiara nuestra situación personal, lo hablamos y lo solucionamos. Si aceptas esta propuesta, firmaré el finiquito del préstamo por la clínica, y si algún día decidimos separarnos, regirán las condiciones del contrato matrimonial.

Stefan había encontrado el equilibrio con Clotilde y sabía que perderla lo descompensaría; sin ir más lejos, en aquel viaje en el que cada uno iba por libre, él se había entregado al mundo privado y clandestino de la homosexualidad de Nueva York, amén de otros desórdenes como beber en exceso y llevar una vida muy desordenada.

—Acepto tu propuesta. Solo añadiría que, si uno de nosotros encuentra el amor, dejará en libertad al otro. Por lo demás, conozco tu señorío y generosidad; así que diles a tus abogados que redacten un acuerdo. —Clotilde era consciente de que, aunque estaba muy enganchada sexualmente a David, este no era libre.

A Von Ulm se le empañaron los ojos. Sabía que aquella mujer hubiera sido la perfecta compañera de vida para cualquier hombre, y no pudo evitar sentir pena de sí mismo, ni admirarla más a ella.

Clotilde se dio cuenta de lo emocionado que estaba Stefan. Se acercó a él, se sentó en el suelo a su lado y le cogió las manos. Von Ulm no aguantó más, la abrazó y se echó a llorar como un niño.

Ella notó una oleada de cariño hacia el que era su marido, al menos legalmente. No le deseaba como hombre, pero le amaba como persona, como compañero de vida; su sola presencia le hacía sentirse protegida. De ello se dio cuenta en aquel preciso instante. Sentía un cariño fraternal hacia Stefan. Renunciar a él significaría sumirse en la soledad de la que siempre había querido huir y que pendía sobre ella como una espada de Damocles. El acuerdo que sellaron aquel día fue un alivio para ambos.

* * *

Dos semanas después de la conversación con Stefan, se firmó el contrato acordado y cada uno siguió con su vida independiente.

Pero Clotilde se dio cuenta enseguida de que Stefan había entrado en una espiral que lo arrastraba sin control hacia el abismo. Su aspecto demacrado, sus noches desenfrenadas sin dormir y sus frecuentes cambios de humor le llevaron a tomar la decisión de hablar con él y tratar de ayudarle.

Lo encontró a medio vestir en el salón. Padecía un fuerte dolor de cabeza, y después de tomarse varios analgésicos el dolor había remitido, pero el cansancio le impedía moverse. Clotilde regresaba de hacer unas compras en Henri Bendel y creyó que era el momento idóneo para abordarlo.

—Stefan, ya sé que te prometí no inmiscuirme en tu vida íntima, y créeme que no deseo hacerlo. Pero me da la sensación de que los ambientes que frecuentas están convirtiéndote en una ruina. Creo que deberíamos regresar a Londres.

El barón levantó la cabeza y miró con desprecio a su esposa, fulminándola con sus ojos azules enrojecidos por la ira. Albergó incluso deseos de golpearla, del mismo modo que deseaba autoinfligirse a sí mismo dolor y sufrimiento, a fin de apaciguar los sentimientos contradictorios que poseía.

—¿Quién te crees que eres para erigirte en mi guardián? ¿Acaso te has convertido en mi salvadora? ¡Tú, que te has vendido por mantener tu posición social! —Stefan estaba fuera de sí, no era el mismo, tosía sin descanso y su rostro comenzó a adquirir un rojo intenso. Era evidente que no sentía lo que decía, pero no podía soportar que su mujer le hiciera ver lo que él mismo deseaba ocultar, la decepción con su vida.

—No, Stefan. No deseo echarte en cara nada. Solo quiero ser tu amiga y ayudarte a encontrar un equilibrio en esa vida que deseas tener.

—Estás muy equivocada. El desequilibrio ha sido el que he mantenido hasta ahora. Una vida marcada por el engaño, la represión, las apariencias y la vergüenza. ¿Sabes que, cuando murió mi padre en accidente de coche, me alegré? Sí, me alegré, pensando que él nunca se enteraría de que había tenido un hijo homosexual. ¿Sabes lo que significa ocultarlo y reprimirlo toda una vida? No solo mi sexualidad, eso sería muy fácil. Lo que he ocultado es mi esencia como ser humano, fingiendo de la mañana a la noche, proyectando una imagen varonil más allá de la propia, evitando mirar a un hombre que me gustaba o comentar la belleza de un varón hermoso. Y menos mal que soy uno de esos homosexuales que no tienen maneras de mujer. ¿Te conviertes en mi salvadora a estas alturas? ¿Crees que me he desatado y me estoy dejando llevar por mi condición en esta ciudad, que me da la ventaja de vivir sin ocultarme? Métete donde te quepa tu comprensión y tu ayuda. Eres una provinciana venida a más, y no soporto tu «buenismo» —escupió Stefan fuera de sí, sabedor de que entrar en aquel mundo era como una droga que crea dependencia.

A medida que escuchaba a Stefan vomitar su frustración, Clotilde pensaba que todo aquel discurso era una confesión pública, una catarsis, una purificación interior. Así que guardó silencio, impertérrita.

Stefan siguió arrojando toda su desazón y su enojo profundo, acumulados a lo largo de mucho tiempo, dañándole en lo más hondo y llevándole, sin saberlo, a una amargura corrosiva y manifiesta.

Al cabo de un rato largo dando rienda suelta a su monólogo infernal, un latigazo seguido de un dolor profundo en el pecho hizo que Stefan se retorciera en el sillón. La sobreexcitación de escupir todo lo que había acumulado durante años le hizo convulsionar de tal forma que su corazón se negó a seguir resistiendo semejante presión.

Clotilde se asustó y fue directamente al teléfono para pedir una ambulancia. Stefan difícilmente podía gritarle que no lo hiciera; intentó incorporarse para acercarse a Clotilde y arrebatarle el auricular, pero apenas pudo dar tres pasos; su cuerpo no lo sostenía y cayó de bruces contra la alfombra persa que cubría gran parte de la estancia.

Su mujer corrió a socorrerlo intentando levantarlo, pero aquel cuerpo enjuto era un auténtico plomo. El suelo de dibujos simétricos —testigo de conflictos domésticos de toda índole— se convirtió sin desearlo en morada de un hombre con estertores de muerte.

La ambulancia atravesó Manhattan sorteando el tráfico infernal, las furgonetas de reparto y los peatones que, yendo «a lo suyo», no respetaban el ulular chillón e irritante de una sirena agobiada y ronca, que se confundía con los ruidos cotidianos de la ciudad que nunca duerme.

Clotilde de Orange permaneció al lado de su marido noche y día, y durante el tiempo que pasó con él en el hospital, este volvió a constatar la valía de su mujer. Gracias al cariño con el que lo cuidó y la paciencia con la que en los primeros días aguantó los envites malhumorados del barón, él fue dándose cuenta de que, aunque Clotilde no fuera a ser nunca su media naranja debido a su condición, sí podía ser su mejor amiga, y que ambos, unidos, podrían contar para siempre el uno con el otro.

Stefan se recuperó de un infarto que le cambió la vida. Viéndose a las puertas de la muerte, poco a poco fue descubriendo lo que realmente importaba: el amor de los tuyos, la amistad incondicional y sacar de ti lo mejor que llevas dentro. El barón tuvo claro que su hijo sería su tabla de salvación; Clotilde, su amiga absoluta; y su homosexualidad, una condición con la que debería vivir abiertamente, y si algún día tuviera la suerte de encontrar a un compañero, lo aceptaría como algo natural y sin ocultarlo. Esta reflexión le hizo afrontar su nueva vida con una serenidad que le reconfortó en lo más profundo de su alma.

Clotilde, por su parte, cuidó a Stefan con la dedicación y el cariño que sentía por él. Conforme pasaban los días en aquella habitación de hospital fría e inhóspita, calculó lo importante que era tener en su vida a una persona como Stefan. La soledad que la invadía cuando le entraba la melancolía se fue disipando. Sin duda, Stefan era el respaldo con el que siempre soñó, y ahora lo tenía claro: pasara lo que pasara, siempre estarían el uno para el otro.

La recuperación de Stefan provocó que el viaje de regreso se demorara.

Bárbara Eddam los convidó a disfrutar de unos días en su casa de los Hamptons. Stefan fue recuperando su salud y empezó a considerar la idea de un futuro donde los negocios pasarían a un segundo plano y su vida personal adquiriría un sentido más acorde con su verdadera forma de ser.

La última noche en casa de Bárbara se sirvió una típica cena americana. Clotilde adoraba el pastel de carne preparado por su anfitriona. Estaban solo ellos tres. Von Ulm no deseaba hacer vida social, y el sosiego de una casa al borde del mar era un auténtico balneario.

—Estoy pensando en pasar una temporada en Marruecos —soltó Stefan mientras daba cuenta de una buena ensalada de col con manzana y zanahorias.

—¿En qué lugar de Marruecos? —preguntó Bárbara.

—En Tánger. Antes del infarto, estuve con mi amigo Macoco Alzaga, dueño del club El Marocco, y me habló de Tánger. Me contó que era un paraíso, una ciudad única en el mundo, donde se daba una mezcla perfecta de culturas y religiones. Además, me ha dicho que sería una buena inversión comprar algo allí.

—Tú sabes que Alzaga no tiene nada que ver con Marruecos; que es argentino —apuntó Bárbara, a la que no se le escapaba ni una, y conocía muy bien el club nocturno, templo de tentaciones y paraíso de la sofisticación neoyorquina, con sus sillones de piel de cebra y frecuentado por todo tipo de celebridades.

—Sí, por supuesto. Pero he estado indagando y sin duda es mi lugar. Lo tengo decidido, y este otoño voy a pasarlo allí.

—Si eso te estusiasma, te apoyo —intervino Clotilde, celebrando que a su marido le ilusionara un cambio de vida.

—Cuando estés instalado, te iré a visitar. Nada me puede apetecer más que conocer un país como Marruecos. —Bárbara era una auténtica «disfrutona» de la vida.

—Cambiando de tema. Querida, por qué no nos cuentas tu aventura con el mexicano. Hay que reconocer que está como un queso, pero yo de ti no me fiaría mucho; estos chicos tan guapos no suelen dar buenos resultados. —Stefan rio como un niño con risa floja; era un romántico, pero por experiencia sabía que cuanto más guapos, más traicioneros.

Bárbara, que estaba a punto de hincarle el diente a una mazorca de maíz recién asada, miró con ojos descomunales a su amiga. Le sorprendió la normalidad con la que Stefan hablaba de las cuestiones más íntimas.

—No sé si estoy preparada para hablar de ello con «mi» marido, pero procuraré animar vuestra anodina vida —comentó entre sarcasmo y risas. Clotilde les puso al corriente de su historia de amor, intentando no dar muchos detalles, aunque sus dos espectadores estaban ávidos de cotilleos.

* * *

Stefan no tenía prisa por regresar a Inglaterra, a pesar de que Clotilde llevaba semanas deseando marcharse. Su hijo Albert estaba bien atendido por Frau Yutta, pero ya hacía cuatro meses que estaban fuera.

El matrimonio se disponía a descansar un rato después de bajar al comedor del hotel. En ese momento sonó el teléfono.

—Al habla Ralf. —La voz de su sobrino se escuchaba nítida. Clotilde se sobrecogió; Ralf nunca le llamaba si no era para darle noticias de sus hijos.

—Dime, Ralf, te escucho; ¿les ha pasado algo a los niños? —preguntó Clotilde con el corazón encogido.

—No, estate tranquila. Te llamo para darte la noticia de que mi padre ha muerto. —Ralf sabía que aquella muerte iba a ser motivo de una alegría sin límites.

—¿Cuándo puedo recuperar a mis hijos?

—De inmediato —contestó Ralf con seguridad.

—Prepáralo todo. Hoy mismo organizo mi viaje a Inglaterra y de allí a Berlín. ¿Crees que podrías llevar a los niños a Berlín?

—Sin duda. Estoy con ellos en casa de mi padre y podemos viajar cuando te vaya bien a ti.

En un minuto, la vida de Clotilde tomó un giro radical. Lo que le corroía el corazón desde hacía diez años, se había solucionado. Esa liberación fue como quitarse el mayor peso que uno pueda soportar.

Segunda parte

Capítulo 11

Regreso a Berlín

El duelo del nuevo Fürst de la familia Havel estuvo marcado por los recuerdos de un joven, criado en el miedo a su progenitor. El príncipe Ralf en aquellos días se dedicó a recorrer las estancias del castillo, constatando que nunca había sido feliz allí.

Entró en las dependencias de su padre. Hacía años que no ponía los pies en aquella estancia, y reparó en que el antiguo gabinete estaba dividido por una puerta. La abrió y, para su sorpresa, constató que su padre había recreado todo un museo en torno a su carrera militar. Para más desconcierto, comprobó que en una vitrina se exponía su propio uniforme de las SS. Los recuerdos fueron inevitables.

* * *

El joven príncipe Von Havel comenzó en 1928 sus estudios de ingeniería en la Universidad Cornell, en Ithaca, Nueva York. Aquella fue, con diferencia, la mejor época de su vida. Disfrutó de aquellos tiempos de su juventud como si realmente fuera dueño de su destino. Casi olvidó quién era y las obligaciones que sobre él pesaban. Los principios que regían en aquel lugar de conocimiento y antisectarismo infundieron en él un espíritu abierto y tolerante. Nunca entendió cómo su padre pudo enviarle a una universidad en la que no se hacía distinción de razas.

Su condición de príncipe europeo, atractivo y simpático le convirtió en un hombre de éxito entre las féminas. De aquella época atesoró muchas amistades dado su carácter alegre y generoso.

Al finalizar los estudios universitarios en el año 1933, Ralf regresó a Alemania. Su padre tenía grandes planes para él.

—Acabas de cumplir veintitrés años y es la edad reglamentaria para entrar en las SS —sentenció el príncipe Gustav.

—Padre, no tengo vocación militar y menos de pertenecer a un cuerpo de élite del ideal nazi. —Ralf estaba horrorizado con la idea. Quizás esa fue la única vez que expresó sus sentimientos delante de su opresor.

—Ningún Havel puede decir eso. Y cuídate mucho de hacer esas afirmaciones en público. Eres mi hijo y tienes unas obligaciones que cumplir. Además, Hitler acaba de llegar al poder y una nueva era se abre para este país. —Al príncipe Gustav nadie le podía llevar la contraria.

—Haré lo que tú desees, pero ¿por qué las SS y no la Wehrmacht? Al fin y al cabo, las SS son un «escuadrón de protección» cuya misión es implantar un nuevo orden en Alemania, mientras que el ejército forma parte de la tradición familiar —argumentó Ralf.

—Las SS son la encarnación del ideal nacionalsocialista, y sus miembros representan lo que en un futuro cercano será la nación aria. En estos momentos están adquiriendo mucha fuerza, gracias a que Heinrich Himmler es su Reichsführer. —El príncipe Gustav deseaba proyectar en su hijo sus ansias de implantar en Alemania el nacionalsocialismo.

—Padre, no entiendo por qué me haces esto. Me envías a estudiar ingeniería a Estados Unidos, y ahora quieres que sea de las SS. Sabes muy bien que no tengo espíritu militar.

—Te envié a estudiar fuera para sacarte del ambiente depravado y decadente que se respiraba en Alemania durante la República de Weimar; pero mi pensamiento siempre estuvo en que fueras militar como yo. Por eso te inscribí en las Juventudes Hitlerianas, ¡y bien que te gustaba! —Gustav había subido el tono de voz, lo que hizo que Ralf se encogiera.

Ralf se plegó a los deseos de su padre. Pudo más su miedo que la necesidad de negarse a formar parte de las SS. La personalidad de Gustav lo anulaba por completo y se sintió incapaz de enfrentarse a él. El espíritu bondadoso y amable de su madre, que formaba parte de él, desapareció una vez más oscurecido por ese temor que su padre le inspiraba.

* * *

Los días posteriores al fallecimiento de su padre, Ralf fue resolviendo los problemas que heredó de él.

Una de las primeras decisiones que tomó el nuevo Fürst de la Casa Havel fue informar a Frank y a Victoria de que a partir de ese momento podrían recuperar a su madre.

—¡Al fin voy a conocer a mamá! —gritó Victoria loca de contenta.

—Tienes la mejor madre que uno puede soñar; debes cuidar de ella —le dijo Ralf a su prima.

—La cuidaré, te lo prometo.

—Bien, pues ahora ve a decirle a tu hermano que tenéis que hacer el equipaje.

La joven princesa Victoria recogió sus escasas pertenencias de aquella habitación austera y fría que había sido su refugio. Antes de guardar la caja de bombones donde atesoraba las pertenencias de su amiga Sabine, volvió a mirar las fotos en las que dos hombres estaban junto a Hitler. Diez años después de la guerra, hablar del Führer era un tabú. Guardaría aquellos recuerdos con la esperanza de que algún día pudiera entregárselos a su legítima dueña.

Victoria hizo un repaso de su vida en el castillo.

Siempre envidió los arrumacos que daban a sus hijos las madres de las familias de los refugiados que trabajaban en el castillo.

En cierta ocasión, siendo muy niña, llegó a pedirle a una de ellas que la abrazara de ese modo, y así lo hizo. Al día siguiente volvió a buscar el calor del cariño y la mujer le dijo que sus hijos sentían celos; que ella tenía bastante con ser la sobrina del príncipe. Asoció esa ausencia de cariño con ser princesa. Desde aquel día, Victoria evitó utilizar su título, de tal forma que sintió que no pertenecía a ningún mundo.

Se le empañaron los ojos al recordar a su amiga.

Haber pasado todo el verano sin Sabine supuso para Victoria la constatación de que se había quedado sin su principal apoyo. Su hermano Frank, aunque pasaba las vacaciones en el castillo, hacía su vida con sus amigos y ella no entraba en sus planes.

Su primo Ralf le contó que las autoridades le habían comunicado a los Oheinb que Sabine estaba acogida en una familia de Hamburgo. Quiso averiguar la dirección de la chica, pero no se la proporcionaron porque él no era pariente de la muchacha.

Victoria von Havel recorrió la estancia que había sido su habitación con añoranza, pero sin ningún apego. Echó una última mirada por la ventana y sonrió al ver los campos de lúpulo con sus inmensas cepas, muchas de las cuales ya habían sido segadas durante aquel mes de agosto que tocaba a su fin.

Su pasado había girado en torno a un mundo agrícola, donde la producción de cerveza era el comienzo y el final de las conversaciones. Ahora tenía que enfrentarse a una nueva vida. Le angustiaba la idea de que su madre no la quisiera, así como no saber qué iba a ser de ella a partir de ahora. Las paredes del castillo-fortaleza de su fallecido tío habían sido su único hogar.

El hecho de conocer a su madre la llenaba de incertidumbre. Las referencias que hacía tío Gustav sobre ella le habían metido en la cabeza la idea de que su madre podría rechazarla. A pesar de ello, su deseo de verla era superior a su miedo.

Su primo Ralf se había comprometido a llevar a los dos hermanos a Berlín a casa de su hermana Amalia, a la que solo Frank recordaba.

El chico acababa de cumplir los dieciocho y debía entrar en la universidad. Se había pasado ocho años en el internado de la Selva Negra y los veranos con su tío, que con frecuencia lo adoctrinaba inoculándole el orgullo de ser «un buen alemán». Sin lugar a dudas, de los tres, el que estaba más afectado por la muerte de Gustav era Frank.

Recorrer las calles de Berlín supuso para los dos hermanos un acontecimiento, aunque Frank ya había podido conocer otras ciudades importantes como Friburgo o Múnich.

Victoria no dejó de mirar por la ventanilla en ningún momento. Nunca había estado en una gran ciudad. Berlín le pareció fascinante; aunque el trasiego de la gente la pusiera nerviosa. Le sorprendieron de modo extraordinario las calles del Berlín Occidental, el movimiento de los tranvías y la grandiosidad de los espacios abiertos, así como los edificios modernos en construcción y otros emergiendo como gigantes en un mundo nuevo, en el que convivían con solares vacíos, claros vestigios de la guerra.

Quedaba mucho por hacer, pero la ciudad estaba prácticamente reconstruida. Llegaron a una calle donde las casas eran todas nuevas. Y, entre ellas, destacaba un edificio blanco, cuadrado, sin gracia y con grandes ventanas. Un letrero indicaba «Clínica Havel». Preguntaron en recepción por Amalia von Havel y les indicaron que debían doblar la esquina y entrar por la parte de atrás hasta un pequeño anexo del edificio. Llamaron a la puerta y la misma Amalia les abrió.

Ralf saludó a su prima, excusándose por no entrar.

—Mañana os llamo para llevaros a conocer la ciudad —les prometió Ralf.

Los chicos solo tenían ojos para su hermana mayor. Frank apenas la recordaba. Victoria la observaba embobada. La enfermera los miró con dulzura, se acercó a ellos y los abrazó diciéndoles que habían llegado a su casa. Los tres hermanos se abrazaron emocionados. Amalia reconoció vagamente a Frank.

Para Amalia, su hermana pequeña era una desconocida; aquella chiquilla espigada, delgada y frágil le dio cierta pena. La miró con cariño, acariciándole la mejilla. Victoria se emocionó y le respondió con un fuerte abrazo.

—Os he preparado vuestras habitaciones. Espero que os gusten. Mamá quiere que os sintáis en casa —se apresuró a decir Amalia.

La casa era muy austera, sin apenas muebles. A Victoria le encantó desde el primer momento. Cuando entró en su cuarto se sintió atrapada, pues a pesar de ser muy sencillo, estaba pintado en un color malva muy acogedor; tenía un gran ventanal y una cama de color madera natural con un edredón de flores malva a los pies. La emoción le impedía hablar. Se volvió hacia su hermana y volvió a abrazarla, sin lograr contener las lágrimas. ¡Había soñado tantas veces con tener una verdadera familia!

Amalia, que se había convertido en una mujer poco dada a los sentimentalismos, se enterneció con la sensibilidad de aquella niña dulce y triste que festejaba cualquier detalle de cariño.

«Al menos, esta niña se ha salvado de padecer lo que yo he pasado. Con seguridad, no ha tenido cariño, pero tampoco ha sufrido agresión alguna», pensó.

Durante la cena, Amalia quiso saber más sobre sus hermanos.

—¿Dónde prefieres estudiar, aquí o en Inglaterra? —le preguntó a Frank.

—Yo no me voy de Alemania —contestó muy seguro el chico.

—Eso es lo que yo pensaba; así que esta será tu casa a partir de ahora. —Desde el primer momento, ambos sintieron una afinidad mutua.

—¿Yo también podré vivir aquí? —preguntó Victoria con temor.

—Creo que mamá desea que vayas con ella a Inglaterra. La muerte de tío Gustav le cogió en Nueva York, pero ya está de camino.

—Estoy deseando conocerla. ¿Crees que a ella le ocurre lo mismo? —preguntó Victoria con cierto recelo.

—Creo que es lo que más desea del mundo.

Victoria contó los días que faltaban para conocer a su madre. Su primo Ralf acudió varias veces a la casa para invitarles a comer y enseñarles la ciudad.

Amalia acogió a su hermana con ese cariño al que te impulsa el deber, pero que no sale de las entrañas. La niña se mostraba servicial y atenta, buscando en Amalia los sentimientos que añoraba profundamente; pero ella carecía de ellos, endurecida por las penurias que tuvo que pasar en el pasado.

El día de la llegada de Clotilde, Frank había tenido que ir a la universidad, de modo que la vería al volver a casa.

Victoria estaba muy nerviosa y no paraba de repetir que no iba a reconocer a su madre, ya que solo la había visto en una foto que le mostró su primo.

El aeropuerto era pequeño, aunque ya tenía la apariencia de un aeropuerto de pasajeros y no de base militar. Victoria tenía su nariz pegada al cristal que separaba la terminal de las pistas. Empezaron a llegar los pasajeros y por más que se esforzaba, no imaginaba a su madre entre ellos. Se fijó en una señora vestida con un abrigo de entretiempo y un sombrero de fieltro; la señaló con el dedo, pero Amalia le indicó que esa no era. Siguió escudriñando el pasaje con avidez, cuando un codazo de Amalia la puso sobre el objetivo. Una señora delgada, de unos cuarenta años, caminaba erguida y despacio hacia la terminal, embutida en un traje de día: chaqueta de manga francesa color gris claro, blusa de seda blanca y un sombrero de paja teñida en blanco con adornos en gris y rosa a juego con los guantes.

Victoria se quedó con la boca abierta. Jamás había visto una mujer así; quizás en las películas o las revistas, pero nunca en persona. Clotilde le preguntó a Amalia con la mirada, y esta le indicó que Victoria era la niña desgarbada de bonitas facciones que estaba a su lado. En aquella chiquilla de melena rubia y piel blanquísima reconoció la viva imagen de los Orange. Se fue hacia ella, la miró intensamente y la estrechó entre sus brazos. ¡Había soñado con aquel instante tantas veces! Y ahora era una realidad.

Clotilde comenzó a llorar y reír al mismo tiempo; abrazó a su hijita con todas sus fuerzas, cubriéndole las mejillas de lágrimas.

—Mi pequeña Victoria, ¡cuántas veces soñé con este momento! —repetía sin dejar de besar a la niña.

Victoria dejó que su cuerpo sintiera el tacto suave y cálido de su madre. Se acurrucó en aquellos brazos que la mecieron con suavidad.

Por un instante, vino a su mente el olor a bergamota, que siempre identificó como algo íntimo y familiar. En lo más profundo de su cerebro se despertó un sentimiento acogedor, cercano e intrínseco, que la impulsó a responder con su alma al abrazo de la dueña de aquel aroma, que la llevaba a lo más profundo de su ser. Sin saber por qué, se abandonó vencida por la fragancia, y comenzó a llorar como nunca lo había hecho.

La pequeña Victoria tomó la mano de su madre y no quiso soltarla. Subieron al coche. Clotilde siguió abrazándola. Apenas hablaron.

Aquella noche, Amalia organizó una cena familiar al estilo bávaro, pensando en agasajar a sus hermanos: ensalada de patata con salchichas, pan negro con mantequilla y la tradicional pasta *spätzle*.

Clotilde estaba pletórica. Ver a sus tres hijos sentados en torno a una mesa, cada uno atropellándose por hablar, felices de sentir que eran una familia, era con lo que había soñado los últimos diez años.

«La felicidad completa sería que también Albert pudiera estar aquí», pensó Clotilde echando de menos a su hijo pequeño.

—Quiero que sepáis que esta casa os pertenece y que es vuestro hogar. Amalia, como hermana mayor, será la que se ocupe de la intendencia del día a día. Ya sé, Frank, que deseas estudiar aquí y lo comprendo, pero me gustaría que tú, Victoria, te vinieras a vivir conmigo. —Clotilde miró a su hija pequeña, implorando su aquiescencia.

—Me voy contigo —se apresuró a decir Victoria, que no dejaba de mirar a su madre con admiración.

Clotilde tomó la mano de su hija, la miró con ternura y con la voz entrecortada le dio las gracias.

—Mamá, creo que estudiaré medicina. Estos días he visitado la clínica varias veces y me ha gustado mucho —dijo Frank, sin reparar en el emotivo momento que había tenido lugar.

—Es una buena decisión. Amalia será un gran apoyo para ti. En verano nos reuniremos todos en el castillo de Stefan. Me gustaría que tuvierais en cuenta que Albert es vuestro hermano pequeño. Él y Stefan vendrán el próximo fin de semana para que os conozcáis todos. —Clotilde estaba emocionada; sabía que le quedaba mucho por hacer, pero lo importante era estar conectados.

La condesa de Orange aprovechó su estancia en Berlín para organizar la casa. Una mañana acudió al cuarto de su hijo y, para su sorpresa, en la parte superior del armario encontró una caja que le llamó la atención; la bajó y la abrió. Su primera impresión fue de repulsa, seguida de rabia. Su hijo atesoraba un brazalete con la cruz gamada, insignias del nazismo y propaganda neonazi.

Esperó a que viniera Frank y se enfrentó a él muy enfadada.

—¿Me quieres decir cómo ha llegado esto a tus manos? ¿No crees que ya hemos sufrido bastante? No voy a consentir que un hijo mío se meta en esto. ¡Tenlo por seguro!

—No pertenezco a ningún movimiento neonazi, si eso te tranquiliza —contestó Frank con respeto.

—Es que no consiento ni ese planteamiento. Te prohíbo tener esto en mi casa —exigió Clotilde fuera de sí.

—Hace tiempo que tú has perdido todo derecho sobre mí. No pienso tirar nada. —Frank no aceptaba la autoridad de su madre.

—Si quieres vivir aquí, te apartarás de esto —sentenció Clotilde.

—Pues me iré con el primo Ralf —contestó el chico, que a lo largo de los años había encontrado en él un referente a imitar.

—¿Ha sido Ralf quien te dio estos objetos?

—No, me los dio tío Gustav. Solo son recuerdos suyos.

—En esta casa no caben estos recuerdos. —Clotilde cogió la caja y salió del cuarto sin prestar atención a los gritos de Frank.

Sacó las cosas de la caja y las echó a arder en la estufa.

Frank se enfadó con su madre; evitándola, se pasó unos días sin dirigirle la palabra.

Clotilde había quedado en verse con Ralf en Berlín. Así que le llamó por teléfono para acompañarlo a dar un paseo por la zona oriental. Su sobrino expresó el deseo de ver cómo estaba esa parte de la ciudad diez años después de la guerra. Decidió ir caminando hasta la Puerta de Brandeburgo; el monumento tenía la cuadriga destruida y presentaba graves daños en su estructura. Un letrero indicaba en inglés: «Usted está abandonando ahora el sector británico». Encima, otro letrero en alemán: «Atención, a setenta metros deja el Berlín Occidental». El punto de control fronterizo estaba en el lado oriental.

Pasó sin problemas a la zona del Berlín ocupado por los rusos.

A pocos metros a la derecha, estaba el emblemático hotel Adlon. El edificio mostraba el abandono de las autoridades de la Alemania Oriental. El bulevar Unter den Linden había perdido todo su esplendor.

El príncipe Von Havel quiso quedar con Clotilde en los escenarios del pasado. Ralf esperaba bajo la lluvia incipiente a Clotilde. La vio llegar guarecida bajo un paraguas de color rojo; el andar elegante y resuelto de la condesa lo decía todo de su carácter. Él la observó encandilado. Ella enseguida reparó en aquel hombre alto, delgado, de aspecto juvenil y sonrisa franca. En sus rasgos no se vislumbraba el aire marcial de los Havel.

Clotilde, al situar a Ralf en los escenarios de antaño, reconoció el parecido tan enorme que tenía este con su marido Max. Sin duda, Ralf tenía un físico extraordinario, y ella siempre se sintió atraída por él. Sin embargo, su presencia la llevaba a un pasado que no deseaba recordar.

Ralf saludó a Clotilde con dos besos, rozándole la mano como esperando algo más. La miró embelesado. Ella ignoró las muestras de afecto de él, aunque le rogó que se cobijara en su paraguas.

—Estás igual de guapa que siempre —se atrevió a piropearla Ralf.

—No me hagas sonrojar, ya sabes que este tipo de cosas me incomodan —dijo Clotilde con una media sonrisa.

Unos tenues rayos de sol se colaron entre las nubes, dando tregua a la lluvia. Ambos lo agradecieron, pues gracias a ello pudieron admirar la reconstrucción de la Ópera Estatal. Ralf le recordó a Clotilde la vez que asistieron juntos a una representación. Clotilde prefirió no hablar de ello y dio un cambio radical a la conversación.

—Busquemos un lugar para poder tomar un café. Seguro que en la calle Friedrich habrá algo abierto.

Entraron en un local que atesoraba la dignidad del pasado, aunque acusaba los estragos de la guerra. La población todavía no padecía los efectos de la guerra fría que se había iniciado tres años antes.

—Ralf, deseaba darte las gracias por todo lo que me has ayudado. Sin ti no hubiera podido ver a Frank, y este es otro de los motivos para pedirte que nos encontráramos hoy. Mi hijo necesita una figura masculina a la que admire y creo que a ti te hará caso; presiento que se siente atraído por las ideas nazis y me consta que la influencia de Gustav ha sido determinante. —Clotilde prefirió soltar lo que tenía que decirle de un tirón.

—Cuenta con mi apoyo. Y he de decirte que yo también lo he observado, y confío en que solo sea una cosa de la adolescencia rebelde. De todos modos, le invitaré a comer y le explicaré que la ideología nazi está muerta y él debe mirar al futuro. —Ralf era un hombre de espíritu noble, y si se comprometía a hacer algo, lo cumpliría. Por otro lado, sabía perfectamente de lo que hablaba, ya que él mismo se sentía prisionero del pasado. Compromisos adquiridos le llevaban a no poder «pasar página».

—Te lo agradezco mucho. Me quedo más tranquila pensando que estarás pendiente de él. —Clotilde estaba en deuda con Ralf, y era consciente de que sus recelos hacia él eran debidos a sus sentimientos de culpa y remordimiento.

—Yo también tengo una petición que hacerte. Quisiera seguir en contacto con Victoria y, si ella lo desea, me gustaría que viniera los veranos a Baviera; al fin y al cabo, allí se ha criado.

—Por supuesto. Sé que para ella tú eres muy importante. De todos modos, te informo que vivirá conmigo en Inglaterra.

—Me alegro de la decisión. Le hace falta el cariño de una madre.

Clotilde deseaba rebajar la tensión que sentía estando a solas con Ralf; así que optó por iniciar una conversación banal.

—Cuéntame qué harás hasta que regreses a Chile.

—Voy a pasar dos semanas en Marbella.

—Me hablaron en Nueva York de Marbella. ¿Qué tiene ese lugar que todos mencionan?

—Para mí es el paraíso oculto donde personas como nosotros podemos encontrar a los nuestros. Un lugar sencillo y casi virgen en el que se dan cita las familias nobles de Centroeuropa, y en el que nuestro estilo de vida de siglos se ha adaptado a una nueva era sencilla y desenfadada, pero sin perder el abolengo de siempre.

—Es muy curioso. En poco tiempo, en lugares muy diferentes, he escuchado ese nombre. ¿Cómo ha surgido de la nada un lugar así? —preguntó intrigada Clotilde.

—Conozco la historia de primera mano, ya que he coincidido en eventos deportivos con Ricardo Soriano Scholtz, marqués de Ivanrey, que es el típico español bohemio y aventurero. Fue por primera vez a Marbella aceptando la invitación de su amigo Norberto Goizueta a pescar atún en las frías aguas del Estrecho, y se quedó tan entusiasmado que creó su paraíso particular comprando la finca El Rodeo, que llegaba hasta el mar.

»A Ivanrey no le atraía la agricultura, pero observó que eran muchos los franceses que a través de Gibraltar entraban en el Protectorado de Marruecos; así que se le ocurrió darles a estos viajeros la posibilidad de pernoctar en un albergue sencillo, al estilo de las chozas campesinas del lugar. Al poco tiempo, comenzó a vender a sus amigos parcelas, pero con la condición de que solo podían hacer edificios de una planta.

—Me parece muy interesante ese concepto urbanístico. Pero dime, ¿cómo llegó Ricardo Soriano a ese lugar? —preguntó Clotilde.

—Pues mira, la prima carnal de Ivanrey, Piedita Yturbe Scholtz, marquesa de Belvís de las Navas, que es una mujer de extraordinaria belleza e inmensa fortuna por ser la única hija del multimillonario mexicano de origen vasco Manuel de Yturbe, y de la duquesa de Parcent...

—Perdona. ¿Esa Piedita fue la que se casó con el príncipe Max de Hohenlohe? —interrumpió Clotilde.

—Efectivamente. Que, al igual que tú, perdieron con la guerra su castillo de Rothenhaus a las afueras de Praga —rememoró Ralf.

—Qué malos recuerdos.

—Ya, sobre todo vivir lo que tú tuviste que vivir... Pues bien, hace diez años, en uno de sus viajes a Ronda, en el sur de España, donde su suegra poseía el palacio del Rey Moro, Max de Hohenlohe decidió visitar a Ivanrey y, de paso, conocer Marbella. Al llegar, se encontraron con que su primo se había ido a pescar. Así que el príncipe Max decidió estacionar su Rolls Royce Phantom, de motor de carbón, en un pinar llamado Santa Margarita, que se extendía entre el mar y la montaña; en aquel paraíso perdido disfrutaron de un improvisado pícnic. Un año después, el primogénito de la familia, Alfonso de Hohenlohe, compró por encargo de su padre aquella finca de dieciocho hectáreas, por ciento sesenta mil pesetas, y así empezó todo.

—Algún día me gustaría conocer ese lugar —dijo Clotilde, que no deseaba alargar más el encuentro—. Siento no poder quedarme más tiempo. Si pasas alguna vez por Londres, no dejes de llamarnos. —A Clotilde le incomodaba estar a solas mucho rato con Ralf; sus miradas la ponían nerviosa.

—Así lo haré. Deseo hablar con tu marido. Me gustaría que hiciéramos algún negocio juntos.

El hecho de que Clotilde estuviera casada con Stefan von Ulm no suponía para Ralf problema alguno en su ilusión por llegar algún día a conseguirla. Se había informado bien y conocía la tendencia sexual del barón; de ahí que pensara que tarde o temprano se separarían, y él estaría ahí en ese momento.

Ralf decidió seguir su paseo por la zona más monumental de la ciudad; llegó hasta la isla de los museos, y su tristeza fue en aumento al ver aquellos edificios en un estado tan deplorable. Fue consciente de un pasado que nunca iba a volver. El príncipe se sumió una vez más en sus recuerdos, justificando, como siempre, el porqué de su vida.

* * *

Al regresar de Estados Unidos en 1933, Ralf no pudo oponerse al destino que su padre tenía para él.

Superó con creces las pruebas exigidas por las SS; desde tener una altura de un metro ochenta hasta la más pura nobleza racial. Después de un periodo de instrucción, fue destinado bajo el mando del capitán Bruno Schültz.

—Llevamos cinco meses en el Gobierno. Le aseguro que, gracias a la aprobada ley habilitante, nuestro canciller Adolf Hitler tiene el control legislativo, lo que le faculta para decidir el presupuesto, dictar leyes e iniciar enmiendas constitucionales. Alemania está en nuestras manos —le instruyó el capitán.

Schültz consiguió infundir a Ralf la semilla del patriotismo exacerbado, alienante y enajenado que se inoculaba a fuego en las mentes de los jóvenes alemanes. Aquella exaltación de «los sentimientos patrios» que nacían en las «vísceras» y no en la razón venía de la enajenación de la mente y no de la conciencia del alma. Había comenzado la nazificación de Alemania. Y el factor clave era el control del sistema educativo. Los profesores debían pertenecer al partido nazi. El príncipe Ralf fue moldeado y adoctrinado por su maestro.

El profesor Schültz era un hombre de ciencia, pero su mente perversa y trastornada le llevaría a cometer, en un futuro no tan lejano, las mayores atrocidades imaginables.

Ralf acudió al cuartel de las SS en la Prinz-Albrecht Strasse sin reparar en el precioso día de primavera del año 1935 que disfrutaba Berlín. Le había hecho llamar su capitán, y siempre que esto ocurría le entraba una gran angustia. Aquel hombre le imponía más por su mente impredecible que por su presencia. Ralf llevaba un año y medio en las SS, y aunque en un principio sintió que no encajaba en aquel ambiente tan prepotente y autoritario, poco a poco fue aceptándolo sin involucrase en exceso.

El profesor genetista Schültz lo recibió en su despacho, en el que la rigidez de lo militar contrastaba con los diferentes objetos que se hallaban en una gran mesa, y donde la luz natural que entraba por los enormes ventanales de guillotina no dejaba la menor duda de que sobre las pilas de papeles reposaban cráneos humanos de diferentes formas y tamaños. Podía parecer la mesa de un científico interesado por la antropología, y no el despacho de un militar.

—Le he mandado llamar para comunicarle su nuevo destino. —El capitán Schültz, un pionero en las SS, como buen profesor que era, se había dado cuenta de que Ralf no sería nunca un buen «policía de las SS»; su formación académica y su inteligencia le posicionaban muy por encima de la media de sus correligionarios.

—Estoy a su servicio, usted dirá, mi capitán. —Ralf estaba nervioso, entre expectante y preocupado.

—He hablado con el capitán de navío Wilhelm Franz Canaris, a quien se le acaba de asignar la jefatura del servicio de inteligencia de la Abwehr. Usted pasará a estar bajo su mando directo.

—¿Quiere esto decir que dejo de pertenecer a las SS? —preguntó Ralf, intentando no mostrar su desconcierto.

—Ni mucho menos. El que a usted se le asigne a la Abwehr no solo no le aparta de pertenecer a las SS, sino que le convierte en una pieza clave para nuestra organización. A partir de ahora, ostentará el grado de teniente. He de decirle que Himmler está al corriente de su nuevo destino y tiene especial interés en su trabajo. —Ralf no entendía cuál era su situación. Pero Schültz no le dejó dudas—: Su misión será espiar para la SS dentro de la Abwehr. Himmler desea controlar los servicios de inteligencia.

—Entiendo. Procuraré no decepcionarles. —A Ralf le latía el corazón vertiginosamente. Aquel encargo le sobrepasaba.

—A Canaris se le ha dicho que usted debe ser instruido en la Abwehr con el fin de enviarle como representante de una compañía alemana de electrodomésticos a Estados Unidos. Durante el tiempo de instrucción, usted debe informar de todo lo que hace su jefe.

—Haré todo lo que esté en mis manos para estar a la altura de sus expectativas, mi capitán —se despidió Ralf.

Schültz empezaba a conocer a Ralf. Sabía que tenía fuertes lazos familiares que lo unían a la causa nazi.

«Será un buen nazi», pensó Schültz al verlo partir.

La noche se le hizo eterna. Al día siguiente debería presentarse en la calle Tirpitz Ufer para ser recibido por el capitán Wilhelm Franz

Canaris, un hombre de gran prestigio, primero oficial de la Marina Imperial y más tarde de la Kriegsmarine.

Canaris le dio la bienvenida con afabilidad y distancia al mismo tiempo.

—Se le ha asignado a mi unidad, y antes de su partida a los Estados Unidos, deseo que se instruya en las labores de espionaje y, sobre todo, de organización de redes de información. ¿Le gustan los perros? —preguntó sin venir a cuento aquel marino de baja estatura, aspecto afable y mirada neutra.

—Sí, sí, me gustan —dudó Ralf, sin saber a qué venía la pregunta—. Sí, de hecho, he tenido siempre perros...

—Pues en su periodo de adiestramiento tendrá que agudizar el olfato para detectar perros —dejó caer el capitán.

—¿Perros? Señor, no le comprendo...

—Sí..., perros judíos. ¿Acaso no se ha enterado de la entrada en vigor de las leyes de Núremberg? Pues tendrá que espiar para nosotros e informarnos si estas leyes se cumplen. —Canaris no era antisemita, pero deseaba que Von Havel creyera que lo era; de ese modo, se aseguraba de que su recién estrenado pupilo hacía el informe adecuado a su amo Himmler.

Ralf se adiestró en técnicas de camuflaje, supervivencia, pruebas de inteligencia y habilidades de todo tipo.

Lo peor de aquella misión fue cuando le asignaron que buscara información sobre familias judías. Hacía fichas y localizaciones. Este trabajo le revolvía el estómago. Hablar con gente normal con un trabajo y una vida, y después llegar a su despacho y hacerles una ficha que los marcaba sin escapatoria... era realmente duro. Negarse a ello supondría su desgracia, pero continuar con aquello le estaba llevando a la tortura del remordimiento permanente.

Afortunadamente, aquello duró poco. En las SS comprobaron que Von Havel no informaba de nada interesante; así que precipitaron su viaje a América. Ralf respiró de alivio.

Regresar a los Estados Unidos en 1935 fue como si le hubieran quitado una losa de encima. La empresa a la que iba a representar falseó su currículum, asumiendo que el ingeniero trabajaba desde 1933 para la compañía. De esta forma, desaparecía cualquier vinculación del príncipe Ralf con el Gobierno alemán y la causa nazi. Su nuevo destino le confería la categoría de espía alemán.

La vida del príncipe Ralf en Estados Unidos transcurrió un tanto disipada, lo que le proporcionó una imagen frívola y mundana que le ayudó sobremanera a moverse en muchos círculos. De todas formas, su actividad como espía en Estados Unidos no fue muy provechosa ni determinante. Se daba la circunstancia de que eran muchos los espías alemanes que trabajaban en América, y con frecuencia las informaciones que pasaban eran del dominio público. En general, se podía decir que los espías alemanes estaban mal organizados y apenas servían para nada.

Pero a lo que sí contribuyó Ralf fue a la creación de una red de informadores; sobre todo desde el punto de vista industrial y comercial. En lo personal, cuando llegó a los Estados Unidos, Von Havel entró en contacto con sus antiguos compañeros de universidad y a través de uno de ellos conoció a Carmen, una americana de madre española perteneciente a una familia muy bien situada económicamente; era una mujer guapa, de melena color miel, ojos negros y carácter alegre. Ralf se entusiasmó con la joven, aunque constataba que no era el prototipo físico de la mujer con la que había soñado.

El desenfreno de los jóvenes hizo que Carmen se quedara embarazada. Ralf sabía que si pedía permiso a su padre para unirse a ella, se lo denegaría, ya que su hijo debía casarse con una aristócrata alemana de raza aria. Así que, amparado en la distancia, se casó con Carmen, contando solo con el apoyo de la familia de ella. Aquella fue la primera vez que desobedeció a su padre, motivo por el cual dejaron de hablarse durante tres años.

Se podía decir que Ralf llegó a ser feliz en aquel breve primer periodo de su vida conyugal, que se vio cercenado con la orden de Berlín de regresar de inmediato a Alemania. Su mujer no pudo acompañarle debido a que acababa de dar a luz a una preciosa niña, a la que llamaron Sofía en honor a la madre de Ralf. Con Carmen consiguió chapurrear el español, idioma y cultura que le atraparon al momento.

Corría el año 1938. Ralf regresó a su patria, pero el país estaba cambiado; los tambores de guerra empezaban a resonar en el horizonte. Las oficinas de la Abwehr se estaban reorganizando y el antagonismo entre Himmler y Canaris era manifiesto.

El mismo hombre bajito, sencillo y hábil de siempre volvió a recibirle en su austero despacho. Habían pasado tres años.

—Le he hecho regresar a Alemania porque deseo encargarle una nueva misión. Se me ha comunicado que usted se defiende en español y, además, me consta que es usted muy efectivo a la hora de establecer redes de informadores y adeptos a la causa alemana. Yo siento debilidad por lo latino. No en vano, luché en la Gran Guerra en las costas chilenas. Quiero destinarlo a Chile. Estoy seguro de que nos será muy útil organizando redes comerciales en el Cono Sur. Es necesario potenciar el trabajo de la Abwehr en Chile y Perú. Nos encargaremos de que su empresa le nombre director de la futura fábrica de electrodomésticos que se construirá en Chile.

La vida de Ralf dio un giro de ciento ochenta grados, poniéndole rumbo a Santiago de Chile a principios de 1939.

Abandonó Alemania preocupado por la situación prebélica. El odio racial se exhibía sin pudor, y con orgulloso descaro sus camaradas de las SS le relataron con júbilo cómo durante la noche del 9 al 10 de noviembre, semanas antes de su llegada a Berlín, saquearon y destruyeron la vida de muchos alemanes de religión judía. Ralf no era antisemita, y aquella corriente racista de «todos contra los judíos» o «si no eres antisemita, eres un mal alemán» le desagradaba tanto como le preocupaba.

El espía Von Havel jamás le contó a su mujer que lo era; su carácter jovial le distanciaba de la imagen de un nazi. A pesar de todo, a su matrimonio le faltaba complicidad y confianza, ingredientes fundamentales para conformar una unión con futuro. Carmen era una mujer simpática y con clase, aunque distaba mucho de ser el prototipo de señora que de verdad le gustaba a Ralf. Quizás el príncipe no se hubiera casado nunca de no haberse quedado embarazada Carmen.

Por otro lado, el príncipe siempre justificó su casamiento al considerar que su mujer estaba a la altura social y económica de él. Además, representaba un salto hacia el futuro: la vieja aristocracia europea debía mezclarse con el dinero nuevo de América.

Capítulo 12

Transición a la luz del mediodía

El viaje de regreso a Inglaterra fue la constatación del comienzo de una nueva vida, en la que podía disfrutar de todos sus hijos.

Durante el vuelo Berlín-Londres, Clotilde pensó en Ralf y sintió pena por él; hubiera sido perfecta la unión entre ambos, pero todo había empezado mal. En el fondo arrastraba la sensación de ser una infeliz viendo pasar su vida sin encontrar la felicidad y quizás creyendo que Ralf hubiera podido ser el hombre perfecto para ella. Siempre la había querido y ayudado. En los últimos tiempos, en que había coincidido en más ocasiones con él, lo encontraba triste y solitario. Tuvo que reprimir las lágrimas al recordar que Ralf le había ayudado con sus hijos y, sin embargo, él no había podido salvar a su hija Sofía. Clotilde recordó lo que le contó Ralf cuando se conocieron en octubre de 1942.

* * *

Como era de prever, la Segunda Guerra Mundial estalló justo al llegar Ralf a su nuevo destino en Chile.

Los chilenos admiraban al pueblo alemán, ligado a la historia de su país desde que en 1852 la región de los lagos, conocida como Llanquihue, fue colonizada por alemanes.

Los príncipes Von Havel alquilaron una casona recién construida en la comuna de Las Condes, donde la empresaria Isidora Goyenechea había decidido convertir los terrenos que poseía, en la zona más oriental de la ciudad, en el barrio más elegante de la capital. Se trataba de un edificio de estilo neoclásico francés, demasiado grande para las verdaderas necesidades de una familia con un solo hijo, como era el caso de Ralf y Carmen, pero quizás con perspectivas de recibir a sus amistades y convertir su hogar en un centro de reunión social. No cabía duda de que esgrimir desde el primer momento poderío económico facilitaba el camino para introducirse en sociedad.

Por otra parte, la tarjeta de visita como director general para Sudamérica de una importante compañía extranjera era la mejor carta de presentación para que la alta sociedad chilena les abriera sus puertas. De modo que, a las pocas semanas de su llegada, estaban metidos de lleno en la sociedad de Santiago. En cualquier caso, el matrimonio Havel añadía un punto de glamur nada desdeñable en la comunidad extranjera.

El príncipe Ralf viajaba con frecuencia a Perú y Argentina y podía pasarse hasta quince días sin regresar a Santiago.

—Señor, a su hija han tenido que llevarla al hospital —le comunicó la doncella a Ralf en cuanto entró por la puerta de la casa.

Ni tan siquiera se planteó darse un baño. Salió a todo correr. Cuando entró en el centro hospitalario, estaba desencajado. Allí encontró a Carmen abatida y con un gesto de impotencia reflejado en su rostro. Gemía como un animal herido. Ralf se fundió con ella en un abrazo. Lloraron uno en brazos del otro.

—¿Qué le pasa a Sofía? —preguntó Ralf con la voz quebrada por la angustia.

—Hace dos días que no respira bien. Ya sabes que no es la primera vez. Les he dicho a los doctores que a los cuatro meses tuvo la tosferina, pero no le dieron importancia; me dijeron que eso era normal en los bebés debido a la inmadurez de su sistema inmunológico.

—Voy a llamar al ministro de Salubridad y que me recomiende el mejor hospital. No sabemos si aquí tienen los medios adecuados para tratar a Sofía.

—Pero ese hombre es comunista, ¿crees que te va a ayudar?

—Sí, seguro que lo hará, porque por encima de todo es médico.

Ralf habló con Allende, quien le aseguró que se interesaría por su hija.

La pequeña Sofía se debatió entre la vida y la muerte varias semanas, pero no pudo superar una bronconeumonía que la llevó a formar parte de la enorme lista de mortandad infantil que tantos estragos causó en el Chile de la década de los treinta.

La pérdida de su hija supuso para Ralf el mayor revés personal de su vida. Hasta ese momento, todo había transcurrido dentro de lo que le correspondía a un joven alegre y despreocupado, heredero de un título nobiliario de gran responsabilidad. Incluso su actividad como espía, unida a su trabajo de ingeniero, le reportaba muchas satisfacciones, situándolo al mismo nivel que los más aventajados espías de otros países que operaban en el cono sur. Pero la muerte de su hija Sofía lo dejó roto por dentro.

Los meses que siguieron a su fallecimiento, a Ralf le dio la sensación de que su vida se había terminado.

Su mujer se sumió en una profunda depresión; e incluso acusó a Ralf de la muerte de Sofía por haberlas arrastrado a un país tercermundista, aduciendo que de haberse quedado en Estados Unidos, su hijita se habría salvado.

Ralf no respondía a las acusaciones de Carmen, ya que en el fondo de su alma casi las justificaba. Poco a poco empezó a sentir que estar junto a su mujer le producía una angustia inusitada; no deseaba contestarle mal ni reprocharle nada, pero cada día se le hacía más difícil estar a su lado.

* * *

Clotilde rememoró ese trágico episodio de la vida de Ralf. A medida que el avión se aproximaba a tierra, la ciudad del Támesis mostraba un aspecto fantasmal. La niebla en la que apenas se distinguían las luces de la gran urbe la sobrecogió; se había pasado todo el vuelo pensando en lo desdichado que debía sentirse Ralf y decidió que iba a procurar ser más amable con él, pues era evidente que su sobrino no había sido el único culpable de que ella le hubiera sido infiel a Max.

Miró a Victoria, que dormitaba junto a ella. Reflexionó, y decidió que ahora lo único importante era hacer feliz a su familia.

Para Victoria, abandonar Alemania suponía albergar numerosas incertidumbres, entre ellas, cómo sería vivir en una verdadera familia y en un país extraño del que desconocía su idioma.

Todos sus temores se desvanecieron cuando comprobó que la convivencia con Stefan resultaba muy fácil, pues desde el primer momento se mostró amable y cariñoso con ella; bien es cierto que, como todo ser absolutamente esteta, reconocía en Victoria a la joven de aspecto angelical que reflejaba bondad a través de sus ojos verdosos y facciones equilibradas, aunque estaba lejos de alcanzar la belleza de su madre.

El barón mantuvo siempre ese cariño casi paternal, hasta el punto de llamarla hija en público.

Victoria no entendía que a su hermano Albert, con solo ocho años, le enviaran a un internado, aunque cada mes el niño pasaba un largo y divertido fin de semana en Londres.

—Mamá, me gustaría aprender a tocar el piano. En casa de tío Gustav había uno precioso, pero tenía prohibido acercarme a él. Por supuesto, en pocos meses nos cambiaremos a nuestra casa definitiva en Eton Place y allí podrás tener uno para ti. Por ahora, te buscaré una profesora. —Clotilde adoraba a su hija Victoria.

—Quiero darte las gracias por lo mucho que me cuidas. No podía imaginar que tener una madre fuera esto. No quiero perderte nunca más.

—No me perderás, aunque algún día tendrás que hacer tu vida; pero ahora debes formarte. El mundo ha cambiado y una mujer debe ser independiente; esto lo tengo muy claro. Al finalizar la guerra, me sentí sola, sin saber hacer nada para salir adelante, y juré que mis hijas recibirían una buena formación para ser autónomas y vivir su vida en completa libertad.

—Lo sé; me lo repites con frecuencia. Yo quiero ser profesora de literatura.

—Me parece perfecto. ¿Y por qué quieres ser profesora de literatura? —preguntó Clotilde intrigada.

—En casa de tío Gustav pasaba mucho tiempo en la biblioteca; era el único lugar en el que el tío me dejaba estar sin preguntarme qué hacía. Así que me aficioné a leer.

Victoria se integró con facilidad en su nueva vida; era buena estudiante y la simbiosis con su madre la hacía feliz. Con relativa frecuencia, visitaba a sus hermanos en Berlín. Clotilde solía acompañarla.

La condesa disfrutó de Victoria durante aquellos años, sintiéndose recompensada por los sufrimientos vividos hasta entonces.

Fue una época en la que se ocupó de sus hijos y continuó apoyando a Stefan en sus negocios.

Su relación con David estaba supeditada a que su amante fuera a Londres o ella pudiera acompañarle en algún viaje.

Se sentían a las mil maravillas juntos. Pero, indiscutiblemente, el lugar donde lo daban todo era bajo un par de sábanas. De los viajes más agradables que siempre recordaría, fue cuando visitaron Barcelona.

* * *

La condesa de Orange aceptó la invitación del marqués de Alfarrás, presidente del jurado del concurso de saltos del Real Club de Polo de Barcelona. A principios de junio, la Ciudad Condal disfrutaba de una maravillosa temperatura que invitaba a acudir a la hípica, bien para recrearse con los saltos del prestigioso jinete Goyoaga, o bien para ver y ser visto. Toda la glamurosa sociedad barcelonesa vinculada a la hípica estaba allí: Jaime Solterra, Abadal, Camps, Arnús... La sencillez mezclada con la elegancia era el toque que le agradaba a Clotilde.

Para su sorpresa, se topó de bruces con el innombrable lord Porter, que iba acompañado de unos muchachos jóvenes pertenecientes a la alta burguesía catalana.

—Mi querida condesa, ¡qué ilusión verte! Supongo que tu afición a la hípica es el «motivo» de tu estancia en la Ciudad Condal. —Porter quiso presumir de conocer a aquella mujer espectacular ante sus nuevos amigos y demostrarles así que era alguien importante en la sociedad londinense.

A raíz del viaje en barco, Porter había caído en desgracia en Londres, ya que lady Campbell se dedicó a desprestigiarlo. En el círculo homosexual se podía tolerar la promiscuidad, pero no la utilización de ella para vivir a cuenta del engaño. Clotilde intuyó que Porter deseaba introducirse en la sociedad barcelonesa para conseguir allí lo que había perdido en Londres.

—Así es. Me encanta el ambiente juvenil que se respira en este club —contestó Clotilde, deseando que David no apareciera por allí.

Aunque eso no fue posible, ya que a los pocos minutos lo divisó acercándose a ellos.

David era un hombre atractivo y racial donde los hubiera. Porter lo había conocido en el barco, pero muy de pasada. Su magnífica presencia, potenciada por la sonrisa más seductora, hizo que a Porter se le cortara el sentido. Desde el primer momento comenzó a moverse con cierto nerviosismo combinado con aspavientos para llamar la atención. David ni se inmutó.

«Pocas veces se encuentra uno con semejante espectáculo de hombre», pensó Porter arrebolado.

—No sé si te acuerdas de David Griffin. Lo conocimos en el barco. —Clotilde presentó a su amante, aunque con poco interés.

Al mismo tiempo, la condesa se percató de la impresión causada por David. Así que se le ocurrió la idea de vengarse de Porter, haciéndole creer que David era homosexual, y que así pudiera sentir en sus propias carnes el dolor de la decepción, y de paso le desmontaría el «negocio» que estaba iniciando.

—Esta noche hay un espectáculo magnífico en la sala de fiestas de moda. Me encantaría invitaros —se ofreció Porter, con tal de volver a ver a David.

—Aceptamos encantados tu invitación —se apresuró a contestar Clotilde.

David no entendía nada, ¿por qué Clotilde había aceptado la invitación de aquel mequetrefe a acudir al espectáculo con cena que se daba aquella noche en la sala de fiestas Rigal?

Tras cruzar unas cuantas palabras de cortesía, se despidieron hasta la hora de la cena.

—Tienes que seguirme el juego. Hace tiempo que quiero ridiculizar a este personaje —le explicó Clotilde a un estupefacto David—. En Londres se comenta que viene mucho por Barcelona, con seguridad a la caza de nuevos incautos con dinero. Me gustaría estropearle el negocio, y para eso necesito tu colaboración: te vas a hacer pasar por homosexual amigo de Stefan. Recuerda que te conoce del barco; este es muy listo y no puedes mentirle en nada; solo en tu condición sexual. —Se rio con ganas; deseaba fastidiar a Porter como venganza por haber seducido a su marido delante de ella y jactarse de ello sin ningún pudor ni compasión.

—Para, para. ¿Me vas a hacer pasar por mariquita para darle una lección a este desalmado personajillo? —preguntó David entre asombrado y divertido.

—Exacto. Quiero que lo encandiles solo con tu charla y tu encanto. Deseo desenmascararlo y que estos chicos sepan quién es este señor. Si consigo fastidiarle el «negocio», aunque sea solo por esta vez, me daré por satisfecha.

—Bien, pues juguemos a tu juego. Pero con una sola condición: esta noche, cuando regresemos al Avenida Palace, serás tú la que juegues conmigo; tendrás que compensarme y llevar la iniciativa, transformándote en la más experta madame parisina. —A Clotilde, con solo oír la perspectiva, le entraron ganas de dejar su jueguecito e ir directamente a la cama con David.

Lord Porter acudió a la sala de fiestas con sus dos fieles acompañantes.

Clotilde llegó antes que David. La elegancia de la condesa incitaba al deleite de los amigos de Porter, chicos con inclinaciones a pasarlo bien con los de su mismo sexo, pero que admiraban la presencia de una mujer poco común como ella.

A los pocos minutos llegó David en un taxi. Clotilde se quedó de una pieza. David se había «disfrazado» para la ocasión y lucía un atuendo de una combinación imposible. Su actitud afectada cuando fumaba y su forma de reírse hicieron que Porter se aplicara al juego de la seducción sin más preámbulos. David encajaba divertido las insinuaciones, miradas y toqueteos sinuosos de Porter. Clotilde observaba de reojo las escenas de complicidad y desinhibición de este, y tenía que aguantarse la risa cada vez que miraba los gestos afectados de David. El espectáculo flamenco de la sala amparaba la necesidad de socializar entre los comensales, y jugaba a favor del coqueteo de Porter.

A pesar de ello, la actitud del lord hizo que los amigos de este comenzaran a sentirse molestos con la situación. A los postres, el desprecio de Porter hacia sus amigos era evidente y ellos entonces le preguntaron a Clotilde qué grado de amistad tenía con él, porque no eran capaces de entender su falta de clase. Para ellos, Porter era un lord que había llegado a Barcelona de la mano del equipo de polo inglés y decía estar encantado con la ciudad tan cosmopolita con la que se había encontrado. Clotilde les puso en antecedentes y les contó la fama que tenía Porter en Londres. Ellos se quedaron estupefactos.

—No sabes el gran favor que nos acabas de hacer. Te aseguro que este señor no va a poder instalar su negocio aquí —comentó con rabia uno de los jóvenes.

Clotilde se sintió pletórica al poder vengarse de Porter; nada podía hacerle más ilusión. Al cabo de un rato, dijo que se sentía indispuesta y que deseaba regresar al hotel. David se ofreció a acompañarla.

—Nosotros también nos retiramos por hoy —aseguró el muchacho más afeminado.

Porter se puso en guardia; de repente, todos habían decidido irse sin contar con él.

—Todavía es pronto y queda mucha noche por delante —les dijo el lord a sus amigos.

—Sin duda hay muchas noches por delante, pero no será en tu compañía —respondió el otro chico.

Fue entonces cuando Porter se percató de que algo que no controlaba estaba ocurriendo. Miró intrigado a Clotilde, que no pudo evitar una sonrisa de satisfacción, y se dio cuenta de la jugada. Sonrió a Clotilde con cinismo y, al despedirse, con una sonrisa felina y cruel, le dijo al oído:

—*Touché comtesse,* estamos empatados...

—Disfruta del espectáculo. Todavía puedes encontrar algún «pichón» a quien dar caza, pero estos han volado... Por mi parte, fin de la guerra... Pero, si me ves, no vuelvas a saludarme. No deseo personas como tú en mi círculo de amistades.

Aquella noche, Clotilde le demostró a David que cuando estaba pletórica era irresistible en la cama. La noche de pasión que le había exigido la pagó ella con creces y con una vitalidad desbordante que los dejó a los dos exhaustos antes del amanecer.

«Sin duda, David es un experto amante. Disfrutar de sus artes amatorias me compensa por el tiempo que estoy sin verle», pensó Clotilde mirando a su amante yacer a su lado.

Los encuentros furtivos en Londres, escondidos bajo el paraguas de la discreción y siempre entre las paredes de una habitación de hotel, la llevaban a plantearse el futuro incierto de aquella relación... hasta el siguiente encuentro, en que, perdida entre sus brazos, olvidaba cualquier momento de duda y de zozobra.

* * *

La vida cotidiana de los barones Von Ulm cambió cuando Stefan compró un antiguo y ruinoso *riad* en Tánger y comenzó a irse con frecuencia a Marruecos, con el fin de reconstruirlo y decorarlo. Sin duda, fue la mejor etapa de la vida de Stefan. El barón de Ulm recorría los pueblos más recónditos, comprando materiales, muebles, telas... Se vestía con chilaba y babuchas, aunque su cabello rubio y su elegante figura lo delataban como extranjero.

Stefan venía eufórico después de haber pasado un mes supervisando las obras del su *riad* en Tánger.

Clotilde había aprovechado para visitar a sus hijos en Alemania y también acababa de regresar. Almorzaron juntos en el comedor familiar, a fin de ponerse al día de sus viajes.

—Clotilde, créeme si te digo que soy el hombre más feliz del mundo. Cuando la casa de Tánger esté terminada, dejaré de estar en primera línea de los negocios —confesó Stefan a su mujer.

—No creo que puedas vivir sin experimentar la adrenalina que te supone una negociación. —Clotilde sabía que Stefan disfrutaba siendo empresario.

—¡Cómo me conoces! Pero no tires en saco roto lo que te he dicho. Por cierto, hablando de negocios, he de confirmarte que tu sobrino Ralf ha firmado un contrato con mi compañía, y a partir de ahora nos venderá a nosotros toda la cosecha de lúpulo.

—Me alegro por ello. Al fin y al cabo, es de la familia y se porta estupendamente con mis hijos.

—A mí me resulta muy simpático, y es evidente que os adora a ti y a los chicos.

—La verdad es que presiento que no es feliz. Pero no hablemos de él. Quiero comentarte lo que tengo en mente desde hace varios días. Este verano Victoria cumplirá dieciocho años y deberíamos hacerle un baile de puesta de largo. Sé que a ti estas cosas te fascinan; así que he pensado que se podría hacer en el castillo de Ulm. —Clotilde deseaba que su hija pudiera tener las mismas oportunidades que ella había tenido.

—Me encanta la idea. Victoria es mi niña preferida. He de reconocer que fue una bendición que llegara a nuestras vidas y es la mejor hermana que puede tener Albert —dijo Stefan emocionado, provocando una enorme sonrisa de orgullosa satisfacción en Clotilde.

Según lo establecido por la alta sociedad de la época, Victoria debía empezar a relacionarse con chicos de la aristocracia centroeuropea para ampliar el círculo de amistades, que hasta ahora procedía únicamente del entorno de sus amigos del colegio católico al que iba en Londres.

La fiesta fue programada para el verano del año 1961.

Se invitaría a toda la juventud perteneciente a las casas reinantes de Europa, así como a la aristocracia alemana, austriaca, checa y española que andaba repartida por el mundo.

El castillo se engalanó con un gusto exquisito. Grandes centros repletos de flores fueron colocados en todas las mesas de las zonas nobles del castillo. Las antorchas iluminaban el sendero que llevaba desde la puerta de entrada de la finca hasta las escaleras que conducían a la terraza de la entrada principal con acceso al *hall*. En cada uno de estos peldaños, un criado con librea de color verde musgo con ribetes dorados daba la bienvenida a los invitados.

En el salón de baile, las madres de los jóvenes observaban con detalle cada movimiento de las chicas casaderas. De hecho, se aventuraban a hacer cábalas sobre futuros noviazgos.

El gran bufé fue decorado con una hermosa colección de jarrones antiguos chinos en azul y blanco con letras que simbolizaban el deseo de doble felicidad.

Los jóvenes debían besar la mano a las señoras casadas, cualquiera que fuera su edad. Los caballeros vestían de frac y guantes blancos. Frank se había convertido en un auténtico Havel con su porte principesco y sus modales distinguidos. Sin duda, fue uno de los preferidos de las chicas, que utilizaban estas fiestas para conocer solteros convenientes.

Victoria vestía un traje largo en satén blanco, con escote palabra de honor. Se había adoptado en Alemania la tradición vienesa del baile de debutantes, que solían hacerse en palacios o clubs privados. La orquesta comenzó a tocar el vals *El Danubio azul*. La joven, del brazo de su hermano Frank, abrió el baile. El resto de las chicas, junto a sus *chevaliers,* salieron a la pista a bailar.

La formalidad del inicio cambió cuando al escenario salió un grupo musical que tocaba las canciones de los Beatles, símbolos de la década que comenzaba. Los adolescentes tomaron la pista de baile sabiendo que el mundo se regeneraba y empezaba una época de apertura y libertad social.

Victoria disfrutó del baile hasta que llegó la hora de las piezas lentas. Entonces se dio cuenta de que no le gustaba ninguno de los chicos con los que bailó. Los encontró presumidos e interesados, a años luz de su mundo interior y muy lejos de sus prioridades. Solo disfrutó con la compañía de su hermano Albert, que se había colado en la fiesta, a pesar de tener doce años.

El baile se prolongó hasta muy tarde. Victoria se caía de sueño, y buscó un rincón en donde poder pasar desapercibida y descansar un rato. Se sentía melancólica; sus ojos se empañaron de lágrimas. Hubiera dado cualquier cosa por tener a su amiga Sabine con ella ese día. ¡Lo que hubiera disfrutado con todo aquello! Cerró los ojos recostándose en el sillón de capitoné. Adormilada la encontró su madre después de buscarla con desesperación para que se despidiera de sus invitados.

—Al fin te encuentro. ¿Te sientes mal? ¿No te ha gustado la fiesta? —preguntó Clotilde viendo que su hija tenía los ojos enrojecidos.

—No, mamá, la fiesta no ha podido ser más bonita —contestó Victoria algo somnolienta.

—Entonces, ¿qué haces aquí medio dormida y con aspecto triste?

—No estoy acostumbrada a trasnochar y me he sentado a descansar. —A Victoria le dio pena decirle a su madre que no había disfrutado con la fiesta—. Además, estaba todo tan bonito que me he acordado de mi amiga Sabine, que seguro se lo habría pasado en grande si hubiera estado aquí.

—Sé que echas de menos a tu amiga. Y mira que hemos intentado buscarla en Hamburgo, pero ha sido imposible dar con ella. —Clotilde sentía que su hija no pudiera reencontrarse con esa parte de su infancia que añoraba.

Victoria entró en la mayoría de edad sin pena ni gloria, pero con la firme convicción de que la vida social le interesaba muy poco; hasta entonces no había experimentado todo aquello, pero ya se dio cuenta de que esos ambientes no iban para nada con su forma de ser.

Aquel otoño comenzó sus estudios para ser profesora. Disfrutaba de la lectura y de la música, y evitaba la vida social, aunque en el hogar de los barones Von Ulm resultaba difícil librarse de acontecimientos sociales. Pero no había día que no se preguntara qué habría sido de su amiga Sabine.

* * *

Sabine Braun echó a correr sin control calle abajo después de confesarle a su amiga Victoria su gran secreto. Corrió hasta encontrarse a la salida del pueblo con una granjera a la que le pidió subir al remolque de su tractor con el fin de poder llegar a la carretera principal. Una vez allí, reparó en la gasolinera y se encaminó como una autómata al establecimiento.

Se sentó en el bordillo de la acera de la pequeña edificación. Y allí estuvo mucho rato, hasta que el encargado le preguntó:

—¡Eh, tú! ¿Qué haces ahí?

—He perdido el autobús y espero que alguien conocido pase para que me lleve a casa —contestó con seguridad.

Sin mirar al hombre que le hablaba, se levantó y comenzó a alejarse de la puerta. En ese instante, un automóvil paró a repostar. El encargado abandonó la curiosidad por la chica y se encaminó hacia él.

Sabine tenía ganas de llorar. ¿Qué podía hacer? Cruzó su mirada con la del conductor del automóvil y no se fio de aquella sonrisa. Se alejó todavía más. Estaba dispuesta a emprender el camino a pie cuando otro coche hizo su entrada en el recinto. De él bajó un hombre con traje y sombrero.

Al instante salió del vehículo una mujer joven. Abrió una puerta trasera y del automóvil se bajaron dos niños de corta edad.

—¿Hay alguna fuente por aquí cerca? —preguntó la señora al empleado de la gasolinera.

—Sí, ahí abajo hay una —contestó sin interés el hombre, que estaba enfrascado en poner combustible.

Sabine vio la ocasión de ser útil. Así que se acercó a la mujer.

—Si lo desea, puedo acompañarles. Conozco muy bien el lugar.

—Muchas gracias por tu ayuda. —La joven madre se quedó muy complacida con el ofrecimiento de la chica.

Sabine tenía catorce años, pero aparentaba menos. Era espigada, de facciones aniñadas, pelo negro y ojos azul noche que le daban un aspecto de chica desvalida.

La muchacha se dirigió a los niños, explicándoles que el agua de la fuente procedía del deshielo de las montañas que estaban en el borde del valle y que aquella fuente era la que tenía el agua más pura de la zona.

—¡Cuánto sabes! ¿Cómo te llamas? —quiso saber la madre de los niños.

—Sabine Braun. He perdido el último autobús y espero que alguien pueda llevarme a la ciudad. He venido al pueblo a casa de unos parientes —mintió ella sin rubor.

A la mujer le dio pena aquella chica desvalida, de aspecto desnutrido y ojos tristes.

—Soy la señora Wildeck. Si quieres, podemos llevarte —dijo la madre de los niños, dispuesta a socorrer a aquella chiquilla.

Sus hijos se pusieron muy contentos con la incorporación a su tedioso viaje de un nuevo entretenimiento.

—Querido, llevaremos a esta chica a la ciudad cercana —anunció la señora a su marido, más como una imposición que como un ruego.

—Pero ¿cómo se te ocurre? No sabemos quién es —alcanzó a protestar el hombre con poca convicción.

—Siempre igual, ¡qué poco te gusta hacer favores! —le reprochó la mujer.

—Voy a preguntarle al empleado que me ha atendido por si la conoce.

El hombre se acercó al dispensador de gasolina y le preguntó quién era la chica, a lo que el empleado —parco en palabras— dijo que la chica había perdido el autobús.

—¿Ves? Te lo dije, ha dicho lo mismo que la chica.

—De acuerdo, la llevamos hasta la ciudad próxima.

—En unos kilómetros haremos una parada para comer algo —explicó la madre de los niños a Sabine—. ¿Tenéis hambre?

No se había dado cuenta de que llevaba todo el día sin comer, más allá de las dos salchichas que Victoria había «robado» del desayuno del príncipe Von Havel.

—¡Sí, queremos parar y comer! —gritaron los niños.

—Sí, desde luego; me encantaría poder comer algo —confesó Sabine.

Después de una hora de camino, se detuvieron en un lugar junto a la carretera. Parecía una explanada habilitada para ello. Había una mesa de piedra con bancos a los lados; la mujer sacó del maletero un mantel de cuadros y una bolsa con varias tarteras cuyas tapas cerraban herméticas con unos ganchos laterales.

Sabine apenas habló y tampoco se atrevió a comer mucho por no causar mala impresión.

—En pocos kilómetros llegaremos. Nosotros seguimos hasta Hamburgo. ¿Dónde quieres que te dejemos? Está cayendo la tarde y no es bueno que camines sola hasta tu casa.

Sabine empezó a calibrar su situación. ¿Qué iba a hacer completamente sola en una ciudad donde no conocía a nadie? Así que se atrevió a decir lo que le ocurría.

—Siento haberles mentido. No me espera nadie en la ciudad. Viví hasta ahora en la granja de una familia de acogida, pero no me trataban bien y decidí marcharme sin pensar en las consecuencias.

Sabine notó un nudo en el estómago; sus ojos se llenaron de lágrimas. A pesar de ello, se mantuvo serena, aunque su corazón galopaba a mil por ahora.

—¿Y ahora qué vamos a hacer? —preguntó enfadado el marido.

—Tranquilízate, por favor. Ya sé que me precipité —contestó la señora Wildeck—. ¿Es verdad lo que nos acabas de contar? Piensa bien tu respuesta, pues no te voy a permitir que nos vuelvas a mentir —se dirigió enfadada la mujer a Sabine.

—Sí, es la verdad. Si ustedes no me ayudan, buscaré quien lo haga, pero no voy a regresar con mi familia de acogida. Me presentaré ante las autoridades e intentaré que me busquen otro lugar. —Sabine habló con determinación.

La señora Wildeck sopesó el tema. Hacía tiempo que se planteaba ponerse a trabajar, pero el cuidado de los dos niños pequeños se lo impedía. Sabine sería de gran ayuda para ella. Así que, sin pensarlo más, contestó:

—Bien, te vendrás con nosotros y mañana mismo iremos a las autoridades a exponer tu caso. Yo necesito a alguien que me ayude con los niños y a ti se te ve muy dispuesta. Podrás ir a la escuela y tener una formación.

* * *

Sabine recordaba vagamente las historias que le contó Michael Braun, el cartero de Borkum, el primo de su padre que había trabajado un tiempo en su sastrería, aunque al casarse se fue a vivir al pueblo de su mujer. Sabine solo se acordaba de unos relatos velados por el tiempo, a veces incluso creía que eran producto de su imaginación. Pero en su cerebro aparecía la imagen de su tío Michael contándole una y otra vez el viaje que había hecho con su padre a Núremberg.

Un dirigente nazi, satisfecho con el buen trabajo del sastre Paul Braun, padre de Sabine, le invitó a asistir en Núremberg al congreso anual del partido nazi el 15 de septiembre de 1935. El sastre pidió a su primo Michael que lo acompañara. La Gran Calle, de cuarenta metros de ancho, era el escenario del desfile militar que mostraba al mundo la supremacía alemana y el carácter megalómano de su líder. Prueba de ello era el lugar elegido para sus alardes de superioridad: el Campo Zeppelín; con probabilidad, el espacio artificial más grandioso de la Tierra.

La Tribuna central estaba presidida por una gran esvástica. Entre el sinfín de columnas que conformaban el edificio principal, caían pletóricos y desafiantes los estandartes rojo sangre, con sus negras esvásticas resaltando en el centro, arácnidas e imponentes sobre un fondo blanco. Una combinación de colores llamativa y elegante que con el tiempo se tornó en un signo sobrecogedor y terrorífico.

Una enorme multitud ocupaba las tribunas. Michael y su primo se quedaron impactados ante semejante delirio colectivo. Jamás habían imaginado una puesta en escena tan descomunal. Miles de militares impecablemente vestidos desfilaban marciales y empoderados, rindiendo honores al Führer.

Desde el palco, Adolf Hitler contemplaba orgulloso su obra. Era un hombre tremendamente exigente con la perfección del conjunto. Su faceta de pintor le llevaba a requerir que en la puesta en escena todos los colores estuviesen en perfecta armonía. La rigidez de los incondicionales seguidores le permitía al líder tener la seguridad de poseer su voluntad.

Desde allí arriba, Hitler dominaba su mundo y soñaba con poseer la Tierra.

El himno del partido nazi, el victorioso *Horst Wessel Lied*, elevaba al cielo gritos de gloria, luces épicas y fuegos dominantes de leyenda, cantados al unísono como si fueran un solo hombre. Los Braun terminaron apabullados y sobrecogidos al escuchar el discurso amenazante de Hitler. Los apasionados aplausos de sus seguidores y el fervor colectivo que se apoderó de la masa asustaron a los Braun, sorprendidos ante aquel alarde de demagogia.

Salieron de allí con un sabor agridulce en su interior. Por un lado, habían asistido a un espectáculo único y para ellos irrepetible, y por otro, un enorme pánico les paralizaba el cuerpo. Aquella masa aborregada de gente no auguraba nada bueno.

Aquel fatídico congreso no solo fue una explosión de júbilo y enardecimiento de la locura nazi; en él, los nazis negaron la ciudadanía del Tercer Reich a los judíos e impusieron la ley para la protección de la sangre. El Tercer Reich abrió la veda para perseguir a los judíos y arrebatarles todos sus derechos como ciudadanos.

Asistir a aquel espectáculo sobrecogió a los Braun, pero no impidió que la sastrería se convirtiera en un referente para aquellos que deseaban lucir prendas con un toque moderno y exclusivo. En aquellos tiempos, la utilización de pieles singulares era un lujo al alcance solo de la clase dirigente. El sastre conseguía esas pieles exóticas gracias a un taller de Fráncfort que se encargaba de importarlas incluso cuando dicha empresa fue confiscada a unos judíos y vendida por debajo de su valor a raíz de las leyes de Núremberg.

El taller no solo suministró prendas a sus clientes nazis más influyentes; también comenzó a confeccionarle prendas a la novia de Hitler,

Eva Braun, a quien le encantaban la moda y el lujo. La futura señora Hitler se quedó entusiasmada con un abrigo que lucía la mujer de uno de los militares más allegados al Führer. A raíz de este hecho, encargó su primer abrigo en la sastrería de Düsseldorf y a este encargo le sucedieron otros.

Eva Braun no solía hacer vida social. Vivía en Berghof, cerca de Berchtesgaden, en Baviera, lugar que Hitler consideraba su hogar y a donde solía ir con frecuencia, sobre todo antes de la guerra. En ese clima, la piel era para Eva Braun una necesidad, y encontró en los diseños del taller de Düsseldorf unas prendas ligeras y cómodas.

Hitler era un hombre austero pero presumido, y el único abrigo de piel que soportaba era el de cuero curtido y engrasado con un corte perfecto. De ahí que su novia mandara llamar al sastre de Düsseldorf para tomarle medidas para confeccionarle una prenda de este tipo. Paul acudió a Berghof acompañado de su primo Michael. El único lugar donde Hitler se relajaba era en aquella casa de la montaña, de modo que posó complacido para Eva, cuando esta le pidió hacerle una foto con los sastres.

Capítulo 13

La soledad del alma

Clotilde madrugó aquella mañana lluviosa y fría del otoño de 1962. Había desayunado en su salón privado, y después de asearse acudió al escritorio que estaba junto a la ventana y se dispuso a contestar varias cartas.

—Señora condesa, la llaman por teléfono —anunció la doncella.

Una voz varonil y cercana le taladró el corazón: David.

Aunque hablaban con cierta frecuencia, la comunicación entre ellos no era fácil.

—Te ruego que esta tarde acudas al hotel Ritz. Tal como te anuncié, mi amigo Turpin te llevará un obsequio de mi parte. Solo se quedará un día en Londres; de modo que no dejes de ir allí sobre las tres de la tarde.

—Descuida. Acudiré sin falta. ¿Cómo le reconoceré?

—Pregunta al *maître* del salón de té. Él te indicará qué debes hacer.

—David, suena muy misterioso, ¿no crees?

—¿Qué misterio hay en que quiera que no me olvides y te envíe un recuerdo por un amigo?

—Llevas razón, pero ya sabes que, como germana que soy, todo lo que no sea aburridamente cotidiano me desorienta —rio, jovial, Clotilde.

—Pues tendrías que estar ya acostumbrada a mi sangre española —replicó David—. Cuando lo hayas recogido, llámame.

Clotilde deseaba causar buena impresión al amigo de David. Así que escogió un vestido burdeos drapeado en el lado izquierdo, un sombrero a juego gris y burdeos y un abrigo de doble faz, gris por fuera y burdeos en su interior.

La condesa recorrió el largo pasillo que iba desde la puerta principal del Ritz hasta el coqueto salón de té. Se dirigió al *maître*, que parecía estar esperándola junto al escalón que conducía al salón. En cuanto dijo su nombre, el *maître* se hizo a un lado.

—Debo entregarle la llave de la habitación del señor Turpin. Él se ha tenido que ir a una reunión y me ha indicado que, por favor, suba usted a recoger un obsequio y que, si no le importa, le deje una nota en la habitación.

Clotilde no entendía por qué no le había dejado el obsequio en recepción. Veía inapropiado subir a la habitación de un desconocido. Pero, por otro lado, no deseaba mostrar su contrariedad al *maître*. Así que tomó la llave y se encaminó al fondo del pasillo, hacia el ascensor, para subir al último piso.

Abrió la puerta de la *suite* y apenas pudo creer lo que veían sus ojos. El salón estaba completamente repleto de kentias, colocadas de forma estratégica, intentando crear la ilusión de un paraíso tropical.

La condesa estaba confusa, sin saber qué hacer. Al cabo de unos minutos, las puertas de la habitación contigua se abrieron, y allí estaba David sonriendo de oreja a oreja, divertido con la situación.

Clotilde dio un suspiro y se arrojó a sus brazos sin ningún recato. Él la abrazó con fuerza susurrándole al oído:

—No he podido llevarte al paraíso, pero he tratado de crearte uno.

Clotilde deseaba emborracharse de sexo, con frecuencia añorado, y quería saltarse los pasos preliminares, pero David anhelaba saborear el momento y fue marcando un ritmo atemperado y suave. Lo consiguió por un tiempo. Ella dejó que David mordisqueara con suavidad sus pezones duros, que los acariciara con delicadeza como quien palpa una fruta madura y exquisita.

En cuanto Clotilde consiguió liberar el miembro de él, un deseo irrefrenable la llevó a obligar a David a penetrarla sin preámbulos. Fue algo rápido, demasiado rápido e intenso, pero voraz y explosivo. Clotilde no quería acabar. Él, exhausto, empezó a besarla, y con un susurro le indicó que estaba agotado, que debían hacer un descanso.

Ella se disculpó algo avergonzada; nunca había ocurrido nada igual. David se levantó, se puso un pantalón de pijama y se dirigió al minibar a ponerse un *gin-tonic*. Clotilde se vistió con la parte de arriba del mismo pijama y se sentó junto a él; en ese instante, lo notó ausente. Ninguno de los dos dijo nada; cuando ella ya no pudo soportar la opresión en su pecho, rompió el silencio.

—Te noto distante, ¿te pasa algo? —preguntó ella no queriendo enfrentarse a oír su respuesta.

—No me pasa nada, solo es que estoy cansado del viaje.

—Cada día me incomoda más esta situación. Deberíamos plantearnos la posibilidad de poder estar juntos —dijo Clotilde.

David tomó un paquete de cigarrillos de la mesita supletoria, sacó un pitillo y se lo llevó a la boca.

—Eso no puede ser —contestó con desgana a su amante—. Los dos tenemos obligaciones con nuestros hijos. De todos modos, ahora no es el momento de iniciar una de nuestras discusiones. No estropees este momento con tus quejas.

David se había acostumbrado a una relación cómoda que no implicaba compromiso alguno.

—No son quejas. Tarde o temprano debemos afrontar si queremos o no avanzar en nuestra relación —dijo Clotilde con ganas de pegar un grito de rabia.

—Hoy no es el día para hablar de ello. Además, tengo una cena de negocios esta noche y debo ir pensando en arreglarme. —David quería eludir la polémica.

El espíritu combativo de Clotilde le impidió morderse la lengua.

—Te comportas como un estúpido. Después de casi ocho años, es normal que nos planteemos un cambio de situación. —Clotilde estaba de los nervios, aunque echó mano de su flema británica para no montar un numerito...

—No te pongas así, mujer; lo hablaremos en otro momento, te lo prometo —dijo David para tranquilizarla. Aunque, en realidad, pensó: «¡Qué pereza aguantar ahora estos reproches! ¡Como si no tuviera bastante con los de mi mujer! ¡Solo me faltaba soportar la misma monserga de Clotilde!»—. Mañana me voy a Singapur. Te prometo que cuando regrese lo hablamos y así nos damos unos días para pensar lo que deseamos los dos.

Se vistieron con cierta prisa. Clotilde no se sintió como esperaba después de entregarse a un hombre en el que pensaba a todas horas.

Una sensación de precariedad, inseguridad y abandono se le clavó en la piel. Llevaban años encontrándose así. Fugazmente. En lugares donde nadie podía verlos. Le embargó ese sentimiento de soledad que con frecuencia se apoderaba de ella.

—Debes bajar tú primero —le aconsejó David.

—¿Cuándo regresarás de Singapur? —preguntó Clotilde con cierta congoja.

—No lo sé. Tendré que supervisar la puesta en marcha de uno de los productos farmacéuticos. ¿Tienes algún compromiso hoy? —indagó David.

—Cenaremos Stefan y yo con mi sobrino Ralf. Ambos se fueron al White's Gentlemen's Club. Hemos quedado en cenar en casa los tres. ¿Dónde tienes tu cena de negocios?

—Les he citado aquí, en el hotel. Debo salir mañana muy temprano y no quiero acostarme tarde —contestó sin interés David.

Clotilde salió de la habitación muy triste. Mientras recorría el pasillo hasta llegar al ascensor, pensó que aquella relación debía avanzar de algún modo. Era evidente que una cierta rutina se había instalado entre ellos. Aunque constató que seguía enamorada de David.

Cuando llegó a su casa de Eaton Place, donde se habían mudado hacía poco, seguía triste y pensativa. Una doncella acudió a su encuentro, ayudándole a quitarse el abrigo. Escuchó risas que provenían de la biblioteca.

—El señor y el príncipe Von Havel la esperan —anunció la doncella.

—Cloty, nos vamos a cenar al *nightclub* Annabel's. —Stefan estaba algo achispado y se reía continuamente.

—He oído hablar de él, pero no lo conozco. —Clotilde no quiso ser una aguafiestas y aplaudió la idea.

—Se ha inaugurado hace unos meses y solo pueden acceder a él aquellas personas que hayan sido aceptadas como selectos miembros —dijo Ralf, que asumió ser el anfitrión esa noche.

Al número 44 de Berkeley Square, donde estaba ubicado el *nightclub*, acudían desde aristócratas a celebridades, aparte de los incuestionables nuevos ricos. El «*who is who*» internacional se dejaba ver por el exclusivo lugar.

En aquellos días era, con toda seguridad, el único lugar del universo en donde se podían dar cita los dos mundos, el de antes y el nuevo, y en el que el primero miraba al segundo con cierta condescendencia.

La entrada por aquel sótano privado, casi clandestino, de techos abovedados y decoración British, escondía el mundo fascinante de estancias donde el sabor del confort genuinamente inglés se explayaba, mostrando cada una de sus múltiples formas. Fender mullidos y elegantes delante de sus chimeneas con espejos ovalados; paredes llenas de cuadros de variados tamaños, tapizadas de telas de rayas, compitiendo con otras de colores que iban del amarillo al rojo inglés; las lamparitas en las mesas y las luces indirectas en los techos le daban al local un aire único en el que se combinaba la discreción y lo mundano. Sin lugar a dudas, el lugar más exclusivo y recoleto de la noche londinense. Todo el que era alguien tenía que pasar por allí.

Clotilde todavía notaba en su piel las caricias de David. Respiraba hondo con frecuencia, para poder soportar la sensación de angustia que le quemaba por dentro. Tardó unos minutos en ambientarse a las luces y sombras del local. Saludaron a varios amigos que, como ellos, acababan de llegar, y esperaron unos minutos antes de ser conducidos a la mesa.

La condesa, consciente de la importancia de ver y ser vista, miró con disimulo y desgana a los comensales que estaban en las mesas pegadas a la pared. Sus ojos tropezaron con los de él, que la miraba fijamente. David estaba allí. Con rapidez apartó la vista. El suelo se abrió bajo sus pies. Una mujer muy joven y hermosa estaba a su lado; lucía un escote atrevido y se mostraba apasionada al hablar y pegajosa en sus modales, lo que hacía indicar que podría ser una conquista pasajera. Al menos, eso fue lo que se imaginó Clotilde.

A la condesa se le vino el mundo encima. David no le había dicho la verdad de que su compromiso era con otra mujer y ella había sido su apasionado, excitante y exclusivo segundo plato. Se sintió morir, y nada podía hacer por remediarlo. Pasó junto a él y casi pudo oler su colonia con un toque a madera y cítricos. Apretó los dientes entornando los ojos y, levantando la barbilla, caminó erguida y digna. Aunque estaba destrozada por dentro.

Un camarero los condujo a una mesa discreta desde la que podían contemplar todo el salón. Stefan no se percató de la presencia de David, las luces tenues del local invitaban a la privacidad. Clotilde pasó toda la cena pensando en su amante, no podía verlo desde su asiento, pero sabía que estaba allí.

Apenas probó bocado. El corazón invadía de angustia su pecho; era tal la presión que temió desmayarse.

Ralf y Stefan hablaron de negocios, de Alemania, de Inglaterra. Ralf se dio cuenta de que Clotilde estaba ausente y lo atribuyó a su tediosa vida con el barón. Así que volvió a la carga con su invitación a visitar Marbella, y esta vez incluyó a Stefan.

—Estoy encantado con Marbella. Llevo varios años disfrutando de mis vacaciones allí y no os podéis imaginar lo divertido que es. Cada día es diferente y mejor que el anterior.

El barón ya había oído hablar de aquel lugar y aseguró que le encantaría visitarlo algún día. Pidió al príncipe que se lo describiera.

—Es un lugar recóndito; está protegido por una montaña escarpada, gracias a la cual se disfruta de una temperatura suave todo el año. El agua del mar es fría y de color zafiro —resumió Ralf con entusiasmo.

—Cuando vuelvas el año que viene, programamos un viaje a Marbella. Podríamos ir Clotilde y yo con los niños y luego viajar a Tánger. —Stefan estaba encantado con la idea que se le había ocurrido.

—Perfecto. Seguro que os encantará. Lo organizaré con mucho gusto —contestó Ralf.

—Me parece una idea estupenda. Tengo ganas de conocer Marbella —alcanzó a decir Clotilde, que intervino porque no le quedó otro remedio. Luego dejó que la conversación fluyera entre Ralf y Stefan. No tenía fuerzas para hablar.

En un momento dado, vio a David de lejos. Parecía buscar algo. Su cuerpo se puso rígido como una tabla; apenas podía respirar. Cruzaron sus miradas, y David hizo un sutil gesto con la mano como indicando que la esperaba fuera del salón.

Clotilde no movió ni un músculo. Él se encaminó a la zona de los baños.

En los siguientes minutos, Clotilde se debatió entre levantarse e ir al encuentro de su amante o hacer caso a su orgullo sajón y mantenerse en su sitio.

«¿Y si no es lo que supongo? ¿Y si desea darme alguna explicación...? Iré para decirle lo muy cerdo que es... No me quedaré aquí sin decirle lo que pienso...», se dijo, y sin pensárselo se levantó como un resorte.

—Perdonadme, voy un momento al tocador —dijo discretamente ella, encaminando sus pasos hacia donde había visto a David.

Un distribuidor coqueto y acogedor separaba el pasillo de los cuartos de baño. David estaba allí fumando un cigarrillo.

—No quiero que pienses que te he mentido. Me han cancelado la cena de negocios y cuando me disponía a tomar un sándwich en la cafetería del hotel, me encontré con una amiga de mi hermana. Me habló de este lugar como el sitio de moda y me convenció para venir, eso es todo —dijo David con escaso convencimiento. Intentó cogerle la mano a Clotilde y esta se la retiró airadamente—. No te enfades, te estoy diciendo la verdad —insistió.

—¿Me tomas por una idiota? ¡Eres un embustero de mierda! Habría preferido que fueras sincero conmigo y me lo hicieras saber sin llegar a la amargura de la decepción. —Clotilde estaba como a ella le gustaba decir: «Como una moto de carreras», con los nervios a flor de piel.

—Mañana viajo a Singapur y no tendré tiempo para hablar contigo. Me gustaría que me creyeras y poder demostrarte que tú eres mi único amor.

—No sé qué creer, pero esta patraña me parece una ofensa a mi inteligencia...

En ese momento hizo su aparición en el distribuidor la acompañante de David, quien entró segura y firme, con la fuerza que te da la belleza fresca de la juventud.

La mujer, sin mirar a Clotilde, se acercó a David, besándolo sin pudor. Él se quedó desconcertado. Miró a su amante indicando con los ojos que la mujer no sabía lo que hacía.

—Te echaba de menos, ¿podemos irnos ya al hotel? —Con estas palabras, la muchacha sentenció ocho años de relación entre Clotilde y David.

Clotilde se quedó paralizada, miró a su amante y no articuló palabra.

Aquella joven la ignoró por completo. No tuvo ni la decencia de presentarse. Simplemente, se colocó entre ellos, dándole la espalda a ella y besando a David.

Esa noche en Annabel's rompió con David para siempre, y de una forma tan brusca que se sintió al borde del abismo, con el vacío bajo sus pies y sin fuerzas para buscar un asidero al que sujetarse.

La condesa regresó a su mesa como una autómata. Stefan y Ralf esta vez sí se dieron cuenta de que algo estaba pasando.

—¿Qué te ocurre? ¿Te encuentras mal?

—¿Quieres salir a que te dé el aire?

Los hombres no sabían qué le había podido ocurrir a Clotilde. Ella solo tuvo fuerzas para pedir que la llevaran a casa.

* * *

Entraban con fuerza los años sesenta. El mundo avanzaba hacia la modernidad a pasos agigantados.

Sabine había vivido cinco años con los Wildeck. Se reveló como una magnífica estudiante, compaginando el cuidado de los niños con sus estudios, al tiempo que aprendía inglés. Se había iniciado en el idioma gracias a que uno de los empleados de la granja sintonizaba la AFN, la American Forces Network, la emisora de las fuerzas de ocupación.

Sabine llevaba años intentando saber qué pasó con su familia y había pedido a la señora Wildeck que volviera a solicitar toda la información que sobre ella pudieran tener las autoridades. La guerra había destruido numerosos archivos y edificios oficiales.

El día que cumplió dieciocho años, la familia Wildeck le organizó a Sabine una fiesta sorpresa. En torno a la mesa del comedor, se dispusieron especialidades bávaras en honor de la homenajeada. A la hora del postre, todos aplaudieron la tarta Pavlova, que la señora Wildeck hacía de maravilla. Antes de partirla, sacó de su bolsillo un papel un tanto arrugado que le entregó a la joven. Al fin, las autoridades habían conseguido un informe de ella. Se aseguraba que la niña Sabine Braun había nacido en Düsseldorf y no en Núremberg, como ella siempre había creído.

Según constaba en los documentos, a Sabine la recogieron unos vecinos cuando la casa de su familia, situada en el casco antiguo, fue bombardeada. Al acabar la guerra, la entregaron a las autoridades, que indagaron entre los supervivientes si alguien recordaba que los Braun tuvieran algún pariente. Más de uno comentó que tenían familiares que vivían en Borkum.

Por fin tenía un dato fiable al que asirse. Había oído contar tantas veces a Michael Braun su visita a Núremberg que había asociado esa ciudad a su familia.

Los Wildeck le regalaron a Sabine un pasaje de tren a Düsseldorf y le dieron la dirección de unos amigos para que se hospedara con ellos unos días.

—Vete e intenta buscar datos de tu familia. Nuestros amigos te ayudarán si necesitas algo —le dijo la señora Wildeck emocionada.

—Nunca les podré compensar lo que están haciendo por mí.

—Ha sido un placer tenerte entre nosotros. Ahora debes perseguir tu sueño.

* * *

Sabine viajó en tren hasta Düsseldorf.

Le sorprendió encontrarse con una gran urbe en la que la actividad industrial desplegada en los márgenes del Rhin estaba en plena efervescencia. Apenas se notaba ya la destrucción que la ciudad sufrió en las dos guerras mundiales. Por todos lados surgían edificios modernos, grandes almacenes y una actividad comercial centrada sobre todo en la Königsallee, una gran avenida recorrida por un canal. Sin duda, Düsseldorf se estaba convirtiendo en el centro neurálgico del estado de Renania del Norte.

Los amigos de la familia Wildeck le informaron que el casco antiguo fue destruido en su totalidad durante la guerra. En ese momento y gracias a los planos existentes, había sido reconstruido en su totalidad.

Sabine se dirigió al barrio, pero no encontró a las personas que se ocuparon de ella durante la guerra y nadie parecía conocer a la familia Braun. Pero no se dio por vencida y decidió ir casa por casa.

Al oír su apellido, un vecino la miró con ojos desconfiados y le dijo con gesto huraño que él no recordaba nada.

—Por favor, dígame lo que sepa; solo deseo saber quiénes eran mis padres. Le ruego que, si recuerda a los Braun, me ayude.

Por lo general, el alemán es desconfiado y muy respetuoso con las jerarquías, lo que le lleva con frecuencia a despreciar a los que no están en su mismo peldaño. Así que aquel hombre, de unos cincuenta años, no se ablandó al oír a la chica. Solo cuando se dio media vuelta para irse, le oyó decir:

—Pregunta por el sastre que había al final de la calle haciendo esquina con la plaza.

Sabine se quedó muda. Al fin un dato que añadir a su puzle; tomó calle abajo, entró en una tienda de fotos y en una sombrerería que hacían esquina con la plaza, pero en ninguno de los dos establecimientos sabían nada de la sastrería. Salió a la plaza y reparó en un hombre mayor que leía con detenimiento el *Die Welt* —periódico creado por la fuerza de ocupación británica—. Estaba sentado en un banco de la plaza a donde supuestamente había dado la sastrería de su padre. Se acercó a él.

—Me llamo Sabine Braun y estoy investigando lo que le sucedió a mi familia. ¿Usted los conocía? ¿Podría ayudarme? —suplicó la joven.

El hombre, demasiado mayor como para temer por su futuro, plegó el periódico y se quedó mirándola.

—No sé... No sé si el señor Braun era nazi..., pero le aseguro que en su taller se confeccionaron abrigos para el mismísimo Hitler. —Sabine se quedó atónita—. Él era muy discreto y hablaba poco. Sin embargo, al que le encantaba charlar era a su primo Michael. A mí me llegó a enseñar una foto con Hitler.

—¿Está seguro de esto? —preguntó Sabine. Aquella revelación le confirmaba lo que ella ya imaginaba.

—Por supuesto. Los Braun eran buena gente, generosos y amables. Estaban muy bien vistos en la ciudad. Tenían un bebé que se salvó del bombardeo y fue entregado a las autoridades.

—No dudo de que fuera así —contestó Sabine, reconfortada al comprobar que coincidía el relato con la información que le habían dado—. ¿Sabe de alguien que fuera amigo de la familia?

—Yo no era nadie como para codearme con ellos, pero no recuerdo que hicieran mucha vida social. Con seguridad, hoy sus clientes negarían cualquier trato con la familia. No se olvide de que aquí se le conocía como el «sastre de Hitler». Aunque hoy parece que nadie fue nazi.

—Cuénteme todo lo que recuerde. Se lo agradecería mucho —suplicó Sabine.

—Por la sastrería pasaba todo el mundo que era alguien: industriales, militares y nobles. Él y su gente iban incluso a París a comprar telas. Se decía que preservaba mucho la identidad de sus clientes. Siento no poder decirte nada más. —El anciano miró a Sabine con pena. Aquella chica era muy joven para saber lo que había sido vivir en la Alemania nazi; pero tener el estigma de ser hija del sastre de Hitler podría ser peligroso en la actual Alemania. De ahí que le diera un consejo—. Te recomiendo que no le digas a nadie que tu padre fue el sastre de Hitler.

Sabine abrió los ojos extrañada. Desde luego, no pensaba pregonarlo.

—No lo haré —contestó ella con determinación—. ¿Puede contarme más cosas de mi familia?

El hombre la miró y sonrió.

—Es mejor olvidarlo todo. Hacer como que no ha sucedido. —El anciano se levantó del banco y dándole una palmadita en la espada a la joven, se fue caminando con dificultad apoyado en su bastón.

Volvió más veces al barrio, pero no encontró al hombre ni a nadie que le proporcionara más datos de su familia.

Los días pasados en Düsseldorf acercaron a Sabine a una nueva faceta desconocida: la investigación a pie de calle, la búsqueda de la noticia veraz, contrastada y fiable. De ahí que volviera a Hamburgo con un deseo en la mente: hacerse periodista.

* * *

Sabine comenzó a indagar dónde podía estudiar periodismo. Todas sus pesquisas la llevaron a optar por trasladarse a Fráncfort a fin de cursar estudios en la popular Escuela de Fráncfort, cuyo ideario estaba marcado por la teoría social y la política crítica de izquierdas, tomando distancia con el comunismo de Rusia.

Gracias a su buen expediente académico, consiguió una beca. Se despidió con pena de la familia Wildeck, con la que prometió seguir en contacto.

Alquiló un minúsculo apartamento en Fráncfort. Tenía unos pocos ahorros, pero debía conseguir ingresos para poder mantenerse; así que acudió al periódico *Bild-Zeitung* con el propósito de poner un anuncio ofreciéndose para dar clases de inglés. Sabine era consciente de que muy pocos alemanes hablaban el idioma de Shakespeare, aunque solo fuera por el rechazo a la ocupación aliada.

El empleado que la atendió le informó que estaban buscando a alguien de prácticas que supiera algo de inglés.

—El sueldo es bajo, pero es la única forma de meter la cabeza en un sitio así —le aseguró el de administración.

—Se lo agradezco mucho. Dígame qué tengo que hacer para postularme al puesto.

A veces la vida te lleva a pensar que las cosas ocurren por el compendio de los sueños y los hechos accidentales.

En Fráncfort se celebraba la convención anual de banqueros en la Antigua Ópera. Su periódico la había enviado para cubrir la información, en calidad de asistente del jefe de economía.

El primer día, Sabine se entretuvo en exceso enviando vía telefónica la información que había escrito su jefe. Por tal motivo, se perdió la intervención del representante de la Unión Bank of Switzerland, que era uno de los actos que le habían pedido que cubriera. La joven acudió a la sala de prensa con la intención de recabar información entre sus colegas. Como siempre ocurre, todos estaban demasiado ocupados como para ayudar a una novata. Se fue en busca del responsable de prensa del banco. No resultó difícil dar con él; repartía las líneas centrales del discurso en los casilleros correspondientes a los distintos medios de comunicación.

—No he podido llegar a tiempo. ¿Podrías conseguirme una entrevista con vuestro presidente? —imploró Sabine.

—Eres del *Bild-Zeitung*, ¿verdad?

—Sí, así es, y esta es la primera vez que me encargan cubrir una noticia —confesó ella con el fin de tener una oportunidad.

—Espera aquí. Voy a ver qué puedo hacer —afirmó el jefe de prensa, enternecido por los ojos suplicantes de Sabine.

Al cabo de un rato, regresó y le indicó:

—Sígueme. He conseguido que tengas unos minutos con el presidente.

—No sabes cómo te lo agradezco —afirmó pletórica la novata plumilla.

Sabine siguió a su benefactor hasta una sala donde un grupo de hombres impecablemente trajeados hablaban en torno a una mesa con fuentes de cruasanes, pequeños sándwiches, galletas y termos con café, leche y agua caliente.

El de prensa se acercó a un hombre vestido con un traje príncipe de Gales en color gris y corbata anodina, que levantó su mirada hacia donde estaba Sabine. Con un gesto le indicó que se aproximara. Ella se encaminó hacia él, sin ver que la alfombra estaba ligeramente levantada en una esquina, lo que la hizo tropezar y precipitarse hacia el centro de la sala. Dando trompicones se abalanzó contra una mesa rodeada de sillas donde un hombre fuerte y excesivamente serio la cogió por un brazo, evitando que fuera a dar con su cuerpo en el suelo. Fue tal el estruendo que todos los allí presentes repararon en aquella chica insignificante que los miraba con pavor.

Sabine balbuceó una disculpa que nadie pudo escuchar. El presidente del UBS se acercó a ella y la tranquilizó.

—Estas alfombras las ponen a propósito para conseguir que hagas una entrada triunfal y para que todos los que están aquí y se creen los dueños del mundo sepan que existen personas tan extraordinarias como usted. —Sabine se quedó atónita. «¿Se está burlando de mí?», se preguntó, «o... ¿me está ayudando a pasar este bochorno?»—. Tome asiento y repóngase un poco. ¿Quiere algo de beber? —La amabilidad del banquero apabullaba a Sabine.

La muchacha se sentó donde le indicó su entrevistado y pidió al camarero un refresco de cola. No hizo más que llevarse el vaso a los labios, cuando el presidente del banco reparó en la llave que pendía desde siempre de su cuello, y que con el tropezón había quedado a la vista.

—Mi querida señorita, ¿qué significa que la llave de una caja fuerte de mi banco cuelgue de su cuello como un talismán?

Sabine echó mano a su preciada llave y se quedó sorprendida con semejante afirmación. Al fin sabía a dónde correspondía su llave. Cuando fue entregada a su tío Michael Braun ya la llevaba, y este le regaló una cadena de plata para que siempre colgara de su cuello, y le dijo que jamás la enseñara y que ese sería el vínculo que le uniría a su familia.

—Nunca supe de dónde era esta llave; es el único recuerdo que tengo de mi familia —contestó Sabine.

—Debe acudir a nuestro banco en Ginebra. Allí le darán información al respecto —le aconsejó el banquero—. En cualquier caso, he de decirle que el hecho de tener esta llave no le da derecho a nada. Pero lo que le puedo asegurar es que corresponde a una caja fuerte que tiene el mismo número que está grabado en ella —le informó el presidente del banco.

—¿Podré tener acceso a la caja? —preguntó Sabine, ignorante.

—Poseer una llave sin una autorización que acredite que es la legítima dueña o heredera de dicha caja, no le da derecho a acceder a la caja fuerte —se lamentó el banquero—, pero no tiene nada que perder. Vaya y averígüelo.

Un hecho accidental marcaba su vida o, al menos, volvía a abrir la posibilidad de indagar más sobre su pasado. Sabine no se lo pensó. Iría a Suiza y exploraría si la caja había sido abierta, cancelada o continuaba intacta.

* * *

Una semana más tarde, Sabine emprendió viaje a Suiza. El trayecto en tren hasta Ginebra fue una experiencia muy gratificante. Después de bordear el lago Leman, se dispuso a atravesar los Alpes. Un tren cremallera quejoso y renqueante trepó pendiente arriba hasta vislumbrar el pico coronado del monte Schilthorn, que al igual que otros muchos mitos de aquel paisaje, daba muestras de su exultante belleza natural. La ruta a través de las montañas desembocó en una concatenación de lagos que el agitado tren fue vadeando sin dificultad, para adentrarse zigzagueando en valles de cuento, en los que las granjas y los pueblecitos se rodeaban de campos de cultivo de un verde sorprendente.

A pesar de las horas de viaje, a Sabine le pareció un espectáculo asombroso introducirse en aquel paisaje de tan singular belleza y contemplar las cumbres —todavía con restos de nieve perezosa por disolverse— que daban paso al templado verano.

Nada más llegar, acudió al banco de Ginebra con su llave de estaño. Se dirigió al responsable de las cajas, un hombre de edad más cercana a la jubilación que de la vida activa, y se presentó.

—Buenos días, soy Sabine Braun y toda mi vida he tenido conmigo esta llave con el número 0357. Mis padres murieron en la guerra y esta llave es lo único que me ha quedado de ellos.

El hombre la miró incrédulo, le hizo repetir su nombre, volvió a mirar el número de la llave y la tomó en sus manos; apenas una llave similar a la de un armario; solo que era de dobles dientes, y en su cabeza redonda, bordeando el ojo de la misma, estaba inscrito aquel número, que el hombre tenía grabado en su memoria, a la espera de ver aparecer a su dueño antes de la jubilación. Ese día había llegado. Sin previo aviso. Era un día cualquiera, de un año cualquiera. Y una joven frágil y temerosa le entregaba aquella llave con aquel número, afirmando que era su dueña desde que podía recordar.

Sabine, mientras tanto, sacó su identificación y se la mostró al empleado. El encargado de las cajas fuertes sabía muy bien cómo actuar.

Habían pasado muchos años y lo recordaba como si fuera ayer. Hacía poco tiempo que le habían cambiado de departamento. Y después de un periodo de prueba, su superior le puso al corriente de algunas circunstancias curiosas y, entre ellas, hizo hincapié en la llave de la caja 0357.

—Si algún día alguien viene con esta llave, debes acudir al director del banco. Y si por cualquier motivo cambias de trabajo y abandonas este departamento, debes pasarle el testigo al que venga.

—¿Qué tiene esa llave de particular? —quiso saber el empleado.

—Su dueño era un buen amigo mío y le prometí cumplir con su deseo. Hoy por hoy no sé lo que habrá sido de él, pero es tan poco lo que me pidió y tanto lo que me ayudó que te ruego lo tengas en cuenta.

El bancario recordó esta conversación siempre, y se comprometió a hacer lo que le pedía su jefe, que para él era referente de honestidad y apoyo.

¡Y allí estaba la llave famosa! Sin lugar a dudas, era una de las cosas más emocionantes que le habían pasado nunca. El encargado de la caja fuerte tomó el teléfono y llamó al director del banco. Era evidente que él poseía un poder que le facultaba para abrir dicha caja. El director se personó al poco tiempo. En presencia de la chica, abrió la caja. Sacó varios estuches con joyas que depositó en una mesa auxiliar. Debajo de ellas, un sobre dirigido a Sabine Braun.

—Si usted es la destinataria de esta caja, hoy es uno de los días más emocionantes de mi vida —afirmó el director—. Lo mejor es que lea usted la carta. La dejaremos sola. Cuando termine, venga a hablar conmigo.

Sabine notaba su corazón latiendo a toda velocidad. Se sentó en una silla en medio de la sala y comenzó a leer.

> *Querida hija:*
>
> *El hecho de que estés leyendo estas líneas me hace el hombre más feliz de la Tierra, pues supone que el enorme empeño que puse para salvarte la vida se ha cumplido.*
>
> *Quiero que conozcas la historia de tu familia. Tus antepasados proceden de Polonia, a donde emigraron cuando se instauró la Inquisición en España en tiempos de los Reyes Católicos. Por esta razón somos judíos sefardíes.*
>
> *Tus abuelos emigraron a Fráncfort, donde se establecieron gracias a que la comunidad judía les apoyó para poder abrir su tienda. Mi padre era un gran conocedor del negocio de telas y pieles, y, además de comerciar con ellas, las vendía en su establecimiento ya confeccionadas.*
>
> *Yo, Ariel Benatar, me casé con tu madre, Shira, y te pusimos a ti el nombre de mi madre, Eliana, pero solo en la intimidad te llamamos así.*

A todos los efectos, siempre serás Sabine Braun, y así es como queremos que te sigas llamando. El hecho de ser judía hoy por hoy te impedirá alcanzar la felicidad.

Queremos que respetes a tus padres de adopción como si fuéramos nosotros mismos.

Desde muy joven, mi vida se encarriló hacia el mundo del arte. Me encantaba pintar retratos, paisajes e incluso empecé a crear formas y movimientos con los pinceles, pero aquello no era productivo, y mis deseos de casarme con tu madre me obligaron a avenirme a las exigencias de mis mayores. Así que, sin abandonar mis habilidades, me incorporé al negocio de mi padre.

Ahí descubrí que disfrutaba diseñando abrigos para las clientas más sofisticadas. La evolución me llevó a otro tipo de prendas, y luego a montar mi propio negocio de sastrería y peletería.

Pero las cosas no pintaban bien para los judíos. Cada vez nos señalaban más y nos recluían. Así que decidí idear un plan. No abandonaría mi país; no conocía otra cosa y no creí que los nazis llegaran a los extremos de hoy. Así que decidí trasladar mi negocio a Düsseldorf, poniendo de tapadera a mi incondicional amigo y primer oficial Paul Braun. Pasaba por trabajar para él, pero, en realidad, era yo el dueño.

Por eso, cuando tu madre —contra todo pronóstico— se quedó embarazada, le propuse a los señores Braun que se hicieran pasar por tus padres y así salvarte de las penurias de los judíos. Te inscribimos como Sabine Braun y a todos los efectos eres hija de ellos.

En este banco dispones de una cuenta a tu nombre. Durante años fui ahorrando para que algún día pudiéramos irnos a Jerusalén y vivir como una auténtica familia. El hecho de que estés leyendo esta carta es porque probablemente ni tu madre ni yo estemos a tu lado.

Es muy posible que esta sea la última vez que pueda venir a Suiza. Cada día es más difícil burlar los controles de los nazis.

Por ser sefardí dispongo de pasaporte español. Así que, hasta ahora, he podido seguir trabajando en mi negocio.

Mis amigos insisten en que huyamos, ahora que aún podemos hacerlo; pero yo confío en que todo esto acabe pronto. De todos modos, a mi regreso a Alemania estudiaré la posibilidad de huir a Tánger; unos amigos están valorando esta idea. Y quizás de ahí dar el salto a España.

Sería una paradoja del destino regresar a la tierra de mis antepasados.

Mi querida hija, ahora que ya sabes quién eres, siéntete orgullosa de tu familia y hónrala siendo una persona honorable y bondadosa. Y no olvides esforzarte en conseguir tus sueños.

Tu padre que te quiere,

Ariel Benatar

Sabine tardó un tiempo en reaccionar. Aquella carta daba un giro a su vida. No pudo reprimir las lágrimas. Asimilar que era judía, cuando había ocultado que era la hija del sastre de Hitler... era más de lo que podía imaginar.

Salió de la cámara donde se encontraban las cajas y vio que el empleado que la había atendido hablaba con un anciano que todavía conservaba una magnífica presencia.

—Señorita Braun, me he permitido la licencia de llamar al que era jefe de esta sección cuando su padre contrató esta caja.

El anciano se levantó con dificultad de una de las butacas que estaban en el *hall* de entrada.

—Buenos días, señorita Braun, soy Samuel Levit. He venido en cuanto me ha llamado mi compañero; siempre temí morirme sin poder presenciar este momento —le dijo el anciano a Sabine.

—Se lo agradezco en el alma. Y dígame, ¿usted conoció a mi padre? —quiso saber ella.

—Tuve esa suerte. Él llegó aquí a través de otro amigo judío que me pidió que le ayudara a abrir una caja y una cuenta. Como usted comprenderá, la circunstancia de que usted venga aquí con esta llave no se ajusta al procedimiento normal de un banco. Es un asunto de confianza. Nunca creí necesario hacerle al director del banco un poder, ya que usted siempre estaría protegida por la familia Braun. Pero su padre era un hombre muy inteligente y pensaba todas y cada una de las posibilidades, hasta el punto de creer que todos podían morir. Por eso, me hizo prometerle que, si alguna vez venía alguien con esta llave que acreditara ser Sabine Braun, debía ponerlo en conocimiento del director, quien tendría su autorización por escrito para abrir dicha caja.

»Su padre puso la cuenta a nombre de él y de usted, Sabine Braun. Al no tener movimiento, dicha cuenta se ha convertido en una "cuenta durmiente" del banco. Como sabe, se llaman así las cuentas que no han sido tocadas en años. Muchas de ellas estaban en manos de judíos y jamás han tenido un movimiento.

Estaba aturdida. Aún no había asimilado que su padre era nazi cuando ahora descubría que era judía.

—Le agradezco infinito que me cuente todo esto; gracias a usted conozco aspectos de mi padre que me llenan de orgullo —dijo Sabine emocionada.

—No tenga duda de que su padre le profesó el más desinteresado cariño, renunciando a usted para poder salvarla. —el anciano no pudo contener la emoción y se echó a llorar. Sabine se acercó a él y lo abrazó dándole las gracias.

Por primera vez en su vida se sintió feliz de verdad, porque supo que había sido muy querida. Ese día se juró no volver a sentirse melancólica por estar sola en la vida.

Salió del banco emocionada y aturdida. En aquellos momentos no podía asimilar quién era. Sin embargo, tuvo claro que debía proseguir su búsqueda. Ahora, nada ni nadie se lo podía impedir.

Incluso albergaba la esperanza de que sus padres hubieran podido huir a Tánger. Así que lo tuvo claro: su próximo destino era, sin lugar a dudas, Marruecos, o incluso España.

Capítulo 14

Amores del pasado

La ruptura con David destrozó el corazón de Clotilde. Se acostaba con su recuerdo y, si conseguía dormir, se levantaba como si no hubiera dejado de pensar en él durante toda la noche. Le daba vueltas y vueltas a todo lo vivido con él.

No pudo digerir que su amante la compartiera con otra, de modo que, aunque Griffin la llamó y suplicó su perdón asegurando que nunca volvería a suceder nada semejante, Clotilde tuvo claro que para aquel hombre ser infiel sexualmente no significaba nada, y que ese comportamiento era producto de toda una vida practicando esa táctica, con el único fin que el de la adrenalina de la conquista.

Pasó el invierno sumida en la melancolía, sin otro incentivo que estar pendiente de Victoria y Albert, ambos inmersos en sus estudios. Apoyó la iniciativa de Amalia de ampliar la clínica, y tuvo claro que Frank había «evolucionado» a una ideología de extrema derecha.

—Cloty, ha escrito Ralf comunicándonos que en unos días regresará de Chile y que, tal como prometió, desea organizarnos el viaje a Marbella. Creo que te vendrá muy bien para animarte un poco. —Stefan llamaba a su mujer de la misma forma que lo hacía su fallecida tía Violet.

—La verdad es que no me apetece nada —comentó ella con desgana.

—No podemos darle ese disgusto. Está emocionado con el viaje y creo que a todos nos vendría bien. Mi idea es que os adelantéis tú y Victoria, que para esa fecha ya habrá acabado sus clases, y en cuanto termine Albert el curso nos sumamos nosotros. Quizás aproveche el viaje a Marbella para pasar a Tánger. Las obras del *riad* van muy lentas. Quiero que vayas cuando esté acabado.

—Sé lo perfeccionista que eres y te comprendo. Pues dile a Ralf que aceptamos su invitación —concluyó Clotilde.

—Podrías llamar a Ian Fleming para que te dé alguna idea sobre Marbella. Tengo entendido que le apasiona el lugar —le sugirió Stefan.

A la condesa, Ian le parecía un hombre fascinante, y entre ellos había surgido una buena amistad después de haberle ayudado a encontrar a su hija Amalia. De modo que en presencia de su marido le telefoneó.

—Mi querido escritor, he oído decir que te encanta Marbella. Voy a ir de vacaciones en unos días.

—Vas al lugar más extraordinario que conozco. Sin duda, no te va a resultar indiferente. Deseo pedirte un favor. Me gustaría que visitaras a mi amigo Arthur Corbett. Es un lord encantador que vive en una casita en el pueblo; le reconfortará recibirte, ya que está pasando por problemas sentimentales. Y a ti te divertirá su compañía; seguro que te pondrá al corriente de lo que desees. —Ian no le contó que ambos fueron espías en Gibraltar durante la guerra.

—Tengo entendido que es un país muy pobre —comentó Clotilde con inseguridad.

—España es una dictadura que ha abandonado la autarquía, y desde hace pocos años un equipo de tecnócratas ha dado paso al plan de estabilización y liberalización económica. «Los mejores entre los mejores» han tomado las riendas de la nación, llevándola a lo que se está llamando «el milagro económico español». Este sería el resumen de la actualidad. De modo que, mi querida Clotilde, vas a España en el momento oportuno; en pleno cambio de filosofía política y estilo de vida. Sin olvidar que es una dictadura, claro está.

—Te estoy muy agradecida por toda la información que me has dado. Has conseguido que me interese más por el viaje. Te llamaré a mi regreso para contarte mi experiencia —prometió ella, que disfrutaba de la compañía del escritor y exespía.

* * *

Clotilde y su hija Victoria viajaron a España un precioso día de junio, en el que los árboles mostraban su bonito follaje, las buganvillas mantenían sus días en flor y el clima suave y cálido las envolvió al bajar las escalerillas del avión de la BEA (British European Airways), que desde Londres las había traído hasta el aeródromo El Rompedizo, de Málaga, una ciudad de espaldas al mar, pero abierta al mundo al contar con una de las costas con más futuro turístico del sur de Europa.

El príncipe Ralf estaba esperando a madre e hija a pie de pista.

En cuanto vio a su primo, Victoria corrió hacia él para abrazarlo.

—¡Anda, qué moreno te has puesto! ¡Estás guapísimo! —exclamó la chica, que acababa de cumplir veinte años.

—Gracias, tú siempre me ves con buenos ojos —respondió Ralf con una sonrisa y dándole un beso en la mejilla.

Clotilde se vio obligada a decir algo, así que remató el piropo diciendo que estaba de acuerdo con Victoria.

El viaje hasta Marbella fue tedioso por tener que sortear numerosas zonas en obras, ya que la carretera nacional 340 se estaba ampliando a cuatro carriles. El tener que atravesar los pueblos costeros añadía cansancio al viaje. Al llegar a Marbella todo cambió. La temperatura se tornó suave. Un inmenso pinar a ambos lados de la carretera apareció ante los viajeros, que sin esperarlo se vieron inmersos en un vergel fértil y hermoso, protegido por el manto de una sierra montañosa que iba emergiendo poco a poco.

Una avenida principal amplia y llena de vida mostraba a su izquierda una alameda de árboles centenarios, con jardines que caían en cascada hasta el mar. A mano derecha, la torre de la iglesia sobresalía entre un laberinto de calles y plazas protegidas antaño por la muralla árabe que se extendía desde la Barbacana a la calle Peral. Clotilde y Victoria se quedaron boquiabiertas con el ajetreo de la carretera. Subido a un podio circular, un guardia urbano uniformado con casaca blanca y casco distribuía el tráfico de coches, personas y animales. Victoria reparó en el gran número de unos ejemplares de equinos, una especie híbrida entre poni y caballo. Su primo se rio con ganas.

—Son burros —afirmó Ralf, sin conseguir pronunciar las dos erres.

—Son más bonitos que los que tenemos en la finca, y aquí van por la calle del pueblo como un vehículo más. Por cierto, ¿crees que podría montar a caballo? —preguntó Victoria, que había heredado la afición de su madre.

—Sería estupendo poder montar un pura sangre andaluz —dijo Clotilde, colándose en la conversación.

—Sin duda. Mi amigo el marqués de Ivanrey nos ha invitado a almorzar en su hotel; estará encantado de que saquéis a pasear a sus caballos.

El chófer miró por el retrovisor con cara de extrañeza; observó cómo la chica admiraba los burros, que sobre sus lomos portaban pesadas alforjas. Pensó que aquella chica debía de venir de otro planeta. ¿Dónde estaba la gracia en ver a dos asnos normales y corrientes y más bien sucios? Seguía sin entender a los extranjeros... ¡Ya ves...! ¡Fijarse en dos burros...!

Les sorprendió la animación que se respiraba en la calle principal y, sobre todo, el bullicio en los bares y cafeterías con nombres singulares: Salduba, Sport, Cantábrico..., un quiosco de artículos de esparto y cerámica a modo de *souvenirs*, un estanco, y hasta una agencia de viajes. ¿Una agencia de viajes en un pueblo...? Desde luego en Alemania había que ir a la ciudad para comprar los billetes de avión.

Ralf no dejaba de indicarles los lugares más representativos de aquel pequeño pueblo donde los autobuses de Portillo aprovechaban un ensanche en la calzada para estacionarse y recoger o dejar pasajeros.

—Mirad, ahí está el café La Jaula. Es un lugar de encuentro con mucho sabor.

Se trataba de un edificio de modestas proporciones, acristalado y a dos aguas, en cuyo interior las mesas rectangulares con sus sillas de enea se distribuían delante de un elegante mostrador de madera oscura a juego con un frente de estanterías, en las que descansaban botellas y vasos de numerosos tamaños y formas. Cantos, el propietario de local, procuraba servir a los clientes un buen café de puchero, que nada tenía que ver con el aguachirle de otros bares.

El príncipe Von Havel, entusiasmado, hablaba sin parar, señalándoles las curiosidades del pueblo.

El conductor no podía apartar los ojos de Clotilde. Se preguntaba cómo podía existir en la tierra una mujer tan perfecta y a la vez tan poco atractiva para él. Aquella misma noche se acercaría al casino del pueblo para contar aquel viaje:

—Cuando vi llegar a aquella mujer, enseguida di por seguro que era una de esas actrices de Hollywood, pero... ¡qué va! Aquella mujer era diferente. No podía quitarle el ojo. Jamás conocí a nadie que pudiera ignorarme como aquella mujer. Estoy convencido de que no me vio en ningún momento.

Juzgar la apariencia sin conocer el alma es la injusticia de la ignorancia. Pero... ¡quién está libre de juzgar las apariencias...!

Clotilde seguía encerrada en sí misma. Era tal la tristeza del desamor que albergaba en su corazón que pasó el viaje abstraída mirando por la ventana aquel árido paisaje de cerros escarpados, secos e inundados de cactus que, según Ralf, se llamaban chumberas. Pensó que su interior estaba igual que aquel entorno.

Pese a todo, ver a su hija feliz la hizo sonreír. Desde el primer momento, Victoria se enamoró del lugar. El aspecto sencillo y rural del hotel la fascinó.

El establecimiento consistía en tres edificaciones en forma de «u», con una torre circular que ostentaba las iniciales M.C.H. bajo el escudo de los Hohenlohe. Las habitaciones iban de la A a la Z, y en el centro del complejo una fuente de piedra marcaba el ritmo del tiempo con sus caños rebosantes de un agua cristalina, que, sinuosa y plácida, iba cayendo en el estanque, recordando el pasado árabe del entorno y marcando por qué Marbella fue una de las últimas poblaciones que se rindieron a las huestes de los Reyes Católicos en 1485.

Aquella noche hicieron una cena rápida en el restaurante El Grill. Clotilde disfrutó con el ambiente de gente guapa y, como siempre, fue objeto de las miradas de admiración de los comensales. Se acostaron pronto, pues al día siguiente tendrían la invitación de Ricardo Soriano, marqués de Ivanrey.

El mismo conductor del día anterior acudió a recogerlos.

El Rodeo no quedaba lejos. Junto a la carretera estaba la entrada a la finca; y a pocos metros, un edificio principal de planta baja acogía las estancias de la «venta y albergue», recepción, comedor... Al frente y a la izquierda, una sucesión de casitas concebidas como bungalós independientes, todos iguales, con tejado a dos aguas y un coqueto porche a la entrada, daban hospedaje a los clientes.

Ralf hizo un gesto con la mano a un hombre alto que salía de la recepción; este, al verlo, se encaminó hacia él. Se saludaron en alemán.

—Te presento a José Rodríguez, director del hotel.

A Clotilde le extrañó que un alemán pudiera tener un nombre tan típicamente español.

—Encantada de conocerle —respondió Clotilde con amabilidad.

—Lo mismo digo, condesa. Supongo que vienen al almuerzo del marqués que se ofrece en la piscina. Ahí mismo, a la derecha —les indicó el alemán de nombre español.

En la barra del bar, un señor de buen porte, pero entrado en años, abrazaba sin pudor a dos jóvenes de esculturales cuerpos y exuberantes formas. El príncipe comprobó que se trataba del marqués; le dio reparo que Clotilde presenciara la escena.

—Ivanrey —llamó Ralf a Ricardo Soriano con intención de advertirle que acababa de llegar con sus invitadas.

El histriónico marqués se volvió hacia la voz que le llamaba, soltando a una de las señoritas que sujetaba por la cintura; sus ojos de cazador impenitente se clavaron en las dos mujeres que acompañaban al príncipe. Se tiró en picado hacia Clotilde, cogiéndole la mano y besándosela sinuosamente. Clotilde le miró fijamente y con cierto desprecio retiró su mano. Con esa actitud altiva marcó la desafección que iba a sentir siempre por el personaje.

«Hay que reconocer que debió de ser un hombre atractivo, pero caer en las redes de un tipo así es lo peor que le puede pasar a una mujer», reflexionó, para sí, Clotilde mirando a Ricardo Soriano.

El marqués —hombre de mundo, vividor y juerguista donde los haya— soltó la presa exquisita que tenía enfrente y volvió los ojos a Victoria. En ese instante, Ralf cogió a la joven por el hombro.

—Te presento a mi prima, la princesa Victoria. —Con este gesto, Ralf le dejó claro al depredador que aquellas señoras no estaban en el menú.

—Quizás a esta jovencita le aburra tomar el aperitivo con esta panda de vejetes. Te propongo que, si te gusta montar a caballo, puedas hacerlo ahora —sugirió el marqués.

Victoria miró a Ralf, confirmando que la propuesta le seducía más que aquella gente, que no le interesaba en absoluto.

—Me parece muy buena idea que Victoria se dé un paseo a caballo antes de almorzar —se apresuró a decir Ralf.

Acto seguido, Ivanrey avisó al mozo para que acompañara a la joven, que siguió al muchacho encantada.

—Pasad y disfrutad del aperitivo. Ahí están varios compatriotas vuestros, entre ellos quizás conozcáis al excanciller del Reich Franz von Papen, que se hospeda en la casa del marqués de Prat de Nantouillet, en la finca La Coneja.

—La verdad es que no conozco a Von Papen; es de una generación anterior —se apresuró a contestar Ralf.

El marqués se acercó a un grupo de personas que estaban en torno a un hombre corpulento, por no decir muy gordo. A Clotilde le repugnaban los hombres gordos.

—Edgar, te presento al príncipe Von Havel y a la condesa de Orange.

Ralf saludó al cineasta en español, mientras Clotilde sonrió alargando la mano, que Edgar tomó haciendo amago de besarla.

«Debió de ser guapo de joven —pensó la condesa—, pero esa gordura sudorosa es inaceptable».

—Es la primera vez que veo en esta casa a personas decentes. Esta señora tan *comme il faut* no creo que tenga alojamiento en tus bungalós para señoritas —se rio con ganas el director de cine.

A Edgar Neville, amigo íntimo de Ivanrey, le gustaba poner en aprietos a su descarado amigo y siempre decía lo primero que se le pasaba por la cabeza. Jugaban ambos a escandalizar a los que estaban a su alrededor.

—Estas juegan en otra división —comentó en español Ivanrey y, acto seguido, continuó en inglés, intentando parecer decente—: Les dejo con mi amigo Edgar, conde de Berlanga de Duero, diplomático y dramaturgo.

Neville presentó a sus acompañantes: la actriz Conchita Montes, su compañera; a Isabel Vigiola, la secretaria eficaz y joven atractiva que parecía no encajar en aquel ambiente tan disparatado, y a la multimillonaria y bellísima Francine Weisweiller, amiga íntima del dramaturgo francés Jean Cocteau.

Clotilde se quedó encantada con este grupo. Neville le ofreció una copa de champán muy frío, al tiempo que le acercó un silloncito de caña en forma de huevo, para que pudiera sentarse.

—Venid mañana a cenar a mi casa en el Cortijo Blanco y tendréis la oportunidad de conocer a lo más granado del cine español. —A Neville le encantaban las mujeres guapas y sofisticadas. Se había quedado fascinado con Clotilde.

—Iremos con gusto —contestó Clotilde, que estaba decidida a conocer todos los ambientes que había en Marbella.

Mientras tanto, a Victoria le ensillaron el caballo más elegante que jamás había visto. Durante su infancia acostumbraba a montar los caballos de su tío, unos Lipizzana preciosos, pero el porte del pura sangre español la arrebató.

El día desprendía una luz cegadora. Comenzaron a cabalgar monte a través; el campo era un vergel de plantaciones agrícolas. El mozo indicó a Victoria en un macarrónico inglés que aquellas tierras de cultivo pertenecían a la colonia El Ángel, explotación que había aprovechado la infraestructura de los altos hornos, una industria floreciente en la zona en otra época, pero que había desaparecido, y que ahora había comprado un tal José Banús. Victoria quiso acercarse a la colonia.

Se trataba de un pequeño pueblo de trabajadores donde las gentes convivían entre sí como una gran familia.

Una señora se les acercó.

—Hola, Curro, ¿qué haces tú con una señorita tan guapa? —le dijo con un marcado acento andaluz.

—Tía, hágame el favor de darnos un poco de agua fresca del botijo. Es una invitada del marqués.

—Desmontad y bebed. Hoy hay terral y hace mucho calor.

La mujer ofreció el botijo a Victoria, que no sabía cómo beber de él; así que el muchacho lo agarró, bebió sin tocar el pitorro y se lo pasó a la chica; ella intentó hacer lo mismo, pero el agua salió por el caño ancho y se le derramó por toda la cara. Fue una sensación agradable para Victoria, que se echó a reír. Se sintió feliz en aquel ambiente humilde y agradable.

La señora les pidió que se sentaran a probar el gazpacho que había hecho. La chica dudó, pero al momento se lo llevó a la boca. Se trataba de una sopa de tomate refrescante y deliciosa. Le indicó con un gesto que le gustaba mucho.

—¿De dónde es la señorita extranjera? —preguntó la mujer.

—Creo que es alemana.

Al oír que era alemana, la señora se echó a llorar; tomó un pañuelo que llevaba dentro de la manga de su vestido y se limpió los ojos. Victoria se contrarió; no sabía qué pasaba.

—No se preocupe, señorita. Mi tía llora porque se ha acordado de su hijo, que ha emigrado a Alemania y al parecer lo está pasando muy mal.

Victoria se acercó a la señora e intentó animarla, echándole el brazo por el hombro. La mujer la abrazó con naturalidad. La joven se conmovió al verla emocionarse. Enseguida pensó en ayudarla.

—Dígame el nombre y la dirección de su hijo en Alemania —le pidió Victoria al muchacho, con la intención de hablar con Ralf para que le ayudara a buscarle un trabajo al chico emigrante.

La señora no sabía muy bien lo que estaba pasando, pero intuyó que algo bueno ocurría. El chico le explicó lo que le había dicho Victoria; acto seguido, su tía entró en la casita blanca y salió con un sobre en la mano.

—Aquí tiene sus señas —dijo llorosa. Victoria miró el remite y se guardó el sobre.

—No se preocupe. Lo localizaremos —le dijo, aunque la mujer no entendió ni media palabra, pero su entonación le hizo comprender.

—Tenemos que regresar —comentó el mozo a Victoria.

La chica se despidió con un beso de la señora del pañuelo negro cubriéndole la cabeza y la cara curtida por el sol.

—Sí, vámonos, aunque me encantaría quedarme. Quisiera volver a montar otro día.

—Si lo desea, yo me encargo de que lo haga, ya que me ocupo de las cuadras de los caballos y debo sacarlos a pasear.

—Dígale a su tía que espero volver otro día a visitarla.

De vuelta al albergue El Rodeo, Victoria pudo constatar que aquel ambiente no le gustaba nada; parecía una reunión de viejos adolescentes. Clotilde se dio cuenta de que estaba aburrida y se acercó a ella, momento que aprovechó para contarle el encuentro con la señora; a su madre le pareció muy bien que hablara con Ralf.

Después del almuerzo, Clotilde se acercó a su sobrino.

—Creo que este no es el mejor ambiente para Victoria. Deberíamos irnos antes de que las cosas entren en ebullición.

Estoy de acuerdo. Acerquémonos al *parking*. Le he oído decir a Ivanrey que iba a revisar su coche. Al parecer, va a participar mañana en un *rally* a Marruecos —comentó Ralf.

Encontraron al marqués enfrascado en supervisar el motor de su coche deportivo.

—Siento que os vayáis tan pronto —dijo Ivanrey con sorna—. Me da la impresión de que la condesa no ha disfrutado en el almuerzo. —Soriano miró lascivamente a Clotilde, y esta le respondió con una mirada de asco reprimido. Ivanrey rio estrepitosamente. Le importaba poco lo que aquella estirada pensara de él.

Clotilde y Victoria se encaminaron hacia el coche que las llevaría de vuelta al hotel, momento que aprovechó Ralf para despedirse.

—Te agradezco mucho la invitación. Hasta muy pronto —se despidió el príncipe, pensando que pocas personas consiguen crear su propio mundo y disfrutar libremente de él.

—¡Tu condesa es más tiesa que la mojama! —exclamó Ivanrey.

—Creo que el problema es que Clotilde esperaba encontrarse con una España de rosario y velo, y su primera salida ha sido un almuerzo en la casa de un marqués descarado. Además, me aseguraste que iba a ser una comida de amigos en la piscina, y yo intuí que sería algo más relajado que los saraos nocturnos a los que nos tienes acostumbrados —contestó Ralf.

En el coche, de vuelta, Clotilde estaba visiblemente enfadada.

—No deseo volver a ver a este hombre nunca más —afirmó—. No me gusta nada el trato que tiene con las mujeres; para él, todas somos objeto de sus deseos.

—Sin duda es un hombre obsesionado con las mujeres, pero además de aventurero, es el inventor del deporte olímpico Bobsleigh y de la motocicleta scooter. Su principal rasgo es satisfacer sus deseos por encima del dinero y de convencionalismos sociales. —A Ralf le divertía el estilo de vida de Ivanrey.

—¿Cómo has llegado a conocer a este personaje tan peculiar?

—Me lo presentó el director del hotel, pero, en cualquier caso, es un personaje al que hay que conocer si vienes a Marbella; forma parte de la esencia intrínseca de este lugar: transgresor, mundano y libertario.

—Por cierto, ¿cómo es que el director tiene ese nombre tan español siendo claramente alemán? —preguntó Clotilde intrigada.

—Sí, es alemán. El régimen de Franco le proporcionó una nueva identidad al acabar la guerra. —Ralf no quería profundizar mucho en este asunto.

—Pero ¿se trata de un nazi huido?

—No, no creo que haya sido nazi. Me ha contado que estaba trabajando en España para una empresa alemana. Cuando acabó la guerra, y gracias a las buenas relaciones que tenía con los políticos de Franco, le dieron una nueva identidad. Supongo que le preocupaba ser señalado como nazi después de la guerra.

—Comprendo que tú no le des importancia al hecho de relacionarte con nazis, pero a mí no me divierte nada esto.

—Estás siendo injusta. Es un compatriota que se ha buscado la vida y no perjudica a nadie. —Una gruesa vena dividió la frente de Ralf en dos.

Clotilde se percató de su cambio de humor. Era la primera vez que veía a Ralf contrariado.

—Llevas razón, no veo por qué me tiene que preocupar una persona que no está en mi círculo social. —La condesa midió mucho sus palabras; sabía lo elitista que era Ralf y con ese comentario displicente lo tenía a su favor.

Ralf relajó el semblante y vio la ocasión para informar a Clotilde de que hacía meses que el barón Von Weber le había invitado a su fiesta.

—Los barones Von Weber son un matrimonio encantador vinculado a Málaga desde antes de la guerra. El barón tiene mucho interés en que vayas, pues, aunque él servía en aviación, al parecer era muy amigo de Max. —Ralf lanzó el comentario, deseando obtener la aprobación de Clotilde.

—Me encantará asistir a su fiesta. Y no te preocupes, que sabré encajar la asistencia a la misma de algún nazi camuflado —replicó, con ánimo de rebajar la tensión entre ellos.

Al llegar al hotel, Victoria salió deprisa para la playa, mientras que Clotilde quiso dejar clara su postura.

—Ralf, perdona si te he molestado, pero odio a la gente con dos caras. Comprendo que no podemos dejar de relacionarnos con muchos de nuestros compatriotas por haber vivido el tiempo que les tocó vivir; solo quiero dejarte claro que no quiero revivir aquella época. —A pesar de lo que dijo, Clotilde, por primera vez, se cuestionó quién era realmente Ralf.

—Entiendo tu postura. No te preocupes ni lo más mínimo. Sé que ha sido difícil para ti superar las consecuencias de la guerra —expresó él con comprensión.

Aquella noche de 1963, en su acogedora habitación del hotel Marbella Club, la condesa de Orange soñó con el marqués de Ivanrey, uno de los pioneros de aquellas tierras. Su sueño se tornó en pesadilla, cuando se vio acorralada por aquel personaje libertino y sin moral, que deseaba una muestra de su vello púbico para su vergonzosa colección.

Por su parte, el príncipe Von Havel, al llegar a su habitación, se sirvió un brandi añejo y salió al porche a tomárselo. Siempre le daban la misma habitación. Observó con satisfacción que la araucaria que años atrás le había regalado al príncipe Alfonso para sembrar en el jardín había crecido mucho. El precioso árbol evocó a Chile, su país de adopción, siempre presente, al igual que el recuerdo de su hijita Sofía. Pero otra persona se abrió paso en su mente: Marta.

* * *

La muerte de su hija Sofía a finales de 1939 supuso para el príncipe Ralf primero un gran dolor y después un alejamiento de su mujer, que se negó a acompañarle a las recepciones y permanecía en casa abatida y sin consuelo. Las veces que coincidía con su marido, todo eran reproches y malhumor.

Una tarde, el ingeniero Von Havel fue invitado a una recepción en la embajada de España. Una vez más, Carmen no deseó acompañarle. El cóctel estaba bien nutrido de jovencitas de buena familia en busca de un buen partido.

Marta deseaba verse con sus amigas. Así que no dudó en aceptar la invitación para asistir a la recepción del embajador español.

Nada más entrar, Ralf vio a un grupo de jóvenes que rodeaban al embajador de Francia. Se fijó en una de las chicas: cabello castaño, ojos marrón claro, tez de porcelana y unos labios carnosos pintados de un jugoso carmín que invitaban a ser besados.

Atravesó medio salón para acercarse al grupo y hacerse el encontradizo.

—Mi querido barón, llevo toda la noche buscándole, y ya veo que, como buen francés, se rodea de lo más exquisito de la velada.

—Príncipe Von Havel, tengo el placer de presentarle a las señoritas más guapas de la recepción. —El embajador francés, un conquistador impenitente, se percató de que el príncipe tenía interés por alguna de las jóvenes. Así que empezó su juego de saber cuál de ellas era la elegida; en cuanto lo tuvo claro, trató de dejarle vía libre.

A Ralf solo le interesaba la joven de caderas sinuosas y curvas exuberantes. Reprimió sus instintos y buscó la forma de hablar con ella.

—En estas reuniones se repiten siempre las mismas caras; me alegra tener, al fin, la oportunidad de conocer a alguien diferente. —Ralf carecía de la gracia de los latinos y su intento fue más bien burdo.

—No sé si después de que sepa que soy medio judía le seguirá pareciendo interesante. —Marta era así de directa; se había dado cuenta de que aquel espécimen ario podría estar más cerca de ser un nazi que de pertenecer a la colonia alemana de Chile, con la que le unía una buena relación. No en vano, su hermano estaba casado con una alemana.

—Pues está usted de suerte porque no soy nazi. Solo soy un simple ingeniero civil alemán —contestó Ralf, mintiendo lo justo.

—Me alegra saberlo —dijo ella; no pudo negar que le gustaba aquel hombre tan guapo; así que quiso creer lo que le decía.

La bella chilena, que estaba prometida con un joven hacendado, hijo mayor de madre viuda, era una chica de buena familia y recién licenciada en historia contemporánea por la Universidad Católica. Los preparativos para la boda estaban muy avanzados, hasta el punto de que la novia acababa de regresar de Estados Unidos, donde había ido a comprarse el ajuar.

—Ahora que nos conocemos, espero volver a coincidir con usted en la siguiente fiesta de embajada —dijo Ralf, con una sonrisa seductora.

—Veremos a ver si tiene esa suerte —comentó Marta con sorna.

—La suerte hay que buscarla, y no dude de que ese va a ser un objetivo primordial para mí —respondió él, seguro de sí mismo.

No pudo seguir hablando con la chica, ya que fue requerido por el agregado comercial de la embajada anfitriona.

En cualquier caso, la forma de ser resuelta y abierta de Marta encandiló a Ralf, que hasta ese momento nunca había sido infiel a su mujer. Pero desde aquel día, Marta se convirtió en una obsesión para él.

A partir de ahí, Ralf y Marta empezaron a verse con regularidad en reuniones sociales; buscaban la manera de coincidir en privado, aunque estos encuentros no les permitían tener la intimidad necesaria para llegar a ser amantes. Sin embargo, su química suponía una atracción irrefrenable. Tanto que la chilena ya deseaba que Ralf moviera ficha, pues tenía muy claro que no se entregaría al príncipe a menos que este no dejara a su mujer.

Por su parte, Marta sí rompió el compromiso con su novio de toda la vida.

Ralf sentía una fuerte atracción por Marta, pero su sentido común le obligaba a reprimir sus deseos de dejarlo todo y unirse a la chilena.

Un fin de semana, los Von Havel fueron invitados a un fundo, una hacienda agrícola de miles de hectáreas, que se perdía a lo lejos en el cordón montañoso que amparaba la ciudad de Santiago.

Sobre el cerro San Cristóbal, el atardecer daba paso a un cielo multicolor e incandescente en el que se mezclaba el añil con el color rojizo con el que el sol teñía las nubes.

Por primera vez en meses, Ralf se sentía pletórico. Sabía que Marta estaría allí, ya que ella había sido la artífice de la invitación.

Durante el camino a la finca, Carmen le hablaba de que no era feliz en Chile y que debían regresar a los Estados Unidos. Era el monólogo repetitivo y viciado de siempre.

—No soporto más esta situación. La muerte de nuestra hija ha acabado con lo único que nos unía. —Carmen sabía que su marido odiaba montar una escena delante del chófer. Pero todo le daba igual.

—Sé que hemos pasado unos meses muy malos. Pero yo espero que lo superemos poniendo de nuestra parte —respondió Ralf, intentando calmar a su mujer.

—Debes plantearte si realmente me quieres —dijo Carmen a la desesperada, pues ella sí estaba enamorada de su marido.

—Siento que te haya tocado vivir mis peores momentos. Mi país está en guerra y yo aquí trabajando, sin saber si podremos construir la fábrica —contestó él, sin hacer referencia, por supuesto, a su papel de espía.

—Comprendo tu desazón, pero podrías compartir tus asuntos conmigo y así la carga sería más llevadera —intentó razonar su mujer.

—Eres tú la que no quiere acompañarme a ningún sitio. —Ralf vio el cielo abierto, al ver que estaban llegando a su destino; no deseaba seguir hablando.

A la entrada de la casa, unos diligentes criados se encargaban de aparcar los coches en una explanada lateral.

La mujer de Ralf tuvo que esforzarse para no llorar; sentía el desapego de su marido e ignoraba casi todo de él. Se había casado porque se enamoró del hombre guapo que era, pero sin haber llegado a descubrir su auténtica personalidad.

La casa colonial del fundo recordaba la planta de un cortijo andaluz: materiales autóctonos convivían con arcos realizados en el lienzo de unos muros gruesos de adobe. Todo muy rústico, pero de una robustez equiparable a lo que desde tiempo inmemorial significaba la estructura de la sociedad chilena que imperaba en el campo: con los patronos, mayordomos, inquilinos y peones.

Ralf, en cuanto atravesó los salones y salieron al patio central de la casa, tuvo el deseo de dejar a su mujer y, como de costumbre, mariposear a su aire. Pero ese día no le pedía el cuerpo hacerlo; sentía cariño por Carmen y decidió quedarse a su lado. Sin embargo, esta vez fue ella la que por orgullo se separó de él y fue en busca de la mujer del embajador americano.

Los invitados se distribuían en torno a un estanque que hacía las veces de fuente ornamental de enormes proporciones. Ralf se percató de que en el fundo había detalles propios de alguien muy exquisito, conocedor de otras culturas. Los convidados disfrutaban de unos aperitivos criollos, regados con un vino de buqué inmejorable que se producía en la misma finca. El asado de chivo «al palo» era menú obligatorio.

Bajo los arcos que enmarcaban el empedrado porche que encintaba el lado sur de la hacienda se habían dispuesto unas mesas de tijera, cubiertas por preciosos manteles bordados con vivos colores.

El camuflado espía de las SS tenía dos objetivos ese día; uno, establecer relación con varios empresarios alemanes, y lo que más le satisfacía: encontrarse con Marta.

Ralf echó una rápida ojeada a los asistentes y llegó a la conclusión de que no conocía a nadie. Empezó a pensar que aquella reunión carecía de interés para sus pesquisas, hasta que descubrió a Ludwig von Böhlen, agregado aéreo de la embajada alemana. Fue tal la sorpresa que no disimuló al acercarse a su compatriota.

—Este es el último lugar en donde imaginaría encontrarte —se apresuró a decir Von Böhlen.

—Créeme que pienso lo mismo. Te hacía en Quilpué, en Temuco o en Valparaíso. —Ambos espiaban para su país.

—Digamos que hoy me interesan ciertos movimientos portuarios. ¿Cómo has conseguido que te inviten? —preguntó intrigado el diplomático.

La respuesta la obtuvo al instante.

—Ya veo que la diplomacia y los empresarios se atraen —saludó Marta, que se había acercado a los hombres sin que estos casi pudieran darse cuenta.

Von Böhlen se apresuró a besar la mano de la joven. El fundo pertenecía a su abuelo, un rico hacendado amante de los viajes y mecenas de la cultura.

—Los compatriotas, tarde o temprano, terminan conociéndose —contestó el diplomático, ejerciendo su profesión.

—Lo sé. Por eso tenía interés en que aceptara el príncipe Von Havel la invitación de hoy. Quiero que conozca al señor Hucke, sin duda el empresario alemán más importante de Valparaíso.

Entablar relaciones con empresarios alemanes afines a los objetivos de Hitler era uno de los encargos que tenía Ralf, ya que el Tercer Reich deseaba extender su poder hacia el continente americano una vez terminada la guerra.

—Pues le estoy muy agradecido por cuidar de nuestros compatriotas. —Von Böhlen puso la vista en el práctico del puerto, que hablaba amigablemente con el agregado español—. Les dejo, pues. Nos vemos en un rato —zanjó el diplomático alemán.

Ralf y Marta se quedaron solos. Ella, sin dejarle hablar, le indicó que la siguiera.

Entraron en la casa sin que nadie reparara en ellos, salvo la mujer de Ralf, que desde que había llegado a la fiesta no le había quitado ojo a su marido.

Marta conocía bien la hacienda. Se había criado allí. A su abuelo le encantaba organizar reuniones provechosas con gente de todo tipo. Nunca estuvo de acuerdo con que su hija mayor se casara con el padre de Marta, un judío rico del que se separó muy pronto. Por eso Marta no profesaba la religión judía.

La chica entró en el salón principal y se dirigió hacia una puerta de doble hoja que presidía un lateral. La abrió y tomó a Ralf de la mano haciéndole entrar...

Parecía tenerlo todo bien atado. La estancia era claramente un salón de lectura o de tertulia, según se mire, pues la enorme chimenea rodeada de tres sofás invitaba a la charla. Aunque los imponentes sillones de orejas junto a un gran ventanal inducían a la lectura de un buen libro.

Un biombo Coromandel de ocho paneles era el gran protagonista de la estancia. La singularidad del biombo —de madera lacada y pan de oro con escenas chinescas pintadas a mano e incrustaciones de piedras semipreciosas— daba un toque exótico y refinado al lugar.

Marta condujo a Ralf tras el biombo y, sin preámbulo alguno, le besó con deseo reprimido.

Ralf no entendía nada. Llevaba meses queriendo encontrarse a solas con Marta y esta se había hecho la huidiza. La incertidumbre le duró poco; la atrajo hacia sí aplastándola contra él. Sintió la turgencia de los senos sobre su pecho, lo que le llevó a desear tocarlos. Sin pedir permiso, logró abrirse paso por el escote hasta la tela gruesa del sostén que los cubría.

Sus deseos de poseer aquel cuerpo fueron más allá de la razón. La falda larga de tafetán rojo que llevaba Marta le impedía maniobrar con libertad; así que soltó los corchetes que la ceñían a la cintura, y la tela encarnada cayó a plomo sobre los pies de ella. Ante tal liberación, introdujo sus manos por debajo de la blusa de seda blanca y alcanzó los dos senos. Los masajeó con placer llevándose a la boca uno de ellos; era dulce y gelatinoso. Marta gimió profundamente y tomó su cabeza, acercándole los labios a los suyos, al tiempo que le susurró.

—Hazme tuya, deseo sentir que llegas a lo más profundo de mi ser.

Ralf no esperó más. Culminó sus deseos, tal como deseaba la chica. Fue un coito vigoroso, donde dos seres se compenetraron sin órdenes ni deseos frustrados; cada uno fue dueño de sus acciones procurando placer al otro.

Ninguno de los dos oyó que la puerta se abría. Pero quien lo hizo sí se percató con claridad de los ruidos ansiosos y placenteros que procedían de detrás del biombo.

La mujer de Ralf se acercó y pudo ver la escena con desgarro y amargura. A Marta no pareció importarle. La miró y siguió disfrutando del miembro viril del alemán, quien se giró y vio con claridad la cara de su esposa que, horrorizada, gritó fuera de sí:

—Sinvergüenzas, sois despreciables. Me dais asco. ¿Cómo has podido caer tan bajo con esta furcia?

Carmen sintió asco y ganas de agredir a su marido. No podía llorar; solo gritar de rabia. No dejaba de llamarle furcia a Marta.

El príncipe dejó a su amante, se subió los pantalones con dificultad y salió de detrás del biombo con la camisa por fuera.

Estaba fuera de sí. En aquel momento hubiera abofeteado a su mujer, pero sus fuertes convicciones se lo impidieron. Eso es lo que hubiera hecho su padre, pero no él. Respiró hondo, procurando tomar conciencia de los hechos. ¡Era normal que Carmen estuviera en ese estado! Intentó tranquilizar a su mujer.

—Tienes que calmarte. Es una vergüenza que montes un escándalo. —Ralf la había agarrado por el brazo con fuerza e intentaba que dejara de gritar.

—Yo no tengo nada que perder. Tú eres el que necesita de esta gente. Quédate con tu puta; yo me voy a Santiago y, en cuanto me sea posible, regreso a Estados Unidos.

El príncipe recordó su lema de vida: «Nobleza obliga». No podía dejar que su mujer se fuera sola. Su deber era irse con ella.

—Regreso contigo. Voy a pedir el coche.

Ralf le tenía cariño a Carmen y hubiera dado cualquier cosa porque no presenciara tal escena. Su mujer había sido una fiel compañera y no se merecía lo que estaba sufriendo.

Acto seguido, miró a Marta, que contemplaba la escena desde uno de los sillones. El príncipe se disculpó con la mirada.

A Marta la jugada le había dado muy buen resultado. Llevaba más de un año soportando cómo Ralf mareaba la perdiz sin comprometerse. Así que buscó el mejor escenario para provocar la ruptura, toda vez que se percató de que la esposa de su amante no les quitaba ojo.

Ralf era hombre de enfrentarse a los problemas. De modo que al día siguiente decidió hablar con su mujer.

—En todo caso, no voy a dejar de verme con esa mujer. Si tu decisión es irte y separarte de mí, no pondré objeciones.

—Hace tiempo que lo vengo pensando. Lo que ocurrió ayer solo fue el impulso que necesitaba para tomar la decisión —contestó Carmen con rencor.

—Quiero que sepas que puedes contar conmigo siempre que lo necesites. —Ralf dijo estas palabras de corazón.

—Estás muy equivocado si crees que voy a desear volver a verte. Desde que me he casado contigo nunca he tenido claro quién eres, y me despido de ti sin haberte conocido de verdad. Créeme que ya no deseo averiguarlo; solo apartarme de tu camino.

Carmen no esperó una respuesta. Se encaminó a su habitación y comenzó a hacer el equipaje.

Antes de una semana, había cogido un pasaje para Norteamérica, dejando en Chile una parte de su vida que la marcaría para siempre, hasta el punto de que, aunque se casó de nuevo, jamás volvió a enamorarse de verdad.

El príncipe Von Havel se vio embargado por dos sensaciones muy distintas: por un lado, sentía pena por Carmen, y, por otro, estaba decidido a vivir la experiencia de la obsesión carnal con Marta.

El año 1940 tocaba a su fin: América aún no había entrado en guerra, aunque esta se extendía ya por el Mediterráneo y el norte de África. Hitler estaba en la cumbre de su poder.

Capítulo 15

Marbella: el Hollywood español

La decoración del hotel Marbella Club tenía un estilo entre un rústico cuidado y una casa de campo de señores, donde cada tapicería, mueble o adorno combinaba con un entorno sencillo pero refinado. Las cosas corrientes adquirían categoría de singulares. Los materiales autóctonos como el esparto, la cal, el pino, el barro e incluso las piedras de río se transformaban en elementos nobles que encajaban a la perfección en un entorno natural y afable.

La condesa de Orange se sentía a gusto en su sobria habitación. Reparó en lo agradable que resultaba sentarse al fresco en el pequeño porche de su estancia, al amparo de una exultante buganvilla trepadora de vibrantes tonos naranja y rosado. Le habían explicado que esta especie fue traída de Kenia por el jardinero inglés Henry Haggen, y la había bautizado con el nombre de rosenka en honor a su mujer.

Desde el primer momento se inclinó por la buganvilla de este color, pareciéndole infinitamente más elegante que cualquiera otra que exhibiera su belleza en tapias, muros y terrazas. Blancas, amarillas, púrpuras e incluso rojas competían entre sí para mayor deleite de la vista. Pero cuando la brisa del mar las hostigaba con fuerza y los pequeños racimos de brácteas decoloradas se desprendían, la buganvilla rosenka resistía los envites del viento una y otra vez. Solo el paso del tiempo las haría desfallecer, pero permanecerían dignas y pletóricas durante más tiempo que ninguna.

Marbella era un jardín, y su artífice, Juan Barrientos, un jardinero autóctono que transmitió el gusto por la jardinería a las gentes del pueblo, quienes llenaron sus patios y balcones de alegrías, pilistras y geranios.

Clotilde empezó a sentirse bien en aquel lugar rudimentario y sencillo, pero con una exquisita y cuidada puesta en escena.

Se despertó envuelta en un alegre cantar de pájaros y un ligero olor a jazmín que impregnaba el aire limpio de la mañana. Se dio cuenta que llevaba días sintiendo que la presión del pecho había disminuido. Sin duda, aquel lugar la arropaba de tal forma que le daba fuerzas para recuperar la paz consigo misma. Tal vez había llegado la hora de enfrentarse al pasado...

Aquella mañana del tercer día de sus vacaciones, la condesa Clotilde conocería al verdadero artíficie de Marbella. Acudió a desayunar al comedor, no sin antes pasar por la recepción con el fin de solicitar una conferencia con Berlín. Sabía que aquello podría demorarse todo el día. Para ello se dirigió al edificio principal. Al llegar, oyó su nombre, prestó atención y pudo ver cómo un hombre de mediana estatura, con un bigote evocador del país de Moctezuma y una sonrisa pícara y resultona, preguntaba a un recepcionista.

—¿Has conocido a la condesa de Orange?

—Sí, príncipe Alfonso, la he visto ayer.

—Y dime, ¿es tan guapa como dicen?

—Si me lo permite...

—Claro, claro que te permito; suéltalo ya.

—Es de las que a usted le gustan: guapa, elegante y con un cuerpo que quita el *sentío*.

—Bien, bien, me fío de ti.

Alfonso de Hohenlohe hablaba un español con acento difícilmente identificable.

Clotilde no supo lo que decían, pero al oír su nombre se dio cuenta de que hablaban de ella... Al observar la cara que puso el recepcionista al verla, Hohenlohe intuyó que algo estaba pasando a su espalda.

Hombre de rápido pensamiento, enseguida tomó conciencia de la situación y, volviéndose hacia Clotilde, se dirigió a ella en un perfecto alemán:

—Bienvenida a mi hotel, condesa. Precisamente en este instante me estaba interesando por vosotros. Espero que estéis bien instalados. —El príncipe Alfonso no le dio tiempo a Clotilde de ponerse en situación.

—Me alegro de conocerte. La verdad es que tu hotel colma todas las expectativas; mi hija y yo estamos encantadas —contestó Clotilde, complacida con el don de gentes de aquel personaje de un carisma arrollador.

«No puede decirse que sea guapo... Pero podría resultar atractivo», pensó la condesa. A Clotilde le gustaba otro tipo de hombre, quizás más fino y distinguido. Ralf ya le había comentado que Alfonso era el único de los hermanos Hohenlohe que había heredado los rasgos latinos de su riquísimo abuelo, el mejicano Manuel de Yturbe, casado con la aristócrata malagueña Trinidad von Scholtz, duquesa de Parcent. En cualquier caso, tuvo claro que era el perfecto flautista de Hamelín, y precisamente por ello Clotilde mantuvo su habitual distanciamiento, más producto de la timidez y de la autoprotección que de la altivez.

—Sé por Ralf que hoy iréis a cenar a casa de Neville. Me gustaría invitaros pasado mañana a una fiesta árabe que hemos organizado en el Beach Club. Seguro que os divertirá.

—Estaremos encantados de asistir. Te lo agradezco mucho. —No pudo evitar pensar que Marbella era un lugar en donde cada noche había una fiesta especial.

El príncipe Alfonso hizo un amago de besar la mano de Clotilde y se despidió deseándole un buen día.

Al final de la mañana le avisaron de que su conferencia estaba disponible. Pudo hablar con Berlín para saber cómo estaban Amalia y Frank.

—¿Cómo estáis? ¿Qué tal van las obras de reforma de la clínica? —preguntó Clotilde.

—Muy bien todo, aunque estamos pensando anexionar nuestra vivienda al edificio principal.

—Pero si hacéis eso, ¿dónde vais a vivir? —quiso saber Clotilde, siempre pragmática.

—De momento, pensamos alquilar algo; no te preocupes por eso.

—¿Qué tal le va a Frank? La semana pasada me dijo que se había decidido por la especialidad de traumatología.

—Así es. Este verano ya va a ejercer de médico en la clínica.

—Y de novias, ¿sabes algo?

—Eres una cotilla. Lo único que sé es que le gusta una compañera de su facultad.

—No me tomes por una cotilla; solo quiero saber de vuestras cosas. —Clotilde sabía que la relación con sus hijos mayores carecía de la fluidez que sí tenía con los más pequeños.

—Te entiendo y no me lo tomes a mal. —Amalia prefirió cambiar de tema—. Por cierto, hemos ido a escuchar el discurso de John F. Kennedy en el balcón del Rathaus Schöneberg. Me acordé mucho de ti, pues se conmemoraba el decimoquinto aniversario del bloqueo de Berlín por parte de los soviéticos. Me entraron ganas de llorar al pensar que fue en esa época cuando tú me encontraste.

—Sí, lo he escuchado en la radio. Nunca olvidaré aquel día. —Clotilde se emocionó al teléfono.

—De todos modos, he de decirte que, aunque fue oportuno mostrar al mundo lo que es el verdadero comunismo, también nos decepcionó saber que no iba a desafiar la presencia soviética en Alemania, que respetaría lo pactado en la Conferencia de Potsdam.

—Sí, es frustrante. Pero no estamos ahora como para desencadenar una guerra con los rusos —terminó diciendo Clotilde.

—Bueno, madre, que te va a costar mucho esta conferencia. Pero antes de colgar, dime qué impresión te está causando Marbella.

—Parece estar en el confín del mundo debido a lo elemental de sus comunicaciones y a lo primitivo de su entorno. Pero, en realidad, es una sociedad muy avanzada, cosmopolita y mundana en lo social. Dentro de unos días te volveré a llamar y espero poder contarte más cosas. Dale muchos besos a tu hermano. Os vuelvo a llamar en una semana —se despidió.

Clotilde se encontró a la hora de comer a Ralf en el Beach.

—¿Qué has hecho toda la mañana, que no te he visto? —le preguntó Ralf.

—Tomé el sol en la piscina mientras esperaba una conferencia con Berlín. ¿Has visto a Victoria? Creo que se fue con otros huéspedes del hotel a dar un paseo en burro.

—Así es. Y para no aburrirme, me he dedicado a escribir a mi encargado en la finca de Chile.

—Por cierto, he conocido a Hohenlohe. Es encantador, aunque me ha sorprendido el aire sudamericano que tiene.

—Sí, no se parece a sus hermanos. Pero te advierto que tiene mucho éxito entre las féminas.

—Ahora recuerdo que me dijiste que te habías enamorado de una chica chilena... Nunca me llegaste a contar los entresijos de tu historia de amor chilena —dejó caer Clotilde, por si su sobrino se animaba a contársela.

—Ya sabes que no me molesta contar episodios del pasado. Por aquel entonces no te conocía todavía; fue a mediados de 1941. Yo estaba decidido a vivir una historia de amor con Marta, que así se llamaba la chilena. Y le prometí que en cuanto salieran los papeles del divorcio, me casaría con ella. A Marta le preocupaba mucho que se supiera que yo había decidido divorciarme. Ya sabes que, en esas sociedades tan tradicionales, salir con alguien que no es libre está muy mal visto. Fue una época maravillosa, en la que yo me sentí enamorado y feliz. Pero nada es eterno, y un día me llamó la secretaria del agregado aéreo de nuestra embajada, Von Böhlen, pidiéndome que acudiera a una reunión.

—Si trabajaba en la embajada en tiempos de guerra, seguro que era un espía —apuntó Clotilde muy interesada en la historia.

—Sin duda. Eso era lo habitual en aquellos tiempos.

—¿Qué tipo de acciones llevaban a cabo esas personas?

—Lo normal era que planearan sabotajes o alertaran a los submarinos alemanes de los movimientos de los barcos aliados; también se operaba en la red de comunicaciones. El sistema de mensajería establecido a través de los barcos mercantes de la España de Franco fue un éxito. —Ralf se iba entusiasmando a medida que hablaba.

—Seguro que tú también estabas metido en esto, y no me vayas a decir que no, que eso era lo normal —apuntó Clotilde.

—Por supuesto. Yo era un ingeniero que estaba al servicio de mi país —dijo el exmiembro de las SS sin mentir, pero sin decir toda la verdad.

—Bueno y... ¿qué tiene esto que ver con Marta?

—Pues que cuando llegué al despacho del agregado aéreo, este me dijo que debía dejar a Marta, pues era medio judía y, de enterarse en Alemania de esto, me esperaba un juicio y quizás la muerte.

—¿En serio era medio judía? —preguntó Clotilde, incrédula.

—Bueno, era judía por parte de padre, que estaba separado de su madre desde hacía mucho tiempo. Ella, en realidad, era católica como su madre. Pero ya sabes que en aquellos tiempos esta «impureza» era muy tenida en cuenta.

—¿La dejaste por eso?

—Sí, y lo peor es que no fui capaz de hablarlo con ella cara a cara. La llamé por teléfono para decírselo. Imagínate qué golpe para la pobre chica. La verdad es que en aquella época yo era un memo y tenía mucho miedo a las represalias —se justificó Ralf.

—¿Y qué pasó después?

—Pues que Von Böhlen sugirió que me volvieran a enviar a Estados Unidos, ya que creía que en Chile ya había acabado mi misión. Así que regresé en octubre de 1941 a un país donde un apellido alemán no era la mejor carta de presentación. Los americanos seguían sin querer entrar en guerra. Aunque era evidente que estaban con los aliados. La verdad es que como espía tenía poco que hacer, pues era vigilado continuamente. Lo que marcó un antes y un después fue el bombardeo de la base naval de Pearl Harbor en Hawái.

»Roosevelt, en su "discurso de la infamia", el 7 de diciembre de 1941, declaró la guerra al imperio de Japón. Y Alemania e Italia hicieron lo propio con Estados Unidos. Después de eso, como puedes imaginarte, volver a Alemania no fue tarea nada fácil, pues tuve que valerme de barcos mercantes para llegar a España, y de ahí en avión a Berlín, e incorporarme a las SS.

—Encuentro fascinante lo que me has contado, y celebro haber preguntado por ello; así sé algo más de tu vida —confesó Clotilde.

* * *

La condesa de Orange se aficionó a la sana costumbre de la siesta, esa hora olvidada del día en la que las mallorquinas de madera se entornan dejando paso a una suave brisa, la habitación se sumerge en la penumbra y las cigarras, asfixiadas, cantan una melodía chillona, continua y delirante, con leves espasmos que te transportan al duermevela y la relajación. Aquellos días de tranquilidad le estaban viniendo muy bien para su melancolía; notaba que cada día se sentía mucho mejor y ya no pensaba tanto en David.

Todo estaba en calma, incluso los jardines casi tropicales y desde luego singulares, creados gracias a las múltiples plantas que el príncipe Alfonso había ido trayendo de todas las partes del mundo que visitaba. Incluida la grama, un césped fuerte como una alfombra de nudo grueso que no necesitaba tanta agua como el césped inglés, habitual de los jardines europeos.

Clotilde se sintió bien después de descansar un rato, se dio un baño y se dispuso a prepararse para la cena en casa de Edgar Neville.

Adoraba ir bien vestida y, más aún, causar la admiración a la que estaba acostumbrada. A sus cincuenta y un años, todavía se sentía atractiva, aunque empezaba a acusar los primeros síntomas de la madurez. Eligió un vestido camisero de seda estampada y unas sandalias con poco tacón. El conjunto resultó ser perfecto para la ocasión y así se lo hizo saber el príncipe Ralf, que se presentó a buscarla a su habitación vestido con sus consabidos pantalones de tiro alto, su camisa Oxford blanca perfectamente planchada y desde luego sin apearse de sus zapatos Scheer & Söhne. En Viena poseían su horma y cada año le enviaban a su castillo de Baviera al menos dos pares de la nueva colección. Le gustaba lucir los modelos más sofisticados, que iban del azul casi añil al rojo carmesí. Cuando se trataba de acudir a eventos formales, el príncipe Ralf optaba por sus clásicos John Lobb. Pero Marbella era otra cosa. Era sofisticación, locura y vanguardismo, como nadie que no perteneciera a ese mundo podía imaginar.

Por su parte, Victoria se decidió por un sencillo vestido estampado de gasa.

Llegaron a la cena de Neville a las nueve de la noche. La casa Malibú estaba iluminada al mar. De nuevo, la decoración autóctona con mucho gusto estaba presente: combinación de la sencillez andaluza con toques de cretonas británicas. La costumbre del contrabando con el Peñón seguía siendo una práctica habitual. No pocos se dedicaban a traer de Gibraltar desde viandas hasta ropa, pasando por telas para tapicerías o cortinas.

A la entrada, coincidieron con una señora de mediana estatura y entrada en kilos, pero espléndidamente vestida de negro. Rompiendo con el riguroso color, varias vueltas de collares de perlas pendían de su cuello. Les saludó en francés, idioma que tanto Ralf como Clotilde habían aprendido en la escuela. Ralf se apresuró a presentarlas. A Clotilde le resultó una cara conocida, pero enseguida descartó la idea.

—Esta es Ana de Pombo; si no la conoces, no eres nadie en Marbella.

—Príncipe Ralf, siempre tienes el cumplido perfecto. Pero hoy nos sorprendes con esta belleza de mujer. Lástima que ya no me dedique a crear los modelos más sofisticados, porque nada me alegraría más que esta señora pudiese lucirlos.

—Ana ha trabajado para Chanel y la Casa Paquin de París, y además es una bailarina extraordinaria. Espero que esta noche nos deleite con algún baile. —Ralf estaba encantado de poder mostrarle a Clotilde otra Marbella de las muchas Marbellas que con el tiempo se daría cuenta que existían—. Mi querida Ana de España, te presento a la condesa de Orange, viuda de mi tío el príncipe Maximiliano, y a su hija, la princesa Victoria.

—Encantada. Pero tengo la impresión de haberla visto antes... —comenzó a decir Ana. La bailarina, a medida que hablaba, se dio cuenta de que conocía a Clotilde y, aunque nunca había tenido confianza con ella, sí la había visto comprándose vestidos en su tienda parisina durante la ocupación nazi. Prefirió no mencionar este detalle.

—Es muy probable. Pasé una temporada en París cuando mi marido estuvo destinado allí. Seguro que coincidimos en la tienda. —Clotilde de repente se dio cuenta de que sí conocía a Ana de Pombo. No en vano le había confeccionado más de un vestido cuando el ejército alemán ocupaba Francia y Ana de Pombo se había hecho cargo de la Casa Chanel. Aunque Coco Chanel decidió cerrar, se dijo que la diseñadora le había cedido la tienda a Ana para que siguiera trabajando. Clotilde tuvo la sensación de que conocía a Ana de algo más que de la tienda, pero en ese momento no alcanzó a recordar dónde la había visto.

—Tiempos convulsos aquellos. Tenemos que hablar en otra ocasión en la que no haya tanta gente alrededor. —Ana era una mujer muy lista y enseguida ató cabos. A aquella espléndida señora la conocía de París, pero prefería no hablar, pues su más atesorado secreto podía quedar al descubierto... Neville se acercaba a ellos con toda su enorme humanidad—. Mire, ahí llega nuestro anfitrión —cambió Ana de registro, agradeciendo el quite que le proporcionó el cineasta.

—Ya veo que se han conocido. Ana, esta noche tendrás que bailar para nuestra recién incorporada amiga —dijo Neville a modo de saludo—. Y ahora pasemos al porche para presentarte a mis invitados. Hoy tú eres la estrella de la noche —dijo Edgar dirigiéndose a Clotilde.

Neville era un osado galán al que le apasionaban las mujeres guapas; se enamoraba de ellas con un amor platónico. Como aquella vez que se prendó de una de las jóvenes más bellas de la sociedad y con toda su humanidad se subió a su moto para ir a su encuentro. La chica se asustó muchísimo al ver a Neville correr camino arriba, sudoroso y frenético. Era tan desmedida su corpulencia que no alcanzó a ver la moto, y le pareció que se movía cual torpedo hacia la entrada de la casa de la chica. Esta, asustada, también corrió, pero en sentido contrario.

La velada transcurrió en un clima entre festivo y transgresor. Cada invitado hacía lo que le venía en gana.

Edgar Neville había construido su casa en un terreno junto al mar que le compró al marqués de Cortina, y la bautizó con el nombre de Malibú, en recuerdo a su etapa como guionista en Hollywood. Desde el primer momento, quiso que aquella casa fuera para su gran amor, Conchita Montes, con la que jamás se casó. En un futuro, la elegante actriz vendería Malibú a otro actor, Sean Connery.

Neville nunca llegó a divorciarse de su mujer, Ángeles Rubio-Argüelles, quien por aquel entonces llevaba a cabo una gran labor como dramaturga en la ciudad de Málaga, no solo con la creación del Teatro-Escuela ARA —iniciales de su nombre—, sino dándole vida al teatro romano de la ciudad.

A Clotilde le fascinaron la elegancia y la belleza de la actriz Conchita Montes, hasta el punto de preguntarse por el papel que una señora de aquella clase y finura representaba en aquel mundo loco, aunque poblado también de grandes señores, como Alfonso Cuadra o el coronel Antonio Gálvez del Barco, personas, como solía decirse, «de bien», que se divertían haciendo una incursión en el mundo de Edgar, donde a los niños se les conocía como «locos bajitos» y al bóxer, de nombre Morritos, se le protegía: «Cuidado con Morritos, que no lo vayan a morder los niños», solía decir Neville.

Clotilde, como mujer de mundo que era, fue saludando y charlando con unos y otros, aunque el desconocimiento del español le obligaba a no poder conocer, como quisiera, a alguno de aquellos personajes tan interesantes, lo que le llevó a pensar que su próximo objetivo era estudiar aquel idioma.

—Hoy es una noche tranquila —le confesó Edgar—. Hasta puede que resulte aburrida. Están todos los amigos del cine que se han hecho casas aquí cerca, en el Cortijo Blanco. —Edgar fue presentándole a sus invitados—: Alberto Closas actuó en mi película *El baile*; el actor Julio Peña, con quien coincidía en la Metro Goldwyn Mayer cuando se rodaban películas en español con destino a Hispanoamérica; Isabel Garcés, una estrella del teatro y gran mujer. Allí está Gracita Morales, que, aunque hace papeles cómicos, no es nada divertida. Aquel que charla con Luis Soto Domecq, que está ya con copas y todavía no ha empezado la fiesta, es el pintor Zerolo, a quien te aconsejo que le compres algún cuadro; es francamente bueno. Está casado con Gracita, pero se escaquea siempre que puede. Por cierto, ¿estás interesada en comprarte un terreno? —Edgar era así de directo. Hacía tiempo que se había aficionado a hacer «caja fácil», ejerciendo de intermediario entre sus amigos del mundo del celuloide y las varietés y los dueños de la finca el Cortijo Blanco, Miguel García Rico y Rafael Zea.

—Pues... no lo he pensado. Ahora que lo dices, no estaría mal tener en Marbella una casa junto al mar —contestó Clotilde sin creerse del todo esta posibilidad.

—Si te decides a ello, habla conmigo. Mira, aquel que está sentado en la butaca de bambú es el productor Benito Perojo. Este año se ha estrenado una comedia musical suya, *La verbena de la Paloma*. Creo que la ponen en el cine Lid, en el centro del pueblo. Pero bueno, basta de cháchara. Conchita te atenderá y te servirá de intérprete... —Y dicho esto, Edgar le pasó el testigo a su compañera de siempre, mientras él aprovechaba para comer a escondidas y de forma convulsa un plato de queso manchego recién cortado.

Conchita se acercó a Clotilde y la condujo hacia el grupo que estaba al fondo.

—Os presento a la condesa de Orange. No habla español. Así que procurar utilizar el idioma de Shakespeare —comentó a modo de saludo.

Benito Perojo se levantó para saludarla. Era un hombre entrado en años, de semblante amable y facciones agradables. En un perfecto inglés, le hizo partícipe de la conversación.

—Si desea conocer la verdadera esencia española, quédese y participe de nuestra charla —comenzó diciendo Perojo, con intención de integrar a la condesa en el grupo de cineastas.

—Mi ignorancia en las costumbres y el folclore español es absoluta. Así que disfrutaré sin lugar a dudas.

Clotilde permaneció largo rato escuchando al selecto grupo, todos ellos vecinos de Neville en el Cortijo Blanco.

La fiesta transcurrió entre picoteo interminable, bebidas sin restricción y charlas no convencionales, hasta que el productor Arturo Marcos pidió a Ana de Pombo que bailara. A la petición se sumó Alfredo Mahou.

Ana de España se echó un pañuelo de seda negro sobre el rostro y salió al espacio habilitado para el baile, culminándolo de arte.

Cuatro curtidos gitanos renegridos por el sol traicionero del sur rasgaron las tensas cuerdas de sus guitarras para dar paso a los acordes armoniosos y vibrantes que las manos agrietadas de un patriarca de noble rostro y mirada altiva conseguía arrancarle a una caja sucia y vieja: un repiqueteo acompasado, quejoso y armónico, digno del mejor instrumento de percusión.

El grupo musical, que hasta ese momento había dado buena cuenta de una bandeja repleta de croquetas de pollo y ternera, había acudido a Malibú a cambio de comida y unas pocas pesetas. Ante el arte y la raza de Ana de España, los gitanos soltaron su bravura y esencia, fusionando baile, canto y música en un todo que superaba cualquier acto terrenal.

El flamenco ronco y desgarrado suavizó la brisa que se colaba desde el mar, al tiempo que se mimetizaba con una neblina que fue depositándose en el ambiente, ya cargado con el humo de cigarros habanos que emborrachaban de magia pagana y prohibida a los asistentes.

Clotilde experimentó esa lujuria embrujada del flamenco; ese éxtasis que exhalan los cuerpos cuando expresan toda la sensualidad que llevan dentro.

A la condesa de Orange le encantó aquel baile desinhibido y sensual. Pensó que aquella explosión de arte emanaba de las mismas entrañas. Deseó aprender a mostrar sus emociones con esa espontaneidad.

Cuando acabó el espectáculo, Clotilde, algo entonada por el alcohol, se acercó a Ana de Pombo.

—Debo felicitarte por la actuación. Algún día tendrás que enseñarme a bailar así.

«Está algo piripi. Si no, no diría eso. Con esa rigidez de formas es imposible que pueda llegar a bailar flamenco», pensó la bailaora.

—Cuánto lo siento, pero ya no me dedico a enseñar. Te presentaré a Ana María, que es un encanto y muy simpática. Ella te enseñará a bailar flamenco como una auténtica andaluza. —Ana se quitó de encima esa responsabilidad.

Clotilde, animada por el ambiente, siguió bebiendo sin recato. Se había aficionado al whisky y lo bebía a partir de las cinco de la tarde.

Victoria charlaba con la única persona sobria de la fiesta, Isabel Vigiola, la secretaria de Neville.

Clotilde todavía no estaba lo suficientemente mareada como para no darse cuenta del modo faltón con el que el príncipe Ralf, con más copas de la cuenta, le hablaba a Ana de Pombo. Tanto que el personaje siniestro con nombre español, pero alemán de nacimiento, que ejercía de director de hotel, tuvo que intervenir, cogiendo por un brazo al príncipe y apartándolo a una esquina. Clotilde miró para otro lado y no quiso dar muestras de haber presenciado tal escena.

Sin embargo, el ver a Ana entre aquellos dos hombres de claros rasgos alemanes, hizo que Clotilde recordara la imagen de aquella mujer rodeada de militares en alguna de las fiestas privadas que organizaban los oficiales nazis en el París ocupado.

Por unos instantes, Clotilde se quedó sola, casi sin saber qué hacer. Pidió una nueva copa y se dispuso a mirar a los que bailaban en la pista improvisada del porche de la casa. Su mente estaba tan en blanco como por sus venas corría el alcohol. Su soledad duró poco. Conchita Montes se le acercó acompañada de un hombre todavía joven, de facciones finas, pelo ondulado y peinado hacia atrás.

—Condesa, no sé si ya conoce a Antonio Castillo. Hoy es uno de los diseñadores de moda más internacionales que tiene España. Hace un año que ha dejado Lanvin para irse a América. Está a punto de abrir su propia tienda en Estados Unidos.

—Llevo observándola desde hace rato. Su belleza y feminidad me obligaron a decirle a nuestra anfitriona que deseaba conocerla.

El reconocido diseñador era un hombre refinado, cosmopolita y con un acento malagueño imperceptible. No en vano, era descendiente del famoso político Antonio Cánovas del Castillo.

—He oído hablar de usted a mi amiga Bárbara Eddam. Tengo entendido que trabajó para Elizabeth Arden. Dígame, ¿qué vamos a hacer sus fans si no tenemos sus creaciones? —Clotilde no daba crédito a que en aquel insignificante enclave del mundo pudieran darse cita celebridades tan distintas y singulares. Hizo un verdadero esfuerzo para no arrastrar las frases como consecuencia de la bebida.

—No se preocupe por eso. He venido a descansar y a pensar; pero le aseguro que el año que viene podrá ver mi colección en solitario en la rue du Faubourg Saint-Honoré.

—Me alegra saber que se volverá a establecer en París. No sabía que fuera usted andaluz. —A la condesa le encantaba saber la biografía de las personas por las que se interesaba.

—Orgulloso de serlo y ahora de tener mi casa en Marbella, colindante con la avenida Antonio Cánovas del Castillo, que se llama así por mi *tito* Antonio —bromeó el cotizado diseñador.

—Perdone mi ignorancia. Intuyo que su *tito* fue un personaje importante —preguntó Clotilde por cortesía, ya que, a aquella altura de la noche, su punto de alcohol le impedía enterarse muy bien de las cosas.

—Fue un gran valedor del rey Alfonso XII, presidente del Consejo de Ministros y creador de una corriente política cuyo fin era implantar la democracia en la España de finales del siglo XIX. Fue un férreo defensor de sostener la monarquía como elemento moderador. Él creía en un bipartidismo que se alternara en el poder. Digamos que fue un adelantado a su tiempo, ya que implantar su idea era muy difícil. España en aquellos días estaba inmersa en la guerra de Cuba, el anarquismo y los problemas con los colectivos obreros. En fin, le prometo explayarme más en otra ocasión —quiso concluir el diseñador.

—Estaré encantada de escucharle —aseguró la condesa, que se había enterado poco de la historia, ya que no se tenía en pie de tanto como había bebido. Se despidió del modisto para acercarse a Ralf.

Su hija Victoria hacía tiempo que dormitaba en un sofá del salón.

—Ralf, estoy muy borracha, quiero irme al hotel.

—Sí, desde luego. Hacía tiempo que no te veía así, pero que conste que me resulta encantador verte disfrutando.

Clotilde miró a su sobrino con ojos lánguidos, le tomó por el brazo y acercando su boca le susurró al oído:

—Disfrutaría más si repitiéramos nuestro encuentro de Berlín. —Clotilde, enajenada por la bebida, expresó el deseo que reprimía en el fondo de su alma. Le atraía aquel hombre, que era la viva imagen de su marido Max. En esos momentos, gracias al alcohol, su cuerpo quería liberarse de su mente acostumbrada a actuar de forma racional.

En cuanto llegaron al hotel, la primera que entró en su habitación fue Victoria. Ralf acompañó a Clotilde a la suya, abrió la puerta y sin permiso entró en la estancia y, una vez dentro, cerró la puerta con llave y se abalanzó sobre ella.

Aquella escena ya la había vivido años antes en Berlín, cuando al salir de un cabaré con más alcohol en el cuerpo de lo que se podía considerar aconsejable, se enredaron en un afanoso e inconsciente acto sexual que tenía más de relación felina que de expresión amorosa.

Ralf se despojó de su ropa al tiempo que besaba a una Clotilde que, exultante de alcohol y deseo reprimido, se dejaba llevar por una pasión enfermiza por el sexo. Se desabrochó el vestido camisero rasgando los ojales y haciendo que este cayera al suelo y sirviera de alfombra de seda escurridiza. Ralf la besaba con desesperación... acariciando su pelo suave y grueso. Mientras jadeaba sin descanso, repetía: «Las runas me hicieron saber que volvería a poseerte como en el cuarenta y dos, cuando éramos unos jóvenes inconscientes y solo nos importó el deseo». Clotilde no prestó atención a estas palabras. Solo disfrutó del placer sin conciencia.

* * *

Estaba amaneciendo. A lo lejos, los barcos de los pescadores regresaban de una larga noche de trabajo; Clotilde contempló las luces de sus barcas y le pareció una escena romántica e irreal.

Miró a Ralf, que dormía a pierna suelta. El parecido con su marido Max le había llevado a disfrutar del sexo irracional con él. Sin embargo, había algo que le hacía pensar que no era un compañero de vida. Creía que su pasado nazi podía ser el motivo, pero lo descartó porque, al menos, por lo que ella sabía, había sido un títere en manos de su padre, pero jamás había pasado a la acción ni había tenido conciencia nacionalsocialista.

Entonces, ¿qué era lo que le incomodaba? ¿Qué le impedía unirse a él sentimentalmente? Era algo más allá de lo racional. Tenía que ver con la intuición: el rechazo a sus genes.

—Ralf, debes irte a tu habitación. Esto ha sido una locura producto del alcohol. —Clotilde zarandeó el cuerpo inerte de su sobrino, que se despertó con una resaca monumental.

—De acuerdo, dame unos minutos —alcanzó a decir todavía dormido.

Se levantó somnoliento y se vistió con lentitud. Antes de dirigirse a la puerta, se aproximó a Clotilde, inclinándose para besarla.

—Debes olvidar lo sucedido; solo fue producto del alcohol —dijo Clotilde, apartándolo. Se despreció a sí misma por dejarse llevar, por beber demasiado.

Necesitaba descansar, y su mente no la dejaba hacerlo. Así que una vez que Ralf salió del cuarto, se tomó una pastilla para poder conciliar el sueño.

Von Havel salió medio dormido de la habitación de Clotilde. El fresco de la noche le despabiló lo suficiente como para permitirle encontrar su habitación. Se sentía feliz de haber hecho el amor con Clotilde. En su fuero interno, creyó que podría ser el comienzo de un futuro a su lado. Tuvo claro que debía resolver las ataduras del pasado.

Si Clotilde, al fin, fuera a formar parte de su vida, tendría que apartarse por completo de la causa.

Ralf no solo conocía la animadversión de Clotilde por la causa nazi, sino también el desagrado que le causaba que la consideraran una condesa nazi. Y esos sentimientos los demostraba al ponerse siempre en contra del nazismo, cuando lo cierto era que este siempre había estado presente en su vida.

Quizás era el momento de ser sincero con ella y contarle toda la verdad. De ese modo, se liberaría de su carga de culpabilidad y, al tiempo, eliminaría la razón del chantaje de ODESSA.

Capítulo 16

Nazis en la Costa del Sol

Amaneció cerca del mediodía con un fuerte dolor de cabeza, síntoma inequívoco del exceso de alcohol ingerido horas antes. Extendió su brazo hacia la mesilla de noche sin atreverse a abrir los ojos. Palpando, alcanzó el teléfono. Con voz pastosa pidió a recepción que le sirvieran algo de comer en el porche y le trajeran un analgésico. Cada día le sentaba peor beber y, desde luego, necesitaba dormir al menos siete horas para poder estar bien al día siguiente. Se sentía todavía joven, pero ya empezaba a acusar haber entrado en la cincuentena.

Clotilde, en un primer momento, no recordó lo ocurrido la noche anterior. Poco a poco fue tomando conciencia de la situación. Su desasosiego fue proporcional al fuerte impacto que le causaron los rayos brillantes del sol en su cenit.

Se vistió con una bata de seda roja estampada con llamativos motivos orientales. Se hizo un recogido como solo ella era capaz de hacerse. Con dos horquillas conseguía un moño perfecto, en el que la melena brillante y sedosa desaparecía plegada sobre la nuca.

Tambaleándose ligeramente, se acercó al porche, no sin antes ponerse las gafas de sol.

Marruecos se adivinaba en el infinito, dando la sensación de estar al borde de un lago de proporciones inabarcables. Las montañas del Rif se dibujaban en el horizonte, como un espejismo en la lejanía. Al oeste, el Peñón de Gibraltar flotaba como una roca emergiendo del mar, separando dos continentes, dos mundos distintos y cercanos, opuestos y semejantes, y tres culturas que en ese momento todavía convivían gracias a la reminiscencia de un tiempo que tocaba a su fin.

La silueta del continente africano le hizo recordar que Stefan le había enviado un telegrama, diciéndole que debía ir a Tánger, y que Albert prefería pasar unos días en casa de un amigo, y luego se reunirían todos en Ulm, en donde permanecerían el resto del verano.

Le gustaba ir descalza. Se miró los pies, algo necesitados de pedicura, y decidió que ese día se dedicaría a sí misma. Le incomodaba sobremanera que las personas descuidaran su aspecto físico.

Necesitaba reflexionar sobre todo lo que le estaba ocurriendo. Se sentía totalmente perdida. Recordaba poco de lo sucedido, o más bien prefería no pensar en ello. Pero lo que no podía obviar era que había disfrutado del sexo con Ralf. Empezaba a pensar que el parecido físico de su sobrino con su marido Max era el motivo de desearlo. Tuvo que admitir que la abstinencia de sexo desde que había roto con David había influido en aquella noche loca. Era consciente de que necesitaba sexo y no cabía duda de que Ralf era un gran amante.

«Debería plantearme darle una oportunidad. Nunca tuve en cuenta esa posibilidad; soy todavía joven y ya es hora de pensar en mí», se dijo la condesa, queriendo engañarse a sí misma.

Clotilde no sabía estar sola sentimentalmente hablando. Necesitaba a alguien que ocupara el vacío que había dejado David. Plantearse una relación estable con Ralf era, en ese momento, la consecuencia emocional de estar sin pareja. Al menos, eso era lo que le habría dicho su amiga Bárbara Eddam si supiera lo que estaba pensando.

* * *

A Victoria le había extrañado no ver a su madre en el desayuno, ya que, si prefería desayunar sola en la habitación, solía decírselo. Por eso se dirigió a su habitación.

Unos toques acompasados trajeron a Clotilde de nuevo a la realidad. Acudió a abrir la puerta con desgana, imaginando que era su hija; lo que no deseaba ahora era tener que dar explicaciones.

—Buenos días, mamá, o no sé si debo decir que son buenos. Anoche estaba muy cansada, pero no lo suficiente como para no apreciar que aquel vino dulce de la fiesta entraba muy bien, aunque te emborrachaba sin darte cuenta —comentó Victoria, observando con claridad que su madre estaba con resaca.

—Ni te lo imaginas. Tengo una jaqueca impresionante. Así que habla bajito, que la cabeza me estalla.

La joven sonrió comprensiva y siguió a su madre, que se encaminó hacia el porche de la estancia.

—Mamá, el primo Ralf va a ir a Málaga a ver a unos amigos, ¿me dejas que le acompañe? —preguntó Victoria, entusiasmada con la idea.

—Me parece muy bien, ya que yo no podré acompañarte a la playa como habíamos pensado. Por la tarde pediré un par de conferencias e iré al pueblo. Tengo cita en la peluquería Herminia.

—Bien, pues te dejo tranquila. —Victoria adoraba a su primo; por eso, cuando le sugirió que le acompañara a Málaga, al momento aceptó entusiasmada. Ralf era un hombre muy culto, educado, amable y de sonrisa fácil, y le gustaba compartir sus conocimientos con los que le rodeaban. Victoria sabía que ir con él era disfrutar doblemente, ya que le iba a instruir sobre la arquitectura, costumbres e historia del lugar.

* * *

A Victoria el viaje a Málaga le pareció interminable, hasta el punto de que se durmió durante largo rato en el asiento de atrás del coche.

—Dígame, ¿cómo va la fábrica de esparto en la que trabaja su mujer? Un día de estos me pasaré por allí para encargar unas alfombras. —Ralf hablaba con el conductor, al que ya conocía de otras veces.

—La verdad es que el cura ha tenido una gran idea con esto de la fábrica del esparto. Gracias a ello, entran en muchas de las casas más humildes del pueblo dos sueldos, y créame que es de una gran ayuda.

—Desde luego que sí. Tuve la suerte de visitar los talleres y me impresionaron. El príncipe Alfonso me presentó hace tiempo a don Rodrigo y me ha parecido el personaje más singular hecho cura.

—Pues no sabe ni la mitad. Yo le estoy muy agradecido; figúrese que en invierno apenas hay trabajo y mi suegra enfermó. Pues la parroquia sufragó todos los medicamentos.

—Le agradezco mucho que me cuente todo esto. Mañana mismo me acercaré a ver a don Rodrigo; seguramente podré ayudarle en algo —reflexionó Ralf en voz alta.

—Pues no sabe cómo me gusta oír eso. Algunos parroquianos le critican porque se relaciona con la gente rica; pero lo que yo digo: ¿si no se relaciona con los ricos como ustedes, de dónde va a sacar el dinero para ayudarnos a los pobres? Yo, gracias al tipo de trabajo que tengo, me doy cuenta de ello. A otros, sus entendederas no les dan para tanto.

Ralf se echó a reír con ganas. La filosofía del pueblo llano le entusiasmaba.

Continuaron charlando de la gastronomía. El conductor le sugirió que fuera a comer al Siete Puertas, un restaurante mítico en el pueblo que solo cocinaba comida tradicional. Le insistió en que probara el gazpachuelo y el ajoblanco, aunque Ralf, al saber que este último plato llevaba como ingrediente principal el ajo, tuvo claro que no lo iba a probar.

A Ralf le gustaba involucrarse en la vida de las personas que le rodeaban. Tenía la máxima de que debía favorecer a todas aquellas familias que de algún modo dependían de él; esa fue una de las enseñanzas que le dio su madre, y en su recuerdo llevaba esta práctica a rajatabla. Por ello, cuando Victoria le habló del hijo de la mujer que vivía en la barriada de El Ángel, enseguida puso su engranaje a funcionar con el fin de darle un trabajo en el castillo Havel.

Cuando Victoria se desperezó, habían llegado. Le sorprendió la calle señorial y bulliciosa en la que estaban.

—¿Hemos llegado, primo Ralf?

—Sí, estamos en el paseo de Reding. Ahí cerca está el mar. Podrás bajar al paseo marítimo con los hijos de mi amigo mientras tenemos una reunión.

—¡Qué ilusión! ¿Son de mi edad?

—Sí, creo que dos de ellos son más o menos de tu edad.

Entraron en un edificio gemelo con el contiguo, de estilo regionalista y decorado con profusión de adornos arquitectónicos. Los arcos neomudéjares convivían en la fachada con la sobriedad de grandes ventanales protegidos del sol por unas mallorquinas de hierro que permitían que el interior permaneciera fresco y en penumbra.

Al entrar en el espacioso piso de techos altos, Victoria respiró un ambiente rancio y viciado, con sabor a pasado trasnochado.

Enseguida llegaron dos chicos y una chica. Ella, de su misma edad y aspecto muy similar al suyo. Los tres, rubios, altos y con ojos claros.

—Os presento a Victoria von Havel, ya sabéis que es sobrina del príncipe Ralf —dijo la madre de los chicos.

Victoria sonrió y les tendió la mano. Era muy tímida cuando se trataba de hablar con los de su misma edad. Los hermanos la miraron de arriba abajo y le dieron la mano con poco entusiasmo.

—Bien, chicos, bajaos a la Malagueta y en una hora subid a comer —apremió la madre.

Victoria miró a la señora, que les daba las órdenes en alemán. Un escalofrío le recorrió el cuerpo. Era una mujer desaliñada, con cara de acelga hervida y cuerpo de cebolla. A Victoria le vinieron a la mente estas comparaciones por el fuerte olor a comida que desprendía su ropa.

Salir de la casa y bajar al paseo marítimo fue como una bocanada de aire fresco para la princesa. La chica se acercó a ella y la tomó del brazo; era la mayor de los hermanos y la única que dominaba el idioma alemán.

—Tenemos prohibido decir que somos alemanes. Así que procura hablar bajo —le dijo al oído la muchacha rubia.

Victoria no entendió por qué, pero prometió no alzar la voz.

Los chicos enseguida las dejaron solas y cada uno tomó caminos diferentes. El más pequeño encontró a un grupo de amigos bañándose entre las rocas y se unió a ellos.

A Victoria le fascinaron los personajes del barrio, en especial un hombre que transportaba pescado en unas espuertas de esparto que colgaban de sus brazos en jarras. Su nueva amiga le dijo que era un cenachero, que solía cantar los productos del mar que vendía.

Caminaron por el paseo, resguardado del mar por un muro de piedra, hasta llegar a un edificio al borde del agua: el merendero Antonio Martín. La chica le indicó que aquello era un restaurante que se llenaba a rebosar los fines de semana.

El ambiente abierto y cercano de la ciudad le encantó.

De regreso a la casa, el hermano pequeño se presentó con dos amigos. Victoria enseguida reparó en uno de ellos que la miraba boquiabierto. Era un chiquillo de enormes ojos marrones, sonrisa pícara y cuerpo grandote; atendía al nombre de Manu.

—Hoy tenéis que pagarme más. Además de ver mi casa, vais a conocer a una verdadera princesa —les dijo el pequeño anfitrión a sus amigos.

—Oye, Pedro, a mí no me la das; esta no es una princesa —dijo el mayor de los amigos, señalando a Victoria.

—Pero ¿qué te crees, que las princesas de hoy van por ahí con corona? Ahora verás cómo le pregunto.

Sin cortarse un pelo, el pequeño chapurreó en su mal alemán.

—¿Tú eres la princesa Victoria von Havel?

Victoria sonrió sin entender por qué le hacía tal pregunta, pero le contestó.

—Sí, ese es mi nombre, pero llámame solo Victoria.

—¿Lo veis? Venga, pagadme.

—Yo no he entendido nada de lo que ha dicho; así que, si quieres que te paguemos, nos vas a tener que enseñar la armadura —dijo Manu, que había oído hablar del arnés a otros chicos, pero él nunca lo había visto.

—De acuerdo. Pero la veis un momento y os vais.

La curiosa expedición subió al piso.

Los chiquillos se quedaron encantados al ver la armadura, los sables que pendían de un soporte de madera y un viejo y raído repostero que representaba un escudo heráldico.

La desaliñada señora de la casa hizo su aparición cuando los chicos miraban la parte de atrás de la armadura, que estaba de «mírame y no me toques». Pegó dos bufidos a su hijo y en perfecto español, con marcado acento alemán, les dijo a los chicos que se fueran.

—Perdone, señora, pero ¿me podría dar un vaso de agua, que tengo mucha sed? —Manu se resistía a irse sin recibir más provecho por los reales que había pagado.

La señora, de mala gana, le dijo que pasara a la cocina.

—Chicos, lavaos las manos y pasad a comer, que ya estamos esperándoos —indicó la madre a sus hijos y a Victoria.

—Estos van de escudos y armaduras, pero ¿te has fijado cuánta mierda tiene esta cocina? —le comentó Manu a su hermano mayor, que era el otro chico que había pagado por ver la casa.

—Pues peor comen; mira esa fuente.

En la mesa de la cocina reposaba una fuente con codornices recién horneadas.

—Venga, chicos, tenéis que iros —comentó una criada con la sopera en las manos disponiéndose a servir el primer plato.

—Gracias por el agua, ya nos vamos —se despidieron los niños.

Manu, curioso y entrometido, fue abriendo puertas y fisgando el interior según salían por el pasillo. La tercera que abrió era el despacho del padre de su amigo.

Se quedaron anonadados. Junto a la ventana, sobre un galán de noche de proporciones considerables, reposaba un uniforme negro impoluto, las botas altas a los pies y, coronando el galán, una gorra de plato con la insignia de una calavera y un águila. En el brazo izquierdo, un brazalete rojo con la cruz gamada.

La habitación estaba forrada de estanterías atestadas de libros. Encima de una mesa auxiliar, una colección de fotos enmarcadas en plata mostraba instantáneas de militares. Manu se fijó en un marco que destacaba sobre los demás, ya que en su parte superior llevaba grabada la cruz gramada. En la foto, el padre de Pedro, con bastantes años menos, saludaba ceremonioso a un militar. A Manu aquel hombre con un trozo de serpentina negra por bigote le resultó conocido.

—Mira, a este lo he visto yo en algún sitio —comentó Manu a su hermano señalando el retrato.

—Vámonos, tengo miedo —susurró el hermano.

—Vete saliendo tú, yo quiero ver bien esto —comentó el primero.

—Estás loco. ¿Sabes qué te digo? ¡Que ahí te quedas! ¡Allá tú si te pillan! —respondió su hermano, enfadado por la osadía de Manu.

El chico siguió curioseando los recuerdos de un pasado oscuro. En menos de cinco minutos, escuchó unas pisadas gruesas que hacían crujir el deshidratado parqué del pasillo. No le daba tiempo a salir, así que decidió ocultarse tras el enorme galán de noche donde descansaba el terrorífico uniforme. Al pasar, la gorra se tambaleó. Manu consiguió alcanzarla sin que se cayera, pero no pudo colocarla correctamente, por lo que tuvo que sostenerla con sus propias manos. La postura no podía ser más incómoda, tanto que comenzó a sentir un hormigueo en un pie.

El padre de su amigo Pedro entró en el despacho, se aproximó a la mesa y dejó sobre ella una libreta de tapas negras. Salió con cierta premura, ya que estaban a punto de sentarse a almorzar, sin reparar en que la gorra de plato de su idolatrado uniforme tenía vida propia y temblaba como un flan recién desmoldado.

Manu respiró profundamente. No se movió en unos minutos, aunque sí colocó la gorra en su sitio. Al salir, miró la libreta y su habitual curiosidad le impulsó a cogerla y ojearla. No entendió nada, pues estaba escrita en alemán, pero pudo constatar que había nombres de personas y debajo de ellos siglas que él jamás había visto. Parecía como que a cada nombre se le asignaba una dirección; eran lugares que a él sí le sonaban: Alhaurín de la Torre, Alhaurín El Grande, Torremolinos, Benalmádena, Marbella, Estepona, Manilva...

El dueño de la casa al salir había dejado la puerta abierta. Manu notó que alguien estaba en el pasillo; esta vez no pudo ocultarse. Victoria acababa de salir del baño y lo miraba desde el quicio de la puerta.

—¿Qué haces aquí? —susurró la joven aproximándose a Manu.

El niño no pudo articular palabra.

Victoria vio al instante que el chico sujetaba una libreta. Se la arrancó de las manos, lo miró con desconfianza y acto seguido observó la libreta. El rostro de Victoria cambió de expresión; pasó del enfado ante la posibilidad de que Manu quisiera apropiarse de lo ajeno a mostrar sorpresa. La chica miró al muchacho, que estaba aterrado, al tiempo que hizo un barrido visual de la habitación. Al instante, obtuvo la respuesta.

En el momento en que Victoria bajó la guardia, Manu aprovechó para moverse hacia la salida.

La joven dio media vuelta y agarró al chico por el brazo regordete y le apretó con fuerza, pero sin hacerle daño. El chiquillo abrió la boca en señal de protesta. Entonces Victoria le sonrió con dulzura, se llevó el dedo índice a los labios y le indicó con la cabeza que se fuera.

Manu la miró asustado y salió con sigilo. Bajó atropelladamente la escalera. En tiempo récord estaba en la calle. Su corazón latía con fuerza. Se sentó en la acera, recostándose contra la pared. Jadeando y a punto de llorar le encontró su hermano.

—¿Qué haces ahí? Vámonos a casa. Mamá nos va a reñir por llegar tarde a comer.

Manu miró a su hermano y este vio la cara de susto del chico.

—¿Qué te ha pasado? —le preguntó el hermano.

—Nada, pero te aseguro que la chica esa que nos dijo Pedro que era una princesa es realmente una princesa.

—Cada día estás más *chalao*. Ahora ves princesas en cualquier parte.

Manu se levantó del suelo y siguió a su hermano en dirección al barrio de El Palo. Decidió atesorar el recuerdo de la imagen de aquella chica en su mente y no compartirlo con nadie que no pudiera entender que las princesas de carne y hueso existían.

El hermano de Manu estaba acostumbrado a las travesuras del chico; así que emprendió camino a casa, hablando con él de sus cosas:

—A mí, la madre de Pedro no me gusta.

—A mí tampoco. Parece una bruja sin escoba —soltó Manu.

—¿Sabes lo que me contó un amigo?

—¿Qué cosa te contó?

—Que Pedro le había dicho que a su madre no le gustaba que se juntara conmigo porque nuestro padre es carpintero. Que debía ir con chicos de otra condición.

Manu nunca había sido consciente de que en su colegio de los jesuitas de El Palo había muchas clases sociales diferentes, pero a raíz de este comentario comprobó que en el colegio todos jugaban con todos; aunque fuera de allí, cada uno tenía la pandilla conforme a su procedencia social.

Durante el almuerzo Victoria apenas habló; no podía quitarse de la mente la visión del uniforme. No supo qué interés podía tener la libreta de pastas negras, pero era evidente que se trataba de nombres relacionados con la época de Hitler.

Ella no había vivido el nazismo, aunque en el pueblo de Baviera todos sabían quiénes habían sido soldados durante la guerra, pero era la primera vez que veía un uniforme de las SS. Tenía que contárselo a su primo.

—Victoria, estás muy callada, ¿qué te ha parecido lo que has visto en Málaga? —le preguntó Ralf, de repente.

—Es muy singular. Está junto al mar y, sin embargo solo esta zona está abierta a la bahía —comentó Victoria, que era muy observadora.

—Llevas toda la razón. Málaga es una ciudad mediterránea, pero de espaldas al mar —afirmó el amigo de Ralf en un perfecto alemán.

Los niños no se interesaron por los comentarios de unos ni de otros; les costaba entender el idioma, así que hablaron entre ellos, motivo por el cual Victoria tampoco tuvo que esforzarse en mantener una conversación.

No hubo sobremesa, y tan pronto tomaron el café, Ralf se despidió con la disculpa de que Victoria estaba cansada del viaje.

A Ralf tampoco le divertía estar más tiempo con su compañero de las SS, con el que ya no tenía nada en común. Sin duda, esa sería la última vez que lo visitara. Le había ayudado desde el primer momento, prestándole dinero para abrir un negocio de coches que fracasó, y ahora era visitador de productos farmacéuticos.

Lo peor de todo era que se creía que el Tercer Reich le debía algo. Con frecuencia, les lloraba implorando un mejor trabajo a los compañeros nazis que tenían mejor fortuna que él. Si le escuchaban, era por el grado de amistad que tenía con Ralf.

De regreso a Marbella, Victoria no se resistió a hablar de lo que había visto. Tenía suficiente confianza con su primo como para contárselo.

—Por casualidad he visto que tu amigo tenía en su despacho un uniforme de las SS —le confesó.

Victoria nunca había hecho mención a la guerra. Su tío, con frecuencia, decía que con el nazismo se vivía mejor. Sin embargo, en el pueblo nadie hacía referencia a su identidad como combatiente. Ni deseaba revivir el nazismo. Y menos hacer gala de él. De ahí que le sorprendiera ver un uniforme de las SS en España.

—No me extraña lo que me dices. Siempre fue un personaje raro, y con el tiempo se ha convertido en un nostálgico. La verdad es que no me agrada lo que me cuentas. —A Ralf esos alardes trasnochados le hacían poca gracia. Así que se mostró incómodo con la situación.

—Y ¿por qué los hijos tienen nombres españoles?

—Ya sabes que después de la guerra se persiguió a todos aquellos que tuvieron algún cargo en el Tercer Reich. Este hombre tenía buenas relaciones con el Gobierno español, así que le han dado la nacionalidad española, cambiándole incluso el apellido, pero he de decirte que ha tenido que renunciar a todo, incluso a su título nobiliario. —Ralf fue contestando todas las preguntas que le hizo Victoria sin mentir. La mejor manera de salir al paso de una situación embarazosa es contar la verdad hasta donde se pueda.

La chica había vivido la posguerra desde la supervivencia emotiva. Pero al tener solo dos años cuando acabó la contienda, no había conocido la desnazificación en propia carne. El pasado era vergonzante y, por tanto, se ocultaba. Algunos incluso se autoconvencieron de que lo ocurrido en tiempos del Tercer Reich —desde el Holocausto hasta la persecución de los judíos tal como era contado por los supervivientes— no había existido. El negacionismo fue la peor humillación después de la muerte...

—Y... ¿cómo es que eres amigo de un exmiembro de las SS? —preguntó Victoria.

—Pues mira, el título de su familia está en nuestro árbol genealógico. Hemos coincidido en reuniones familiares y, cuando éramos jóvenes, estuvimos juntos en las Juventudes Hitlerianas. Sabía que vivía en Málaga, y mi obligación era visitarlo y comprobar que está bien. ¿Ves mal que haya querido saber de él? —Ralf deseaba aclararle las dudas a Victoria; no quería que se hiciera ideas negativas sobre él.

—No, no; me parece bien... Pero ¿él ha tenido que ver con algún crimen de guerra? —La generación de Victoria llevaba inoculado el antinazismo. Y aunque no sabía si debía seguir preguntando, deseaba aprovechar el hecho de que su primo, por primera vez en su vida, la tratara como a una adulta.

—No, que yo sepa. Mi amigo, después de pasar unos años en las SS, estuvo en el servicio diplomático y su último destino fue España. —Ralf no quería seguir hablando del tema y empezaba a hacer esfuerzos para no cambiar el tono de voz.

—Te agradezco tus explicaciones. —Victoria prefirió dejar el asunto, ya que percibió la tensión en su primo.

—Solo te pido que no comentes nada de esto con tu madre. Ya sabes que ella no puede oír hablar de estas cuestiones —concluyó Ralf.

—No le diré nada —aseguró la princesa.

Prefirió callarse el asunto de la libreta negra que su amigo dejó encima de la mesa del despacho. Aunque en su interior se quedó muy confusa.

Ralf dio por zanjada la conversación.

Victoria regresó a Marbella envuelta en un mar de dudas.

Pidió que le llevaran a la habitación un sándwich de jamón y queso con una Coca-Cola. Necesitaba digerir lo que había vivido y se disculpó con su primo alegando que estaba muy cansada del viaje y que deseaba retirarse.

Una vez en su habitación, intentó asimilar lo que había visto en aquella libreta negra, en la que se consignaba un listado completo de los nazis que vivían en la Costa del Sol, tales como Wolfgang Jugler, Fredrik Jensen, Herbert Schaefer, Leon Degrelle, Jacqueline Laffore..., con sus direcciones en la provincia de Málaga y sus antiguos destinos en el Tercer Reich. Todos los nazis camuflados con nombres falsos o con sus nombres reales, pero transformados en personas anónimas, simples ciudadanos extranjeros sin pasado.

Ser consciente de esa realidad la llevó a plantearse quién era realmente Ralf. Hasta ahora, su primo era un ingeniero que pasaba su tiempo entre Alemania y Chile, atendiendo a sus negocios agrícolas.

Era evidente que Ralf había ido para tener una reunión con su amigo-pariente lejano, y que antes de almorzar habían hablado de las personas que se detallaban en la libreta.

Capítulo 17
Marbella: años sesenta

La temperatura de mediodía era perfecta. No se movía ni una hoja. Una brisa serena con olor a azahar penetraba por los poros de la piel, impregnándolo todo de un sabor dulzón y envolvente.

La finca Casa Ann estaba salpicada de pequeños bungalós: invitados, hija, servicio y principal, donde se alojaban los príncipes.

En una de las paredes laterales del porche, una chimenea rústica presidía la estancia. A los lados, dos sofás enfrentados constituían la zona de tertulia.

El almuerzo de Ann-Mari Tengbom y Otto von Bismarck se desarrollaba en el porche de la piscina junto a la casa principal.

Enfrente, una interminable pradera se extendía hasta el mar. Los parterres, con plantaciones de rosas de distintas especies, ponían el color entre el verde del césped y el azul del mar. A la izquierda, tapando los bungalós del hotel Marbella Club, se levantaba una edificación de una sola planta, de techos altos, que albergaba el salón social, con grandes ventanas que se abrían al jardín.

El tono pastel combinaba a la perfección con la chimenea y con los cortineros en dorado viejo, así como con la colección de porcelana antigua, distribuida por paredes y vitrinas. De igual modo, los espejos y cuadros enmarcados en dorado impregnaban de sabor palaciego la estancia, que contrastaba con el ambiente rústico y sencillo del resto de las edificaciones que conformaban el conjunto de pabellones de la finca.

Clotilde tomó buena nota de la decoración que imperaba en la Marbella de la alta sociedad centroeuropea: la sencillez de lo rústico combinada con el buen gusto y la comodidad; aunque el salón de los Bismarck rompiera con esa idea de unir lo autóctono con lo inglés y se decantara por reproducir la decoración solemne de los palacios alemanes.

A los invitados se les había citado antes del almuerzo para que pudieran admirar los retratos de todos los miembros de la familia. Un pintor de apenas veinte años había retratado a los hijos de Ann-Mari, quien viajaba con dichos retratos allí donde fuera. La princesa había decidido apoyar a Claudio Bravo, y utilizó esa fórmula a fin de que le encargaran retratos los veraneantes y la alta sociedad internacional. A fe cierta que ahí comenzó la carrera de Bravo, que llegó a cotizar en Sotheby's.

La princesa Von Bismarck-Schönhausen era una mujer espectacular, elegante y sumamente culta. No podría pasar desapercibida aunque lo deseara. Tanto era así que el mismo Hitler la consideraba el ejemplo perfecto de la mujer alemana, aun a sabiendas de que era hija del prestigioso arquitecto sueco Ivar Tengbom —responsable del diseño de la sala de conciertos donde se entregan los Premios Nobel— y, por tanto, sueca de nacimiento.

Clotilde se topó con Ann-Mari nada más llegar; la encontró espléndida a sus cincuenta y seis años. Lucía un collar de doble vuelta de perlas australianas sobre un *twinset* azul celeste.

—Qué alegría me diste cuando me llamaste para decirme que dabais un almuerzo en mi honor. —Clotilde estaba pletórica en su ambiente.

—La alegría nos la has dado tú a nosotros cuando supimos que llevabas ya una semana en Marbella. Y dime, ¿qué impresión te está causando este lugar?

—Me encanta. Cada día me encuentro con un ambiente diferente; es como experimentar varias vidas en una —se le ocurrió decir a Clotilde.

—Ven conmigo, voy a enseñarte las maravillas que pinta nuestro joven retratista. —Ann-Mari era una mujer de rostro perfecto, divertida y muy animada.

—¡Qué reunión más bonita has organizado! —piropeó Clotilde.

—El año que viene no puedes perderte el concurso de pamelas que organizo todos los años el Domingo de Resurrección. Seguro que te divierte buscar la pamela más original.

No lejos del lugar donde estaban expuestos los caballetes con los retratos, ahogaba las penas el príncipe Otto von Bismarck.

—Mira, ahí está Otto. El pobre todavía no se ha repuesto del fugaz enamoramiento de una modistilla de Aumühle, al este de Hamburgo, pueblo al que pertenece el castillo Friedrichsruh, propiedad de la familia Bismarck —comentó divertida Ann-Mari, ante la mirada atónita de Clotilde.

Los hijos de Von Bismarck adoraban a su divertido padre. Al enterarse de que la joven modista le había dejado debido a las habladurías del pueblo, acudieron a hablar con ella para suplicarle que volviera con su padre, ya que estaba deprimido al sentirse rechazado por su joven amor.

La familia Von Bismark, con fama de tolerantes y abiertos, admitían el carácter enamoradizo del patriarca. La misma Ann-Mari tomaba esos deslices como anécdotas divertidas.

La inteligencia y el pragmatismo de la princesa Von Bismarck daban el toque regio a la singular familia. La princesa vio venir el drama de Alemania y en 1939 decidió no tener más hijos. Al finalizar la guerra, levantó el veto a la maternidad y volvió a tener otros tres hijos; esta segunda tanda la inició su hija Gunilla.

El príncipe Otto, al ver a Clotilde, abandonó su desánimo y acudió a saludarla.

—Mi querida condesa, ¡cómo me alegra verte en nuestra casa! Qué hermosos recuerdos tengo de tus padres, y cómo he sentido su muerte. —Von Bismarck era un perfecto caballero, con un gran corazón y muy simpático, que hacía que los que estaban a su lado se sintieran importantes. Esa es la clave de ser un gran señor.

—Querido embajador, me halagas recordando la amistad con mis padres. A ellos les hubiera encantado conocer esta preciosa casa. —Clotilde estaba emocionada; se sentía a gusto entre los suyos, y aquella familia le recordaba a la propia.

El príncipe Von Bismark era un hombre de estatura media, con gafas a lo Gandhi. Se le podía clasificar de un hombre corriente desde el punto de vista físico; sin embargo, era señorial y circunspecto. Había sido segundo de la embajada alemana en la Italia de Mussolini, aunque ejerció en todo momento de embajador; sin duda, su mujer, Ann-Mari, jugó un importante papel como embajadora.

En la fiesta estaba la sociedad que en todo momento esperaba encontrar a la condesa de Orange en Marbella.

Ralf conocía a todo el mundo; así que enseguida se metió de lleno en la reunión. Al ver a Clotilde admirando los cuadros, se acercó a hablar con ella.

—Estás espléndida. Este vestido blanco te sienta de maravilla. —Ralf estaba dispuesto a conquistarla.

—Te agradezco el cumplido. Pero, por favor, evita este tipo de comentarios. Todavía me siento incómoda con lo que ocurrió. —Clotilde no acababa de asumir el coqueteo de Ralf; así que prefirió cambiar de asunto—. ¿Puedes acercarte conmigo a la barra? —le pidió.

—Perfecto. Acabo de pasar por allí y creo que te encantará saludar a unos amigos.

—¿Quiénes son?

—Prefiero que sea una sorpresa. —Ralf la acompañó hasta la mesa donde se servían las bebidas.

Enseguida Clotilde reconoció a la espectacular Carla Martino, esposa de Berti von Stohrer, presidente de Contraves, empresa de armamento de misiles Sky Aspide.

—No te imaginaba en Marbella —comentó Clotilde, encantada de encontrarse con la hija de uno de los dirigentes del Partido Liberal Italiano, y amiga suya por haber coincidido varios veranos con sus padres en casa de unos amigos comunes en Capri.

—Estamos alojados en el hotel Marbella Club. Nos fascina el lugar.

Clotilde era consciente del precioso palacio que los barones Von Stohrer tenían en la isla de Ischia, frente a Capri, una hermosa finca con infinidad de aguas termales que llegaban hasta el mar.

—Ya sabes que contamos contigo para la fiesta que damos en nuestra casa de Roma —comentó el barón Von Stohrer, heredero del fallecido embajador de Hitler en España Eberhard von Stohrer, uno de los implicados en el último complot contra Hitler, y de su mujer Úrsula, de quien se sabía que era la amante del pintor catalán Josep María Sert, muralista excepcional y artista venerado por el gusto nazi.

Clotilde no pudo seguir conversando con Carla, pues Ann-Mari von Bismarck se acercó a ella con una amplia sonrisa.

Ralf se quedó conversando con los Von Stohrer.

—Quiero presentarte a los Messerschmitt.

A Clotilde le sorprendió que esta importante familia alemana viviera también en Marbella; eran los dueños de la empresa aeronáutica del mismo nombre. La condesa de Orange saludó a sus compatriotas.

La anfitriona estaba dispuesta a que su homenajeada conociera a todos sus invitados; así que de nuevo tomó a Clotilde del brazo acercándola a un grupo de gente joven.

—Deseo que conozcas a mi adorado conde Rudi von Schönburg; su familia vivió un final de la guerra parecido al tuyo.

Aquel nombre le resultaba conocido y, sin embargo, no sabía de qué podía sonarle.

Un joven, de aspecto amable y sumamente educado, se presentó ante ella. Le sorprendió que fuera vestido con una guayabera bordada que tantas veces le había visto lucir a su examante David Griffin.

Rudi besó la mano de Clotilde al tiempo que admiró la elegancia de su compatriota. Al joven conde le agradaba la gente con clase y saber estar. El refinamiento de las personas era un plus que agradecía, sobre todo teniendo en cuenta que era el director general del hotel Marbella Club, a pesar de su juventud.

—Me ha dicho la princesa Ann-Mari que su familia es de Sajonia, al igual que yo —comenzó diciendo Clotilde, que se emocionaba cada vez que coincidía con alguien de su tierra.

—Exacto. Al finalizar la guerra, tuvimos que huir de los rusos.

—Eso nos ha ocurrido a muchos de nosotros. —A Clotilde se le humedecieron los ojos.

En ese momento supo de qué le sonaba el apellido del joven conde. A Clotilde se le paralizó el corazón. Aquel joven era uno de los hijos de la condesa Schönburg, con la que había pasado la noche en un cobertizo durante la huida de los rusos. Clotilde no pudo reprimir las lágrimas; sus ojos, amparados por las gafas de sol, permanecieron ocultos, pero su barbilla comenzó a temblar sin que ella pudiera impedirlo.

El conde Rudi se percató del estado de ánimo de su interlocutora. No entendía por qué aquella elegante señora mostraba aquellos signos tan evidentes de estar a punto de llorar.

—Tú eras un niño de diez u once años cuando nuestras familias coincidieron huyendo de los rusos —dijo ella de forma entrecortada, intentando reponerse. Nada le podía incomodar más que mostrar sus sentimientos en público—. Dime, ¿cómo está tu madre?

Rudi se quedó paralizado. No podía creer que aquella mujer fuese la condesa de Orange.

—Mi madre vive en Austria y está muy bien —le contestó emocionado—; viene a verme con cierta frecuencia. Estoy deseando llamarla para contarle que te he visto. Aquella noche en el cobertizo permanece intacta en los recuerdos de nuestra familia. Mi madre siempre nos la pone de ejemplo; de cómo un puñado de mujeres y niños asustados e indefensos, solo con el coraje de vivir, conseguimos ahuyentar a los asaltantes.

Rudi estaba seguro de que su madre le iba a hacer mil preguntas. Con frecuencia, les hacía ver lo privilegiados que habían sido por haber contado con la ayuda de su tío en aquellos momentos, y les ponía de ejemplo a la familia de Clotilde, que se encaminaba a un destino incierto.

El joven conde le pidió a Clotilde que le contara qué había sido de su vida, para poder darle información a su madre.

—Dile que me ha ido bien, que me he casado con el barón Von Ulm y que tengo un nuevo hijo, Albert. Estoy pasando unos días en Marbella con mi hija Victoria, invitada por mi sobrino el príncipe Von Havel. —Clotilde resumió bondadosamente su vida.

—La llamaré mañana mismo para contarle que te he visto.

—Pregúntale cuándo piensa volver; me encantaría coincidir con ella. Pero, sobre todo, déjame su dirección mañana en recepción. Me gustaría escribirle. Tengo los mejores recuerdos de ella. En los momentos peores de mi vida, fue un verdadero ángel que me ofreció cariño —replicó conmovida. El director del Marbella Club era un hombre bueno y sensible. Miró a aquella mujer extraordinaria, aunque percibió en ella la soledad del alma—. ¿Y tú cómo has llegado aquí? —quiso saber Clotilde.

—Es una larga historia. Pero como resumen, te diré que conseguimos huir y llegar hasta el lago Constanza, donde mi tío nos proporcionó una vivienda. Fue nuestro hogar durante varios años. Estudié hostelería en Suiza y mi primer trabajo fue en Hamburgo. Allí coincidí con Alfonso de Hohenlohe y su mujer Ira de Fürstenberg. Meses después, de camino a una cacería en el castillo de los Bismarck, me pidió que viniera a dirigir el hotel Marbella Club.

—¿Desde qué año estás en Marbella?

—Llegué a España en 1956, cuando el hotel era un embrión de lo que es hoy. Llegar aquí fue toda una odisea. —Rudi rememoró el día que tomó un avión desde Zúrich—. Salimos de Zúrich teniendo que descongelar las alas del avión, un Junkers que en los años cincuenta seguía en activo y se había transformado de avión militar en transporte de viajeros.

El simpático y afable personaje relató a Clotilde su llegada a Málaga después de hacer escala en Madrid.

—Un sol espléndido penetraba por las ventanas de la aeronave inundando de luz la cabina de pasajeros. Cuando ya estaban tomando posición para el aterrizaje, la nave volvió a subir. Los pasajeros entraron en pánico y comenzaron a preguntar a la azafata. Esta, sin moverse de su asiento, recibió la comunicación de que un grupo de vacas había invadido la pista de aterrizaje y dormían apaciblemente. El avión se mantuvo sobrevolando Málaga hasta que los operarios consiguieron desalojar las vacas de la pista. ¿Te imaginas una imagen más pintoresca? —Rudi era un actor hablando en público, se reía a carcajadas contando la atropellada llegada a España. Clotilde esbozó una sonrisa y le animó a continuar—: Ese día no lo olvidaré jamás. No tuve la impresión de que este fuera mi destino. Pero después de siete años aquí, solo deseo poder encontrar a la mujer que sea el amor de mi vida y que le guste tanto como a mí este lugar. —Rudi se abrió a Clotilde, pues se sintió cómodo con ella, como si fuera de la familia que siempre añoraba.

—Rudi, ¿no nos vas a presentar a esta señora tan estupenda? —La que interrumpió al joven hotelero era Chiquita Neven du Mont. La amabilidad del conde se puso a prueba, ya que hubiera preferido seguir hablando con Clotilde sin interrupciones.

—Con mucho gusto, mi querida Chiquita —contestó sonriendo Rudi.

Chiquita Neven du Mont, una mujer espectacular, rubia, ojos azules y mirada altiva, era el prototipo de señora bien de la sociedad, de vida azarosa y pasado de grandes altibajos, curtida en la desdicha y en la fortuna. La vida le fue sonriendo y abofeteando por igual, forjándole un carácter fuerte donde solo cabía lo que ella pensaba.

—He escuchado cómo le contabas a la condesa tu llegada a Marbella. Si me lo permites, debo añadir que cada uno de nosotros somos protagonistas de una época convulsa, y las experiencias las llevamos en la mochila de nuestra vida. Tú eres muy joven. —Se dirigió expresamente a Rudi—. Yo, en 1946, embarqué desde Francia a Buenos Aires embarazada de mi segundo hijo. Hice una travesía de cuatro semanas con mi hijo Christian durmiendo en una caja debajo de mi cama.

—Cuatro semanas es mucho tiempo, ¿no os enfermasteis? —preguntó Clotilde, pensando en su propia experiencia.

—Gracias a Dios, no. Pero la verdad es que íbamos bien equipados de comida y agua —reflexionó Chiquita.

—¿La guerra la pasaste en Alemania? —preguntó el conde, que era un niño durante la guerra.

—Sí, vivíamos en Garmisch. Lo que no se me olvidará jamás es el hambre que pasábamos. —Chiquita relataba el pasado sin escatimar sus recuerdos—. Cuando llegaron los americanos, nos trasladaron a la frontera con Suiza. Recuerdo que llevaba un abrigo de piel y en los bolsillos alguna joya, por si los podía vender. Conseguimos llegar a París, donde nos acogió una princesa rusa amiga de mi madre. Me quedé impactada con lo bien vestida que iba la gente. —La elegante mujer hacía gala de su exquisita altivez, marcando la distancia entre la sencillez y el señorío.

Clotilde escuchaba aquellas vivencias con interés, pues en ellas se resumían las desdichas de toda una generación de aristócratas alemanes después de la guerra. Aquellos que lo perdieron todo. Sin embargo, constató de nuevo que las grandes fortunas basadas en la industria continuaron su ascensión económica, y prueba de ello eran las familias dueñas de grandes empresas que también estaban representadas en aquella reunión.

De nuevo apareció Ann-Mari von Bismarck.

—Perdonadme que os la robe por unos momentos —se disculpó la señora de la casa.

—Tuya es. Pero que te cuente cómo nos conocimos al final de la guerra —dijo Rudi, deseando que la princesa Von Bismark supiera la historia.

—Descuida, Rudi, ahora se la relato. Mañana sin falta volvemos a hablar.

—Quiero presentarte a una aristócrata española muy popular —dijo Ann-Mari von Bismarck después de oír y quedarse encantada con la historia de Clotilde y los Schönburg. Sin lugar a dudas, Ann-Mari era la auténtica princesa; la que con su señorío daba peso a la familia.

Juntas se aproximaron a una señora de mediana estatura, algo gordita y de apariencia simpática. Según iban acercándose, la princesa Von Bismarck le hizo una breve introducción del personaje.

—Es una mujer educada en Inglaterra, cuyo padre, el marqués de Villavieja, procuró que se relacionara con la más distinguida aristocracia. Pomposa, que así se llama, vende a trozos su finca Santa Petronila, colindante con Santa Margarita, en primera línea del mar. Solo pone una condición: que el que compre una parcela debe ocuparse de los burros que en ella habitan —comentó divertida Ann-Mari.

—Estoy encantada con el sentimiento romántico que tenéis de cuidar el entorno, atesorando la verdadera esencia del lugar —explicó Clotilde a su anfitriona.

—Sin duda, esta es nuestra principal preocupación: que todo se mantenga como lo han encontrado los pioneros de estas tierras.

Pomposa, al verlas acercarse, les dirigió una amplia sonrisa.

—¡Así que esta es la nueva incorporación al club! —soltó Pomposa Escandón, con su habitual desparpajo.

Clotilde sonrió, pues reconoció en ella a «una Bárbara de la vida» y le hizo ilusión esta similitud con su amiga americana.

—Mi querida Ann, déjala en mis manos; debo instruirla en los placeres culinarios de tu bufé. —Pomposa no podía perder la ocasión de disfrutar de un ágape estupendo.

Dada la escasez de alimentos singulares que había en España a comienzos de los sesenta, viajar a Gibraltar para hacerse con determinadas viandas era la tónica general.

Los Bismarck —amantes de los festejos y del buen recibir— se aprovisionaban de carne, quesos variados, chocolates y galletas inglesas, así como de otros manjares para poder agasajar a sus invitados. Los refuerzos de camareros y cocineros venían siempre del Marbella Club.

La conversación con Pomposa derivó en la posibilidad de comprar una parcela en su finca. Clotilde, por primera vez, barajó esa eventualidad, pero no pudo concretar nada, ya que a los pocos minutos Ana de Pombo se acercó a saludarla.

—No sé si conoce a la famosa Ana de Pombo —comenzó diciendo Pomposa—. Ha trasladado su negocio al centro del pueblo, pero todos recordamos el salón de té y la boutique que tenía cerca de mi finca y que explotaba junto a Pepe Carleton.

—Sí, tengo la suerte de conocerla —asintió Clotilde con una sonrisa.

En ese momento alguien solicitó la atención de Pomposa. De modo que Ana y Clotilde se quedaron a solas. Ambas portaban sus platos de comida.

—¿Te parece bien que nos sentemos en uno de aquellos veladores a comer? —sugirió Ana de Pombo a Clotilde.

—Sí, desde luego. La verdad es que estaba deseando sentarme un rato. —La condesa se volvió hacia Pomposa para indicarle que le guardaban sitio en la mesa.

—Id comiendo; en cuanto termine con «mi cliente» me uno a vosotras —respondió esta despreocupada.

—Me alegro de poder conversar contigo en privado —susurró Ana de Pombo, que parecía algo nerviosa.

—Yo también deseaba estar a solas contigo un rato —dijo abiertamente Clotilde.

—Quisiera hablarte de nuestra etapa en París —soltó Ana.

—Fue una época muy especial para mí; como una luna de miel con Maximiliano, mi esposo. Pero supongo que para ti no sería tan extraordinaria. Al fin y al cabo, vosotros erais rehenes de los alemanes —reflexionó comprensiva Clotilde.

—Pues precisamente sobre eso quisiera comentarte una cosa. Te ruego que no le digas a nadie que me conociste en París cuando la ocupación nazi.

A Clotilde le contrarió el comentario. Era una mujer a la que no le agradaban las componendas.

—No es ninguna deshonra haber coincidido en esa época —contestó Clotilde incómoda.

—Si tú haces algún comentario al respecto, alguien puede pensar que son ciertas las acusaciones de las que soy objeto. Es muy posible que sepas que fui amante de un oficial alemán y que, gracias a sus relaciones, tuve muy buena clientela entre las mujeres de los oficiales nazis, lo que me permitió seguir con la tienda que la propia Coco Chanel me dejó explotar. Pero de ahí a que me acusen de colaboracionista va un gran trecho. Jamás colaboré con los nazis. Se debería tener en cuenta el momento que se vivía y la capacidad de supervivencia que cada uno tenía. Yo fui neutral y me arriesgué a sobrevivir de la única forma que conocía, que era continuar con mi trabajo.

—A mí no tienes que convencerme de nada. Te recuerdo de la tienda y de verte en alguna de las fiestas privadas que hacían los oficiales. Otra cosa es que el chauvinismo francés no soporte esa confraternización, y lo entiendo. En cualquier caso, tú sabías dónde te metías. —Clotilde no deseaba que Ana la involucrara en sus problemas.

—Llevas razón. Aunque solo deseo que sepas que, cuando terminó la guerra, hui a Montevideo y luego a Buenos Aires, donde conocí a mi marido, Adolfo. También fue en esa época cuando conocí a Ralf.

—¿O sea que al final de la guerra te sentiste perseguida por los partisanos?

—Bueno, digamos que no me sentí segura en Francia. Pero te diré que en los cincuenta volví a España y monté Tebas, una tienda de decoración de alto nivel, en el barrio de Salamanca de Madrid. Aquí fue cuando empezaron mis problemas a causa de unas falsas acusaciones de un alemán afincado en Madrid que me requería como espía, y al negarme, creó una ficha falsa asegurando que había sido colaboracionista de los alemanes durante la ocupación de París. —Ana estaba visiblemente afectada y deseaba tener la seguridad de que Clotilde la comprendía.

—Puedes estar segura de que yo no voy a hablar con nadie de ti. Pero ¿qué fue lo que te ocurrió a raíz de esa falsedad? —preguntó Clotilde, ingenua.

—Me metieron en la cárcel y, si vuelvo a Francia, me detendrán.

—Comprendo tu angustia. Tu historia es fascinante. No te preocupes lo más mínimo; en mí siempre tendrás a una amiga. El vivir situaciones límite te da la medida de lo que realmente es la vida; yo no te voy a juzgar jamás —la tranquilizó Clotilde.

—Agradezco mucho tu comprensión. Pero no hay derecho a que, después de toda una vida de trabajo y sacrificios, haya alguien que te juzgue por haber tenido que enfrentarte al miedo con tal de sobrevivir. Supongo que tú también sufres por el hecho de que se te tache de nazi. —Ana soltó esta frase sin saber la rabia que podía provocar en Clotilde tal afirmación.

La condesa se puso lívida al confirmar la impresión que siempre tenía: que la relacionaban con el nazismo. De un modo u otro, era un asunto que siempre la perseguía. Por otro lado, estas conjeturas la llevaban a tener un complejo de culpabilidad absurdo que le enfadaba hasta límites insospechados. Tragó saliva e intentó que no se le notara lo enojada que estaba. Procuró contestar a Ana con firmeza y serenidad, aunque no pudo evitar que se le pusiera un nudo en el estómago.

—Si te sirve de algo, te voy a trasladar lo que mi tía Violet me dijo hace algunos años al respecto: a las personas como nosotros siempre nos asignarán un cliché basado en verdades y mentiras o en suposiciones y constataciones, de modo que debemos asumir sin traumas ese lastre, si bien está en nuestros actos que intentemos cambiar este estigma. —Clotilde deseaba dejar muy clara su postura, de modo que continuó dándole explicaciones a Ana de Pombo—: Para la mayoría de los que no me conocen de verdad, yo siempre seré «la condesa nazi», cuando jamás he apoyado el nazismo y he intentado alejar a mis hijos de esa ideología; no deseo vivir en Alemania porque allí mi entorno me recuerda al nazismo. Quiero a mi país, pero sigo sin comprender cómo se ha podido hacer tanto daño en aras de una ideología. —Clotilde hablaba como si quisiera sincerarse y sacar todo lo que llevaba dentro—. Después de la guerra, ayudé a mi marido a reflotar su negocio, pero siempre he dejado muy claro que nunca sobre las bases de la Alemania nazi. Esa ha sido mi contribución tras la contienda. He sufrido, lo perdí todo y tuve que aprender a vivir una vida para la que no estaba preparada. Mi objetivo ha sido que los nazis no coparan el poder económico en Alemania. —Clotilde dijo todo aquello como parte de una catarsis interior.

Ana de Pombo se quedó impresionada por semejante respuesta. Nunca hubiera imaginado que una mujer como la condesa pudiera pensar de ese modo. No obstante, siguió teniendo un cierto recelo, pues le costaba creer que, siendo Clotilde tía de Ralf, esta no fuera afín a su causa.

Para la exbailarina, todos los que habían tenido algo que ver con el nazismo se sentían en el fondo prisioneros intelectuales del Tercer Reich. Decidió que observaría a Clotilde para intentar sacar sus propias conclusiones.

—Querida Clotilde, espero poder conocerte mejor y hablar de nuestras vidas. Te comprendo muy bien. Sobrevivir a aquella época fue muy duro y ya me gustaría ver cómo actuarían nuestros detractores si hubieran estado en nuestro lugar. Nadie que no se vea ante el hambre, la tortura y la muerte puede juzgarnos.

—Así es, Ana. Ahora creo que debemos incorporarnos a la fiesta; seguiremos charlando de esto otro día. —Clotilde tuvo la sensación de haber hablado demasiado. Quizás no tenía que haberse sincerado tanto.

«Fue mi corazón el que quiso abrirse; quizás sea esta tierra tan luminosa y este ambiente los que me han llevado a expresar lo que siento», pensó Clotilde, a fin de disculparse consigo misma.

Ralf las había visto a lo lejos. Así que tomó dos vasos de sangría y se acercó a ellas.

—Os traigo unas sangrías... Clotilde, debes probar este brebaje refrescante, tan rústico y exótico a la vez. Eso sí, espero que no os paséis, como vuestra vecina de ahí enfrente. —Ralf pretendía romper la conversación y cambiar de registro, cosa que consiguió.

Una mujer joven, guapa y delgada daba muestras de embriaguez a aquellas horas tempranas del día.

—¿Quién es esta chica tan guapa que está tan ebria? —preguntó Clotilde con pena.

—Es la actriz y bailarina Sarah Churchill, hija del político británico. Se le acaba de morir su marido, el barón Audley, y si antes bebía, ahora es una cuba andante. Le conoció en Marbella y se enamoró de él. Es una pena; monta unos escándalos monumentales. Su íntima amiga es la transexual April Ashley —explicó Ana.

La velada había ido decayendo. Poco a poco, los asistentes fueron desapareciendo de la escena. Clotilde siempre procuraba no ser la última en irse, de modo que se acercó a su anfitriona para despedirse con disimulo, a fin de evitar que los invitados que todavía disfrutaban de la velada pudieran verse obligados a hacer lo mismo.

La princesa Von Bismarck le agradeció su asistencia y prometieron verse pronto.

—Ann-Mari es la mujer más guapa y elegante que conozco —le confesó Clotilde a Ralf en el breve trayecto que separaba la finca de los Bismarck del Marbella Club, y evitando hablar de lo sucedido el día anterior.

—Clotilde, creo que te estás definiendo a ti misma. En el almuerzo, más de uno me ha preguntado si eras familia de ella. Sin duda, tenéis un parecido extraordinario.

—¿Qué me dices? —se extrañó Clotilde; aunque al mismo tiempo tuvo que reconocer que era cierto que tenían el mismo estilo—. ¡Ojalá fuera así! Pues para mí sería un verdadero honor.

* * *

De madrugada, el cielo del despertar de Marbella comenzó a teñirse de nubes oscuras que fueron empañando el amanecer. Al cabo de media hora, una tromba de agua cayó con fuerza, recordando que el verde de aquel lugar tenía su origen en las lluvias casi tropicales que con frecuencia descargaban durante la noche.

Clotilde se asustó. No esperaba semejante aguacero. La habitación se inundó de un olor a tierra mojada denso y agradable. Temió que su pequeño bungaló no pudiera resistir la fuerza de la tormenta.

Intentó dormir con el sonido de la lluvia estampándose sobre el camino de tierra que había delante de su habitación.

Poco a poco fue amainando la fuerza del agua y ella volvió a adormecerse. Para su sorpresa, cuando abrió la mañana, el sol volvía a brillar como si la lluvia nocturna hubiera sido un sueño. De no ser por los jardines encharcados, habría pensado que la tromba de agua había sido producto de la imaginación.

—Esto es muy normal en Marbella. Llueve por la noche y escampa por la mañana —aseguró el camarero uniformado de chaquetilla blanca que le atendía en el desayuno.

—Es casi tropical este clima —dijo la condesa.

—Tropical no es, pero sí es cierto que la montaña de Sierra Blanca nos ampara y proporciona un microclima único.

Clotilde había preguntado el horario de misas y estaba decidida a ir con Victoria a la iglesia del pueblo. Rudi, director general del hotel, salió a saludarla y le indicó cómo llegar a la iglesia de la Encarnación.

—Me alegra que hayáis decidido ir a visitar el pueblo. He visto que conoces a Ana de Pombo; te recomiendo que visites su tienda. Te encantará todo lo que tiene; es una mujer de un gusto exquisito e innovador. —Rudi quería que Victoria y Clotilde conocieran todo lo que daba de sí Marbella. El conde, hombre religioso donde los hubiera, prometió coincidir con sus huéspedes en la iglesia, en el caso de que sus obligaciones se lo permitieran.

Prefirieron callejear en lugar de que el taxista las llevara hasta la plaza de la iglesia. Se adentraron por las estrechas callejuelas, algunas empedradas, observando la vida de las gentes a través de puertas y ventanas abiertas de par en par, o tapadas con las consabidas persianas de esparto o de lamas de caña. En un momento dado, Clotilde fue consciente de que se habían perdido.

Habían subido por la calle Peral, que iba a parar a una encrucijada de calles. A la izquierda, se abría elegante la calle Ancha, donde las casas señoriales presumían de recios portones, balcones enrejados y motivos ornamentales en las fachadas: desde las rústicas macetas cuajadas de alegrías y geranios a los señoriales blasones.

—Mamá, creo que debemos preguntar por dónde ir a la iglesia; estas callejuelas son todas parecidas —dijo Victoria, desorientada.

—Sí, pregunta tú a ese señor que viene por ahí.

—Perdone, ¿puede decirnos cómo llegar a la iglesia? —indicó con señas la joven a un hombre que cargaba un capazo enorme lleno de juncos para tejer cestos.

—Tomen a la derecha y se encontrarán de frente con la imponente casa de don Antonio Maíz, el médico; deben bordearla por la derecha, y se toparán con una calle muy estrecha que las conducirá a la plaza de los Naranjos, y desde allí es muy fácil llegar a la iglesia —explicó el hombre valiéndose de las manos para que le entendieran mejor.

—Muchas gracias —contestaron al unísono madre e hija sin enterarse de nada.

—A mandar, vayan con Dios —respondió el cestero.

Siguieron el camino. No habían avanzado mucho cuando constataron que se habían equivocado. Se encontraron de bruces con unas mujeres que rezaban a una hermosa Virgen en una hornacina incrustada en el balcón de una casa.

Victoria volvió a utilizar la mímica para preguntar por la iglesia.

Las beatas las miraron de arriba abajo y les indicaron que bajaran hasta el final de la calle.

Clotilde no podía más; el sol le daba de plano y la chaqueta de crepé que llevaba puesta la hacía sudar. Caminaron por la cuesta de casas encaladas y encintadas por un zócalo negro de alquitrán. Muchas de las fachadas presentaban desconchones y grietas, en su mayoría disimulados con buganvillas o damas de noche trepadoras que engañaban el ojo del curioso. Los balcones eran auténticos jardines en flor.

Llegaron a la calle Carmen, y una pared cuajada de macetas con geranios soportaba las escaleras que subían al castillo.

Madre e hija estaban cansadas de dar vueltas. Apuraron sus pasos por la callejuela estrecha, maravilladas con el entorno pobre y digno a la vez, hasta que se toparon de pronto con la grandiosidad de un templo que contrastaba con la sencillez del ambiente. La sorpresa fue mayor cuando entraron y se encontraron con una iglesia de dimensiones catedralicias, presidida por un elegante y recién estrenado retablo de color verde esmeralda con remates dorados; el original había sido quemado durante la Guerra Civil. La iglesia gozaba de una luminosidad que alegraba los distintos altares en honor de otros tantos santos que salpicaban los laterales del templo.

Las ventanas en la parte superior producían una corriente en la iglesia que refrescaba el ambiente. Clotilde, después de tanto andar, se sentó en el único banco que no estaba lleno. ¡Al fin podía descansar un rato!

Tan pronto se sentaron, un sacerdote vestido con impoluta casulla de color burdeos con remates dorados subió al presbiterio. Clotilde admiró el porte del cura, alto y erguido, aunque le chocó el peinado singular que lucía. No entendió nada de la homilía. Sin embargo, percibió una gran personalidad en aquel sacerdote.

Al término de la misa, cuando se disponían a marcharse, el conde Rudi se acercó a ella.

—Cómo me alegro de encontrarte. Voy a presentarte a don Rodrigo Bocanegra. Para saber qué es Marbella hay que conocerle.

—Te lo agradezco, pero al no hablar español será difícil entendernos —contestó Clotilde desilusionada.

—De eso no te preocupes; yo me encargo de traducir.

En la sacristía había una cola de feligreses esperando al vicario-arcipreste para solicitarle las más peregrinas ayudas.

—Esta cola es lo normal. Don Rodrigo es como un Robin Hood moderno; todos vienen a pedirle algo, aunque sea un consejo. Pero lo habitual es que busquen trabajo para un hijo o una vivienda para una familia que la necesite... Es posible pedirle cualquier cosa y él hará lo que sea para conseguirlo —le explicó Rudi, sin poder evitar que sus palabras reflejaran la admiración que sentía por el arcipreste.

En aquellos años comenzaba la época dorada del turismo. Al darse cuenta de ello, el cura había puesto en práctica una especie de contrapartida beneficiosa para todos. Su lema era: «La limosna humilla, el trabajo ennoblece», y así les hacía favores a los poderosos para luego cobrárselos valiéndose de ellos para ayudar a los necesitados.

Cuando les tocó el turno, Rudi se acercó al párroco y le presentó a la condesa y a su hija Victoria.

—Don Rodrigo, le presento a la condesa de Orange y a su hija, la princesa Victoria von Havel.

El cura miró a la mujer con aprobación; las señoras guapas eran un aliciente para sus ojos. Y como no se le pasaba ni una, ya estaba maquinando cómo podía involucrar en alguna de sus causas benéficas a cualquier persona importante que se le acercara.

—Dime, Rudi, ¿estas señoras tienen intención de vivir aquí o están de paso?

—La verdad es que no sé qué contestarle. Se lo preguntaré a ellas. —Rudi tradujo la pregunta a sus compatriotas.

—Sin duda es un lugar a tener en cuenta; aunque no había reparado en esta posibilidad —contestó la condesa.

—Hazles saber que cualquier ayuda es buena para la comunidad —sugirió el cura.

Victoria se apresuró a contestar:

—A mí me encantaría ayudar. Así que, si puedo colaborar en algo, estoy a su disposición.

—Seguro que podrás implicarte en alguna obra social parroquial —le contestó Rudi a Victoria.

Clotilde miró a su hija y vio que aquello podía ser un incentivo para ella.

—Si quieres ayudar a don Rodrigo, a mí me parece bien —concedió.

Rudi tradujo la conversación al sacerdote, quien enseguida tomó el guante del ofrecimiento.

—Estaré encantada de ser útil —dijo Victoria.

—Si lo desea, puede empezar mañana mismo a ir al colegio de las monjas a dar clases de inglés a los niños; estoy seguro de que será de gran ayuda. —Don Rodrigo era así de rápido; enseguida encontraba cómo favorecer a sus parroquianos.

—Sería muy buena experiencia para mí —dijo Victoria encantada.

Se despidieron del carismático párroco, y el conde Rudi las acompañó hasta la tienda de Ana de Pombo.

Conforme se aproximaban a la plaza de los Naranjos, un olor penetrante y dulzón impregnó el ambiente. El azahar de un sinfín de naranjos iba rociando con su fragancia el paseo multicolor de una plaza cargada de romanticismo y belleza, con las fachadas señoriales de las casas del Consistorio y del Corregidor, o las de Mena y Alcalá.

A Clotilde le encantó aquella mezcla de arquitectura popular mediterránea con la cultura romana y musulmana, donde la cal y la piedra aparecían adornadas con geranios, buganvillas, alegrías y pilistras en una extraordinaria explosión de colores. Una fuente renacentista de piedra blanca abastecía de agua a las viviendas que todavía carecían de agua corriente. En un recodo sereno, una pequeña ermita veneraba al santo patrono de España: Santiago Apóstol.

En la esquina, Ramón el churrero, y a su vera la coqueta tienda de Ana de Pombo. A Victoria le entusiasmó el lugar en el que se vendía un poco de todo, y no dejó de probarse sombreros, echarpes y caftanes.

—¿De dónde son estas prendas tan curiosas? —preguntó interesada la joven.

—Son caftanes marroquíes, y los traigo de Tánger.

—¿Se tarda mucho en llegar a Tánger desde aquí? —preguntó Clotilde.

—No queda lejos. Hay que ir a Tarifa o Algeciras y allí coger un barco que te deja en el puerto de Tánger. Merece la pena ir.

Clotilde pensó que en la próxima visita iría a Tánger.

—Por cierto, nos ha invitado Antonio Castillo a una fiesta flamenca, y ha sugerido que vayamos vestidas de «andaluzas». ¿Podrías ayudarnos a disfrazarnos? —preguntó la inocente Victoria, al ver colgados dos trajes de volantes.

—No digas que te disfrazas de andaluza; no puede quedar más inapropiado. Di que te vestirás de gitana, y yo te voy a hacer pasar por una auténtica andaluza.

—Mañana debo ir a Málaga a una finca propiedad de un amigo de mi sobrino Ralf. Victoria se ha comprometido con el párroco para ayudar en el colegio de las monjas, y no sé si podrá ir a la fiesta —le comentó Clotilde a Ana.

—¡Claro que sí! ¿A ti te apetece ir? —le preguntó Ana a Victoria.

—La verdad es que me encantaría ir a una fiesta flamenca.

—Pues cuenta con ello. Tú vete al colegio a dar tus clases y cuando acabes te vienes por aquí; yo te visto y vamos juntas. Luego te dejo en el hotel cuando termine la fiesta —contestó Ana, satisfecha de la confianza depositada por Clotilde en ella.

Victoria entró en el probador con un montón de vestidos de playa. Momento que aprovechó Clotilde para preguntarle a Ana por Ralf.

Ana miró hacia el probador donde estaba Victoria.

—Mi niña, voy a enseñarle a tu madre otros caftanes que tengo en el piso de arriba. Te dejamos sola por unos minutos —dijo en alto Ana para que Victoria se diera por aludida.

—No os preocupéis; aquí tengo para rato —contestó la joven.

Ana y Clotilde subieron unos escalones angostos y empinados. En la parte de arriba, la polifacética mujer tenía un coqueto salón algo caótico y desde luego abigarrado de recuerdos de todo tipo: muebles, ropas, chales, pinturas...

La exbailarina le pidió a Clotilde que se sentara.

—Desde ayer en casa de los Bismarck no paro de pensar en ti. Deseo que me perdones la impertinencia que tuve. Creí que estabas con Ralf y por tanto seguías sus ideas. Pero al oírte aquella declaración de principios, me quedé en shock.

—No estoy con él, pero ¿tienes algo que decirme? —preguntó sorprendida.

—Bueno, pues debo decirte que yo estoy muy molesta con él, pues fue quien sugirió mi nombre al espía nazi de Madrid. Es verdad que Ralf asegura que no tuvo nada que ver con todo lo que luego pasó, pero lo cierto es que su «ocurrencia» me destrozó la vida; y, para colmo, tampoco me defendió de las acusaciones; me dijo que el asunto no era de su incumbencia.

Clotilde se quedó de piedra. No sabía qué pensar; su cabeza empezó a darle vueltas encajando posibilidades y uniendo cabos.

—Pero vamos a ver, tú conociste a Ralf después de la guerra, en Argentina, y ¿qué hacía él allí? ¿Tú lo sabes?

—No lo sé a ciencia cierta, pero sin duda en la comunidad alemana estaba muy considerado. Yo estoy convencida de que era algo así como un intermediario de los negocios entre ellos.

—¿Me estás diciendo que Ralf continuó teniendo relación con los nazis después de la guerra? —preguntó Clotilde absolutamente incrédula.

—No puedo afirmar tal cosa, aunque sí te aseguro que sus relaciones con ese mundo, hoy clandestino, siguen vigentes. No sé el grado de implicación que puede tener, pero siempre que viene a Marbella lo veo coincidir con este tipo de gente. Está claro que tiene una doble vida.

—¿Pero en esta zona hay muchos nazis escondidos? —preguntó Clotilde extrañada.

—Aquí hay muy pocos. En la zona de Cádiz y en Levante hay más. Además, los de aquí no pertenecen a la sociedad; la mayoría viven desperdigados por la costa.

Clotilde se sentía mareada con la información que le estaba dando Ana. Siempre había algo que la apartaba de él y que le hacía desconfiar, pero nunca había imaginado que podía llevar una doble vida. En ese momento, su sobrino cayó en picado en su escala de afectos. Se le revolucionó el estómago al pensar que Ralf le había ocultado su condición de nazi en la actualidad.

A su mente regresó la imagen de las Bengio, sus vecinas y amigas de Berlín apresadas por las SS. Sin duda, aquel recuerdo fue el desencadenante del odio que les profesaba a los nazis. Y si a eso le unía la confirmación de que ellos habían ejecutado a su marido Max, eran motivos suficientes como para entender sus sentimientos. Necesitaba tomar aire fresco. Se disculpó con Ana y bajó deprisa las escaleras; la bailarina la siguió, preocupada. Al llegar a la tienda, Victoria tenía elegidos varios vestidos. Clotilde los pagó y se despidieron.

—Te agradezco muchísimo tu ayuda. Eres una gran persona y siempre te estaré agradecida por tu sinceridad —dijo Clotilde, a punto de derrumbarse.

Victoria prometió volver al día siguiente al salir de dar clases. Le habían hablado de las tiendas de Pepita Pomares y del Polo, en las que se podía encontrar desde jerséis de cachemira a retales exóticos o tabaco, en su mayoría de estraperlo. Victoria estaba encantada con sus compras.

Clotilde salió de la tienda de Ana con un color anacarado en el rostro. Hizo verdaderos esfuerzos para que Victoria no notara su malestar, cosa que no consiguió.

—Mamá, ¿te encuentras mal? Tienes muy mal color —comentó asustada Victoria.

—La verdad es que hacía mucho calor en la tienda y he sentido que me faltaba el aire. Si no te importa, bajamos a la calle principal y nos sentamos en una cafetería a tomar un refresco.

Al cabo de media hora reponiéndose en la cafetería Sport, Clotilde fue asimilando el engaño de Ralf y la doble vida de este. De nuevo, un hombre la volvía a engañar ocultándole algo importante de él. Era su sino: Max le ocultó que colaboraba con los ingleses; Stefan, que era homosexual; David, que era un mujeriego, y Ralf, que seguía siendo nazi...

Tomó la decisión de llegar hasta el final. Estaba segura de que Ralf la consideraba una estúpida. Al día siguiente estaban invitados a una finca en Alhaurín el Grande, propiedad del barón Von Weber. Con seguridad, allí podría hacer que confesara lo que realmente hacía. Pero para eso debía ser fría hasta conseguir su objetivo. Por el momento no se planteó dejar de hablarle, pero sí se alejaría de él. Dar por finalizadas sus vacaciones en Marbella era otra de sus decisiones.

Al pensar en ello, recordó la promesa que le había hecho a Ian Fleming de visitar a su amigo. Preguntó a un camarero si estaba lejos de allí el Club Jacaranda.

—Antes de irnos al hotel, vamos a ir al Club Jacaranda, propiedad de lord Arthur Corbett. Me comprometí con mi amigo Ian Fleming a que, si venía a Marbella, pasaría a visitarle. —Clotilde no explicó a su hija que Arthur estaba casado con April Ashley, una transexual guapísima, modelo de *Vogue*.

El club era un chalé de grandes ventanas situado en la calle principal, con un jardín trasero que daba al hotel El Fuerte.

Una serpenteante jacaranda atestada de flores violetas adornaba la puerta del bar. Clotilde y Victoria entraron en el club. La estancia tenía un aspecto tropical o incluso oriental, con paredes revestidas de bambú y grandes plantas en las esquinas. No tuvieron que preguntar por lord Corbett. En un sofá junto a una de las ventanas estaba, abatido y melancólico, el dueño del local acompañado por sus dos imponentes grandes daneses, con los que solía pasearse todos los días por el pueblo. Clotilde se acercó a saludarle.

La alegría del hombre fue evidente. Aunque no conocía de nada a Clotilde sabía por su amigo Ian que esta iría a visitarlo, de modo que viéndola allí, sintió como si su propio amigo acudiera a su rescate.

Al momento empezó a contarle a Clotilde atropelladamente el motivo de su desdicha.

—April se ha escapado con Peter. —Arthur lloraba como un niño.

—Pero ¿quién es Peter? —preguntó Clotilde, con pena.

—Peter O'Toole, el actor. Hace dos años, aprovechando el rodaje en Sevilla de *Lawrence de Arabia* vino a conocer Marbella y se encandiló con April —sollozó Arthur.

«Aquí en Marbella pasa de todo. No sé qué decirle a este pobre hombre», pensó la condesa, sin creer lo que oía.

—Seguro que April regresa contigo. Peter no es un hombre de una sola mujer —dijo Clotilde para animarle.

—¿Eso crees de verdad? —A Corbett se le iluminó la cara.

—Solo es cuestión de tiempo. Lo que me preocupa es que estés solo en estos momentos —dijo Clotilde apenada.

—No te preocupes. Nuestro común amigo Ian Fleming ha prometido venir a pasar unos días conmigo y procuraremos emborracharnos juntos y ahogar las penas —dijo con cierta alegría Corbett.

Fleming y Corbett se hicieron amigos cuando trabajaban para la División de Inteligencia Naval Británica en Gibraltar en la Operación Goldeneye, cuya misión era neutralizar submarinos nazis en el Estrecho durante la Segunda Guerra Mundial.

—Al menos, estarás con un amigo. —Clotilde pensó que Marbella era un lugar extraordinario. Igual te encontrabas con el guionista de 007 que con Peter O'Toole «raptando» transexuales.

Madre e hija salieron de la visita con deseos de reír o de llorar, según se mire, pero sin duda a Clotilde le levantó el ánimo. Sin relativizar su problema ni el sufrimiento de Corbett, aquel episodio le hizo tomar distancia con los fracasos de la vida.

De vuelta al hotel, pensó que Marbella era un lugar especial al que deseaba volver sin la presencia de Ralf. Sin duda, la estaba atrapando a cada paso. Percibía que, en aquel entorno, cada actor de reparto tenía una vida que ocultar, quizás que atesorar, y aún por vivir. Pero cada uno era único.

Capítulo 18
El refugio de las ratas

Faltaban pocos kilómetros para llegar a la capital. El viaje se hacía tedioso e interminable.

El calor apretaba y a Clotilde el sudor le corría por la espalda; las ventanillas abiertas apenas proporcionaban alivio. Se había pasado casi todo el viaje adormilada en el asiento de atrás.

—¿Tienes mucha amistad con los Weber? —le preguntó a Ralf, como de pasada.

—Son buenos amigos. Y una de las razones para elegir la fecha de mis vacaciones en Marbella es hacerla coincidir con su fiesta de aniversario, a la que procuro venir cada año.

—La verdad es que no recuerdo que Max me hablara de ellos. ¿Saben algo de las circunstancias de la muerte de mi marido?

—Solo que murió en el frente —contestó con brevedad Ralf.

Clotilde miró a Ralf, preguntándose si lo que le había contado Ana de Pombo acerca de él sería cierto.

«¿Me habrá engañado todo este tiempo y nunca dejó de ser un nazi? —se preguntó Clotilde—. No soy capaz de verle haciendo daño a alguien, aunque sí creo que su debilidad emocional pueda más que sus principios».

—Hemos llegado a Torremolinos. Bajémonos a tomar un refrigerio en Frutos —señaló Ralf.

Nada más entrar, un olor singular llamó la atención de Clotilde. Al mismo tiempo, se sorprendió con la imagen de numerosos jamones colgados en el techo sobre la barra del bar.

—Son jamones ibéricos. Es de lo más apetitoso que puedes probar en España. Aquí tienen los mejores, junto a la ensaladilla rusa. Tomaremos una tapa de cada antes de reanudar el viaje.

Aquel jamón le pareció a Clotilde un manjar exquisito y, al salir del local, le dijo a Ralf que le gustaría comprarse uno.

Tomaron dirección a Málaga. Aunque a los pocos kilómetros se desviaron por un carril donde un cartel indicaba «Tiro de Pichón».

A medida que se acercaban a la entrada de la finca, la vegetación fue cambiando. Lo que hasta ese instante eran chumberas, arbustos, maleza muerta y tierra empedrada, se convirtió en un manto verde. La pista de tierra atravesaba una plantación de naranjos, con sus copas frescas y olorosas mirando al sol.

El chófer les dejó en la explanada de cantos rodados que se extendía delante del cortijo.

Un hombre alto, de pelo canoso, ondulado y peinado hacia atrás, con un monóculo en el lado izquierdo, les salió al encuentro.

—Ralf, qué alegría me da verte. Y que vengas acompañado de la mujer más guapa de Alemania es lo mejor que le ha pasado en años a esta casa. Querida condesa. Para mí es un honor que haya venido. —Al aviador se le veía feliz.

Clotilde buscó las palabras correctas para esta ocasión, ya que no sabía si el barón conocía las circunstancias de la muerte de su marido.

—Me alegro mucho de estar aquí. No he conocido a muchos compañeros de la carrera militar de Max; por eso estoy encantada con esta invitación —dijo, queriendo ser amable.

—Querido barón, ya sabes que yo no me pierdo tu fiesta de Alhaurín por nada —saludó Von Havel, dándole un abrazo a Weber.

El príncipe Von Havel tuvo en cuenta que, en ocasiones anteriores, el evento había transcurrido en un ambiente agradable, sin que en ningún caso se hiciera alarde del patriotismo exacerbado de alguno de los invitados, que, a última hora y con copas, solían ponerse a cantar himnos del Tercer Reich.

—Esta vez va a ser especial, ya que, al ser mis bodas de oro, he podido reunir a infinidad amigos. Por eso es tan importante para mí que hayas podido venir. —El barón, de unos sesenta años, condujo a los recién llegados al patio interior del cortijo.

Un ornamental pozo central, rodeado a rebosar de cuidadas pilistras, presidía el patio interior. Cada rincón estaba engalanado por grupos de macetas cuajadas de gitanillas, geranios y claveles. Como buenos alemanes, las habían agrupado por variedades, cuando en los verdaderos patios andaluces todo se mezcla, dando la impresión de un *totum revolutum* donde lo único que importa es la explosión de color por doquier.

En el extremo sur del patio, bajo los arcos de medio punto de la galería porticada, en una mesa se dispensaban todo tipo de bebidas conservadas en barreños con grandes trozos de hielo.

—Por cierto, tengo una sorpresa para ti —dijo encantado el barón dirigiéndose a Ralf—, nuestro amigo Fredrik Jensen tiene invitado en su casa a Otto Remer, y lo ha traído con él. Llegará en breve; se ha ido en coche de caballos a ver la finca.

A Ralf se le cambió el semblante. Aquella sorpresa le cayó como una losa; sabía que, si estaba Remer, todo iba a cambiar.

—Pues sí que es una sorpresa —exclamó, sin poder callarse—, hoy más de uno estará hechizado con la visita del general.

—¿Quién es Remer? Me suena haberle oído a Max hablar de él —preguntó Clotilde, tratando de hacer memoria.

—El mayor general es un nostálgico. Consiguió la liberación de Lauban, que supuso la última victoria de la Wehrmacht al final de la guerra —contestó Ralf resumiendo su biografía y ocultando lo que más le podría interesar a su tía.

Clotilde se quedó pensativa; el nombre de Otto Remer le era muy familiar. Con desesperación, empezó a buscar en su mente de qué conocía aquel nombre.

Ralf la miraba de reojo con nerviosismo. Se preguntó qué le estaría pasando por su mente. No se sentía cómodo.

«Max me ha hablado de Otto Remer; estoy segura de ello», pensó Clotilde.

—Acercaos y tomad algo fresco. Voy a buscar a mi mujer para que le enseñe el cortijo a las damas. —El barón les dejó por unos minutos.

—Qué fiesta más extraña; la mayoría es gente mayor, y por lo que parece, aquí no hay autóctonos —observó Clotilde, quien se dio cuenta de que todos los hombres saludaban a Ralf con deferencia y casi pleitesía.

—Sin duda, la mayoría son alemanes que veranean o viven desperdigados por la costa; vienen buscando el sol del sur y la tranquilidad del anonimato. Mira, ahí está Jensen, que, por cierto, es noruego y un gran jugador de golf. Acaba de comprarse un gran chalé en Marbella —le informó Ralf, con intención de rebajar la tensión.

Tardó poco Clotilde en darse cuenta del dato que estaba buscando: Remer había sido el hombre de confianza de Hitler a raíz del intento de asesinato del Führer. Conforme lo recordaba, a Clotilde le subió un escalofrío por la nuca. «Max me dijo que este hombre le había interrogado en una ocasión, haciéndole infinidad de preguntas acerca de militares de alta graduación que no pertenecían al partido nazi. Trataban de que Max inculpara a alguno...» —recordó Clotilde. Su marido le quitó importancia a los hechos, pero, sin embargo, sí le dijo que Otto Remer lo tenía en el punto de mira.

En ese momento, Clotilde habría dado algo por no estar allí. No obstante, pensó con frialdad que esta era precisamente la ocasión de poder descubrir algo más sobre su sobrino. Lo que no le impidió mostrarle su desagrado.

—Ralf, no entiendo cómo, sabiendo que no me gustan este tipo de ambientes, me traes aquí. ¿Te has vuelto loco? —le comentó indignada—. Me has dicho que el barón era un exaviador amigo de mi marido y que daba una fiesta, pero me encuentro con que la mayoría de los invitados son exmilitares del Tercer Reich.

—Perdóname, pero debes creerme cuando te dije que simplemente era una fiesta de amigos. He venido muchas veces y nunca se hizo apología del nazismo. Aunque hoy dudo que las cosas vayan por ahí. —Ralf en el fondo no mentía; él sabía que había nazis en la reunión, pero la presencia de Remer hacía que todo cambiase.

Clotilde no se encontraba a gusto. Y su sobrino lo sabía.

—Si te parece, en cuanto almorcemos pongo una disculpa y nos vamos —dijo el príncipe en un intento de congraciarse con ella.

—Te lo agradezco mucho. Y no te preocupes, asumo la realidad —contestó Clotilde con ánimo de relajar la situación

En ese momento se acercó a ellos el anfitrión acompañado de su mujer y una amiga. Para la condesa, ambas señoras tenían el mismo estilo: guapas, corpulentas, elegantes... Una tenía unos rasgos dulces mientras que el gesto de la otra reflejaba una cierta dureza.

—Querida condesa, es un placer para mí tenerte en mi casa. He organizado un paseo por la finca en coche de caballos. Espero que sea de tu agrado. —La baronesa irradiaba amabilidad; por su apariencia, incluso podía parecer ingenua.

—El campo es mi pasión, te lo agradezco infinito —contestó Clotilde, que vio en ese paseo la posibilidad de tantear el ambiente, sin la presencia de Ralf.

—Deseo que conozcas a Jacqueline Laffore. Vive en la urbanización Guadalmina Alta de Marbella.

—Un placer conocerla. Tiene usted un perro precioso —le dijo Clotilde, observando cómo un perro collie no se separaba de las faldas de Jacqueline.

—Es el único ser vivo que no me ha traicionado nunca —contestó la señora riendo a carcajadas.

Jacqueline era una mujer de extraordinaria belleza, eclipsada por un rictus duro y un carácter avinagrado por la vida.

—Desde luego. Un perro es un fiel compañero —alcanzó a decir una Clotilde complaciente y un tanto envarada ante el examen exhaustivo de la tal Jackie.

—Me alegra oír eso. Ansiaba conocerla. Su sobrino Ralf, buen amigo de viejos tiempos, me ha hablado mucho de usted.

En ese momento Ralf intervino:

—Sería estupendo coincidir en Marbella y que nos cuentes las bondades de residir en un lugar tan especial.

En cuanto Jackie vio llegar a Ralf, se transformó. Desplegó todo su encanto femenino. Con sutileza le tomó del brazo, provocando que él se inclinara para besarla.

—Ha de pasar un año para que podamos verte. Debo reconocer que sigues siendo el hombre más atractivo que conozco. —La mujer hizo un gesto cómplice con los ojos, haciendo saber que entre ellos existía una amistad de años. No en vano, habían sido amantes cuando coincidieron como espías en una misión especial para la Abwehr en Francia.

El príncipe Ralf no ganaba para sobresaltos.

—El próximo martes tengo reunión en casa; así que cuento contigo —le invitó Jackie.

Cada vez que visitaba España, Ralf asistía a las reuniones secretas que la exespía organizaba en el sótano de su casa.

Un murmullo intenso se dejó oír. El anfitrión entró en el patio escoltando a un hombre delgado y no demasiado alto. Los invitados se acercaron para rendirle honores.

—¿Quién es el que acaba de entrar? —preguntó Clotilde intrigada.

—¿No conoces a Otto Remer? —se extrañó la dueña de la casa.

—Sin duda he oído hablar de él, pero no le conocía en persona —dijo ella.

—Es de nuevo el personaje más importante de la reunión. Fue el jefe de seguridad del Führer y general de las Waffen-SS.

Escudriñó el rostro adusto de aquel hombre, de movimientos marciales y ojos penetrantes; ciertamente, era un ser para temer.

Un escalofrío le recorrió el cuerpo. «Max me dijo que la falta de pruebas contra él hizo que todo quedara en nada. Sin embargo, me advirtió que Remer lo tenía en el punto de mira».

Tuvo claro que Max había tenido que odiarle; debió de haber sido un hombre peligroso. El recordar lo que le dijo su marido sumió a Clotilde en un desasosiego que fue la causa de que la señora de la casa se interesara por ella.

—La encuentro algo pálida. ¿Quiere salir al jardín donde corre un poco de aire?

Clotilde asintió con la cabeza, agradeciéndole el detalle a su anfitriona.

Se encaminó al jardín, teniendo que atravesar un espacioso salón de techo a dos aguas con vigas de madera, donde una chimenea rústica acogía una espaciosa zona de sofás. La señora de la casa le indicó que se sentara en una butaca de mimbre, donde corría una suave brisa. Clotilde permaneció allí un rato largo; sentía una presión en el pecho que no la dejaba respirar.

Algo repuesta, se incorporó al paseo organizado para que las señoras conocieran la finca. Se habían dispuesto cuatro coches de caballos, cada cual más elegante y bien restaurado. La baronesa informó a sus invitadas que aquellos carruajes habían sido testigos en su día de los glamurosos paseos por el Pincio de Roma, el Bois de Boulogne de París o la Castellana de Madrid.

Clotilde se subió a un faetón de guiar enganchado a un caballo en varas que conducía un mozo vestido con calzona, botos y chaquetilla corta ceñida. Todos los cocheros iban vestidos igual, lo que daba un aspecto ordenado y campero a la comitiva.

La condesa pensó en la idea de que a un alemán no se le escapa ningún detalle de orden y armonía.

—Queridas amigas, para las que no habéis estado nunca aquí, me encantará contarles la historia de la familia de mi marido y su llegada a Málaga. La finca era propiedad de la familia desde principios de siglo. El padre de mi marido era un joven comerciante perteneciente a una adinerada familia alemana, que embarcó rumbo al norte de África a fin de adquirir cacao, maderas y otros productos para la exportación. Atravesando el mar de Alborán, el barco se averió y tuvieron que ser remolcados al puerto de Málaga. La pieza estropeada tardó más de un mes en ser reparada, circunstancia que aprovechó el empresario para ponerse en contacto con la comunidad alemana de la zona. Gracias a ello conoció al industrial Schneider, quien le animó a comprar una finca y exportar sus cultivos a Alemania.

A Clotilde la historia le pareció fascinante.

—Como veis, un hecho fortuito marcó el destino de toda una familia, que pasó de comerciar con productos del norte de África a la exportación de la uva y del vino moscatel.

La comitiva se detuvo en un hangar de proporciones considerables.

—Esta es nuestra joya más preciada. Algunas ya la conocéis.

La condesa se puso en pie en el coche de caballos. Clotilde había observado que el resto de las señoras la miraban con disimulo. La anfitriona mandó a los mozos abrir las puertas del hangar, mientras el resto de las damas iban bajando de los coches de caballos ayudadas por los cocheros.

Clotilde fue de las primeras en ver el espectáculo. Ante ellas un auténtico avión caza de la Luftwaffe, un tanto anticuado dado que era de los años treinta, pero en cualquier caso muy moderno para su época. El distintivo de cola, la cruz gamada, se mantenía erguida y desafiante como en su mejor momento, cuando los ases de la aviación del Tercer Reich como Hartmann, el Diablo Negro, el condecorado Rudel o Barkhorn con sus cazas masacraron a pueblos enteros.

En las alas, la escarapela de cruces griegas de color negro y blanco mostraba el distintivo de la aviación nazi. Las invitadas exhalaron un efusivo ¡¡¡Ooohhh!!!, prorrumpiendo en aplausos. Una de ellas lloró de emoción.

Clotilde estaba atónita e incrédula. Aquellas mujeres se sentían conmovidas al ver aquel montón de chatarra, claro vestigio de una época de infausto recuerdo y obligado olvido.

—Señoras, todas tenemos muchos recuerdos a flor de piel. Hoy se encuentra entre nosotras la condesa de Orange, viuda del comandante Maximiliano von Havel. Es para mí un honor contar con su presencia en mi casa.

—Te agradezco mucho la invitación y esta sorpresa es impresionante. —Clotilde se limitó a sonreír con cautela. Era evidente que todo aquello le chirriaba, pero no podía decir nada—. Me encantaría que nos contaras cómo ha llegado el avión hasta aquí —preguntó, deseando ser amable.

A la anfitriona le encantó la pregunta, ya que en cualquier caso su intención era contarlo.

—Como todas ustedes saben, mi marido, que era capitán de la Luftwaffe, estuvo bajo el mando de Werner Mölders, cuya escuadrilla sirvió en la Legión Cóndor. Y gracias a la puesta en práctica de las revolucionarias nuevas tácticas de vuelo durante la Guerra Civil española, la fuerza aérea alemana mostró su superioridad en la Segunda Guerra Mundial.

»En el verano de 1944, París estaba perdido y el descontrol en el mando era total. Su misión fue abortada, y de regreso a la base fue interceptado por cazas británicos. Estuvo a punto de ser derribado, pero consiguió salvarse. Sin embargo, tuvo que cambiar su rumbo, dado que en la ruta hacia Alemania se concentraba el grueso de la guerra. Decidió volar en dirección a España, ya que estaba a tan solo setecientos cincuenta kilómetros de vuelo.

La baronesa hizo una inflexión a fin de superar la emoción que le embargaba.

—Perdónenme que me entren ganas de llorar, pero por más que lo cuento no dejo de emocionarme. He de decirles que llegó a San Sebastián gracias al tanque de combustible auxiliar y el alcance de la nave. Dado que al haber pertenecido a la Legión Cóndor tenía muy buenas relaciones con los militares españoles, estos le proporcionaron el combustible necesario para atravesar la península y aterrizar en Málaga. —La mujer del aviador terminó exhausta contado aquella hazaña. La baronesa era muy simple y todo aquello la sobrepasaba.

Clotilde estaba asombrada por la nostalgia trasnochada de aquella mujer y se dio cuenta de que la baronesa Von Weber sentía un amor incondicional por su marido.

Un criado vestido de mozo de comedor se acercó a la señora de la casa para informarle de que el almuerzo estaba listo.

Las mesas se habían dispuesto en la zona norte bajo un porche emparrado, cuyos racimos de uvas pendían sobre el techo proporcionando una decoración natural y fresca.

A Clotilde la sentaron a la izquierda de Otto Remer y a la derecha del anfitrión.

Remer se cuadró ante ella, apartándole la silla.

—Encantado de conocerla —dijo sin interés.

La condesa respondió al saludo con una ligera inclinación de cabeza. Ella le miró deseando que él percibiera el desprecio que le causaba. Lo encontró siniestro y huidizo, con cierto atractivo físico, grandes entradas en su pelo liso peinado hacia atrás y abundantes canas. Sus ojos irradiaban una frialdad mortecina, su semblante impertérrito helaba de tal modo las entrañas que deseabas no estar en su presencia; un nudo en la garganta le constreñía el habla. Antes de que pudiera dirigirse a sus compañeros de mesa, comenzó a sonar la música. Los comensales adoptaron un perfil marcial: cabeza erguida, brazo en alto... A los sones del *Horst Wessel*, himno del partido nazi, empezaron a cantar con entusiasmo reverencial.

Clotilde no pudo disimular su incomodidad. Se puso en pie, pero fue incapaz de levantar el brazo. Fue la única que permaneció sin realizar el saludo nazi.

Al término del himno, tomó asiento.

Remer, con gesto burlón, se dirigió a ella:

—Supongo que le ha sorprendido el comienzo de la reunión.

—No me lo esperaba, desde luego. Disculpe mi falta de costumbre.

—Está disculpada. Reconozco que somos unos nostálgicos. No es culpa suya el no ser una buena alemana. Si asisto a una reunión de alemanes, exijo a mi anfitrión que ponga nuestro himno —dijo Remer con prepotencia.

—Está usted en su derecho, y permítame que yo esté en el mío de no considerar esa canción como un himno que representa a mi país. —Clotilde sacó la altivez de sus ancestros y le contestó con toda la determinación que su corazón y su razón fueron capaces de expresar.

Remer la fulminó con una mirada de desprecio. Sin terciar más palabras, se dirigió en tono amable a su anfitriona, que la tenía a su derecha.

Al cabo de un buen rato —durante el cual Clotilde habló con el barón Von Weber de banalidades—, Remer volvió a dirigirse a ella; esta vez con cierta displicencia, como perdonándole la vida.

—Me ha dicho su sobrino Ralf que está fascinada con Marbella —comenzó la conversación Remer.

—Así es. Me gusta su diversidad y su clima —alcanzó a contestar Clotilde.

—He de reconocer que el único lugar del mundo en que quisiera vivir es Alemania, y no dejaré de luchar para volver. Pero, sin duda, en mi vejez tendré una casa en Marbella. —Remer, en un momento de debilidad, dijo lo que pensaba.

—¿Dónde vive usted? —preguntó Clotilde sin interés.

—De momento... en Egipto, pero no descarto venirme aquí en un futuro cercano. Desde luego, es el momento para comprar algo. No soy hombre de vida social ni de reuniones, pero ustedes los aristócratas no saben vivir sin sus fiestas y exhibiciones. Sin duda, sería un lugar perfecto para usted.

—No sé qué le hace pensar así de mí. Supongo que se habrá informado de mis gustos.

—No se ofenda, pero conozco bien a Ralf y no se pierde una fiesta —contestó haciéndose el gracioso.

Clotilde se sentía incómoda con aquel personaje perverso. En un momento dado, la anfitriona llamó su atención para preguntarle si le gustaba el emblanco malagueño, una sopa de pescado a base de jureles y merluza; vio el cielo abierto para no tener que continuar con su estúpida conversación.

Durante el resto de la velada apenas hablaron; solo para destacar las bondades de los platos que se fueron sirviendo.

El general, a lo largo del almuerzo, fue notando que a aquella mujer sajona no podía doblegarla; su orgullo de raza la hacía altiva y desafiante.

«En otros tiempos, ibas a ver cómo te bajaba yo esos humos», pensó con rabia el general nazi.

En cuanto acabaron de comer, Remer se despidió besándole la mano por cortesía, con un saludo marcial. Al poco rato, Clotilde vio cómo Remer tomaba a Ralf por el brazo, apartándolo hacia un asiento de piedra situado junto a una ventana enrejada con las contraventanas entreabiertas. Ralf parecía discutir con él.

Clotilde pidió entrar a la casa para ir al cuarto de baño. Una criada le indicó que siguiera un pasillo y que al fondo encontraría lo que buscaba. Sin embargo, Clotilde orientó sus pasos a la zona donde debía estar la habitación con la ventana junto a la cual estaban Ralf y Remer. No fue difícil encontrarla. Los cortijos son muy simples en su configuración de planta. Entró en una estancia que parecía ser una habitación de invitados. La ventana estaba entornada. Se acercó y pudo oír con nitidez la conversación de los dos hombres.

—No puedes dejar de ningún modo tus actividades de localizar financiación para la causa. No se te va a permitir que abandones la «ayuda silenciosa».

—No me podéis pedir más. Os he servido durante años con fidelidad y grandes logros; necesito que me relevéis —dijo Ralf, esperando algo de comprensión.

—Por el momento, esto no es posible. Por otro lado, sé que estás enamorado de la viuda del comandante Von Havel y por eso deseas dejarlo, para intentar conseguirla. Hoy he podido comprobarlo; es altiva y nos desprecia.

—¿Por qué dices eso? ¿Qué te ha dicho? ¿Todo esto porque no ha levantado el brazo...?

—No, eso es una anécdota. Es lo que «no» ha dicho. Se ve claro que no comulga con nosotros y que no es de los nuestros. No sabe quiénes somos ni los honores que tenemos. En definitiva, la he observado y veo en ella desprecio y odio a nuestra causa.

—Creo que estás siendo muy duro con ella. No debí traerla aquí; no sabía que la fiesta se iba a convertir en un acto pronazi.

—He sido yo el que le ha sugerido al barón que ensalzara los honores de nuestro pasado. Creo que es fundamental recordar nuestra gloria.

—Estás en tu derecho, pero quizás deberías haberlo anunciado. —Ralf se sentía molesto; para él la causa nazi estaba ya muerta. Seguía apoyándoles por inercia; sabía que cuando se murieran todos, con ellos moriría el nazismo.

—No, no te dejes llevar por tus deseos de la cintura para abajo. Además... ¿Y si por casualidad se enterase de que participaste en la investigación que se llevó a cabo para desenmascarar al comandante Von Havel? ¿Qué ocurriría? Siento decepcionarte, pero no veo posible que lleves a término tus planes —comentó Remer con altivez.

—Te recuerdo que mi único delito fue cumplir con tus órdenes. Mi informe solo sugería que podría haber participado en acciones de sabotaje. Fuiste tú el que firmó su fusilamiento. —Ralf estaba furioso con la prepotencia de Otto.

—Creo que esta conversación está tomando unos derroteros que a ninguno nos benefician. Sabes que mientras exista ODESSA, tú seguirás ahí; esa es tu vida, y lo sabes. Volvamos a la fiesta —concluyó Remer, sin desear seguir hablando.

Clotilde estaba a punto de gritar, pero se reprimió. Con sigilo salió del cuarto, no sin antes comprobar que no había nadie en el pasillo. Llegó al salón principal y decidió salir de la casa. Desorientada y sin saber qué hacer bordeó el edificio, topándose con un recodo cuyas paredes estaban cubiertas por un jazmín trepador; en una de ellas, una fuente de pared proporcionaba un sonido relajante al lugar. Enfrente, tres puertas abiertas de par en par mostraban el interior de una biblioteca.

En el improvisado jardín y bajo dos pitósporos en forma de bola, descansaba un banco de piedra. Clotilde decidió sentarse e intentar tomar distancia con lo que acababa de escuchar.

Sentía que la cabeza le iba a estallar. Sin embargo, la rabia interior le impedía llorar, pero no gemir. Se sentía culpable, utilizada..., pero sobre todo impotente. Deseaba desaparecer, salir corriendo. Era consciente de que su vida caminaba sobre raíles que la llevaban una y otra vez a la estación donde el pasado se cobra su peaje y el futuro está condicionado por tus actos.

Empezó a pensar en su vida y se sintió cada vez peor. Enterarse de que la persona en la que había confiado y que siempre le había ayudado había podido ser una pieza clave para dar muerte a su marido la dejó sumida en la desesperación.

Necesitaba saber qué había ocurrido, por qué necesitaron a Ralf para matarle. Debía conocer los detalles... Le invadió un incontrolable deseo de venganza... Aunque ahora lo que necesitaba era averiguar qué había pasado exactamente.

Clotilde no pudo más y rompió a llorar sin consuelo. No podía calmarse. Solo el temor a ser vista en semejante situación la llevó a relajarse.

Su flema británica —por parte de madre— le hizo actuar con sensatez. Debía apartarse de Ralf para siempre. Al final —pensó con amargura—, él había conseguido alcanzar el objetivo de su padre, que no era otro que matar a su hermano. «Tendré que planificar bien lo que debo hacer», concluyó Clotilde.

Deseaba irse y abandonar Marbella lo antes posible. No podía seguir cerca de Ralf.

—Al fin te encuentro —dijo desde la puerta de la biblioteca la anfitriona.

Clotilde se secó las lágrimas con disimulo. Lo que no impidió que la dueña de la casa percibiera que estaba llorando.

—¿Te ha ocurrido algo? —preguntó con inocencia.

—No, estoy bien; solo que este ambiente militar me recuerda a mi difunto marido —mintió Clotilde, deseando no seguir hablando.

La dueña de la casa se acercó a Clotilde y, posando la mano en su hombro, le comentó con afecto:

—Este es mi rincón preferido. Aquí vengo cuando quiero estar sola y poner distancia con lo que me rodea. Tómate tu tiempo y, cuando te hayas repuesto, acude al porche.

Clotilde esbozó una sonrisa de agradecimiento, y contestó a las amables palabras de su anfitriona:

—Agradezco mucho tu amabilidad. Este lugar me ha reconfortado. De todos modos, no me encuentro demasiado bien. Le pediré a Ralf que nos vayamos pronto.

—No puedes irte sin conocer al resto de mis invitados. Más de uno me ha preguntado por ti. Los tienes fascinados con tu belleza.

Regresar a la reunión fue un verdadero martirio para Clotilde.

—Diez años en prisión por matar judíos ha sido una indignidad. —Jensen hablaba con Wolfgang Jugler, otro exmiembro de las SS que había sido jefe de la escolta personal de Hitler y que veneraba a su Führer, haciendo de su casa de Lindasol en Marbella un mausoleo a mayor gloria del nazismo.

—Señores, les presento a la princesa Clotilde von Havel. —La anfitriona deseaba complacer a sus invitados y de ahí que añadiera el título de princesa. Elevaba el nivel de la reunión.

—Estamos hablando de la falacia que se han montado los judíos con los campos de prisioneros. ¿Usted qué opina? —dijo Alfred Giese Häusmann, representante de la Abwehr en Málaga.

La condesa de Orange ya no podía más. Su paciencia había llegado al límite. Ya no le quedaba ni un ápice de templanza. Así que sin pensarlo dos veces y en un tono duro, contestó:

—Opino que negar el Holocausto es como volverles a matar. Podrán negar la mayor, pero lo cierto es que se persiguió a los judíos y se les envió a campos de concentración donde muchos murieron, y eso no me lo invento; fui testigo de cómo se llevaron a mis vecinos en Berlín. Así que tendrán que revisar esa realidad de la que hablan.

La anfitriona se quedó con la boca abierta. No articuló palabra hasta pasados unos minutos. Casi tartamudeando se atrevió a dirigirse a Clotilde:

—Disculpen, la princesa tiene un fuerte dolor de cabeza y desea retirarse. —A la gordita simpática se le demudó el semblante.

Ralf llevaba un rato buscando a su tía. Al verla hablando con gesto adusto y gesticulando con las manos, temió que algo estaba ocurriendo y se encaminó hacia ella.

—No se siente bien. Creo que desea irse al hotel a descansar —dijo la anfitriona hecha un flan.

—Sin duda, este calor es demasiado fuerte para ella. Perdonadnos si ya nos vamos —dijo Ralf con sincero bochorno.

—Descuida, vete tranquilo. Siento que hayamos tenido un día de terral —contestó el anfitrión, sin tener idea de lo ocurrido.

Durante el viaje de vuelta, Clotilde no le dirigió la palabra a Ralf. Su enfado estaba mezclado con rabia e impotencia.

Ralf se disculpaba a cada momento. Repetía una y otra vez que su intención no era llevarla a una reunión de antiguos nazis, pero que la presencia de Remer hizo que las cosas cambiaran.

—Creo que el anfitrión quería contentar a Remer y por eso montó ese *show* —se justificó Ralf.

Nombrar a Remer hizo que Clotilde saltara como una fiera.

—¿Serás capaz de negarme que Remer es el asesino de mi marido?

Ralf se quedó lívido. ¿Cómo podía saber tal cosa?

—Creo que estás perdiendo el juicio. Tu marido murió en el frente ruso, y Remer no ha tenido nada que ver con su muerte.

—¿Ah, no? Pues ya me explicarás por qué Max me llegó a decir que este hombre le perseguía siempre, hasta el punto de investigarle en la Operación Valkiria. —Clotilde tenía miedo de poner contra las cuerdas a Ralf; no se fiaba de lo que pudiera ser capaz de hacer.

—No sé de qué me hablas. Si te sirve de algo, yo jamás he matado a nadie, ni siquiera en época de guerra —contestó Ralf, intentando defenderse.

—Puede que sea como dices, aunque a estas alturas ya no sé quién eres, ¿podrías jurarme que tú no tuviste nada que ver con el asesinato de Max?

—En guerra los militares estamos bajo las órdenes de nuestros superiores. Si no cumples con tu deber, sufres las consecuencias. En el caso del nazismo, esas consecuencias significaban la muerte.

—Cuéntame la verdad. ¿Por qué y cómo mataron a mi marido? Solo podré perdonarte si sé la verdad.

—La verdad no es fácil de contar. Es preciso conocer todo lo que rodea a esa verdad. Solo te puedo asegurar que yo no maté a Max; que más bien quise salvarle. —Ralf parecía ser sincero, aunque Clotilde no lo creyera.

—Ahora estamos llegando al hotel. Quiero asearme un poco, y te pido por favor que en media hora vengas a mi habitación y me lo cuentes todo. Piénsatelo bien; quiero toda la verdad.

—Así lo haré. Creo que mereces saber lo que pasó; y si no te lo he contado antes, fue por temor a que no me creyeras, y perderte para siempre.

—No sé en qué idioma decirte que entre nosotros nunca podrá haber nada, que nunca has significado nada para mí y que solo tu parecido físico con Max me ha llevado a acostarme contigo. Únicamente eso.

Ralf sintió que le arrancaban las entrañas. Las palabras tan duras de Clotilde le estrujaron el alma. Hubiera querido llorar como un niño, pues en el fondo comprendía que ella lo rechazara. Él llevaba en el corazón la penitencia de haber podido salvar a su tío y no haberlo hecho por cobardía y sumisión.

Rayaba el día con el comienzo de un crepúsculo que dejaba ver el mar a través del jardín exuberante del hotel. Ralf acudió a la habitación de Clotilde y juntos recordaron los acontecimientos sucedidos después de conocerse allá por el año 1942.

Capítulo 19

Clotilde y Ralf

1942

El espía Ralf von Havel salió de los Estados Unidos en enero de 1942 en un barco mercante con escala en Cuba. Llegó al puerto de Vigo y de allí viajó a Madrid, donde tomó un vuelo a Berlín.

Sus superiores le citaron en el castillo medieval de Wewelsburg, centro de mando de las SS.

El príncipe sentía un miedo reverencial a las jefaturas de las SS; la visión de aquel fantasmal enclave le sobrecogió. Jamás había visto un castillo de aquellas características. Himmler lo había convertido en el hogar espiritual de las Waffen-SS, otorgándole a la singular fortaleza la simbología mitológica que encajaba a la perfección con su adoración por las ciencias ocultas.

En aquel lugar de Renania del norte fue recibido por el brigadier coronel mayor, que en el fondo despreciaba el trabajo de inteligencia; y los nobles como Ralf eran, para él, personas que no se habían ganado su sitio privilegiado.

—Me es grato comunicarle que se le ha ascendido a capitán. Le doy mi enhorabuena.

—Estoy muy honrado con este ascenso —aseguró Ralf, satisfecho de ser al fin reconocido.

—Hemos decidido ponerlo «a enfriar». Y, mientras tanto, queremos que participe en uno de los proyectos más ilusionantes que tiene nuestro Führer.

A Ralf aquello de apartarlo de la primera línea no le gustó nada.

El brigadier observaba a Ralf, escudriñando la reacción de este ante sus palabras...

—Se trata de un programa secreto encaminado a procrear «niños perfectos»; engendrar seres humanos superiores. —Al brigadier de las SS se le iluminó la cara. Se puso en pie, y a grandes zancadas se aproximó a un mapa en el que estaban punteados los lugares donde existían residencias Lebensborn. Ralf empezó a ponerse visiblemente nervioso—. Veo por su expresión que no comprende lo que le estoy contando —se rio el brigadier con mofa—. Ha sido asignado al programa de las SS. Aquellas mujeres arias, solteras y que voluntariamente deseen hacer una contribución patriótica, engendrarán niños arios con miembros de las SS.

Ralf no daba crédito a semejante idea.

—Señor..., no le comprendo..., un programa que... —Ralf no pudo seguir hablando, un nudo se le puso en la garganta.

—¿Le he sorprendido? —El brigadier soltó una carcajada.

—Brigadier, no comprendo en qué consiste mi misión —alcanzó a decir Ralf, a estas alturas indignado con lo que estaba oyendo y la actitud del brigadier.

—Usted es el prototipo de hombre ario: alto, figura atlética, ojos claros, rubio, autoritario, criado a los pechos del nacionalsocialismo... y descendiente de progenitores étnicamente arios. No podríamos exigir mejor selección ni mejor aristocracia racial. Se puede afirmar que usted es un ario sin contaminar. —El brigadier de las SS hablaba con entusiasmo.

El capitán Von Havel salió del cuartel de las SS muy enfadado. Se sintió menospreciado por sus mandos; únicamente vio como ventaja que, al ser un programa secreto, su nombre no constaría en ninguna parte. Eso era lo único positivo de la nueva misión que se le asignaba.

En los meses sucesivos, Ralf visitó las residencias del programa Lebensborn, lugares muy cuidados y bien atendidos, a donde se enviaba a las mujeres embarazadas de los miembros de las SS. Allí permanecían hasta dar a luz, y una vez tenían a los «niños perfectos», estos eran dados en adopción o en acogida a familias alemanas, si bien en alguna ocasión las madres podían criar a sus hijos.

Un médico examinaba a las futuras madres, y el décimo día después del comienzo de la menstruación, debían fornicar con un miembro de las SS. Todo estaba aprobado por el Tribunal de Salud Hereditaria.

Una de las características del programa era proteger y ocultar los nombres de los progenitores.

Pasado un tiempo, el capitán Von Havel fue prestándose a hacer de sementál para la causa nazi. A pesar de todo, lo cierto es que ese «trabajo» le hacía sentirse despreciable en su interior. Mitigaba la sensación de vacío entrando en una carrera de fondo en la que no podían faltar ni las fiestas alocadas en cabarés, ni borracheras y otros excesos.

¡Al fin, una noche cálida de primavera! El año 1942 había sido especialmente frío. El marido de Clotilde, Max, que llevaba unos meses destinado en Berlín, aceptó la invitación a almorzar de unos amigos. Al salir del restaurante, vio a su sobrino Ralf sentado con tres SS como él. Hacía tiempo que no le veía, pero el sello de los Von Havel no albergaba dudas.

—¡Cuánto tiempo sin verte! —dijo Max, abrazando a su sobrino.

—Tío Max, qué alegría, te veo estupendo. —A Ralf le satisfizo ver a su tío después de tantos años.

Max siempre le había tenido cariño a su sobrino. Le parecía un chico triste y huidizo. Cuando acudía al castillo Havel disfrutando de algún permiso, solía jugar con Ralf. Tenía la seguridad de que el chico tenía más de la personalidad de su encantadora madre que del carácter prepotente y malvado de su padre.

—Debo irme al cuartel de inmediato, pero, por favor, acepta mi invitación a cenar en casa de los padres de mi mujer; aquí tienes la dirección. ¿Te va bien pasado mañana? —preguntó Max.

—Iré encantado —dijo Ralf, que no conocía a Clotilde, porque la única vez que ella visitó el castillo Havel, él se encontraba en los Estados Unidos cursando sus estudios de ingeniería. Ralf no dudó en aceptar la invitación, a pesar de saber de las desavenencias de su tío con su padre.

La residencia de los condes de Orange era un palacete sobrio, no excesivamente grande y de corte clásico. Una puerta de hierro repujado lo distanciaba de la calle. En medio, un pequeño parque albergaba un jardín inglés a través del cual se podía acceder al edificio.

Tocó la aldaba de la puerta principal, de gruesos cuarterones esculpidos en madera noble. Una criada de caderas recias y rostro serio le hizo pasar a una estancia forrada de estanterías color verde inglés con adornos dorados; los libros estaban colocados por colecciones, cada una de un color, predominando los del mismo tamaño. Un caballete de palo santo sostenía un cuadro de una Madonna, que recordaba el origen católico de la familia.

Al príncipe Ralf le agradó el ambiente clásico y elegante de la biblioteca, que, sin mostrar opulencia, marcaba el refinamiento de los moradores de la casa.

—¡Mi querido sobrino! —oyó decir el SS desde el *hall* al comandante Von Havel.

Ralf volvió sobre sus pasos y acudió al encuentro de su tío.

—Me alegra mucho que hayas aceptado la invitación —lo saludó con una amplia sonrisa, al tiempo que lo abrazaba con fuerza.

—En estos momentos tan convulsos el sentir la cercanía de la familia reconforta mucho. Te agradezco la invitación. Para mí siempre has sido como un hermano, y los problemas que hayáis tenido tú y mi padre no deben afectar a nuestra relación —dijo Ralf, recordando los juegos infantiles junto a su tío, cinco años mayor que él.

Tío y sobrino seguían en el *hall* de la casa, cuando Ralf vio bajar por la escalera a una Venus raptada de un cuadro.

Vestida con un traje negro de crepé de seda, que le ajustaba el talle y le estilizaba la figura hasta marcarle cada curva de su cuerpo, Clotilde bajó sin prisa los peldaños de una escalera que se iba abriendo el vestíbulo como si transportara una ola espumosa sobre la playa.

Ralf apenas pudo tragar saliva. En ese instante, se quedó atrapado en la seducción de aquel ser de una belleza pura y perfecta. La sonrisa de Clotilde inundó la estancia, transformándola en un lugar luminoso donde solo cabía la felicidad. Ella se quedó impresionada con el gran parecido físico de aquel joven con su marido.

—Querido sobrino, esta es tu tía Clotilde, y, aunque suene paradójico, sois de la misma edad.

Ella se acercó para saludar a Ralf. Era mucho más alto que ella; así que su sobrino se inclinó para besarla en las mejillas. Algo recorrió de arriba abajo las entrañas de este; en ese instante, tuvo la certeza de que Clotilde siempre sería la mujer de su vida. Se sintió aturdido.

Por una décima de segundo, los ojos azul verdoso de Clotilde se fundieron con el verde dorado de los de Ralf. Solo ellos notaron aquella fusión que les conectó el alma. Ninguno de los dos supo qué había ocurrido, pero tuvieron claro que sus cuerpos se atraían como un imán.

—Tío Max siempre me decía que su novia tenía mi misma edad. No sabes la lata que me daba contigo. Ya era hora de que nos conociéramos —dijo, intentando superar su nerviosismo.

—Aquí llegan los dueños de la casa. —Max se dirigió a sus suegros, que se aproximaban a ellos.

Ralf saludó ceremonioso a sus anfitriones, y estos le presentaron a su hija mayor, que acababa de incorporarse.

Erna saludó turbada a Ralf. Con disimulo, le indicó a su madre que la sentara a su lado. Conocer a un hombre tan guapo y vestido con el uniforme de las SS era para Erna el *summum* de la dicha. La hermana de Clotilde no paraba de preguntarle tonterías, que Ralf contestaba con monosílabos.

El joven príncipe solo tenía ojos para Clotilde. La veía hablar con desparpajo y seguridad, reír cuando contaba anécdotas cotidianas de la finca de Sajonia, asombrarse con los relatos de Max o admirar las respuestas ingeniosas de su padre.

«Es sencillamente perfecta», pensó una y otra vez.

A lo largo de la cena, Clotilde llegó a sentirse intimidada por las miradas de admiración que le profesaba Ralf.

—Me encantaría invitaros al teatro de la Ópera. Ha reabierto después de ser bombardeado, y en estos momentos se está representando *Los maestros cantores de Núremberg*, de Wagner. —El joven deseaba así agasajar a sus anfitriones, de modo que la invitación era del todo oportuna.

—Aceptamos de inmediato. Nos encanta la ópera a todos —se apresuró a decir Erna, entusiasmada.

—Ya ves que aquí no dudamos ni un minuto en aceptar una invitación. —Max se rio como un niño; disfrutaba con el entusiasmo de los que le rodeaban.

Clotilde también dio las gracias, pero no puso tanta emoción. Notaba el interés de Ralf hacia ella y no deseaba que se le malinterpretara.

Aquella noche, el propio Max, antes de acostarse, comentó con Clotilde.

—No cabe duda de la buena impresión que le has causado a nuestro sobrino. En eso ha salido a los Havel. —Y se rio sin darle importancia.

—Yo también he notado su deferencia hacia mí. De igual modo que percibí cómo mi hermana Erna me miraba con sus ojos de odio habituales.

—Es lógico que estuviera celosa. Ralf podría ser un buen pretendiente para ella.

—A Erna lo que le gusta es el uniforme y todo lo que ello conlleva.

—Estás muy susceptible con ella. Debes ya olvidarte de la idea de que fue ella quien denunció a los Bengio.

—Eso no podré olvidarlo mientras viva. Fue un antes y un después. Lo único bueno fue que, gracias al impacto de lo vivido, hoy no aplaudo a los nazis como hace ella. —Clotilde estaba furiosa.

—Debes ser más considerada con tu hermana. Ella no ha tenido la suerte que tú tienes de ser guapa e inteligente —dijo Max, zalamero.

—Déjate de tonterías, no me sale ser buena con ella. Lena y Noa eran parte de mi familia, nos criamos juntas... —Y pensar que ellas, sus padres y su hermana pequeña Delia habían podido morir por culpa de Erna le helaba el alma.

—Debes intentar olvidar aquel episodio —trató de tranquilizarla Max.

—Todo lo resuelves con que me olvide de las cosas. ¿También quieres que me olvide de que en cualquier momento volverás a la guerra y yo me quedaré sola de nuevo, como siempre? —protestó Clotilde. Cuando le hablaba así, no podía dejar de sentirse enfadada y decepcionada con su marido.

—Ahora no es el momento de tener una discusión. Estoy cansado y mañana debo levantarme temprano. De modo que procura olvidarte de tus continuos reproches y vente a la cama. —Max ya se había acostado, y, si algo le apetecía, era hacer el amor con su mujer y no discutir.

Clotilde, con más rabia que comprensión, se metió en la cama evitando tocarlo. No le dio ni las buenas noches; solo ahogó su rabia con la almohada.

Ralf regresó al piso señorial que tenía su familia en Berlín. No pudo conciliar el sueño. En el instante en el que vio bajando las escaleras a Clotilde, tuvo claro que aquella era la mujer perfecta. Ni con Carmen, su esposa; ni con Marta, su amante, había experimentado aquella sensación de plenitud, aquel amor incondicional que le hacía olvidar que Clotilde estaba casada con su tío, o que quizás nunca iba a poder conquistarla.

* * *

El impacto de la primera noche se tornó en pasión durante el tiempo en que Ralf coincidió con sus tíos en Berlín.

No dejó de inventarse invitaciones a conciertos, teatros o fiestas; y lejos de apagarse la llama que había prendido en él, esta fue aumentando hasta convertirse en una auténtica obsesión.

Urdió el plan de quedarse a solas con Clotilde, para lo que movió algunos hilos entre sus camaradas para que enviaran a Maximiliano en misión especial a Bremen y así poder disfrutar de su idolatrada Venus.

Clotilde se enfureció con Max al comprobar que de nuevo debía ausentarse.

—Asumo que no cuestiones las órdenes; pero no entiendo por qué ahora te envían a Bremen, cuando estás de misión especial en Berlín, ¿es que no pueden enviar a otro? —Clotilde estaba harta de no poder disfrutar de su marido sin interrupciones.

—Parece mentira que a estas alturas me digas esto. Además, solo son unos días —intentó calmarla Max.

—Pero es que en cualquier momento te requieren en el frente, y ya no sabré cuándo vamos a volver a vernos. —Clotilde tenía razón; la guerra empezaba a complicarse y el nuevo destino de Max estaba a punto de concretarse.

—Lo que debes hacer es salir y disfrutar de la vida. Ralf se ocupará de sacarte estos días —concluyó Max, pensando que en realidad Clotilde tenía razón y la vida de un militar era muy dura.

* * *

Ralf recogió a Clotilde en su berlina oficial y la invitó a cenar al restaurante Horcher del número 21 de la Martin-Luther Strasse, muy cerca de la Potsdamer Platz, una de las zonas más elegantes de Berlín.

Necesitaba un ambiente propicio para el romance.

Un violinista se acercó a la mesa, tocaba una melodía suave; Ralf no quería que nadie perturbara ese momento. Metió la mano en su bolsillo y extendió un billete al músico, al tiempo que con un gesto le indicó que se fuera a tocar a otra mesa.

—Con qué poco disimulo lo has echado —rio ella.

—Necesito concentrarme para decirte que desde que te vi por primera vez bajando las escaleras de tu casa, algo sucedió en mi interior, y desde entonces soy incapaz de dejar de pensar en ti. —Ralf no sabía cómo expresar sus sentimientos.

A Clotilde no le molestó la candidez que mostró Ralf al decirle que se había enamorado de ella. Fue tan tierno y ceremonioso que se podía decir que disfrutó con la declaración apasionada.

—Por favor, no me digas esas cosas; sabes que adoro a mi marido —dijo ella, en el fondo encantada con la declaración.

No se podía decir que sintiera amor por su sobrino, pero sí notó que una conexión especial se había establecido entre ellos.

Acudieron a diferentes clubs nocturnos en los que bebieron más de la cuenta. Ambos perdieron el sentido de la medida, y en el camino de vuelta al palacete de la familia de Orange, Ralf comenzó a besarla en la boca y las mejillas. Clotilde se dejó llevar... El vestido de lamé plateado de generoso escote dejaba ver un pecho turgente. Ralf comenzó a besarla en el cuello y descendió poco a poco a sus pechos, que liberó bajando la cremallera del vestido con gran habilidad.

El conductor miraba de soslayo por el retrovisor. No se atrevía a respirar... Desde el asiento de atrás los cuerpos excitados de los ocupantes comenzaron a emitir sonidos cada vez más impacientes. El calor y la humedad empañaban los cristales. El chófer estaba más atento a lo que ocurría en el espejo retrovisor que en la calzada; tanto que no vio a un gato distraído olfateando un sapo muerto en el asfalto. Cuando se dio cuenta, ya lo había atropellado.

—¡¿Qué ha sido eso?! —bramó Ralf, enfurecido.

—Un gato, capitán —respondió el conductor muerto de miedo.

—¡Para! Aparca y bájate del coche —le ordenó Ralf.

Clotilde ni se inmutó. Tomó el sexo de él, que, endurecido se abrió paso entre las piernas de ella. Ralf la penetró sin dificultad; quería poseer hasta el último centímetro de aquel cuerpo que se entregaba a él con el mismo frenesí. Alcanzaron el clímax casi al unísono. Ralf jamás había llegado a semejante satisfacción.

Estaban demasiado borrachos para arrepentirse, demasiado eufóricos para desear enmendarlo; permanecieron largo rato uno dentro del otro, deseando ambos alargar aquel momento.

En la calle, el conductor había encendido un cigarrillo mientras observaba sin inmutarse cómo tres gatos se acercaban temerosos al lugar donde yacía su compañero, olfateándolo en un continuo ir y venir. La muerte aquellos días era algo banal y un gato muerto, una insignificancia.

En el asiento de atrás, Ralf deseaba asimilar lo que estaba sucediendo. Tomó conciencia de que el sexo sin amor no significaba nada. Se sintió pletórico por haber culminado su sueño. Jamás había experimentado el goce absoluto del amor pleno. Tuvo claro que ese placer era el que de verdad importaba.

Volvió a abrazar a Clotilde, un sentimiento de felicidad absoluta lo embargaba. Quiso poseerla de nuevo, dejar su semilla en su interior deseando que germinara en ella y de ahí saliera un niño perfecto, el más puro y superior de cuantos había procreado.

* * *

Clotilde, aturdida por los acontecimientos y sin poder asimilarlos, tomó la decisión de ir a encontrase con su marido. Deseaba sentirse segura en sus brazos; quería creer que no había ocurrido nada. En el fondo, deseaba que, si había prendido una semilla en su interior, esta debía ser de Max.

Ralf llamó a la residencia de los Orange. Le informaron que la señora se había ido a visitar a su marido.

—¿Ha dejado algún mensaje para mí? —preguntó con desesperación.

—No, la señora partió esta misma mañana y no ha dejado recado alguno.

De un plumazo, a Ralf se le había cortado la respiración.

No tuvo oportunidad de volver a ver a Clotilde, pues le asignaron la misión de inspeccionar todas las residencias Lebensborn que existían en Noruega, Francia y Bélgica. Descubrió que no todos los niños habían sido procreados por los oficiales de las SS. Había residencias en Alemania que albergaban a niños raptados de Polonia, Unión Soviética, Serbia y Checoslovaquia.

Engendrar «niños perfectos» era una locura, pero raptarlos de sus familias, una crueldad inadmisible. Los principios de Ralf no le permitían aceptar aquello; así que decidió solicitar a sus superiores otro destino.

A finales de 1943 fue convocado al cuartel general de las SS. A la reunión asistieron varios oficiales. El que llevaba la voz cantante era el mayor Otto Remer.

—Capitán Von Havel, hemos pensado en enviarle de nuevo a la Abwehr. Sabemos que Canaris le aprecia, aunque no se fía de usted —comenzó diciendo el laureado militar.

—Sí, señor; he trabajado para él y creo que estima mi trabajo —contestó Ralf con desconfianza.

Sabía a ciencia cierta que las SS y la Abwehr eran antagónicas, y que el propio Hitler estaba harto de desconfiar de esta organización, siempre metida en acciones que hacían sospechar de la lealtad de la agencia al Tercer Reich.

—Pues debe valerse de esa buena sintonía para destapar las conspiraciones que él encabeza contra nuestro Führer. —Remer tenía claro que Canaris era el cabecilla de estas operaciones.

El capitán Ralf volvió a la Tirpitzufer Strasse para encontrarse de nuevo con Wilhelm Canaris. El último director de la Abwehr estaba envejecido. Su pelo, ya canoso de por sí, se le había puesto totalmente blanco; sus facciones afables y relajadas presentaban dos surcos en la comisura de los labios.

—Me alegro mucho de verle. —Canaris, que vestía su elegante uniforme de marino, se levantó a saludar a Ralf, a quien le dio la impresión de que el astuto lobo de mar se alegraba de verle.

—Ya sabe cual es mi misión aquí, y créame que nada puede incomodarme más. —El capitán de las SS estaba harto de ser un títere y no pudo evitar mostrar su verdadera cara. En cualquier caso, sabía que Canaris no era tonto y de sobra conocía su verdadero cometido.

—Y dígame, ¿cree que perderemos la guerra? —Canaris era así; cambiaba bruscamente de tema sin que su interlocutor lo esperase.

Ralf no se lo pensó y respondió con sinceridad:

—La guerra está perdida. En cuestión de meses nos habrán invadido los aliados; no le quepa la menor duda. Lo que me preocupa es usted. ¿Sabe que mi trabajo es averiguar si usted es fiel a la causa? —Ralf prefirió poner las cartas bocarriba.

—Lo supongo. Pero usted poco puede hacer. El futuro de la agencia está sentenciado. Ellos han ganado. —El marino sentía afecto por aquel chico, aunque estuviera en el bando equivocado.

A Ralf las SS le habían encargado que «cazara» antinazis en la Abwehr, y por supuesto pusieron el foco en el propio Canaris.

En los meses siguientes, espió para Remer y Himmler sin mucho éxito, ya que Canaris le restringió el acceso a la información operacional. El astuto almirante estaba rodeado de hombres más leales a la organización que al Gobierno nazi.

En lo personal, Ralf no dejaba de pensar en Clotilde. La recordaba continuamente, y cada vez que acudía a algún lugar donde había estado con ella, su melancolía iba en aumento.

Después de enterarse de que había ido a visitar a su marido a Bremen, volvió a llamar a la casa de los Orange, pues supo que Max había sido enviado al frente e imaginó que Clotilde podría estar en Berlín.

Esta vez se valió de Erna. La invitó a salir, con el fin de sonsacarle toda la información. Le parecía insufrible aquella mujer, pero deseaba saber de su amada; así que no le importó invitarla de vez en cuando, y así estar informado de su vida. Supo que Clotilde estaba embarazada y que, junto a sus padres, había ido a pasar el verano a Sajonia.

En febrero de 1944 Hitler firmó la supresión de la agencia de inteligencia. A los pocos meses, Canaris fue arrestado y acusado de haber participado en la operación Valquiria, por lo que fue trasladado al campo de concentración de Flossenbürg, en Baviera.

Ralf nunca se sintió bien con los informes que hizo de Canaris. La traición y el deshonor entraron en su biografía como una mancha de tinta que nadie fue capaz de borrar.

El general Otto Remer trasladó al príncipe Ralf al comando de seguridad de las SS. Tenía el convencimiento de que su tío, el comandante Maximiliano von Havel, estaba implicado de alguna forma en las conspiraciones militares contra el Gobierno nazi. Lo había interrogado al respecto, pero no pudieron comprobarlo. Remer estaba dispuesto a ajusticiar a cualquiera que se opusiera al Tercer Reich.

Se le ocurrió utilizar a su sobrino Ralf para sonsacarle los nombres de los militares que podían estar implicados en misiones de sabotaje que pudiera liderar el comandante Von Havel. Le propuso que se presentara ante él y le sugiriera entrar a formar parte de los militares contrarios al Führer; así podría conseguir pruebas de su deslealtad.

El mayor de las SS Otto Remer ya había sentenciado a muerte a Maximiliano, pero deseaba valerse de Ralf para lograr la información completa de los miembros del comando. Por otro lado, también deseaba conocer el grado de lealtad de Ralf.

El capitán Von Havel acudió al frente donde estaba su tío, quien le recibió con alegría, aunque preocupado por su seguridad en la batalla, ya que Ralf no era un hombre curtido en la guerra.

Max hizo pasar a su tienda de campaña a su sobrino.

—¿Qué le trae a primera línea a una persona como tú? —preguntó Max con cierta intriga no carente de desconfianza.

—Traigo unas órdenes para ti del mayor Otto Remer, pero ese no es el motivo de mi visita. —Ralf apreciaba a su tío y no estaba dispuesto a traicionarlo sin darle una oportunidad de salvarse. De nuevo, sus genes volvían a actuar por él y le obligaban a ser honesto; aunque el miedo a las consecuencias de no cumplir las órdenes de su superior, le obligaba a actuar—. Mi misión es conocer tu grado de lealtad al Führer. Debo informarte que Remer necesita entregarle a Hitler a los traidores que han facilitado el final de la guerra.

Max, curtido en mil batallas, lo miró a los ojos sin rencor alguno. Al momento pensó que tenía dos opciones: o confesar la verdad o intentar huir. Sabía que lo segundo era imposible; hacía tiempo que sus contactos ingleses le habían sugerido esta posibilidad y la había rechazado; contemplar la cobardía no entraba en su espíritu militar.

—Querido sobrino, sabía que más pronto que tarde alguien traería mi sentencia de muerte. Sé que vigilan todos mis movimientos. No me han apresado todavía porque no tienen pruebas contra mí. Te han enviado para que yo revele los nombres de los participantes en cualquier posible conspiración. Antes de matarme, quieren que delate a los que están conmigo —dijo Max, con toda la calma y resignación.

—En esta historia soy un mero mensajero, al que se utiliza para hacer el trabajo sucio —admitió Ralf.

—No te flageles, sobrino. Estos hijos de perra son así; a ellos solo les interesa su causa. Lo que tiene que preocuparte es tu integridad —reflexionó Max.

—No te entiendo. Se trata de «tu» vida, no de la mía. —Ralf no comprendía a su tío.

—Estás equivocado. Yo ya estoy muerto. Ayer llegó al campamento una unidad especial; me extrañó. Y hoy llegas tú... Tengo claro que esos son mis ejecutores —le confesó Max. El SS no daba crédito a las palabras de su tío—. Querido Ralf, se trata de tu vida. Si no haces un informe encausando a mis seguidores, eres hombre muerto.

Ralf se puso lívido. No había calculado tal posibilidad.

—¿Tú qué harías en mi lugar? —A Ralf comenzaron a sudarle las manos. Se dio cuenta de que las tornas se habían cambiado.

—Debes hacer un informe que demuestre que has conseguido sacarme algo de interés —dijo pensativo Max.

—¿Qué tipo de informe? Es evidente que tú no vas a delatar a los tuyos. —Ralf mostraba signos de desesperación.

—Eso es evidente y ellos lo saben. Te proporcionaré datos de algunos de los sabotajes que yo he promovido, y recemos para que se conformen y te dejen en paz. Todo dependerá de lo útil que les puedas ser de aquí en adelante. Recuerda: «El destino reparte las cartas y tú eres quien las juega».

—Nunca creí que me tuvieras tanto afecto —replicó Ralf aturdido.

—Tengo una petición para ti. Quiero que cuides de mi familia; intuyo que nadie les va a ayudar. Vosotros los considerareis antinazis y los aliados todo lo contrario. Llevo casi dos años sin verlos; a mi hija pequeña no la conozco. —Pensar que dejaba a los suyos desprotegidos le rompía el corazón.

—Puedes estar seguro de que haré todo lo que esté en mis manos para ayudarles. Pase lo que pase, cuidaré de ellos como si fueran mis propios hijos. —Ralf era un hombre de honor y cumpliría este compromiso.

«Estos hijos de Satanás no han podido hacerlo mejor. Me comunican mi sentencia de muerte a través de un mensajero de mi propia sangre. Muy propio de sus mentes enfermas. No les daré la satisfacción de condenar también a mi sobrino», pensó Max con una tremenda tristeza.

El capitán Von Havel salió de allí con dos sentimientos: la pena por el futuro de su tío y la impotencia por no poder hacer nada para salvarle.

Al día siguiente, un pelotón de fusilamiento ejecutó la orden del mayor Remer de dar muerte a Maximiliano von Havel, por traidor al Tercer Reich. Los seguidores de Max pusieron al corriente de los hechos a los aliados, y sus compañeros de armas continuaron con las labores de sabotaje contra las acciones bélicas de los nazis.

* * *

Desde aquel último encuentro con su tío, Ralf tuvo claro que necesitaba alejarse de Alemania, y sus relaciones con Sudamérica le podían proporcionar esta posibilidad. La guerra tocaba a su fin, y no le resultó difícil convencer a sus superiores del destino en el cual podía ser de gran utilidad.

A primeros de 1945, Ralf von Havel comenzó a trabajar en la red de relaciones económicas creada para ayudar a los oficiales que desearan huir al finalizar la guerra. Pero para ello, exigió trabajar como ingeniero de una fábrica de material bélico. Esa sería su tapadera.

Tras la capitulación de Alemania, la mayoría de los individuos que pudieron escapar eran personajes sin responsabilidad que respondían al grito de «sálvese quien pueda». Huyeron hacia países neutrales o afines al Tercer Reich. ODESSA, entre otras cosas, dio cobertura a estos individuos, creando una red de camuflaje para que pudieran asentarse cómodamente. En esa estructura, encajaba a la perfección el capitán Von Havel.

Ralf era un hombre con un pasado en la sombra. Por tanto, al acabar la guerra nadie le acusó de nada. Empezó a trabajar como ingeniero en la zona americana. Su conocimiento del inglés y su currículum le resultaron de gran utilidad. Al cabo de unos años, creó su propia empresa de ingeniería agrícola y, además, invirtió en su añorado Chile, comprando un importante fundo en la región de La Araucanía, muy cerca de Pucón.

* * *

Hasta aquí el relato que Ralf le contó a Clotilde en el porche de la habitación del hotel Marbella Club. No omitió ni engañó en nada. Quiso ser honesto con ella, pues sabía que era la única posibilidad que tenía de llegar a conseguir su perdón.

Clotilde le escuchó sin interrumpirle. Deseaba llegar al fondo de los hechos que provocaron la muerte de su marido. Y que era uno de los motivos por los cuales ella no podía estar en paz con el pasado.

Dudó de que Ralf hiciera un informe encausando a Max con el beneplácito de este. Aunque sí se planteó que los nazis en aquellas circunstancias habrían matado a tío y sobrino, de creer que alguno de ellos les engañaba.

Al terminar el relato, Clotilde no pudo evitar que el deseo de venganza se apoderara de ella. Por primera vez en su vida, deseaba hacerle verdadero daño a alguien.

La tarea que se impuso no era nada fácil: llevar a Remer ante la Justicia alemana, acusándole de fusilar a su marido sin mediar un consejo de guerra. Lo malo era que ella no tenía pruebas suficientes como para hacerlo. Para ello necesitaba a Ralf.

—Debes ayudarme a sentar en el banquillo de los acusados a Remer —pidió Clotilde a su sobrino, sin saber el grado de implicación que Ralf tenía en ese momento con ODESSA.

—Siento no poder complacerte. Otto es aún hoy un hombre poderoso. Si declaro contra él, temo por mi vida. —Para Ralf aquella ya no era su guerra.

—Lo menos que puedes hacer es ayudarme a meter en la cárcel a Remer. Creo que nos lo debes a tu tío y a mí. Sin tu testimonio, tengo pocas posibilidades de llevar a cabo mi venganza —trató de convencerle Clotilde.

—A estas alturas de mi vida no me voy a complicar la existencia. Además, tampoco tengo pruebas tangibles para sostener una acusación contra Otto —dijo Ralf.

—En el fondo, tú sigues siendo como ellos. No deseas hacer justicia; temes por tu vida como un cobarde. Después de esto, comprenderás que no deseo volver a verte.

La ruptura entre Ralf y Clotilde tuvo lugar aquella noche junto al mar. En la lejanía se veía de vez en cuando un resplandor que dejaba adivinar una inminente tormenta de verano que vendría a refrescar el ambiente tras una tarde de calor pegajoso y denso.

Clotilde decidió marcharse de Marbella antes de lo que había previsto. Su ánimo no estaba para la vida social, ni para el vaivén de ser vista o dejarse ver.

Victoria pidió a su madre que le permitiera quedarse con su primo hasta que terminaran las vacaciones. La unión casi filial que tenía su hija con Ralf le impedía decir que no. Así que antepuso los deseos de su hija a los suyos y le dio su consentimiento.

Capítulo 20
El alocado glamur francés

El regreso precipitado a Londres fue en realidad una huida hacia delante. No podía seguir en Marbella como si no hubiera pasado nada. Pero llegar a su casa y encontrarla vacía —Stefan estaba en Tánger y Albert con un amigo— le llevó a enfrentarse a la soledad en la que siempre había estado sumida.

Aquellos días en su casa de Londres le sirvieron para meditar sobre su vida; pero, sobre todo, para constatar que había tenido a un hombre extraordinario por marido. Max siempre se condujo con nobleza. Saber cómo había muerto cerraba un capítulo importante de su vida, pero abría otro que era el de la venganza, y no se sentía con fuerzas para afrontarlo. Por primera vez se sintió mayor.

En ese estado de desasosiego, en lugar de tomar fuerzas de su interior, su cerebro rescataba aquellos hechos que todavía le hacían hundirse más en la tristeza.

Por otro lado, pensar en David seguía royéndole por dentro. Aunque cada día lo veía más lejano.

Clotilde era consciente de que Stefan era su mejor amigo; así que le llamó por teléfono a Tánger para recibir su apoyo.

Le relató la confesión de Ralf y su sospecha de que pertenecía a ODESSA.

—Me sorprende que, a día de hoy, Ralf siga operando con ODESSA. Me parece una buena persona que no necesita esa doble vida. En fin, lo siento de veras si las cosas son así. Aunque es evidente que Ralf sigue anclado en el pasado. No tiene vida personal. Solo es un hombre rico que en el fondo no tiene nada para ser feliz. No se puede ser más pobre.

—Stefan, ¿me ayudarás a presentar cargos contra el general Remer?

—Sabes que cuentas conmigo. A mi regreso, hablaré con mis abogados en Alemania, pero me temo que las leyes de Egipto, donde reside, no nos sean propicias para su extradición.

—Al menos, intentaremos conseguir que no pueda poner los pies en Alemania. Aunque mi deseo es llevarle ante la Justicia.

* * *

Clotilde no pudo superar la carga emocional que llevaba arrastrando desde hacía años. Tampoco ayudó el hecho de que los abogados le dieran pocas esperanzas de conseguir llevar a cabo su venganza; de ahí que se sumiera en una depresión corrosiva. Llevaba meses en aquel estado de inactividad total. Stefan intentaba comprenderla y animarla... Al fin, su cuerpo hacía catarsis de años de lucha interior.

—Querida, llevas demasiado tiempo en este estado. Debes salir de él. Te vienes abajo cada vez que nos llegan noticias de nuestros abogados. Por favor, sigue con tu vida; no te centres en la venganza, que más bien es obsesión y te está matando.

—Mi terapeuta dice lo mismo. Estoy haciendo progresos e intento quitarme de la cabeza lo que me corroe por dentro.

—Espero que esta vez sea de verdad. Lo que necesitas es volver a la vida social y, si es posible, echarte un amante. Mañana me ha convidado un amigo a almorzar en Rules. Anímate a acompañarme. Estamos en plena temporada de caza y a ti te encanta la perdiz. —Stefan estaba entregado a su esposa, hasta el punto de que aquel invierno apenas viajó a Tánger.

La vida de Clotilde estaba en punto muerto. Notaba una permanente opresión en el pecho y había descuidado su aspecto físico, sumiéndose en un círculo vicioso en el que no salía de casa porque no se veía bien, pero tampoco hacía nada por enmendarlo, ya que no tenía pensado salir de casa.

Terminó por claudicar ante la insistencia de Stefan.

—Te acompañaré a Rules, aunque solo sea por ver el ambiente y por tomarme una de sus tartas. Lo de buscarme un amante es otra cosa, porque no se busca, aparece.

—Te equivocas. Para echarse un amante, lo primero que se necesita es desearlo —contestó el barón Von Ulm con una sonrisa.

—Tengo que aprender mucho de tu filosofía —se rio con gusto Clotilde por primera vez en muchos días.

—Me encanta verte reír, querida. Recuerda que gracias a tu apoyo he podido tomar las riendas de mi vida íntima... Pero no hablemos más de esto. Vayámonos a descansar. Mañana te quiero ver radiante —concluyó el barón.

El matrimonio dormía en habitaciones separadas desde hacía mucho tiempo. Cada uno tenía su propia *suite*.

Como cada noche, Clotilde se metió en la cama sin tumbarse; colocó un gran almohadón detrás de la espalda, cogió de la mesita de noche las gafas bifocales y se dispuso a leer la novela gráfica de turno, publicación a la que era aficionada. Le había sentado bien la conversación con Stefan.

A la segunda página, se durmió casi sin darse cuenta, como pocas veces le había ocurrido. Y lo hizo de un tirón durante varias horas.

Al amanecer, miró por la ventana. Una niebla densa apenas dejaba vislumbrar los edificios que se dibujaban al otro lado de la plaza. Las tenues luces de las farolas favorecían el juego de sombras y claros del jardín que se intuía al frente.

En la casa de Eaton Place, los grandes ventanales de guillotina dejaban entrar la luz durante el día inundando el cuarto, decorado en tonos beige y blanco. La colección de porcelana china azul, así como el conjunto de cuadros de figuras costumbristas orientales, daban a la estancia un toque exótico y acogedor. Aquellas cuatro paredes habían sido su refugio en el último año.

Clotilde sintió su desasosiego habitual. Estaba a punto de volver a llorar, pero consiguió reprimir sus deseos buscando en su interior una razón para elevar su estado de ánimo.

No era capaz de volver a conciliar el sueño. Así que, como tantas veces, fue a sentarse al sillón de lectura, de espaldas a la ventana. Intentó recordar la recomendación que le hacía su terapeuta:

—Cuando te dé el bajón, busca en tu interior solo lo positivo. Sácalo de entre toda la basura que tú crees que te rodea y contémplalo, atesóralo y regodéate en ello. Por poco que creas que tienes, posees más que la mayoría de las personas.

Clotilde se propuso seguir ese consejo como uno de los primeros pasos para poner fin a la situación que la tenía atrapada. De un tiempo a esta parte, empezaba a entender que lo que le había sucedido durante la guerra fue producto de las circunstancias históricas en las que le había tocado vivir. Que ella había sido una pieza más de los daños colaterales, y nada podía hacer para cambiarlo. Tampoco podía cambiar que aquellos que no la conocían de verdad la consideraran una aristócrata vinculada al nazismo, dada su unión familiar a los Havel, apellido ligado a la causa de Hitler.

Quiso pensar en sensaciones placenteras, y a su mente vino la imagen de los atardeceres de Marbella, de aquella luz cegadora que iba tiñendo el horizonte de rojo incandescente, que al minuto degradaba en un brillante amarillo... El crepúsculo, lejos de inspirar tristeza, infundía placidez. El olor a dama de noche, el sabor a mar y el sonido cadencioso de las olas la conducían a un paraíso donde el único sentido que no estaba presente era el tacto, sustituido en la piel por la caricia de la brisa suave que bajaba de la montaña.

Se dejó llevar por esta grata ilusión.

«Algún día volveré a Marbella para vivir lo que la naturaleza me evoque, dejando en un segundo plano lo mundano», pensó.

El timbre insistente del teléfono la trajo de nuevo a la realidad. Se había quedado adormilada en el sillón de orejas cercano a la chimenea. Algún criado le había echado una manta de cachemir en el regazo. Sintió que su ánimo era mejor que el de días pasados.

—¿Está la señora condesa? —Una voz chillona y algo ruda inundó los tímpanos de Clotilde, que, lejos de sentirse molesta, provocó un resorte de alegría en su interior.

—Al aparato, mi querida Bárbara.

—¿Cómo estás de ánimo hoy? —La americana, fiel amiga de ella y conocedora del delicado momento emocional de Clotilde, no la había abandonado y la llamaba con frecuencia para interesarse por ella.

—Hoy estoy contenta. Incluso he aceptado ir a comer con Stefan a mi restaurante preferido —alcanzó a decir una Clotilde cuya voz había recuperado algo de fuelle.

—Pues ya puedes ponerte en forma. En dos meses te vienes conmigo a la Costa Azul. Mi amiga Camille nos ha invitado a su barco y ha insistido en que vengas con nosotras, y ¡no acepto un no por respuesta! —Bárbara era una mujer dedicada a sus negocios, pero no perdonaba ver a Clotilde al menos una vez al año.

—De aquí a dos meses no sé lo que será de mí.

—Ni se te ocurra andar con pesimismos. Ya le he dicho que contara con las dos.

—Siempre te precipitas —dijo Clotilde sin ánimo de ofenderla.

—Sé que te vendrán bien unas vacaciones en la Costa Azul.

—Supongo que, como siempre, lo tienes todo planificado.

—Sí, recorreremos toda la Riviera. Así que ya te estás comprando modelitos para el barco. Tienes que estar espléndida.

—Pero no conoceré a nadie. ¿Cuántos seremos?

—No más de seis. A Camille no le gusta superar este número. Le encanta recibir bien, y para ella ese es el número idóneo.

—Ya me pondrás al tanto de quién es Camille. —Clotilde estaba acostumbrada a que Bárbara tirara de ella para hacer planes, ya que, en el fondo, las dos estaban solas.

Bárbara le explicó que Camille estaba casada y que, como buena francesa, llevaba una vida un tanto azarosa, alternando sus amantes ocasionales con su «alegre» marido. Era rica por su casa y por haber heredado de su primer marido una verdadera fortuna.

* * *

Bárbara acudió a Londres para viajar junto a su amiga a Francia.

El marido de Clotilde se había ido a la casa de Tánger. Su intención era vivir allí de continuo y regresar a Londres si tenía algún negocio que atender personalmente.

La americana adoraba Londres y pensó que, antes de viajar a la Riviera, debería pasar un par de días a solas con Clotilde a fin de poder explayarse ambas sin sentirse inmersas en la vida social.

La condesa de Orange fue a recibir a su amiga al aeropuerto. Bárbara llegó como siempre, con la sonrisa más campechana y auténtica que un ser humano puede brindarle a un amigo.

«Esa sonrisa levanta el ánimo a cualquiera», pensó Clotilde al ver avanzar hacia ella a su amiga.

—Qué bellezón de mujer eres, querida amiga. —A Bárbara le salió del alma halagar a su amiga. Bien es verdad que la encontró algo demacrada y triste, pero con su belleza serena y equilibrada de siempre.

Tuvieron tiempo de hablar con calma de los hechos que causaban la depresión de Clotilde, aunque Bárbara deseaba que su amiga dejara de regodearse en el pozo de su desdicha.

—¿Cómo le va en el internado al pequeño de la casa? Y Victoria, ¿qué hace en estos momentos? —preguntó Bárbara.

—Albert está muy integrado en su colegio y solo viene a casa cuando tiene el fin de semana libre. Y Victoria se ha independizado; trabaja de profesora de alemán en el Saint Mary's de Shaftesbury, en el condado de Dorset. Aunque no creas que le gusta mucho.

—Tengo un trabajo mucho más divertido para ella.

—¿De qué se trata?

—Acaba de llamarme una amiga francesa pidiéndome una chica de buena familia que hable alemán, inglés y francés y que esté dispuesta a ser la secretaria de Marlene Dietrich. Insisten en que sea una chica discreta y eficiente, y yo he pensado en Victoria.

—Creo que le puede divertir ese trabajo. Además, le vendría muy bien salir de su zona de confort y espabilar un poco. Hoy mismo hablamos con ella. ¿Cuándo debe incorporarse?

—Madame Dietrich estará en Londres en el hotel Savoy dentro de una semana. Victoria debe acudir allí y entrevistarse con ella.

A Victoria le encantó la idea de trabajar para una actriz tan controvertida. Seguía siendo una chica de apariencia sencilla. Se diría que el polo opuesto a su madre. El haber sido educada en la más estricta disciplina le hacía ser muy comedida en todo y poco dada al lujo. Sin embargo, era una joven con inquietudes. Así que probar a ser secretaria de una actriz famosa le pareció una buena idea.

Antes de emprender viaje a Francia, Clotilde quiso ir de compras con su hija a Harrods. A pesar de que Victoria era una chica austera, su madre quería comprarle ropa que la acercara a la categoría social que tenía.

—Mamá, te agradezco lo mucho que te preocupas por mí. Pero créeme que ahora eres tú la que debes pensar en ti misma. Me alegra que te vayas con Bárbara y te lo pases bien. Llevas un año deprimida y esto te ayudará a volver a la vida. —Victoria se sentía muy unida a su madre y procuraba visitarla siempre que su trabajo se lo permitía.

—Gracias, hija. Estoy feliz de tenerte a mi lado, pero no puedo ser egoísta y debo dejar que encuentres tu vida. Solo quiero advertirte de que la actriz para la que trabajarás tiene fama de ser una déspota. Quiero que sepas que, a la mínima contrariedad, te despidas sin más.

—Mamá, te agradezco tus consejos, pero creo que me vendrá bien enfrentarme a un trabajo que me exija una responsabilidad, alejándome de la sensación de estar protegida por la familia. También tengo que reconocer que me divierte tener la posibilidad de conocer ese mundo.

* * *

El punto de encuentro para iniciar el crucero era Le Gîte, como le gustaba llamar a su preciosa casa de campo su propietario, el banquero judío alsaciano Rémy Dreyfus, pariente lejano del tristemente famoso capitán Alfred Dreyfus. Rémy estaba enamorado platónicamente de Camille, a la que le consentía cualquier excentricidad que se le ocurriera, y con tal de tenerla a su lado dejaba que dispusiese tanto de su casa rural en la Provenza como de su castillo en Bretaña.

A Clotilde y a Bárbara les encantó la acogedora casa de piedra, con numerosas ventanas de contras verde agua, inundadas por una añosa glicinia trepadora cuyos racimos de flores violetas pendían de sus ramas ancladas a la fachada.

Las alojaron en habitaciones decoradas al estilo provenzal, con puertas abiertas al jardín. La acogedora estancia asignada a Clotilde, invitaba al descanso. Un edredón color fresa descansaba a los pies de la cama, vestida con ropa blanca con las iniciales R.D. Una *chaise longue* tapizada a juego con el cabecero en *toile de Jouy* en fondo verde pastel con escenas en rosa francés hacía las veces de descalzadora. En una esquina, un viejo sillón de mimbre soportaba el paso del tiempo gracias a haber sido pintado en blanco, al igual que una mesa adornada con un espléndido jarrón repleto de lilas recién cortadas.

La cena se dispuso en el comedor, de vigas de madera lavada, paredes blancas y suelo de barro natural. Los invitados, conforme fueron llegando, se sirvieron en el bar un aperitivo y casi todos se inclinaron por un fresco borgoña. La conversación transcurrió entre hablar del tiempo y las incomodidades del viaje hasta la costa.

Camille deseaba saber quién era en realidad Clotilde. Le habían informado que la condesa estaba vinculada al nazismo más rancio de Alemania. Sin embargo, otras pesquisas la situaban en la ideología liberal de su actual marido, el barón Von Ulm. Así que en cuanto se sentaron a cenar, la anfitriona se dirigió a ella.

—Querida, tengo entendido que eres la viuda del príncipe Von Havel, un conocido nazi de Baviera —dijo a bocajarro Camille, que se creía por encima de la buena educación.

La condesa de Orange cambió el rictus y trago saliva, un tanto nerviosa.

—Al que aludes era mi cuñado, y mis relaciones con él no eran precisamente buenas —contestó, deseando dejar zanjado el asunto, y con ganas de levantarse de la mesa.

Bárbara tuvo que intervenir. Conocía a Clotilde y sabía que aquel golpe bajo la afectaba mucho.

—Esta bullabesa está exquisita. Por favor, Camille, deja a la condesa que la disfrute y quizás yo pueda contestarte a lo que deseas saber: Clotilde es antinazi y su primer marido, a pesar de ser un Havel, fue un represaliado de Hitler. —La americana no se cortó un pelo en decir de un tirón lo que quería conocer Camille.

—Bueno, no era mi intención importunarla. Pero nuestro anfitrión ha sufrido mucho por culpa de los alemanes y quería que fuera la propia condesa la que le dejara claro que no tenía nada que ver con los verdugos de su familia —contestó Camille, con cierto morbo en sus palabras.

—Siento de veras que Rémy y su familia sufrieran a cuenta de la ocupación nazi. Me encantaría conocer su historia. —Clotilde deseaba saber lo que había pasado al otro lado de la guerra.

Quería que le contaran de primera mano lo que había sufrido el pueblo hebreo y de alguna manera acercarse a ese sufrimiento, ya que no le era indiferente. Su infancia había estado unida a la vida de sus amigas Lena y Noa Bengio, gracias a las cuales había podido conocer las costumbres judías.

La amistad de las familias Bengio y Orange venía de muy atrás. No en vano, el diplomático Theo de Orange en más de una ocasión había ganado buenas sumas de dinero gracias a las inversiones que le sugería el empresario Bengio. La amistad y el cariño se fortaleció con los años, hasta el punto de que Theo les advirtió de que debían irse de Alemania y ponerse a salvo, que él les ayudaría. Sin embargo, cuando tomaron la decisión de marcharse, ya era demasiado tarde.

Por todo ello, Clotilde siempre iba a sentir cercanía con aquel pueblo errante que tanto había sufrido sin razón. Cada vez que la miraban con recelo y dando por hecho que ella, por ser alemana, tenía que ser necesariamente nazi, la tristeza y la impotencia le paralizaban toda posibilidad de defensa.

Rémy observó a Clotilde y vio en ella a una mujer que sufría. Sus ojos tristes y su actitud abatida daban la medida de su decaimiento. Así que relató su historia sin acritud; solo enumerando episodios algo borrados por el paso del tiempo.

—Mi familia huyó de París a Marsella en el año 1942, cuando yo apenas era un adolescente. Pasamos andando los Pirineos hasta llegar a España, y en Bilbao embarcamos rumbo a Brasil y Argentina en un barco mixto de pasaje y carga de la Compañía Ybarra. Regresamos a Francia en el año 1945 a bordo del primer barco que zarpó de Argentina.

—¿Qué fue de vuestras posesiones en Francia? —preguntó Bárbara, metida en la historia.

—De la compañía de mi padre y sus oficinas se hizo cargo su hombre de confianza. Nuestra casa de París fue ocupada por los alemanes. Por cierto, condesa, sus compatriotas dejaron nuestro piso en perfectas condiciones. Eso sí, se llevaron todo lo que era de valor, enumerando cada objeto que sustrajeron de la vivienda. Muchos de esos objetos aparecieron en las minas de sal de Alemania, uno de los escondites preferidos de los nazis para ocultar las obras de arte sustraídas. Sin embargo, mi querida Bárbara, los americanos que ocuparon nuestra casa de campo, a veinte kilómetros de París, la destrozaron por completo. Solo pudimos salvar algunos objetos de valor porque un empleado nuestro los emparedó en la bodega del sótano cubriendo la pared con cajas de vino.

—De todos modos, vosotros habéis sido unos privilegiados al haber podido huir a tiempo —apuntó Bárbara.

—Desde luego, no nos podemos comparar con los judíos que no pudieron buscar refugio. Cada cual vive la vida que le ha tocado vivir. A estas alturas no podemos estar preguntándonos: «¿Por qué me salvé cuando tantos murieron?». No intento comparar las situaciones de unos y otros —contestó Rémy—. Mi sufrimiento fue psicológico, al igual que el de mi hermana. A ella mis padres la enviaron a Ribadesella hasta el año 1952. Sufrió mucho más que yo, enclaustrada en un convento de monjas, sin saber español ni practicar la religión católica. No sé por qué nuestra madre estaba obsesionada con que aprendiéramos español.

—¿Qué ha sido de tu hermana? —preguntó Bárbara sin remilgos.

—Pues lo que es la vida. Con lo mal que lo pasó en los primeros tiempos de su estancia en España, cuando regresó a París solo pensaba en volver, hasta el punto de que juró que cuando fuera mayor viviría allí, y así ha ocurrido. Se ha casado con un español y vive en Madrid.

La velada se prolongó hasta la medianoche. Clotilde intervino poco, pero fue tomando nota de todo lo que allí se dijo.

—Me gustaría charlar un rato contigo —pidió la condesa a Bárbara de camino a sus habitaciones.

—Genial. Nada me divierte más que una noche de pijamas; me pongo cómoda y me tomo el último whisky en tu habitación —se apresuró a decir Bárbara, a la que le encantaba una charla de madrugada más que nada en el mundo.

—Escuchar a Rémy contar la huida de su familia me ha entristecido. Necesito compartir contigo algo que regresa de continuo a mis pensamientos. Ya conoces el hecho de cómo empecé a odiar a los nazis cuando las SS apresaron a mis amigas Lena y Noa Bengio, pero lo que no te dije es que siempre he creído que fue mi hermana Erna la que las denunció.

—¿En qué te basas para decir eso? —preguntó Bárbara, incrédula.

Clotilde se sentía cómoda con su amiga; así que no reprimió sus emociones y se echó a llorar.

—Mi hermana siempre fue muy pronazi y asumió desde primera hora que los judíos eran el enemigo que convivía con nosotros. Se cuidaba mucho de hacer apología nazi en casa, pues mi padre era un liberal anglófilo que detestaba el pensamiento totalitario y, encima, tenía unos férreos valores católicos.

—Bueno, pero denunciar a unos amigos de la familia es demasiado fuerte —intentó mediar Bárbara.

—En este caso, todo cuadra. Ella era mayor que nosotras y no soportaba que yo estuviera todo el día con mis amigas. Quería tenerme a su merced y acosarme como cuando estábamos solas. Yo me sentía protegida por Lena y Noa, que no dudaban en enfrentarse a Erna para defenderme.

—Sí, parece que no era precisamente un angelito. ¿Has intentado saber qué ha sido de los Bengio? —preguntó con interés Bárbara.

—La verdad es que no. Después de la guerra, me enteré de lo que había pasado con los prisioneros judíos, y supuse que habrían muerto en el campo de concentración. ¿Quizás podrías ayudarme a averiguar si están vivos? —preguntó Clotilde ilusionada.

—No sé cómo ayudarte, pero voy a indagar en distintas comunidades judías, e incluso voy a preguntar a un primo mío que trabaja para el Gobierno de Israel, por si hay algún dato de esta familia.

—Por favor, no escatimes esfuerzos. Me he dado cuenta de que hasta hoy solo me he lamentado y he asumido los hechos, pero no he hecho nada por repararlos.

—Creo que este es el momento de hacerlo. Después de lo que has sabido de Ralf, debes llegar al fondo de este episodio para darle carpetazo al pasado que te atormenta.

—Gracias por tu ayuda. No sabes qué gran favor me haces; necesito curar esta herida.

—Sí, desde luego. Ya va siendo hora de olvidar.

* * *

El día amaneció luminoso, y el azul del mar era tan intenso que invitaba a adentrarse en él.

Cuando llegaron al atraque, una mujer joven y algo desgarbada les hizo señas con la mano desde la cubierta de un velero de madera de líneas clásicas.

—Ahí está Tilda con su marido. —Camille saludó con el pañuelo Hermès de vivos colores que estaba a punto de ponerse en el cuello.

—Con tanta conversación, no nos has dicho quiénes son nuestros compañeros de viaje —comentó Bárbara, intrigada.

—Tilda es una amiga del colegio de origen sueco. Y su marido, un americano rico que no se entera de nada. —Camille era así; si no estabas en su onda, simplemente eras un bicho raro.

Solo había tres camarotes. Así que Camille compartía con Rémy la *suite* de popa. Esta circunstancia no la entendía nadie, ya que supuestamente entre ellos no había nada.

A Clotilde le encantó la salida del puerto. Sentir cómo el barco la alejaba del bullicio de las calles. Adentrarse en aquel azul profundo y brillante, que la acogía y envolvía distanciándola de todo lo conocido, fue para ella una experiencia liberadora.

Los días en el barco se sucedieron alternando una intensa vida social de fiestas con amigos que tenían sus yates atracados en Niza o Saint-Tropez y jornadas tranquilas en alta mar; o fondeando junto a los cabos de acantilados escarpados, que vistos desde el barco producían una sensación de estar ante un abismo insondable.

Cuando alcanzaban los puertos, Rémy consideraba *snobs* las fiestas en las que participaban. Era consciente de que su presencia en ellas proporcionaba a los anfitriones un toque de glamur y prestigio social del que carecían los generosos nuevos ricos, que lucían yates espléndidos decorados con dudoso gusto.

El banquero adoraba el ambiente entre refinado y canallesco de los amigos de Camille. Cuando esta le comunicó que debían atracar en Antibes para asistir a la fiesta en Cap d'Antibes de su amigo el marqués de Marné, Rémy no pudo ocultar su alegría.

«Por muy alto que estés socialmente, siempre hay alguien que está por encima de ti», pensó Clotilde al verle.

No se sabía con exactitud qué era lo que adoraba Rémy de Camille: si su libertina forma de vivir, sus amistades internacionales o su consabida indiferencia, cualidades que compaginaba con una presencia distinguida y elegante, imprescindible en una fiesta en la que se requería proyectar todo el poderío.

En la Riviera empezaba a notarse que la exclusividad de la aristocracia europea de otras épocas estaba dando paso al toque menos distinguido de las fortunas hechas después de la guerra.

Habían planeado recorrer las islas de Oro. Pero Camille había recibido la invitación a la fiesta que apuntaba ser la orgía del verano. Así que donde esté lo social, que se quite cualquier excursión a la salvaje naturaleza de las hermosas islas. Sin dudarlo, pusieron rumbo a Cap d'Antibes.

La fiesta tenía como inspiración el «universo hippie». Así que aquello prometía en todos los sentidos.

Clotilde odiaba el movimiento hippie, visto con benevolencia por la alta sociedad por su ruptura de los moldes establecidos. Sin embargo, a ella le parecía que sus seguidores eran unos hipócritas al no plantearse la construcción factible de un mundo nuevo. Creía que únicamente «servía» a su propio egoísmo improductivo.

La mansión, con fantásticas vistas al mar, había sido transformada en una «comuna hippie». El círculo con una línea a la mitad y dos a los lados —símbolo del movimiento pacifista— se había confeccionado con flores multicolores y flotaba en la piscina.

Algunos hombres se habían disfrazado de santones. Otros lucían pelucas y sombreros con flores. En su mayoría, llevaban el torso desnudo, en donde habían escrito las palabras «paz y amor». Otros, más atrevidos, se habían puesto taparrabos que dejaban libres las posaderas, lo que permitía que en una nalga apareciera la palabra paz y en la otra la palabra amor.

Un grupo de chicas vestidas iguales portaban en una diadema el signo de la V de victoria; parecían conejitos moviendo las orejas.

Varias mesas repletas de comida estaban distribuidas por el jardín. Tenían manteles pintados con la paloma de la paz con su ramo de olivo en el pico. Como no podía ser de otro modo, en una carpa repleta de guirnaldas de flores, un letrero ponía «amor libre».

Clotilde preguntó qué se ofrecía allí y le indicaron que podía proveerse de cualquier artilugio que potenciara el acto sexual, y si quería probarlos, debería acudir a las carpas situadas al fondo del jardín, donde se podía practicar con libertad «el amor al prójimo». Un rock psicodélico inundaba el ambiente estridente, para a continuación pasar al *groove* y terminar en el folk.

Bárbara y Clotilde no se separaron en toda la noche. Aquello les sobrepasaba. Pero lo máximo fue la carpa cuyo cartel en vivos colores indicaba «marihuana». No se atrevieron a preguntar directamente. Se acercaron a indagar y pudieron ver que una pareja les ofrecía porros ya liados, dispuestos en bandejas de plata. Los dispensadores de la hierba aclararon a las recién llegadas que, si deseaban otro tipo de sustancias, podían pedirlas.

Las amigas disimularon su estupor diciendo que iban primero a la barra a entonarse etílicamente y que volverían.

—Estos han recreado la vida hippie con un importante grado de tergiversación del espíritu de la subcultura de este movimiento —alcanzó a decir una Clotilde alucinada con la fiesta.

—Sé que está muy de moda esta estética, pero creo que los anfitriones se han pasado un poco —farfulló Bárbara.

—Si vinieran aquí hippies auténticos, creo que dejarían de ser pacifistas —se rio Clotilde.

Llegaron a una barra servida por camareros de melenas largas sujetas con cintas en la frente, unos con sus torsos desnudos llenos de abalorios y otros con chalecos bordados; todos con pantalones campana de alegres colores.

—Espero que pedir una copa de vino blanco con hielo no suponga una ruptura con el sistema. —Bárbara se dirigió a un chico que la miraba intrigado, pues, aunque en la fiesta había invitados de cualquier edad, pocos tenían el aspecto de la americana: regordeta, vestida con una túnica salomónica adornada con un sinfín de collares, dos trenzas azabaches cayéndole sobre el pecho y un maquillaje excesivo para el *look* hippie. El disfraz no estaba muy conseguido; más bien parecía una india escapada de una reserva de Oklahoma.

Clotilde, con un camisero hecho de tela provenzal, sandalias de cuero, peluca de melena castaña y gafas de sol redondas, era la viva imagen de una hippie entrada en años, pero de buen ver.

Copa en mano, las dos amigas recorrieron la fiesta con la sensación de estar en el sitio inadecuado. Vieron a Rémy divirtiéndose con un grupo de amigos, y a Camille y a Tilda bailando con movimientos de cabeza bamboleantes, balanceando sus pelucas rubias de largos cabellos. Ambas muy metidas en el papel.

A Clotilde todo aquello le pareció exagerado, lejos de su estilo de vida. A pesar de ello, aguantó varias horas hasta que las dos amigas decidieron regresar solas al barco, dado que sus anfitriones estaban disfrutando con los excesos de la noche. Antes de irse, la condesa quiso pasar al cuarto de baño.

Le indicaron que en la última puerta a la derecha o a la izquierda se encontraba el baño de cortesía. Probó con la izquierda y se quedó atónita: tres personas en una misma cama, todas desnudas, hacían el amor. Las chicas le animaron a participar. Clotilde se excusó y salió corriendo en busca de su amiga.

Encontró a Bárbara derrengada en un sofá de mimbre repleto de cojines multicolores.

—Chica, esto no es para mí. Vámonos de inmediato —le dijo Clotilde a su amiga, tirando de ella hacia la puerta.

—Pero ¿a qué vienen tantas prisas? —Bárbara daba buena cuenta de su tercera hamburguesa.

—Que yo ya no puedo más. Vámonos, por favor...

* * *

Al día siguiente, las únicas que disfrutaron del barco fueron ellas. El resto de los invitados pasaron el día entero en su camarote. Por la noche, Rémy organizó una cena en cubierta, en la que parecía que la consigna era no hablar de la fiesta del día anterior.

Camille, con un resacón impresionante, apenas participó de la velada. Sin embargo, Tilda —que parecía menos perjudicada— tenía la lengua muy suelta y no dejó de charlar.

—¿Llegaste a conocer al gobernador militar alemán de París, general Dietrich von Choltitz? —le preguntó Tilda a la condesa.

—Le saludé en alguna reunión social durante mi estancia acompañando a mi marido en París —respondió ella.

—Pues, gracias a él, mi familia pudo marcharse de Francia. Cuando Hitler obligó a salir de París a todos los extranjeros, mi madre trabajaba como enfermera en Normandía; así que decidió reunirse con mi padre, que trabajaba para el Gobierno sueco en París. Cuando llegó a París, a mi padre le habían enviado a Washington, y a mi madre no se le ocurrió otra cosa que ir al hotel Majestic, sede de la Comandancia Militar nazi, y pretender conseguir un visado. Nadie le hacía caso hasta que llegó Von Choltitz; la vio y la recibió al instante, seguramente porque le pareció guapa. Lo cierto es que le dio los salvoconductos para salir de Francia.

—Qué suerte tuvisteis.

—En salir sí, pero lo que nos ocurrió fue horrible.

—Cuenta, ¿qué ocurrió? —Bárbara ya se había bebido ella sola una botella de vino de Burdeos y estaba encantada con el relato.

—Mi madre pintó el techo de nuestro coche con la bandera sueca para evitar que nos bombardearan, y así pudimos llegar a la frontera belga-alemana. Pero allí nos interceptó un tanque alemán; nos alcanzaron con sus disparos, y nuestro coche cayó por un barranco y quedó destrozado. Mi madre y yo resultamos muy malheridas. Cuando los soldados vieron nuestra documentación, nos trasladaron a un hospital de inmediato y pudimos salvarnos. A mi madre, sin embargo, le quedó una gran cicatriz en la cara que la marcó toda la vida.

—¡Qué horror! ¿Pudisteis viajar a Washington?

—Cuando nos repusimos, tomamos un barco a Lisboa. Allí pasamos una estancia maravillosa.

Entretenidas con la conversación, no repararon en que los marineros de un barco cercano les hacían señas. Alguien se percató de ello. Un miembro de la tripulación del barco vecino, *El Trial,* pidió que le dejaran utilizar la radio, ya que tenían una avería.

—Naturalmente, hágalo —se apresuró a decir Camille—. Dígales a los dueños de su barco que, si lo desean, pasen al nuestro.

Al rato, dos parejas se asomaron para dar las gracias. Camille les invitó personalmente al barco mientras esperaban la ayuda. Los vecinos aceptaron la invitación. Las dos parejas eran españolas. Las señoras, más jóvenes que Clotilde y Camille; ambas morenas, elegantes y guapas. Los recién llegados se presentaron a sus anfitriones.

—Mi nombre es Cristóbal Martínez-Bordiú, marqués de Villaverde; mi mujer, Carmen Franco, y nuestros amigos, los señores Fierro.

Camille, vivamente impresionada con el atractivo marqués, hizo a su vez la presentación de sus invitados, sin saber que acababa de conocer a la hija del general Franco.

La velada en el barco cambió por completo de estilo. Los relatos históricos se tornaron en un ambiente festivo con canciones cantadas por el doctor Martínez-Bordiú, que se mostró encantador y muy *gentleman*, al igual que su amigo Alfonso Fierro, un hombre vivaz, ingenioso y espléndido. A Clotilde le impresionó la esposa de este, una mujer morena de una belleza incuestionable. Envidió tener la vida de aquellas mujeres jóvenes y exitosas, sin saber que cada una de ellas tenían su propio destino en una sociedad anclada dentro de unos convencionalismos estrictos.

Habló con ambas en inglés, y pudo constatar que los dos matrimonios tenían casa en Marbella. Se sorprendió de que, siendo una población tan pequeña, Marbella fuera tan inabarcable, ya que ella no había conocido ni la aristocracia ni la alta sociedad españolas, a las que sí pertenecían las dos parejas.

—Estuve hace algo más de un año en Marbella y me encantó —comentó Clotilde.

—Cómo siento que no nos conociéramos —dijo Carmen Franco—. Nosotros tenemos casa en Los Monteros.

A Clotilde no le sonaba ese lugar, pero le indicaron que Marbella estaba estratificada en urbanizaciones y, según vivieras en una o en otra, pertenecías a un tipo diferente de sociedad: intelectuales, aristocracia centroeuropea y española, mundo del cine... Así que tomó nota de que Los Monteros era la zona donde vivían la alta sociedad y la aristocracia españolas.

—Cuando decidas volver a Marbella, debes informarnos antes para que podamos coincidir. —Carmen Franco era una mujer afable, de sonrisa limpia y, dentro de la elegancia y del estatus que le proporcionaba ser la única hija del dictador Francisco Franco, se conducía con sencillez y amabilidad.

—Así lo haré. Deseo conocer todas las Marbellas que decís. Me parece fascinante que en un solo lugar se den cita tan distintas sociedades —contestó Clotilde.

Bárbara, por su parte, habló de negocios con Villaverde, que puso interés en importar a España los productos de la marca de cosméticos de su compañía.

En aquel crucero se fraguó una buena amistad que dio lugar a que Villaverde les invitara a una cacería en la finca de su familia en Jaén el día de fin de año.

Tercera parte

Capítulo 21

La dictadura del poder

1965

Victoria se despertó temprano. Los nervios no la dejaban seguir durmiendo. Decidió ir a la entrevista con la señora Dietrich caminando desde Eaton Place hasta Strand. El día era soleado y el bullicio de las calles cercanas a la estación Victoria animaba al paseo; dejó el palacio de Buckingham a un lado y tomó por Mall, admirando el espacioso parque de Saint James. Al llegar a Trafalgar Square, de nuevo el bullicio. La calle Strand estaba llena de tiendas: de telas, sombrererías, sederías, zapaterías, comestibles...

Nunca había estado en el hotel Savoy, aunque había oído que la pequeña calle que conducía a la entrada principal del establecimiento era la única vía de Inglaterra en la que se conducía por la derecha.

Dos puertas giratorias gemelas se abrían al vestíbulo, de techos altos y suelos de mármol en forma de damero en blanco y negro.

Victoria se acercó a la recepción y preguntó por la señora Dietrich. El conserje avisó a su superior, que llegó de inmediato.

—Acompáñeme. La estábamos esperando.

La chica se sentía cohibida ante tanta parafernalia.

A pesar de haberse criado en el castillo Havel, su tío nunca le procuró las prerrogativas de una princesa. Pasaba frío en su gélida y austera habitación, contaba con una botas para el colegio y unos zapatos para los domingos, le compraban ropa solo cuando se le quedaba pequeña. Si disponía de algo especial, era porque su primo Ralf se lo había regalado.

La opulencia de vivir bajo el mismo techo que el barón Von Ulm, la consideró pasajera; por eso, cuando se emancipó y pasó a vivir en la casa asignada a los profesores del colegio de Dorset, se encontró muy cómoda.

Al llegar a la *suite*, un mayordomo le indicó que entrara y esperara en el salón. Victoria escudriñó cada rincón. No sabía qué debía hacer.

En ese momento sonó el teléfono. Nadie acudió a cogerlo. Así que la joven lo descolgó.

—¿Quién es usted? —dijo una voz potente y autoritaria.

—Soy Victoria, ¿desea que le dé algún recado a la señora Dietrich?

—¿Puede decirle que le ha llamado Yul Brynner para interesarse por ella?

—Descuide, se lo comunicaré en cuanto la vea. —Victoria estaba muy nerviosa; no sabía si había hecho bien cogiendo el teléfono y menos si lo que le acababa de ocurrir era una broma o realmente había hablado con el atractivo actor.

Se mantuvo de pie largo rato y, en vista de que estaba sola, decidió sentarse en un sillón.

—¿Qué hace usted aquí? —Una voz quebrada, árida y fría invadió la estancia.

Victoria pegó un respingo y se cuadró dando un taconazo.

—Soy, soy, soy... Victoria von Havel, su nueva secretaria.

Una mujer entrada en años, vestida con una bata de seda rosa con plumas en los puños y en el cuello, la miraba de arriba abajo, con indiferencia e incluso con desprecio.

—¿Sabe usted que ha de viajar a París pasado mañana?

La Dietrich cogió una pitillera y sacó de ella un cigarrillo al que le colocó una boquilla de plata.

A Victoria se le quebraba la voz, pero estaba dispuesta a vivir la experiencia.

—No lo sabía, señora, pero estoy a su disposición.

—Bien, baje a Simpson's y encárguese de tener una mesa para almorzar. Me han dicho que era usted huérfana de padre e hija de una condesa alemana casada con un barón.

—Ese puede ser el resumen si usted lo desea —contestó Victoria con parquedad.

—Me ha gustado esa manera resuelta de hablar. Pero no le toleraré ni una incorreción. A la primera, usted se va.

—Sí, señora, lo tendré en cuenta. Por cierto, acaba de llamarle el señor Brynner; deseaba interesarse por usted —dijo la chica, mirándole a los ojos.

—Todavía no está contratada y ya se atreve a descolgar el teléfono... No empieza usted con buen pie. —La Dietrich miró a la joven, queriendo comprobar si le había conseguido incomodar.

—Lo siento, creí que sería mejor cogerlo —contestó Victoria sin apartar la mirada.

Marlene volvió a abrir los ojos con desmesura, haciendo un gesto de desprecio.

Victoria, sin esperar respuesta alguna, se encaminó a la puerta y se despidió con un «La espero en el restaurante».

Al llegar a Simpson's, todas las mesas estaban ocupadas. Victoria no sabía qué hacer. Se dirigió al *maître* y se presentó como la secretaria de madame Dietrich.

—¿Cómo no me ha avisado antes? No tengo mesas disponibles —contestó el *maître* con desesperación.

—Solo hace diez minutos que estoy al servicio de madame Dietrich. Tiene que darme una mesa o no llegaré a esta tarde en el puesto —atajó Victoria contrariada.

El *maître* miró a Victoria con clemencia. Sabía cómo se las gastaban estas divas del celuloide. Miró hacia la zona de sillones enfrentados altos y tapizados en verde. Unos clientes conocidos estaban a punto de acabar. Se les acercó y les suplicó que se apresuraran a dejar la mesa, al tiempo que les puso en conocimiento del problema, ofreciéndoles una compensación en la próxima visita al restaurante.

Al poco tiempo hizo su entrada la Dietrich. Con ella, otra mujer también elegante, aunque distaba mucho de ser bella.

La cantante de ojos lánguidos miró a Victoria con cierta burla y le indicó que se quedara con ellas, al tiempo que miró al *maître* con displicencia.

—Comeremos únicamente *Scottish beef* —ordenó la señora algo masculina que acompañaba a la actriz.

Victoria iba a sentarse, pero la señora de movimientos varoniles la tomó por el brazo, situándola junto a ella al lado de la pared y de cara a la entrada. Ambas tomaron asiento frente a la actriz.

—¡Qué pocas tablas! —susurró la acompañante de la actriz.

Marlene alzó las cejas; sus ojos saltones mostraron su desagrado.

Victoria no sabía que la famosa actriz debía situarse de espaldas a la entrada del restaurante para no estar expuesta a todo aquel que entrara en el local.

La chica, a la que le temblaban las piernas y le sudaban las manos, no se arriesgó a hablar. Cuando el camarero cortó en lonchas el *roast beef* junto a ellas, no expresó su aversión por la carne casi cruda. Dada la situación, aceptó lo que le dieron: tres lonchas sonrosadas y a punto de sangrar. A su lado dejaron las distintas salsas que las acompañaban.

Comenzó comiéndose el exquisito e inflado *yorkshire pudding*, que servía de acompañamiento sin percatarse de que la Dietrich la miraba de reojo.

—¿Es que no se va a comer la carne? —le preguntó.

—Sí, desde luego que sí —contestó la joven con celeridad y haciendo un verdadero esfuerzo para comenzar a comerse lo que más odiaba en el mundo.

«Si le pongo alguna de estas salsas, seguro que me la podré comer mejor», pensó Victoria resuelta. Así que, sin planteárselo dos veces, untó una buena capa de una salsa blanca en el *roast beef,* hizo un rollito y se lo llevó a la boca... Al momento, el trozo de carne con toda su salsa blanca saltó por los aires como un proyectil, yendo a estamparse contra el elegante vestido de seda de la Dietrich. Esta abrió sus ojos, clavándoselos a una Victoria que intentaba salir de su asiento saltando por encima de la acompañante.

Se hizo el silencio. El local, en forma cuadrada, permitía que todos los comensales pudieran ver lo que estaba pasando. La expectación estaba servida. La actriz fue consciente de ello. Su inteligencia natural la llevó a no mover ni un músculo, como le hubiera gustado hacer, de no estar en público.

Victoria, desesperada, salió hacia la puerta. El *maître,* que ya había simpatizado con la frágil criatura, le indicó los lavabos, al tiempo que le enviaba a una doncella para acercarle algo de pan, con el fin de apagar el incendio bucal que le impedía la entrada de aire a los pulmones. El efecto picante del tubérculo provocó que las mucosas de la chica se irritaran al momento, haciéndola llorar, estornudar y moquear al mismo tiempo.

El *maître* explicó lo ocurrido.

—La chica no sabía que la salsa blanca era *horseradish,* es decir, rábano picante; sin duda, la salsa más fuerte e irritante de la gastronomía.

La pequeña de los Havel tardó un buen rato en reponerse. Cuando al fin pudo regresar a su asiento, Marlene la miró con cara de guasa, se levantó de la mesa y con una sonrisa, impropia de ella, comenzó a aplaudirla sin hacer ruido.

La escena era la comidilla del local. Al ver la actitud de la actriz, los comensales la secundaron haciendo lo mismo, de tal modo que toda la sala aplaudió a Victoria, que lo único que deseaba era pasar inadvertida, volviendo de nuevo a ponerse más roja que cuando se tomó la sobredosis de raíz de rábano picante.

A la Dietrich la anécdota, lejos de sentarle mal, le divirtió. Convirtiéndose en una buena imagen para ella, que no tenía fama de ser especialmente amable.

—Si ha superado una buena ración de *horseradish*, está claro que podrá aguantar a una jefa como yo —le dijo la actriz a Victoria cuando volvió a sentarse.

Victoria se dispuso a viajar a París. Desde el primer momento se tomó su trabajo más como un reto para superar su timidez que como una interesante experiencia. Sin embargo, verse dueña de su propio destino la llevó a esforzarse por enfrentarse a una jefa con mal carácter y excesivos caprichos.

* * *

Clotilde aceptó la invitación de su amiga Bárbara a pasar el resto del verano en su casa de Los Hamptons. Se sentía cada vez mejor.

Tomar el *brunch* se había convertido en una costumbre. Las cenas en las casas de unos y de otros llevaban a no madrugar.

Bárbara había ordenado poner la mesa en el pabellón de la piscina, mirando a la enorme playa de arena blanca. Era mediodía. El sol había alcanzado su cenit, pero las dos amigas todavía no estaban repuestas de la resaca manifiesta con la que habían amanecido. Habían bebido demasiado y comido poco. Entablar una conversación entre ellas era casi suicida.

Clotilde se había colocado un turbante celeste a juego con los accesorios que adornaban una túnica blanca que había comprado en Marbella. Le empezaba a hacer efecto la aspirina que se había tomado nada más levantarse.

Bárbara ya estaba repuesta. Se había despertado antes para dar órdenes a los jardineros.

—¡Menuda nochecita! ¿Y a ti qué te pasó con Niarchos? Parecía que huías de él —preguntó Bárbara, que había observado que su amiga, después de cenar, evitó al armador toda la noche.

—¡Ah! Bueno, fue horrible. No sabes qué desagradable es Niarchos —confesó Clotilde.

—Sí, te vi muy seria. ¿Qué ocurrió?

—Al principio, el hecho de conocer a un personaje tan popular me satisfizo, pero en cuanto me lo presentaron quise huir. Aquel hombre, antipático de carácter, me produjo náuseas desde el primer momento, ya que hablaba escupiendo, circunstancia en la que reparé al minuto de sentarnos.

Clotilde continuó contando que el adinerado armador se volvió hacia ella para saludarla, pero Clotilde no alcanzó a entender nada de lo que dijo, pues al instante notó que varios proyectiles salivares dieron de lleno en su cara; incluso llegó a estampársele alguno en la mismísima comisura de sus labios.

Fue tal la arcada que le produjo la lluvia de «meteoritos» que, a partir de ese momento, no abrió la boca ni para dirigirse al camarero. Por supuesto, no probó la comida, pues no estaba dispuesta a comerse la suculenta cena aderezada de la ácida saliva del señor Niarchos.

Bárbara, desde el primer minuto de la narración, no dejó de reírse. Tanto que tuvo que respirar hondo para no atragantarse. A la judía americana le divertían este tipo de episodios, y con frecuencia los asumía como propios para luego contarlos en sociedad y provocar la atención de sus amistades.

Una sirvienta mal uniformada le indicó a Bárbara que la llamaban por teléfono.

—Voy a atenderlo, pero, por favor, sígueme contando a la vuelta. —Y se alejó a coger la llamada con pasos cansinos.

Clotilde aprovechó esta circunstancia para despejarse, paseó hacia el final del jardín a través de una pradera de mullido césped que llegaba hasta la arena suave y fría, acostumbrada a pelear con las inclemencias del tiempo fueran viento, nieve o mareas.

Agradeció la brisa fresca procedente del mar. Desde el pabellón de piedra inundado por una hiedra pertinaz e invasora, Bárbara la llamó a gritos.

La condesa de Orange se sentía muy a gusto con su amiga, aunque le ilusionó pensar que al final del verano se reuniría con todos sus hijos en Ulm. Sonrió al saber que su marido y su hijo Albert estaban juntos en Tánger, que Victoria estaba contenta con su trabajo en París y que a sus hijos mayores les iba la clínica tan bien que se planteaban abrir una sucursal en otra ciudad.

—Vente, deja de contemplar la playa... —oyó decir a lo lejos a Bárbara.

«Esta Bárbara es tremenda. Tan pronto está mustia que no le salen las palabras como pletórica llamándote a voz en grito», pensó Clotilde, divertida de tener a una amiga tan vital. Volvió sobre sus pasos para reunirse con su anfitriona, que daba buena cuenta de un plato de fruta recién cortada.

—Me han llamado de España. ¿Te acuerdas de los marqueses de Villaverde? —espetó Bárbara.

—Sí, claro, la hija del general Franco y su marido —recordó Clotilde, sentándose a disfrutar del *brunch*.

—Pues el que llamaba era Cristóbal, diciéndome que nos invita a pasar el fin de año en la finca de caza de su familia en Andalucía.

—Figúrate que no creí que fuera en serio la invitación que nos hizo en la Riviera —comentó Clotilde, llevándose a la boca un crujiente *English muffin* untado con mantequilla y mermelada de arándanos.

—Pues ya ves que sí. Le he dicho que solo podré quedarme una semana en España, y me ha pedido que en ese caso haga coincidir mi regreso con el de Christine, la hija del doctor Louis Girard, un oftalmólogo muy conocido americano. Al parecer, la chica está pasando el verano con ellos en el pazo de Meirás, en Galicia, y no regresará a América hasta después de las Navidades.

—Me divierte la idea de conocer España de la mano de estas personas. Además, si tuviera la suerte de poder hablar con el dictador, le pediría que diera la orden de extraditar al general Remer —confesó Clotilde.

—Eso sería un gran logro; desde luego no tienes nada que perder planteándoselo. Por lo demás, esta invitación a mí me parece de lo más exótica, pero te confieso que lo que realmente me entusiasmaría sería conocer al general Franco —aseguró Bárbara.

—No puedo creer lo que me estás diciendo. Entiendo que es tan anticomunista como tú, pero Franco es un dictador y un fascista —soltó Clotilde sin miramientos.

—Tienes razón en que es un dictador, pero no en que es un fascista. Su ideología está basada en el deseo de ordenar el mundo en nombre de Dios y la tradición, y los fascistas tipo Hitler o Mussolini buscan un Estado laico, secularizado y moderno. Eso sí, imponiendo al pueblo sus «particulares» paranoias alienantes.

—Ni idea sobre estas «sutilezas»; para mí no hay diferencia. Franco ayudó a Hitler; y después de la guerra dio cobijo a muchos nazis que se repartieron por todo el país, e incluso los ocultó dándoles identidades españolas. Esto lo he podido comprobar por mí misma —aseguró Clotilde con contundencia.

—Sí, es cierto. Franco le pagó a Hitler los favores de haberle apoyado en la Guerra Civil. También se aprovechó de Alemania suministrándole wolframio. Pero no aceptó entrar en la guerra ni que los alemanes atravesaran España para llegar a África. El franquismo busca la paz, mientras que el fascismo ve en la guerra un motivo de expansión y poder.

—Las diferencias que haces entre Hitler y Franco son una sorpresa para mí. —Clotilde pensaba que un dictador de izquierdas o derechas siempre termina siendo nefasto para el pueblo.

—Los europeos sois de blanco o negro, y a los americanos nos enseñan a ver todos los tonos posibles —bromeó Bárbara.

—Entiendo tu postura, pero debes comprender la mía: Hitler fue catastrófico para mi país no solo porque por su culpa murió mucha gente, sino porque a otros como a mí nos truncó la vida. El que Franco apoyase a Hitler lo sitúa ante mis ojos como un personaje nada fiable. No voy a analizar sus motivos, quizás sea un hombre astuto; pero mi animadversión hacia el nazismo me impide defenderle o incluso aplaudir sus aciertos. —Clotilde no podía defender a un dictador.

Bárbara se vio obligada a explicar por qué opinaba de esa forma.

—Creo que ya sabes que mi padre era judío; no muy practicante, he de decirlo, debido a que se quedó huérfano muy joven y se casó con mi madre, que era evangélica.

»Sin embargo, siempre ayudó a la sinagoga de Nueva York, y me contó que fueron más de cincuenta mil disidentes y judíos los que salvaron la vida gracias a que el Gobierno de Franco miró para otro lado cuando sus embajadores y cónsules salvaron a miles de judíos en los países que caían bajo el control alemán. Dichas actuaciones pasaban por conceder pasaportes españoles a los judíos asquenazíes. —Bárbara había forjado sus ideas desde esta historia contada por su padre.

—No tenía idea de esto. Siempre creí que los españoles habían sido los primeros antisemitas al expulsar a los judíos de España en tiempo de los Reyes Católicos.

—Pues ya ves. De todos modos, desde 1924, los sefardíes que lo desearan podían inscribirse como españoles en cualquier consulado. De hecho, España consiguió que los judíos que tuvieran pasaporte español estuvieran liberados de llevar visible la estrella de David e incluso exentos de pagar impuestos confiscatorios a los nazis. Y te digo esto porque el mismo rabino de Brooklyn, Chaim Lipschitz, me lo contó a mí personalmente. —Para la americana, los matices de la historia eran muy diferentes a los de Clotilde, que los veía desde la perspectiva europea.

—Me parece muy interesante lo que me cuentas. Cada día me interesa más indagar en lo que ha ocurrido con los judíos.

—¿Por qué ibas a hacer eso? —preguntó Bárbara, al tiempo que se levantaba de la mesa para servirse un zumo de naranja que acababa de dejar la camarera en el bufé.

Clotilde se quedó pensando, y algo en su interior se revolucionó.

—Por decencia y por vergüenza. Siento que he sido una estúpida. He vivido esa época sin enterarme de nada; solo preocupada por mi casa, mis hijos y las noticias que pudieran llegar sobre Max. Viví la guerra horrorizada por la situación, pero sin ser consciente de los horrores de los que nos enteramos después. Llevo años centrada en resolver mis problemas familiares, y ahora que todo se va resolviendo me veo en la necesidad de averiguar qué ha sido de mis amigas las Bengio. —La barbilla le empezó a temblar; cada vez que recordaba a sus amigas se emocionaba, pero hasta ese momento no había pensado que podrían estar vivas.

Bárbara se levantó de nuevo y abrazó a su amiga, sabiendo que esa era parte de la catarsis que debía llevar a cabo para poder enfocar el futuro.

—Anda, vamos a tumbarnos a las hamacas y seguimos hablando allí —sugirió.

Clotilde agradeció el gesto de su amiga a fin de distender el ambiente.

—Pocas personas de tu entorno han tomado conciencia de aquel pasado y han intentado hacer examen de conciencia para poder enmendar los efectos de la barbarie —comentó Bárbara, mientras caminaba hacia la piscina. A estas alturas, sabía la gran mujer que tenía enfrente.

—No es fácil asumir tantas vivencias, y menos resolver las heridas del pasado —reflexionó ella.

—Poco a poco, Clotilde. No te flageles. Tú has vivido el tiempo que te tocó vivir y en la sociedad a la que perteneces. Nadie es culpable de ignorar lo que pasaba.

—Llevas razón, pero ahora sí se sabe, y yo estoy en medio. Recuerda la fiesta que te conté de los nazis nostálgicos en la Costa del Sol.

—Sí, desde luego, es difícil que te saques esa losa de encima. No quiero echar leña al fuego, pero ayer mismo, en la fiesta, uno afirmó que eras una condesa nazi; puedes imaginarte el enfado que cogí. Algunos no entienden nuestra amistad, o quizás envidien que nos apoyemos como si fuéramos hermanas.

Los ojos de Clotilde se empañaron. Tener una amiga como Bárbara era un tesoro difícil de encontrar. No soportaba que a sus espaldas la tacharan de nazi, sin haber siquiera hablado con ella; solo por su aspecto ario y su semblante serio.

Bárbara necesitaba liberase de la conversación y, sin mediar palabra, se levantó de la hamaca y se tiró a la piscina de agua fría y reconfortante.

—Métete, el agua fría te tonificará el cuerpo —le gritó, nadando como un pato mareado.

Clotilde se rio de la poca destreza de su amiga y, sin pensarlo dos veces, se tiró desde la parte más profunda en picado; con un estilo atlético dio varias brazadas hasta alcanzar a su amiga.

—Nadas como una tortuga. Estos días te voy a dar clases de natación; mi padre era un gran nadador y nos enseñó a nadar en el río que pasaba por nuestra finca en Sajonia.

—Deja, deja. A estas alturas ya no quiero aprender nada. En realidad, me encanta ser un pato. Para cisnes ya estás tú.

Las amigas se rieron con gusto. Su compañía les reconfortaba el alma.

* * *

Llegaron casi de noche a un hotelito en Jaén, lo más cercano a la finca Arroyovil en Mancha Real. Se fueron directamente a dormir, ya que estaban muertas de cansancio por el largo viaje.

El hotel era una antigua casa rural reconvertida, con suelos de barro abrillantados con aceite de linaza, paredes encaladas y rejas en las ventanas. Las jarapas y las cortinas rústicas hacían juego con un mobiliario de estilo castellano austero y recio.

Al día siguiente sería la cacería y deseaban estar descansadas para participar y disfrutar de la jornada.

Clotilde durmió esa noche a pierna suelta, sin reparar en la austeridad del lugar. Se despertó muy temprano. Corrió las pesadas cortinas, que habían permanecido echadas a fin de amparar la estancia tanto del frío como del calor; y ante ella apareció un precioso cuadro en el que los cerros tapizados de encinas se sucedían unos a otros conformando la sierra de Cazorla.

Un poco más cerca, olivos centenarios en perfecta armonía se mantenían erguidos y recortados esperando el tiempo en que su preciado fruto estuviera lo suficientemente maduro como para destilar el oro de Sierra Mágina, uno de los tesoros mejor guardados de Andalucía.

La condesa alemana respiró el aire puro de aquel lugar y bebió de la sensación de haberse perdido en el infinito, sin un solo ruido que la devolviera al mundo real. No calibró el tiempo que se mantuvo extasiada ante aquel derroche de naturaleza tan distinto de todo lo que había visto. El campo infundía en ella una serenidad absoluta. La naturaleza siempre le aportaba fuerza interior, pues le hacía regresar a su vida en Sajonia. Permaneció un buen rato contemplando aquella estampa serena y austera.

La condesa de Orange se vistió con un atuendo que no podía ser más característico de su lugar de origen. En su sombrero *tracht* no podía faltar el clásico *gamsbart*, «pincel» decorativo que adornaba uno de los laterales.

Aunque no era muy dada a las excentricidades, esta vez sí quiso vestirse como los hombres en las tierras bávaras de su marido. Y para ello recurrió a los clásicos pantalones de cuero: los *lederhosen* en color verde caza, con gruesas medias a juego. Un jersey de cuello alto de color rojo contrastaba con la chaqueta gris con remates en verde. Sin duda, Clotilde no pretendía pasar desapercibida, y menos ocultar que era alemana.

Unos golpes acompasados en su puerta la devolvieron a la realidad.

—Clotilde, ya es la hora de bajar. ¿Estás lista? —Bárbara reclamaba su presencia.

—Me he quedado extasiada viendo el paisaje tan extraordinario —respondió abriendo la puerta.

Un traqueteado Land Rover acudió a recogerlas para llevarlas a la finca propiedad de los condes de Argillo, padres de Cristóbal Villaverde.

Durante el trayecto, Clotilde puso a su amiga al cabo de sus investigaciones acerca de la alta sociedad española, y más concretamente del árbol genealógico de sus anfitriones.

—Me encanta que hayas hecho los deberes. Como buena alemana, lo tienes todo controlado —se burló Bárbara.

—Ríete si quieres, pero bien que te gustan los cotilleos —rio Clotilde—. Los títulos de la familia de Villaverde le vienen de su madre, Esperanza Bordiú y Bascarán, noble aragonesa que se casó con un agricultor de Jaén, y al tener a sus hijos unieron sus apellidos, Martínez-Bordiú, dándoles a cada uno de ellos los títulos que ostentaba la madre: conde de Argillo, marqués de Villaverde, barón de Gotor y barón de Illueca. —Se lo había aprendido bien.

—Muy interesante. Pero a una americana como yo, este lío de títulos nobiliarios nos suena a antiguo —se carcajeó Bárbara.

—Eres incorregible. No sé siquiera si me has escuchado. —Clotilde le dio un empujoncito con el codo a su amiga, movió la cabeza con desaprobación y se echó a reír.

El cortijo era una finca rústica, de arquitectura típicamente andaluza. En la casa únicamente se alojaba la familia Martínez-Bordiú y los Franco. Al resto de los invitados, unas sesenta personas, se les buscaba alojamiento en Jaén o en Úbeda.

A la condesa de Orange le sorprendió la sencillez de la casa: suelos de barro, paredes blancas, puertas de cuarterones macizos y ventanas pequeñas de madera.

Villaverde recibía a los invitados en la explanada que había delante de la casa.

—Me alegro mucho de que hayáis podido venir. Hoy tenemos un día de caza perfecto. —Cristóbal, como muestra de aprecio, besó a las dos señoras en la mejilla.

Un criado vestido con una chaquetilla burdeos les acercó un caldo de cocido humeante. La mañana, aunque soleada, era fría, y aquel caldo potente de sabor y perfumado con hierbabuena entonó el cuerpo a las señoras.

—Estamos felices con este paisaje tan espectacular —dijeron casi al unísono las invitadas.

—Y más que lo vais a disfrutar. Ahí tenéis un coche que os llevará al puesto. Conforme llegan los cazadores, los llevamos a los puestos, ya que no tenemos suficientes vehículos para este menester —informó Cristóbal con naturalidad.

Tomaron un Land Rover. Los sitios se distribuían a derecha e izquierda del puesto central, que era ocupado por el jefe del Estado, Francisco Franco.

—¿El general Franco ya ha llegado? —preguntó Bárbara al chófer, en su rudo español.

—Sí, es de los primeros en estar en su lugar. Ustedes están junto a él —contestó el muchacho.

—¿Y de qué se le puede hablar?

—No se preocupen, que él no les va a hablar. Pero si lo hiciera, solo será de caza y del tiempo.

Después de un largo trecho por caminos sinuosos llenos de baches, llegaron a una pequeña colina desde la que se divisaba el campo. Al bajar del vehículo, Clotilde observó al dictador: un hombre bajito, de complexión más bien redonda, incluso podría parecer tímido. Pero lo que más le sorprendió fue la sencillez del personaje: botas del ejército, pelliza anticuada y sombrero austriaco. Oteaba con prismáticos su campo de tiro. Sus ayudantes preparaban las escopetas que iban a usarse ese día. En ningún momento el dictador las miró ni se dirigió a ellas.

A Bárbara no le gustaba la caza. Clotilde sufría porque de vez en cuando hacía ruido o se movía. Incluso en un momento dado, Franco las miró en señal de reprobación.

—No puedes moverte. Asustas a los animales y huyen. Por favor, quédate quieta —le susurró Clotilde a Bárbara.

—Pero ¿cómo consigues ver a los animales? Yo no veo una mierda. —Bárbara estaba harta de estar allí. Por más que Clotilde le señalaba un animal, ella no lo veía.

—El ojo del cazador está acostumbrado a ver las piezas en el monte; se ve que esto no te gusta.

—Desde luego que no. Es un aburrimiento. Yo creía que íbamos a ir por el bosque a cazar. Si lo sé, me traigo un libro —replicó Bárbara resuelta.

—Aquí no puedes venir con un libro. Al mover las hojas, espantarías la caza. En fin, está claro que esto no es lo tuyo. Ahora, estate calladita. O mejor sería que regresaran al cortijo y te unieras al grupo que va a ir de excursión.

La mañana de caza no se dio mal y fue recompensada con un sobrio pero exquisito potaje de garbanzos con acelgas, digno del más sencillo rancho militar. Los cazadores tomaron asiento en sillas y mesas de tijera austeramente vestidas.

Por la tarde continuó la sesión de caza, pero Clotilde estaba demasiado cansada para seguir. Así que regresó al cortijo, no sin antes reclamar sus piezas. Su sorpresa fue cuando, al señalar una de ellas, se le aseguró que aquella era de su excelencia. Para un cazador, que se le «robe» una pieza es un verdadero agravio. Aunque, en aquella ocasión, Clotilde no exigió su reclamación.

Los cazadores volvieron satisfechos. Se habían abatido numerosas piezas que se exhibían en el patio trasero del cortijo. Cada uno fue cobrándose las suyas.

Los cocineros de El Pardo habían elaborado una cena a base de sopa y pescado. Se trataba de una cena informal, donde todos hablaban entre sí. Clotilde y Bárbara no perdían detalle de lo que estaban viviendo.

La americana se había retirado de la cacería a media mañana; así que había pasado el día visitando las villas de Úbeda y Baeza. Estaba contándole a su amiga la belleza monumental de dichas poblaciones, cuando Carmen Franco se les acercó.

—Quiero presentaros a mi padre. —Carmen tomó a Clotilde por un brazo y las tres acudieron donde estaba el dictador—. Papá, te presento a la condesa de Orange y a su amiga Bárbara Eddam. Ellas y sus amigos nos socorrieron cuando nuestro barco se averió en la Costa Azul. Estuvieron en el puesto cercano al tuyo.

—Sí, las he visto —contestó Franco con una ligera sonrisa—. Me temo que usted —dijo dirigiéndose a Bárbara— no había estado en una montería en su vida.

—La verdad es que no —balbuceó Bárbara, sonrojándose como una niña a la que pillan metiendo el dedo en un pastel.

—Esta mañana ha resultado ser usted una competidora tenaz. Creo que incluso alguna de las piezas cobradas podríamos haberlas disputado —le dijo Franco a Clotilde, ya que se había percatado de lo buena tiradora que era la condesa.

Carmen le tradujo a Clotilde las palabras de su padre.

—Mi mérito está en haber vivido en mi granja de Sajonia, donde la caza era casi una necesidad. Le agradezco su deferencia, pero su puntería de militar solo podría equipararla a la de mi marido, comandante de la Wehrmacht, muerto en la guerra.

—Tendrá que contarme su historia —remató Franco, ávido siempre de conocer la cara oculta de los que le rodeaban. Como buen gallego, con cada detalle elaboraba el puzle de los que se le acercaban, y en esa información subliminal basaba parte de sus decisiones.

Franco se retiró pronto, dejando que la reunión la disfrutaran los más jóvenes.

Al día siguiente se organizó un paseo por el campo en carruajes para las señoras que no se unían a la práctica cinegética. Clotilde recordó entonces la finca del barón amigo de su sobrino Ralf en Málaga, y ahora pudo comprobar que aquella era una burda imitación de lo que realmente era un cortijo andaluz y el auténtico señorío español: la sencillez desde la elegancia y la clase desde la naturalidad.

Por la noche se celebraba el fin de año, y las señoras debían asistir con sus mejores galas. Por supuesto, con vestidos largos y enjoyadas. Clotilde acudió con un extraordinario traje de Pedro Rodríguez, modisto de la alta sociedad española al que se había aficionado y que había hecho confeccionar para la ocasión un vestido drapeado de color rojo, que impactó a los asistentes por su elegancia, atrevimiento y sencillez. Elementos indispensables para causar la impresión deseada de no pasar desapercibida.

Muchos de los que eran alguien en la España de entonces estaban allí. El naviero Eduardo Aznar y su guapísima mujer, íntima amiga de la hija del general; el empresario Eduardo Barreiros, el marqués de Aledo, los banqueros Villalonga y Coca, Tasio Villanueva, los Fierro, Gonzalo y Alfonso de Borbón, los March, los marqueses de Santa Cruz, Juan Antonio Samaranch, Antonio Basso... Todos en torno a una mesa exquisitamente decorada en el centro con candelabros y soperas de plata, una vajilla de fina porcelana blanca rematada en oro y las iniciales de los anfitriones en la parte superior del plato.

A la condesa de Orange le sorprendió la elegancia y el porte de las señoras, que durante el día habían vestido la aburrida ropa de caza: lódenes verdes, chaquetas inglesas y, como mucho, una capa corta. Pero al llegar la noche, todas se transformaron, luciendo cada cual los diseños más actuales y refinados. Bárbara se inclinó por un Balenciaga que se había puesto varias veces y que le quedaba espectacular; y eso que no era un figurín.

El Jefe del Estado disfrutaba de unos días en familia, poniéndose al día de las novedades que sus propios nietos le enseñaban, como, por ejemplo, los bailes de moda. Solo un hecho hacía que se recordara su naturaleza de hombre de Estado: el día 30 de diciembre se grababa en la finca la alocución que el Generalísimo impartiría la noche de fin de año por televisión.

Los marqueses de Villaverde utilizaban la invitación a la cacería de fin de año para corresponder a sus múltiples invitaciones. El reclamo de conocer a Franco era un aliciente.

Cristóbal Villaverde indicó a Clotilde que la había situado a la izquierda de su suegro. A la condesa le sorprendió tal decisión, ya que, por protocolo, de ningún modo le correspondía semejante distinción. Así se lo hizo saber al marqués.

—En las cacerías de Arroyovil el que impone el protocolo soy yo, y mi decisión es que la mujer más espectacular de la reunión se siente en el lugar de honor. —Así de tajante se mostró el marqués.

—Pues ya que no tengo más remedio que aceptar tu cortesía, al menos dime de qué le gusta hablar a tu suegro.

—La caza, la pesca y el cine. En Navidad, el general nos da la vara proyectando películas familiares que él mismo ha grabado.

Cristóbal acompañó a Clotilde a su asiento. El «invitado principal» la recibió con una sonrisa amable y le acercó la silla sin mirarla abiertamente, e hizo lo mismo con la señora asignada a su derecha. La condesa se quedó fascinada por aquella señora de personalidad exultante a la que todo el mundo saludaba. El supuestamente despistado militar se percató de la mirada de Clotilde.

—Supongo que ya le habrán presentado a la duquesa de Alba —dijo con cierta sorna Franco, dirigiéndose a la condesa.

—No he tenido esa suerte —se sinceró Clotilde.

En ese instante, el dictador llamó la atención de Cayetana e hizo las presentaciones. La duquesa miró a Clotilde desde su atalaya de Grande de España, pero con alma gitana, y vio en ella a una mujer fría y perfecta; sin duda, no estaba en su registro, pero su mirada franca no le desagradó. Clotilde la había mirado con orgullo; como a una igual sin serlo, y eso le gustó a la aristócrata española.

—¿Cómo está? Espero que esté disfrutando de una montería al estilo español —dijo la duquesa con su voz de pito que desmerecía su personalidad.

A Clotilde le chocó su acento inglés, así como el traje perfecto que llevaba; sin duda, una creación de Isaura, pensó Clotilde, ya que Bárbara le había hablado de esta modista. Fue un encuentro breve, donde dos seres antagónicos en el físico sintieron la conexión de sus espíritus rebeldes.

Francisco Franco, con su voz atiplada y sinusítica, se dirigió a Clotilde en francés. Se interesó por su vida, escuchando su relato con interés y sin inmutarse. Cuando llegó al apartado en que ella le confesó el dolor por no haber podido disfrutar de la infancia de sus hijos, Franco mostró su lado más humano.

—Ser hijo de un militar marca la vida de un niño, que ha de criarse al amparo de su madre. Es muy triste que sus hijos no pudieran tenerla cuando más la necesitaban —dijo el dictador, recordando su propia infancia.

Clotilde se quedó impactada con aquel breve y certero comentario. De lo personal, la condesa pasó a su afición por el cine.

—Tengo entendido que es un apasionado del cine. Mi hija trabaja con Marlene Dietrich —dijo.

—Una gran actriz. Sí, es un hobby; si no fuera militar, me dedicaría al cine, al que apoyo siempre.

—¿Sería director de cine? —preguntó Clotilde, sorprendida.

—Sin duda, la luz de África y sus paisajes grandiosos han influido en mí para buscar la belleza y captarla —respondió Franco.

Clotilde no daba crédito a la sensibilidad aparente de aquel hombre, del que le habían advertido que era un militar inmune al dolor y a las balas, el primero en entrabar la bayoneta sin piedad contra sus enemigos y, en definitiva, un soldado curtido sin límites por la atroz guerra africana. Ella tuvo claro que ese era el momento oportuno para plantearle al general sus deseos de venganza. No tenía nada que perder, y desaprovechar aquella situación sería una estupidez.

—Tengo entendido que España ha extraditado a algún nazi. Llevo años intentando llevar ante la Justicia de mi país al general Otto Remer. Suele venir por España e incluso se está planteando vivir aquí llegado el momento. Si esto ocurriera, ¿cree usted que España podría extraditarlo? —Tenía claro que el no ya lo tenía; así que le echó valor haciéndole la pregunta.

—Siento tener que disuadirla de tal cosa, mi querida señora; la legislación española no contempla el genocidio y, por tanto, no se podría hacer nada contra él en el supuesto de que viniese a España. Hemos tenido el caso de la señora Frigman, que pidió la extradición de Degrelle, pero fue imposible llevarla a cabo —contestó impertérrito el general.

Clotilde se quedó con la boca abierta; parecía que aquel señor de aspecto despistado le estaba hablando de algo que no iba con él en absoluto. Como si fueran otros los causantes de que se desestimaran peticiones como la suya. El carácter gallego del dictador le facilitaba ese tipo de contestaciones, y daba la falsa imagen de no tener poder para hacer lo que quisiera.

—Entiendo lo que me dice. Espero que las leyes cambien y algún día España pueda extraditarle; la muerte de mi marido debe ser juzgada dentro del genocidio que este general contribuyó a llevar a cabo —dijo con un cierto tono cáustico.

Franco la miró sorprendido y, esbozando una leve sonrisa, pidió que le disculpara para poder hablar con la duquesa, que en esos momentos se había dirigido a él.

Clotilde se dio cuenta del carácter escurridizo del personaje y comprendió por qué aquel dictador llevaba ya más de veinticinco años en el poder.

Al menos lo había intentado. Sabía que desde el punto de vista legal poco o nada podía hacer. Si a Remer no se le podía extraditar para ser juzgado en Alemania, su represalia no tenía ninguna posibilidad. Se sintió desanimada, pero se resistía a abandonar sus deseos de vengarse del ejecutor de su marido.

El resto de la noche, el general y la condesa hablaron de cine... ¡Únicamente del séptimo arte! Al acabar la cena, el militar se retiró y su yerno se acercó a Clotilde con interés.

—¿De qué has hablado con mi suegro toda la noche? —quiso saber Villaverde.

—Solo de cine —alcanzó a contestar Clotilde. En su fuero interno estaba enfadada por no haber podido sacarle a Franco un compromiso para llevar a cabo su venganza cuando el principal motivo de haber viajado hasta allí era plantearle al dictador la posibilidad de extraditar a Remer.

—¡Ah! Ahora lo entiendo. Él no suele dar conversación en las cenas. Yo te puse a su lado porque sé que le encanta rodearse de mujeres guapas, a las que admira, pero no las halaga. Por eso estábamos todos alucinados de lo mucho que ha hablado esta noche.

Después de las campanadas de fin de año, comenzó una actuación de un grupo flamenco. Cayetana de Alba salió a bailar por bulerías. El embrujo que exhalaba aquella figura bailando hizo callar a la concurrencia. Clotilde se quedó impresionada con el arte de aquella excepcional mujer. Se trataba de la duquesa de Alba, la mujer con más títulos nobiliarios de España; sin embargo, con su racial puesta en escena, conseguía una simbiosis perfecta entre la sencillez y el señorío de siglos.

Casi al final de la velada, la condesa se encontró con el príncipe Alfonso de Hohenlohe. A la condesa le costó reconocer en un primer momento al dueño del Marbella Club, pero enseguida se sintió como en casa al hablarle este en alemán y tratarla como de la familia, toda vez que se había pasado la noche chapurreando español y francés.

—¿No te ha gustado cómo te hemos tratado en el Marbella Club? No te hemos vuelto a ver por allí. —Alfonso en todas partes ejercía de relaciones públicas de su hotel con la simpatía que le caracterizaba.

—Pues mira por donde, de aquí iremos unos días a esquiar a Sierra Nevada y quizás después recale en Marbella, para seguir camino a Tánger, en donde pasaré un tiempo con mi marido.

—Déjame que te sugiera pasar la noche del 5 de enero en mi hotel; es una noche mágica y no puedes dejar de estar allí. Luego te organizo el viaje a Tánger, y dime si quieres que te mande un coche a recogerte a Sierra Nevada.

—Hablamos los próximos días. Pero tu ofrecimiento es de lo más atractivo.

Al día siguiente, Clotilde fue invitada a almorzar en la finca de los March, la hacienda La Laguna. El cortijo era infinitamente más elegante que Arroyovil y contaba con una decoración cuidada, propia de la era que se avecinaba: la entrada en escena de las fortunas nuevas, conservadoras de un pasado sobrio, pero apostando por un futuro de ostentación de la riqueza y el bienestar.

Las cacerías podían durar hasta siete días, pero Clotilde y Bárbara solo pasaron cuatro en Sierra Mágina, disfrutando del campo, donde el frío competía con el sol de invierno.

La condesa de Orange vio de primera mano que quizás las personas que asistían a las cacerías aprovechaban la ocasión para intrigar, hacer negocios, cobrarse favores o vender influencias; pero lo que sí tenía claro era que a Franco solo le interesaba la caza, y aunque le pudieran importunar con intrigas e influencias, él sabía cómo «espantarlos» sin un mal gesto ni una mala palabra; solo siendo él mismo, pasando de preguntar a responder con otra pregunta, haciendo gala de su filosofía gallega resumida en una frase de su tierra: «Por un lado, ya ve usted, y por otro, qué quiere que le diga».

Con su austera forma de ser, aquellos Segarras duros por zapatos y aquel chaquetón grueso pasado de moda, daba la imagen de lo que el personaje era: un devoto de su poder, de su omnipotencia, de ser un hombre pagado de sí mismo, sabedor de que sus ideas y su firme determinación en la defensa de los intereses de España eran su único credo y su única razón de vida.

Capítulo 22

Últimos vestigios del Tánger internacional

En la España de mediados de los sesenta estaba de moda esquiar entre las clases privilegiadas. Aceptar la invitación a pasar tres días en Sierra Nevada era un cambio enorme después de vivir la experiencia de conocer al general Franco en el transcurso de una genuina montería española.

La condesa Clotilde madrugó para aprovechar el día. Se puso de acuerdo con la condesa de Croy para subir al Veleta, desde donde se podía ver el mar. No es que fuera una estación de la categoría de las de Centroeuropa o la zona septentrional, pero tenía algo único: los días luminosos eran lo cotidiano.

El sol lucía, inundando un cielo sin nubes que se precipitaba en el infinito abrazándose a la nieve virgen, que exhibía alegres destellos de juventud. Nunca había esquiado con aquella luz, y menos con aquella temperatura.

Disfrutaba de la naturaleza y se sentía libre, esquiando sola por unas pistas limpias de vegetación, rodeada de cumbres escarpadas y sin explorar. Fueron días que le reconfortaron por dentro, alejándola de una vez por todas del pesimismo que la había embargado.

El ambiente elitista y a la vez sencillo hizo que se animara a aceptar el ofrecimiento del príncipe Hohenlohe a estar unos días en Marbella de paso que iba a Tánger.

Su amiga Bárbara no había podido acompañarla a esquiar a Sierra Nevada; un viaje imprevisto la obligó a viajar a París por negocios. De todas formas, a la americana eso de los deportes y el aire puro no le iban. Pero sí quedó en ir a Marbella a pasar unos días con Clotilde.

Bárbara envió un telegrama a su amiga anunciándole su llegada.

«Reservadas dos habitaciones en el hotel Don Pepe. Stop. Llego el jueves al mediodía. Stop. Encantada del plan. Stop. Bárbara».

«No hay nada como tener amigas animadas. Tendré que disculparme con Alfonso por no ir a su hotel», pensó Clotilde.

—¿Tengo muchas horas de viaje hasta la costa? —le preguntó Clotilde al marqués de Villaverde.

—Esta es la ventaja de la Costa del Sol, que puedes esquiar por la mañana en Sierra Nevada y bañarte en el mar por la tarde —le indicó el doctor Martínez-Bordiú, que tenía su chalé Villa Verde en la Reserva de Los Monteros.

—He quedado con Bárbara en pasar el fin de semana juntas. Como ya te dije, voy de camino a Tánger a pasar un tiempo con mi marido. Pero dime, ¿qué se puede hacer en Marbella en invierno?

—Siento no coincidir con vosotras allí. Pero si vas de la mano de Alfonso, la diversión está garantizada.

—Te agradezco mucho tu magnífica acogida en vuestra finca. Ya me ha dicho Bárbara que habéis aceptado pasar unos días en Los Hamptons el año que viene. Su casa está ubicada en una zona preciosa; os va a encantar —le animó la condesa.

—Sí, por lo que me ha dicho, debe de ser una zona parecida a Los Monteros.

—En el mundo entero funciona así la sociedad: cada oveja con su pareja. Cuando estuve en Marbella, fui consciente de que está estratificada por localizaciones y grupos de procedencia. ¿Cómo la dividirías tú? —preguntó Clotilde, que era consciente de no haber conocido todo lo que daba de sí aquel lugar.

—Me encanta tu interés, ya que hace tiempo que lo tengo claro: los artistas e intelectuales españoles viven en el Rodeo; la aristocracia centroeuropea y los actores internacionales, en torno al Marbella Club; los bohemios y otras especies, en el pueblo; y la alta sociedad, políticos del régimen y aristocracia española, en Los Monteros —especificó el marqués de Villaverde.

* * *

Después de dejar atrás el centro del pueblo, y conforme se aproximaba al hotel Don Pepe, a la condesa le extrañó que se hubiera construido un edificio de aquellas dimensiones en medio de la nada. En cierto modo, le desagradó la idea de que aquel gigante prostituyera el estilo impuesto por Ivanrey y Hohenlohe de edificios bajitos. Sin embargo, la elegancia del hotel la atrapó desde el primer momento, así como las vistas panorámicas de su terraza.

Bárbara había llegado antes que ella. Subió a su habitación a fin de poder indagar tranquilamente quiénes de sus amigos andaban por Marbella. En menos de una hora, tenía la agenda de los próximos cuatro días completa.

—Ya tengo los «deberes» hechos. —Bárbara había dejado dicho en recepción que en cuanto llegara su amiga se lo hicieran saber. Así que le faltó tiempo para llamarlo por teléfono a la habitación.

—Contigo da gusto viajar. Me siento como una maleta en el mejor sentido —se rio Clotilde, feliz—. Y dime, ¿alguna sorpresa interesante?

—Mañana te lo cuento. Así te tengo intrigada.

Bárbara se acostó satisfecha, pensando que al día siguiente se encontraría con su amiga Audrey Hepburn, que vivía con su marido Mel Ferrer y su hijo Sean en una casita junto al mar, muy cerca de la de Elena Rothschild y la de Clara Agnelli.

En pleno mes de enero, el sol rara vez se ausentaba; como mucho, podía desperezarse algo tarde, pero al mediodía comenzaba a esparcir sus rayos como un manto de luz: desde la brava Sierra Blanca, que cortaba el frío del norte, hasta el mar azul tinta que, calmo e intenso, se extendía al sur.

La condesa fue consciente del privilegio que suponía pasar en aquel lugar una estancia invernal. Su yo interior se vio dulcemente atrapado por aquel clima, envuelto en la vegetación armoniosa de pinos y flores, requisitos imprescindibles para sentirse en un entorno equilibrado. Anidó en ella la idea de que en un futuro no lejano su vida estaría en Marbella.

Pasaron el día descansando en la playa, y al atardecer se arreglaron para acudir a la invitación de Audrey Hepburn. A Clotilde, la gran belleza de la actriz siempre le había parecido etérea y melancólica, pero nada sexy.

Cuando llegaron, un grupo de niños jugaban todavía en torno a la piscina.

Bárbara y Clotilde aceptaron un aperitivo antes de la cena. La conversación transcurría entre la banalidad de hablar del clima y la fría temperatura del agua.

—Debo reconocer que, a pesar de tener ahí enfrente el mar, no me baño jamás; aunque me encanta pasear por la playa —afirmó la famosa actriz, cuya hidrofobia era de todos conocida.

—Una paradoja difícil de entender. —Mel Ferrer, esposo de la actriz, hizo su entrada llenando de frescor campechano el ambiente relajado de la velada—. Hola a todas —las saludó—. ¡Barbarita, qué alegría me ha dado Audrey cuando me dijo que andabas por aquí!

A Bárbara se le iluminó la cara; no podía evitar sentirse halagada por aquel hombre arrollador. El actor, que apreciaba la belleza, reparó en Clotilde, quien, a pesar de ser mayor que él, mantenía el misterio de la seducción envuelto en su atractivo. Ferrer tomó asiento de inmediato junto a la condesa, que agradeció las atenciones del actor.

—Así que tú eres la famosa Clotilde, de la que tanto habla Bárbara. ¿Y qué te trae por estas latitudes? —le preguntó.

—Es solo un alto en el viaje hasta Tánger —contestó ella, aceptando con la mirada el coqueteo de Ferrer. Eran frases sin interés, envueltas en seducción; algo sutil y delicado, pero que Bárbara percibió con claridad, hasta el punto de pellizcar a su amiga, y con un gesto de cabeza le señaló a la Hepburn, a fin de que dejara de ponerle ojitos al actor.

Entre miradas y coqueteos, sobresalió un grito de enfado de la Hepburn. Todos se sobresaltaron. No era normal ver a Audrey fuera de su calma habitual. Fueron unos segundos tensos en los que las invitadas contuvieron la respiración. Al momento, vieron corriendo a la actriz en dirección a la piscina.

—Sean, Pablo, ¡bajaos de inmediato de ahí!

Su hijo y el sobrino del príncipe Alfonso se habían encaramado en el tejado del porche de la piscina. Intentaban ponerse de pie y celebrar haber alcanzado la cima...

A los gritos de su madre, Sean se dispuso a bajar con más miedo que reparo en caerse, cosa que ocurrió, aunque no se lastimó. Por su parte, Pablo, más avezado en estas travesuras, bajó del tejado como un experto escalador.

—Tú, Pablo, siempre metido en hacer locuras. Como vuelvas a incitar a Sean, me veré obligada a decírselo a tu padre.

Pablo, el querubín travieso, miró a Audrey con más rabia que miedo y echó a correr como alma que lleva el diablo hacia el jardín de sus abuelos.

Aquel alarde de protección de la reservada y triste actriz chocaba con las costumbres de aquel mundo en el que los niños campaban por sus respetos como gitanillos al aire libre.

La velada se alargó más de la cuenta. La Hepburn les contó, entre cigarrillo y cigarrillo y sin apenas probar bocado, lo feliz que era en aquel lugar, alejada de los focos mediáticos de Hollywood y, sin embargo, disfrutando de las incursiones que hacían en su mundo rural compañeros del celuloide como Ava Gardner, Ray Milland, Kim Novak o Stewart Granger.

Cuando estaban a punto de despedirse, una voz inenarrable se coló en la noche como si viniera de otro mundo. Aquellas notas parecían rebotar en el mar y expandirse por la playa. La conversación cesó, el silencio tomó espacio para dejar paso a aquellos sonidos únicos. Así, casi sin respirar, permanecieron un tiempo..., hasta que el hijo de los Ferrer, con ojos somnolientos y francamente enfadado, acudió al porche de la casa.

—Mami, ¿puedes decirle a esa señora que deje de gritar, que no me deja dormir?

—Me temo, cariño, que no podré pedirle a María Callas que deje de cantar. Vuelve a la cama e intenta dormirte.

A Clotilde siempre le sorprendían las situaciones que podían darse en Marbella. Eso era lo que le fascinaba de aquel paraíso donde todo era posible, incluso renunciar a la vida social y ser feliz disfrutando del sol, la playa y la montaña.

—Sin duda es ella, ya que está con Onassis en casa de Alfonso, quien, por cierto, nos había invitado a cenar esta noche, pero les hemos dicho que había venido una buena amiga de Nueva York —comentó Mel, quien disfrutaba más de la vida social de lo que lo hacía su perfecta esposa.

—Qué honor que dejarais a la pareja de moda por mí. —Bárbara, de haberlo sabido, les hubiera dicho que fueran todos a la cena, segura de que Alfonso habría aceptado encantado que ellas se colaran, pero Audrey era demasiado correcta como para consentir tal cosa.

Clotilde se sentía de prestado con Bárbara. Era muy difícil llegar a conocer a tanta gente como ella, pero aquella noche estaba impactada con aquel mundo de la época dorada de Marbella. Era evidente que ella no pertenecía a aquel ambiente, y se congratuló de tener la suerte de poder escuchar a Audrey, nada dada a la charla, pero que aquella noche se sentía cómoda con la presencia de su amiga Bárbara.

Desayunaron en el bar El Copo, mirando a la piscina del hotel. Unos niños jugaban a mirar por el ventanal que bajo el agua daba a la discoteca. Su madre fue a regañarles por armar tanto jaleo.

Bárbara reparó en el *kurta* bordado que lucía la señora.

—Clotilde, mira qué ideal es ese vestido. Cuando estuve en la India me compré un par de ellos y ya los tengo muy usados. ¿Le preguntamos dónde los ha comprado?

—Seguro que en la tienda de mi amiga Ana de Pombo. Ese tipo de cosas solo las encuentras allí.

—Pues vamos esta tarde. ¡Nada me puede hacer más ilusión que comprarme unos trapos! —contestó encantada Bárbara.

Pasaron la tarde visitando el pueblo, para recalar en la tiendecita-bazar La Maroma, que así se llamaba la tienda de Ana. Bárbara se entretuvo en hacer acopio de abalorios, caftanes y *kurtas*, y se quedó entusiasmada con el gran collage que representaba un grupo de baile andaluz, pintado por el polifacético Jean Cocteau.

—He parado en Marbella de camino a Tánger, y no quería irme sin saludarte.

—No sabes lo feliz que me haces con tu deferencia —dijo Ana, entusiasmada.

Clotilde reparó en una especie de zapatillas profusamente bordadas y abiertas por el talón. A su recuerdo regresó la imagen de unas babuchas que tenían sus amigas Lena y Noa. Cuando era niña se las vio a sus amigas y le fascinaron, aunque nunca supo de dónde eran aquellas zapatillas, y ahora las veía allí en la tienda de Ana.

—¿Estas babuchas de dónde son? De pequeña siempre deseé tener unas —dijo entusiasmada.

—Son típicas de Marruecos —contestó Ana, enseñándole los distintos modelos.

«No se me había ocurrido sopesar la posibilidad de que los Bengio pudieran tener familia en Marruecos», pensó Clotilde, argumentando que quizás sus amigas tenían aquellas exóticas zapatillas gracias a habérselas regalado algún familiar que viviera en el norte de África.

La condesa volvió de sus pensamientos al escuchar la voz de Ana de Pombo.

—Si vas a Tánger, debes tomar nota de alguna de mis direcciones preferidas. Aquel es otro mundo —dijo entusiasmada Ana, al tiempo que le escribía en una cuartilla un buen número de referencias.

—Tengo entendido que quedan los últimos vestigios del Tánger internacional que tú añoras —comentó Clotilde.

—Sí, es evidente que ya no es lo mismo, pero todavía te fascinará la mezcla de culturas y religiones.

—Me ha dicho Stefan que la comunidad judía es muy importante allí —dijo Clotilde, que hasta ese momento no había relacionado este dato con las Bengio.

—Desde luego que la comunidad judía es muy numerosa en Tánger, aunque muchos ya se han ido. Incluso algunos han venido a Marbella y se dedican a la promoción inmobiliaria, que sin duda es el futuro de esta zona.

—Anda, pues no sabía esto que cuentas —intervino Bárbara—. Supongo que serán judíos sefardíes, ¿no? —preguntó.

—Exacto. Son sefardíes, conservan las tradiciones intactas y adoran a España. Para ellos es su país. Aquí se comenta que la mayoría guardan la llave de la casa que tenían sus antepasados antes de que los expulsaran los Reyes Católicos.

—Pues ya sabes, aprovecha para investigar si los Bengio tienen familia allí. Ya que, por desgracia, hasta ahora mis contactos no han dado mucho resultado.

—Así lo haré. Nunca hubiera reparado en esta posibilidad. Mis amigas nunca hablaron de parientes en Marruecos.

El príncipe Alfonso les había invitado a la fiesta hindú que organizaba esa noche. Como es natural, las fiestas de verano eran más vistosas, pero a Alfonso nada se le resistía. Así que los asistentes se agenciaron turbantes de seda y acudieron al sarao en el Marbella Club.

Bárbara aprovechó la oportunidad para estrenar uno de sus *kurtas*, al que le añadió un sinfín de collares. Clotilde eligió uno bordado en turquesa con el turbante a juego.

El Champan Room se había ambientado con mesitas y grandes cojines de telas indias, con espejitos y profusión de bordados.

—Creo que nos vamos a aburrir —dijo Bárbara en cuanto entró.

—Espera un poco, que conforme se entone la gente te vas a enterar de lo que es Marbella.

Clotilde sabía bien que la constreñida moral del franquismo calaba en todos los ambientes, al menos «de cara a la galería», pero en Marbella, como privilegiados que eran, se saltaban la España del rosario y el velo.

Se organizaron varios juegos en los que participaron todos. Los que perdían debían entregar una prenda, y de no hacerlo, se sustituiría por un beso. Todo como muy inocente..., aunque algo picarón, pues Alfonso consiguió por dos veces que Clotilde tuviera que besarlo a él.

Bárbara se sentó en un enorme cojín y quedó espachurrada en el suelo, como un huevo frito en la sartén.

«Bueno, no me moveré de aquí en toda la noche. Menos mal que en esta mesita hay una cubitera con champán», pensó Bárbara, dando buena cuenta del burbujeante líquido.

Clotilde le avisó de que su prenda había salido. La portaba un chico joven que, al ver que el collar era de la corpulenta Bárbara, no insistió en cobrar; pero esta, al ser avisada por Clotilde y ver el chico tan estupendo que le había tocado... intentó levantarse sin conseguirlo.

—A mí, ese collar es mío, a mí me toca el beso... —repetía Bárbara animada por las copitas de champán que ya llevaba en el cuerpo...

El chico, por educación, se aproximó a Bárbara. Pretendía agacharse y darle un beso en la mejilla, pero Bárbara le cogió del brazo intentando levantarse; el chico no fue capaz de tirar de ella y se cayó encima... La escena provocó un gran barullo. Unos aplaudieron y otros animaban al joven a cobrarse la prenda. Bárbara estaba encantada con el infortunio del chico.

A Clotilde le entró la risa floja y no podía dejar de reírse. Cuanto más intentaba evitarlo, más ganas le entraban. En un principio, a Bárbara no le hicieron ni pizca de gracia las risas de su amiga. Pero acostumbrada a reírse de sí misma, rebobinó y se percató de la situación. Entonces fue ella quien, tirada en los cojines, no podía levantarse, pero esta vez porque la risa se lo impedía.

La situación fue solventada gracias a que el príncipe Alfonso, junto con el joven, levantaron a Bárbara, que esta vez se sentó en un sofá.

Alfonso se acercó a Clotilde y optó por ganársela contándole el fracaso sentimental que había tenido con Ira de Fürstenberg.

—Ira es una niña «rica por derecho, pero no de hecho», que no supo ver lo que yo había creado para ella. Una caprichosa inmadura que me dejó y se fue con otro. Así que yo la aparté de los niños.

Tal confesión hizo que Clotilde entrara en cólera.

—Nada en este mundo justifica que alguien le arrebate sus hijos a una madre. No puedo entender que un hombre civilizado como tú haga esto. Nunca hubiera creído algo tan inhumano de ti.

Alfonso no esperaba tal reacción. Él, que iba contando su historia para obtener el beneplácito de sus amigos.

—Ten en cuenta que ella dejó a sus hijos para vivir una aventura con otro hombre. Sin duda, los niños están mejor conmigo.

—Estás muy equivocado. Los niños necesitan a su madre, y lo que estás haciendo es privarles de su amor y de su influencia. Ten por seguro que te arrepentirás algún día de esta decisión. Pero será tarde.

—He de decirte que todos mis amigos están a mi favor. —Alfonso deseaba mostrar su poderío.

—Puedes dejarte engañar por los que desean tus favores. Yo te hablo claro porque he sufrido algo parecido a lo que estás haciéndole a Ira y... porque me es indiferente gozar o no de tu simpatía. —Clotilde estaba furiosa.

Alfonso —un señor, al fin y al cabo— deseó zanjar el asunto lo mejor posible.

—Llevo cerca de seis años separado y sigo dolido por lo que pasó, aunque quizás tengas razón en que necesito rebajar mis deseos de venganza... Y ahora, disfrutemos de la fiesta. —Y se levantó, un poco molesto. Clotilde aguantó un rato más, únicamente por no parecer desairada, pero en cuanto lo vio oportuno le dijo a su amiga que tomaba un taxi al hotel. Al día siguiente, Bárbara había quedado en ir a jugar al golf al club Guadalmina; estaba empeñada en aficionar a Clotilde en este deporte. Y por la tarde, el príncipe Alfonso tenía organizada una exhibición de su invento particular: el paddle tenis.

La estancia en Marbella, como siempre, fue trepidante. Pero Clotilde lo tenía claro; no te puedes dejar llevar por la marabunta social. Lo ideal es manejar tus tiempos: «estar», pero teniendo tu vida sin injerencias ni presiones sociales. En definitiva, disfrutar de la sociedad, la naturaleza, el clima, el deporte... sin que nadie te convierta en el títere de su vida...

Clotilde y Bárbara se despidieron deseando volver a verse pronto.

* * *

Clotilde madrugó la mañana que tomó un barco de la Transmediterránea que la transportó de Algeciras a Tánger. La travesía duró más tiempo de lo que le habían dicho.

Colarse entre los cargueros que surcaban la bahía del puerto tangerino fue tarea fácil para el barco de pasajeros en el que iba la condesa de Orange.

Durante el trayecto fue leyendo los apuntes que sobre Tánger le había enviado Stefan por carta. Su marido deseaba que su estancia fuera perfecta.

Hacía diez años que la ciudad marroquí había dejado de ser internacional. Y todavía quedaban vestigios de una metrópoli mítica que duró desde el año 1923 al 1956, periodo en el que estuvo vigente el Estatuto de Tánger.

La hegemonía de la población árabe empezaba a sentirse en el corazón de aquella ciudad, que había sido refugio de españoles, franceses e ingleses que, con el paso del tiempo, fueron conformando el modelo de convivencia más cosmopolita, bohemio y libertario que nadie que no hubiera vivido en la ciudad pudiera imaginar. Aquel paraíso único fue posible gracias a una confluencia de hechos históricos que hicieron que este enclave estratégico estuviera dominado en la Antigüedad por fenicios, romanos y bizantinos, y en épocas más próximas, por portugueses, españoles, ingleses y, por supuesto, árabes.

Durante el periodo internacional, los administradores de la ciudad —España, Francia, Reino Unido, Italia, Portugal, Bélgica, Países Bajos y el sultán jerifiano— procuraban darlo todo, pagando aquí y subvencionando allá, para parecer a los ojos de unos y otros que eran los mejores. Gracias a ello, la ciudad se benefició de la llegada de riquezas y modernidad. Había libertad absoluta de mercado de divisas. En el Tánger internacional podía utilizarse la moneda que se quisiera. El tráfico de divisas se convirtió en un negocio muy rentable. No pocas fortunas ganaron su «primer millón» de ese modo. Gran parte de aquellas se iban a España.

Fueron muchos los europeos que recalaban en esta zona franca con mano de obra barata y enclave perfecto, con el fin de invertir sus fortunas en un lugar tan próspero.

Para mayor privilegio, confluían en la vida cotidiana culturas tan distintas como la árabe, la cristiana, la hindú o la judía. Asimismo, fue punto de encuentro de gentes de toda condición: aventureros, espías, refugiados, bohemios, artistas, creativos, banqueros, empresarios... En definitiva, todos los perfiles humanos que buscaban un lugar donde sentirse libres.

El bullicio del puerto atestado de gente vestida con chilabas coloridas y dando gritos en árabe sobrecogió y fascinó a Clotilde, que desde la cubierta del barco se quedó extasiada con su llegada a otro mundo.

La condesa reparó en aquel hombre que destacaba entre la marea humana del puerto: alto, bronceado, de porte elegante con su traje de lino blanco roto, sin corbata. Resultaba atractivo y seductor a pesar de que sus cabellos rubios empezaban a estar veteados por canas cenicientas.

«Qué pena que sea homosexual; no hay hombre más completo que este», se dijo Clotilde.

La condesa bajó la rampa que la condujo a tierra, haciéndole señas a Stefan, quien ya había reparado en ella. ¡Como para no hacerlo! La elegancia de Clotilde hacía palidecer todo lo que sucediera a su alrededor...

Stefan se sentía pletórico. Había deseado este momento desde hacía tiempo; y ahora que el *riad* estaba completamente terminado, era el momento perfecto para que vinera Clotilde.

Se fundieron en un abrazo. Clotilde tuvo la sensación de estar en «casa». El olor cítrico de manzana y picante del cardamomo que despedía el cuerpo frágil de Stefan le hizo emocionarse, hasta sentir la añoranza de aquel hombre que era mucho más que un marido; era el sustento de su vida, el amigo al que siempre recurría y al que siempre iba a estar entregada.

Dio gracias a Dios por habérselo puesto en su camino. Se sintió una privilegiada, abandonando por un instante su permanente sentimiento de soledad interior.

—Qué bien te veo. Es evidente que estar con Bárbara te da la vida. —Stefan era feliz teniendo a Clotilde cerca, aunque necesitaba su espacio de libertad; era muy celoso de que su mujer le observara e incluso juzgara su vida entregada a sus verdaderos sentimientos.

—Yo también te encuentro estupendo. Tienes un color envidiable, aunque te veo un poco más delgado.

—Siempre preocupada por lo que como; la verdad es que echo en falta tu orden teutón. —Stefan se rio con ganas y, acercándose a Clotilde, le dio un beso en la frente.

—Ríete lo que quieras, pero mi orden equilibra un poco tu vida. Si no fuera así, ¿cómo crees que podría resistirme a un hombre tan atractivo como tú? —Clotilde se puso de puntillas para darle un beso a Stefan.

Ambos se echaron a reír. La conexión de las dos almas era un hecho irrefutable.

El barón Von Ulm la cogió por el hombro cuando un hombrecillo con capucha calada hasta la mitad de la cara estaba a punto de hacerse con el equipaje de mano de la condesa. Stefan le dijo algo en francés y Clotilde pudo observar con asombro cómo el hombre desapareció sumiso, no sin antes levantar la mirada y sonreír, mostrando una boca con menos dientes en sus encías que el teclado de un piano después de estamparse contra el suelo.

La condesa dio un paso atrás y sus ojos se abrieron desmesuradamente. Pero aún no se había repuesto de tal imagen, cuando un desgarbado chico alto y guapo, en un inglés con un extraño acento, se le acercó para darle la bienvenida en un tono ceremonioso, al tiempo que le abrió la puerta del auto haciendo una leve inclinación.

—Abdel, ocúpate del resto del equipaje. —El barón Von Ulm se dirigió al chico con voz amable y un tanto cercana.

El barón se había comprado una casa en el lugar más alto de la Kasbah, donde la ciudad mira al mar y las fachadas de los edificios son blancas y almenadas.

Clotilde no quería perderse detalle del exotismo de la ciudad. Miraba por la ventanilla del coche escudriñándolo todo. Sin embargo, le decepcionó el incipiente deterioro que observó en los edificios afrancesados de sus grandes avenidas, así como las fachadas de las casas señoriales, que lucían con profusión elementos decorativos al gusto español.

Nunca había visto nada igual. Clotilde estaba fascinada con aquel mundo completamente nuevo para ella.

Le gustó mucho la casa de Stefan, nada llamativa en el exterior y con una gran terraza en la parte superior, clara reminiscencia de la tradición del islam. La casa no era demasiado grande. Había sido un próspero *riad* en otras épocas. Los antiguos propietarios lo habían dividido en dos edificios, cada uno con un patio ajardinado. En su interior, el yeso —trabajado en múltiples formas— igual daba vida a inscripciones árabes incrustadas en las paredes que servía de detalle ornamental conformando arcos, cúpulas y artesonados.

El patio central de la casa, verdadero corazón del *riad*, estaba decorado con profusión de mosaicos esmaltados cuyas alegres teselas verdes, amarillas y azules se abrían paso entre las geométricas formas para crear un mural caleidoscópico que en sí mismo envolvía al ojo humano en la magia de los sentidos. El sencillo estilo africano del uso del adobe se mezclaba con la piedra caliza del desierto, unidos en su sencillez para ser utilizados en el exterior, preservando así la belleza que se ocultaba en el interior de las construcciones.

Stefan fue explicándole todos los detalles de aquella decoración singular, así como en qué lugares había encontrado telas, muebles y otros ornamentos.

Al llegar a la terraza, todo estaba preparado para que tomaran una cena típica marroquí. Los criados les sirvieron de primer plato pastela de pollo, que le encantó a Clotilde.

—Mañana indicaré a Fátima que te acompañe a conocer la ciudad. Te divertirán las tiendas que todavía quedan. Ya sabes que con la independencia de Marruecos, Tánger ha dejado de ser condominio internacional, y a lo largo de esta década fueron saliendo de la ciudad todos los grandes almacenes españoles como El Corte Inglés, Galerías Preciados, Cortefiel y un largo etcétera de comercios. Incluso los hindúes han abandonado sus negocios de tecnología. Pero aún sobrevive alguna que otra tienda de judíos que se niegan a marcharse.

—Te lo agradezco infinito. No quiero que, por atenderme a mí, dejes de hacer tu vida.

—No interfieres en absoluto; solo que mañana deseo ir al mercado y hacerte yo mismo una sopa típica de aquí que se llama *harira*. Estoy también aprendiendo a cocinar el cuscús, pero por ahora lo hace la cocinera. —Stefan deseaba que Clotilde conociera su día a día.

—No te preocupes por mí. Quiero hacer una vida tranquila, dedicarme a descansar, ir a la playa y pasear por la ciudad —le aseguró ella.

—Siento decirte que aquí de tranquilidad, poca. Eso sí, tienes que cambiar la mentalidad, dejar tu forma de vida a un lado y adaptarte al medio. Cada mañana, yo voy al mercado; compro fruta, pescado, verdura, y con frecuencia cocino. Y cada día salgo al atardecer a visitar a mis amigos o conocidos. Te puedes figurar que aquí hay un submundo muy particular de personas que buscan y encuentran entretenimientos con todo tipo de actividades: desde sustancias alucinógenas y alcohol hasta excentricidades inconfesables. Aunque ya sabes que yo soy un romántico.

—Lo sé, y deseo que me enseñes tu mundo. ¿Qué es lo que te retiene y te envuelve? —Clotilde sentía la felicidad de Stefan y estaba contenta por ello.

—Me retiene la libertad que tengo de hacer lo que quiero sin que nadie me juzgue. Aquí soy lo que siempre quise ser. Y me envuelve la cultura y la disponibilidad libertaria de los hombres de esta raza.

—Me sorprendes. Nunca imaginé que la homosexualidad tuviese que ver con la raza. —Clotilde y Stefan acostumbraban a hablar de estos temas sin miramientos.

—Claro que no es la raza en sí misma, pero sí tiene que ver con la cultura, con la magia de la vida nómada, con la experimentación del cuerpo en soledad, con las formas exquisitas de algunos efebos que aquí te encuentras y que son el *summum* de la belleza masculina.

—Estaré encantada de comprobar lo que dices; me parece muy romántica tu postura. —Clotilde no quiso decirle a Stefan lo que realmente pensaba; para ella era evidente que, siendo su marido un hombre sumamente generoso, con seguridad en aquella sociedad tan necesitada era un blanco fácil para los buscavidas.

* * *

El bulevar Pasteur a las doce del mediodía vivía una efervescencia digna de un día festivo y, sin embargo, era un día cualquiera en el que, como cada mañana, las cafeterías estaban llenas a rebosar de gente observando el ir y venir de los transeúntes, cada cual más diferente.

Las tiendas no vivían ya su mejor momento. Sin embargo, en el bulevar todavía quedaban vestigios del comercio del que había disfrutado la ciudad.

Fátima condujo a Clotilde a varias tiendas de kaftanes lujosamente bordados, sumergiéndose en las montañas de telas y abalorios que allí se exhibían y reparando en alguna de las piezas dignas de las princesas de las mil y una noches. La chica era muy afable, aunque tenía un halo de tristeza que le impedía sonreír.

Le llamaron la atención los escaparates de la Librairie des Colonnes y entró a curiosear. Una mujer de pequeña estatura y ojos muy vivos reparó en ella, y en un perfecto francés se presentó:

—Soy Rachel Muyal, ¿puedo ayudarla en algo?

—Estoy fascinada con el descubrimiento de este oasis del conocimiento. Tengo la impresión de estar en una vieja librería parisina; no esperaba encontrarme algo así aquí.

—Pásese siempre que lo desee; con seguridad encontrará cualquier libro que busque —afirmó Rachel, con más profesionalidad que simpatía.

Clotilde, sin saberlo, había descubierto el templo de la cultura de Tánger, el lugar de encuentro de cuantos escritores bohemios recalaban en aquella ciudad bendecida por la libertad.

Continuó su paseo por el bulevar. Fátima, en un francés con un deje gutural, le fue mostrando edificios, costumbres y establecimientos que exhalaban el colonialismo de otra época.

Se detuvo ante el escaparate de una joyería. Quiso entrar a ver las curiosas joyas que tenían. Fátima la esperó en la calle. El negocio estaba regentado por un matrimonio judío de avanzada edad. El anciano, de kipá bordada en azul, se acercó a ella.

—¿Puedo servirla en algo?

—Deseo ver las pulseras que exhibe en el escaparate.

A Clotilde le encantaron aquellos objetos y le pidió que se los reservara hasta el día siguiente, que enviaría a buscarlos y pagarlos. Dada la amabilidad del hombre, Clotilde se atrevió a preguntarle por la comunidad judía.

—¿Le suena a usted si en Tánger hay alguna familia que se apellide Bengio?

—Por supuesto. Eran muy conocidos aquí; claro que este apellido es bastante común.

—Quiere usted decir que ya no viven aquí.

—Que yo sepa, hace años que se fueron a vivir a España.

—¿Sabe si procedían de Alemania?

—No, qué va. Ellos eran comerciantes de toda la vida de Tánger; no tenían nada que ver con Alemania.

Clotilde le dio las gracias al joyero.

Se disponía a salir cuando una chica joven, que estaba siendo atendida por la mujer del joyero, se dirigió a ella con desparpajo.

—Se ve que tiene usted un gusto exquisito. ¿Podría ayudarme a elegir entre estos relojes? Es el regalo de pedida para mi novio y deseo acertar.

A la condesa le divirtió participar en la elección; así que con honestidad se inclinó por uno de esfera blanca con números romanos que no parecía ser el más caro y proyectaba cierta clase.

—Este es el que más me gusta —apuntó al instante.

—A mí también me parece bonito. Muchas gracias. Veo que usted no es de Tánger. Yo he vivido toda mi vida aquí, aunque soy de origen español.

—Soy alemana, aunque vivo en Inglaterra desde hace años. —Clotilde no entablaba conversación con cualquiera, pero deseaba hacerle caso a Stefan y adaptarse a aquella forma desenfadada de interpretar la vida. Así que se atrevió a seguir con la conversación de aquella desconocida—: ¿Cómo es que llegó su familia a esta ciudad?

—Mi familia es de Córdoba. Mi padre vino a Tánger en el año 1944; aunque a mi madre, a mí y a mis hermanos no nos permitieron entrar en aquel momento.

—Entonces, ¿ha vivido el añorado Tánger internacional?

—¡Llevo toda mi vida aquí! —La cordobesa estaba decidida a seguir conversando con aquella señora tan distinguida.

Por su parte, Clotilde deseaba empaparse de la ciudad y creyó erróneamente que iba a encontrar poca gente que hablara tan correctamente el inglés.

—¿Qué le impidió entrar en Tánger?

—Cosas de aquellos tiempos. Mi madre se casó con el nombre de Juana y en la partida de nacimiento figuraba como Eugenia, porque su padrino decidió inscribirla con el nombre de él. Así que cada vez que quería pasar la frontera pensaban que era otra persona, y así se tiró cuatro años intentándolo, hasta que falseó el libro de familia y pudimos entrar en 1948.

—Curiosa historia. ¿Cómo se llama usted? —preguntó Clotilde. Pocas veces podía codearse con personas de condición diferente a la suya, y aquella chica le gustaba por lo vivaracha que era.

—Me llamo Toñi y he trabajado en el diario *España*, y ahora junto a una amiga hemos fundado la revista *Atlántico*; es un magazine en el que predomina la cultura.

—Me parece muy interesante. Yo me llamo Clotilde von Ulm. Estoy en Tánger de vacaciones. —Clotilde usó el apellido de su marido, por deferencia a él.

—Pues si necesita de una intérprete, cuente conmigo —se apresuró a decir Toñi.

—La verdad es que he pensado en buscar a alguien que me acompañara estos días, así que, si quiere el puesto, suyo es. —Clotilde estaba eufórica y desinhibida.

—Pues ya la ha encontrado. Mi trabajo en la revista me permite tener tiempo libre para acompañarla cuando desee.

Clotilde se despidió del matrimonio de joyeros, al tiempo que les indicó que volvería al día siguiente a recoger su encargo. Se dirigió a Fátima para decirle que podía regresar a casa. Que su nueva amiga la acompañaría de regreso.

—Deseo que me cuente todo lo que sepa de esta ciudad.

—Debo decirle que en esta ciudad se respetan y conviven todas las religiones. Yo he jugado en la calle con moros, cristianos, judíos e hindúes. He participado de sus tradiciones y ellos de las mías. Cada uno íbamos a colegios diferentes. Los hebreos iban a la escuela de la Alianza Israelita Universal, que era una escuela francesa laica, y los españoles al Grupo Escolar de España. Solo en las escuelas cristianas y musulmanas se impartían clases de religión.

—¿Hay muchos hebreos en Tánger?

—No quedan muchos. Pero sigue siendo una comunidad importante; llevan aquí varias generaciones. A todos nos cuesta marcharnos, y eso que cada día es más evidente que ya no es la ciudad de antaño.

—¿De dónde procedían los judíos que se instalaron aquí?

—De todas partes, pero la mayoría eran sefardíes venidos de España. El edicto de expulsión de los judíos por los Reyes Católicos hizo que los hebreos comenzaran a utilizar el topónimo bíblico de Sefarad para referirse a España. De ahí viene el designar con el nombre de sefardíes a los judíos originarios de España. A los demás judíos, vinieran de donde vinieran, les llamábamos polacos. Si quiere, podemos acercarnos a Madame Porté, es una pastelería francesa muy conocida. Allí he quedado con mi amiga Sabine; es la directora de la revista *Atlántico* para la que trabajo, una revista mensual bilingüe ya que es judía. Ella le puede contar más cosas de la comunidad hebrea. —Toñi estaba encantada con aquel encuentro.

Fueron caminando hasta la bocacalle en la que en los bajos de un edificio en chaflán aparecían las letras de café Porté. El salón era un lugar exquisito regentado por madame Porté, una viuda de altos vuelos que mantenía el lugar con la elegancia de los mejores tiempos.

Clotilde jamás había visto una pastelería mejor ordenada: mostrador de encargos, bollería, pasteles, tartas, salado... El lujoso salón, con damero blanco y negro en el suelo, lámparas de cristal y grandes ventanales a la calle, estaba lleno a rebosar.

Tomaron asiento en una de las mesas coquetamente vestidas. Según Toñi, los manteles eran cambiados diariamente y se elegían en función de la vajilla de porcelana de Sevrès que tocara ese día. Hoy, los manteles eran rosa pastel, a juego con los platos y tazas de un rosa algo subido de tono, perfilados en oro con dibujos florales.

Una camarera uniformada a juego con los colores del local se acercó para sugerirles tés digestivos, cafés aromáticos, chocolates calientes, dulces marroquíes, crepes, piruletas con leche, helados suaves, yogures y una enorme variedad de *delicatessen* al gusto de los clientes refinados del local.

A los pocos minutos de haber tomado asiento, la mismísima madame Porté se acercó a las recién llegadas acompañada de una joven morena de pelo y ojos azul noche. La chica acababa de llegar al local y madame Porté enseguida salió a saludarla. Sabine con frecuencia quedaba en el café con los personajes de sus entrevistas.

—Aquí les dejo a mi adorada Sabine. ¿Ya les han tomado nota? —dijo madame Porté con amabilidad, aunque con semblante serio.

Clotilde se levantó para saludar a ambas. Madame Porté, de inmediato, fue requerida en la caja; la chica de los ojos azul noche, al igual que Toñi, comenzó hablando en francés.

—Puedes hablar con Clotilde en alemán; es compatriota tuya.

—Me alegro de conocerla. ¿Está usted de visita en la ciudad? —quiso saber Sabine, que como buena periodista quería saber quién era quién.

—Mi marido es el barón Von Ulm. Se ha comprado un *riad* en la Kasbah y pasa largas temporadas aquí. Aunque yo es la primera vez que visito Tánger. —Clotilde dio los datos justos para ponerlas en situación—. ¿Y tú vives con tu familia en Tánger? —le preguntó a Sabine.

—Esta sí que es una larga historia. Nací en Düsseldorf y he venido a Tánger buscando a mi familia, pero llevo cuatro años aquí y por ahora no la he encontrado. Me encanta este lugar; la gente es muy amable y estoy muy ilusionada con mi trabajo en la revista que Toñi y yo hemos sacado adelante; creo que me quedaré aquí.

Toñi iba a saltar dando más datos sobre Sabine, pero esta la miró con ojos de amenaza, impidiendo que hablara más de la cuenta.

—Quiere indagar sobre una familia judía. ¿Tú podrás ayudarla? —preguntó Toñi, cambiando de tema. Sabía que a su amiga no le gustaba hablar de su vida.

—Bueno, yo no sé mucho. Vine a Tánger a principios de los sesenta y ya había empezado el éxodo de judíos a Israel, España, Canadá, Francia, América del Sur y Estados Unidos... Algunos, más bien pocos, volvieron a Alemania. ¿Qué es lo que desea saber exactamente? —preguntó Sabine.

—Bueno, lo que quisiera es saber si la familia Bengio pudiera estar viviendo en Marruecos. Acabo de hablar con el joyero del bulevar Pasteur y me dijo que había una familia aquí con ese nombre, pero que ya se marcharon hace algún tiempo.

—¿Usted es judía? —quiso saber Sabine.

—No, soy católica; nací en Berlín y viví parte de mi vida en Sajonia. La familia Bengio era vecina mía en Berlín, y sus hijas, mis amigas. Su detención por las SS me dejó muy marcada.

Toñi se quedó con la boca abierta, hasta el punto de que Sabine, dulcemente, le tocó la barbilla para cerrársela, al tiempo que sonrió.

—Poco podré ayudarle, pero lo intentaré. —Sabine miró a Clotilde con extrañeza; aquella señora estaba más cerca de los estándares nazis que de ser projudía.

Sabine se había convertido en una mujer tolerante, culta y guapa, aunque seguía sin tener claro del todo si quería abrazar la religión de sus padres. Al menos, dudaba de asumir toda la carga que ello conllevaba.

—Si le parece, no hablaremos de nuestro pasado; solo de lo que somos hoy. —Sabine tampoco estaba dispuesta a contar su vida a desconocidas.

—Me parece perfecto. Creo que debemos empezar por tratamos de tú. Sois las primeras personas que conozco aquí, aparte de mi marido, claro —dijo Clotilde en un tono cordial.

Charlaron un poco más hasta que Clotilde se dio cuenta de que era casi la hora del almuerzo y debía regresar a casa de Stefan, que habría cocinado para ella. Se despidió de las dos jóvenes, no sin antes quedar para el día siguiente. Encontró muy gratificante la charla con Toñi y Sabine.

Capítulo 23

Persiguiendo el pasado

Sabine, con veinticuatro años, decidió tomar un barco a Tánger e investigar si sus padres habían podido llegar a Marruecos.

Un sol cegador de media tarde le impidió ver el trasiego del puerto desde el barco. Bajó la pasarela, topándose con una infinidad de hombres con chilaba que le ofrecían medios de transporte a cada cual más singular, y divisó un letrero con su nombre.

Había escrito a la comunidad judía anunciándoles su llegada, y ellos le contestaron que le enviarían un coche para llevarla a la casa comunal de la colectividad. El rabino, junto a otros prebostes judíos, la hicieron pasar a una sala recubierta de azulejos, donde varias sillas rodeaban una mesa redonda de grandes dimensiones.

Una batería de preguntas cayó sobre la chica, que contó su vida sin inmutarse y con la esperanza de que alguien le diera alguna razón de su familia, cosa que no ocurrió. Sin embargo, su historia les emocionó a todos, prometiéndole que la ayudarían cuanto estuviera en sus manos.

Más de uno se sorprendió con el hecho de que un banco suizo le devolviera el capital depositado por su padre.

—Has tenido mucha suerte. Es el primer caso que conozco que le hayan dado el depósito. Si no acreditas fehacientemente que eres la legítima dueña, no te entregan nada —dijo el joven y atractivo David Gozal Toledano, uno de los judíos más destacados de la comunidad tangerina.

—Pues no sé; parece lógico que sea así. Pero mi padre era un hombre previsor y dejó todo muy bien atado. —Sabine estaba orgullosa del padre que jamás conoció.

—Pero sabiendo que eran depósitos de judíos, al menos podrían dejárselo al pueblo de Israel para poder llevar a cabo su reconstrucción —apuntó Gozal.

—Pues sí. Eso es lo que se hubiera debido hacer, pero no es lo que se ha hecho —comentó el rabino.

—Las cuentas durmientes tendrían que dejar de serlo algún día. Debería hacerse entrega del dinero a los legítimos herederos*. Por no mencionar el tesoro del Tercer Reich, que se guarda en los sótanos de la Banca Helvética y que procede del expolio a los judíos. —El rico terrateniente Gozal Toledano era uno de los judíos que contaba con la amistad del rey Hassan II, que había subido al trono recientemente.

—Volviendo a tu asunto, no nos consta que haya venido aquí nadie con el nombre de tus padres. Pero hablaremos con la comunidad por si a alguien le suena el apellido. Por el momento, te hemos encontrado hospedaje con los Lowy, un matrimonio que tiene dos hijas, una de ellas de tu misma edad. Así te vas familiarizando con nuestras costumbres, y si decides convertirte al judaísmo, te ayudaremos —comentó el rabino.

—He de decirte que es continuo el éxodo de familias judías de Tánger, pero todavía tenemos sinagoga y un cementerio con los restos de nuestra gente —apuntó David Gozal.

Sabine no se desanimó al oír aquello. Su espíritu era combativo y sabía de siempre que los logros no se conseguían sin esfuerzo. Esa era su máxima en la vida.

Una de las mujeres que trabajaba para la comunidad acompañó a Sabine hasta la casa en la que iba a hospedarse. Fueron en el mismo coche que la había ido a buscar al barco, atravesaron callejuelas estrechas, sorteando a viandantes cansinos que en su mayoría llevaban algunos bártulos a cuestas. Al llegar al barrio judío, el vehículo ya no podía circular por esas callejas cuyas casas tenían el zócalo pintado de

* En el año noventa y ocho, la banca suiza abonó a los herederos de los judíos titulares de cuentas en Suiza que podían acreditar su ascendencia con los titulares de las cuentas un total de mil doscientos cincuenta millones de dólares procedentes de cuentas durmientes. Hoy en día todavía no se han restituido los bienes del expolio a los judíos a pesar de las insistentes peticiones de esta comunidad.

colores; las dos mujeres tuvieron que bajar del coche. Cada una cargó con una maleta. Sobrepasaron un arco que unía una casa con otra. La acompañante de Sabine se detuvo ante una puerta de madera con postigo y tocó la aldaba con fuerza.

El señor Lowy fue el que abrió la puerta.

—Te doy la bienvenida a nuestra casa. Para nosotros hospedarte supone cumplir con la obligación de ayudar a los nuestros.

—Muchas gracias por acogerme. —Sabine se sintió un tanto contrariada al oír que sus anfitriones la veían como una obligación que tenían que cumplir.

—¿Te han hablado del precio del alojamiento? Porque es distinto si solo utilizas la habitación o si quieres hacer las tres comidas con nosotros.

—No he hablado de ello, pero os pagaré por vivir y comer con vosotros. —Sabine no se acostumbraba a esta forma de ser de los hebreos. Para ellos el dinero tiene un concepto diferente; es algo natural hablar de él y no les da vergüenza aclarar conceptos que tengan que ver con las transacciones económicas. De todos modos, no pudo evitar que le molestara que aquellas fuesen las primeras frases que le dirigía su anfitrión.

Lo primero que pensó fue que no había sido buena idea aceptar la solución de la comunidad de buscarle alojamiento. Sin embargo, cualquier otra opción hubiera sido peor. Sin conocer a nadie y en un país con una cultura tan diferente a la alemana, no cabía duda de que estar bajo el paraguas de la comunidad judía le daba seguridad. Estaba curtida en el desánimo; así que la frialdad del padre de familia no iba a amedrentarla. A Sabine le dio tiempo a pensar en todo eso antes incluso de atravesar el umbral de su nueva casa.

La voz chillona de una adolescente de cara plagada de granos, pelo lamido y unos preciosos ojos negros almendrados sacó a Sabine de sus pensamientos.

—¿Te gustan los vestidos? —le preguntó la chica sin mediar un saludo.

—Sí, me encantan —contestó ella, poco convencida de que esa fuera la respuesta adecuada.

—Entonces te enseñaré telas en la tienda.

El padre de la chica intervino para explicarle a Sabine que su hija estaba obsesionada con las telas. Al desaparecer la casa de tejidos Anakala, la más exclusiva de Tánger, el padre —empleado en ese establecimiento— había comprado una parte de las existencias y abierto su propia tienda.

Dorotea, la hija mayor, de ojos saltones y mirada entreabierta, apareció al instante. Tendría unos veinte años, pero parecía mayor. Examinó a Sabine de arriba abajo. La hija del comerciante la despreció desde el primer momento; consideró que la forma de vestir de Sabine era descuidada y poco femenina, lo que hacía suponer que era una persona de escasos recursos.

La hora de almorzar se echó encima; una criada vestida de blanco anunció que estaba puesta la comida. A Sabine le sorprendió que, tratándose de una familia normal, tuvieran cocinera y criada.

La joven no sabía de qué hablar; así que se limitó a alabar el exquisito guiso de cordero.

La señora de la familia le dio el mérito a la cocinera, que, según ella, había aprendido a guisar gracias a sus recetas.

—El servicio doméstico sigue siendo un lujo que tenemos en Tánger. Los moros ya no trabajan por la comida, como en los buenos tiempos, pero cualquiera puede tener criados.

—¿Y no les molesta que les llamen moros? Parece peyorativo —comentó Sabine.

—El grado de sumisión de los empleados domésticos se debe a que llevan años siendo los parias de la sociedad. A pesar de ello, jamás sienten odio o rencor hacia sus señores. Las diversas comunidades que habitaban en Tánger les respetaban. No les molesta que les llamemos moros porque ese apelativo no los descalifica, al igual que no lo hace que se les llame cristianos a los católicos, y judíos a los hebreos.

—Tendrás que aprender a convivir con todas las religiones, pero debes tener en cuenta algo básico: «Para comer hay que buscar al moro y para dormir al cristiano» —dijo el padre, intentando instruir a la recién llegada.

—Lo tendré en cuenta —dijo Sabine, sin entender muy bien la frase.

—Pasado mañana iremos a la playa. Allí conocerás a más familias de hebreos y podrás indagar si alguno te da razón de la tuya. Iremos a las playas del Atlántico; son más salvajes —le comentó Dorotea a la joven antes de irse a dormir.

Aquella primera noche, en su alcoba, Sabine sintió la soledad que la perseguía, esa que te corroe el alma cuando te encuentras frente a frente con el espejo de tu vida. Era consciente de que, en la desesperación por encontrar sus raíces, se había lanzado a aquella aventura. De nuevo volvió al único sustento de su espíritu, buscó su bolso y extrajo la carta de su padre; se la sabía de memoria, pero necesitaba ver los trazos de su escritura, sentir que aquello era real. Tragó saliva, y poco a poco fue convenciéndose de que saldría de aquella; que hacía lo que debía hacer, que la vida no le había regalado nada y que, si quería encontrar su destino, tendría que pelear con todas sus fuerzas.

* * *

Antes de acudir a la playa, el padre quiso enseñarle a Sabine el cabo Espartel, el extremo noroccidental de África en donde se produce la confluencia entre el Mediterráneo y el Atlántico. Continuaron unos kilómetros al sur, pasando muy cerca de la gruta de Hércules. Solo el ojo humano puede abarcar la belleza natural de la playa Robinson, una ancha franja de arena dorada en forma de herradura, protegida del azote bravío del Atlántico por el cabo Espartel.

Sabine creía estar soñando. Jamás había visto tanta belleza ni había estado cerca del mar. Tampoco había pisado una playa... Y estaba allí; segura de que aquello era lo más parecido al Edén. Verse inmersa en aquella inmensidad le hizo tener esperanza. Era el segundo día de su nueva vida y, por primera vez, sintió que quizás había acertado.

La familia Lowy estacionó el coche a pocos metros de la playa. Dorotea enseguida descubrió a un grupo de jóvenes que estaban cerca de la orilla.

—Ven, vámonos con la pandilla. —Sin darle opción, Dorotea echó a correr hacia la playa.

Sabine corrió tras ella, sin ser consciente de que ella nunca había pertenecido a una pandilla. Los Lowy se encaminaron hacia un grupo de familias que ya tenían montado un auténtico pícnic playero.

—Os presento a Sabine. Vivirá en nuestra casa a partir de ahora.

Los muchachos se levantaron para saludarla, y la mayoría de las chicas la examinaron de arriba abajo, viendo en ella a una posible rival. Para desterrar cualquier problema, su anfitriona se apresuró a comentar:

—Ha venido a Tánger buscando alguna referencia de su familia, los Benatar. Es de origen judío, aunque se ha criado como católica, religión a la que sigue perteneciendo.

Sabine notó que en aquellas palabras había más recelo que cortesía. Así que se limitó a saludar, sin entrar en detalles.

Una joven de media melena con las puntas para dentro, cara redonda y enormes ojos color miel se levantó y la tomó de la mano, indicándole que se sentara a su lado.

—Hasta para hacer una presentación hay que ser generoso, y esta chica ni siquiera es capaz de regalar unas palabras bonitas. —Aquella chica se refería a que Dorotea pretendía quitarse una posible competencia de encima; los chicos judíos siempre evitarían ennoviarse con una chica que no fuera hebrea.

El resto de los jóvenes siguieron con la conversación.

—Ahora que ya estamos todos, vamos a dar un paseo por la playa antes de comer.

Sabine siguió a la chica de media melena, que no paraba de hablar.

—Me llamo Sara Tapiero. ¿Dónde vivías antes? —preguntó su nueva amiga.

—He nacido en Alemania. Mis padres me protegieron haciéndome pasar por cristiana —simplificó Sabine.

—La mayoría de los judíos que viven en Tánger no han sufrido el genocidio nazi; somos sefardíes, pero mi madre sí es una superviviente del Holocausto.

—¿De verdad? Nunca he conocido a nadie que viviera ese horror. ¿Cómo llegó aquí tu madre? —preguntó intrigada Sabine.

—Mis dos tíos mayores huyeron de Alemania en el año 1942 gracias a un amigo de sus padres que los embarcó para Brasil. El resto de la familia esperaba hacer lo mismo, pero fue apresada al poco tiempo y trasladada a Polonia en un vagón de mercancías; peor que si fueran ganado. Al llegar al campo de concentración, a mi madre y a su hermana las separaron de sus padres y jamás los volvieron a ver.

—¡Qué horror! —interrumpió Sabine—. Al menos no separaron a las dos hermanas.

—Desde luego, aunque soportaron cuatro años de martirio. Mi madre nunca habla de eso, pero me sobrecoge cuando nos dice: «Todo lo que teníamos era nuestra existencia desnuda, nos habían quitado la individualidad». ¿Te imaginas el nivel de aniquilación del ser humano, hasta despojarlo de su propio ser? —La chica relataba los hechos sin inmutarse, como el que repite una letanía.

—¿Qué pasó? ¿Consiguieron sobrevivir las dos al campo de concentración? —preguntó Sabine con interés.

—Sí, las liberaron los rusos, y después de atravesar toda Alemania consiguieron embarcar rumbo a Marruecos. Sus padres siempre les habían dicho que en Marruecos tenían familia y que, pasara lo que pasara, debían llegar a Essauira.

—Qué suerte tener un punto de referencia —pensó Sabine, que hubiera dado cualquier cosa por saber hacia dónde encaminar sus pasos. Incluso estando allí en Tánger, no tenía claro que pudiera estar en el camino adecuado para encontrar a los suyos. No es que estuviera decidida a convertirse al judaísmo, pero deseaba intentarlo. A su favor tenía que su padre, a juzgar por su carta, no parecía que la obligara a hacer tal cosa.

—Al llegar a Essauira las acogió su familia, que además gozaba de una situación económica muy holgada; se dedicaban al transporte y venta de artículos de alimentación. Mi madre se casó con mi padre, que era primo lejano suyo. Y mi tía conoció a un chico judío y se fueron a vivir a Israel.

—Me encantaría hacerle una entrevista a tu madre.

—¿Eres periodista?

—Sí, en Alemania trabajaba haciendo prácticas en un periódico, y me gustaría ejercer aquí mi profesión.

—No creo que mi madre se prestara a que le hicieran una entrevista; pero sería genial que pudieras escribir sobre las historias de las gentes que viven aquí.

A Sabine le pareció una buena idea lo que apuntaba Sara.

El muchacho más guapo del grupo se les acercó.

—Sara, ¿ya estás contando las historias familiares? ¿Le has preguntado si le apetece escucharlas?

—Esas historias jamás deben olvidarse —respondió Sabine de inmediato—. Quizás solo conociéndolas podemos evitar que vuelvan a suceder. También nos hacen entender la continua diáspora del pueblo hebreo.

Aquella salida le encantó al joven, que le dirigió una sonrisa mostrando una boca perfecta de dientes blanquísimos.

Fue en ese momento cuando ella se dio cuenta de que era el hombre más guapo que había visto nunca. Se parecía a Paul Newman; en su cuerpo atlético y bronceado se marcaban unos músculos tonificados y perfectos. Le empezaron a revolotear todas las mariposas que dormían en su estómago; una sensación que jamás había experimentado y que le producía angustia y placer al mismo tiempo. Se sonrojó sin poder evitarlo e intentó mirar para otro lado. El muchacho no se percató de nada; solo miró a aquella chica con la más dulce de las sonrisas. Estaba embelesado con los ojos azul noche de aquella joven de facciones delicadas y piel algo cetrina que apenas hablaba, pero que lo observaba todo como si se fuera a acabar el mundo.

Hasta ese momento, Sabine no había mostrado interés por ningún chico. En realidad, el solo hecho de pensar en un hombre le producía un rechazo intrínseco inenarrable; los abusos del pasado seguían en su piel como un puñal que le impedía normalizar su vida personal.

El chico decidió presentarse.

—Hola, soy Rafael, el hermano de esta chica tan pesada que está contigo. —E hizo una tierna caricia en la mejilla a su hermana.

Sabine se quedó prendada con el trato cariñoso que aquel muchacho dispensaba a su nueva amiga.

—Me llamo Sabine Braun, aunque debería decir que el nombre que me dieron mis padres es Eliana Benatar.

—Esto se pone interesante. ¿Cómo deseas que te llamemos? —preguntó Rafael.

—Sabine. Mi padre deseó que nunca renunciara a mi nombre cristiano.

—¿Tienes familia en Alemania? ¿Por qué has venido aquí?

—Mi familia de acogida vive en Alemania y sigo en contacto con ellos. Pero deseo encontrar a mi verdadera familia y, por lo que he podido saber, podrían haber venido a Tánger.

* * *

A partir de aquel domingo en la playa —lugar de encuentro de todos los tangerinos— Sara y Sabine entablaron una buena amistad. Y la atracción con Rafael fue un hecho incuestionable.

Al mes de su estancia en Tánger, Sabine recibió un aviso para ir a la sinagoga, ya que tenían información para ella.

Allí se encontró con un señor alto de complexión fuerte, muy mayor, que hablaba un dialecto incomprensible con otro anciano.

—Hablan en *jaketía*, una mezcla entre español, árabe y hebreo. Pero no te preocupes, que contigo se esforzarán para hablar en francés —le dijo el rabino.

Estaba muy nerviosa, pues desde que había llegado a Tánger había preguntado a mucha gente de la comunidad hebrea si conocían el apellido Benatar, pero, hasta ese momento, nadie le había podido decir nada de ellos.

—Dices que tu padre se llama Ariel Benatar. Recuerdo que mi prima Hella Lindenberger me habló de un matrimonio que estaba pensando en comprar unos visados para Tánger. Ella vivía en Düsseldorf.

A Sabine se le puso un nudo en la garganta. Tenían que ser sus padres.

No quería interrumpir al hombre, pero este se tomaba su tiempo para hablar, y Sabine estaba ansiosa por que siguiera contando.

—¿Te acuerdas de mi prima Hella? ¡Oh! ¡Esa sí que era una mujer espléndida! Lástima que se casara con un cristiano y se fuera a vivir a Venezuela. No entiendo cómo una judía se puede casar con un cristiano. No, no lo entiendo... —le dijo al rabino.

—Por favor, ¿podría decirme lo que sepa de los Benatar? —suplicó Sabine, impaciente.

—¡Ah, sí! Pues nada. Al final no embarcaron con mi prima. Tengo entendido que los apresaron. Al parecer, en aquellos días se dijo que a todos los que arrestaron los llevaron a Mauthausen-Gusen.

—¿Cómo podría contactar con su prima Hella? —preguntó descorazonada Sabine, pero sin dar por cerrada la historia.

—Puedes escribirle, pero te va a decir lo mismo que te estoy diciendo yo. Mejor pregunta a los Tapiero. La señora fue una superviviente de Mauthausen y se vino a vivir a Tánger con su marido.

—Conozco a sus hijos. Y ellos han intentado que su madre hablara conmigo, pero se ha negado —contestó la joven al anciano. Acto seguido, se volvió hacia el rabino—. ¿Podría usted hablar con la señora Tapiero? Quizás me reciba si usted se lo pide. —Sabine sabía que la llamada del rabino sería muy efectiva.

—Descuida, que así lo haré —se compadeció de aquella chica resuelta, pero desvalida, el rabino.

A los pocos días acudió a la casa de los Tapiero. Le abrió la puerta Rafael.

—Mi madre se ha pasado toda la mañana cocinando. Espero que te guste la comida *kosher*.

—Me estoy acostumbrando a ella, pero seguro que me gusta.

—Mi padre ha tenido que irse otra vez a Madrid. En cuanto el negocio esté en marcha, nos iremos a vivir a España.

La madre de los Tapiero salió de la cocina y se acercó a saludar a Sabine.

—Hola, me ha llamado el rabino para que hablara contigo. Me han dicho que estabas buscando información sobre tus padres y que crees que pudieron estar en Mauthausen. —La madre hablaba mientras conducía a Sabine al comedor, en donde una humeante sopa de remolacha algo aguada presidía la mesa—. Soy una superviviente, pero no me gusta hablar de lo que sufrí allí. No recuerdo a nadie con el nombre de tus padres. En cualquier caso, mi cerebro se niega a revivir aquella atrocidad.

—Mamá, por favor, haz un esfuerzo. Sabine desea indagar todas las posibilidades. Intenta recordar si te suena el apellido Benatar —le pidió Sara.

—No, no recuerdo ese nombre. Yo era muy joven y solo pensaba en sobrevivir. El frío me congeló los pies; por eso cojeo. Y el hambre me impedía pensar. Subsistí cuatro años en aquel cementerio de vivos y me repetía una y otra vez que, si salía de allí, nunca volvería a pasar hambre ni frío. Por eso me resisto a dejar Marruecos.

La señora Tapiero le contó la misma historia que le había narrado su amiga, sin mostrar su alma. Solo narró unos hechos anclados en un pasado que deseaba olvidar. El resto de la comida transcurrió en medio de algunas conversaciones banales. Al terminar, Sabine agradeció a la señora Tapiero su amabilidad y salió de la casa de sus amigos absolutamente descorazonada. Por primera vez, fue consciente de que sus pesquisas habían llegado a un punto muerto. Ya no podía hacer nada más. A partir de ahora debía replantearse su propia vida.

En una de las fiestas del club de tenis conoció a Toñi, una española de su misma edad que había sido invitada por una amiga. La cena, a base de comida internacional, estaba amenizada por una orquesta. Toñi adoraba bailar. En la pista coincidió con Sabine y comenzaron a charlar.

—¿En qué trabajas? —preguntó Sabine a su recién conocida amiga.

—En el diario *España*.

—No me digas, ¿eres periodista?

—No, soy comercial y hacía la maquetación del periódico. ¿Y tú?

—Terminé mis cursos de periodismo mientras hacía prácticas en un periódico en Alemania. Por eso te preguntaba. ¿Crees que podré conseguir trabajo en tu periódico?

—Sinceramente, no lo creo. A mí están a punto de echarme.

—¡Vaya! Lo siento mucho —dijo Sabine.

—No lo sientas. Yo ya estaba algo harta. Me gustaría montar algo por mi cuenta.

—Yo también he pensado en ello; me gustaría abrir una revista mensual si pudiera contar con la ayuda de alguien experto.

—Pues pongámonos a ello. Tú haces el trabajo periodístico y yo hago de comercial y diseño la revista. Conozco una imprenta que nos la haría; todo es ponerse.

Se pasaron meses buscando un lugar donde instalar la sede de la revista, a la que decidieron llamar *Atlántico*, en clara referencia al océano que se funde con el Mediterráneo en el cabo Espartel.

Al fin encontraron un pequeño local, que daba a un callejón casi oculto, con la ventaja de que disponía de un patio trasero y estaba muy cerca de la plaza del pequeño zoco, donde los cafés y el bullicio de las gentes se mezclaban con los olores, sabores y colores de aquella ciudad que te envolvía.

Sabine se metió de lleno en la vida de Tánger, que la había atrapado como un imán; se sintió arropada por lo que la rodeaba, empezando a anidar en ella un sentimiento de pertenencia a un lugar.

Poco a poco, y en gran parte gracias a la comunidad judía, fue sacando adelante su publicación, que únicamente le daba para subsistir y al menos no gastar el capital heredado de sus padres.

Sabine fue intimando más con Rafael. Hasta ese momento, jamás se había planteado unir su vida a un hombre. La sola idea de estar físicamente con alguien le repugnaba. Fue todo muy natural. Poco a poco fue sintiendo que aquel chico había empezado a ser imprescindible en su vida.

Los jóvenes empezaron a verse con frecuencia. Iban al cine en grupo, jugaban al tenis, acudían a bailes benéficos, a la playa...

Sabine en los dos años siguientes dedicó parte de su tiempo a consolidar la revista; siguió viviendo con la misma familia judía y empezó a instruirse en el judaísmo, sin demasiada convicción, pero animada por Rafael.

Una tarde, Rafael la invitó a pasear al faro de Malabata, un lugar en donde los enamorados solían declararse a sus novias.

—Debo cumplir dos años de servicio militar en el Estado de Israel. Seré militar en Tierra Santa —le explicó a Sabine, sin ocultar su entusiasmo.

A ella aquella declaración le cayó como un jarro de agua fría. Rafael no contaba con ella en su proyecto de vida. Así que le expuso lo que estaba pensando.

—Llevamos dos años siendo novios, ¿no podríamos casarnos e irnos a Israel juntos? —sugirió Sabine con inseguridad.

—Siempre te he comentado que deseaba irme a Israel, pero la verdad es que nunca había pensado en esa posibilidad.

—Yo ya sabía que debías marcharte a cumplir el servicio militar, pero nunca he descartado irme contigo cuando llegara el momento. Dos años es mucho tiempo. Además, seguir allí con mi instrucción en el judaísmo sería una buena idea. Llevo más de dos años en Tánger y he descartado encontrar a mi familia. Y, por otro lado, no me importaría dejarle la revista a Toñi —reflexionó Sabine.

Rafael no estaba seguro de que a su madre le gustara la idea. Nunca le había dicho que Sabine era novia formal, por temor a su negativa. Pero, por encima de todo, deseaba vivir su experiencia en Israel sin interferencia alguna.

Sabine, en cambio, sí estaba dispuesta a dejarlo todo y seguir a Rafael.

Desde ese día las cosas cambiaron drásticamente. Sabine no volvió a saber nada más de Rafael. Llamó varias veces a su casa, pero siempre le contestaban que no estaba. Parecía habérselo tragado la tierra. No supo nada más de él ni de su amiga Sara... hasta que una tarde que estaba en la pastelería La Española comprando unas lenguas de gato antes de ir al cine, se topó de bruces con la hermana de Rafael. Tras un saludo cortés, Sabine fue al grano.

—Llevo sin saber de tu hermano casi un mes. Y después de llamar varias veces a tu casa, decidí dejar de hacerlo al no obtener respuesta alguna.

—Mi hermano se ha ido a Israel. Es mejor que lo olvides —le confesó compungida su amiga.

—No lo entiendo. ¿Así, de repente?

—Por favor, no me delates, pero sé que mi hermano le dijo a mi madre que deseaba irse solo a Israel, pero que tú querías que os casarais. Ella puso el grito en el cielo, pues sabe que tú todavía no has acabado la instrucción para ser judía. Así que lo animó a irse de inmediato. Aseguró, además, que un hijo suyo no se iba a casar con una cristiana. Trata de entenderlo, es otra mentalidad; ella ha sufrido tanto que no entiende de sentimientos ajenos. Para ella tú no eres una auténtica judía.

Sabine se quedó consternada. No podía comprender la traición de Rafael. Había creído en sus sentimientos hacia por ella. Y no entendía la rigidez de la madre.

—Quiero despedirme de ti. La semana que viene dejamos Tánger y nos vamos a vivir a Madrid. Sabine, «tu boca en los cielos». —Con esa frase tan coloquial, Sara le deseaba a su amiga lo mejor para su futuro.

—Te echaré de menos. —Sabine se abrazó a su amiga, consciente de que no la volvería a ver—. Mi madre dice que desea apartarnos de la vida de Tánger; hay demasiada mezcla de religiones. Cree que llevándonos a Madrid puede evitar que yo me enamore de un cristiano. En España nos relacionaremos solo con la comunidad judía. Tengo que confesarte que para mi madre esto es una obsesión. Con dieciocho años empecé a tontear con un chico musulmán y ella llegó a pagarle para que dejara de verme.

—Debí haber sabido en donde me metía. Por este tipo de comportamientos dudo si quiero o no ser judía.

Después de aquella experiencia, Sabine decidió que debía rehacer su vida y resolvió que lo que hiciera a partir de ese momento solo dependería de ella.

Fue a ver al rabino para exponerle sus dudas sobre su conversión al judaísmo. Este intentó calmarla y hablarle de Dios y de la condición humana. Intentó explicarle lo importante que era la mujer en la cultura hebrea como transmisora de la Torá. Pero a Sabine no le convencieron los argumentos del rabino. Tenía claro que seguiría viviendo en Tánger por ahora, al amparo de la comunidad judía, aunque no podía entender que el fanatismo religioso estuviese por encima de los sentimientos.

Se dio cuenta de que su relación con Rafael no había sido demasiado profunda; al menos, no lo suficiente como para casarse. Aquella experiencia le sirvió para superar su aversión hacia los hombres, aunque el contacto físico con Rafael no llegó a consumarse.

Sabine tuvo clara su situación y los principios por los que regirse a partir de entonces: estaba sola, se tenía a sí misma y debía salir adelante gracias a sus capacidades.

Se volcó por entero en su revista. Poco a poco comenzó a ser conocida en los círculos intelectuales, aunque no le agradaba la ambigüedad de alguno de ellos. Por eso no participaba demasiado de ese mundo; solo hablaba de él desde el punto de vista cultural, obviando el submundo en el que vivían gran parte de los intelectuales de Tánger. «Persiguiendo el pasado» era la sección firmada por Eliana Benatar, en la que la periodista entrevistaba a personajes singulares que vivían en Tánger.

El grupo de amigos judíos cada vez fue haciéndose más reducido, pero este hecho le sirvió para abrirse a otros grupos. Sabine fue adaptándose a la decadencia de la ciudad casi sin darse cuenta. Aquel Tánger internacional empezaba a perder la pátina del glamur del pasado.

La vida en Tánger era muy mundana, y aunque cada día se cerraban lugares emblemáticos, seguía habiendo una intensa actividad cultural. Y el clima le encantaba. Acostumbrada a pasar frío y levantarse cada día con la tristeza del cielo gris de Alemania, Tánger y su cielo azul le proporcionaban una energía vital hasta entonces desconocida para ella.

Capítulo 24
París como destino

Como suele decirse, «el que la sigue la consigue», y, sin duda, Dorotea Lowy, al fin, alcanzó el sueño de casarse con el chico del que estaba enamorada desde hacía años. Él había mariposeado con unas y otras, hasta que, llegado el momento, se planteó que Dorotea era lo menos malo a lo que podía aspirar.

Los preparativos para la boda duraron semanas. A los padres de Dorotea lo que verdaderamente les quitaba el sueño era la tradicional noche de berberisca, en la que el traje de novia era el protagonista. La familia no poseía un traje tan costoso, que se heredaba de generación en generación. Por lo que tuvieron que pedirlo prestado a la hermana de la madre.

El salón se había abierto al comedor y al *hall*, convirtiendo la casa en una alargada estancia en la que los miembros de la familia fueron tomando posiciones a derecha e izquierda con el fin de dejar libre un ancho pasillo por el que la novia y su cortejo debía avanzar hasta llegar a la altura del novio, que esperaba de pie sobre una tarima la llegada de aquella.

La tía de Dorotea y depositaria del traje se había convertido en una experta en vestir a las novias sefardíes, para lo cual acudió a la casa acompañada de varias mujeres que le ayudaban a transportar la delicada mercancía que iba envuelta en paños de lino, cofres para las alhajas y una caja forrada de terciopelo donde se guardaba la *sfifa* o tocado en forma de corona, cuajado de perlas y salpicado de piedras preciosas.

Sabine ocupó un lugar en la primera fila. Deseaba empaparse de aquel rito ancestral que la acercaba a sus orígenes; quería sentir que pertenecía a algo. Estaba nerviosa y expectante.

Los tíos de la novia abrieron el cortejo nupcial, portando velas que simbolizaban que la vida de la novia estuviera llena de luz. La futura esposa cubría su cabeza con un velo de fina gasa repleto de hilos de oro, sujeto con la tiara de perlas o *sfifa*. La falda de terciopelo de un verde oscuro llevaba bordado en oro el árbol de la vida. Tras ella, su padre, que con las manos abiertas a la altura de la cabeza de la novia, encarnaba la protección que siempre profesaría a su hija. Los cantos sefardíes que envolvían al cortejo recordaban a los pasajes del «Cantar de los cantares».

«Parece una diosa de la Antigüedad», pensó Sabine al ver a Dorotea vestida con aquel traje, propio del Renacimiento español, en el que cada parte del mismo tenía un significado.

La novia caminó erguida y serena hasta llegar al encuentro con el novio.

Al término de la ceremonia, los invitados salieron al jardín trasero de la casa, donde se habían dispuesto todos los manjares propios de la cocina *kosher*.

La tía de la novia le estaba explicando a Sabine toda la simbología del «traje de paño», cuando se le acercó una señora ya mayor, con una voz dulce y un aspecto muy cuidado, que la saludó.

—Qué bonito está todo. Gracias a personas como tú estas ceremonias se perpetuarán en el tiempo.

—Querida prima, os agradezco mucho que vinierais desde Tetuán para la boda. Mira, te presento a Sabine; es periodista, edita la revista *Atlántico* y vive con la familia de mi hermano.

—Qué interesante. ¿Y cómo has llegado aquí? —preguntó la invitada.

—He venido buscando a mi familia, los Benatar. Aunque ya he desistido de encontrarlos, ya que apenas hay nada sobre ellos.

—¿Benatar? Tengo la impresión de que me suena de algo —dijo pensativa la señora.

Sabine miró a aquella mujer excesivamente maquillada, de nariz aguileña y pelo teñido de rubio. No quería volver a ilusionarse para luego no tener resultados.

—¿Puede hacer un esfuerzo y pensar de qué le suena? —preguntó sin mucho convencimiento.

—La verdad es que ahora no caigo, pero déjeme pensar un poco, a ver si consigo recordar.

—¿Cuál es su nombre? —inquirió respetuosamente Sabine.

—Mi nombre es Esther O'Hayon. Voy a preguntarle a mi hermana Claudia. Ahora vuelvo.

De nuevo una luz en el túnel, una esperanza... Quizás, de nuevo, una cicatriz más en el alma. Llevaba cuatro años en Tánger y no había conseguido casi nada.

Al cabo de un buen rato, se acercó a Sabine la señora de antes con otra; venían con una sonrisa en los labios.

—Mi hermana recuerda perfectamente de qué nos suena ese nombre.

—Sin duda, no podría olvidarlo. Nuestro padre, allá por los años treinta, le encargó a una prima suya un abrigo de visón para mí. Mi padre admiraba la elegancia de su prima y quiso regalarme, con motivo de mi mayoría de edad, un abrigo tan exclusivo como los que lucía su admirada pariente. Así que le hizo el encargo. Hoy todavía lo conservo. En su forro de seda marrón con bordados de flores en oro, sigue cosida la etiqueta: Benatar-Fráncfort.

—Pero yo he vivido en Fráncfort y actualmente allí no hay nadie con ese apellido —dijo Sabine muy nerviosa.

—Y así es, en Alemania creo que ya no queda ningún Benatar.

A Sabine se le humedecieron los ojos y de pronto empezó a llorar. La mujer la tomó por el brazo y la acercó hasta una silla. La joven intentaba serenarse mientras se limpiaba los ojos con las manos, pero era imposible controlar el llanto.

—Tranquilízate. Todavía no te he contado nada importante —trató de calmarla la mujer.

—Lo sé. El solo hecho de pensar que mi familia existió y fueron más que nombres escritos en una carta, supone más de lo que hubiera soñado.

—Bien, pues prepárate para lo mejor. La prima de nuestro padre tuvo hasta hace unos años la mejor tienda de telas de Tetuán. En la época del Tánger internacional solían venir aquí para vender sus colecciones, muchas de ellas compradas en París e Italia. En París le compraba telas a Israel Benatar, que se había establecido en Francia.

Cuando ya había abandonado la idea de tener noticias de su familia, Sabine, después de estas palabras, sintió una enorme liberación en su interior; fue como si una losa de grandes proporciones dejara de oprimir su pecho, dando vida a una esperanza.

—¿Sabe cómo se llama la empresa?

—Eso no lo recuerdo. Habrá que ponerse en contacto con la comunidad judía de París y que la localicen.

Para Sabine, aquel día permanecería en su memoria como el más importante de su vida. No sabía si finalmente se convertiría en una judía devota o si realmente su presunta familia francesa la acogería como a una más, pero al menos tenía la esperanza de que podría decir quién era, sin sentir que estaba especulando con una fantasía. Tener la convicción de que no era un ente sin raíces, sin ancestros, sin nadie tangible que certificara su origen, era a lo que había aspirado toda su vida.

Jamás olvidaría la fiesta de esponsales de berberisca. Así que, a partir de aquel instante, comenzó a disfrutar de verdad de aquel festejo en el que los manjares de la cocina sefardí se mezclaban con los marroquíes; todo un gran despliegue de azúcar, leche y miel, que simbolizaban la abundancia y la prosperidad.

* * *

Sabine estaba pletórica. Acudió al minúsculo local donde tenía la sede de la revista *Atlántico*. Toñi tomaba un té caliente con mucho azúcar en el patio y hablaba amigablemente con una vecina de pañuelo anudado a la cabeza y kaftán bordado en el escote, que solía ayudarles en la distribución de ejemplares. Ambas estaban sentadas en unas sillas de madera tallada y poco cómodas. El patio había sido pintado de azul añil y presentaba un aspecto agradable que invitaba a pasar el rato.

—Chicas, vais a tener que trabajar. Me voy a París a buscar a la familia de mi padre.

Toñi casi se atraganta. Abrió los ojos de par en par. Cada día Sabine buscaba en la correspondencia la posibilidad de que alguien le diera noticias de su familia. Era una costumbre monótona, y empezaba a resultar triste, pues nadie había aportado noticia alguna sobre el paradero de los Benatar.

—Cuéntanos, ¿qué noticias traes? —quiso saber Toñi, que, por aquel entonces, hacía de todo en la revista.

Sabine narró el encuentro que tuvo durante la boda de Dorotea, que se había celebrado el día anterior.

—No sé el tiempo que estaré en París. Así que debemos adelantar el próximo número y dejarlo cerrado. ¿Se os ocurre algo?

—Hace tiempo que no sacamos a Bowles. Lo vi el otro día en una exposición. Creo que me dijo que iba a publicar algo nuevo. Toñi, como relaciones públicas, no tenía precio.

—Buena idea, lo llamaré. Se me ha ocurrido que hables con la señora que me presentaste el otro día en el café Porté. Creo que su marido es un hombre de negocios que ha rehabilitado durante años un *riad,* siguiendo escrupulosamente la tradición arquitectónica marroquí.

—Me parece genial. Mañana llamo a la baronesa, aunque me da un poco de vergüenza pedirle ya un favor —dijo Toñi con cara de pena.

—Con esa actitud no serás nunca una buena periodista —se rio Sabine, que sabía que eso de la vergüenza no iba con Toñi.

Los días sucesivos fueron frenéticos para la joven. Incluso se puso al habla con la comunidad judía de París para que le organizaran un encuentro con la familia Benatar.

Toñi le consiguió la entrevista con Stefan von Ulm. Ambas se personaron en el *riad* a media mañana.

—Me alegro mucho de teneros aquí y, sobre todo, de que mi marido haya aceptado concederos una entrevista, ya que es muy poco dado a salir en la prensa. —Clotilde se mostró encantada de recibir a las dos chicas.

Las hizo pasar al patio central del *riad.* Dos bandejas enormes de latón profusamente repujadas sostenían tres jarras: una de té morisco y las otras dos, de limonada y granadina con abundante hielo picado.

Sabine y Stefan recorrieron el *riad.* El barón disfrutó rememorando sus expediciones por los pueblos en busca de materiales y otros objetos decorativos. Muchos de ellos con una historia detrás, ya fuese porque habían sido objeto de una restauración o porque pertenecían a alguna cultura del pasado.

—Eres muy joven para llevar tú sola la responsabilidad de una revista. Admiro a los emprendedores, y si son mujeres todavía más, porque demuestra mucha fuerza de voluntad y valentía en este mundo de hombres —dijo Stefan sin disimular su admiración.

—Se lo agradezco. La verdad es que no es fácil, pero tengo pocos gastos, y aunque es una revista mensual, si un mes no tengo suficiente publicidad para sacarla sin que me cueste dinero, pues retraso el número —se sinceró Sabine.

—No lo vuelvas a hacer. A partir de hoy, cuando te pase eso, acudes a mí y estaré encantado de ser tu socio capitalista. —Stefan era el típico hombre de negocios que peleaba hasta el último céntimo, pero disfrutaba luego ayudando a aquellos a los que ganarlo les suponía sudor y lágrimas.

Sabine salió del *riad* pensando que no había conocido nunca un hombre más extraordinario que el barón Von Ulm.

—Si no fuera porque está casado, me enamoraría de él —se rio la joven, pero en el fondo lo dijo con toda sinceridad.

—Me temo, amiga, que el señor Ulm no juega en nuestra liga. —Toñi era muy avezada en aquello de los comportamientos humanos y se había dado cuenta de que Stefan era homosexual.

—¡Qué estás diciendo! —saltó Sabine, incrédula—. ¡Conozco al hombre más maravilloso del mundo y dices que es homosexual!

—Siento decepcionarte, pero mucho me temo que tengo razón. Cuando regreses de París, te tendré hecha la ficha —aseguró Toñi.

* * *

Nunca había estado en París y, sin embargo, le dio la sensación de no ser una extraña en aquella ciudad. Todo le era cercano y amable. El hecho de hablar francés, aunque fuera con marcado acento marroquí, le facilitaba la vida.

De nuevo, la comunidad judía volvió a ser el punto de partida, aunque esta vez incluso habían hablado ya con los Benatar.

Sabine se hospedó en un hotelito cercano a la plaza de la Ópera, propiedad de un miembro de la comunidad hebrea. Al día siguiente de su llegada, en los locales de la comunidad se daba una fiesta donde las familias acudían primero al oficio religioso y, a continuación, a una comida seguida de baile. La joven estaba tan nerviosa por la posibilidad de conocer a su supuesta familia que llegó al local una hora antes.

La hicieron pasar a una sala de estar que recordaba a las salas de espera de los médicos. Al poco rato entraron dos hombres, uno muy mayor y otro de mediana edad.

—¿Así que tú aseguras que eres hija de Ariel Benatar? —soltó sin más preámbulos el anciano encorvado de mirada seria que acababa de entrar.

—Aquí tengo una carta de mi padre que asegura que así es. —Sabine sacó de su bolso un sobre con cuidado y se lo entregó al anciano.

Este se sentó a leer asintiendo con la cabeza. Al poco rato miró a Sabine.

—Ya me han dicho cómo te hiciste con esta carta. Siempre creímos que habrías muerto.

Ella comenzó a ponerse nerviosa; le daba la sensación de que no le creían. Deseaba gritarles que ya había sufrido bastante, que a estas alturas le daba igual ser o no judía, que ya no quería seguir subida a aquel carrusel que solo le llevaba una y otra vez a la nada, a la desesperación y a no poder enfocar su vida. Estaba a punto de levantarse y salir corriendo, cuando una mujer que acababa de entrar en la sala se acercó al anciano, tomó la carta, la leyó y se la devolvió a Sabine, mirándola a los ojos.

—Te he estado observando desde que entraste por la puerta y no me hace falta leer esta carta para saber que eres una Benatar. Tus ojos azul noche no son nada comunes, y el cabeza de nuestra familia lo sabe bien. No te ofendas. Israel quiere estar seguro de que eres la hija de su hermano Ariel. Siempre se supo en la familia que Ariel y Shira creyeron que estarían a salvo de los nazis ocultándose en la trastienda de su sastrería, pero por desgracia aquellos monstruos habían decidido exterminarlos y les dieron caza como si fueran alimañas.

—¿Sabéis qué le ocurrió a mis padres? —preguntó Sabine, con voz temblorosa y lágrimas en los ojos.

—Tenemos conocimiento de que los detuvieron, y creemos que fueron enviados a Mauthausen. Supimos que la sastrería fue bombardeada y pensamos que tú habías muerto con los Braun. La familia de tu madre fue exterminada en Polonia.

El anciano se aproximó a Sabine y con la mano huesuda y temblorosa le acarició el pelo.

—Tienes el cabello de tu madre. Era la envidia de todas las chicas ese pelo castaño, brillante y denso. Recuerdo que, cuando se lo recogía, tenía que humedecer la cinta del pelo para poder sujetárselo. Ya puedo morir tranquilo. Mi hermano y su mujer habrán muerto, pero al menos su hija está viva y eso es más de lo que podía haber soñado. —El viejo Benatar había claudicado; aquella chica era la imagen de su hermano y la única mujer Benatar que quedaba.

El corazón de Sabine latía a toda velocidad. No era una persona dada a las efusiones de afecto, pero una fuerza interior la impulsó a abrazar a aquel anciano, que no pudo evitar un estremecimiento al sentir el abrazo de aquella muchacha tan frágil y al mismo tiempo con una fortaleza fuera de lo común.

El encuentro del jueves en los locales de la comunidad supuso para Sabine la incorporación a una familia de verdad.

El patriarca y tío de Sabine se interesó por su situación económica y le expuso que su padre, cuando montó el negocio de Düsseldorf, lo hizo con la ayuda de su familia en Fráncfort, deuda que saldó en su momento. Dejar zanjado el tema económico era vital para el octogenario judío.

—Vivirás en mi casa. Quiero contarte quién era tu familia y que te sientas orgullosa de tu padre —aseguró el anciano—. Me ocuparé de hacer una fiesta con motivo de haberte recuperado.

* * *

Una empleada de sus parientes la acompañó a la tienda principal de Pañerías París. Cuatro grandes escaparates flanqueaban la magnífica puerta con las hojas abiertas de par en par, en las que se habían esculpido hermosas guirnaldas de flores.

La fachada del establecimiento había sido recubierta de madera haciendo resaltar el interior de los escaparates, los cuales, a pesar de ser un día lluvioso, atraían los ojos del viandante por la profusión de luz que proyectaban. Cada escaparate representaba en blanco y negro los rincones más chic de París, con un elemento central como la torre Eiffel, la catedral de Notre Dame o la basílica del Sagrado Corazón. En medio de los enormes escaparates, dos maniquíes sujetaban una pieza de tela de distinta textura. Cada escaparate estaba dispuesto de un solo color, pero las telas eran diferentes: brocados, guipur, seda, tafetán..., todo en rojo.

—Mira los maniquíes. Sus vestidos no son tales; están hechos con telas sujetas con alfileres, no hay un solo corte —dijo su acompañante.

A la joven aquellos escaparates le parecieron los más elegantes que había visto nunca. Le impactó el que exhibía las telas de color azul francés: dos maniquíes con túnicas en crepé y satén se sentaban en unas sencillas sillas de palillería dorada, sujetando una pieza desplegada de damasco y de tafetán. La mujer iba diciéndole los nombres de los diferentes tipos de telas que se exponían en los lujosos escaparates.

Al fin, entraron en la tienda. El alargado local terminaba al fondo en una escalera alfombrada en color burdeos.

A derecha e izquierda del local, las paredes estaban tapizadas de estanterías que exhibían cientos de piezas de telas y tejidos: sedas italianas, tergal francés, lana inglesa, tafetán, cheviot, damasco, terciopelo, moaré, gabardina... Mil variedades, miles de colores, innumerables estampados, rayas... Una locura para la vista. Tras los mostradores, diligentes vendedores desplegaban ante la clientela aquellas joyas salidas de los más exóticos telares.

Sabine estaba embobada ante semejante espectáculo. Atravesó el local mirando a todos lados y admirando la elegancia de alguna de las clientas. Subió las señoriales escaleras y se encontró con un espacioso *hall* presidido por una chimenea central y dos sofás blancos enfrentados. Jamás había visto un sofá blanco. Cuatro enormes jarrones con flores eran el único elemento de color que había en la estancia.

Recorrieron un largo pasillo hasta llegar al final, donde una puerta de cristales esmerilados daba paso a un luminoso despacho. En torno a una mesa de trabajo se sentaban dos jóvenes en los confidentes y, frente a ellos, un hombre de mediana edad que, al verlas entrar, se levantó.

—Os estábamos esperando con impaciencia. Soy Samuel Benatar, primo carnal tuyo, hijo de tu tío Israel; estos son mis hijos: Óscar, el mayor, que está casado, y Alejandro, el pequeño, soltero empedernido. —Los jóvenes ya se habían levantado y se aproximaron a Sabine.

—Así que tú eres nuestra nueva prima —dijo el más alto, de nariz aguileña, kipá sujeta a un pelo lacio y negro y ojos oscuros.

—Estoy muy feliz de haber encontrado a la familia de mi padre —alcanzó a decir Sabine, emocionada.

—Y nosotros también. Sentimos que tuvieras que sufrir tanto, pero tus desvelos han merecido la pena. Ahora no podrás deshacerte de nosotros. Ya sabemos que te estás instruyendo en la religión. Y el paso siguiente será presentarte a algún que otro muchacho adecuado. —Samuel tendría unos cincuenta años y hablaba como si Sabine fuera la hija que no tenía—. La única manera de sentirte una más de la familia es participando de la vida cotidiana. Dentro de cuatro días se celebrará el Séder de Pésaj, la primera noche de Pascua. Vendrás a celebrarla a nuestra casa.

Sabine conocía todos los ritos judíos; no en vano, llevaba seis años con los Lowy. Sin embargo, el hecho de participar de ellos como una más de la familia confería al acto un carácter especial.

—Queremos hacerte un regalo de bienvenida. Ve a la tienda y escoge un corte de tela; luego sube y una de nuestras modistas te confeccionará el vestido que lucirás ese día —dijo su primo Samuel.

Sabine no podía creerse lo que le estaba sucediendo, no estaba acostumbrada a que nadie le regalara nada y menos un corte de tela de esa categoría. Quiso dar las gracias, pero unos deseos irrefrenables de llorar le impidieron articular palabra.

Entonces Samuel la tomó por el hombro.

—Déjate regalar. Te mereces que tu familia te demuestre lo contenta que está de tenerte entre nosotros. Tú representas una batalla ganada a la maldad, una sonrisa de esperanza en nuestro interior.

* * *

Aquella noche, Sabine, antes de acostarse, acudió al salón de la casa de su tío. Lo encontró fumando un cigarro habano, junto a una copa de brandi.

—Hola, querida niña. Este es el momento más feliz del día, cuando me relajo con mis vicios.

—No sé si debería decirte que a tu edad no deberías abusar de estos vicios —se rio Sabine.

—Ya soy muy viejo para cuidarme.

—Tío, quiero que me cuentes lo que tú prefieras sobre nuestra familia. Deseo saberlo todo, llegar a empaparme de quién soy a través de tu vida.

—Como te dije, tu padre quiso emanciparse y creyó que iba a engañar a los nazis poniendo al frente de su negocio a un alemán, y ya ves la suerte que corrió. Pero los primeros que sufrieron los desmanes de los nazis fueron mis padres y mi hermano, el mayor de los tres hermanos Benatar. El negocio de Fráncfort fue confiscado por los nazis al poco tiempo de empezar la guerra. Meses después los deportaron a todos a Polonia y nunca volvimos a saber de ellos. Ariel, tu padre —que era el mediano de los hermanos—, hacía tiempo que se había establecido en Düsseldorf. Yo era el hermano pequeño, y con frecuencia viajaba a comprar telas a París. La vida parisina me cautivó, y con ayuda de la familia decidí establecerme aquí antes de que las cosas se complicaran en Alemania para los judíos.

—Entonces, ¿tú antes de la guerra ya te habías asentado en París? —preguntó Sabine, que se había puesto una taza de chocolate y se disponía a tomársela junto a su tío.

—Sí, bueno, alquilé un pequeño local en una calle muy céntrica y empecé a importar telas y venderlas al por mayor. Al poco tiempo me casé con mi novia de siempre; ella se vino a vivir a París y tuvimos tres hijos. Dos chicos y una niña. Me fueron bien los negocios y me hice propietario de una casa de dos plantas; en la baja tenía la tienda de telas y en la primera planta vivíamos la familia.

—¿Tenías contacto con mis padres?

—Naturalmente, aunque las comunicaciones no eran lo que son hoy en día. De hecho, fui yo quien animó a tu padre para que sacara el dinero de Alemania y lo depositara en un banco en Suiza...

—Por favor, continúa con el relato —pidió Sabine.

—El 14 de junio de 1940, cuando los nazis, al son de la *Marcha de San Lorenzo*, entraron en París, pocos daban crédito a lo que veían sus ojos. El triunfalismo de aquellos sones hizo llorar a los parisinos, que veían cómo su bella ciudad era ocupada por unas fuerzas invasoras terribles. Yo sabía lo que les habían hecho a mis padres y a mi hermano mayor y temí lo peor.

—¿Pudisteis escapar?

—Por desgracia, esperamos demasiado. Nunca creímos que se atrevieran a ir contra nosotros en Francia, pero dos años después de la ocupación mi mujer y mi hija se encontraban comprando en una pescadería, llegaron los nazis y sabiendo que eran judías las apresaron. Mi desesperación fue absoluta; intenté dar con su paradero. Pasados varios días, la Resistencia me informó que todos los detenidos de aquel día habían sido enviados al campo de refugiados de Gurs-Burdeos y que de allí los conducirían a Alemania. Jamás volvimos a saber de ellas. Nos aseguraron que todas las mujeres fueron trasladadas a Ravenbrück, donde perecieron en las cámaras de gas.

—Qué horror. ¿Y qué hicisteis?

—Los partisanos me aconsejaron que huyera, que en ese momento todavía podía hacerlo. Yo no quería marcharme sin saber con seguridad qué había sido de mi mujer y mi hija, pero mis hijos insistieron en que querían salvarse; así que me convencieron para que la Resistencia nos ayudara a huir.

»Conseguimos atravesar los Pirineos gracias a varios pasadores que nos fueron guiando. Al llegar a Andorra, nos topamos con un desalmado que intentó robarnos. No era la primera vez que aquel asesino cometía un crimen. Esta vez se confió creyendo que mis hijos, aunque jóvenes, apenas tenían fuerzas para defenderse. El mayor luchó contra el pasador asestándole un golpe mortal, pero antes el fornido andorrano le había insertado su cuchillo en el cuello. Huimos del lugar y vagamos por el monte, alejándonos de los núcleos poblacionales. Al cabo de dos días, mi pobre hijo no pudo superar la puñalada fatídica y murió. Yo mismo, ayudado por mi hijo Samuel, lo enterré con mis propias manos. Logramos llegar a Figueras, y allí una familia judía nos ayudó para poder viajar a Bilbao y embarcar hacia Inglaterra, donde teníamos amigos que nos acogieron.

—Qué tristeza, no sé cómo habéis podido resistir tanto dolor —dijo Sabine, destrozada con la historia que acababa de contarle su tío de primera mano.

—Cuando acabó la guerra, volvimos a París y, con mucho esfuerzo, logramos levantar de nuevo el negocio; hoy, un establecimiento de éxito, proveedor de las más importantes firmas de moda.

Sabine escuchó atentamente el relato del hermano pequeño de su padre, deseando no perderse ni un solo detalle e intentando ponerse en la piel de aquella familia y en la de tantas otras, todas con una historia que contar, con una vida llena de mordiscos feroces y desgarradoras vivencias.

* * *

Las celebraciones judías tienen su base en un hecho simbólico relacionado casi siempre con la vida errante del pueblo hebreo. El Pésaj se retrotrae a la noche antes del éxodo de Egipto, en la que los judíos pintaron sus casas de rojo con la sangre del cordero sacrificado. Sin ese día no existirían los judíos. En dicha fecha, los hebreos vuelven a liberarse, festejando el nacimiento de una nación.

Aquella primera noche de Pésaj fue mágica para Sabine y el verdadero encuentro con su familia.

Siguió atentamente el ritual, que consistía en la lectura realizada por el patriarca de la Hagadá, el libro que recoge la liberación del pueblo judío de la esclavitud de Egipto, y tomar una serie de alimentos llenos de simbolismo, como el *matzá* —pan sin levadura—, hierbas amargas, dulce de dátil y vino.

Aquella noche, se sintió en casa, viviendo con autenticidad cómo el pueblo hebreo, además de ser una nación, era una unidad espiritual y, sobre todo, una gran familia para ayudarse entre ellos.

No pudo discutir el Hagadá de Pésaj, pero disfrutó viendo a sus primos hablar sobre los textos sagrados.

Entendió por qué, si deseaba ser judía de verdad, debía seguir preparándose. Ahora tenía la ilusión de hacerlo, ya que realmente se sentía parte de aquello.

La noche se dio por finalizada cuando los niños de su primo Óscar se pusieron a buscar el *afikomán*, un pedacito de *matzá* que el padre había escondido, una estratagema para que los pequeños permanecieron despiertos durante el ritual.

Al participar en aquella celebración, Sabine tuvo la sensación de que ahora pertenecía a un entorno familiar estable que le proporcionaba seguridad. Al día siguiente, se vistió rápido y acudió a desayunar, sin duda el mejor momento del día; el olor a pan recién tostado y el aroma del café humeante la animaban cada mañana, pero aquellos días, percibió que la felicidad era sentirse cerca de las personas que la querían de verdad.

En el austero comedor de la casa de su tío no faltaban los dos ricos alimentos que Sabine añoraba. Después de ocho días tomando pan ácimo, aquella humeante rebanada fue un verdadero placer.

—Ayer disfrutaste de una noche especial para nosotros. Ya sabes que nos encantaría que vivieras aquí y trabajaras en nuestro negocio. Seguro que podrías llevar nuestras relaciones externas —aseguró su anciano tío, entrando de lleno en la conversación.

—Fue, sin duda, una noche especial que jamás olvidaré. Pero he de serte sincera. Recuperaros ha sido lo más importante que me ha pasado en mi vida. Necesito asimilar lo que he vivido estos días; debo volver a Tánger y tomar una decisión con calma.

—Bien, tómate el tiempo que necesites. Por mucho que nos guste tenerte con nosotros, comprendemos que es tu vida y respetaremos las decisiones que adoptes.

* * *

Sabine decidió volver a Marruecos. Se había sentido muy bien allí, pero era consciente de que su lugar estaba cerca de los suyos, ahora que los había encontrado.

De las semanas pasadas en París con su familia, le tomó el gusto a vestir bien. Adquirió varios cortes de tela para hacerse vestidos y trajes de chaqueta, de modo que cuando regresó a Tánger había cambiado.

Nada más llegar a Marruecos, el señor Lowy invitó a toda la familia a almorzar el domingo en el club de tenis.

—Quiero que sepáis que antes de un año nos trasladaremos a vivir a Fráncfort. Aquí ya no hay negocio de importación. Nadie compra cortes de tela caros y hay que pagar unos aranceles altísimos —expuso el padre.

—Jamás podremos olvidar Tánger. Aquí disfruté de la época más extraordinaria de mi vida. Estoy segura de que volveré —comentó con voz quebrada la madre.

—Marruecos ha sido un país de acogida, y nunca olvidaremos cuando el rey le dijo a Hitler: «En Marruecos no hay judíos, solo ciudadanos marroquíes». Siempre seremos marroquíes; estemos donde estemos, nunca olvidaremos Tánger —concluyó el señor Lowy.

—Sabine, te buscaremos otra familia con la que puedas estar. Ya sabes que no está bien visto que una chica joven viva sola. Ha sido muy grato haberte tenido con nosotros todos estos años. Has sido una hija para nosotros —dijo la señora Lowy emocionada.

—Os agradezco mucho lo bien que me habéis tratado siempre. Yo también tengo algo que comunicaros: mi familia en París quiere que me vaya a vivir con ellos. Así que vuestra inesperada noticia ha precipitado mi decisión. —Sabine había vivido varios años con los Lowy, pero siempre se mostró muy independiente; prácticamente usaba la casa solo para dormir; con Dorotea nunca tuvo mucho contacto y con la hermana pequeña menos, dada la diferencia de edad. En cualquier caso, sentía separase de ellos.

Sin lugar a dudas, Tánger iba a ser un lugar que no olvidarían jamás. Los Lowy se sumaban así a otras muchas familias que ya habían abandonado la ciudad. Muchas veces enviaban a estudiar a sus hijos a Francia o España y al cabo de un tiempo se trasladaba toda la familia. Sin embargo, todos llevarían en sus corazones la experiencia de haber vivido en un lugar que los había acogido y por el que siempre sentirían una cierta nostalgia.

Capítulo 25

La vida canalla de la autodestrucción

El muecín elevaba su canto por encima de los minaretes, una llamada a la oración insistente y cimbreante que paralizaba la ciudad para sumirla en la calma densa del rezo.

Abdel se levantó rápido del lecho sin reparar en si Stefan seguía durmiendo la siesta. La llamada al rezo de la tarde estaba por encima de la carne, fuera esta de pelo o pluma. Se calzó sus babuchas, alcanzó la chilaba que reposaba en una silla de madera pintada en múltiples colores, y bajó con rapidez las escaleras que conducían a la planta baja.

Clotilde leía en el patio. Al verlo, le hizo una señal para que se acercara.

—¿Podría servirme un té? —pidió la condesa.

—Tendrá que pedírselo a otra persona. He de acudir a la mezquita. —Abdel hizo un gesto imperceptible en el que combinó superioridad moral y arrogancia.

Fue tal el asombro de Clotilde que no alcanzó a articular palabra.

«¿Quién se habrá creído este que es? ¿Cómo se atreve a hablarme de ese modo?», pensó la mujer del barón Von Ulm.

Abdel, sin embargo, siguió su camino hacia la calle sin mostrar interés.

Al cabo de una hora, Stefan hizo su aparición en el salón. Clotilde se había sentado en un extraño sofá repleto de cojines de innumerables texturas y colores.

—Buenas tardes, querida. Te recuerdo que esta noche estamos invitados a cenar.

—Descuida, lo tengo en cuenta. Por cierto, he de comentarte algo: Abdel se ha negado a ponerme un té antes de irse a la mezquita; no me parece de fiar. ¿Qué trato tienes con él?

—Son gente muy religiosa y la oración está por encima de las obligaciones. De todas formas, he de decirte que es mi amante.

—Ya me lo había imaginado —dijo Clotilde.

—A ti no se te escapa una —se rio Stefan.

—Creo que haces mal en darle tantas confianzas. Si le tratas como a un igual, se va a crecer. Por favor, no te entusiasmes con él; recuerda tu primer amor, lo que te hizo sufrir que te dejara por otro —suplicó ella, sabiendo lo vulnerable que podría llegar a ser su marido en cuestiones amorosas.

—Descuida; solo es un pasatiempo, como otros muchos. —Stefan quitó importancia a su relación con Abdel, aunque debía reconocer que tenía un enganche químico con el joven sirviente.

Clotilde ignoraba casi todo del submundo en el que estaba inmerso Stefan, quien, por otra parte, llevaba un tiempo encontrando cierto equilibrio en la relación con Abdel, lo que hacía creer al joven que Stefan podía perder la razón por él.

—No relativices tu relación afectiva; sé que si estás con él bajo el mismo techo, es porque te importa más de lo que tú incluso puedas pensar. —Clotilde quería que él fuera consciente de la realidad.

Stefan no quiso seguir hablando de su amante; conocía a la perfección a Abdel, que poseía el arte de dispensar placeres sexuales inenarrables, aprendidos desde su más tierna edad en el comercio del sexo, conducta que nadie le había afeado y por la que cobraba una miseria que le permitía subsistir. Se había acostumbrado a moverse en el oasis de la libertad absoluta, diversificando su negocio entre el sexo, las drogas y el alcohol. Sin embargo, no había conseguido hasta la fecha a un extranjero que «le retirara» de la vida perra de buscar cada día el sustento. Así que cuando conoció a Stefan en el café Hafa, se lanzó a su conquista como quien tiene ante sí el único bocado que le asegura la supervivencia.

A la condesa de Orange no le gustó nada la benevolencia de su marido hacia Abdel. En cualquier caso, no iba a discutir tal cosa, ya que de hacerlo complicaría su relación con Stefan.

—Solo deseo protegerte de ti mismo. Eres una persona maravillosa y no quiero, por nada del mundo, que te hagan daño. Tu vida en Tánger nada tiene que ver con el desenfreno de Nueva York, pero puedes estar metiéndote en un mundo que llegues a no controlar. Por favor, prométeme que tendrás cuidado. —Clotilde quería demasiado a su marido como para no advertirle de los peligros que ella podía imaginar.

—Hace tiempo que tengo en cuenta tus opiniones, y créeme si te digo que llevo años viniendo a Tánger y sé en qué ambientes me muevo, y sobre todo cuál es mi lugar y cuál no. —Stefan dominaba el inframundo de Tánger; ya había caído en la depravación una vez y había aprendido la lección.

—Me tranquiliza oírte hablar así. Seguiremos charlando de todo esto. Ahora voy a arreglarme. Llamaré a Fátima para que me peine. —Clotilde se levantó para irse a su cuarto, desconfiando de que su marido dominara la situación tal como él pensaba.

Fátima era una joven hermosa y de facciones delicadas. El kohl con el que perfilaba sus ojos negros confería a su mirada un halo impenetrable y misterioso. Ocultaba su espeso pelo color azabache con un pañuelo blanco encintado a la cabeza.

Hacía un año que trabajaba en la casa en calidad de doncella. Era una mujer taciturna que no tenía amistad con el resto del servicio. Hacía sus tareas con esmero y su presencia era sutil e imperceptible, dada su forma de caminar silenciosa. Desde la llegada de la condesa se le había asignado a su servicio, desempeñando a la perfección cualquier trabajo que se le encargara.

Aquella tarde Fátima parecía estar más triste que otras veces. Clotilde no habría reparado en ello de no haber sufrido varios tirones en el pelo.

—Fátima, ¿qué le ocurre? La veo distraída —preguntó.

—Perdóneme, no me encuentro bien.

—Sí, la noto algo ojerosa. Vaya al médico si ve que no mejora. —La condesa trataba a sus empleados con cortesía, cualidad a la que no estaban acostumbrados, ya que sus empleadores marroquíes solían tratarlos con desprecio.

—No, no se preocupe; esta noche no he dormido muy bien. Descuide que procuraré no hacerle daño —dijo Fátima, agradeciendo el trato amable de la condesa.

* * *

Solía salir con Toñi por las mañanas, aprovechando que su marido se levantaba tarde, acostumbrado a trasnochar con sus amigos.

El café Porté se convirtió en su lugar de encuentro.

Toñi había llegado pronto a su cita con la condesa, se sentó en un velador junto a un ventanal desde donde podía ver el ir y venir de la gente, sacó una tarjeta postal del bolso y volvió a leerla.

—¿Qué lees con tanto entusiasmo? —preguntó Clotilde, comprobando que la joven no se había percatado de su presencia.

—Ah, hola, pues leo la postal que me ha enviado Sabine desde París, que está encantada con haber recuperado a su familia.

—Me alegro mucho por ella, se la ve una chica estupenda. Y ¿cómo consiguió encontrar a su familia? —preguntó intrigada Clotilde.

—Fue por pura casualidad. Una señora le comentó que su prima conocía a un Benatar en París y de ese modo pudo llegar hasta el único pariente que le queda de su padre.

—Me gustaría intentar localizar a mis amigas las Bengio. Hace poco recordé que tenían unas babuchas típicamente marroquíes y quizás podría indagar si tenían parientes aquí —dijo Clotilde, pensativa.

—Sé que preguntaste por ellos al joyero; pero lo ideal sería preguntar por su paradero a la comunidad hebrea.

—Esa es buena idea. ¿Podrías organizarme un encuentro con el rabino? —comentó Clotilde, esperanzada.

—Claro que sí, lo conozco mucho. Hoy mismo lo llamo.

Pocos días después, fue recibida por el rabino de Tánger, un hombre muy ocupado y serio que aceptó aquella entrevista a regañadientes.

—Estimada señora, siento decirle que la familia Bengio hace más de un año que ya no reside en Tánger. El mayor de sus hijos se casó con una chica venezolana y toda la familia se fue a vivir a Venezuela.

—¿Cree usted que tenían familia en Berlín?

—Que yo sepa, no. He de decirle que el apellido Bengio es sefardí; los conozco desde siempre y nunca les oí decir que tuvieran familia en Alemania. Como usted comprenderá, después de la guerra vinieron muchos judíos en busca de sus familiares. La comunidad más numerosa de judíos está en Casablanca, pero actualmente ha mermado mucho el número de familias judías; apenas quedan en todo Marruecos más de sesenta mil hebreos.

Clotilde, según iba hablando el rabino, se dio cuenta de que no iba a conseguir nada con aquella entrevista de cortesía.

—Le agradezco mucho su ayuda —se despidió muy compungida, porque veía muy complicado llegar a saber lo que pudo haber sido de sus amigas.

* * *

Solía pasar las tardes con Stefan. Con frecuencia subían al atardecer a la terraza del *riad*, donde el servicio disponía la estancia cubriendo el suelo de alfombras, grandes cojines y mesitas pequeñas donde se colocaban tés, pastelitos de miel o triángulos de pastela de pollo y almendras envueltos en pasta filo profusamente espolvoreada de canela.

Abdel sirvió el té en unos vasos sin asa con abundante hierbabuena. Su aspecto era algo desaliñado, descalzo y con su chilaba arrugada.

—Perdone, Abdel. Debe usted presentarse limpio y con babuchas. —Clotilde no pudo resistirse a llamarle la atención.

El muchacho miró a Stefan; este bajó la cabeza, sin querer intervenir en la confrontación. Ese acto de claudicación por parte de Stefan fue interpretado por Abdel como vía libre para mostrar su poder ante Clotilde, a quien consideraba un elemento que obstaculizaba sus objetivos.

—Lo tendré en cuenta. ¿Te pongo más té? —contestó el criado con un punto de arrogancia y desprecio en sus palabras.

Clotilde no daba crédito, estupefacta ante el tuteo, sin saber que los marroquíes no utilizan el usted.

—A partir de hoy, no deseo verlo en mi presencia. —Clotilde estaba indignada, y ni por un segundo miró a su marido. ¡Aquello era entre ella y aquel chico irrespetuoso!

Stefan no intervino. Solo miró a Abdel y con un gesto le dijo que se fuera. El joven dejó la jarra de té en una mesa y se marchó farfullando algo en árabe.

Clotilde miró a su marido con clara intención de mostrar su indignación. Pero Stefan se mostró impertérrito.

—Has actuado como lo que eres, la señora de esta casa. No esperaba menos de ti. Ahora respétame tú a mí. Esta es mi vida y en ella soy feliz. Intentemos respetar nuestros mundos por difícil que esto sea para ambos. —Stefan deseaba una armonía en su vida, pero se daba cuenta de que una cosa era vivir con Clotilde en Londres, y otra muy diferente que estuviera inmersa en su otra cara de la vida.

La condesa valoró la postura de su marido, tomó aliento y procuró volver a la normalidad como si nada.

—Me encantan los atardeceres de Tánger. Esta ciudad te atrapa como por arte de magia. —Clotilde sonrió a Stefan.

—Estoy feliz al verte disfrutar de este paraíso. —Stefan se sentía a gusto teniéndola a su lado, pero la escena que acababa de vivir lo ponía en guardia.

—Quiero pedirte un favor —titubeó Clotilde.

—Pedid y se os dará —se rio Stefan con sorna.

—Quiero acompañarte una noche y conocer tu mundo intelectual y bohemio.

Stefan abrió los ojos asombrado.

—Viniendo de ti, me extraña, pero lo tendré en cuenta, y en el momento en que surja una fiesta de esas características vendrás conmigo. Eso sí, prepárate para encontrarte un mundo absolutamente diferente a todo aquello que conoces.

* * *

Stefan y Clotilde bordearon la muralla portuguesa hasta bajar al café Babá en plena Medina, justo frente a Sidi Hosni Riad, propiedad de la excéntrica heredera de los almacenes Woolworth, Bárbara Hutton, divorciada, entre otros, de Cary Grant, con el que siempre mantuvo una amistad fraternal. La Hutton, mujer desgraciada en la vida, era la reina de la Medina. Regalaba dólares a manos llenas a los marroquíes pobres.

El barón aprovechó para entrar en el café Babá. Compró cigarrillos de hachís, que se vendían al igual que se servía un expreso, ocultándole a su mujer qué tipo de cigarrillos eran aquellos, pues sabía lo contraria que era Clotilde a todo tipo de drogas. Continuaron su camino pasando por delante del café Central. Stefan aprovechó la ocasión para informar a su mujer de los cambios que se habían producido en la ciudad.

—Desde que Tánger está bajo la soberanía marroquí se ha prohibido suministrar alcohol en la Medina. Así que este clásico café ya no es el punto de encuentro de la vida «canalla» de la ciudad —se lamentó el barón.

Sorteando comercios abarrotados de objetos diversos como telas, utensilios para el té, grandes bandejas de especias colocadas en forma de pirámide de llamativos colores... llegaron a la rue de la Liberté. Y al fin, a su destino: un edificio cuidado de solo dos plantas perteneciente a un empresario amante de la literatura y el arte, y mecenas de cualquier bohemio con talento a cambio de amor fugaz e interesado.

Los barones fueron recibidos por su anfitrión, un hombre regordete, vestido con chilaba impecable y sonrisa algo burlona; les sugirió que, si lo deseaban, podían descalzarse. Clotilde, que no tenía pensado hacerlo, miró a Stefan para sugerirle que tampoco lo hiciera; sin embargo, este se descalzó sin pensarlo. Ella lo cogió del brazo; necesitaba sentir su seguridad.

Su anfitrión se volvió para recibir a otros invitados. Los barones pasaron a un patio abierto lleno de velas y alfombras. Stefan indicó a Clotilde que el del rincón era el escritor Paul Bowles, amigo de Truman Capote, Tennessee William y Gertrude Stein.

Von Ulm estaba encantado mostrándole el ambiente intelectual, versátil y transgresor que allí se congregaba. Le comentó que había grupos muy diversos y que el anfitrión era un hombre al que le gustaba mezclar todo tipo de personas.

Atravesaron el patio y se adentraron en un salón de luz tenue y ambiente cargado.

El barón examinó el ambiente y puso un gesto de contrariedad.

—Creo que hoy la noche no va a estar a tu altura. —Stefan conocía muy bien aquel tipo de ambiente y en cuanto se percató del tipo de gente que abundaba en la fiesta, fue consciente de que se había equivocado llevando a Clotilde a aquella reunión. Creyó que iba a estar el grupo de amigos habituales que conversaban sobre literatura, movimientos culturales o arte, y no lo más canalla del ambiente homosexual de Tánger.

Clotilde no quería perderse nada; miraba a derecha e izquierda y cada grupo de gente le parecía más transgresor que el de a lado, no por su forma de vestir, sino por sus gestos desinhibidos e incluso vulgares.

En la fiesta predominaban escritores y artistas pertenecientes a la trasnochada Generación Beat, inconformista y marginal; americanos que huyeron del sistema puritano de su país buscando fuertes experiencias que los tenían inmersos en un laberinto implacable de destrucción física y mental.

La condesa estaba contrariada. Miró a Stefan, que no sabía qué hacer, si seguir avanzando hacia la barra que se veía al fondo o salir corriendo.

El lugar de la reunión era un salón rodeado de columnas, donde las zonas oscuras permanecían en el anonimato para el ojo humano que llegaba de la calle acostumbrado al sol.

La parte central del salón tenía el suelo cubierto de alfombras, unas encima de otras. Varios grupos de personas se distribuían por la estancia reclinadas en grandes pufs o en sofás tapizados con kilims hechos por las tribus bereberes.

Stefan optó por meterse en el ambiente. Le presentó a Clotilde a Jane, la mujer de Bowles, que estaba con unos amigos de apariencia sofisticada, y le sugirió que se sentara con ellos mientras iba a buscar algo de beber.

Clotilde estaba rígida, sin saber qué hacer, sentía unos enormes deseos de huir de allí, pero, al fin y al cabo, había sido ella la que le había pedido a Stefan que la llevara; así que procuraría enterarse de lo que hablaban. Nadie le hizo caso, parecía como si no estuviera allí.

—Tú dices estar a favor del nihilismo y, sin embargo, te refugias en Tánger para no luchar contra las creencias de la sociedad de la que vienes. —Un individuo con aspecto hermafrodita exponía sus ideas con vehemencia.

—No me refugio en Tánger. Solo deseo partir de aquí para dar apertura a opciones infinitas. No deseo la autodestrucción como algunos indican en el nihilismo negativo; este lleva a la negación de todo principio ético. Solo niego la necesidad de valores y la autoridad social o política.

—Y tú, observadora impertérrita, ¿qué opinas? —se dirigió a ella una mujer de pelo corto con rictus de asco o de desprecio.

Para la condesa, meterse en la discusión era ponerse a la altura moral de aquellas personas. A ella no le merecía la pena discutir con mentes enajenadas y vehementes. Nadie iba a convencer a nadie.

—Creo que mi opinión no encaja en vuestro lenguaje; así que no os voy a hacer perder el tiempo. —Y tras soltar una disculpa, se levantó y fue en busca de Stefan, al que no veía por ninguna parte.

Tuvo que reconocer que la casa era una auténtica belleza, con una combinación de colores, muebles y telas de un gusto exquisito. Se entretuvo observando la exótica decoración, y sin esperarlo se dio de bruces con un salón contiguo, donde unos jóvenes, casi niños, se dejaban tocar por varios adultos... Uno se levantó y cerró la puerta. Clotilde no dio crédito. Volvió al salón principal y vio a Stefan hablando con un joven que le manoseaba el torso. Se acercó a él.

—¿Has visto lo preciosa que es esta casa? —Stefan estaba tan inmerso en su mundo que relativizaba lo que podía estar pensando Clotilde.

—Sí, me he dado una vuelta por ahí y efectivamente es preciosa. De todos modos, creo que ya me he hecho una idea de todo y la verdad es que no me siento muy cómoda aquí. No quiero que te preocupes por mí; este es tu mundo y a mí me llena de felicidad verte así de bien; por eso, no quiero que estés pendiente de mí.

—Te entiendo divinamente. Hoy el ambiente está un tanto transgresor. Además, a algunos tu presencia les inyecta la adrenalina de la provocación —reflexionó Stefan en alto—. Dame un minuto y localizo a un mozo que te acompañe.

Este pidió a un criado que acompañara a su mujer. Regresar a casa fue una liberación absoluta para Clotilde.

Solo el ruido del agua precipitándose en la fuente del patio rompía el silencio del *riad*. Ella adoraba la quietud de aquel lugar. Acudió a su habitación a cambiarse de zapatos y ponerse cómoda. No deseaba dormir. Así que se recostó en un sillón tapizado con una tela brillante de vivos colores. Antes de tomar el libro que estaba leyendo, reflexionó sobre lo que acababa de vivir.

—Este mundo tan sórdido no es para mí. Ni siquiera puedo soportar la permisividad social que aquí se da. Volveré a Londres... —dijo en voz alta—. Estoy muy cómoda con Stefan y procuro no interferir en su vida, pero no cabe duda de que esta solo le pertenece a él, y mi presencia puede llegar a incomodarle. Llevo aquí dos meses y empiezo a sentir que no es mi lugar.

Darle muchas vueltas a las cosas y reflexionar sobre su vida era algo recurrente en Clotilde.

Adoraba a Stefan; y su «acuerdo de vida juntos» le permitía continuar con su estatus y tener a su mejor amigo cerca. Cuando coincidían en Londres, eran como dos hermanos que se complementaban y se hacían compañía; pero se había dado cuenta de que Tánger era su mundo y debía vivirlo sin ella a su lado. Esa vida pertenecía a su dualidad clandestina, que le permitía dar rienda suelta a su otro yo, sin que este interfiriera en su vida de duro hombre de negocios.

En esos momentos de soledad y decaimiento, cuando el silencio la llevaba a poner en orden sus preocupaciones, siempre venían a sus pensamientos sus hijos. Amalia había dejado de preocuparle. Estaba muy volcada en la clínica y en su hermano Frank, que había abierto otra clínica en Fráncfort. Albert acababa de cumplir dieciocho años y ya iba a entrar en la universidad para estudiar Económicas. Clotilde tenía claro que estaba más unido a su padre, y que el hecho de que a los niños ingleses se les mande a los internados desde muy pequeños hace que crezcan con un cierto desapego de sus familias.

Cuando pensaba en Victoria siempre sonreía. Era con la que más relación tenía. Hablaban con frecuencia, y ella le contaba infinidad de anécdotas interesantes sobre su trabajo. A pesar de ello, a Clotilde le preocupaba que se sintiese sola en París.

Pero sobre todo pensó en Stefan y en su mundo al margen de la realidad, donde ella no tenía cabida alguna. Se empezó a plantear que quizás deberían hablar de separarse y vivir cada uno su vida; de ser así, pensó que en el único lugar donde se veía era en Marbella, donde la naturaleza la atrapaba y la vida social era un aliciente, al igual que el clima.

Agotada de darle vueltas a sus cosas, Clotilde se quedó adormilada. El calor de la noche no la dejaba conciliar el sueño del todo, se despertaba a cada rato creyendo que había pasado más tiempo, cuando en realidad habían transcurrido unos minutos.

Unos gritos en árabe, procedentes de la planta baja, la despertaron.

Se quedó inmóvil sin saber qué hacer. Sopesó si salir corriendo, pero le entró miedo. Así que decidió bajar con mucho sigilo a ver qué ocurría. Su corazón latía con fuerza, sentía miedo al no saber qué podía encontrarse.

De repente, los gritos cesaron. Clotilde, sin embargo, continuó caminando hacia el lugar donde los había escuchado: la zona oeste de la casa, el ala ocupada por el servicio.

En su descenso sigiloso, vio salir por el pasillo oeste a Abdel. El joven andaba deprisa como si huyera de algo. Clotilde se ocultó en la sombra para no ser vista. Abdel miró a su alrededor controlando que no hubiera nadie cerca. Sabía que los señores no estaban en la casa y que el servicio se había retirado pronto aquella noche.

No se atrevió ni a respirar hasta comprobar que el chico abandonaba la casa por la puerta de atrás. Dejó pasar unos diez eternos minutos hasta que salió de su escondite. Se encaminó al pasillo por el que había salido el joven. Lo recorrió con cautela procurando no hacer ruido; un resplandor al fondo permitía ver sin encender las luces.

Se adentró en las dependencias del servicio, y pudo comprobar que la lavandería y zona de plancha tenía las luces encendidas. Se encaminó hacia allí. La puerta había quedado entreabierta. La estancia disponía en el centro de una gran mesa de plancha cubierta con un muletón blanco. Aparentemente, allí no había nadie. Clotilde se aproximó a la puerta que daba a un patio donde se tendía la ropa con intención de cerrarla, pero... ¿qué era aquello...?

Un bulto blanco, en un gran charco de sangre, estaba en el suelo entre la mesa y la puerta del patio. Clotilde quiso gritar, pero no pudo. Estaba bloqueada, asustada e incrédula.

Se movió hacia la puerta y pudo comprobar que se trataba de Fátima; a su lado, una plancha de hierro. Estaba inmóvil, cubierta de sangre. Por su cabeza, entre el cabello ensangrentado, continuaba manando aquel líquido rojo incontenible.

La condesa salió corriendo hacia las habitaciones de los criados, golpeando las puertas y gritando en busca de auxilio.

Fueron minutos interminables y desesperantes. La cocinera, en camisón y con una toquilla de ganchillo por los hombros, fue la primera en acudir. Al rato, varios perezosos y somnolientos criados aparecieron alertados por los gritos y llantos de los que iban llegando al lugar del crimen. Todos se llevaban las manos a la cabeza, hablaban entre sí a gritos y gesticulaban con los brazos, pero nadie hacía nada. Clotilde decidió tomar las riendas de la situación.

—Mustafá, vaya a buscar al señor barón. Usted, Larvi, llame a la policía, y usted busque a un médico, aunque me temo que no servirá de nada. Por favor, que nadie toque nada.

* * *

El crimen del *riad* de la Kasbah dio para muchas conjeturas, pero jamás se supo toda la verdad.

Se especuló con la idea de que Abdel mantuviera relaciones bisexuales con Stefan y con Fátima, y que la chica estuviese embarazada y exigiera a Abdel casarse con ella e irse a vivir a un pueblo perdido del Rif, circunstancia que él no estaba dispuesto a aceptar ahora que, por fin, podía hacerse rico a cuenta del alemán.

Otros aseguraron que Fátima le había realizado un hechizo de amor con amarre a Abdel, que lo había vuelto loco. Al parecer, la joven había aprendido de su abuela a practicar conjuros africanos, y los había puesto en práctica con el chico, del que se había enamorado perdidamente.

Por su parte, este luchaba al parecer contra el conjuro porque, en realidad, sí estaba enamorado de Stefan...

Todas estas habladurías corrían de norte a sur de la ciudad, colándose entre las celosías de cualquier casa. Nadie en Tánger dejó de hacer suposiciones con el crimen del *riad*.

Lo cierto fue que no pudieron apresar a Abdel, al que parecía haberse tragado la tierra.

A Stefan lo sucedido le dejó muy afectado. Bajó a desayunar a la hora en que solía hacerlo Clotilde. Le reconfortaba la presencia de su mujer en la casa, y más en aquellos momentos.

—Doy gracias a Dios de que esto haya ocurrido estando tú aquí —le confesó.

Clotilde se levantó y, acercándose a él, le abrazó con cariño.

—Estoy encantada de poder acompañarte en estos momentos. Mi idea era irme a ver a mis hijos a Alemania y luego visitar a Victoria en París. Pero hasta que todo esto se aclare, no voy a dejarte. Además, deberías pensar en acompañarme, no quiero que estés solo.

—Sí, necesito irme de Tánger durante un tiempo. —Stefan estaba triste y conmocionado.

—Debes quitarte de la cabeza a Abdel para poder superarlo. Al fin y al cabo, es un asesino.

—Abdel no era un mal muchacho. Ha tenido la peor vida que un ser humano haya podido imaginar, dedicado a la prostitución desde que era un niño. De verdad que hubiera querido ayudarle.

Clotilde empezó a creer que Stefan sí estaba enamorado de Abdel.

Capítulo 26

Tánger: «Tu boca en los cielos»

La policía marroquí dio por hecho que el criado Abdel Mimón, con antecedentes penales por tráfico de drogas, había sido el autor del crimen.

Stefan permaneció en la ciudad a petición de las autoridades. No le habían prohibido salir del *riad* y hacer su vida normal; sin embargo, no le apetecía salir en aquellos días, pues acudir a sus círculos habituales era convertirse en el centro de atención, y él deseaba pasar desapercibido.

Clotilde de nuevo cerró filas en torno a su marido y no solo le acompañó sin dejarlo solo ni un instante, sino que fue su paño de lágrimas, pues bien sabía que Stefan ahora debía desintoxicarse de la dependencia sentimental que había tenido con Abdel.

Los golpes secos y contundentes de la aldaba hicieron temblar la puerta principal del *riad*.

Una criada escrupulosamente vestida de blanco acudió a abrir.

—Somos de la policía. Dígale al barón que deseamos verle.

—Acompáñenme a la biblioteca, voy a avisar al señor —dijo la criada.

Stefan von Ulm bajó precipitadamente las escaleras, no sin antes indicarle a la criada que ofreciera algún refrigerio a los agentes.

El barón encontró a los policías husmeando en aquella estancia pintada en color rojo del desierto y que hacía las veces de despacho. Ambos de paisano, se apresuraron a saludar con pleitesía a Stefan, quien, con amabilidad, les ofreció asiento en un tresillo encajado entre estanterías pintadas a mano.

—Señor barón, venimos a comunicarle que hemos apresado a Abdel Mimón. Había huido a las montañas del Rif, pero bajó a buscar provisiones a uno de los pequeños pueblos y la gendarmería, que estaba sobre aviso, lo capturó. Gracias al buen trabajo de nuestros agentes, se «consiguió» que Abdel se declarase culpable del crimen.

El policía, de denso bigote y piel cetrina, obvió lo persistentes que fueron sus colegas.

—Les doy las gracias por venir a informarme de los hechos. Y dígame, ¿qué será del acusado? —A Stefan le apenaba el final que pudiera tener su amante.

—Con seguridad le espera la pena de muerte; no le quepa duda —respondió uno de ellos.

Desde luego que no tenía duda de eso, toda vez que aquel suceso se había convertido en el cotilleo más interesante de la década.

—Usted puede volver a hacer su vida. Ya no le molestaremos más para declarar. Le agradecemos su colaboración. —El sabueso tenía aprendida la letanía de siempre, aunque encontrarse con un verdadero barón le intimidaba.

—Muchas gracias por su visita. Pero antes de que se vayan, ¿pueden decirme el móvil del crimen?

—Ha sido un crimen pasional. Al parecer, ella estaba embarazada y él no estaba dispuesto a casarse con ella. Tuvieron una discusión y él la mató —se limitó a decir el gendarme.

Así de sencillo, pensó Stefan. Como si fuera tan sencillo todo; como si Abdel no tuviera un «lado b» que le hacía más humano que todo aquello...

Una vez que despidió a los policías, subió a su cuarto, se tiró en la cama y lloró como un niño. Creía haber encontrado el equilibrio en la relación de Abdel, aunque lo que desconocía era si este le habría practicado algún inconfesable amarre.

Sea como fuere, gracias a aquella visita, Stefan se sintió liberado de una carga que le oprimía el alma desde hacía un mes. Al menos ya sabía lo que había ocurrido y la respuesta de la policía le apartó de cualquier esperanza de recuperarlo.

Cuando se sintió más tranquilo, acudió al cuarto de Clotilde.

—Querida, han apresado a Abdel. Estoy destrozado y no deseo estar aquí por más tiempo.

—Te entiendo. Poner distancia con los hechos te hará olvidar antes. Si te parece, doy orden para ir cerrando la casa y en una semana nos vamos.

—Me parece bien. Ocúpate tú de todo; yo no tengo humor ni para hacer el equipaje. Sin duda volveré, pero cuando me reponga de este mal trago.

La baronesa Von Ulm estaba encantada con que Stefan quisiera abandonar Tánger. Deseaba despedirse de Toñi; así que la llamó para verse fuera del *riad*. No quería perder la amistad con aquella chica. Toñi demostró su aprecio por la condesa, pues durante aquel mes que no salió de la casa acudió varias veces a visitarla y a darle ánimos.

A Clotilde le encantaba el hotel Minzah, sobre todo su restaurante marroquí, con unas vistas espectaculares, aderezadas por la sensación de estar en un lugar frecuentado por personajes legendarios.

Era la primera vez que quedaban en la calle después del crimen del *riad*. En el último mes, Clotilde y Stefan no habían hecho otra cosa que hablar una y otra vez con la policía, atender llamadas morbosas de la gente y conversar entre ellos. Clotilde deseaba salir y despejarse un poco.

La condesa puso en antecedentes a Toñi de las novedades.

—En tres días nos vamos de Tánger. Estoy contenta de que mi marido haya tomado la decisión; no podría irme si él hubiera decidido quedarse.

—Pues yo también tengo algo que contarte. En un mes mi marido y yo regresamos a España.

—¿Pero así de repente? —se extrañó Clotilde.

—Mi marido añoraba volver a su tierra malagueña y nunca dejó de buscar trabajo allí. Le han contratado en un hotel en Fuengirola, y yo estoy a la espera de entrar a trabajar de relaciones públicas en otro hotel, en Torremolinos.

—No sabes cómo me alegro de tus buenas noticias. Seguro que podremos volver a vernos, ya que adoro Marbella y no descarto vivir allí en un futuro no tan lejano.

Habían acabado de almorzar y se disponían a tomar un café, cuando Sabine se les acercó.

—He venido a un almuerzo con el director del hotel y os he visto. —Sabine se alegró de ver a Clotilde; era la tercera vez que coincidía con aquella señora que en un principio no le agradó, pero luego fue tomándole aprecio a juzgar por lo que de ella contaba Toñi.

—Siéntate con nosotras a tomar un café, y además tienes que contarle a Clotilde tus buenas nuevas —dijo Toñi, deseosa de involucrar a Sabine con la condesa.

—Lo más novedoso es que me voy a vivir a París con mi familia —dijo Sabine.

—Pero ¿qué vais a hacer con la revista? —preguntó la siempre pragmática Clotilde.

—No hemos encontrado a nadie que le interese, así que la cerramos. Si no te importa, comunícaselo a tu marido, ya que muy amablemente se brindó a ayudarme.

—Se lo transmitiré encantada, y sé que le hará ilusión que te hayas acordado de él —dijo Clotilde.

—Es un gran señor y me imagino por lo que debe estar pasando. Que un crimen se cometa en tu casa es horrible. —A Sabine le caía bien el barón.

—Se lo comunicaré con gusto. De todas formas, también nosotros nos vamos por tiempo indefinido —concluyó Clotilde.

—Esta ciudad parece desmantelarse día a día. El mundo árabe toma el relevo y la diáspora es un mal menor —reflexionó Toñi con nostalgia.

—Pero no nos pongamos tristes. Debemos prometernos que volveremos a coincidir algún día. —Sabine tenía claro que Toñi siempre sería su amiga.

—Pues para enredar un poco, cuéntanos el lío que hay con la familia Lowy. —A Toñi no se le escapaba un cotilleo tangerino por nada del mundo.

Sabine se echó a reír.

—Te gusta más un cotilleo que una piruleta a un niño. Pues según me ha contado madame Porté, el señor Lowy tenía una querida a la que le había puesto una casa, y dicha casa la había vendido. Así que ahora iba a colocar a la querida en la casa grande, «paso previo para dejarla en la calle cuando se venda la grande»; estas fueron las palabras exactas de madame Porté —concluyó.

—No me puedo creer que ese hombre feo y sin gracia tenga una querida —exclamó Toñi divertida.

—Pero no sabes lo mejor: que la querida había sido su criada.

—¿Tuvo hijos con ella? —quiso saber Toñi.

—No, qué va. Es muy raro que un judío con dinero tenga hijos con sus amantes. Eso es más normal entre los españoles o los franceses; aunque, eso sí, jamás les dan sus apellidos —continuó Sabine—. Además, los españoles no suelen ser gente de dinero; no se pueden permitir ponerles casas a sus queridas.

—Y tú, Toñi, ¿estás contenta con irte a España, cuando llevas toda la vida en Tánger? —preguntó Clotilde, cambiando de tema.

—La verdad es que sí estoy contenta. Esta ciudad está cambiando muy rápidamente y ya cada día se parece menos a la que yo conocía. Y tú, Clotilde, ¿a dónde te vas? —preguntó intrigada Toñi.

—Por el momento, me voy a Londres. Debo reflexionar sobre qué deseo hacer con mi vida. Mi estancia en Tánger ha sido muy traumática. Pero lo que cada vez tengo más claro es que deseo comprarme una parcela y hacerme una casa en Marbella. Eso me entretendrá por un tiempo. Necesito encontrar mi propia vida, sin sentirme amparada por nadie. Solo así podré ser feliz.

—Pues de verdad que te admiro —dijo Toñi.

—No soy tan admirable —replicó Clotilde—. Ya no soy la mujer que era, pero siento que se me va la vida y ahora me toca a mí. Desde que acabó la guerra me he dedicado a apagar fuegos, pensando que era mi obligación. Es hora de dar por acabada mi particular posguerra.

—Te comprendo muy bien. Yo también inicio una nueva vida, habiendo superado una verdadera búsqueda de mi propio yo —dijo Sabine, reflexiva—. París será el comienzo de una nueva etapa —concluyó.

—Me encanta París, ¿cuándo te vas? —preguntó Clotilde, a la que se le acababa de ocurrir que quizás aquella chica podría ponerse en contacto con su hija y hacerse amigas, ya que ella creía que Victoria debía sentirse muy sola. Y a Sabine se la veía muy dispuesta.

—En diez días estaré ya viviendo con mi familia allí —contestó la joven.

—Cuando estés en París, llama a mi hija, que vive allí. Es una chica tímida e introvertida y tenéis más o menos la misma edad. Trabaja como secretaria de la actriz Marlene Dietrich. Me gustaría que os conocierais. A ella la sociedad no le divierte; estoy segura de que podéis tener muchas cosas en común —comentó Clotilde, con el deseo de convencerla para que contactara con Victoria.

—Lo haré. Dime su nombre y su teléfono, y en cuanto me asiente la llamo.

—Toma nota, Victoria von Havel...

—Victoria... ¿Tu hija es Victoria von Havel...? —repitió Sabine sin creérselo.

A la joven un escalofrío le recorrió el cuerpo de arriba abajo. Había pensado muchas veces qué sentiría si algún día se encontraba con Victoria, aunque cada vez pensaba menos en su infancia en el pueblo de Baviera.

—¿Qué te ocurre? —preguntó Toñi, que la conocía bien y había notado cómo le había cambiado el semblante.

Clotilde miró a la joven sin saber qué estaba ocurriendo.

—¿Conoces a mi hija? —preguntó, extrañada con la reacción de Sabine.

—Victoria von Havel es mi amiga de la infancia. Crecimos juntas y jugábamos en el castillo de su tío, el príncipe Gustav von Havel —confesó Sabine, con lágrimas en los ojos. No podía imaginarse tener frente a ella a la madre de Victoria.

La condesa de Orange no daba crédito a lo que estaba escuchando. Cogió a Sabine por el hombro y la atrajo hacia ella, emocionándose hasta el punto de saltársele las lágrimas.

—No me lo puedo creer, ¡tú eres Sabine! ¡Mi hija me ha hablado tanto de ti!

—¿Te ha hablado de mí? —preguntó ella con voz temblorosa.

—¿Que si me ha hablado de ti? Siempre te ha tenido en su cabeza, incluso el día de su puesta de largo, me dijo que ojalá estuvieras allí.

—¿Cuándo os reencontrasteis? —preguntó la joven, recordando que a Victoria no le dejaban ver a su madre.

—El príncipe Gustav murió al poco tiempo de que tú te escaparas, y al fin recuperé a mis hijos —resumió Clotilde.

—Cómo nos ha marcado la maldita guerra —reflexionó Sabine.

—Añadiría que ha condicionado toda nuestra existencia. Por favor, no dejes de llamar a mi hija. Sé que la vas a hacer muy feliz.

—¡Por supuesto que lo haré! ¿Y qué ha hecho estos años? —quiso saber ella, algo repuesta.

—En cuanto terminó sus estudios de maestra, decidió ser independiente. Solemos hablar una vez a la semana; sin duda, es con la que tengo más relación, pero presiento que es un alma solitaria.

—Prometo llamarla. Pero no le digas que me has conocido. Quiero que sea una sorpresa —le pidió la joven.

—Por favor, no dejéis de contarme cómo os va la vida. Clotilde, espero verte en Málaga. —Toñi estaba emocionada y por nada del mundo quería perder esa relación extraordinaria con dos buenas amigas.

* * *

Stefan no quería vender el *riad*, pues contaba en Tánger con amigos estupendos que nada tenían que ver con el mundo sórdido del que se hablaba en la sombra. Tenía también amigos como él, que eran personas que habían tenido la suerte de encontrar un compañero de vida, gente con una sensibilidad impresionante, capaces de crear espacios de ensueño, ambientes intelectuales donde se leía a Lorca y se emocionaban con la buena literatura, artistas creativos, sensibles.

Pero ahora necesitaba salir de allí y olvidar. Así que dejó su casa en manos del servicio, y junto a Clotilde regresó a Londres.

* * *

Sabine abandonó Tánger con la idea de volver algún día. La ciudad y sus gentes le habían robado el corazón, pero era consciente de que allí no había futuro para ella. Al llegar a París, su tío lo tenía preparado todo para que un tribunal rabínico investigara las pruebas presentadas por la familia y dispusiera que Sabine era judía y no conversa.

No veía el momento de llamar a Victoria. Quería hacerlo pero al mismo tiempo no se sentía fuerte para ello. Así que fue posponiéndolo mientras se metía de lleno en el negocio familiar.

Por indicación de su tío, invirtió una cantidad de dinero de su herencia en la empresa de importación y exportación de telas, ocupación que le gustaba cada día más. Tanto que poco a poco fue abandonando la idea de dedicarse al periodismo.

Al cabo de dos meses de haberse instalado en París, su tío ya confiaba plenamente en su capacidad.

—Sabine, estamos muy contentos con tu trabajo. Desde que has llegado, el departamento internacional funciona mucho mejor. El hecho de que hables varios idiomas nos hace mejorar nuestro servicio. —Su primo Samuel estaba feliz de que Sabine trabajara en la empresa.

—Disfruto mucho con mi trabajo, y ya empiezo a distinguir los distintos tipos de telas.

—Pues hoy vas a hacer algo diferente. Acaban de llegar unas telas espectaculares de la India. He llamado a Dior y están muy interesados en verlas. Serás tú quien las lleve.

—¿Yo debo ir a Dior? —preguntó ella entusiasmada y al mismo tiempo con cierto temor.

—Sí, y de ese modo ya te van conociendo como parte de la familia. Además, el hecho de ser mujer es un punto a favor.

La Casa Dior estaba en plena expansión. Acababa de lanzar su colonia Eau Sauvage, y un Alain Delon en su mejor momento era el icono de la publicidad. Sabine estaba entusiasmada con la idea de ir al templo del glamur.

El local, en un principio, no le pareció tan grandioso como esperaba. Sin embargo, cuando subió al segundo piso, todo cambió: un extenso pasillo era un ir y venir de costureras, maniquíes, clientas...

A Sabine le habían indicado que se sentara en una de las sillas de palillería dorada con asientos en seda verde agua, que estaban dispuestas en el pasillo al que daban un sinfín de despachos. Ante ella desfilaban todo tipo de personas, pero nadie reparaba en ella.

Una chica angelical, de rasgos delicados, media melena rubia cayéndole sin gracia sobre una piel blanquísima y vestida con una austera falda gris, se le acercó con cortesía.

—Perdón, ¿está esperando para hablar con la secretaria de dirección? —preguntó con timidez la recién llegada.

—Sí, así es. Me han dicho que espere aquí. Supongo que alguien me llamará —contestó Sabine, pensando que aquella chica estaba más impresionada que ella estando allí.

—¿Le importa que me siente? —preguntó la chica señalando la silla contigua.

—No, claro que no. —Apenas reparó en la muchacha. Le pareció frágil y austera, mientras que ella se había convertido en una joven sofisticada, no excesivamente guapa de cara, pero de presencia impoluta.

Al poco rato, la secretaria de dirección se aproximó por el pasillo.

—¿Quién es la secretaria de madame Dietrich?

—Yo soy, me llamo Victoria...

—Vale, vale. Vaya a la planta de abajo y le darán el visón blanco para madame Dietrich, pero dígale que no se le va a hacer ninguna rebaja y que deberá pagarlo de inmediato.

En ese momento, Sabine se dio cuenta de que la chica que había estado sentada a su lado era su amiga de la infancia.

Victoria sabía muy bien lo que se iba a encontrar. Así que aquella chica tímida y frágil se transformó en una mujer firme y resuelta. Se levantó y se acercó a la señora que tenía delante.

—Creo que hay un malentendido —empezó diciendo con voz contundente, lo que sorprendió a la altiva secretaria de dirección.

—¿A qué malentendido se refiere?

—Al malentendido de que, si Dior no le hace una buena rebaja a madame Dietrich, su casa no podrá decir que el visón es creación de Dior. Para que les quede claro: por indicación de madame Dietrich, he de decirles que Dior no podrá utilizar la foto de la actriz cuando luzca el visón en sus posados para la promoción de su nuevo espectáculo. Ustedes verán si les compensa o no hacerle un descuento. Esas fotos pasarán a la historia y ustedes no podrán hacerse publicidad a costa de madame Dietrich. —Victoria fue tan contundente como implacable. Por dentro estaba hecha un flan, pero había sido aleccionada por la actriz, que ya por aquel entonces empezaba a flaquear de posibles.

—Espere aquí —contestó la secretaria con rabia. Y dándole la espalda, desapareció por el pasillo.

A Victoria le temblaban las piernas, se sentó junto a Sabine, respiró fuerte...

—Qué prepotente es esta señora, vaya mal rato —farfulló Victoria.

Sabine no sabía qué hacer. Por un lado, quería abrazarla y darle ánimos y, por otro, solo quería llorar.

Así que se volvió hacia ella.

Victoria la miró extrañada. Miró sus ojos azul noche a punto de rebosar de lágrimas; no entendía nada. La que tenía que estar a punto de llorar era ella.

—No se preocupe por mí, estoy acostumbrada a tener que dar la cara por mi jefa —dijo Victoria, extrañada de que su vecina de silla se hubiera emocionado.

Fue Sabine la que, cogiendo su mano, le dijo casi como en un susurro:

—Soy tu amiga Sabine Braun y me alegro de haberte encontrado.

La chica tímida de pelo rubio abrió la boca temblorosa; miraba a Sabine como si fuera una aparición. En ese momento reconoció en aquellos ojos a su amiga del alma, su hermana, su mundo... La única persona que reconocía como de la familia.

A Victoria no le importó que la vieran llorar. Simplemente se arrojó a los brazos de Sabine.

—Perdóname, por favor, perdóname; no supe reaccionar, no podía imaginar... Por favor, perdóname...

Sabine sintió su hondo pesar. Comprobó cómo su amiga estaba angustiada, buscando su perdón. Y se dio cuenta de que Victoria había sufrido siempre por aquel suceso de la infancia, y en ese instante la perdonó por no haber reaccionado cuando ella le confesó que la violaba el hijo de su familia de adopción. Supo que Victoria llevaba esa pena dentro del alma como una losa que le impedía perdonarse a sí misma.

Pasó largo rato hasta que la voz contrariada de la secretaria se oyó en el pasillo.

—¿Ha ocurrido algo en mi ausencia? —alcanzó a decir sin creerse lo que estaba viendo: dos chicas abrazadas y llorando en medio del pasillo.

—Ha ocurrido que hacía muchos años que no sabíamos una de la otra y nos hemos reencontrado aquí.

La mujer no salía de su asombro...

—Bien, pues..., en fin, dígale a madame Dietrich que le haremos la rebaja que ha solicitado.

* * *

Stefan se concentró en los negocios, y a pesar de los continuos altibajos, fue superando una angustia que se le pegaba al estómago y le impedía pensar en nada que no fuera Abdel. Poco a poco, se fue esforzando para superar aquel trance, y cuando la primavera entró con fuerza, decidió que ya era hora de salir de su letargo. Sea como fuere, Londres le aburría de igual modo que lo encorsetaba.

Clotilde se había acostumbrado a llevar una vida poco atractiva en Londres. Seguía acudiendo a las oficinas, se ocupaba de cualquier intendencia que surgiera tal como redecorar zonas nobles, modernizar instalaciones...; almorzaba con alguna amiga en el Dorchester o iba de compras por las tardes, pero aquella vida no le seducía nada; necesitaba la naturaleza para seguir viviendo.

—Querida Cloty, debo comunicarte que he decidido irme un tiempo indefinido a Nueva York. Estoy barajando la idea de comprarme un piso. Allí tengo negocios, y Londres se me ha quedado pequeño.

—Tú siempre has sido muy de Nueva York. Sin embargo, yo no lo soportaría si tuviera que estar una larga temporada.

—Te entiendo —dijo Stefan—. Pero lo tengo decidido.

—Quizás sea el momento de que cada uno busque lo que realmente le hace feliz —reflexionó Clotilde, que intuyó que en aquella decisión no estaba incluida ella.

—Creo que es el momento de que nos planteemos tomar caminos por separado —dijo Stefan con pena.

—Eso sí, sabiendo que cada uno siempre cuidará del otro —apuntó Clotilde.

—Quiero que compres la casa que desees. Te asignaré la misma cantidad de la que dispones ahora y, por supuesto, estoy a tu disposición para cualquier contratiempo que te pueda surgir. Podrás utilizar la casa de Eaton Place siempre que desees. Ya sabes que está a nombre de la empresa, pero podrás ocuparla siempre que quieras. Nuestro hijo seguirá viviendo aquí.

—Me emociona que seas tan generoso conmigo. —Clotilde se había vuelto más sensible que antes y los ojos se le llenaron de lágrimas.

—Siempre dices que Marbella es tu paraíso soñado. Cómprate la casa que quieras allí; prometo visitarte al menos una vez al año. Y ya sabes, el otoño lo pasaremos juntos en Nueva York.

Todo se llevó a cabo como Stefan lo había dispuesto.

Llevaba semanas sin ver el sol. La lluvia pertinaz no cesaba. Clotilde comenzó a pensar en Marbella con insistencia; en aquel mar brillante, aquella luz cegadora y aquel clima suave. Así que, sin pensarlo más, decidió regresar al sur de España.

* * *

La condesa de Orange puso rumbo a Marbella un precioso día de finales de abril de 1969.

La luz transparente de la tarde hizo que se sintiera en el paraíso.

Había alquilado a través del príncipe Alfonso una pequeña casa en Santa Margarita. Deseaba tener la intimidad de su propio hogar; incluso había mandado llamar a Frau Jutta, la cocinera de toda la vida, que seguía viviendo en el castillo de Ulm en Alemania. Tenía ya sesenta y cinco años, pero no pensaba en la jubilación; su vida era el castillo.

Clotilde estaba dispuesta a recuperar su mundo a toda costa, o al menos lo que aún quedaba de él. Al vivir allí de forma permanente, se dio cuenta de que Marbella estaba cambiando por momentos. Cuando vino por primera vez se estaba terminando el hotel Meliá Don Pepe. Cuando se hospedó en él años antes, le pareció muy alejado del centro; y hoy era un conjunto urbano moderno y lujoso en aquel paraíso creado para que los más refinados de la Tierra vivieran con una sencillez sofisticada y ficticia.

El hotel Hilton, en Las Chapas, acababa de ser inaugurado por el mismísimo Conrad Hilton. De igual modo, otras construcciones estaban emergiendo sin pudor, destacando el futuro hotel-clínica Incosol, que inauguraría el propio Franco unos años después.

La casa alquilada no era precisamente a lo que ella estaba acostumbrada. Se trataba de una especie de bungaló con un pequeño jardín y una piscina minúscula, un salón cuya arquitectura estaba inspirada en las mansiones españolas de la Baja California, dos habitaciones al norte y una cocina con una enorme ventana desde la que se veía en todo su esplendor la Concha, ese pico escarpado que corona la montaña de Sierra Blanca.

Clotilde respiró profundamente y se sintió en casa por primera vez en veinticinco años.

Estaba desembalando su equipaje cuando sonó el teléfono.

—Hola, soy Alfonso, ¿está todo a tu gusto? —Una voz sensual y directa la devolvió a la realidad.

—Sí, todo está en orden. Mi cocinera llegará mañana y, junto a las personas que me has recomendado, lo pondremos todo enseguida como yo quiero.

—He seleccionado varias parcelas para que las veas. Seguro que alguna te gusta. Mañana nos vemos con tranquilidad. Además, espero que vengas preparada para incorporarte a la vida de Marbella. —Alfonso, como buen negociante que era, no perdía una comisión de venta. Con todo hacía caja, incluso por utilizar el nombre del Marbella Club. Sabía que era un dinero fácil, y para su tren de vida necesitaba tener los huevos en distintas cestas.

—Estoy feliz de haberme decidido por este lugar. He viajado por el mundo entero; adoro los inviernos en St. Moritz, pasear por Londres o los otoños en Nueva York, pero créeme que no he encontrado un lugar en el mundo como Marbella; son únicos su clima, su luz, su vegetación tropical, esa sierra que te envuelve...

—Oye, que el que te vende la parcela soy yo. No me hagas la propaganda —se rio Alfonso, encantado con el entusiasmo de Clotilde.

—Llevas razón. Es que hacía tiempo que no me sentía tan bien. Son un cúmulo de circunstancias, pero presiento que estoy en el lugar en el que debo estar.

—Este fin de semana organizaremos una fiesta de disfraces en el Beach. Búscate un disfraz de romana. Ya sabes que tu amiga Ana de Pombo es única para encontrarte el adecuado. Te deseo un buen descanso —se despidió el príncipe.

Los días sucesivos Clotilde estuvo inmersa en una actividad frenética. Llamó varias veces a Stefan para pedirle que le hiciera llegar una lista considerable de enseres, tales como sábanas, colchas, toallas..., alguna mesita auxiliar, cretonas y un largo etcétera.

Lo que no sabía Clotilde era que en Marbella iba a encontrarse con profesionales increíbles que le ayudarían a llevar a cabo sus sueños.

Averiguó pronto que los buenos terrenos eran los que iban de la carretera a la playa. Fue Toledano —un conocido judío del que ya había oído hablar en Tánger— quien se lo hizo saber. Así que se decidió por un terreno en Santa Petronila lleno de burros y de olivos.

El arquitecto no podía ser otro más que Robert Mosher, un reconocido profesional de origen americano, pionero en desarrollar después de la guerra mundial el modernismo en la zona sur de California. Al arquitecto se lo presentaron sus futuros vecinos, los Lodge, que ya habían construido su casa.

Los exembajadores americanos le parecieron a la condesa de Orange un matrimonio muy sofisticado. Él todavía apuntaba maneras de actor; no en vano, había interpretado películas junto a Shirley Temple o Marlene Dietrich. El punto de misterio lo daba el hecho de haber sido oficial de enlace entre la flota francesa y la americana en la Segunda Guerra Mundial.

Conforme Clotilde fue viviendo el día a día de Marbella, comprobaba que el pueblo era mucho más que el entorno del Marbella Club, y a partir de ahí quiso conocer de verdad todo lo que le podía proporcionar aquel enclave, incluyendo las pedanías de San Pedro de Alcántara y Nueva Andalucía.

Tuvo muy claro que el clan más antiguo era el de Guadalmina Golf, dirigido entonces por el marqués de Nájera. Y al otro lado del término municipal competía el clan de Los Monteros, del que tanto le había oído hablar al marqués de Villaverde.

También comprobó que a los ingleses les encantaba el clima invernal de Marbella y que comenzaban a hacerse casas en las lomas y las zonas altas desde donde veían Gibraltar.

Las fiestas eran el pan de cada día, y cada una más glamurosa que la anterior. Sin embargo, Clotilde no estaba dispuesta a dejarse llevar por ese mundo vacío de las fiestas todas las noches, los almuerzos interminables, *coktail-parties* o bailes. Tenía claro que asistiría si le divertían, pero nunca como razón de vivir. Prefería enfocar su vida al deporte. Ya empezaba a jugar bastante bien al golf, una actividad a la que se dedicaba al menos dos veces a la semana. Y su pasión por montar a caballo podía practicarla siempre que quisiera. Los paseos por la sierra y junto al mar le daban la misma vida.

Había elegido Marbella por su sencillez y libertad, y no por su trepidante vida social.

Hacía tiempo que allí no se dejaba de hablar de la construcción e inauguración de un puerto de referencia en el Mediterráneo. Para muchos, el punto de inflexión del futuro de la ciudad: Puerto Banús. Aunque, para ella, las bases de lo que sería su nueva ciudad de acogida ya estaban puestas.

Una nueva época daba comienzo para Clotilde. Era consciente de que le seguía preocupando vengarse de Remer. Al parecer, los cargos presentados contra el general, según le habían indicado sus abogados, eran insuficientes como para encausarlo y tener posibilidades de ganar el juicio.

Capítulo 27

A la sombra de la palapa

Marbella, 1970

La pirámide de brezo convertida en gigantesca palapa emergía llena de orgullo en medio de un horizonte azul chispeante que se perdía en el infinito.

Bárbara Eddam bajó las escaleras que conducían al Beach del Marbella Club. Permaneció extasiada ante la imagen de lujo y sencillez de la majestuosa palapa, que parecía abrazar el mar a través del pantalán de madera que se adentraba en las frescas aguas del apacible Mediterráneo.

Acudir a la llamada de Clotilde era para Bárbara un aliciente. En su amiga había encontrado a una compañera con la que se compenetraba a pesar de ser antagónicas.

Se había puesto un bonito sombrero de paja. Al bajar el último peldaño de la escalera que daba al Beach, un golpe de aire hizo que este volara por los aires. Bárbara corrió tras él; estuvo a punto de alcanzarlo, pero no lo consiguió. La americana apretó los dientes y volvió a correr tras el sombrero; gracias a un pisotón bien dado, logró detener su vuelo. Eso sí, su precioso sombrero se había convertido en un chafado gorro.

La escena fue seguida con atención por los clientes que estaban en la barra partiéndose de risa. La divertida americana miró su nueva creación y se echó a reír. Esta vez encajándoselo mejor. Sin reparar en su nueva imagen un tanto ridícula, volvió a sus pensamientos.

«El estilo de Marbella me recuerda a California», pensó Bárbara, que había quedado con su amiga en el Beach Club para tomar el aperitivo.

Atravesó la zona de hamacas, donde varias parejas se tostaban al sol del mediodía; sin duda, en pocas horas el color rosado de su piel se tornaría en rojo cangrejo de auténtico dolor...

Se encaminó con decisión a la barra.

Allí, a la sombra de la palapa, estaba charlando amigablemente el artífice de la estética del lugar: su amigo, el arquitecto Noldi Schreck, creador de Acapulco y venerado en la Baja California por ser un artista de extraordinario gusto.

—Una forma muy efectiva de atrapar un sombrero —se rio Alfonso.

—Pues así no tendré que llevarlo en la mano a mi vuelta en el avión —contestó Bárbara con una carcajada.

—Querida, no sé si conoces al arquitecto Noldi —dijo Alfonso.

—Bueno, por Dios... No conozco «otra cosa», mi querido Alfonso —contestó Bárbara, dándole un abrazo al arquitecto—. ¿Sabes por qué este lugar es especial? —le dijo al príncipe—. Porque te has rodeado de gente con gusto y deseos de crear algo hermoso. Este es el secreto de Marbella: la sencillez del buen gusto y el refinamiento de lo natural.

—Estoy de acuerdo contigo, Bárbara. Hace cuatro años que fui a México en busca de Noldi; lo visité en su estudio de la Zona Rosa. Mi único objetivo era pedirle que hiciera un boceto de este Beach. Hoy es el artífice de Puerto Banús, el primer puerto diseñado por una sola persona. —Alfonso Hohenlohe estaba feliz de haber conseguido imponer su criterio—. No puedes imaginar lo feliz que me hace que su proyecto se impusiera al de las grandes edificaciones que hoy colapsan el litoral español —terminó diciendo.

—Así es, mi querido Alfonso, y mucho nos costó conseguirlo, ya que las relaciones tuyas con Banús estaban más que rotas —apostilló Noldi.

—Fue muy provechosa la intervención de don Rodrigo, que, a propuesta mía, se reunió con José Banús para pedirle que escogiera tu proyecto, que sin duda es el mejor para Marbella —contestó Alfonso.

—La verdad es que yo creí que no se conseguiría. Banús tenía buenas relaciones con el Régimen de Franco. Pero nuestro valedor el cura contaba con el poder de tener línea directa con doña Carmen Polo, esposa del Jefe de Estado —comentó Noldi.

—Hombre, don Rodrigo apoya mi causa, porque es un hombre sensible que está imbuido por el modelo urbanístico que deseamos para Marbella.

—Desde luego, pero aquí lo que primó fue que Banús no estaba dispuesto a enemistarse con Bocanegra, sobre todo a raíz de que don Rodrigo convenciera a Guépin para que este dejara de oponerse a la edificación del puerto delante de su finca Holanducía, siempre y cuando se hiciera una construcción sencilla de estilo pueblo mediterráneo. Como comprenderás, luego no iba a desestimar su apuesta por nuestro proyecto —reflexionó Noldi.

Guépin, vicepresidente de la Shell, también había ayudado a Franco dándole petróleo a los nacionales en la guerra. De ahí que también tuviera buenas relaciones con el Régimen.

Así que don Rodrigo estaba en medio, como casi siempre.

Hohenlohe, hombre muy hábil, sabía que el cura estaba de su parte y conocía cómo manejar los hilos a favor de que nada ni nadie se interpusiera en el modelo urbanístico de su paraíso soñado.

—Algo te habrá sacado don Rodrigo a cuenta de su apoyo —bromeó Noldi.

—Pues sí, al día siguiente ya me estaba llamando para que le colocase a un camarero del pueblo y a una planchadora... —Alfonso se rio con ganas; sabía de sobra que el cura no daba puntada sin hilo. Antes de hacer el favor, ya estaba pensando en cómo iba a revertir en sus feligreses. Gracias a esta «política», los hoteles que emergían en Marbella se nutrían de personal autóctono.

Bárbara los escuchaba, entretenida, sabedora de que estaba siendo testigo de cómo se fraguaba el destino de aquel lugar. Le encantaba conocer los entresijos de las cosas.

—Estoy contento de cómo se va resolviendo todo; se ha formado un gran equipo con Díaz Fraga, Marcos Sainz y otros buenos técnicos —observó Noldi.

—Ahí llega nuestra musa —le interrumpió el príncipe Alfonso al ver bajando las escaleras que daban al Beach a una Clotilde espectacular con un traje de baño negro con cinturón blanco, un blusón blanco y una pamela también blanca con ribetes negros. Clotilde seguía siendo una mujer de quitarse el sombrero—. Estás preciosa, mi querida Clotilde —le dijo cuando la condesa se acercó al grupo que estaba bajo la palapa.

Ella, con una fingida advertencia y una divertida sonrisa, impidió que Alfonso siguiera con sus halagos.

—Vamos a tomar el sol a la playa. ¿Podemos conseguir que un camarero nos traiga el aperitivo allí? —preguntó la condesa un tanto zalamera.

—Mejor aún. Acaba de venir a trabajar conmigo un amigo que os encantará; se encarga de que el Beach esté provisto de todo lo que nuestros clientes demanden. Así que le digo que vaya para allá y os atienda. —Alfonso tenía el don de saber tratar a las mujeres.

—A mí, sinceramente, no me importaría que fueras tú ese galán. —Bárbara estaba embelesada con Alfonso, aunque el príncipe no iba más allá de un coqueteo galante, pues como buen donjuán solo empleaba el tiempo con mujeres espectaculares.

—Barbarita de mi vida, eres incorregible. Pero descuida, que seré yo quien te prepare el mejor vermú —replicó, riéndose, Alfonso.

Bárbara no cejaba en el intento de tontear con el príncipe; se conformaba con tirarle pullitas con cierta carga provocativa. Alfonso se reía con sus salidas ingeniosas, sin reparar en sus intenciones, más allá de considerarla una mujer divertida.

—Alfonso, eres un conseguidor. Sin ti este paraíso no sería posible. —Clotilde quiso premiar a su anfitrión con un halago merecido.

—Gran verdad, Clotilde —se apresuró a afirmar Noldi—. Ya sabéis que se hospeda estos días en el hotel la actriz Kim Novak. Se ha encaprichado con las alfombras de esparto del hotel y Alfonso le ha organizado una visita a los talleres del pueblo.

—Qué divertido —comentó Bárbara, entusiasmada con la idea—. ¿Puedo acompañaros?

—Desde luego, estás invitada —contestó Alfonso.

—Bárbara se apunta a un bombardeo —bromeó Clotilde, tirando de su amiga hacia la playa—. Ya me contaréis vuestra experiencia.

Noldi se dirigió a Bárbara para concretar con ella la visita a la fábrica de esparto. Momento que aprovechó Alfonso para hacer un aparte con Clotilde.

—Quiero decirte que he seguido tus consejos y he facilitado que mi ex vea a los niños —confesó el príncipe.

—No sabes cómo me alegro. —Clotilde se sintió feliz—. Ya era hora de que te olvidaras de ella —remató.

—Eres incorregible. ¿Cómo sabes que ya he superado el desplante de mi ex?

—Era lógico. Cuando estás despechado te quieres vengar como sea, sin darte cuenta de que eso solo te lleva a meterte más en el fango y no te permite salir a flote. ¿Tienes a alguien en el punto de mira? —preguntó con la seguridad de que los asuntos del desamor con otro amor se quitan, y sobre todo sabiendo que un hombre como Alfonso estaría soltero por poco tiempo.

—Otra vez das en la diana. La verdad es que sí. He conocido a la actriz Jackie Lane y tengo que reconocer que me tiene encantado —confesó el eterno donjuán.

—Eso era lo que necesitabas, mi querido amigo; me alegro por ti. —Clotilde volvió la cabeza hacia donde estaba Bárbara, que preguntó con la mirada de qué hablaban.

Ambas bajaron a la playa. Enseguida un mozo les proporcionó unas toallas, y se instalaron en unas tumbonas bajo una sombrilla de brezo.

—Esto es encantador, pero hay que reconocer que la playa es imposible, la peor arena que uno puede pisar. —Bárbara no se callaba una y desde luego aquella arena le fastidiaba sobremanera.

—Llevas razón. Las playas marroquíes de Kabila y Cabo Negro se han llevado la mejor arena y Marbella se quedó con el clima —contestó Clotilde, señalando el otro lado del mar y aceptando la realidad.

La condesa de Orange todavía no se había tumbado; colocaba su toalla bien estirada en la mullida hamaca cuando vio llegar a la playa a un hombre atlético, unos quince años más joven que ella, traje de baño de colores nada habitual, sonrisa irresistible y amabilidad al punto.

No era dada a mirar a los hombres, y menos dejar que un figurín así la impresionara. Aquel hombre, después de preguntarle algo al mozo, fue hacia ellas esgrimiendo una sonrisa cautivadora.

—Señoras, me envía el príncipe Alfonso. Estoy encantado de poder atenderlas. Mi nombre es Luis Barranco; lo mío son los deportes náuticos, pero me tenéis a vuestro servicio para lo que preciséis.

A Bárbara casi se le caen las gafas a la arena. Se había dado la vuelta para atender a la voz varonil que en un perfecto inglés se había dirigido a ellas, y al ver a semejante ejemplar, por un momento creyó necesario que le hicieran el boca a boca.

No es que el tal Luis fuera un efebo andante; más bien era su manera de mirarlas: como si no hubiera mujeres más importantes en la Tierra que ellas. Sin duda, con sus cuarenta y tantos años muy bien llevados, era el reclamo de la playa.

—A nosotras esto de los deportes náuticos no nos va mucho —se apresuró a decir Bárbara, que era más de tierra que las lombrices, y se horrorizaba solo con pensar en parapetarse en aquellas tablas sujetas a una cuerda y tiradas por una lancha de gran potencia.

—Bueno, habla por ti; yo voy a intentarlo; siempre he querido probar esto del esquí acuático. —Clotilde tenía cincuenta y ocho años, seguía montando a caballo y el esquí lo practicaba regularmente.

La condesa intentó mantenerse en pie varias veces, pero su destreza dejó mucho que desear; así que, después de varios intentos infructuosos, cayéndose y sin lograr permanecer a flote, decidió que había llegado tarde para aquel deporte.

Luis la recogió con la lancha y le agradó que Clotilde se riera de sí misma.

Desde ese momento, empezó a admirarla; no cabe duda de que él también percibió la fascinación que había causado.

—Es la primera vez en años que te veo así de radiante. Creía que ya no ibas a volver a encandilarte con alguien. —Bárbara estaba encantada con lo que había sucedido en la playa.

—No te precipites. Es verdad que me he divertido muchísimo. Y parecía que conociera a Luis de siempre, pero tampoco es para que lo veas como un amor a primera vista —dijo Clotilde sin creérselo, aunque sí había notado mucha química en aquel encuentro.

—Pues ya veremos cómo nos lo montamos para quedar con él —bromeó Bárbara.

Dejaron la elucubración para otro momento.

Debían arreglarse para acudir a la invitación del diseñador Antonio Castillo, una velada a la que asistirían intelectuales y artistas. A Clotilde le divertían esas reuniones y además no podía faltar, porque en otra ocasión no había podido aceptar su invitación al irse precipitadamente de Marbella por culpa de Ralf.

Recordó que había conocido al diseñador en la casa de Neville, a la que había ido con su sobrino. Era la segunda vez que estaba sin Ralf en Marbella y sintió que aquel lugar era más apacible sin tenerlo cerca. El ambiente era más distendido y el submundo de alemanes huidos, que revoloteaban en torno a él, no estaba presente. No tenía muchas noticias suyas, más allá de lo que le contaba Victoria cuando en verano iba al castillo Havel a pasar unos días con su primo. Se sintió bien al comprobar que aquel sería el lugar perfecto para instalarse definitivamente: ese lugar rodeado de naturaleza y vida al aire libre, que tanto ansiaba desde que dejó su castillo rural en Sajonia.

La casa de Antonio Castillo era de lo más encantadora. Podía ser un cortijo español o una hacienda de la Baja California. El famoso diseñador recibió a Clotilde y a Bárbara elegantemente vestido; junto a él, un hombre refinado y de maneras pausadas, al que Antonio presentó como su vecino, con el que se comunicaba a través del jardín; una puerta en medio de un seto hacía posible pasar de una casa a otra.

—Os presento a Vicente Viudes, hombre polifacético: escenógrafo, muralista y figurinista... Sus pinturas están en manos de los más exigentes coleccionistas. Doy fe de su fama en América.

—Por favor, Antonio, deja de hacerme tanta propaganda —alcanzó a decir el pintor.

—¿Qué tipo de pintura haces? —preguntó Clotilde.

—Sus lienzos representan figuras humanas con vegetales y frutas. De ahí que se le conozca como el Arcimboldo español —contestó con orgullo el modisto.

—Me encantaría verlas —dijo entusiasmada Bárbara.

—Vente a casa cuando quieras. Acostumbro a pintar por las mañanas en mi jardín —dijo el pintor.

—Además, la casa es encantadora; seguro que disfrutarás visitándola —apostilló Castillo con admiración.

—Sí, quedemos otro día. Quisiera comprarte algo para mi nueva casa —comentó Clotilde.

A la fiesta se sumó otro pintor reconocido, Lolo Zerolo.

El marqués de Santo Floro se había equivocado creyendo que el almuerzo era en casa de Viudes, de modo que un criado le acompañó por el jardín hasta la otra casa. Cuando llegó al porche se percató de que había perdido el peluquín por el camino, motivo por el cual se originó un gran revuelo buscando el susodicho apéndice, hasta que se dio con él. Se había quedado prendido en el seto de pitósporos que comunicaba las dos casas.

A la cena fueron llegando personajes curiosos como Pepe Carletón, propietario del Club Cero, bar de copas situado en un chalé muy cerca de la casa del diseñador y que regentaba junto a Menchu, una niña bien de Málaga metida a pionera de la noche de Marbella. Pepe, enamorado de la belleza, habló largo rato con Clotilde sobre Tánger.

El anfitrión le presentó a su vecina, la reputada escultora alemana Astrid Begas.

—¿Eres alemana? —preguntó la escultora en cuanto oyó hablar a Clotilde.

—Sí, así es, de Sajonia.

—Pues debes venir a mi casa Los Cipreses. Todos los domingos, después de misa, recibo a los amigos. Así que te espero.

Los Cipreses era una de las fincas más grandes del pueblo. Astrid era una mujer culta y amable; se había quedado viuda de su segundo marido, George Szavost, un húngaro que había hecho dinero gracias a la licencia para construir locomotoras a vapor.

—Estaré encantada de acudir a tu casa. —Clotilde estaba deseosa de conocer la sociedad de Marbella y ver en qué grupo podría encajar mejor.

Todavía no se había despedido de Astrid cuando Vicente Viudes se le acercó.

—Condesa, quiero presentarte a Luis Escobar, marqués de las Marismas del Guadalquivir. Él lo es todo en el teatro español. Está fascinado con tu elegancia.

—La fascinada soy yo —contestó Clotilde, dirigiéndose a aquel hombre menudo, de exquisito trato, modales refinados y casi etéreo en sus movimientos pausados.

—Nuestro anfitrión nos requiere para comenzar la lectura poética de la velada. Así que más tarde podréis seguir hablando. —Bárbara se había acercado a Clotilde después de proveerse de un whisky con hielo y no estaba al tanto del mágico encuentro entre la condesa y el marqués.

—Antes de dar lectura a poema alguno, quiero señalar que esta señora me recuerda muchísimo a mi idolatrada amiga Francine Weisweiller. —A Escobar le fascinaban las mujeres delgadas y distinguidas.

—Todos recordamos a Francine, amiga de nuestro añorado Jean Cocteau. Recuerdo que le alquiló a Neville la casa Malibú y este se iba al chalé, entraba en el despacho y se ponía a trabajar como si nada. Francine un día habló con Isabel (hoy mujer del dibujante Mingote pero por aquel entonces secretaria de Neville), y le dijo: «No me parece bien lo que hace mi casero, ¿puedes recordarle que me ha alquilado la casa por la que me cobra una buena renta?» —relató el diseñador Castillo.

—Lástima que no esté hoy Conchita Montes para que nos lo contara con su consabida gracia —dijo Viudes.

—¡Qué años aquellos! ¡Cómo lo pasamos de bien cuando Cocteau se instaló dos inviernos en Marbella! Qué hombre más gentil; adoraba agradar, era la ternura y la suspicacia juntas. —Escobar era un romántico y recordar a su amigo Jean le llenaba de melancolía.

—Llevas razón, Marismas. Clotilde tiene un aire a Francine. —Viudes era un ser maravilloso envuelto en una extrema sensibilidad, con un punto de fragilidad que lo hacía vulnerable y con una pasión interior que lo podría llevar a la locura. Su amabilidad exquisita hacía que estuviera atento a todos los detalles.

—Mirad, acaba de llegar Antonio el Bailarín. Ya que recordamos a Cocteau, que os cuente cómo consiguió Jean que sus dibujos decoraran la piscina de su casa El Martinete. —Viudes se acercó a saludar al Bailarín.

Clotilde estaba en medio de aquel trasiego de personajes a cada cual más curioso y con vidas más extraordinarias. Ese era el ambiente que le agradaba; entre bohemio y mundano, culto, artístico, refinado, creativo, evocador y natural. Tenía claro que aquel sería su grupo de base, tan internacional y al mismo tiempo tan español.

Antonio el Bailarín era famoso en el mundo entero y en esos momentos la estaba saludando con dos besos.

—¿Qué es lo que tengo que aclarar? —preguntó el Bailarín con una gracia en el habla y un movimiento de manos que los dejó cuajados.

—Cuéntanos lo de la serigrafía en tu piscina —explicó Viudes—. Hace diez años en Marbella no había de nada. ¿Cómo pudisteis hacer los azulejos?

—Aquí todo pasa por la mano del cura —comenzó el relato el Bailarín—. Queríamos cocer los azulejos pintados por Jean y sabíamos que la parroquia tenía un taller de cerámica; así que fuimos a ver al cura y este nos puso en contacto con Maruja Espada, que entre cacharro y cacharro, cocía las obras de arte de Cocteau.

Clotilde y Bárbara disfrutaban del ambiente cosmopolita, sofisticado e intelectual que se había tejido en aquel lugar.

Se hizo la lectura poética, que no duró más que tres cuartos de hora.

A continuación, se sirvió una cena fría a base de gazpacho, ensaladas y huevos rellenos de atún; y cuando ya todo el mundo estaba de relax, el anfitrión pidió a Antonio que bailara.

Aquel hombre menudo, casi insignificante, colocó el cuerpo con solo dos pasos, su figura tomó forma escultural, sus manos comenzaron a moverse adquiriendo vida propia. Nada era relevante; solo aquellos movimientos alados, rítmicos y acompasados de un ser que no era de este mundo. Sus pasos de baile marcaban el viento rozando el suelo, y el gesto de su rostro se volvió señorío, altivez y donaire. Daba la sensación de que era un ser único en la creación.

Clotilde jamás había visto nada igual. No podía creer que existiera un ser humano tan extraordinario. Quería pellizcarse para comprobar que no estaba soñando.

Por su parte, Bárbara hacía rato que había perdido la noción del tiempo. Estaba alucinada con aquella reunión. Conocía todos los ambientes sociales de la Tierra, pero aquel era único.

El Bailarín se prodigó lo justo para mostrar su arte; lo mínimo para demostrar quién era un verdadero dios en el Olimpo. Antonio, con solo mover sus brazos y alzarlos al cielo, paraba el mundo. Verlo tan cerca y tan lejos... era un privilegio único.

Clotilde se sentía feliz de haber podido disfrutar de aquella velada tan especial, donde todo fluyó en armonía y naturalidad. Tuvo claro que ese tipo de reuniones eran las que le gustaban a ella, y no tanto la fiesta por sí misma sin más. Compaginar estas salidas con la vida tranquila de pasear por la playa, montar a caballo y hacer excursiones a la montaña era lo que deseaba hacer.

* * *

El príncipe Alfonso las invitó a un almuerzo. La escalinata serpenteante que conducía desde la entrada principal a la casa, en primera línea de mar, las iba adentrando poco a poco en un escenario árabe de sonidos de agua y motivos arquitectónicos donde los azulejos y yesos trabajados eran la base de la decoración. El mar formaba parte del jardín.

Cuando Clotilde y Bárbara se disponían a bajar las escaleras, una mujer se giró hacia ellas al oír hablar en inglés con acento alemán.

—Clotilde von Havel, cuánto tiempo sin verte —exclamó la señora. La condesa se le quedó mirando sin reconocerla—. Soy Jacqueline Laffore. Nos conocimos de la mano de tu sobrino Ralf, en casa de los barones Von Weber en Alhaurín.

Clotilde enseguida recordó a la exespía amante de Ralf que conoció en la nefasta reunión de nostálgicos nazis años atrás.

La saludó con cortesía, pero era evidente que aquella señora, algo mayor que ella, no le gustaba.

—Querida condesa, ¿qué sabes de Ralf? —La exespía nazi seguía enamorada de su sobrino, aunque no tuviera ninguna posibilidad con él.

—Hace tiempo que no tengo noticias de él —contestó Clotilde, molesta. —Bárbara carraspeó como dando a entender a su amiga que le presentara a aquella mujer felina, entre siniestra y complaciente—. Te presento a Bárbara Eddam —dijo con poco entusiasmo.

Jacqueline se volvió hacia Bárbara y enseguida pensó que si acompañaba a Clotilde, con seguridad sería alguien interesante.

—Me encantaría que mañana pudierais venir a mi casa a tomar el té. —Jackie Laffore parecía tener mucho interés en acercarse a Clotilde.

—Nos va a ser imposible asistir —se apresuró a contestar la condesa, que no quería saber nada de aquella mujer.

Bárbara estaba muy atenta a lo que flotaba en el ambiente y le interesaba saber qué interés podía tener aquella mujer en su amiga. Así que con disimulo se adelantó para dejarlas a solas, a fin de que pudieran hablar.

Jackie, como mujer lista que era, aprovechó la oportunidad.

—Si no recuerdo mal, en el almuerzo de los Weber dejaste claro que Remer era un hombre que te desagradaba. Dos días después de que abandonaras Marbella, Ralf vino a mi casa a una de mis reuniones de ensalzamiento del orgullo nazi, y me contó el motivo de tu enfrentamiento. También sé por excompañeros que estás intentando que extraditen a Remer para poder juzgarlo. Yo puedo proporcionarte pruebas que te van a interesar.

Clotilde se quedó perpleja. Titubeando, le contestó que aceptaba su invitación.

—Pues no se hable más. Aquí tenéis mi dirección. —Jackie sacó de su minibolso una tarjeta de visita y se la entregó.

A la condesa aquel encuentro la dejó nerviosa. Sus deseos de venganza estaban ahí, aunque quería aparcarlos y vivir sin losas que le impidieran disfrutar de la vida. Así que como el almuerzo era un bufé, tardó poco en desear marcharse. Bárbara se quedó toda la tarde resistiendo a base de *gin-tonics*, baile y risas con quien pillara.

* * *

El conductor del hotel las llevó a Guadalmina Alta. La casa de Jackie era un chalé algo desordenado, donde los perros eran tratados como reyes. La anfitriona se apresuró a abrirles. Las condujo al porche que daba al jardín. Sobre una mesa de café se apilaban varias carpetas azules sujetas con gomas. En cada una se especificaba con una letra clara y legible su contenido.

Jackie era consciente de que Clotilde no tenía sintonía con ella e intentó relajar el ambiente.

—Me alegro de teneros aquí en mi santuario lleno de recuerdos del pasado —comenzó diciendo.

Clotilde deseaba que la exespía no se demorara en hablar de lo que le interesaba.

—Respeto tu ideología, pero quiero que sepas que estoy en desacuerdo con vuestras ideas —se apresuró a decir, a fin de dejarle clara su postura a la anfitriona.

—Descuida, que lo tengo claro. Al igual que deseo que sepas que yo te voy a ayudar, pero porque odio tanto como tú a Remer, aunque sigo y seguiré siendo nazi mientras viva —replicó Jackie con tono autoritario.

—Agradezco tu sinceridad. —A la condesa, aquella confesión la hizo relajarse un poco.

Mientras tanto, Bárbara se vio inmersa en la vida de dos seres humanos contrapuestos y unidos por un deseo común de venganza.

—Remer me utilizó, y cuando dejé de serle útil me apartó e incluso quiso detenerme. —A Jackie se le cambió el semblante—. El general, con tal de tener contento a Hitler, encausaba a todos los que le parecían sospechosos, con o sin pruebas. Tenía que presentar enemigos traidores a la causa sin hacer justicia, como fue el caso de tu marido, o simplemente porque no estuviéramos de acuerdo con sus métodos. Cuando los alemanes e italianos ocuparon en el cuarenta y dos la parte libre que quedaba de Francia, me enviaron a espiar para ver si se cumplían las leyes contra los judíos.

»Me di cuenta de que los italianos eran otro tipo de personas y, por tanto, nuestra animadversión hacia los judíos no iba con ellos. Al principio, mis informes estaban cargados de acusaciones contra el comportamiento de los soldados italianos, pero tuve la suerte de enamorarme de un militar de Mussolini. Fue el amor de mi vida, el hombre que me hizo creer que el ser humano está en el mundo para disfrutar y no para ser perfecto, tal como a mí me habían enseñado. A partir de ese momento, mis informes dejaron de detallar la localización de judíos, y Remer decidió enviar a uno de los suyos a espiarme.

»Al general se le informó de mis relaciones con un militar que confraternizaba con hebreos y, aunque era fascista, no comulgaba con los nazis. Se dio por hecho que yo podía opinar lo mismo que él, por lo que se me consideró una traidora al régimen. Tuve que valerme de mis amigos en las altas esferas para no acabar en prisión, pero me relevaron de mi puesto y, lo que es peor, mi amante apareció muerto en extrañas circunstancias.

»A partir de ahí, me dediqué a recopilar cuantos informes pude para desenmascarar a Remer. Al finalizar la guerra, preferí huir a España y que nadie se acordara de mí. Cuando vi que le plantabas cara, decidí que cuando tuviera la oportunidad, tú podrías ser quien entregara estos documentos al Gobierno alemán, solo con la condición de que no desveles cuál es la procedencia. Quiero vivir en paz el resto de mis días.

Jackie concluyó así aquel relato expresado con vehemencia y rabia.

Clotilde apenas había podido presentar pruebas contra Remer, y la venganza de Jackie podría ser muy útil para conseguir llevar ante la Justicia al general.

—¿Qué contienen estos documentos? —preguntó la condesa.

—Básicamente, son órdenes firmadas por el general y por otros mandos para espiar a judíos; siempre conservé las órdenes que me dieron.

—Te agradezco mucho que me entregues todo esto —dijo Clotilde, sin estar segura de que aquello pudiera llevar a juicio a Remer.

—Ahora tengo una reunión con mis antiguos colegas. Supongo que no querréis asistir. Así que aquí tienes los documentos.

Clotilde se fue de la casa de la exespía nazi agradecida la esperanza se abrió en su interior.

—Mañana mismo envío todo esto a mis abogados en Alemania para que lo analicen y decidan si son pruebas válidas para enjuiciar al general.

—Siento tener que irme en dos días; me hubiera gustado quedarme más tiempo, pero mis obligaciones me lo impiden —dijo Bárbara—. La verdad es que Marbella está resultando mucho más interesante de lo que imaginaba —apostilló con un guiño divertido.

Clotilde lamentó quedarse sola, aunque no podía negar que también disfrutaba mucho de la tranquilidad que suponía no estar todo el día de un lado para otro como le gustaba a Bárbara.

* * *

Tras la marcha de Bárbara, Clotilde se dedicó de lleno a la construcción de su casa y, mientras tanto, continuaba de alquiler. Era muy común que las familias de abolengo alquilaran sus casas en los meses de verano.

Cada mañana bajaba a la playa a tomar el sol y a disfrutar de los múltiples entretenimientos del Beach. Por aquellos días tendría lugar el certamen de Miss Beach. La elección estaba muy reñida, e incluso un rico alemán alquiló una avioneta que soltaba papelitos pidiendo el voto para su hija. Aquel año la pugna estaba entre Sandra Gamazo, Maite Soto Domecq, Fanny Larisch y Sandra von Bismarck.

Pero Clotilde era un poco ajena al trasiego que se traían las más jóvenes. Estaba inmersa en un coqueteo permanente con Luis Barranco, que en un principio tenía visos de un entretenimiento veraniego, pero que poco a poco fue tomando un cariz más serio.

Con frecuencia, Clotilde lo invitaba a su casa por la tarde. Él se propuso enseñarle español y ella, con el paso de los días, fue sintiendo que necesitaba la entrega de aquel hombre. Su presencia se fue haciendo tan necesaria que cada día daba más muestras en público de su simpatía por aquel joven sin oficio ni beneficio.

Luis la colmaba de atenciones y cariño. Igual aparecía en su casa a la hora del desayuno con un ramo de rosas recién cortadas, que al día siguiente le sugería no salir a ninguna fiesta y beberse juntos un buen vino adquirido en Gibraltar. Clotilde se dejaba querer. Gozaba con la dulzura de aquel hombre andaluz que la llevaba a creer en el ser humano.

Un atardecer, Luis y Clotilde saboreaban un vino de Jerez en el porche sur de la casa mientras contemplaban la luna llena reflejándose en el mar, formando una estela plateada.

Luis comenzó a besar a Clotilde en la comisura de los labios; deseaba poseerla.

Clotilde comenzó a reclamar más, sus movimientos rítmicos y sinuosos indicaron a Luis que podía seguir. Él fue marcando los tiempos. Era la primera vez que Clotilde no tomaba las riendas; lo achacó a que quizás él era un experimentado amante. Prefirió centrarse en disfrutar de un sexo distinto, donde solo él daba placer, entregándose en cada movimiento, estudiando cada contorsión de ella. La ternura se mezclaba con las caricias... hasta llegar al momento culmen donde él reclamó las manos expertas de ella.

Clotilde se dejó llevar. Disfrutó sin otra razón que vivir el instante. Se sumió en aquel juego delicioso y mágico, en el que la ternura no estaba reñida con lo carnal.

Cada vez que hacían el amor, se producía aquella magia inenarrable de suavidad, mezclada con la penetración, potente y arrolladora.

Intentaría desterrar de su vida los prejuicios de estatus y abolengos. Al menos, eso era lo que pensaba cada vez que se acostaba con Luis.

Durante meses vibró en la clandestinidad con aquel amor, que solo conocían las paredes de su casa y quizás donde solo había atracción física...

Clotilde era consciente de que Luis y ella estaban en distintos escalafones sociales, culturales e incluso de edad, y que fuera de la cama tenían poco o nada en común, pero sentir de nuevo la pasión por el sexo la reconfortaba.

De un tiempo a esta parte, había notado alguna que otra mirada impertinente cuando Luis y ella se sentaban a tomar el aperitivo en el Beach. Él le había dicho que seguramente sería por su condición de empleado del hotel, pero Clotilde sabía que además era criticada por tontear con un hombre más joven que ella y de estatus social inferior.

* * *

Un domingo aceptó la invitación de Astrid Szavost, de cuya suegra, por cierto, se decía que fue amante de Hitler.

Acudió a la finca Los Cipreses, que se extendía desde el mar hasta cerca de la casa de Antonio Castillo.

Astrid recibió a Clotilde vestida toda de blanco.

—Cómo me alegra que hayas venido. Si te parece, te enseño el jardín y así podremos hablar —propuso la escultora.

—Me encantará; la vegetación en Marbella es casi tan exótica como la tropical.

Caminaron por un sendero de agapantos en flor que conducía a una cúpula formada por las ramas entrelazadas de cuatro jacarandas. En el centro, una fuente de piedra, y a los lados, dos bancos de hierro, permitían disfrutar del frescor del lugar.

—Sentémonos aquí, es mi lugar preferido —propuso Astrid.

—Es un rincón lleno de encanto.

La escultora comenzó a hablarle sin rodeos. Era una mujer sumamente elegante, con el pelo platino recogido en un moño. Entre sus dedos siempre blandía un cigarrillo que llevaba a la boca con una delicadeza inusitada.

—Sé por lo que estás pasando, y mi consejo es que te dejes llevar por el amor y no pienses en el qué dirán —dijo Astrid.

—No sé a qué te estás refiriendo —contestó Clotilde, algo molesta con el comentario.

—Hace tiempo que vivo con Jesús, y te aseguro que más de uno ha visto mal que proteja a un pintor joven, pobre y gitano. Créeme que cualquier crítica me es indiferente. Jesús me da vida y eso es lo único que me importa —comentó Astrid—. Podrás entenderme cuando sepas un poco de mi vida. Me casé en segundas nupcias con mi gran amor George Szavost, en Madrid. De allí huimos al comenzar la Guerra Civil y nos fuimos a Alemania, donde él enfermó de tuberculosis.

»Al comenzar la Segunda Guerra Mundial, volvimos a España, y Max de Hohenlohe nos animó a venirnos a Marbella. Al morir George, sentí morirme con él, pero remonté y conocí a Jesús Baca en la plaza del Santo Cristo durante el cóctel de inauguración del rastro de arte. Ambos quedamos prendados el uno del otro. Con el tiempo, supimos que, a pesar de las diferencias sociales, los dos somos espíritus creativos con vidas llenas de sufrimientos. Nos unió el alma de los dos. Créeme que soy feliz. ¡Qué me importa lo que piense la sociedad! ¡Esa sociedad que no me dio nada cuando lloré mi soledad!

La señora Szavost miró a Clotilde fijamente; quería que comprendiera que debía vivir sin preocuparse por lo que pudieran decir los demás.

—Eres muy valiente. Yo le doy mucha importancia al qué dirán —confesó la condesa.

Una criada se aproximó al acogedor rincón.

—Señora, don Jesús le espera en el cenador para que le dé su visto bueno a la decoración del bufé.

—Gracias, ahora mismo vamos. Mi querida amiga, seguiremos hablando en otro momento, pero no olvides los consejos de la experiencia.

Entre caminos hechos por setos de boj, llegaron a un cenador de forja, cubierto por una glicinia en flor; la mesa bufet presentaba un aspecto bucólico adornada con hiedras y plumbagos; las bandejas de canapés salados competían con bocados dulces. Astrid se acercó a un carrito-camarera y le ofreció algo de beber a Clotilde. Esta pidió por inercia un whisky con mucho hielo, aunque su pensamiento estaba en analizar las palabras de su anfitriona.

Astrid le estaba dando las claves para plantearse presentarse con Luis en público.

Le apartó de sus pensamientos la aparición de un hombre que portaba una bandeja con aperitivos. Clotilde se quedó impactada. Al principio creyó que se trataba de una excentricidad de la artista, que tenía criados «muy autóctonos».

—Te presento a Jesús, el hombre que ocupa mi corazón. —Aquella confesión tiró por tierra todas sus elucubraciones. Clotilde se cuestionó por completo las palabras de Astrid. Jesús era un hombre, por así decirlo, de curioso aspecto: con un medallón enorme de la Virgen del Rocío al pecho, bigote y patillas a lo bandolero de Sierra Morena y juventud arrolladoramente tímida.

Juntos, allí delante, eran dos imágenes contrapuestas: la belleza y la elegancia confundida con la naturalidad del jornalero andaluz de la época. Un contraste tan curioso y notorio que era difícil de entender.

—Tiene que venir a ver el busto que acaba de terminar Astrid. —El pintor había salido del estudio que compartía con su protectora. Su camisa blanca salpicada de pintura, sus manos y sus uñas daban la imagen indiscutible de que había estado metido entre pinceles y pintura.

—Con gusto quisiera ver la última creación de Astrid. —Clotilde siguió los pasos de aquella extraña pareja; ella lo miraba con devoción.

Llegaron a una habitación soleada y diáfana. Astrid se aproximó a un pedestal y descubrió el busto recién llegado de la fundición.

—¿Lo conoces? —preguntó la escultora.

—Naturalmente. Es monseñor Bocanegra —contestó Clotilde—. ¿Crees que el cura va a valorar esta gran obra?

—Estoy segura de que sí la va a valorar. Pero, por encima de ello, está mi gran agradecimiento hacia él.

—Si no es indiscreción, ¿cuál es el motivo de tu agradecimiento? —preguntó intrigada Clotilde.

—Mi marido George era protestante luterano. Lo único que me pidió fue ser enterrado en Marbella. El problema estaba en que aquí no hay cementerio protestante. Así que acudí a don Rodrigo y él me autorizó para poder enterrarlo en el cementerio católico. Lo mejor que tengo son mis manos de escultora, y ese es el regalo que deseo hacerle en agradecimiento.

Clotilde se emocionó con el relato.

Una joven con uniforme de servicio entró al estudio.

—Señora, sus invitados están llegando. Los estoy haciendo pasar al cenador.

—Gracias, Pepi, ya vamos. Jesús, adelántate tú —le pidió Astrid al pintor—. Me alegro de haber tenido tiempo para hablar a solas contigo. Solo me queda un detalle por decirte, que en cierto modo guarda relación con las habladurías y la necesidad de no vivir pendiente de ellas. —Astrid estaba dispuesta a que Clotilde actuara como ella—. Quiero que sepas que te han visto salir de casa de Jackie. Todos conocemos sus reuniones; me ha extrañado que tú fueras allí.

—Me dejas perpleja. Pero he de decirte que yo no fui a la reunión, aunque sí es verdad que ese día ella tenía uno de sus encuentros nostálgicos —quiso disculparse Clotilde.

—Me alegra saberlo, porque yo no te tengo por nazi. Pero ese chisme ha corrido como la pólvora y los malvados, que en todos sitios hay alguno, te llaman la condesa nazi. Solo tu actitud hará que dejen de llamarte así. —Astrid trataba con todos los alemanes de la zona, y en sus reuniones no se hacía distinción de unos y otros. Su casa estaba abierta a todos.

Clotilde estaba harta de ese apelativo, y poco podía hacer por evitarlo, ya que había llegado a Marbella de la mano de su sobrino Ralf, que era conocido por frecuentar las reuniones de nostálgicos del Tercer Reich. Esa era la realidad.

—En una sociedad tan pequeña como esta, nada pasa inadvertido. Incluso las mentiras terminarán saliendo a la luz —dijo finalmente, ya que no deseaba hablar de ello.

Le dio las gracias a Astrid por sus consejos, y se dirigieron a reunirse con el resto de los invitados.

Clotilde no tenía ánimos para estar hablando con unos y otros. Después de la conversación con su anfitriona, se preguntaba quién sería el que estaba juzgándola. Si bien tenía a su favor que jamás nadie le había hecho ningún desprecio abiertamente.

Vio a lo lejos al marqués de las Marismas.

«Justo lo que necesitaba. Luis es un ser adorable que siempre tiene una palabra elegante, y sus anécdotas me alegran la vida», pensó, aproximándose al personaje.

—¡Querida Cloty! —Marismas la llamaba con el mismo diminutivo que Stefan—. ¡Cómo me alegro de verte!

—Yo también estoy feliz con encontrarte aquí. Necesito de tu simpatía para levantar mi ánimo —dijo abatida la condesa.

—Uy, pues te traigo fresquito lo que nos acaba de ocurrir a Vicente y a mí —se apresuró a comentar Luis, quien tomó a Clotilde del brazo encaminándola a uno de los bancos de piedra apostado en una de las paredes del cenador—. Hoy fuimos a misa a la Encarnación Vicente Viudes y yo. Queríamos hablar con don Rodrigo, ya que alguien se ha quejado de nuestra última fiesta por haber hecho demasiado ruido; motivo por el que vino la Guardia Civil a desalojarnos. El problema es que tenemos programada una fiesta de disfraces (todos nos disfrazaremos de personajes famosos del cine), y no queremos que de nuevo vuelva la Guardia Civil a fastidiarnos.

Luis Escobar era único contando historias, divertido, elocuente. Decía las frases más incisivas, sarcásticas, demoledoras o definitorias con tal gracia que en sí misma la anécdota dejaba de tener importancia. Uno se quedaba con la escenificación del hecho, expuesto con la mayor naturalidad por el marqués.

—Visto lo visto, teníamos que adelantarnos a la Benemérita, y no se nos ocurrió nada mejor que acudir al cura a pedirle que hablara con los guardias y nos dejaran organizar la fiesta en paz. Como dos buenos chicos, fuimos a misa y nos sentamos donde el predicador pudiera vernos; al final del oficio religioso, nos dirigimos a la sacristía. —El marqués de las Marismas del Guadalquivir hablaba con un tono dulce y guasón al mismo tiempo—. Detrás de nosotros llegaron dos señoras muy aseñoradas, de las que te miran desde arriba, embutidas en sus vestidos de crepé de seda y cubiertas de joyas cual árbol de Navidad. Típicas nuevas ricas con deseo de figurar.

»Allí estábamos Vicente y yo esperando para hablar con el cura. Estas señoras nos miraron con prepotencia e incluso con algo de desprecio, dado nuestro atuendo *sport* y desenfadado acorde con la época estival.

»Sin más, se colaron ante nuestros ojos, atónitos al ver tanta osadía hecha señora. A continuación, y conociendo la personalidad del cura, nos dispusimos a ser espectadores de la escena. La señora entrada en carnes tomó la iniciativa:

»—¿En qué puedo servirles, mis queridas señoras? —preguntó don Rodrigo con una sonrisa socarrona, acompañada de modales pausados y circunspectos.

»—Venimos para decirle que vamos a organizar una cena benéfica a favor de los pobres de Marbella. —La susodicha se mostró eufórica haciendo inflexión en "los pobres", suponiendo que la respuesta del cura iba a ser de total entrega a la causa. Con esta "pseudo beneficencia", las señoras ganarían puntos ante la sociedad a la que deseaban pertenecer. Sobre todo, si la propuesta la bendecía don Rodrigo.

»El cura las miró y, con mucha parsimonia, soltó como quien no quiere la cosa:

»—Señoras, siento decepcionarlas. En Marbella no hay pobres. Les agradezco el ofrecimiento.

»Con dos palmos se quedaron las encopetadas damas. En ese momento, el aparente señorío se mudó a "pelo de la dehesa" y las creídas señoras dieron media vuelta, no sin decir por lo bajo...

»—¡Qué se habrá creído el cura...! Se va a enterar este de quién soy yo.

»Don Rodrigo las despidió con un amable:

»—Si tienen algún proyecto más en el que les pueda ayudar...

»Vicente y yo intentamos aguantar la risa, que estuvo a punto de explotar ante la sonrisa guasona con la que nos miró el cura. Con un gesto casi paternal, nos indicó que nos sentásemos en sendos confidentes que tenía frente a su mesa de despacho de estilo castellano.

»—Ya sé a qué venís. Tenéis molesto al vecindario con tantas reuniones... No estaría mal que a la próxima cena invitarais a vuestros vecinos.

»No tuvimos que abrir la boca. El cura se había adelantado a nosotros...

La carcajada de los que se habían ido acercando para escuchar al marqués de las Marismas del Guadalquivir fue unánime. Luis Escobar, sin «darse pisto», encandilaba a los que tenían la suerte de estar a su lado.

Clotilde lo tuvo claro. En Marbella había dos sociedades: la que se ponía el mundo por montera y era más abierta y liberal que la sociedad más adelantada, y aquella otra que, por el contrario, seguía anclada en el nacionalcatolicismo.

La suerte era que el arcipreste del pueblo con la mano izquierda dejaba hacer y con la derecha templaba gaitas con los puritanos. De ese modo, Marbella seguía su curso sin que unos y otros se enfrentaran.

Pero la que sí estaba enfrentada consigo misma era Clotilde. Por un lado, adoraba estar con Luis Barranco a solas o paseando por la playa al atardecer, pero, con frecuencia, percibía que ambos estaban a años luz en todo lo demás. Ella no podía hablar de otra cosa que no fueran logros deportivos o cotilleos del Beach. Fuera de estos dos temas, no tenían asuntos en común.

Mientras a ella le gustaba hablar de arte, literatura, viajes o incluso política, a él estas cuestiones le sobrepasaban y aburrían. Intentaba estar a la altura, pero era imposible; al poco rato desconectaba y salía con otra historia mundana sin interés para Clotilde. A menudo, caían en unos largos silencios que él los aderezaba con mimos y arrumacos que llevaban al sexo placentero. A Clotilde le gustaba aquel modo de llegar a lo más íntimo de su ser; pero, cuando acababa todo, constataba que le faltaba sentirse llena el resto del tiempo.

Era cierto que deseaba a Luis, aunque, en el fondo, sabía que solo iba a disfrutar de él mientras no tuviera a otra persona que la convenciera más, dentro y fuera de la cama.

Capítulo 28

La chica del bistró

En el sofisticado barrio parisino de Trocadero las calles habían resistido al tiempo. Los edificios nobles de grandes ventanales y elegantes fachadas seguían conservando todo su esplendor, impregnados de la opulencia y el refinamiento de antaño.

A la pequeña de los Havel le gustaba perderse por las tiendas y locales de oficios, que daban servicio a las familias adineradas. Pasear e inspeccionar los rincones del barrio era un aliciente para Victoria, que encontraba en la gente sencilla la dosis de socialización suficiente para sentirse conectada al mundo real.

Llevaba en París tres años.

Una princesa rusa, amiga de Clotilde y propietaria de numerosos inmuebles en París, cedió a Victoria una buhardilla donde quedarse. La aristócrata vivía en uno de esos edificios de estilo clásico, diseñado por el barón Haussmann en el siglo XIX. La rodeaba una corte de criados, a los que trataba con cierto despotismo. Se trataba de un piso señorial con suelos de madera, molduras profusamente decoradas, chimeneas de mármol y techos altísimos. El exceso de dorados y muebles sobrecargados era muy del gusto de su propietaria.

La aristócrata rusa le había cedido una de las habitaciones del servicio; se trataba de un habitáculo al que se llegaba atravesando el patio trasero de la señorial casa de vecinos. Un portal destartalado comunicaba, a través de unas escaleras empinadas y estrechas, con las dependencias de los criados. La buhardilla había sido un cuarto trastero en otros tiempos. Victoria fue transformando aquel cuchitril en su hogar: reparó algún que otro mueble encontrado en la basura, pintó las paredes de blanco y el techo de azul, lijó y lavó el suelo dejándolo en su estado natural... En definitiva, hizo de aquel amplio cuartucho su particular mundo.

Ella era feliz en aquella habitación de techos inclinados, con una claraboya desde la que se podía ver un trocito de la Torre Eiffel. En invierno pasaba frío, pues solo encendía la estufa cuando volvía de trabajar; y en verano, el techo abuhardillado de la estancia convertía el habitáculo en un verdadero horno. Sin embargo, la libertad que le daba tener su propia casa era su mayor lujo.

Al menos una vez por semana hablaba con su madre allí donde esta estuviera. Con sus hermanos tenía poco contacto.

Su primo Ralf seguía siendo su referente familiar más próximo. Vivía gran parte del tiempo en su hacienda de Chile, pero solía viajar a Europa al menos dos veces al año y nunca dejaba de visitarla en París; y en verano siempre pasaba unos días con él en el castillo Havel. Victoria mantenía una relación de cariño con su primo y tenía claro que podía acudir a él siempre que lo necesitara.

Su madre nunca le prohibió que lo siguiera viendo, aunque le hizo saber que ella estaba disgustada con Ralf, ya que no le gustaban los coqueteos que este tenía con los nazis trasnochados.

Sea como fuere, Victoria no deseaba depender económicamente de nadie, y en ningún caso comentaba si su jefa le pagaba mal.

Madame Dietrich la trataba como si fuera de su propiedad. En el fondo, la despreciaba por no constituir un objeto de placer. Aquella vampiresa andrógina de unos setenta años carecía de pudor, y con frecuencia pretendía escandalizar a la inalterable Victoria besando a sus conquistas circunstanciales delante de ella.

Por suerte, la pequeña de los Havel no tenía que convivir con la actriz.

Se planteaba con frecuencia dejar de trabajar para la diva, pero estaba atrapada en una telaraña de dependencia emocional; era consciente de que la artista vivía una existencia en soledad. Victoria sabía que en el fondo se alegraba cuando llegaba cada mañana y que, si se iba, le sería muy difícil encontrar otra asistente personal que la aguantara como lo hacía ella.

Adoraba a su madre, que se había esforzado en compensarla por su forzosa ausencia de tantos años; en ocasiones, sentía que la protegía en exceso.

Cuando hablaba con Clotilde, esta siempre le insinuaba que dejara el trabajo y se fuera a vivir con ella, sobre todo ahora que al fin iba a tener su propio hogar y le hacía ilusión compartirlo con su hija preferida. Pero a Victoria le encantaba vivir en París y era feliz siendo independiente. Y tenía que reconocer que la vida de su madre no era algo que la sedujera.

No depender de nadie y vivir una vida inmersa en su mundo intelectual era ahora un reto a conseguir, y hacerlo sin el apoyo protector de su madre, un objetivo en sí mismo. Por eso deseaba salir adelante sin el rescate de Clotilde, que siempre estaba ahí, con toda su caballería, para resolver lo que hiciera falta.

El reencuentro de ambas estuvo marcado por la dicha de saber al fin lo que era tener una madre y recibir ese cariño incondicional y permanente. Sentía lejos a sus hermanos mayores. Su padrastro era encantador con ella y les unía una buena relación, si bien reconocía la falta de admiración de él, al no poseer Victoria la belleza y elegancia que a Stefan le fascinaban. Con Albert tenía una estupenda complicidad, y cuando llegaba del internado tenía la sensación de pertenecer a una verdadera familia.

Poco a poco fue acostumbrándose a la rígida actriz. El trabajo era entretenido y a menudo apasionante. Contestaba cartas de admiradores, atendía a periodistas, contactaba con numerosos personajes famosos..., aunque esto último debía hacerlo solo por indicación de la artista, ya que era muy celosa con su gente y llamaba personalmente a sus amigos.

En los últimos tiempos, su principal trabajo era pagar cuentas y administrar los ingresos de la actriz y, sobre todo, aguantar los numerosos enfados y salidas de tono de una mujer caprichosa, llena de orgullo y acostumbrada a hacer siempre lo que le venía en gana.

Sabine la animaba a dejar a la Dietrich y a buscar otro trabajo.

—No puedo dejarla, ya que, si lo hago, ella no podrá pagar el sueldo que exige una secretaria —le contestó Victoria.

—Tienes que pensar en ti y no en esa mujer egoísta y pagada de sí misma —terminaba diciéndole Sabine a su amiga.

* * *

Aquella tarde se pusieron de acuerdo para acudir a un bistró en la rue Royale. Victoria deseaba contarle a su amiga las últimas novedades. La pequeña de los Havel llegó puntual, tomó asiento en una silla trenzada de rafia bicolor y pidió un agua con gas y limón.

El camarero la miró con indiferencia; al parisino solo le fascinaban las mujeres sofisticadas, y Victoria no lo era.

Al rato llegó Sabine, que había adoptado ese *look* chic e informal a la vez que tanto admiran los franceses. Esta vez el camarero se deshizo en atenciones.

—Perdona mi tardanza, me he entretenido con una llamada al extranjero —se disculpó Sabine.

—No te preocupes, acabo de llegar.

—Te encuentro mustia. ¿Te pasa algo? —preguntó Sabine.

—Necesito que me aconsejes. La señora Dietrich me ha dicho que no puede seguir pagándome; me ha sugerido trabajar sin cobrar. —Victoria era una chica acostumbrada a ser un segundo plato y asumía esta condición sin amargura. Siempre había sido así, hasta el punto de que sus propios hermanos apenas la tenían en cuenta.

La voz contundente y firme de Sabine sonó con determinación.

—De ningún modo vas a trabajar para la Dietrich sin cobrar. Se cree que todos los que la rodean han de ser sus esclavos. Ya la has aguantado bastante —dijo enfurecida.

—Pero ¿qué voy a hacer? Tendría que buscar otro trabajo y no sé por dónde empezar —dijo Victoria desanimada.

—Hablaré con mi tío y empezarás a trabajar con nosotros. —Se habían cambiado las tornas; ahora era Sabine la que la protegía a ella.

A Victoria las palabras de su amiga le parecían cantos celestiales. Pero al mismo tiempo le daba vértigo pensar en un nuevo trabajo.

—Mañana mismo le digo a mi jefa que no sigo trabajando para ella. Solo por ver la cara que se le va a quedar cuando se lo comunique, ya habrá merecido la pena haber pasado por tanta indiferencia y desprecio. —El apoyo de Sabine le daba fuerzas para tomar aquella decisión—. Al fin me liberaré de su media sonrisa, de su mueca de desprecio... ¡Cómo disfruta viendo mi estupefacción ante sus conquistas, sean de hombres o mujeres! La verdad es que no sé cómo he aguantado tanto. —Victoria se sintió fuerte, sabiendo que su amiga la respaldaba.

—¡Yo tampoco lo entiendo, de verdad! —afirmó Sabine con cierto punto de morbo.

—Llevo tres años con la señora Dietrich, piensa que es una mujer especial; a su alrededor siempre hay personas que utiliza y tira. En el fondo es una mujer que está sola porque los que se acercan a ella, buscan al personaje y no a la persona.

—¿A estas alturas tiene amantes? —preguntó incrédula.

—Desde luego, y además están enganchados a su fascinación, y le permiten todo con tal de permanecer a su lado.

—¿Te sientes incómoda con su tipo de vida?

—Al principio, sí, pero ahora ya no. Solo soy la chica de los recados, eficiente e indiferente. Al no resultarle atractiva, no interfiero en sus conquistas. En resumen, me desprecia por sistema. En cierta ocasión me llegó a decir que fue una de sus amantes la que me contrató por considerar que mi perfil no iba a obstaculizar su relación con la actriz.

—Bueno, no te regodees en tus penas. Mañana te despides sin más; sin pedirle los honorarios que te adeuda. Ya que no te los va a pagar y tú no te vas a rebajar a pedirle nada —zanjó la conversación Sabine.

* * *

Victoria reflexionó toda la noche sobre cómo iba a plantearle a su jefa que se iba. Al final, decidió escribir una carta, por si no era capaz de decírselo a la cara.

Como cada día, Victoria acudió a la avenida Montaigne.

La doncella había puesto el desayuno: un té fuerte y humeante que se infusionaba en una taza a juego con el resto de la vajilla de Rosenthal. La actriz acudió al salón vestida con un pijama de seda negro y una bata a juego. Ese día parecía haberse levantado de buen humor. Miró a Victoria con indiferencia.

—¿Has subido la correspondencia? —preguntó la estirada y circunspecta actriz.

—Sí, aquí la tengo —contestó Victoria con nerviosismo.

De repente, se le vino la idea de entregarle su propia carta entre las demás, de modo que le puso el mazo de cartas en una bandeja y la suya por encima. Con una rápida mirada, la Dietrich se percató de que la primera carta tenía la letra de Victoria; la tomó en las manos, miró a los ojos a Victoria y sin más la fulminó.

—No necesito saber lo que pone esta carta. Ve a mi habitación. Encima de la cómoda hay una caja cuadrada de terciopelo; cógela y tráela.

Victoria obedeció, tomó la caja de color burdeos y se la llevó a la artista.

—Considera esto como pago por tus servicios.

Victoria abrió la caja y sacó un marco de nácar y plata, con un retrato de la actriz.

—Quiero agradecerte tus años de trabajo a mi lado. Y no vuelvas por aquí. No quiero recuerdos.

La pequeña de los Havel tomó aquella caja como agradecimiento a sus años de entrega a la actriz; estuvo a punto de arrojarla a una papelera, pero lo pensó mejor y la guardó como recuerdo de una época con más sombras que luces.

* * *

Victoria von Havel comenzó a trabajar en el grupo Benatar en el departamento de importación y exportación de telas. Le gustaba su trabajo, aunque no fuera tan apasionante como el anterior, pero al fin nadie la trataba con desprecio o la hostigaba.

Su jefe, un judío exigente pero justo, estaba muy contento con ella; sus escritos a los clientes eran redactados con una perfección literaria a la que no estaba acostumbrado.

Cada día bajaba al bistró de la esquina a tomarse una *baguette* rellena de queso y acompañada por un vaso de agua con gas y limón.

Al cabo de una semana ya la conocían los camareros; entre ellos la llamaban la «*fille blonde*» en clara referencia a sus cabellos rubios. Pronto descubrieron su educación exquisita, su adorable sonrisa y su natural sencillez, cualidades que propiciaron que todos los camareros la trataran con cariño.

Como cada día, Victoria tomó asiento en la terraza del bistró, sacó del bolso la novela que había comenzado el día anterior y se dispuso a leer. Por descuido, dejó la bufanda arrastrando en el suelo. Al rato, una persona que pasó junto a ella estuvo a punto de caerse al enredarse con la prenda. Victoria estaba tan inmersa en la lectura que ni reparó en el incidente.

—Si pretende que los hombres que pasemos a su lado caigamos rendidos a sus pies, desde luego esta es una buena táctica.

La chica levantó la mirada de su libro y vio como un hombre alto y de sonrisa abierta le hablaba en un tono entre sarcástico y amable.

—Perdone, no era mi intención molestarlo. —Victoria, sin más, tomó la bufanda, la colocó en el respaldo de la silla y continuó con la lectura.

El hombre se quedó turbado. Pocas veces una mujer lo había tratado con tanta indiferencia. En cualquier caso, visto lo visto, no tuvo el atrevimiento de seguir hablando y se dirigió a la barra a pedir algo de comer.

—Le han dado calabazas... —se rio el camarero.

—¿Quién es esa chica? ¿La conocéis?

—No sabemos nada de ella; solo que es muy educada. Debe de trabajar por los alrededores, pues viene con mucha frecuencia. Me temo que no se ha enterado de sus modales de donjuán. Con esta no le valen los clichés habituales.

Al poco rato, Victoria salió del local despidiéndose de los camareros.

El joven «donjuán» acudía con frecuencia al bistró, pero no consiguió que la chica de los ojos dorados le prestara la más mínima atención.

* * *

La pequeña de los Havel llevaba trabajando en el grupo Benatar varios meses. Estaba encantada con su trabajo de atender pedidos internacionales.

Sabine llamó a su amiga al trabajo.

—Tengo una reunión esta mañana en tus oficinas. Cuando salga te recojo y nos vamos a comer. —Sabine estaba muy implicada en los negocios familiares. Desde hacía poco tiempo le habían encargado que se ocupara de la rama inmobiliaria, recientemente incorporada a los negocios de la familia.

—Me hace mucha ilusión llevarte a mi bistró preferido. —Victoria colgó el teléfono encantada de quedar con su amiga.

La reunión familiar no se alargó mucho. Se trataba de estudiar la posibilidad de invertir en una finca de diez mil hectáreas en la localidad de Marbella, y ver la viabilidad de construir una urbanización de lujo. Se concretó que Sabine debía viajar allí para ultimar detalles *in situ*. A la reunión asistieron los hijos de su primo Samuel, con los que Sabine se llevaba muy bien, puesto que eran casi de la misma edad.

Al terminar la reunión, su primo Alejandro se dirigió a ella:

—Si no haces nada ahora, te invito a comer algo. Hay una terraza aquí cerca, sirven un *foie* exquisito. —Alejandro era un hombre de unos treinta y tres años, de perfil claramente hebreo, moreno; no se podía decir que fuera un adonis, pero sin duda era un hombre atractivo, de sonrisa limpia, facciones equilibradas y modales refinados.

—Te lo agradezco mucho, pero he quedado con mi amiga Victoria que acaba de incorporarse a trabajar con nosotros.

—En ese caso, os invito a las dos. —Alejandro era un hombre resolutivo en los negocios; hacía gala de la cortesía y el saber estar.

Estaba soltero por propia convicción. Según él, no había llegado aún la chica adecuada. Para sus padres, estaba claro que tenía demasiadas mujeres persiguiéndole y eso le entretenía mucho y hacía que no sentara la cabeza. En la comunidad judía se le consideraba un soltero de oro, apelativo merecido y con frecuencia explotado por el joven.

—No te digo que no, pero debo consultarlo con mi amiga. Es algo tímida y no sé si aceptará; debo preguntárselo. —Sabine conocía bien a Victoria y sabía que se ahogaba en un vaso de agua cuando se trataba de conocer a chicos. Nunca había tenido muchos amigos y su vida social era inexistente. Se conformaba con su trabajo, sus libros y su pintura, disciplina a la que se aficionó estando de profesora en el colegio de Inglaterra.

—Bueno, tú decides. Si venís, estaré en la terraza del bistró de la esquina.

—De acuerdo. Intentaré convencer a mi amiga.

Sabine acudió al piso de abajo, donde estaban las oficinas. Victoria estaba enfrascada escribiendo una carta.

—Deja ya de trabajar. Estoy hambrienta y tenemos una invitación a comer. Así que ponte algo de colorete y vámonos. —Sabine sabía que su amiga no se pintaba y lo del colorete era una broma que le gastaba cuando deseaba que la acompañara a algún acto social. Su frase preferida era: «Qué guapa soy, qué tipo tengo, un poco de colorete y a la guerra». Victoria se reía con estas bromas, pero no secundaba a su amiga. El tiempo transcurrido trabajando para la Dietrich le había dado la posibilidad de haberlo visto casi todo. Tanto que se había curado en salud. Pocos planes le compensaban dejar sus *hobbies* y su mundo interior.

—¡Qué pereza comer con gente! —comenzó a escudarse Victoria.

—De pereza, nada. Mi primo Alejandro nos invita; es muy simpático y, por cierto, le encantará saber que tengo una amiga tan culta como tú. Siempre dice que las chicas suelen ser muy superficiales y solo piensan en ponerse guapas y en trapos. En eso lleva razón; las judías adoran vestir bien y a la última.

—Pues nada, vamos a comer con tu primo y a demostrarle que hay chicas normales en el mundo. —Victoria se rio con ganas, aunque decepcionada por tener que comer con extraños—. ¿Será por aquí cerca? No quiero estar mucho tiempo fuera de la oficina —quiso dejar claro.

—Nos espera en el bistró de la esquina. Además, vas con el dueño; no creo que te llame la atención nadie.

—Si es el bistró de la esquina, es justo a donde te quería llevar; y, por cierto, mi jefe no se creería que voy con uno de los dueños, y además no quiero que sepa que eres mi amiga; debo evitar envidias innecesarias. —Victoria evitaba sobresalir en cualquier ámbito.

—En eso llevas razón. La envidia es lo más nocivo que hay. Cuando no comprendas por qué alguien se porta mal contigo, casi siempre está la envidia por medio. —Sabine era una experta en el comportamiento humano o, más bien, deberíamos decir inhumano.

—Sin duda. La envidia es un sentimiento enfermizo que hace que por mucho que se tenga, siempre se desee lo que otros poseen —reflexionó Victoria.

—Ya ves; tú serás muy envidiada por tener un título nobiliario. —Sabine se echó a reír, pues sabía que su amiga jamás utilizaba su título.

—Justo, princesa, pero sin un franco; con mucho apellido y sin ninguna posición. Para mí, esto es más una carga que otra cosa.

Charlando, llegaron al bistró.

Alejandro había ocupado una mesa junto a la cristalera de cara a la entrada. Cuando vio llegar a Sabine, se fijó en que la chica que acompañaba a su prima era la misma que jamás le miraba, con la que hubiera dado algo por entablar cualquier tipo de conversación.

«No me lo puedo creer; la que yo llamo "la chica del bistró" es amiga de Sabine», pensó sorprendido. No supo por qué, pero se puso nervioso; intentó calmarse y hacer como si no la conociera.

—¡Ah, mira! Ahí está mi primo. —Sabine atravesó la terraza acristalada que todavía no estaba llena de clientes—. Te presento a Alejandro, el soltero de la familia.

—Nos conocemos —alcanzó a decir él, dudando de si esa era la respuesta correcta.

Victoria se le quedó mirando y sin inmutarse respondió:

—Creo que me confunde con alguien. Yo no le conozco.

—Bueno, alguna vez la he visto por aquí... En fin, déjelo. Creo que usted suele venir a comer aquí, pero solo tiene ojos para su libro.

Sabine estaba encantada con la turbación de Alejandro. Jamás había visto a su resuelto primo vacilar al hablar, y menos ante una chica.

Victoria esbozó una sonrisa, asintiendo. En ese momento tuvo la sensación de haber visto a aquel chico otras veces y se avergonzó de decir que no lo conocía. Así que intentó esforzarse en ser más amable.

—Tienes un acento que no es parisino, ¿de dónde eres? —preguntó Alejandro, pasando a tutearla.

—Soy alemana. Sabine y yo somos amigas de la infancia.

Sabine tomó el testigo y le contó a su primo que se conocían del colegio.

Victoria miró a su amiga, y con aquella mirada le imploró que no le dijera quién era en realidad. Sabía que la gente cambiaba de actitud hacia ella si conocían sus circunstancias personales. Así que Sabine no mencionó la vida tan distinta que habían tenido ambas.

—Doy por hecho que no eres judía, ¿verdad? —Alejandro no era como su hermano, que llevaba la religión por bandera, pero no cabía duda de que prefería no complicarse la vida emocionalmente con una chica que no fuera judía.

—Soy católica. —A Victoria aquella pregunta le incomodó. La verdad es que hasta ese momento se sentía a gusto al haber conocido a aquel chico que hablaba con ella como si se conocieran de siempre.

—Preguntas eso como si te importaran esos temas, cuando sabemos que pasas mucho de la religión —dijo su prima.

Alejandro se rio con ganas, afirmando que era un espíritu libre, aunque sujeto por un ala.

—A partir de ahora espero que me saludes cada vez que coincidamos, a menos que tu libro te impida hablar con los conocidos. —El joven estaba dispuesto a no dejar escapar a Victoria.

—La verdad es que aprovecho la hora del almuerzo para leer. Me encanta este sitio porque no es ruidoso. Ese rincón es el más alejado del trasiego de clientes.

—A mí también me gusta, pero me temo que es por una razón más terrenal: el *foie de canard* es fabuloso.

El almuerzo transcurrió demasiado rápido. Sabine se esforzó en darle confianza a Victoria, circunstancia que consiguió al sacar a colación que le había encantado el último libro que le recomendó su amiga.

A Alejandro le gustó Victoria. ¡Era tan diferente a las chicas que había conocido hasta la fecha! Parecía un perrito desvalido, pero cuando hablaba de lo que le apasionaba se transformaba en una mujer llena de vida. Sus ojos verdosos expresaban las emociones que le inspiraban los protagonistas de su lectura.

Alejandro habló poco durante el almuerzo. Prefirió descubrir a aquella joven fascinante que se iba transformando ante sus ojos de una chiquilla casi insignificante en la mujer que había deseado encontrar siempre: equilibrada, sensible, firme, culta...

De repente, Victoria se dio cuenta de lo tarde que era y se levantó, pidiendo disculpas por tener que marcharse.

—Pero quédate un rato más —alcanzó a decir Sabine, que durante todo el almuerzo se había dado cuenta de la impresión que su amiga estaba causando en su primo.

—Lo siento, debo irme. Se me ha pasado el tiempo sin darme cuenta.

—No creo que te digan nada por llegar un poco más tarde; eres demasiado cumplidora siempre —dijo Sabine, intentando alargar el encuentro.

—Lo siento, nos vemos otro día —se disculpó Victoria. Y salió del local a toda prisa.

Alejandro tuvo la sensación de que la chica volvía a escurrírsele como el agua entre las manos. Él la siguió con la mirada, con el deseo irrefrenable de salir tras ella.

—Parece que te ha causado buena impresión mi amiga —afirmó Sabine.

—Ninguna mujer me ha causado esta impresión nunca. Tengo la convicción de que es la mujer que estaba esperando. —Alejandro dijo estas palabras casi para sí mismo, pero con el convencimiento de que eran ciertas.

—Pues creo que a ella también le has causado buena impresión. Nunca la había visto hablar tanto con un chico —replicó Sabine.

—He sentido una conexión especial al conocerla, y hoy esa sensación se ha materializado. No sé lo que será de nosotros, pero sí sé que es esta la mujer con la que me gustaría estar.

—Pues sí que es un flechazo. —Sabine se echó a reír; estaba encantada con la situación.

* * *

En los días sucesivos, Alejandro no dejó de hacerse el encontradizo con Victoria. Almorzaban juntos y no paraban de hablar. Los temas fluían entre sí como si fueran dos almas en simbiosis, perfectamente ensambladas para entenderse.

A la semana de conocerse, él la esperaba cada día para acompañarla a su casa. Se había enamorado a primera vista de Victoria, pero su amor fue creciendo cada día que disfrutaba de su presencia.

Ella poco a poco se dejó arrastrar por aquel sentimiento que se iba abriendo paso en su interior hacia aquel joven que la admiraba y que tenía reflejado en sus ojos un amor incondicional hacia ella.

Ningún obstáculo podría impedir que ambos formaran un todo, ni siquiera el hecho de ser él judío y ella católica.

Capítulo 29
Confluencias de venganza

El ciclo natural del solsticio de invierno se aproximaba. Los días empezaban a tornarse en cielos grises, protagonizando la vida de los habitantes del hemisferio sur.

El príncipe Ralf von Havel había elegido la zona sur del país «tricontinental» que es Chile para adquirir su hacienda en una planicie donde los valles albergan la riqueza exultante de la naturaleza. El lago Villarrica baña con sus aguas las tierras de cultivo, y el volcán que comparte su nombre con el lago muestra su magia desde cualquier coordenada que se le mire.

Hacía años que había transformado su propiedad en una fructífera plantación agrícola. Alternaba su tiempo entre la finca y su casa solariega de Valparaíso, situada en uno de los cerros de la ciudad, en donde disfrutaba de su afición a la aviación.

Al regresar a Chile a principios de los años cincuenta, supo por amigos comunes que Marta —la amante a la que abandonó sin darle explicaciones— se había casado con un diplomático norteamericano y se había ido a vivir al extranjero, aunque acostumbraba a visitar con frecuencia a su familia en Santiago. En julio de 1960, con motivo de la fiesta nacional, coincidió con ella en la embajada americana. El cuerpo diplomático de Santiago nunca había dejado de invitarle a sus actos.

La vio de lejos y de inmediato hizo ademán de aproximarse a ella. Marta, sin embargo, no movió un músculo. Ralf se percató de la indiferencia de su examante y se detuvo para observarla a distancia. La encontró atractiva, a pesar de tener varios kilos de más.

Durante toda la velada ella evitó a Ralf, de tal forma que él no se atrevió a saludarla. Solo una mirada fugaz sentenció el odio que la mujer albergaba en su interior.

Por culpa de Ralf, Marta perdió la oportunidad de casarse con un buen partido chileno, y solo le quedó la opción de buscarse a un extranjero. La chica estuvo en boca de toda la sociedad, hasta que con el tiempo surgieron otros hechos a criticar.

El príncipe Ralf se sentía feliz en Chile. Su vida sentimental distaba de ser lo que él hubiera querido, pero sus conquistas esporádicas mataban el gusanillo de estar con una mujer. Nunca descartó volver junto a Clotilde algún día, aunque cumpliendo con los deseos de su amada no volvió a ponerse en contacto con ella. A Victoria la siguió viendo igual que antes de la ruptura con Clotilde; la visitaba en París y pasaba cada año al menos diez días en el castillo Havel; el contacto telefónico era frecuente. Para Ralf su prima era su única familia.

Clotilde nunca puso objeción a esta relación. No podía romper ese vínculo afectivo de su hija.

* * *

Había dejado de relacionarse con el general Remer, aunque su antigua colaboración con la Stille Hilfe, la organización que ayudaba a los antiguos miembros de las SS, le obligaba a atender a veces las necesidades económicas de los llamados «mengeles».

Se estrenaban los setenta. Ralf, como cada año, coincidiendo con el solsticio de invierno, tenía proyectado viajar a Europa. El príncipe decidió acudir a su hacienda para dejar programados los últimos trabajos.

El día era claro, lo que suponía una visibilidad inmejorable. El viento de cola favorecía el vuelo. El piloto Ben Steen, amigo de Ralf con el que solía volar, aceptó de buen grado el viaje. Salieron temprano de Valparaíso.

Ben era hijo de un general de la Luftwaffe que había sido derribado por los rusos en la guerra y cuyo cuerpo nunca apareció. Sin embargo, en su ciudad natal seguían venerando su tumba vacía. Al acabar la contienda, Ben fue considerado huérfano de guerra y, junto a cientos de niños, fue repatriado en un barco rumbo a Estados Unidos, y enviado a una granja en el estado de Washington; allí trabajó a destajo ordeñando vacas.

Tras conseguir una beca Fulbright, estudió la carrera de finanzas, pero su gran afición por la aviación le llevó a convertirse en piloto. Al no poseer la nacionalidad estadounidense, no pudo integrarse en la fuerza aérea; así que emigró a Canadá en donde sí pudo pilotar un reactor Sabre.

A los veintiséis años, un accidente aéreo lo retiró del servicio activo. No quiso renunciar a su gran pasión y decidió irse a Chile, en donde montó una empresa de aviación de la que Ralf era socio.

El campo de aterrizaje de la hacienda ya se vislumbraba a lo lejos. La aproximación estaba en marcha.

—*Train down.* —Ben accionó el tren de aterrizaje para tomar tierra.

Las ruedas no salieron.

El aviador intentó bajar el tren de aterrizaje hasta tres veces, pero no respondió... «La avería es definitiva», pensó Ben. No podía creerlo. Por segunda vez en su vida le estaba sucediendo lo mismo... Se dispuso a intentar un aterrizaje forzoso. Todo ocurrió en décimas de segundo.

Ben miró la foto del militar que tenía pegada al panel de instrumentos. Fue como si instintivamente quisiera despedirse de su ídolo: Hans-Ulrich Rudel, el Águila del Frente Oriental, el aviador más condecorado de Hitler, Cruz de Hierro con Hojas de Roble en oro, espadas y brillantes. Ben era demasiado pequeño para recordar el nazismo, pero, perseguido por la herencia de su padre, idolatraba al aviador alemán con el que había tenido la oportunidad de escalar el Aconcagua. Apenas tuvo tiempo de explicarle a Ralf lo que sucedía. La aeronave se precipitó contra la pista de aterrizaje deslizándose bruscamente contra el suelo. Al tomar tierra, la avioneta comenzó a arder.

Por pura inercia de supervivencia, el aviador y el copiloto consiguieron salir de la aeronave. De pronto las llamas incendiaron por completo el avión.

Los empleados de Ralf acudieron de inmediato provistos de extintores; trataron de arrastrar los cuerpos por la pista. Consiguieron salvar a Ralf, pero no a Ben, que murió carbonizado.

Von Havel se debatió entre la vida y la muerte durante varias semanas. En cuanto mejoró un poco y pudo hablar, pidió que lo trasladaran a Alemania de inmediato. Para ello, fletó un avión ambulancia que él mismo mandó acondicionar. Como buen alemán, solo se fiaba de la profesionalidad de su país. Además, tenía la experiencia de haber visto morir a su hijita Sofía en Chile.

* * *

Casa Ascania se terminó de construir a principios de los setenta. Era una villa en primera línea de mar en la urbanización Santa Petronila. Clotilde tuvo claro que su casa debía mirar al mar e incorporar la montaña como elemento relajante e imprescindible.

El muro de cal blanca que protegía la casa anunciaba un lugar sencillo. La puerta rústica de la entrada se abría a un jardín exuberante que envolvía la edificación, de una sola planta.

Pilistras verdes y brillantes competían con columnas de madera por las que trepaban hasta llegar al techo, exultantes buganvillas rosenkas. Allí, las vigas ordenadas en paralelo proporcionaban a la entrada un ambiente colonial.

El *hall* formaba un todo con el salón y, a su vez, una gran puerta corredera unía el interior con un amplio porche seguido de la pradera del jardín; al fondo, el mar zafiro y calmo.

La singularidad de esta estancia radicaba en que, si te situabas en el centro del salón, podías ver al mismo tiempo el mar y la montaña, y en medio de ambos, únicamente la vegetación verde y espléndida de un clima subtropical. La condesa Clotilde había puesto mucho empeño en conseguir esta perfecta simbiosis.

A nivel humano también deseaba la perfección. Contar con la ayuda de Jutta era primordial para ella.

Terminada la casa, lo primero que se colocó en el *hall* fue el lienzo de Lucas Cranach el Joven. Aunque la escena mitológica del cuadro no era la más adecuada al entorno, ver el cuadro presidiendo la pared derecha de la estancia colocaba al visitante en la idea de estar en un hogar con un pasado de alta alcurnia.

Su exmarido Stefan von Ulm le envió todo lo que ella pidió, tanto del castillo de Baden-Wüttemberg como de la casa de Londres. Objetos, tapicerías, cuadros y muebles que la propia Clotilde había ido atesorando a lo largo de los años y que le proporcionaron la sensación de estar recuperando su propia vida.

Las paredes blancas, los techos con vigas y el suelo de barro tratado con aceite de linaza eran determinantes en una casa con clase de la Marbella de la época.

—Debemos contratar un mayordomo —recomendó Frau Jutta.

—Lo sé. He hablado con la princesa María Luisa de Prusia y me está buscando a alguien.

—Me ha dicho el mayordomo de la casa de al lado que en el bar Tramp's, que está junto a la discoteca Old Vic, podíamos dejar recado. Si quiere, puedo acercarme ahora a preguntar.

—Me parece bien. Si espera unos minutos, termino de arreglarme y la llevo, de paso que voy a visitar a don Rodrigo —dijo Clotilde.

—Perfecto. Así resuelvo este asunto antes de comer —contestó Jutta.

Tramp's era un local oscuro y muy frecuentado por homosexuales. Jutta entró intentando adaptar sus pupilas a la luz del bar. Con cara de despiste, trató de llegar a la barra.

Había un gran revuelo entre los camareros y la clientela. Unos llorando, otros haciendo aspavientos... Jutta no entendía qué podía estar ocurriendo. Se valió de un cliente para que le tradujera e informara de la situación.

—Ayer, unos cuantos clientes del bar organizaron una obra de teatro, y en medio del espectáculo llegó la Guardia Civil y se los llevó a todos a la cárcel. Llevan veinticuatro horas en el calabozo —le informó un alemán cargado de copas a esa hora del mediodía.

Frau Jutta no entendió muy bien lo que le contó su compatriota, pero consiguió hablar con el encargado del bar y dejar el recado de que buscaba un mayordomo. Salió de allí y se dispuso a ir andando hasta la plaza de la iglesia. Hacía un calor insoportable y no corría ni una pizca de aire.

«Tengo que reconocer que mi artritis reumatoide se ha aliviado desde que estoy en Marbella», pensó Jutta mientras caminaba bajo un sol sofocante, a pesar de estar en invierno.

Al llegar a la plaza de la Iglesia, tomó asiento en un banco de hierro y se dispuso a esperar a la condesa, que solía acudir a ver al arcipreste, a fin de pedirle consejo de todo lo que le preocupaba.

Esta vez fue a hablarle de Luis Barranco, con el que las cosas no iban demasiado bien, ya que él no soportaba que Clotilde prescindiera de su compañía en determinados eventos sociales.

—Perdone por el retraso. Es que don Rodrigo tuvo que hacer una llamada al gobernador —se disculpó Clotilde con Jutta.

—No se preocupe. Me ha venido bien sentarme un rato.

—¿Y qué tal fueron las pesquisas para encontrar un mayordomo? —preguntó Clotilde.

Frau Jutta le contó lo sucedido en el Tramp's.

—En Marbella está todo conectado con el cura. Resulta que la llamada al gobernador era para hablarle de este tema. Al parecer, la princesa María Luisa de Prusia le pidió a don Rodrigo que intercediera por un grupo de personas que habían sido detenidas y enviadas al calabozo —entre las que estaba la Mati, su mayordomo—.

—¿Y se ha enterado de cómo fue la historia? —preguntó intrigada Jutta.

—Pues sí, porque no se habla de otra cosa en todo el pueblo. Parece ser que Juan Carlos Llamas, el mayordomo que trabaja en la casa del notario, a quien se le conoce como la Tanke, en su tiempo libre da rienda suelta a su gran pasión: el baile. Así que reunió a su grupo habitual de amigos, que solían quedar en el bar Tramp's, e idearon organizar una función elegante y con clase a la que invitarían a sus empleadores.

—Es decir, que invitaron a todas las familias bien de Marbella. Ya que no hay casa de categoría que no tenga un mayordomo mariquita —apostilló Jutta.

—La Tanke quería ser la más elegante, y para eso viajó hasta Algeciras para encargarse un vestido «de quitar el sentido». Su jefa le prestó una peluca, collares y pulseras. Todas las señoras de la sociedad contribuyeron a la causa, no solo cediendo sus trajes y adornos, sino también asistiendo. Se podía decir que *la crème de la crème* acudió al evento.

Clotilde prosiguió narrando los hechos tal y como se los había contado el cura.

En el local de San Pedro de Alcántara no cabía un alfiler. Los artistas, perfectamente vestidos; sus bailes y cantes estaban ensayados y la puesta en escena no podía ser más impecable.

La Goya, con toda su timidez, y la Toñi, con su habitual desparpajo, salieron al escenario a mostrar su arte. No hicieron más que poner sus tacones en las tablas, cuando al fondo se escucharon gritos:

—Paren la música, que no se mueva nadie. Ustedes, los del escenario, quedan detenidos.

Varios guardias civiles irrumpieron en el escenario, esposaron a los «artistas» y se los llevaron al cuartelillo tal cual, vestidos con sus grandes galas.

La Tanke sintió bochorno e indignación. Solo pretendían mostrar su arte, sin ofender a nadie, sin hacer parodia de nada; solo dar un espectáculo simpático. Dio igual que las señoras de la alta sociedad hablaran con la Guardia Civil. Los guardias lo tenían claro: «Todos al calabozo». La Tanke le pidió a su señora que le enviara por un criado ropa de hombre. El criado fue a la prisión y, para mayor escarnio, se rio en su cara alegrándose de encontrarlo en aquel estado.

La princesa de Prusia llamó al gobernador civil de la provincia de Málaga, pero no consiguió que los soltaran. Así que, de nuevo, el último cartucho era don Rodrigo, que llamó al gobernador civil pidiéndole que liberara a las personas que estaban en la cárcel desde el día anterior.

—Si usted me lo pide, en este momento doy la orden de que los suelten a todos.

—Se lo agradezco infinito. Ya sabe que si puedo serle útil en algo, no dude en decírmelo —concluyó el cura, sabedor de que todo favor se cobraba tarde o temprano.

—Ya que lo menciona, me gustaría que apoyara mi cambio de destino, dada la buena amistad que tiene con mi ministro.

—Descuide que así lo haré —respondió don Rodrigo, acostumbrado a este tipo de lances. No en balde, se decía que la primera visita que realizaban los gobernadores civiles destinados a Málaga era al párroco de Marbella.

Antes de una hora, todos los artistas del espectáculo frustrado desfilaron uno a uno hacia la salida de la cárcel. Algunos vestidos de hombres y otros todavía con sus disfraces de mujer, pero todos con mucha rabia e impotencia ante semejante atropello.

Lo cierto fue que el gobernador civil consiguió su nuevo destino, y a don Rodrigo le quedó la duda de si este había aprovechado la casualidad para conseguir el favor de don Rodrigo o si había provocado «esa casualidad».

* * *

Llegaron a la casa sofocadas por el calor del mediodía.

—¿Le preparo un refresco y se lo toma en el porche al fresco? —preguntó Jutta a Clotilde.

—Sí, pero prepárese otro para usted y venga a acompañarme un rato. —Clotilde disfrutaba con la compañía de Jutta.

—Se lo agradezco, pero prefiero darme una ducha antes de preparar la comida.

—Me acabas de dar una idea. Voy a la playa a nadar un poco y vuelvo para el almuerzo.

La condesa de Orange se disponía a atravesar el jardín a fin de alcanzar la puerta que conducía a la playa, cuando sonó el teléfono. Ella misma lo cogió.

—¿Clotilde? —dijo alguien al que no reconoció.

—Sí, soy yo. ¿Quién eres? —contestó, extrañada con aquella voz entrecortada.

—Al... al habla Ralf.

A la condesa le dio un vuelco el corazón. Hacía años que no hablaba con su sobrino después del fatídico almuerzo en casa del barón Von Weber. Le costó trabajo contestar.

—Dime, ¿qué quieres? —preguntó Clotilde con frialdad.

—Deseo pedirte un favor. —La voz de Ralf era lenta y entrecortada.

—Tú dirás. —Ella estaba nerviosa, aunque intentaba disimularlo. No lograba reconocer la voz de su sobrino, dudaba de si era él; hizo un esfuerzo para seguir hablando. Ralf parecía gemir.

—Estoy... en un hospital de Múnich —consiguió balbucear.

De repente, un cambio de voz en el auricular.

—Perdone la interrupción, pero el príncipe no puede hablar. Soy su enfermera. Su sobrino ha tenido un grave accidente de aviación entre Valparaíso y su hacienda. Quiere pedirle que venga a Múnich para hablar con usted personalmente —le expuso seriamente.

—¿Tan mal está que no puede hablar él? —preguntó Clotilde, horrorizada con la noticia.

—Por desgracia, sí. Me está escribiendo lo que desea decirle, indicándome que quiere dejar sus asuntos resueltos —concluyó la enfermera.

Ralf se ahogaba de tristeza y desesperanza.

—Pregúntele cuándo quiere que viaje a Alemania —dijo Clotilde sin pensarlo.

—Lo antes posible, dice el príncipe.

—Bien, veo cómo lo arreglo y les digo cuándo llego. —Sabía que era su deber. Así que no tuvo en cuenta el rencor que sentía hacia Ralf.

La condesa colgó el auricular con un sentimiento de zozobra. Por poco que le gustara Ralf, no podía evitar una enorme tristeza al pensar en su situación de desamparo. Por otro lado, el sentido del deber estaba acuñado a fuego en su escala de valores; el honor y la familia permanecían por encima de todo. También el agradecimiento. Ralf siempre la había ayudado. Por eso, aunque estaba enfadada con su sobrino, la situación y la nobleza la obligaban a estar junto a él en aquellos dramáticos momentos.

Clotilde se dispuso a organizar el viaje.

—Frau Jutta, debo irme a Alemania. Resuelva los asuntos de la casa como mejor le parezca. El príncipe Ralf está en un hospital muy grave.

* * *

Clotilde se hospedó en un hotel en el centro de la ciudad, muy cerca del hospital donde estaba Ralf. Decidió ir andando. La lluvia se estampaba contra los adoquines, salpicándole los tobillos, y el viento racheado le obligaba a sostener el paraguas con fuerza. Múnich seguía siendo la ciudad señorial y acogedora de siempre, con estupendas tiendas, aunque esa tarde no reparó en ningún escaparate.

El edificio del hospital era completamente nuevo, con espacios amplios y ventanas donde la luz entraba sin complejos. Aunque ese día el cielo gris impedía disfrutar de esa luz.

Clotilde llegó a la habitación de Ralf acompañada de una enfermera que le informó que el paciente tenía más del sesenta por ciento de su cuerpo quemado, y afectados órganos vitales. Su pronóstico era muy grave.

Conforme se acercaba a la cama, empezó a entrarle una angustia en el pecho. Su cabeza estaba completamente vendada, al igual que parte de su cara y su torso.

—Hola, Ralf. Aquí estoy —dijo Clotilde con ganas de llorar.

Ralf se giró hacia la voz que le hablaba; al ver a su amada, rompió a llorar. La enfermera corrió a secarle las lágrimas.

—Siento verte de este modo —alcanzó a decir, muy impresionada, Clotilde.

Ralf intentó hablar, pero las lágrimas y sus pocas fuerzas se lo impidieron. Así que tomó una libreta y comenzó a escribir: «Te agradezco que hayas venido. Te he hecho mucho daño. Y te pido perdón. Pero te juro que quise salvar a tío Max». Ralf escribía con dificultad.

—No he venido aquí para juzgarte. No debes sofocarte. —Clotilde no deseaba que él se esforzara.

«Jamás he cometido ningún crimen. Solo he sido un espía al servicio de mi patria; y mi colaboración con ODESSA, una exigencia militar». Estas frases estaban escritas en unas cartulinas que previamente había dictado con mucha dificultad a su enfermera.

—Ralf, por favor, no es necesario que hables de todo esto. Comprendo que desees confesarte, pero estás muy cansado y no debes agotarte. —Clotilde sabía que él estaba haciendo un gran esfuerzo; le cogió la mano con cariño, a lo que Ralf respondió con un amago de sonrisa.

«Nunca he amado a nadie como te amo ti. Si tú me hubieras dicho que lo dejara todo y me fuera contigo, lo habría hecho sin dudarlo. —De nuevo se valió de las cartulinas para expresarse—. No quiero morirme sin saber con certeza si Victoria es o no es mi hija. Solo deseo saberlo, porque de ser así, sabría que al menos una cosa he hecho bien».

Ralf no dejaba de gemir, mientras la enfermera, con una devoción que rayaba en la idolatría, le secaba las lágrimas con una gasa empapada en crema.

Clotilde barajó si contestarle o no. Y, como católica, apeló a la misericordia, uno de los deberes del católico que, en realidad, da sentido a la existencia.

—Sí, Victoria es tu hija. Heredó los ojos verdosos y el carácter de tu madre; eso la hace un ser adorable, y tú has tenido la suerte de contar siempre con su cariño. No puedo negarte esta petición, y te lo confieso porque sé que has mirado siempre por ella. Negarte la verdad sería una injusticia. ¿Sabe Victoria que estás en este estado?

Esta vez fue ella la que se echó a llorar.

—No, no. —Ralf movió la cabeza. Siempre había albergado la esperanza de que Victoria fuera hija suya, y al fin confirmaba su gran anhelo.

—No quiero que se lo digas. Ella no puede saber que eres su padre biológico. No me lo perdonaría jamás —suplicó Clotilde, temerosa de que su hija dejara de hablarle.

—No, no. —El príncipe volvió a mover la cabeza y pidió a la enfermera que le entregara otra de las cartulinas que había elaborado.

«Quiero que Victoria sea mi hija adoptiva y mi heredera. Victoria es una auténtica alemana; se ha criado en el castillo y es la única que tiene el derecho a heredarlo», ponía el escrito.

Clotilde no supo responder. Jamás se le había pasado por la cabeza tal desenlace. Siempre creyó que, tarde o temprano, Ralf se volvería a casar y tendría descendencia. En aquel momento volvieron a su mente imágenes del pasado y pudo comprobar que ya no sentía ni rabia ni rencor hacia Ralf; quizás pena...

—Lo mejor es que llame a Victoria y le diga que coja un avión. Seguro que querrá venir cuanto antes. —La condesa era consciente de que el cariño de Victoria hacia Ralf era incondicional.

—¿Alguna vez has sentido algo por mí? —preguntó.

—Siempre me has parecido un hombre atractivo, y solo las circunstancias han hecho que no estuviéramos juntos. Te considero un hombre bueno y no te mereces lo que está pasando. —A Ralf le reconfortó este pensamiento y sintió que su alma entraba en la armonía de la resignación y la aceptación de su existencia—. Hace rato que la enfermera me indicó que debes descansar. No pienses en nosotros —terminó diciendo Clotilde.

Ralf, en la soledad de su agonía, reflexionó sobre su existencia. De ningún modo se sintió orgulloso de una vida dedicada al nazismo. Se recriminó no haber tenido las agallas suficientes como para quitarse la soga que sus camaradas nazis le habían obligado a llevar toda su vida, y que él aceptó debido al trauma infantil que le inoculó el miedo a desobedecer los designios de cualquier autoridad. Pero al final de su vida, no podía renunciar a la única razón de ser que tuvo su existencia: ser un nazi hasta la muerte.

* * *

Victoria von Havel recibió la llamada de su madre.

—Qué ilusión tu llamada. Tengo un montón de cosas que contarte —se apresuró a decir.

—Me da la impresión de que te va muy bien en el trabajo —contestó Clotilde, sin saber cómo darle la mala noticia a su hija.

—Sí, así es; estoy feliz. Pero, además, tengo una buena noticia que darte: he conocido a un chico y he empezado a salir con él. Por primera vez en mi vida siento que estoy enamorada.

—Me dejas de piedra, ¡y yo que creía que nunca me ibas a decir una cosa así! ¡Cómo me alegro!

—Sabía que te iba a hacer ilusión, pero hasta no estar segura no he querido decírtelo. Y a ti, ¿cómo te va?

—Pues no sé por dónde empezar. Debo darte...

—Pero... ¿ocurre algo? —la interrumpió Victoria, preocupada por el tono de voz de su madre.

—La verdad es que sí. —Clotilde respiró profundamente, para poder continuar—: Siento comunicarte que Ralf está en un hospital en Múnich; ha tenido un accidente de aviación en Chile —soltó de un tirón.

—¡No puede ser! ¡No puede haberle pasado nada! ¡A él no! ¿Es grave? Salgo esta misma tarde para Múnich. —Victoria se puso a llorar sin consuelo. Los pensamientos se le agolpaban en su mente y su nerviosismo le hacía embarullarse.

—Está mal, y sí, me parece bien que te vengas. Él está deseando verte —contestó Clotilde, a punto de llorar de emoción.

Victoria von Havel llegó a Múnich al anochecer. Su madre fue a recogerla al aeropuerto y juntas tomaron un taxi al hotel. Cenaron en un pequeño restaurante cercano.

—Hija, has de ser fuerte y no asustarte cuando veas a Ralf; debo confesarte que a mí me impresionó cuando lo vi.

—Gracias por prevenirme. La verdad es que no logro hacerme a la idea de que Ralf esté grave; él siempre ha sido el que me ha cuidado —confesó Victoria.

—Lo sé. Pero ahora debes ser fuerte.

—Sí, me quedaré aquí con él. No es necesario que tú te quedes; quiero cuidarle, necesito estar a solas con él; siempre ha sido así.

—Lo entiendo. Me iré a Ulm, y así me tienes cerca si me necesitas.

—Me parece buena idea.

—Siento que esta noticia empañe la de tu novio. ¿Quién es y cómo lo conociste? —preguntó Clotilde, que llevaba rato deseando sacar el tema.

—Mi novio es primo de Sabine y, por tanto, judío. Estoy decidida a iniciar todo el proceso para convertirme al judaísmo.

La condesa esta vez sí que se quedó de piedra. En dos minutos se hizo la composición de lugar.

Ralf, un nazi confeso, iba a adoptar como hija a una judía conversa.

—Sabes que nunca he sido antisemita. Para mí este hecho me acerca todavía más a la idea de resarcir al pueblo hebreo de los horrores que tuvieron que sufrir a cuenta de algunos alemanes.

—Gracias, mami, por tu apoyo. Hasta ahora no se lo he contado a nadie de la familia, y tus palabras me llenan de felicidad. No sé cómo reaccionarán mis hermanos, pero te confieso que me es indiferente.

—Otra cosa. Ralf me ha confesado que quiere hacerte su hija adoptiva, que seas la heredera Havel.

—Para mí es un honor que mi primo me adopte como hija. Siempre lo he considerado el padre que no he conocido. Me enorgullece saber que me quiere tanto como yo a él —respondió llorando sin parar.

—Me alegra oírte decir eso —se emocionó Clotilde.

—Ralf siempre actuó como un padre cuando era una niña; fue el único que se acordaba de felicitarme, de hacerme regalos, de cuidar de mí. Nada en este mundo me puede hacer más feliz que él me considere su hija. —Victoria hablaba a borbotones, llorando sin cesar.

—Me llenan de satisfacción los sentimientos que tienes hacia Ralf y aplaudo que desees estar a su lado en estos momentos. Solo te sugiero que seas prudente al hablarle de tu novio. No sé cómo reaccionaría al saber que te vas a hacer judía.

—Él siempre ha querido lo mejor para mí y sé que esta noticia tal vez no lo haga feliz, pero la aceptará.

—Seguramente sea así, pero recuerda de quién es hijo, y aunque nunca se definió como antisemita, debes ser prudente.

—Lo entiendo. Procuraré medir mis palabras y, si lo veo innecesario, obviaré la condición de judío de mi prometido —reflexionó Victoria, serenándose un poco.

Ralf lo había preparado todo con sus abogados para llevar a cabo la adopción.

Victoria se encontró con que su primo estaba mucho más grave de lo que había imaginado. Durante siete días, no se separó de él; se pasaba las horas en el hospital leyéndole la prensa y hablándole de su nuevo trabajo; le contó que sus jefes eran judíos y que el trato con ellos no podía ser mejor. Aunque no se atrevió a confesarle que era novia de Alejandro, el hijo menor de los dueños de la empresa.

Cada día notaba cómo a Ralf se le iba apagando la vida. Pero aun así, sacaba fuerzas no se sabía de dónde, y cuando Victoria estaba a su lado, era como si reviviera queriendo disfrutar de aquellas horas.

Las enfermeras tenían que obligar a la joven a irse a descansar. A solas, Ralf lloraba amargamente por no haber disfrutado más de aquella criatura que quizás fuera, junto a su madre, el ser vivo que más le había querido.

El día anterior a su muerte, le entregó a Victoria una carta que había dictado con mucho esfuerzo a su enfermera.

Querida hija,

Nada puede hacerme más feliz que llamarte así. Quiero que nunca te sientas heredera de los errores del pasado. Jamás aceptes asumir responsabilidades que yo tuviera respecto a cualquier exnazi.

Cuando vayas al castillo, abre la caja fuerte de mi despacho y destruye todos los documentos que están en unas carpetas con la cruz gamada. El mundo nazi ha muerto y esos documentos ya no sirven para nada. Si es tu deseo, puedes leerlos y juzga si los destruyes. Si lo haces, graba la destrucción. Y si alguna vez alguien te extorsiona, envíasela.

No descarto que mi accidente haya sido provocado por mis excompañeros, pero esta solo es una hipótesis. Por eso, quiero que tú estés liberada de mi pasado.

Abandoné mi colaboración estrecha con ellos hace años, lo que provocó el recelo de muchos. La posesión de documentos recopilados a través de los años acerca de mis operaciones de ayuda silenciosa han sido un seguro de vida para mí.

Tienes una mente limpia y sé que obrarás según te dicte tu corazón. Eres como mi madre, una persona íntegra, sujeta al cariño y al honor; por eso confío en ti. Da igual como pienses. Por encima de todo, están tu ética y tu compromiso. Pero quédate tranquila, esos documentos ni siquiera sirven para hacer justicia. Hace tiempo que me deshice de todo lo que pudiera interesarles a los cazadores de nazis.

Tu padre que te quiere,

Príncipe Ralf

Cuando Victoria terminó de leer la carta, Ralf le indicó con la mano que se acercara, y con un hilo de voz le susurró la combinación de la caja fuerte.

Victoria tuvo claro que no se le iba a olvidar. Los médicos le dijeron que el fin se aproximaba, y entonces le pidió a Clotilde que volviera a Múnich.

* * *

El príncipe Ralf von Havel falleció a consecuencia de sus heridas. Con él moría toda una historia de frustraciones y de fanatismos envuelta en la más absoluta falta de libertad; una vida sujeta a las decisiones y órdenes de otros; una existencia sin gloria, un pasar sin dejar huella... Quizás su hija pudiera hacer algo para demostrar la «nobleza» de los Havel.

Capítulo 30

La *dolce vita* de los años setenta en Marbella

Sentir la brisa del mar cuando la playa va despertando al día y escuchar el graznido de las gaviotas que revolotean sobre el inmenso azul que se pierde en el horizonte son sensaciones que se viven con más intensidad a lomos de un alazán andaluz de color canela.

Galopar al amanecer sobre una arena virgen salpicada de guijarros blancos y grisáceos proporcionaba a Clotilde un placer infinito. Adoraba madrugar y montar a caballo por la playa, observando cómo los primeros rayos de sol impactaban contra los edificios de los hoteles Skol y Meliá Don Pepe.

Solía encontrarse con pescadores que regresaban de una noche intensa en el mar.

El caballo visualizó un obstáculo y aminoró el trote. Una mujer vestida con un largo kaftán de color rojo fuego atravesaba la playa. Cerca de la orilla se despojó de la vestimenta, dejándola caer bajo sus pies. Unos pechos turgentes y erguidos afloraron, ansiosos de sentir las frías aguas de aquel mar que deseaba poseer semejante figura. La mujer se sumergió lentamente en el agua espumosa de las olas que, agotadas, iban esparciéndose en la playa.

Clotilde soportaba bien competir con una mujer guapa, pero jamás perdonaba que una mujer espectacular fuera más joven que ella. Observó la escena con admiración, espoleó el caballo y cabalgó al trote. Tenía cincuenta y ocho años y se resistía a hacerse mayor; no soportaba la idea de pensar que el tiempo que podía quedarle era inferior al vivido.

Llegó a los aledaños de Puerto Banús. Los bañistas más madrugadores empezaban a bajar a la playa, y decidió regresar.

En el mismo punto donde había presenciado la escena de la mujer de rojo, observó cómo esta emergía del mar azul zafiro con su melena cayéndole sobre la espalda. Los primeros rayos del sol deseaban poseerla e iban depositándose en su piel mojada, convirtiéndola en una cariátide dorada.

Contemplar aquella visión le animó el día. Regresó a casa, se dio un tonificante baño en la piscina, se vistió con su túnica preferida, la que había comprado en Micha —una tienda de ropa que llevaba un mariquita muy fino y respetuoso con un gusto exquisito— y se dispuso a desayunar mirando al mar.

—Señora, un empleado del hotel le ha dejado una invitación —la interrumpió el mozo de comedor.

—Muchas gracias. —El sobre de papel tela llevaba su nombre escrito con letra gótica. Como remitente, el escudo de los Hohenlohe en relieve dorado.

La princesa Pimpinela, marquesa de Soto de Aller y de Belvís de las Navas, le hacía partícipe del enlace matrimonial de su hija, Clara Gamazo Hohenlohe-Langenburg, con Santiago Pan de Soraluce. La ceremonia se oficiaría en Casa Papi, espléndida finca propiedad de los abuelos de la novia.

A Clotilde le divertía asistir a una boda entre formal y desenfadada. Sabía que los Hohenlohe proporcionarían a sus invitados el glamur y la sencillez adecuados.

Llamar la atención con algo fino y diferente era la mejor opción. Así que pensó en un Emilio Pucci que había comprado en la Canzone del Mare, en la isla de Capri, en el último crucero a bordo del barco de su amiga Bárbara.

El modisto italiano —amigo de la hija de Mussolini— era la sensación de la temporada y estaba muy en consonancia con el estilo que imperaba en Marbella: apariencia informal, pero elegante y sofisticada. Nada de lentejuelas vulgares ni rasos de invierno. Solo tejidos volátiles como las gasas, algodones floreados, sedas vaporosas o esos nuevos tejidos elásticos.

Pidió al hotel un carrito de golf para que la llevaran de su casa a Casa Papi; los tacones de Ferragamo podían ser muy cómodos, pero no estaba dispuesta a caminar por aquellas pistas de tierra que unían las fincas de Santa Petronila y Santa Margarita.

Llegó al mismo tiempo que el cura, quien había tomado prestado el coche del alcalde para asistir al evento. Monseñor Bocanegra era el oficiante de la boda.

—Don Rodrigo, es usted un Robin Hood moderno; está con los ricos para poder ayudar a los que lo necesitan —dijo Clotilde al saludar a aquel hombre de porte rotundo y sonrisa abierta algo picarona.

—Gracias, Clotilde, me halagas con esta comparación. Y ahora acompáñame hasta el jardín, que al parecer es donde se celebrará la ceremonia.

Los numerosos invitados tomaron asiento en las sillas dispuestas delante de una tarima cubierta por una moqueta roja, sobre la cual se había colocado una mesa que hacía las veces de altar.

Las señoras con sus sombreros y pamelas, daban colorido al jardín, que ya de por sí lucía unos parterres labrados, recortados y con exultantes macizos de flores en simetría de colores y formas.

Clotilde se acercó a un grupo de conocidos con quienes solía ir a jugar al golf.

—Está todo precioso, ¡cómo se nota el gusto de Pimpinela! —dijo una señora de pamela amarilla.

—Sí, tiene su sello. La sencillez marca la elegancia —contestó Clotilde.

Una música de violines comenzó a oírse en el jardín. Los invitados empezaron a guardar silencio...

Curiosamente, un grupo de niños seguían jugando en la piscina. Sus gritos se alzaban por encima de los violines.

—No entiendo qué hacen esos niños en la piscina —dijo Clotilde extrañada.

Ana, la hermana de la novia, se levantó y los mandó callar.

La ceremonia comenzó.

Monseñor Bocanegra se dirigió a los novios.

—Contraer matrimonio es unirse cristianamente para el resto de vuestras vidas... —El cura, al igual que todos los asistentes, miró desconcertado.

—¡Niños, salid del agua! —se oyó decir a voz en grito.

—Nos hemos reunido aquí... —No había manera; hilar una frase iba a ser un ejercicio de tablas que solo el arcipreste sería capaz de superar.

—¡Niños, entrad en casa! —Los gritos se aproximaban al lugar de la ceremonia.

Una espectacular señora irrumpió en el escenario de la homilía. Su minúsculo biquini mostraba todas las prominentes curvas de su cuerpo; llevaba el cabello recogido muy alto, con un pañuelo fucsia atado en forma de cinta con los extremos hacia arriba y unas gafas de sol de pasta blanca.

Llamaba a sus hijos para que fueran a almorzar... Se movía descalza, como una diosa en su Olimpo, provocativa, sexy y deseada; interpretó el papel de una sensual *girl power*, una auténtica chica *pin-up* americana.

Los asistentes a la ceremonia religiosa se quedaron estupefactos. Los hombres perdieron toda compostura, sustituyendo las pías palabras del cura por la visión más alucinante que podían imaginar. Incluso el impertérrito maestro Arthur Rubinstein, impecable con su pantalón blanco, chaqueta azul y pañuelo rojo al cuello, miró con disimulo a Piedita no dando crédito a lo que veía.

En cuanto a las mujeres, se dividieron en dos bandos: por un lado, las que admiraron con envidia el cuerpo escultural de semejante aparición, y por otro, las que en un alarde de puritanismo, se escandalizaron ante semejante desvergüenza. Pero, en general, nadie daba crédito a lo que acababa de suceder y menos que una mujer se atreviera, con tal desparpajo, a irrumpir de aquel modo en una ceremonia religiosa.

—¿Quién es esta señora? —comentó Clotilde, haciendo esfuerzos para no reírse. Se fijó más en aquel objeto de deseo y reconoció al instante en aquella sensual mujer a la bañista desinhibida que días antes y ante su mirada atónita se sumergió en el mar con sus poderosos pechos libres de ataduras incómodas.

—Es una actriz de Hollywood multimillonaria, viuda de Rafi Trujillo, hijo del exdictador de la Republica Dominicana.

A la condesa de Orange le pareció fascinante el personaje. Nunca había visto mayor osadía hecha mujer.

La actriz, a modo de desenlace final, provocó que un tirante de su biquini se deslizara por el hombro, hasta conseguir que una teta picarona se liberara de su opresor sostén. La alegre protuberancia saludó a la concurrencia haciendo un guiño a los ojos desorbitados de la mayoría del público masculino. La sexy actriz dio un saltito, se quitó las gafas y moviendo los ojos con picardía miró al tendido, dio media vuelta mostrando su culo en pompa y entró en la casa, volatilizándose sin dar opción a alcanzarla o poseerla.

La señora de la pamela amarilla le dio un ligero codazo a Clotilde, señalándole con la ceja que mirara al párroco.

—A ver cómo sale de esta el cura —susurró.

Monseñor Bocanegra, desde su altar improvisado, no se perdió un solo instante de la magnífica actuación. Carraspeó y miró de reojo a la princesa Pimpinela. La regia señora mantuvo el tipo sin inmutarse: cabeza erguida, espalda recta... Toda una representación de la nobleza inculcada a fuego.

El cura percibió un duelo entre ellas; un sutil rictus en el rostro elegante de la princesa le dio que pensar: aquella escena no era por casualidad.

La ceremonia prosiguió. Cada uno en su asiento resolvía su estado de excitación como podía. Ni un murmullo. Solo el ruido de las telas crujiendo por los movimientos. Solo una brisa suave de exclamaciones reprimidas... Todo muy fino, muy decente... hasta que a un niño de la casa se le oyó decir:

—Enséñanos la otra teta, Lita.

Gran silencio. Alguien agarró al niño por el brazo y lo sacó de la escena. De nuevo, la brisa de respiraciones de alivio. La homilía tocó a su fin y los invitados se libraron de tanta inhibición.

Durante el cóctel no se habló de otra cosa. Los miembros de la familia fueron los primeros en hacer bromas con lo sucedido. Y no era para menos.

La que peor lo pasó fue la princesa Pimpinela, quien se acercó a monseñor, que tomaba un refresco mientras charlaba con la princesa Piedita, abuela de la novia.

—Don Rodrigo, perdone semejante espectáculo —se disculpó abochornada.

—No te preocupes. No voy a decirte que es lo habitual en una boda, pero estamos en Marbella y aquí puede ocurrir de todo. Lo importante es que esto se quede aquí —la tranquilizó el cura.

—Desde luego que así será. Quiero que sepa que he sido yo la que he provocado esta escena, y me la merezco por no haber tenido mano izquierda. He de confesarle que esta señora me saca de quicio. —A don Rodrigo no le extrañó tal confesión, toda vez que ambas señoras estaban en las antípodas una de la otra—. Se le ha alquilado la Casa Papi y mis nietos y sus primos se pasan el día aquí. No me agrada que los niños vean normal el despilfarro de la familia y la desinhibición de Lita —se justificó Pimpinela.

—Comprendo tu postura. Esta señora tiene costumbres muy distintas a las nuestras y entiendo que quieras que tus nietos no vean ese estilo de vida como algo normal —le dio la razón el cura.

—Exacto. Pero cometí el error de pedirle que nos dejara usar la capilla de la casa y al mismo tiempo «olvidé» invitarla a la boda.

—Desde luego, no has estado muy avispada en tu decisión. Creo que debes intentar enmendarlo —aconsejó don Rodrigo, gran muñidor en la resolución de entuertos humanos.

—A estas alturas, no creo que se pueda enmendar nada —afirmó la princesa Pimpinela con seguridad.

—Sí, envíale una nota invitándola a los festejos que esta tarde se celebrarán en la playa —aconsejó el peculiar sacerdote.

Dicho y hecho. La madre de la novia escribió en un papel: «No te olvides de bajar esta noche al Beach, contamos contigo».

La fiesta en el Beach Club fue desenfrenada y divertida. No faltó el flamenco ni los clásicos paraguayos que amenizaron la velada a los más jóvenes.

La condesa de Orange, acostumbrada a madrugar, se retiró temprano.

En cualquier caso, le encantó participar de una ceremonia tan singular; pensó que su amiga Bárbara habría disfrutado mucho con la boda. Sea como fuere, tenía claro que en aquella España de dictadura y en clara evolución, aquel tipo de sucesos se salían del registro habitual.

Al día siguiente, cuando llegó al Beach Club para tomar el aperitivo, aún había algún que otro invitado esparcido por las esquinas —en su mayoría dormidos en hamacas— altamente perjudicados por la ingestión etílica del día anterior.

Solo la diosa de la playa permanecía serena. Subida a un taburete tomaba su cóctel preferido de limón, piña, granadina y pomelo, mientras charlaba amigablemente con un camarero.

Lita, que de tonta no tenía un pelo, en cuanto vio llegar a Clotilde, le preguntó al camarero:

—¿Sabes quién es esa señora que viene hacia aquí?

—Sí, es la condesa nazi —contestó el joven, sin darle importancia.

—¿Pero qué dices? ¿Por qué la llamas así? —preguntó horrorizada Lita.

—Un compañero que lleva desde los comienzos en el hotel nos dijo que no hace mucho se murió un sobrino suyo que era un nazi conocido. Al parecer, cuando pasaba sus vacaciones en el hotel, era frecuente verlo reunido con nazis famosos que viven en la costa. Así que, desde que lo supimos, entre nosotros la llamamos la condesa nazi —contestó con indiscreción el joven.

Lita abrió los ojos con sorpresa. Pero no tuvo tiempo de seguir hablando, ya que Clotilde estaba a punto de alcanzar la barra en donde pidió un vaso de agua con hielo.

—Hola, soy Lita Trujillo —se presentó sin más la actriz.

—Clotilde de Orange, un placer conocerte.

—Te vi a caballo hace unos días. Era la primera vez que te veía. Acostumbro a coincidir con Rudi, Alfonso y Boni, que también cabalgan por la playa a esas horas. —Los ojos de Lita se movían como si fueran los de las muñecas de moda.

—Sí, ayer también te vi yo en la boda...

—Fue toda una comedia teatral. Estaba muy enfadada. Nadie en mi casa sabía que no me habían invitado. Ni si quiera Ostos, el torero con quien comparto casa.

En ese momento, llegó a la palapa el príncipe Alfonso con su habitual sonrisa guasona.

—Menuda actuación la de ayer, Lita. Sublime, como buena actriz que eres. ¿Has recibido mi jarrón de flores? —preguntó él.

—Déjate de risas, que vaya disgusto me dio tu hermana —contestó Lita sin maldad alguna—. Sí, por supuesto que he recibido el jarrón;

ha sido un detalle por tu parte. Acepto encantada la invitación a almorzar en tu casa, en señal de desagravio.

—Ha sido un malentendido de familia —contestó Alfonso.

—¿A qué familia te refieres? —preguntó Lita con inocencia.

—Bueno, digo yo que debemos de ser algo familia, ya que tu marido y yo compartimos a Kim Novak como novia. —Alfonso continuó hablando sin esperar respuesta—: ¿Vas a traer a comer al torero? —preguntó con cierta sorna el príncipe.

—Desde luego que no. Él es muy primitivo y te iba a montar un escándalo, aunque eso es lo fácil. —Lita siguió hablando sin parar; decía frases una después de otra a veces sin sentido aparente.

—Hay que reconocer que ayer estuviste sublime —se rio Alfonso, haciendo referencia a su actuación.

—Si te entregas al teatro, hay que hacerlo bien; a medio culo no acostumbro hacer las cosas —aclaró Lita, riéndose.

Alfonso conocía bien a la actriz. Sabía que era una mujer sin dobleces, carente del pudor que imperaba en la sociedad de la época.

—Te veo en un rato, Lita. Por cierto, Clotilde, ibas espléndida ayer con esa pamela azul añil a juego con tu vestido de formas geométricas. —El príncipe no perdía detalle cuando se trataba de una mujer elegante y atractiva.

—Gracias, Alfonso, tú siempre tan galante —replicó la condesa.

Alfonso se despidió para irse a supervisar el bufé.

—No entiendo esta manía de los españoles de comer a estas horas. Yo acostumbro a desayunar cuando ellos almuerzan —siguió hablando a su aire la exactriz—. ¿Eres pariente de los Hohenlohe? —preguntó Lita.

—No, aunque si rebuscara en mis ancestros, seguro que encontraría algún parentesco. —Clotilde se dio cuenta de que su interlocutora ya estaba en otra idea.

—Soy judía, de padres húngaros, nacida en Tel Aviv y exiliada en Nueva York. Mi familia huyó de los nazis «al olor del futuro antisemitismo».

Lita escudriñó la reacción de Clotilde, y se sorprendió al comprobar que su interlocutora no se había inmutado. Clotilde no entendía por qué le contaba todo aquello. La exactriz no paraba de hablar. Enlazaba una frase con otra sin esperar respuesta alguna. La condesa escuchó impertérrita el borbotón de información que manaba de aquella figura espontánea.

—Anthony Quinn fue mi mentor en Hollywood. Nunca me tocó el culo. Fui amante de Steve McQueen y de Paul Newman. Jamás estuve con un productor, a menos que me gustara; tiene que ver con un concepto, no con la moralidad.

Clotilde hacía rato que debía marcharse, pero su buena educación le impedía interrumpir a Lita. Además, era imposible colar una sola frase en el monólogo de la viuda de Trujillo; así que cuando la exactriz tomó un respiro para apurar su cóctel sin alcohol, Clotilde aprovechó para hablar.

—Espero poder tener la oportunidad de volver a charlar contigo. Es muy interesante lo que me cuentas, pero ahora debo irme. —Había quedado por la tarde a jugar una partida de *backgammon* en casa de los barones Von Pantz y deseaba regresar caminando por la playa a su casa.

En cualquier caso, sentía cierto reparo en que alguien a quien apenas conocía hablara tan abiertamente de su vida privada.

—Pues nos veremos otro día, condesa nazi. —Lita era así; su naturalidad la llevaba a decir lo que otros no se atrevían.

—¿Cómo dices...? —titubeó Clotilde, que no esperaba tal salida.

Le cambió el semblante; su habitual compostura mudó en indignación. No quería montar ningún número delante de la gente, así que rescató su flema británica y buscó la contestación adecuada a aquella salida de tono, que, por otro lado, pensó que era propia de una frívola desinhibida.

—Dada tu puesta en escena de ayer, se podría decir que eras el reclamo de un prostíbulo, y, sin embargo, yo no me creo que tú seas la imagen que quisiste dar. Aplícame a mí las mismas dudas, y yo te puedo asegurar que tengo de nazi lo que tú de puta. —Clotilde soltó esto sin que se le moviera un músculo de la cara, con una media sonrisa que no daba pie a ninguna réplica.

Lita abrió con desmesura sus ojos llenos de vida y se echó a reír sin aspavientos.

—No se puede decir mejor. Para mí serás la última condesa nazi, aunque me ocuparé de decir que eso solo es una leyenda. Espero algún día saber tu verdadera identidad.

Clotilde ya no contestó. Sonrió a aquella mujer casi naíf, prometiéndole que volverían a verse. Aunque en su fuero interno constató que Lita no era alguien que pudiera ser su amiga, pero sí un ser humano del que una podía fiarse.

* * *

Las chicharras mantenían un canto molesto y continuo. La tarde se había vuelto densa y sofocante. Clotilde se había quedado dormida en el porche, transpiraba por todos los poros de su piel. Decidió entrar en la casa a darse una ducha. Se topó con Jutta, que se disponía a abrir las contras del salón.

—Dicen que ha entrado el terral y que se deben cerrar las puertas y dejar la casa en penumbra. —Frau Jutta se había adaptado a su nueva vida e incluso chapurreaba algunas palabras en español.

—Aplaudo lo bien que ha captado la filosofía andaluza. —Tener con ella a Jutta le daba seguridad.

—Ha llamado Victoria. Quiere saber cuándo le va bien para ir a Alemania.

—La llamaré esta tarde. Tenemos que ponernos de acuerdo para buscar fechas. Nos han comunicado que ya está todo el papeleo acabado. Debemos ir al castillo Havel y que Victoria tome posesión de él.

—Por cierto, también ha llegado una invitación de los vizcondes de Villamiranda.

—Ah, sí, hace unos días el príncipe Alfonso me presentó a Manolo Lapique. Y me ha invitado a la puesta de largo de su hija Cari.

Manolo Lapique era un conocido promotor con una capacidad especial para relacionarse con todo tipo de personas. Era un animal social y un irredento fiestero. Cualquiera era bienvenido —fuera payo, gitano, noble, villano, rico o pobre— con tal de no ser un muermo aburrido.

Aquel año, Lapique alquiló Casa Anna, propiedad de los Bismarck, y convirtió su extraordinario jardín en una auténtica feria de Sevilla para celebrar los dieciocho años de su hija. Casetas decoradas con mantoncillos, farolillos, telas de lunares... cada una diferente. Más de cien flamencos, escanciadores de fino, cortadores de jamón, caseteros expertos en fritura... Mucha mezcla de invitados. Todo muy informal y elegante a la vez. La homenajeada iba de Elio Berhanyer, el modista de la alta sociedad de Madrid.

La condesa de Orange no daba crédito. Estaba acostumbrada a las fiestas de disfraces del príncipe Alfonso, pero no a una réplica exacta de la mayor representación del folclore andaluz. Saludó al barón de Redé y a Guy y Marie-Heléne Rothschild, así como a Beatriz de Hohenlohe, y le presentaron a los marqueses de Salamanca, duques del Infantado y otras caras conocidas de la sociedad marbellí. Tres horas después, decidió retirarse, ya que apenas conocía a nadie.

Clotilde quiso ir andando hasta su casa, pero cuando alcanzó la entrada del Marbella Club, se encontró a Juan Leiva, que estaba de guardia. Al momento oyó unas voces que se acercaban. Eran trabajadores del hotel que terminaban su turno: Roque Juárez, el parrillero argentino, y Enrique Matel, jefe de cocina.

—Buenas noches, señora condesa, ¿qué hace a estas horas por aquí? —preguntó Roque, que conocía a Clotilde por ser clienta asidua.

—Acabo de salir de la fiesta de los Lapique y me dirijo a mi casa.

—Nosotros la acompañamos con gusto —dijo Roque, con la amabilidad que le caracterizaba.

—Se lo agradezco infinito.

Los tres noctámbulos se encaminaron hacia la casa de Clotilde, que estaba cerca de las de Cayetana de Alba, el marqués de Villalobar y el torero Manolo González.

Era una noche con la única luz de la luna por guía, amenizada por un búho que cantaba a las estrellas, el olor de la dama de noche pletórica de racimos en flor y la brisa fresca que entraba del mar. Tan romántica en su esencia como habitual de las noches de verano de Marbella.

Clotilde alababa las carnes al grill y los huevos benedictinos del restaurante. De repente, de una casa sin luz salió con sigilo un hombre alto y delgado.

Los tres se pusieron en guardia. A Roque la figura le pareció familiar. Comprobó que era Jaime Valdés.

El hombre también se sorprendió con la presencia de las tres personas bajando por el camino que daba a la playa.

—Buenas noches, don Jaime. —Roque se dirigió al hombre recién aparecido en escena.

—Roque, qué susto me habéis dado —dijo él sorprendido, aunque ya repuesto—. ¿Qué hacéis a estas horas por aquí? —El hombre se acercó al grupo; miró a Clotilde impresionado.

Clotilde ya se había dado cuenta de la magnífica presencia del recién llegado.

—Estamos acompañando a la condesa Clotilde a su casa.

—Mucho gusto, soy Jaime Valdés. —El hombre hizo una inclinación con la cabeza. Enseguida se percató de la elegancia de la mujer.

Ella saludó por cortesía y al instante le dio las buenas noches y continuó su camino.

Jaime hizo un gesto con los ojos a Roque; este le respondió de igual modo, dejando claro que la señora era «otro nivel de mujer». Se despidieron con ganas de alargar el encuentro. Jaime tuvo claro que al día siguiente preguntaría al cocinero por aquella señora que tanto le había impactado.

* * *

Días antes del viaje a Alemania, donde se reencontraría con su hija Victoria, Clotilde seguía con su vida habitual en Marbella. Le encantaba acudir antes de cenar a tomar una copa al piano bar del Marbella Club. Adoraba el lugar, amenizado por un pianista austriaco. Su sencillez aparente, de bancos de obra rústica con colchonetas de telas mallorquinas de vivos colores, los sillones de mimbre pintados en blanco con cojines a juego con las colchonetas, la luz indirecta sobre las plantas, buganvillas, plumbagos y lantanas, daban al ambiente un aspecto elegante e informal a la vez.

La condesa de Orange tomó asiento en su lugar habitual, justo enfrente de la barra. Mientras esperaba a unos amigos, se entretuvo observando el trasiego de miradas y contoneos. Esa tarde, Fanny, hija del conde Heinrich Larisch, había quedado con el marqués de Manzanedo, y a este se le iba el ojo hacia Maituca Villanueva; así que Fanny movió ficha e hizo caso al marqués de Cubas, que hablaba con la espectacular Teñu de Hohenlohe, pero que en realidad estaba pendiente de Fanny.

Clotilde observaba la telaraña de redes de conquista y se apenaba de no estar inmersa en ella. No se arrepentía de haber dejado de verse con Luis Barranco, ya que las diferencias entre ellos eran insalvables.

—Mi querida Clotilde, qué bien te encuentro —saludó el conde Rudi—. Si no te importa, me siento a tu lado a tomar una copa.

—Encantada de acompañarte.

A Clotilde le llamó la atención un hombre de espaldas a ella, situado al final de la barra junto al arco de entrada desde el patio. Hablaba con la guapísima Sandra von Bismarck. Había algo familiar en él.

De repente se le cortó la respiración.

«¡Dios mío! Parece David. No, no puede ser. ¿Qué hará él aquí?». Clotilde deseaba no mirar y, sobre todo, no ser vista, pero ambas cosas eran inviables.

Estaba tan absorta intentando averiguar si era David que no se dio cuenta de que el marqués de Villaverde acababa de entrar y se acercaba a ella.

—Rudi, me alegro de verte. Mi querida Clotilde, siempre hermosa y elegante —la piropeó Cristóbal.

A la condesa, estar con dos señores estupendos le dio seguridad, sobre todo sabiendo que David la vería bien acompañada. Siguió mirándolo de reojo.

En cuanto Villaverde se percató de que Sandra von Bismarck —sin lugar a dudas, el verdadero amor de su vida— hablaba con un desconocido, se disculpó con Clotilde y se dirigió a la barra. No le importó ser el centro de las miradas. Sandra, al verlo, dejó de hablar con David, quien, al sentir que su posible presa se le escurría de las manos, miró a su alrededor.

Clotilde intentó no ser vista por su examante; se recostó hacia atrás intentando que Rudi la tapara. Pero no lo consiguió. David la reconoció al instante.

Fue un choque con el pasado, donde cada uno calculó su reacción presente.

David, tras unos segundos de desconcierto y percatándose de que entre el marqués y su «no conquista» había una atracción incuestionable, decidió ocuparse de ser cortés con su antigua amante y se acercó a ella.

—¡Hola, Clotilde! A pesar del tiempo transcurrido sin verte, sigues siendo la mujer más guapa que he conocido.

—Disculpadme, voy a saludar a unos amigos que acaban de llegar —dijo Rudi, deseando dejarlos a solas. Clotilde despidió al conde con una sonrisa algo circunspecta.

David reconoció que el tiempo había sido generoso con su examante y su belleza madura todavía conservaba ese halo sensual. Clotilde, sin embargo, no tuvo la misma percepción. Vio a David avejentado; y algo patético, queriendo aparentar más joven.

—¿Qué ha sido de tu vida? ¿Estás aquí de vacaciones? —preguntó David.

—Me divorcié de Stefan y me he hecho una casa en Marbella. Es aquí donde vivo.

—Yo también me he divorciado —prosiguió David—, y ahora vivo en Seattle, donde he montado mis propios laboratorios. He venido aquí porque todo el mundo me habla de Marbella y quería conocerla.

—¿Te hospedas aquí? —preguntó Clotilde, fingiendo interés.

—No, estaba todo ocupado, y me recomendaron un hotel en la plaza del Santo Cristo, en el pueblo; se llama La Fonda. Es un sitio precioso. Está regentado por Jaime Parladé y su mujer Janetta, que se encarga de la cocina, y estoy encantado; es como vivir en una casa privada. Cada habitación está decorada de forma diferente por el mismísimo Pinto Coelho y el propio Parladé.

—Lo conozco muy bien. Vamos mucho al bar de Menchu y al tablao de Ana María, que están justo enfrente.

David estaba feliz con el encuentro casual; miró a Clotilde con agrado, y pensó que no había vuelto a tener una señora de aquella categoría en su vida.

—Te propongo cenar mañana en mi hotel y luego me enseñas esos lugares.

—Lo siento, pero pasado mañana debo viajar a Alemania y mañana tengo comprometida la cena —contestó ella sin mentir.

—Entonces, tomemos una copa en Mau-Mau. He de confesarte que no conozco ninguna discoteca en el mundo con mejor ambiente.

—En eso estoy de acuerdo. Hace poco estuve en la fiesta de blanco. Pero hoy deseo retirarme pronto; te agradezco la invitación.

—En una semana debo estar en Saint Moritz. ¿Qué te parece vernos allí? —David parecía querer reproducir la vida que habían tenido en el pasado y Clotilde estaba a años luz de repetir sus errores; no comprendía cómo David no se enteraba de que no estaba dispuesta a quedar con él.

Lo cierto era que él se había acostumbrado a la conquista fácil, y ya no sabía distinguir tipos de mujeres: las que no caían en sus redes y las que sí lo hacían, bien por interés o por falta de conocimiento.

—Creo que te equivocas. No voy a ir contigo a ninguna parte. —Clotilde empezaba a estar molesta.

—¿Estás con alguien? —David se sentía muy seguro de sí mismo.

—No, no estoy con nadie. Pero tengo claro que no voy a estar contigo.

—Te propongo que pospongamos nuestra cena. Dentro de veinte días vuelvo a Marbella, y si tú has regresado, cenamos juntos como los buenos amigos que hemos sido. —David era un hombre con dinero y éxito; estaba acostumbrado a ser deseado por ello.

—Nunca desprecio a un amigo, pero sí detesto a los hombres que valiéndose de la palabra «amistad» buscan una conquista fácil. David, ten por seguro que tú y yo ya hemos vivido una historia, y créeme que en ningún caso deseo repetirla. Mi consejo es que pesques en otro lugar. —Clotilde expresó sus sentimientos sin rencor, pero sin interés por aquel hombre.

* * *

Al día siguiente, debía cenar en casa del conde Von Kesselsttat, quien se había empeñado en hacer un encuentro para recordar la figura del príncipe Ralf von Havel. A pesar de que a ella no le hacía ninguna gracia la idea, aceptó, sabiendo que en la reunión habría todo tipo de personas, alguna de ellas sin afinidad nazi. Aunque, dadas las circunstancias, estaba segura de que la gran mayoría simpatizaría con la causa nazi.

La urbanización Los Picos estaba perdida en la parte más alta del pinar de Nagüeles, donde la naturaleza se aleja de la civilización y deja actuar a los sentidos: el olor a resina, la vista de los pinos rozando el azul del cielo, el canto de las aves en libertad, el sabor de la tierra húmeda y el tacto de los arbustos que al caminar provocaban un sentimiento alejado de la presencia humana.

Clotilde dejó el coche en una pista de tierra y caminó hasta la entrada de la finca. Sería una cena de poca gente. El conde pretendía reunir a unas diez personas que habían conocido a Ralf. Algunos de ellos solo coincidieron con él en Marbella.

A la condesa le agradó que algunos de los hombres de la reunión vistieran con la tradicional chaqueta austriaca de paño gris con ribetes en verde.

Nada más entrar, se encontró con Catharina Henkell, cuñada del ajusticiado exministro de Asuntos Exteriores de Hitler, Von Ribbentrop.

—Cuánto tiempo sin verte, condesa —saludó Catharina.

—Sin duda. No sabía que estabas por aquí —contestó Clotilde.

En ese momento llegó el cónsul alemán, Juan Hoffmann. Al ver a las dos señoras hablando acudió a saludarlas con una inclinación de cabeza y un gesto de besarles la mano. Era un hombre corpulento y guapo, con una magnífica relación con el Gobierno de Franco. Decían que había sido uno de los traductores entre Franco y Hitler en la reunión que ambos mantuvieron en Hendaya. Durante la cena, detalló los pormenores de su gran proyecto: un colegio alemán para Málaga.

Pasaron al jardín, donde estaba el resto de los invitados.

El conde Von Plettenberg —anticomunista acérrimo— exponía sus ideas a una joven con aspecto de aburrida, quien desde el primer momento se percató de que las ideas económicas del conde estaban más cerca del orden nacionalsocialista que del rumbo que tomaba el mundo.

El barón Von Spörken, militar del Tercer Reich, manco a causa de una herida de guerra, en cuanto vio a Clotilde le preguntó si conocía a Anina, su exmujer, hija del diplomático sueco Birger Dahlerus, amigo del nazi Göring, y que intentó mediar entre Inglaterra y Alemania vía diplomática para evitar la Segunda Guerra Mundial.

—No, no la conozco —mintió Clotilde, que, como todo el House Party del Marbella Club, conocía el empeño del barón en desprestigiar a su exmujer debido a que esta lo había dejado por un chico español de condición humilde, pero más joven, encantador y culto que él.

—Si la llega a conocer, debe saber que nadie la invita por expreso deseo mío. —El barón, prepotente y malhumorado, parecía fuera de sí, y ella con disimulo tomó distancias.

A Clotilde la sentaron a la derecha del anfitrión. Apenas comió; el primer plato consistió en una sopa de melón infumable y el segundo, codornices en escabeche; abominaba las aves de pequeño tamaño y aquellas, al estar poco hechas, no podían ser más repulsivas.

A los postres, León Degrelle tomó la palabra e hizo una loa del desaparecido príncipe Ralf. El anfitrión se mostró molesto con el hecho de que León hubiera tomado la palabra y volviéndose hacia Clotilde, con cara seria le comentó:

—Este es un fantoche. No conocía de nada a Ralf y habla de él como si fuera su amigo. ¿Sabes que tiene en una vitrina de su casa las botas de caña que le regaló el Führer?

Al conde Von Kesselsttat no le caía bien Degrelle, aunque ambos tenían en común que eran negacionistas del Holocausto; esta circunstancia les llevaba a perder la compostura cuando se encontraban entre afines.

—Le conocí en una ocasión en Málaga. Pero llevas razón, Ralf ni le saludó. Por cierto, ¿quién es el señor de la enorme cicatriz en la cara que está junto a tu mujer? Me ha mirado varias veces e incluso me ha saludado con la cabeza —preguntó Clotilde a su anfitrión

—Es Otto Skorzeny. Vive en Madrid. Le conocí hace poco en un almuerzo en el restaurante Casa Pedro, en Fuencarral, y me habló de Ralf. Es famoso por haber rescatado a Mussolini. Me ha dicho que desea conocerte; ha venido expresamente a Marbella para hablar contigo. Es un hombre de negocios y, como tal, se vende al mejor postor. Me consta que está en contacto con Israel. ¡A saber qué les estará vendiendo! —dijo el conde.

En ese momento, ella se dio cuenta de que le habían hecho una encerrona.

Al término de la cena, Skorzeny —con más copas de la cuenta— se acercó a ella.

—Condesa, estaba deseando poder hablar con usted. Sé que su hija Victoria es la heredera del príncipe Ralf. Deseo hablar con ella. Es necesario que ODESSA recupere todos los papeles que estaban en manos de Von Havel. Sabemos que se va a casar con un judío, y de caer en manos de los hebreos, pueden llevarse a cabo venganzas en cadena a los miembros de ODESSA. Debo decirle que me queda poco de vida y deseo recopilar toda esa información y entregársela a quien haga mejor uso de ella. —Skorzeny pretendía amedrentar a Clotilde.

—Ignoro que existan esos papeles. Y mi hija está al margen del pasado de Ralf —dijo Clotilde con rabia.

—Debe buscarlos entre sus pertenencias. Es importante que caigan en buenas manos —insistió el nazi convicto.

—Si existen, se lo haré saber, pero con una condición: deben olvidarse de mi hija para siempre —afirmó con seguridad Clotilde, que sabía que aquella gente no se andaba con bromas.

—Esos documentos formarán parte de mi archivo personal. Le aseguro que lo mejor para ustedes es que caigan en mis manos. —El conocido nazi buscaba por las buenas atesorar toda la información que le fuera posible, ya que como buen negociante que era, pretendía hacer «caja» vendiendo sus archivos al mejor postor, incluso a Israel o a los americanos.

A Clotilde no le gustaba que «los amigos» de Ralf revolotearan cerca. Si encontraba los documentos de ODESSA, los estudiaría bien, por si pudieran servirle en la causa contra Remer, aunque lo dudaba. Así que tomó la decisión de entregarle algo que no revistiera importancia a fin de que Skorzeny la dejara en paz.

Capítulo 31
La simbología sí importa

Atravesar el espacioso parque que se extendía entre la carretera y el castillo Havel suponía enfrentarse de lleno con el pasado y revivir los peores momentos. Tener que entrar en aquella mole de piedra de aire melancólico y aspecto soberbio significaba para Clotilde admitir un destino cruel con sabor a venganza; a pesar de ello, no se sentía bien, un nudo en la garganta le encogía las entrañas.

Su cuñado el príncipe Gustav le había prohibido la entrada hacía casi treinta años.

Ralf, a pesar de sus múltiples invitaciones después de la muerte de su padre, jamás consiguió que Clotilde pisara la fortaleza, remodelada en estilo barroco y, a lo largo de los siglos, convertida en castillo palaciego, muy al gusto clásico de la Alemania anterior a Weimar. El príncipe vivió allí su niñez, al igual que Victoria, pero jamás residió en él como vivienda habitual.

La pequeña de los Havel, en cambio, estaba pletórica de volver a su casa. Había conseguido olvidar la soledad que sintió entre aquellos muros. Ahora solo le embargaban los momentos infantiles llenos de candidez.

Los trabajadores del castillo habían salido a recibirlas. El ama de llaves se adelantó y dio la bienvenida a la nueva propietaria en nombre de todos los empleados. Era una mujer gruesa, de facciones duras y semblante serio.

—Princesa Victoria, el personal del castillo Havel le damos la bienvenida como señora de esta casa —dijo en tono ceremonioso.

—Muchas gracias por salir a recibirme. Me alegra verles. Quiero que sepan que, por deseo de mi padre, todos ustedes permanecerán en sus puestos de trabajo.

Victoria conocía a la mayoría de los trabajadores, ya que había seguido visitando el castillo en tiempos de Ralf.

La heredera había dado orden de que le preparasen su habitación de siempre. Hacía años que su primo mandó redecorar la antigua habitación, dándole un aire más femenino y habitable.

Se dispuso un cuarto de invitados para Clotilde.

Cenaron algo ligero y se sentaron en la biblioteca. El fuego de la chimenea chisporroteaba, iluminando la estancia con un tenue color a hogar. Clotilde se había hecho servir un whisky de malta y Victoria, un té con miel.

—Me encanta esta habitación; Ralf acostumbraba a venir aquí a tomarse la última copa cuando tío Gustav se iba a dormir. Con frecuencia le acompañaba; para mí era el mejor momento del día escucharle contando anécdotas de Chile... Siento muchísimo no haber podido ir a visitarlo allí. —A Victoria se le llenaron los ojos de lágrimas.

—Tengo que reconocer que Ralf era una buena persona. ¿Piensas ir a Chile?

—Sí, queremos ir de viaje de novios y decidir qué haremos con la hacienda. Voy a echarlo tanto de menos. De verdad que me hubiera gustado que fuera realmente mi padre —se lamentó Victoria emocionada.

Para Clotilde oír aquello fue como si alguien le diera un pellizco en el corazón. «Debería ser valiente y decirle la verdad», pensó, aunque sabía que nunca iba a ser capaz de hacerlo.

—Tú llevas su sangre y el amor que te dio. Eso te convierte en su hija; es lo único que debe importarte —dijo con seguridad.

—Así es. Ahora debo asumir ser su heredera —comentó reflexiva Victoria.

—¿Te ha dicho algo de unos documentos pertenecientes a los nazis? —preguntó sin recato Clotilde.

—Sí, me pidió que los destruyera. ¿Tú cómo sabes de su existencia?

—Un conocido de Ralf me preguntó por ellos. ¿Qué piensas hacer?

—Destruirlos. No soy dueña de ellos, ni juez para opinar.

—¿Sabes que con ellos puedes hacer justicia y quizás ayudar al pueblo judío a esclarecer hechos punibles que no han podido demostrarse?

—Lo sé. He pensado mucho en ello y he decido venir aquí cuando lo he tenido claro. Antes de destruirlos lo leeré todo. Tengo que estar segura de que solo son pruebas de las operaciones de ODESSA, pero no aportan nada nuevo a lo que ya se sabe.

—¿Por qué no quieres hacer justicia? Entregando esas pruebas podrías inculpar a muchos nazis que aún hoy siguen creyendo que habrá una Tercera Guerra Mundial, y ellos estarán preparados para rehabilitar el Tercer Reich.

—De locos está el mundo lleno. Esos nazis que tú me dices son soñadores ávidos del mal, que no tienen poder alguno. Son patéticos personajillos nostálgicos que se reúnen a hablar de sus hazañas. Eso es todo.

—Y tu novio, ¿qué dice al respecto? —preguntó Clotilde intrigada.

—Opina que si veo algo que sirva para hacer justicia, lo correcto será entregarlo. Pero si los papeles sirven únicamente para hacer daño a terceros que no son culpables de las atrocidades de sus padres, que los destruya. Tampoco quiero empañar la figura de Ralf —aclaró Victoria, segura de sí misma.

Clotilde se dio cuenta de que su hija no estaba infectada por la maldad del pasado, que era un ser sin rencores ni revanchismo; y decidió no contarle nada de lo que había sucedido. Prefirió dejar aquella alma pura, y no envilecer su corazón con la podredumbre humana que había impregnado de maldad su generación.

—¿Qué piensas hacer con el castillo? —cambió de tema.

—Alejandro y yo ya lo hemos hablado. Queremos crear la Fundación Havel-Benatar, con sede aquí. Convertiremos el ala este en un museo en el que se recordará a los judíos alemanes que han contribuido a engrandecer este país. Al mismo tiempo, convertiremos la zona de servicio en una residencia de estudiantes que estén inmersos en algún trabajo de investigación. Deseamos hablar de los judíos que han muerto sin lograr ver su obra terminada; queremos retomar esa obra e intentar acabarla. No se trata de hablar del Holocausto, sino de las vidas que cercenó el Holocausto. Por otro lado, la parte noble la abriremos al público; y nosotros habitaremos la parte sur como vivienda de vacaciones.

—No podría imaginar un destino mejor. Me gustaría que contarais con mi aportación al proyecto —comentó Clotilde entusiasmada.

A la condesa de Orange se le llenaron los ojos de lágrimas. Al fin una Havel podría hacer algo bueno por su país sin estar sujeta a designios familiares ni ideas hegemónicas de castas predominantes. No pudo evitar una sonrisa ante la paradoja de que un lugar tan señalado por haber sido uno de los santuarios del germen del nacionalsocialismo se fuera a convertir en un centro de estudios para mayor gloria del judaísmo.

Victoria madrugó aquella mañana con el fin de encerrarse en la biblioteca y seguir las instrucciones de Ralf sin la presión de su madre.

La caja fuerte estaba detrás de una estantería de libros que disimulaba una puerta. Introdujo los dedos en una oquedad que estaba tapada por las obras completas de Johann Wolfgang von Goethe. Recordó las palabras de Ralf en su lecho de muerte: «Busca la simbología 1-8-8-8 y no te olvidarás del número».

Victoria introdujo el número secreto: 18 por ser la R de Ralf la letra número 18 del alfabeto alemán. De nuevo 8 por ser la H de Havel la letra número 8 del alfabeto, y de nuevo 8 por Hochrindl, el apellido de su madre austriaca.

El código tenía una doble simbología por su coincidencia: 1-8 eran la iniciales de Adolf Hitler —1=A, primera letra del alfabeto, y 8=H, octava letra del alfabeto—, a continuación 88, de nuevo 8=H por Heil, y 8=H por Hitler.

A Victoria no se le iba a olvidar el código de ningún modo. La coincidencia le pareció definitiva para un nazi como era Ralf, que ni siquiera cuando estaba a punto de morir le dijo en ningún momento que renunciaba a su condición; aunque sí entendía que la causa pertenecía a un pasado sepultado y siempre tuvo muy claro que había muchas ideas impuestas por Hitler con las que no estaba de acuerdo, de igual modo que le confesó que negar el Holocausto era no hacer autocrítica de la época nazi.

No dejaba de pensar en todo lo que le había dicho Ralf. Tenía la cabeza embotada de ideas y sentimientos; hubiera querido poder apartar de ella el gran cariño que sentía por él y así poder actuar con justicia, pero sus sentimientos se anteponían a la razón.

Intentó centrarse en la caja fuerte; introdujo el último número y accionó el botón de apertura.

La puerta se abrió. En los estantes superiores había cajas de formas y tamaños diversos. Abrió una y comprobó que eran joyas de familia. En los siguientes estantes, gran número de documentos de propiedades. En el estante de abajo había una caja grande y rectangular; la sacó y vio que eran acciones y otros documentos personales de Ralf. Al fin, presionó el suelo de la caja fuerte, que se abrió y dejó al descubierto un montón de carpetas, todas ellas serigrafiadas en la tapa con el anagrama de las SS en blanco sobre negro; debajo, la palabra ODESSA —Organisation der Ehemaligen SS-Angehörigen, Organización de Antiguos miembros de las SS—. Fue sacándolas una a una. Estaban en orden cronológico e indicaban de la A a la Z lugares y continentes.

Cuando extrajo todas las carpetas, volvió a mirar el fondo de la caja fuerte. Debajo de todo había una libreta de pastas duras. Victoria tuvo que arrancarla, ya que el tiempo la había pegado al suelo. Tomó el cuaderno y pudo leer en una etiqueta: Lebensborn.

Abrió el cuaderno. Tenía pocas hojas escritas. En cada hoja constaban nombres de mujer; dos fechas, una en la que ponía «concepción» y otra en la que indicaba «alumbramiento», y a continuación la palabra niño o niña. Al final de las hojas, una nota: «Termino mi trabajo en el programa. Según mis cálculos personales, he concebido un total de ocho alemanes arios. Quise llegar a este número en honor a Hitler (8=H). Cada uno de ellos ha sido entregado en adopción a familias relevantes y afines al nacionalsocialismo». Y añadía: «Aunque está prohibido intervenir en esta fase, he hecho un seguimiento de ellos y me cercioré de que serán tratados como uno más de la familia. Jamás he conocido a ninguno, así como jamás he vuelto a ver a sus madres. Esta etapa de mi vida como soldado no ha sido la mejor. Lo único bueno de aquella época ha sido conocer a Clotilde y tener la seguridad de que es la mujer más maravillosa que uno puede encontrarse; pase lo que pase, siempre permanecerá en mi corazón».

Así terminaba la confesión de Ralf.

Victoria no entendía nada. En aquella especie de diario, su primo Ralf confesaba estar enamorado de su madre y, según la fecha, en esa época todavía vivía su padre.

Tenía que indagar sobre este hecho, pero de forma muy cautelosa. Su madre era muy inteligente y si se diera cuenta de que ella deseaba saber algo al respecto, se cerraría en banda y no podría sacarle nada.

Dejó la libreta encima de la mesa de café, sintió un poco de frío y decidió encender la chimenea. En ese momento llamaron a la puerta.

—Victoria, ¿estás ahí? —Clotilde pretendía entrar a la biblioteca, que estaba cerrada con llave.

—Sí, un momento, que ya te abro. —La chica volvió a colocar los documentos en la caja fuerte; tomó el cuaderno y lo colocó sobre la caja cuadrada; cerró las dos puertas y acudió a abrir.

—¿Estás inspeccionando los documentos de Ralf? —preguntó intrigada su madre.

—Sí, así es. Necesito mi espacio para ello. Te ruego que no me interrumpas cuando esté en la biblioteca.

—Perdóname, solo quería decirte algo antes de que destruyas todos los documentos. —Clotilde le relató la conversación mantenida con Otto Skorzeny en Marbella.

—Tengo la sensación de que Ralf nunca se los pudo quitar de encima, que vivía obsesionado con ellos; por eso buscó el refugio de Chile. —Victoria confesó tal impresión, incluso sorprendida de que nunca antes lo hubiera pensado.

—En mi opinión, deberíamos entregarle los documentos de ODESSA relativos a España. De ese modo, podemos negociar con Skorzeny. Tengo la impresión de que este nazi quiere los documentos para venderlos al Mossad o al mejor postor. Por otro lado, si al revisar los papeles, ves algo referido al general Remer, recuerda que hace tiempo que estoy intentando recopilar pruebas que lo acusen de crímenes de guerra.

—Lo tendré en cuenta —concluyó Victoria, algo incómoda, pues creía que su madre estaba demasiado involucrada con el pasado.

* * *

Victoria deseaba sentirse libre de ataduras, y por culpa del gran cariño que profesaba a su primo Ralf y el compromiso adquirido con él, ahora se había visto inmersa de lleno en sus asuntos.

Cada día la joven se encerraba en la biblioteca e intentaba escudriñar en los documentos.

En su mayoría, eran anotaciones de entregas de dinero a personas o instituciones hechas por empresas conocidas, un entramado de sociedades que transferían fondos a distintos lugares del mundo. Ella no conocía a nadie, pero los nombres de importantes compañías alemanas le sonaban.

Al terminar la guerra, aunque los aliados requisaron las empresas alemanas, con el tiempo volvieron a sus dueños, que las pusieron en pie contando con oficiales de alta graduación del Tercer Reich, quienes implantaron en ellas un funcionamiento digno de los ideólogos nazis. Las grandes empresas contaban con una organización perfecta, aunque carecían de formación económica.

Victoria no se sentía capaz de destruir toda aquella información. Empezó a pensar que algún día podría arrepentirse si lo hacía. Así que poco a poco fue cambiando de opinión hasta que al fin llegó a la conclusión de que le daría los papeles de ODESSA en España a su madre para que los entregara al nazi de Madrid, y el resto de los documentos los clausuraría en la caja fuerte. Dejó aparte la carpeta con todo lo que estaba relacionado con España. Antes de entregársela, estudiaría su contenido y haría fotos de cada documento.

Durante la cena, que se sirvió en el comedor que tantos recuerdos le evocaban a Victoria, aquel que en su infancia le hacía soñar con los campos llenos de color y eran el reflejo de la felicidad..., le dijo a su madre:

—He apartado la carpeta para entregarle a Skorzeny. Al final, he decidido no destruir los documentos, pero tampoco voy a hacer nada con ellos.

—Me parece bien. Creo que estás actuando correctamente. ¿Has visto algo sobre Remer? —Clotilde estaba contenta con la decisión de su hija.

—La verdad es que no. Casi toda la información que hay es del año cuarenta y cinco en adelante —contestó Victoria, pensativa.

—Me lo imaginaba.

—Por cierto, ¿alguna vez se te ha declarado Ralf? —Victoria no sabía cómo enfocar su pregunta, así que decidió ir al grano.

Clotilde tragó saliva, mientras buscaba una contestación coherente.

—No sé qué quieres decir con esto. —La condesa mantuvo el semblante sin inmutarse, pero su voz se quebró imperceptiblemente.

Victoria notó esa pequeña inflexión y volvió a indagar:

—Nada en absoluto; solo que durante su larga agonía, Ralf me comentó que jamás fue feliz en el amor. Por un momento, percibí como si hubiera estado enamorado de ti.

Clotilde esta vez sí que se alteró. Por su cabeza pasaron todo tipo de pensamientos; incluso el de creer que Ralf le hubiera dicho algo de su verdadera paternidad.

—Es cierto que a Ralf siempre le he gustado, pero de ahí a estar enamorado de mí hay un abismo. No niego que en algún momento pudiera dar esa sensación. Debo decirte que tu primo siempre estuvo enredado con alguna mujer, pero con ninguna llegó a comprometerse; ni siquiera con la que fue su mujer oficial.

—Creo que te equivocas. Hubo una época en que sí estuvo enamorado de ti. Concretamente, cuando te conoció al regresar de Chile en plena guerra.

—¿En qué te basas para decir eso? —Clotilde no daba crédito a la precisión de su hija.

—Quizás no te diste cuenta, puesto que mi padre todavía vivía. Ralf hizo una breve reseña de ello en uno de sus documentos —contestó Victoria con seguridad manifiesta.

—Eso no lo sé. Los hombres a veces se enamoran de lo que no pueden alcanzar, y en aquellos días a un miembro de las SS como Ralf no se le resistía nada. No me extraña que se encaprichara de mí, pero de ahí a estar enamorado... —Clotilde empezaba a tener serenidad para contestar a su hija, ya que se había dado cuenta de que no tenía más datos que los que había expuesto.

Victoria dio por zanjado el asunto y no quiso indagar más.

* * *

A su regreso a España, la condesa de Orange decidió ir a Madrid a entrevistarse con Skorzeny.

Pidió a Frau Jutta que la acompañara.

La cocinera llevaba tiempo deseando viajar a Madrid y reencontrarse con Sidonia, la niña polaca a la que cuidó cuando su madre murió a consecuencia de las penurias sufridas durante la huida de Polonia al final de la guerra. Frau Jutta escribió a la última dirección que tenía de la tía de Sidonia, comunicándole que iría a visitarla.

No hubo tiempo de recibir respuesta a la carta.

Otto Skorzeny apremiaba a Clotilde. Sabía que le quedaba poco de vida, ya que un cáncer de pulmón lo estaba matando.

La citó en el restaurante Horcher, lugar de encuentro de antiguos camaradas, casi todos relacionados con la Legión Cóndor. Franco pagaba favores a los alemanes que le habían ayudado a ganar la guerra.

Aunque empezaba a acusar el peso de los años, Clotilde seguía siendo una mujer a la que era imposible no mirar. Su elegancia estaba a prueba de cualquier moda o costumbre; irradiaba señorío cuando andaba, hablaba o simplemente prestaba atención, siempre con un semblante regio, agradable, pero con un punto de altivez que se había apaciguado por los años vividos.

El restaurante era un lugar acogedor con grandes ventanas al Retiro. El nazi la esperaba en su mesa habitual; estaba acompañado de su mujer.

—Querida condesa, le presento a Ilse, mi mujer, la condesa Finchelstein.

—Mucho gusto, me alegro de conocerla. —Clotilde sabía que la mujer de Skorzeny utilizaba el título de su primer marido sin que tuviera derecho a hacerlo. Pero eso era muy habitual entre las señoras de la sociedad, que no se apeaban de la dignidad nobiliaria de sus exmaridos.

—Le estoy muy agradecido por su presencia. Siento haberla importunado con mis llamadas, pero debido a mi estado de salud vivo ahora en Alcudia y mis viajes a Madrid son poco frecuentes.

—Entiendo sus deseos. Aquí le traigo los documentos de ODESSA referentes a España que estaban en poder de Ralf.

—Le doy las gracias por ello. Llevo años recopilando cuanta información cae en mis manos. Mi archivo será algún día motivo de estudio, y estos documentos son importantes.

—Dígame, ¿para qué necesita estos documentos si usted lo es todo en ODESSA España? ¿Qué tienen estos papeles para usted? —quiso saber Clotilde.

—Mi querida señora, Ralf me pidió que protegiera a Victoria, a la que quería como a una hija. Sabía que el Mossad estaba detrás de él; el año pasado me entregó documentación que obraba en su poder.

—No lo entiendo, ¿por qué pensaba usted que Ralf poseía más documentos? —indagó Clotilde.

—Un buen espía siempre deja algo en la recámara para cubrirse las espaldas. Y no se olvide de que Ralf fue uno de los mejores. Gracias a él se pudo articular toda la red de contactos que facilitaron la huida de los nuestros a Sudamérica.

—¿Es posible que el Mossad llegue a enterarse de que mi hija ya no tiene documentación alguna de interés? —preguntó Clotilde preocupada.

—No le quepa duda. Cuando se trata de espionaje, hay que tenerlo todo en cuenta. He de confesarle que tengo buenas relaciones con Israel. Y no descarto venderles mi archivo. Mi deseo es poseer el mejor archivo de documentos que pueda existir. Véalo, si quiere, como un coleccionismo fanático.

El nazi de la cara cortada no dejó de hablar de su «colección» ni de alabar la gran labor realizada por Ralf, aunque se quejaba de que en los últimos años había bajado mucho su dedicación a la causa.

—Debo reconocer que de aquella lista de mil seiscientos *Kameraden* que elaboraron en su día los servicios estratégicos de los Estados Unidos, en España quedamos muy pocos.

—¿Fueron muchos los que se refugiaron en España después de la guerra? —quiso saber Clotilde, que estaba sorprendida con semejante dato.

—La mayoría ya vivían aquí. Eran diplomáticos, miembros de la Legión Cóndor o empresarios —se justificó el nazi.

—¿No se exigió la devolución de estas personas a Alemania? —preguntó, sabedora de que la persecución de nazis fue implacable después de la contienda y al mismo tiempo pensando si podría encontrar alguna jurisprudencia que le ayudara a pedir la extradición de Remer, ya que le constaba por Jackie Laffore que seguía yendo con frecuencia a casa de su amigo Fredrik Jensen en Marbella.

—Sí. Consiguieron devolver a unos doscientos, pero ya ve lo que está pasando con Degrelle, que no hay forma de extraditarlo. Ya sé que usted intenta hacer lo mismo con Otto Remer —soltó el zorro del militar, en su día juzgado y absuelto en Núremberg.

—Así es, y por el momento mis esfuerzos han sido infructuosos —se lamentó Clotilde.

—Me querida señora, me temo que no va a conseguirlo. Remer se ha cuidado mucho de estar en primera línea. Solo su vanidad y su prepotencia pueden jugarle una mala pasada —dijo Skorzeny, que no tenía buena relación con el general.

—¿Qué quiere decir? —preguntó ella, por si el nazi le daba alguna pista.

—El error de Remer está en ser un fanático, un furibundo defensor del negacionismo del Holocausto, y esa va a ser su tumba. Cualquier día hará unas declaraciones públicas al respecto y ahí será cuando puedan ir a por él. Lo malo es que el tiempo corre y su salud, al igual que la mía, cada día es peor. No sé si sabe que tiene una enfermedad degenerativa.

—Le agradezco mucho sus palabras, aunque sean un tanto decepcionantes para mi causa.

En cuanto acabó el almuerzo, la señora Skorzeny sugirió que su marido debía retirarse a descansar. Se levantaron los tres y se dispusieron a salir a la calle.

Antes de que esto ocurriera, un hombre de magnífica presencia se acercó a Clotilde.

—No sé si me recuerdas. Soy Jaime Valdés. Nos conocimos una noche de luna llena en Marbella cuando Roque, el parrillero del Marbella Club, te acompañaba hasta tu casa. Perdona por el atrevimiento, pero durante todo el almuerzo no he dejado de decirle a mi hermana y a su marido que desde aquel día he deseado volver a encontrarte.

—Te recuerdo muy bien, ¡vaya susto nos dimos todos! —Clotilde se rio recordando aquel encuentro nocturno.

—Me encantaría que nos acompañaras a tomar un café. Estoy con mi hermana y su marido celebrando mi cumpleaños. —Jaime la miró fijamente.

—Te lo agradezco, pero no creo que sea oportuno interrumpir una velada familiar —comentó ella con poca convicción.

Una joven atractiva, aunque sin llegar a ser guapa, se acercó a Clotilde.

—Le ruego que acepte sentarse un rato con nosotros. Hágalo por mí; es tedioso aguantar todo el rato a dos hombres hablando de sus cosas —comentó la hermana de Valdés con simpatía.

Para Clotilde aquel pequeño asalto era como una salvación. Deseaba zafarse del matrimonio Skorzeny, quienes habían insistido en llevarla a su hotel. De modo que aquella invitación la tomó como una tabla de salvación.

—La dejo en buenas manos —se despidió el nazi, que percibió la satisfacción de Clotilde con el encuentro casual.

—Le deseo una pronta recuperación —concluyó la condesa de Orange despidiendo al matrimonio.

Clotilde se volvió hacia Jaime y tomó asiento en la mesa.

La conversación fluida y entretenida que se produjo a continuación fue el inicio de una amistad. La hermana de Jaime era un ser adorable y estaba encantada de que su hermano estuviera encandilado por una mujer de la talla de Clotilde.

Después de un rato de charla, decidieron quedar en volver a verse de nuevo en Marbella.

* * *

Frau Jutta acudió a la dirección que atesoraba desde hacía años. Tocó el timbre y nadie le respondió. Volvió a tocarlo hasta que la puerta se abrió muy despacio. Una niña de unos cuatro años la miraba con ojos sorprendidos.

—Si vienes a mi fiesta de cumpleaños, debes darme el regalo antes de entrar —dijo a la recién llegada.

—No estoy invitada. Vengo a ver a Sidonia.

—Es mi mamá. ¿Cómo te llamas? Yo me llamo Jutta. —La cocinera de los Havel no pudo contener la emoción. Intentó tragar saliva y que no se le saltasen las lágrimas, pero fue imposible; sus ojos se llenaron de agua—. ¿Por qué lloras? —preguntó la niña con pena.

—Lloro por la coincidencia de que tengas el mismo nombre que yo.

—Mamá, mamá, ha venido una señora que se llama como yo. —La niña tomó a Jutta por la mano y tiró de ella hasta el centro del *hall*—. Mamá, mamá... —siguió gritando la niña.

—No alborotes tanto. ¿Qué es lo que pasa? —Sidonia salía de la cocina con un bizcocho cubierto de chocolate que en el centro llevaba escrito el nombre de su hija.

Se encontró de bruces con la recién llegada.

—Mamá, esta señora se llama Jutta, igual que yo —dijo la pequeña mirando a su madre muy contenta.

Sidonia dejó la tarta encima de la mesa del *hall*. Miró paralizada a aquella mujer mayor, de cara arrugada, pelo corto de un blanco inmaculado y figura recia. Sin duda, el único recuerdo que atesoraba de amor maternal.

Una sucesión vertiginosa de recuerdos acudieron a su mente. Clavó la mirada en los ojos azules de Jutta, que la observaba sonriendo plena de felicidad. En ese momento encontró su infancia desvalida en aquellos ojos... Y fue entonces cuando a ella se le saltaron las lágrimas, acudiendo en busca de la protección de antaño.

Sidonia abrazó a Jutta. La estrechó entre sus brazos aspirando el olor cálido de sus ropas; ese olor a especias, como la vainilla y la canela, que desde siempre acompañaban a la cocinera como parte de su propio ser.

La pequeña Jutta revoloteaba emocionada alrededor de ellas.

—¿Quién es esta señora? —repetía la niña, tirándole de la falda a su madre.

—Esta señora es tu abuela —dijo al fin Sidonia, que cogiendo a Jutta de la cintura, la condujo al salón para presentársela a los invitados.

Pasaron toda la tarde hablando.

Sidonia le contó que los primeros años en casa de sus tíos fueron muy duros. Tenían una hija de su misma edad que estaba celosa de ella. Con el tiempo, sus tíos le pidieron que abandonara la casa. Se portaron bien, ya que le pagaron una pensión y los estudios. Se hizo profesora y se casó con un compañero de trabajo. Al cabo de los años, su prima murió y sus tíos decidieron que Sidonia debía ser su heredera. Por eso ahora vivía en la casa.

—Mi tía mantuvo vivo tu recuerdo y el de mi madre. Siempre atesoré la idea de volver a verte. En honor a ti y a lo que hiciste por mí, he puesto tu nombre a mi hija.

Sidonia prometió visitar a Jutta en Marbella, y le pidió que aceptara la invitación de pasar unos días de vacaciones en la casa de sus tíos, que se habían jubilado y vivían en Levante en un chalé donde se reunía toda la familia en verano.

La cocinera de los Havel se comprometió a hacerlo. Disfrutó con la fiesta de la pequeña, que a todo el mundo le decía que era su abuela que había venido de Alemania.

Jutta había encontrado una nueva familia. Tuvo claro que, cuando se jubilara, viviría cerca de ella.

Capítulo 32

El karma de la vida

Clotilde acababa de regresar de pasar el otoño en Nueva York. Disfrutar la vida de la Gran Manzana durante un mes era suficiente para empaparse de lo que ofrecía el gran mundo. Stefan seguía siendo un compañero ideal, aunque con quien verdaderamente se lo pasaba bien era con su amiga Bárbara, con la que había quedado en marzo para hacer un crucero por el Caribe a bordo de su barco.

Las Navidades las había pasado en la estación de esquí de Zermatt, en casa de su hijo Frank, donde coincidió con su hija Amalia, además de con Victoria.

Volver a Marbella era como sentirse amparada por la paz del espíritu. Los cielos encapotados de las primeras horas del día iban abriéndose poco a poco, hasta que los rayos de sol conseguían inundar la tierra fértil que amparaba la montaña descarnada de Sierra Blanca.

Después de caminar una hora por la playa, regresó a su casa a desayunar. Adoraba comerse medio mollete con aceite y jamón; aquellos panecillos blancos y planos que traía de Antequera el jardinero le encantaban.

Jutta se acercó a dejarle el periódico *Sur*.

—Hoy vendrá Sabine a comer. ¿Qué le parece si hacemos la sopa de calabaza que tanto le gusta? —propuso la cocinera.

—Me parece estupendo. Me encanta que Sabine se haya venido a vivir a Marbella. Encuentro que su nuevo trabajo como supervisora de la promoción de viviendas de lujo que está construyendo su familia encaja muy bien con su personalidad emprendedora.

—Es una chica estupenda, al igual que Toñi. Me alegro de que la visiten con frecuencia —dijo Jutta, que se entendía muy bien con las chicas.

—Sí, he tenido mucha suerte. Me encanta que vengan los domingos a casa; es lo más parecido a tener una familia.

—La dejo, que debo organizar el almuerzo.

Clotilde se quedó pensativa.

Su gran poder de seducción le había permitido alcanzar el estatus económico perdido después de la guerra; pero actualmente, entrando en la tercera edad, aquel objetivo no era lo importante: vivir bien no le había dado la felicidad. Llevaba tiempo esforzándose por eliminar de su vida la arrogancia de sentirse diferente: guapa, elegante, con clase, estatus... Y de paso, tomar distancia con el ambiente banal al que estaba acostumbrada, aunque no deseaba abandonarlo del todo, ya que era parte de ella misma.

Sonrió al recordar que su hija Victoria le había comentado que estaba feliz con que Sabine pasara tiempo con ella, ya que veía en la relación el complemento perfecto; por un lado, su amiga podría ver en Clotilde a la madre que nunca tuvo, y por otro, Clotilde estaría acompañada por Sabine, que podía suplir la ausencia de sus cuatro hijos que vivían sus vidas lejos de ella.

Pasó el resto de la mañana en el jardín. Sabine llegó antes de la hora y encontró a Clotilde en el sofá del porche leyendo. Ambas se abrazaron.

A Sabine le encantaba almorzar con Clotilde. Su sentido pragmático le daba otra perspectiva a los problemas que se le presentaban.

—Me gustaría que me ayudaras y vieras los planos de la promoción. Tú tienes mucha experiencia en arquitectura de interiores y muy buen gusto. —Sabine se fiaba de lo bien amueblada que tenía la cabeza Clotilde.

—Nada me puede hacer más ilusión. Necesito entretener mi mente con algo creativo; y desde que vivo en Marbella y mi hijo Albert se ocupa de los negocios de su padre, ya no hago nada para la empresa. Así que déjame los planos, los estudio y te hago sugerencias. —Clotilde estaba feliz de serle útil a alguien.

—Fantástico. Cuando quieras, te muestro los terrenos para que veas la ubicación de las tres fases que vamos a desarrollar.

—Sí, eso es importante para saber las horas de sol y adaptarlas a las distintas estancias de las casas. Por cierto, tengo una idea que quiero poner en marcha; necesito hacer algo con lo que me sienta útil.

—Tú dirás.

—Deseo crear una fundación que otorgue becas para estudiantes de familias humildes, a fin de darles la oportunidad de ir a la universidad.

—Me parece una idea preciosa. Cuenta con mi ayuda —se entusiasmó Sabine—. ¿Cuándo viene Victoria?

—No creo que pueda venir antes de Semana Santa. Este año creo que se han puesto de acuerdo para venir todos; así que no hagas planes.

—Seguro que estaré, pues he invitado a Marbella a la familia que me acogió cuando era una adolescente —dijo Sabine con entusiasmo.

* * *

La integración de Clotilde en la vida cotidiana de Marbella le hacía asimilar la filosofía autóctona. Había cogido frío el día anterior por no haber aplicado esa filosofía popular de: «Hasta el cuarenta de mayo no te quites el sayo», y es que el clima de Marbella te juega la mala pasada de pasar calor durante el día, pero por la noche refresca y es necesario llevar siempre un jersey que te ampare de la humedad. Clotilde no reparó en ello, y al día siguiente estaba algo resfriada; así que decidió quedarse en cama toda la mañana.

A eso del mediodía, Jutta entró en su cuarto. Había llegado el correo, y una carta destacaba sobre todas las demás; el remitente era el Ministerio de Justicia alemán.

Clotilde se apresuró a abrir el sobre. Era la primera vez que recibía una comunicación directa y oficial.

> *Estimada señora,*
>
> *Deseamos agradecerle la entrega de la documentación acerca del general Otto Remer. Sentimos habernos demorado en contestarle, pero el análisis de lo remitido supuso meses de trabajo.*
>
> *Gracias a dicha documentación, se ha podido iniciar un expediente de extradición para poder juzgarlo en Alemania. En cualquier caso, si*

se detectara su presencia en territorio alemán, sería detenido y llevado ante la Justicia.

Según nuestros informes, el exjefe de la seguridad de Hitler vive en Egipto, donde asesora desde hace tiempo a los ejércitos de aquel país y de Siria, razón por la cual es inviable su extradición en estos momentos.

Debe saber que el general Remer con seguridad conoce estos hechos, y sin lugar a dudas tiene asumido que es un fugitivo de la justicia alemana.

Clotilde cerró los ojos, estrujando con sus puños la carta. Lloró y rio a la vez. Gracias a la documentación que le dio la exespía Jackie Laffore, se había vengado a medias de Remer, ya que no había conseguido sentarle en el banquillo de los acusados, pero al menos le había sentenciado a no poder poner los pies en su amada Alemania.

Se sintió cansada de luchar, y pensó que había llegado el momento de soltar aquella presa, al menos como una razón de vida... Pero su coraje sajón volvió a su ánimo.

«Jackie me ha asegurado que Remer sigue viniendo por Marbella. Quizás algún día decida venir a vivir aquí, y ahora, gracias a la muerte de Franco y a la instauración de la democracia en España, acaso se le pueda extraditar», pensó la condesa, apelando a su espíritu combativo. Aquel verano Clotilde había decidido que, aparte de pasar unos días con Bárbara en Ischia y Capri y la tradicional quincena en el castillo de Ulm, donde se sucedían las visitas de sus hijos, disfrutaría más de su casa de Marbella. Le encantaba el mes de septiembre, cuando la marabunta de turistas abandonaba el pueblo y las familias de siempre recalaban en el lugar para disfrutar de su mejor momento.

Se sentía bien en su hogar, rodeada de naturaleza y dedicándose a trabajar en el jardín y en el pequeño huerto que había habilitado en la zona este de la parcela.

Sonrió al recordar a Jaime Valdés, con quien había quedado al día siguiente. Se habían visto varias veces, constatando ambos que su conexión cultural y social era perfecta. Aunque Clotilde esta vez deseaba ir despacio.

Decidió llamar al modisto Luis Palacios, que según su amiga Bárbara se había instalado en Marbella y era el preferido de Jacqueline Onassis. Las creaciones de Palacios eran muy novedosas y elegantes. Aquella misma tarde quedó con el modisto y adquirió una falda estilo *patchwork* que se pondría para la cena.

Jaime pasó a buscarla a su casa. Clotilde salió a su encuentro besándolo en la mejilla.

—Estás guapísima. Pareces una modelo; solo tú puedes ponerte una falda hecha de retales y parecer que llevas un modelo de alta costura —se rio Jaime al verla.

Jaime era un hombre divertido, de su misma edad, pelo canoso y sonrisa fácil. Su clase innata lo situaba en la categoría del típico hidalgo español.

—Hasta una crítica en ti suena a halago. —Clotilde sonrió mientras se montaba en el coche.

Don Leone era uno de los restaurantes más elegantes de Puerto Banús, aunque habían proliferado otros muchos como el Club 31, Beni, Christian o Pepito. Pero a Clotilde le encantaba el ambiente informal y sofisticado del establecimiento de Paolo Girelli, y sobre todo adoraba cómo preparaba la pasta fresca, las berenjenas a la parmesana y el pez limón.

Caminaron hacia el restaurante cogidos de la mano. Jaime puso a Clotilde en situación.

—Paolo es un gran emprendedor. Compró el local en el año setenta gracias a que un amigo le prestó el dinero.

—Es un sitio muy especial, a lo que contribuye haber sido decorado por Tomás Flores y Karen Alberola. Cuando puse mi casa, les compré algunas cosas en su tienda El Chinero —apuntó Clotilde.

—Desde luego que han acertado con la decoración *art nouveau* —dijo Valdés cuando ya estaban llegando al restaurante.

La marcada decoración era fascinante: paredes en salmón con hojas de palmera cayendo, azulejos rotos, manteles largos con telas de Gancedo, sillas tapizadas en burdeos... La sencillez al mismo tiempo del lugar impregnaba el ambiente de una elegancia que obligaba al entorno a estar en sintonía.

Girelli se acercó a saludar a la pareja. Al principio se sorprendió al verlos juntos, pero enseguida pensó que eran la mejor combinación posible. Paolo era un hombre discreto, casi tímido; su tipo de negocio le obligaba a ser amable con quien su sensibilidad no le permitiría serlo. Admiraba lo elegante y bello de la vida, e imprimía esa filosofía a su gran visión para los negocios de hostelería. La modernidad y la sofisticación tanto en la decoración de sus locales como en su cocina italiana fue la fórmula mágica que le convirtió en un referente.

La cena transcurrió fluida, y tan entretenida que tanto Clotilde como Jaime pensaron que en aquel momento de sus vidas esa sintonía era la que les proporcionaba la paz interior que al menos ella anhelaba.

Al salir de cenar, Jaime propuso ir al bar de Menchu.

—Prefiero ir a tomar la copa al bar de Vic y Peter, cuyo cóctel Bullshot es el mejor de Marbella, aunque algunos le adjudican este mérito a la discoteca Mau-Mau —argumentó Clotilde, intentando convencer a Jaime.

—En Menchu encontraremos un ambiente más español. Además, ella es divertidísima —quiso convencerla Jaime.

—Te propongo que primero pasemos por Vic y Peter y luego vayamos a Menchu. —Era evidente que Clotilde se sentía más cómoda en el ambiente extranjero.

—Perfecto. Me parece una buena solución.

Vic y Peter era un bar muy normalito, decorado con fotos de actores y poco más. Los dueños eran el principal reclamo del local: vestidos con túnicas y colgantes de cuernos... Todo muy escenificado, sofisticado y extremadamente etéreo y educado.

Los recién llegados se encontraron con los actores Stewart Granger y Peter Damon; el primero hablaba con los señores Levitt mientras degustaba un fresco South Side.

Clotilde vio que los Levitt levantaban la mano para llamar su atención.

—Me alegro de veros. Os presento a Jaime Valdés —saludó Clotilde.

—Qué alegría encontrarte. Encantados de conocer a este señor tan estupendo —dijo la señora Levitt, como siempre hecha un «figurín».

Era el matrimonio que había conocido en Nueva York. Jaime se quedó encantado, dado que toda Marbella se moría por ir a las fiestas que daban en su barco.

Ya un poco entonados por el efecto del cóctel Bullshot de consomé Campbell con vodka, la pareja puso rumbo a Menchu.

Al pasar por delante de Christian, Clotilde se paró a saludar al dueño, que estaba en la puerta. Él, con su amabilidad habitual, piropeó a Clotilde, quien solía ir con Sabine al restaurante francés a degustar sus exquisitos mejillones preparados al estilo belga.

La condesa hizo un barrido visual a la terraza. Al instante, tuvo la sensación de que alguien la estaba observando. Clavó la mirada en una mesa donde dos parejas disfrutaban del ambiente selecto del establecimiento. Fue consciente de que aquel hombre que la miraba fijamente era Otto Remer. A partir de ese momento, no prestó atención a la charla que mantenían Jaime y el francés. Por su cabeza pasaron todos los esfuerzos de los últimos años para recopilar pruebas que pudieran encausar al general nazi y conseguir su extradición a Alemania.

Christian insistió en que pasaran a la barra a tomar una copa. Jaime fue incapaz de negarse; así que, como una autómata, Clotilde atravesó la terraza y siguió a los dos hombres hasta la barra, que estaba al fondo del restaurante.

No habían hecho más que llegar, cuando vio que Remer se levantaba y se encaminaba hacia ella. Al llegar a la barra, se dirigió al grupo:

—Buenas noches a todos. Señora condesa, estoy encantado de verla. Me gustaría poder hablar unos minutos con usted. —Remer fue exquisitamente educado.

Clotilde farfulló algo ininteligible. Sus acompañantes saludaron con simpatía al hombre sesentón, de elegante presencia y aspecto alemán.

Con un suave toque en el brazo de Clotilde, el general, vestido informal con un pantalón beige y camisa blanca —lo que le quitaba el aire marcial habitual—, la apartó de los dos hombres, conduciéndola al otro extremo de la barra. Jaime y Christian no se percataron de la cara horrorizada de Clotilde. Estaban enfrascados en hablar de los nuevos locales que se habían abierto en el puerto.

El general se situó de espaldas a la barra, de modo que no se le veía la cara. Al verse a solas con Clotilde, cambió el semblante, y en su rostro se vio reflejado el fuego del odio y la desesperación.

—Sé del empeño que tiene en llevarme ante la Justicia, y siento decirle que todo lo que ha presentado contra mí es una porquería. Nunca va a conseguir ponerme ante los tribunales. —Los ojos de Remer echaban chispas.

—Es muy probable que no lo logre, pero tenga por seguro que ya he conseguido mi venganza. Gracias a mis desvelos y a los de otros como yo, usted será siempre un fugitivo de la justicia alemana y jamás volverá a poner los pies en su querida patria. —A Clotilde le salió del alma aquella sentencia, que se cumpliría como un karma en la vida de Remer.

El general apretó con fuerza el brazo de Clotilde. La hubiera matado con sus propias manos allí mismo, pues lo peor que le podía pasar, después de la muerte, era no poder vivir en Alemania. Rojo de ira la miró, deseando fulminarla, y le espetó:

—Usted que tanto adora este lugar va a tener que vivir con el miedo de encontrarme, y quizás algún día no tenga la suerte de estar protegida.

Remer se dio media vuelta para marcharse, y esta vez fue Clotilde la que le cogió por el brazo. Con disimulo, pero con fuerza.

—No me amenace, pues sepa que no le tengo miedo alguno. Sus enemigos saben que, si llegara a pasarme algo, le acusarían a usted de ello. Así que, si quiere jugar a cazador cazado, ¡usted mismo! En cualquier caso, usted solo es un patético hombrecillo que pronto no podrá ni levantarse de una silla.

A Clotilde le temblaban las piernas, pero su orgullo sajón le impedía mostrar el estado de excitación en el que estaba. Volvió con Jaime como pudo, sin saber que su sentencia se cumpliría como una pena capital: Remer vivía sus últimos años de poder.

Padecía una enfermedad degenerativa que lo postraría durante años en una silla de ruedas, asistido por una bombona de oxígeno. Fue sentenciado a la cárcel por publicar escritos negando el Holocausto; sin embargo, Remer moriría en el exilio, en una humilde casa de alquiler en la urbanización Elviria de Marbella.

Jaime notó que algo le ocurría a Clotilde.

—Estás muy pálida. ¿Tu amigo te ha dado alguna mala noticia? —preguntó preocupado.

—¿Quieres un poco de agua? —se apresuró a decir Christian.

—No os preocupéis. Sí, me ha comunicado la muerte de un conocido —mintió Clotilde para evitar hablar—. Si no os importa, me gustaría salir a tomar el aire.

Jaime tomó a Clotilde por el hombro, despidiéndose del simpático restaurador. Clotilde sugirió dar un paseo por el pantalán.

—Discúlpame si no hablo mucho; estoy muy afectada por la noticia. Pero te ruego que no dejes de hablarme tú —le pidió.

Clotilde fue relajándose del encuentro con Remer.

No quería hacer partícipe a Jaime de su pasado. Valdés pertenecía a una nueva etapa de su vida que se iniciaba en ese mismo instante, en el que pudo comprobar que su venganza era más grande que la pena capital. Había conseguido convertir a un «buen alemán» en un ser errante, perseguido de por vida. No podía imaginar mayor venganza que no fuera su ajusticiamiento.

«Muy afectado debe estar para acercarse a mí y amenazarme. Se cree que está por encima del bien y del mal», pensó Clotilde. No le daba miedo su amenaza. Sabía que no tenía poder para atentar contra ella, que solo era una fanfarronada de un hombre herido en su orgullo y sentenciado al ostracismo.

No quiso estropearle la noche a Jaime y le pidió volver del pantalán al bullicio del puerto y tomar la última copa en el bar de Menchu, tal y como él había sugerido desde el primer momento. Deseaba olvidar aquel encuentro y despejarse la mente o... quizás celebrar su victoria.

* * *

El local —como todos los negocios de Menchu— había sido decorado por Jaime Parladé. Recordaba un salón indio. La barra estaba presidida por un extraordinario cuadro de Vicente Viudes que representaba una mariposa volando.

La combinación de telas y plantas daba un ambiente exótico y elegante al local.

—¿Venís del bar de los maricones americanos? —preguntó a bocajarro Menchu—. ¿Había más gente allí o aquí?

Jaime no supo qué contestar. Y mientras Menchu les buscaba un lugar adecuado donde sentarse, Clotilde susurró al oído de Jaime:

—Menchu considera que los americanos son sus rivales, pero lo cierto es que era otro tipo de gente la que hemos dejado en el bar de Vic y Peter.

—Tienes toda la razón. Además, ellos están junto a la torre de control y Menchu en la zona más céntrica, frente a los pantalanes —apuntó Jaime.

Al ser Jaime un exponente clásico de la aristocracia española y Clotilde una habitual de la alta sociedad internacional, la singular Menchu los situó en un lugar visible, donde todo el que entraba veía el nivel de la clientela del local.

La condesa alemana saludó a Bastiano Bergese que, como era habitual, vestía de blanco y azul con sus medallas como talismán. Iba acompañado de una espectacular mujer de origen cubano. Unas mesas más allá, su ex, Pilía Bravo, charlaba con su actual pareja, el torero Luis Miguel Dominguín. Se daba la circunstancia de que Bastiano había regalado a Pilía un piso en el Oasis, motivo por el cual conoció a su vecino el torero.

Clotilde y Jaime se pararon a hablar con Carmen Franco, que vestía una falda larga con un jersey negro escotado.

Con aquella salida nocturna, Jaime Valdés y la condesa de Orange formalizaron a los ojos de la sociedad una relación que ambos asumieron como el regalo de toda una vida buscando el equilibrio emocional y la relajación de la seguridad en la pareja, lejos de las sofocantes relaciones intensas y posesivas.

En definitiva, ambos iniciaron una convivencia en libertad, donde cada uno vivía para el otro; entregados, pero sin obligaciones.

Jaime apenas participaba de los planes internacionales de Clotilde; su trabajo como vicepresidente de una empresa estatal no le permitía tener demasiado tiempo libre. Esta circunstancia favorecía a la condesa, que deseaba sentirse independiente, pero con un referente sentimental.

En cualquier caso, no quería involucrarse en una relación de dependencia; prefería pensar que Jaime era un amigo especial, que podía, o no, tener un recorrido a largo plazo. Todo dependería del grado de entendimiento entre ellos y lo que diera de sí la relación. Clotilde, a estas alturas, priorizaba más tener un compañero de vida que un amante.

* * *

Después de dos años de noviazgo, Victoria puso fecha para la boda. La celebración de su pedida de mano se había programado para Semana Santa.

La familia Von Havel en pleno se hospedó en el Marbella Club y los Benatar en el Meliá Don Pepe, hotel emblemático de la Costa del Sol dirigido por uno de los hombres más atractivos que Clotilde había conocido: el conde de Perlac.

Se contrató al fotógrafo Slim Aarons para que dejara constancia del acontecimiento, que tendría lugar en la casa de Clotilde.

Era una de las pocas veces en que todos los hijos de Clotilde se iban a reunir. Amalia, la hija mayor, se había convertido en una empresaria de éxito. Era directora de la clínica Havel de Berlín, una de las clínicas privadas más reconocidas de la capital; la sucursal en Fráncfort la regentaba su hermano mediano, el doctor Frank von Havel. Amalia era una mujer de éxito y sus prioridades estaban en sacar adelante la clínica; para ella el amor era secundario, y además, nunca había sido capaz de cerrar las heridas psicológicas producidas por las vejaciones que había sufrido en la guerra. Los hijos de su hermano Frank ocupaban su vida familiar.

Frank acudió a la petición de mano con su mujer y sus tres hijos. Tampoco faltó a la cita el hijo pequeño, Albert, que fue acompañado de su última novia, una chica estirada y fría con la que Clotilde no tuvo buena sintonía desde el primer momento. Albert había sustituido a su padre en los negocios. Tanto era así que el barón Von Ulm vivía más tiempo en Nueva York que en Londres. Esta circunstancia, sin embargo, no le impidió acudir desde la Gran Manzana a Marbella. Era la primera vez que Von Ulm visitaba la casa de Clotilde. Se le asignó un cuarto soleado mirando al mar, y desde su baño se podía ver la Concha. El barón se sintió como en su propia casa.

—Cloty, me encanta tu casa; los materiales naturales dan un aspecto sencillo y noble. No sabes cómo me alegra ver que al fin has encontrado tu lugar. Sin duda, aceptaré tu invitación a pasar temporadas aquí. —Stefan disfrutó de su estancia en Marbella y comprendió por qué su exmujer había elegido ese lugar para vivir.

—Me encantaría tenerte cerca —dijo Clotilde, que adoraba a su exmarido, tanto como disfrutaba de su conversación interesante y culta.

Al igual que le sucedió al barón, para los hijos de Clotilde el encontrarse con un paraíso como Marbella fue un descubrimiento. Pero los que realmente disfrutaron de las vacaciones fueron sus tres nietos, los hijos de Frank, que enseguida hicieron pandilla con los hijos y sobrinos de Alfonso de Hohenlohe.

Los niños se quitaron los zapatos el primer día de las vacaciones y se los volvieron a poner el día de la partida. Las excursiones en burro hasta La Virginia fueron muy divertidas; una vez allí, Ana María —profesora de baile de día y bailaora de noche— amenizaba con flamenco la velada. El almuerzo era de lo más sencillo a base de tortilla de patatas, refrescos y sangría.

El día de la pedida amaneció luminoso y a temperatura «Marbella»: ni frío ni calor.

El almuerzo se había encargado al hotel Marbella Club. Leiva, el *maître*, se ocupó de que todo estuviera perfecto.

Sabine había consultado con Clotilde si podía invitar a algún amigo que formaba parte de la comunidad judía de Marbella.

—Invita a quien quieras. Me encantará recibir a tu familia en casa. También va a venir Toñi. Deseo que sea un día importante para todos, un anticipo de lo que será la boda en París.

Desde que Sabine se había instalado en Marbella, la comunidad judía había sido su referente, donde muchas de las familias procedían de Tánger, como los O'Hayon, Cohen, Toledano... Habían venido para quedarse.

* * *

Días antes de la fiesta de la pedida de mano, Sabine acudió al almuerzo que se ofrecía en la sinagoga de la finca Panorama.

La sentaron en la mesa de la gente joven. Cada uno contó a grandes rasgos la vida de su familia. Sabine, al ser la última en llegar a la comunidad, fue la receptora del mayor número de preguntas.

—Por lo que cuentas, deduzco que trabajas demasiado y apenas haces vida social —aseguró un joven sentado a su derecha.

—Hasta ahora no he tenido tiempo para ello. En unos días vendrá toda mi familia de París, y aprovecharé para desquitarme de tanto trabajo.

Sabine conocía bien la forma de pensar de su gente. A los mayores no les gustaba ni la ostentación ni el lujo. El negocio y la familia estaban separados por una fina línea. A pesar de ello, el deporte habitual era el critiqueo sin cuartel.

—¿Con quién se casa tu primo?

—Con Victoria von Havel, una amiga mía de la infancia —contestó Sabine sin querer dar más explicaciones.

—¡Ah! ¿Pero no es judía?

—No, no lo es, aunque se ha convertido. —Sabine se sentía incómoda contestando estas preguntas.

—¿Por qué se hace la pedida en Marbella? ¿Viven aquí los padres de ella?

—La madre de la novia es la condesa de Orange y tiene casa aquí.

—¿La condesa de Orange? —interrumpió una joven con aspecto de judía ortodoxa—. Ese nombre me suena. Creo habérselo escuchado a mi madre. Voy a preguntárselo.

—¡Claro, pregúntale! —contestó Sabine.

La chica se levantó y acudió a la mesa donde estaba su madre. Se aproximó a una señora gordita de aspecto agradable. Al momento, esta sonrió y se levantó de la mesa. Juntas se acercaron a Sabine, que se puso de pie al ver que venían hacia ella.

—Hola, soy Dalia Jacobi, me ha dicho mi hija que conoces a la condesa de Orange. ¿Te refieres a Clotilde de Orange? —preguntó la recién llegada.

—Sí. Va a ser la suegra de mi primo Alejandro Benatar, ¿la conoce?

—Era muy amiga de mis hermanas mayores, Lena y Noa. Iban al mismo colegio. Yo no la recuerdo, pues era la pequeña de la casa. Pero no me olvido de que sus padres ayudaron a los míos cuando tuvimos que escondernos de los nazis. Me encantaría saludarla y darle las gracias después de tantos años.

Sabine se quedó con la boca abierta. No daba crédito a que allí, en Marbella, pudiera encontrarse con la hermana de las amigas que buscaba Clotilde.

—No me lo puedo creer. Ella os ha estado buscando. Estoy segura de que nada le va a hacer más ilusión que saludarte. Me gustaría que te vinieras conmigo a la pedida de mano de Victoria y así os veis. —Sabine estaba feliz con poder darle la sorpresa a Clotilde.

Capítulo 33

Momentos agridulces

La fiesta de la petición de mano había sido organizada con esmero. Todo muy calculado y perfecto; muy al estilo de Clotilde, que odiaba la imperfección o las sorpresas de última hora.

Sabine añadió a Dalia Jacobi a la lista de invitados, ya que ese era el nombre de casada de la hermana de las amigas de Clotilde.

A los invitados se les recibía en el *hall* de entrada con una copa de champán y a continuación pasaban al jardín, donde se servía un cóctel.

El diseñador Antonio Castillo fue el encargado de hacer el vestido que luciría la condesa para la ocasión. Se trataba de una túnica color verde agua atada a la cintura. La sencillez del vestido contrastaba con las joyas llenas de color del joyero de moda, el americano David Webb.

La pequeña de los Havel estaba pletórica. Pocas veces había podido reunir a todos sus hermanos. Hasta el momento de ser la heredera del castillo Havel, Victoria había sido la hermana que nunca iba a llegar a nada...

El viejo patriarca Benatar practicaba su alemán con los hermanos Havel. Les relataba la buena idea que habían tenido Otto Buchinger y su mujer, María, al abrir una sucursal en Marbella de la clínica que tenían en el lago Constanza.

—Nuestras clínicas son de medicina general. Aquí no tendríamos mucho futuro.

—Esto está empezando, y creo que sería un magnífico negocio. —El patriarca Benatar, como buen emprendedor, era un auténtico visionario con gran olfato para los negocios.

—Lo inmobiliario es lo que realmente es negocio. De hecho, estamos viendo la posibilidad de comprar algo aquí —dijo Frank, encantado con el lugar.

Sabine llegó acompañada de Toñi y de Dalia Jacobi.

La anfitriona saludó con cariño a las recién llegadas, abrazando a Toñi, que se sentía un tanto cohibida ante aquel despliegue de lujo.

—Quiero darte una sorpresa. Te presento a Dalia Jacobi. —Sabine cogió a la señora por el brazo y la acercó a Clotilde.

La condesa de Orange saludó a la señora, de unos cincuenta años, ojos saltones y aspecto cuidado.

—Dalia es la hermana pequeña de tus amigas de la infancia que estuviste buscando en Tánger: Lena y Noa Bengio. Ella te recuerda muy vagamente, pues era muy pequeña cuando fuisteis vecinos en Berlín.

Sabine fue moderando su entusiasmo a medida que observaba cómo la cara de Clotilde iba cambiando de color: del rosa pálido al nácar translúcido e inmaculado, al tiempo que respondía al abrazo de Clotilde.

—¿Se encuentra mal? —preguntó con preocupación la recién llegada. Como una autómata se acercó a la señora Jacobi y la abrazó sin poder pronunciar palabra alguna.

—Me estoy mareando... —Clotilde intentaba sobreponerse, pero la losa de la vida le había caído como un rayo encima. Quiso reaccionar sin conseguirlo.

—Estás muy pálida, ¿quieres sentarte? —dijo Sabine, asustada.

—Sí, lo necesito. Voy un momento a mi cuarto y ahora vuelvo. Llevo muchos días entregada a los preparativos. Por favor, Sabine, acompáñame y no comentes con nadie mi mareo —le dijo en un susurro.

Clotilde rechazó el brazo de Sabine para apoyarse y se encaminó al dormitorio.

—Creo que estás teniendo una lipotimia o algo parecido; estás muy pálida. ¿Quieres que vaya en busca de uno de tus hijos?

—No. Solo es un mareo. Dame un vaso de agua para tomarme una píldora que me ha recetado mi médico en estos casos —pidió la condesa con apenas un hilo de voz en sus labios.

Sabine se acercó a la cómoda y le sirvió un vaso de agua de una pequeña jarra de plata.

La condesa bebió un poco y se recostó cerrando los ojos.

—Por favor, regresa a la fiesta y procura que nadie me eche en falta. Di que estoy supervisando la cena. Me acuesto un rato y enseguida me repongo —le pidió visiblemente agotada.

La condesa intentó relajarse. A la gran impresión de encontrarse con la hermana pequeña de sus amigas se unía el agotamiento de muchos días organizando la fiesta. A su mente volvieron imágenes del pasado. En realidad, no regresaron, sino que tomaron el primer plano de sus recuerdos.

Aquellos recuerdos que toda su vida quiso borrar de su mente. Y que a fuerza de querer olvidarlos, en algún momento creyó que no habían sucedido... Pero el karma es implacable.

Por un lado, se sentía feliz porque al fin iba a saber lo que les había ocurrido a sus amigas Lena y Noa, pero, por otro, el karma de la vida le venía a recordar uno de los momentos más amargos de su pasado.

* * *

Clotilde rememoró —¡como tantas veces había hecho!— lo sucedido en el año 1941, cuando acudió a casa de sus padres en Berlín para reponerse de un aborto, a su regreso de París.

Habían quedado ella y su hermana Erna con sus amigas del colegio en casa de una de ellas. La guerra seguía su curso y los alemanes se sentían llenos de poder, orgullosos de que al fin iban a lograr el puesto que les correspondía en el orden mundial.

La merienda comenzó siendo un encuentro entre amigas que habían crecido juntas, hasta que dos de ellas comenzaron a criticar a los judíos. Clotilde no era antisemita, pero no quería parecer que estaba a favor. Así que no abrió la boca. Conforme la tarde fue avanzando, las chicas comenzaron a elevar el tono en contra de los judíos. A Clotilde le asfixiaba aquella locura y en un momento dado intervino:

—No os reconozco. Comprendo que estéis en contra de los judíos usureros que nos han llevado a esta crisis, pero de ahí a desearles la muerte hay un gran trecho —comentó, intentando hacer entrar en razón a sus amigas.

—¡Cómo se nota que vives en un pueblo alejado de la realidad! Los judíos son los causantes de todos nuestros problemas —saltó su hermana con un rencor injustificado.

—No se puede generalizar. Hay judíos que son personas estupendas —siguió diciendo Clotilde.

—Sí, a ver, dinos quiénes. ¿Conoces a algún judío que sea como nosotras? —preguntó la dueña de la casa.

—Nuestras amigas Lena y Noa. Siempre hemos sido amigas suyas.

—¿Sabes qué ha sido de ellas? —preguntó con descaro una de las amigas.

—No, no lo sé. Vivían enfrente de nuestra casa, pero me han dicho mis padres que han debido de irse, ya que hace varios meses que la casa está vacía.

—¿Lo ves? Huyen por algo. A saber por qué eran tan ricos.

—Creo que se dedicaban a la importación y exportación de licores —apuntó Clotilde.

—Da la sensación de que los proteges, y ya sabes lo que les pasa a los que protegen a los judíos: los tratan como a ellos —volvió a aseverar la anfitriona.

Clotilde se asustó al escuchar por parte de su amiga semejante amenaza. El miedo a ser denunciada o a ser vista como una projudía era terrible.

Fue una acusación verbal y física; los ojos de sus amigas y de su hermana Erna se posaron en ella como si fuera un bicho a aniquilar.

—Estáis muy equivocadas si creéis que defiendo a los judíos; solo que me cuesta creer que unas chicas que han sido nuestras amigas hayan podido hacer algo malo.

Clotilde «negó» a las hermanas Bengio por miedo, y ese miedo le llevó a entrar en el juego del que son objeto los seres humanos cuando ven peligrar su propia integridad.

Aquella noche, al regresar a su casa, Clotilde contó a sus padres lo sucedido. Pretendía conocer de primera mano la opinión de ellos respecto a los judíos. Ella confiaba plenamente en el criterio de su padre. Este se enfureció con el relato y aplazó la conversación para la hora de la cena, donde estarían los cuatro miembros de la familia.

Hacía tiempo que venía observando que Erna se comportaba como una fanática de las consignas nazis, por más que su padre procuraba contrarrestar esa tendencia. Erna era una mujer adulta como para hacer lo que le viniera en gana, y de un tiempo a esta parte se prodigaba en elogios al nacionalsocialismo. De ahí que sus padres evitaran hablar de la situación.

En cuanto se dispusieron a cenar, el conde de Orange tomó la palabra.

—En esta casa somos católicos, y esa animadversión a los judíos no tiene cabida en nuestra conciencia. De modo que no vamos a entrar en ese odio hacia seres humanos iguales a nosotros.

—Estoy de acuerdo. Siempre nos habéis educado en el amor al prójimo. No podemos dejarnos llevar por las corrientes antisemitas que están infectando nuestra sociedad. —Clotilde respiró profundamente; al fin alguien ponía sensatez en la locura que se palpaba en la calle.

—Pues yo creo que son unos usureros, y parte de la situación económica de Alemania es a causa de su usura. Además, su religión les obliga a ser discriminatorios con el resto de las religiones —respondió Erna con odio.

El padre de Clotilde montó en cólera, dio un puñetazo en la mesa y acto seguido gritó:

—No voy a consentir que una hija mía opine así de las personas trabajadoras y decentes de este país por el hecho de que tengan una religión diferente. Ya eres mayor para opinar como quieras, pero en mi casa no quiero a nadie que le desee la muerte a otra persona o que se deje llevar por la locura nazi.

Erna se mordió los labios con rabia, y en su fuero interno pensó que su padre era un viejo diplomático, anglófilo, soñador y liberal que ya no estaba en el mundo real.

Pasaron los días y la discusión no volvió a plantearse.

Clotilde siguió viéndose con sus amigas y procuró no tocar el tema. Pero cuando surgía, ella evitaba la confrontación.

Habían quedado en la famosa cafetería Romanisches para tomar un té. Una de sus amigas llegó muy alterada.

—Mis vecinos ocultaban a unos judíos en el sótano y la Gestapo los ha descubierto. Se los han llevado a todos detenidos. Al parecer, alguien los ha denunciado.

—Qué horror. ¿Cómo se puede hacer una cosa así? —saltó Clotilde sin darse cuenta.

—¿A qué te refieres? —preguntó Erna con el rictus contraído. La inquina que la chica profesaba a su hermana era tan evidente que la propia Clotilde apenas le dirigía la palabra cuando Erna sentaba cátedra con sus afirmaciones.

La persecución a los judíos se había convertido en la bandera del Tercer Reich, y Erna la enarbolaba sin pudor. Cada día se sentía más henchida de orgullo patrio mal entendido.

Clotilde no contestó a su hermana; y a partir de ese momento apenas participó de la conversación. Empezó a plantearse que su estancia en Berlín había llegado a su fin, que al menos en su castillo de Sajonia la guerra y el nazismo se vivían a distancia, y los problemas eran reales, no inventados para enajenar a la gente.

Ella solía salir por las tardes a pasear con su hijo pequeño, Frank. Una tarde empezó a llover con fuerza de improviso. Así que regresó a casa antes de tiempo. Le extrañó que uno de los criados de sus padres saliera de la casa abandonada de los Bengio.

Entró en su casa y fue en busca de su madre, que leía un libro en la biblioteca. Directamente le preguntó si sabía a qué había podido ir el criado a la casa de enfrente.

—Tienes que prometernos que no vas a decir nada. Los Bengio continúan viviendo en su casa; están escondidos en un subsótano, y al atardecer salen de su escondite para recibir algo de comida que nosotros les proporcionamos.

A Clotilde le asustó escuchar tal confesión. Temía por sus padres, y no podía imaginar que estuvieran exponiéndose de esa manera.

Erna acababa de llegar. Había dejado su impermeable en el *hall* de entrada y un criado le acercó unos zapatos secos. La enfermera nazi se aproximó al comedor, y pudo escuchar la conversación de su madre con su hermana.

—No puedo creer que estéis ocultando a unos judíos —gritó Erna.

—No son «unos judíos», como tú dices con desprecio; son nuestros amigos. Para nosotros no han dejado de ser las personas honorables y buenas que han sido siempre —contestó la madre enfadada.

Los padres de Clotilde eran cristianos fervorosos y abogaban por la libertad del ser humano, la tolerancia y la justicia.

Erna conocía los principios de sus padres y prefirió no discutir con ellos, pero desde ese día empezó a temer por la integridad de sus progenitores. Pensaba que si alguien supiera que encubrían a una familia judía, podrían ser denunciados y apresados. Incluso alguien podría creer que ella misma albergaba sentimientos a favor de los judíos.

El ser ruin y miserable que infectaba su interior empezó a anidar en sus entrañas.

«Si descubren a los Bengio y culpan a mis padres de ocultarlos, yo misma caeré en desgracia. Lo mejor es que denuncie a nuestros vecinos judíos, y así cumplo con mi deber de buena alemana y salvo a mi familia —pensó Erna, convencida de que era la mejor solución—. Mañana, antes de ir al hospital, me paso por el cuartel de la Gestapo».

Al día siguiente, Clotilde debía ir a una revisión con su tocólogo. Hacía cuatro meses del aborto y su madre quería que un especialista le asegurara que todo estaba bien.

Erna había salido temprano; solía irse en autobús. Así que pidió que la llevara el conductor de su padre, ya que su médico estaba al otro lado de la ciudad.

El trayecto incluía atravesar la Prinz-Albrecht Strasse. Iba atenta al ir y venir de los transeúntes, cuando vio salir del cuartel general de la Gestapo a su hermana Erna.

«¿Qué puede estar haciendo aquí Erna?», se preguntó intrigada.

No pudo quitarse la imagen de su hermana de la cabeza, y empezó a imaginarse lo peor.

Al salir de la consulta, pidió al conductor que regresaran a casa, aunque en un principio tenía intención de hacer unas compras. Preguntó al criado que solía llevarles comida a los vecinos escondidos si había ocurrido algo durante su ausencia.

—No, aquí no ha pasado nada —respondió extrañado.

—Temo por la familia Bengio. ¿Puede decirles que deben abandonar la casa?

—Pero ¿tiene alguna sospecha de algo? Mire que es difícil que les descubran, aunque registren la casa.

—Por favor, vaya a advertirles de que deben irse lo antes posible. Tengo el presentimiento de que pueden arrestarlos.

El criado regresó al rato, comentando que los Bengio se habían puesto muy nerviosos y que no sabían a dónde ir y que, además, de día no podían salir a ningún sitio.

—Sí, eso parece razonable. En cuanto venga el señor, avíseme; seguro que a él se le ocurre alguna idea. —Clotilde confiaba en que su padre tuviera una solución y rezaba para que la Gestapo no fuera de inmediato.

Pasó el resto de la mañana de un lado a otro de la casa sin encontrar ninguna solución. No le quedaba más remedio que esperar hasta la hora de comer.

Cuando llegaron sus padres de la iglesia, Clotilde les informó de sus temores... Su padre no podía dar crédito a lo que oía.

—Haré alguna averiguación. Pero, mientras, actuemos como si no ocurriera nada. Solo me fío de uno de los criados. Lo suyo es que, cuando anochezca, los traslademos a otro escondite; pero con tan poco tiempo no se me ocurre a donde. —Se trataba de adelantarse a la policía de Hitler.

A la hora del almuerzo, los cuatro miembros de la familia tomaron asiento en el comedor acristalado que daba al jardín. La lluvia se estampaba en los cristales de cuarterones y el día era de un gris tétrico.

Nadie hablaba de nada en concreto.

Un ruido de coches, órdenes a gritos y sonidos metálicos se dejaron oír en medio de la calle.

Los SS saltaron de sus vehículos, abriéndose paso por un jardín lleno de maleza. Hicieron estallar la puerta principal con una granada y entraron, distribuyéndose por la vivienda como cucarachas en busca de la presa. Encontraron a la familia judía escondida en el sótano de su propia casa. Los sacaron a golpes, los introdujeron en una camioneta y desaparecieron. Alguien comentó que con seguridad los enviarían al campo de concentración de Auschwitz.

Nunca se supo quién los había delatado, aunque el viejo diplomático Orange sospechó de su hija Erna, y así se lo hizo saber. Ella lo negó hasta la saciedad. Motivo por el cual sus padres la creyeron.

Clotilde tuvo claro que había sido su hermana.

—No es verdad, yo no los he denunciado —gritó con furia.

—Yo te he visto salir del cuartel de la Gestapo.

—¿Y eso que demuestra? Voy con frecuencia a entregar informes del hospital, pero no a denunciar judíos.

Clotilde nunca se creyó las palabras de su hermana, y siempre tuvo clavado en su corazón no haber podido ayudar a la familia Bengio.

* * *

Jamás volvieron a saber nada de ellos. Y ahora, treinta y tantos años después, la hija pequeña de sus antiguos vecinos estaba en su casa, feliz de encontrarse con la hija de los grandes benefactores de su familia.

Clotilde decidió enfrentarse a la realidad. Después de reponerse durante un rato, pidió a Sabine que buscara a Dalia para poder hablar con ella, que la acompañara a la sala de estar.

Aprovechó el momento para acudir a la cocina a decirle a Jutta que se ocupara ella de indicar a los camareros que montaran el bufé, que ella tenía que hablar con una señora.

—Luego le cuento —dijo la condesa a punto de llorar.

—Pero ¿pasa algo? —se extrañó Jutta, viendo la cara descompuesta de Clotilde.

—A mis sesenta y cuatro años, al fin voy a saber qué les ha ocurrido a mis amigas las Bengio —explicó emocionada.

Jutta se llevó las manos a la cara y, cerrando los ojos, se puso a llorar.

Clotilde la abrazó intentando calmarla, luego hablaría con ella. Jutta sabía la pena que arrastraba la condesa.

Mientras tanto, Sabine fue al encuentro de la pequeña de las Bengio. Se encontró a Dalia hablando con Toñi y su marido.

—Me pide Clotilde que me acompañes, que quiere hablar contigo a solas.

—Desde luego —se apresuró a decir Dalia.

La condujo a la sala de estar, una estancia agradable e íntima, pintada en blanco roto con tapicerías de cretona inglesa y una chimenea rústica, y a los pocos minutos llegó Clotilde.

La condesa fue directamente a abrazar a Dalia. Las lágrimas le salieron de lo más profundo de su ser.

No conocía a aquella mujer, pero era como abrazar a sus amigas de la infancia, con las que tanta afinidad había tenido.

La pequeña de los Bengio también se emocionó, respondiendo al abrazo con gemidos de dolor. Estar con Clotilde le había despertado todos los horrores vividos a lo largo de su vida, la soledad y la pérdida de los suyos.

Sabine les dijo que se sentaran en el sofá y que ella salía para acompañar a Toñi y a su marido, que no conocían a nadie, pero que volvería en un rato.

—Toda mi vida he tenido el recuerdo de tus hermanas en mi corazón —dijo Clotilde con tristeza.

—Estoy muy contenta de estar hoy aquí y poder darte las gracias por todo lo que hizo tu familia por la mía.

—Mis padres solo hicieron lo que tenían que hacer, y ahora cuéntame qué os ocurrió. —Supuso que no serían buenas noticias, pero quería saberlo.

—La única que se salvó fui yo. A mis padres los separaron al llegar al campo de concentración y no volvimos a verlos. Lena enfermó al poco tiempo y no lo superó. Mi hermana Noa y yo aguantamos hasta el final de la guerra. Nos fuimos a vivir a Tel Aviv, pero, por desgracia, mi hermana estaba muy mal de salud y murió pocos años más tarde. Así que de toda la familia solo quedo yo.

La condesa volvió a abrazar a Dalia. Le temblaba la barbilla y su corazón latía a ritmo acelerado.

—¿Cómo llegaste aquí? —preguntó Clotilde, queriendo hacer un alto en las emociones...

—Conocí al que hoy es mi marido en una boda en Tel Aviv. Él tiene familia aquí y nos trasladamos a Marbella.

En ese momento, Sabine entró de nuevo en la habitación.

—Creo que debéis dejarlo para otro día. La gente me pregunta por ti, Clotilde; y Victoria quiere presentarte a unos amigos. Debes tranquilizarte un poco, retocarte el maquillaje y volver a la fiesta.

—Llevas razón. Quedaremos para almorzar la semana que viene, cuando se haya ido todo el mundo, y pasaremos la tarde charlando.

Deseo que me cuentes todo con detenimiento, y a partir de hoy quiero que nos veamos y me consideres parte de tu familia —dijo emocionada.

En ningún momento pensó Clotilde en decirle que creía que había sido su hermana la delatora. Todas estaban muertas, y causar más dolor no conducía a nada.

Capítulo 34

Marbella, el fin de una época

1977

Clotilde se levantaba cada mañana con un sentimiento diferente. Acababa de cumplir sesenta y cinco años y empezaba a pensar que el tiempo que le quedaba por vivir era inferior al vivido; pero, por otro lado, con solo mirar la luz y el color de aquella bendita tierra se le subía el ánimo y se sentía una privilegiada.

Aquella mañana se levantó pensando que las becas universitarias que ella promovía estaban siendo un éxito, y ya eran muchos los jóvenes que se beneficiaban de las mismas; pero deseaba que su labor no se acabara con ellas.

Llamó a su hija para hablarle de una idea que se le había ocurrido.

—¿Cómo te encuentras hoy? Estaba preocupada por ti —empezó diciendo Clotilde, ya que dos días antes esta le había dicho que no se encontraba muy bien.

—Parece que lees mis pensamientos. En este instante iba a llamarte. Acabo de salir del médico y me ha confirmado que estoy embarazada. —A Victoria se le notaba feliz.

—¡Qué gran noticia! —exclamó, entusiasmada—. Me haces muy feliz. Cuando tú quieras, voy a hacerte compañía. Estoy deseando abrazarte.

—No te precipites, que solo estoy de dos meses —se rio Victoria—. Y dime, ¿cómo van tus becas?

—De eso quería hablarte. Me gustaría que estudiaras si es posible que tu fundación pueda financiarlas en caso de que yo no consiga fondos con mis actos benéficos.

—No creo que pueda hacerlo; por ahora el proyecto de Alemania requiere de mucha inversión y vamos muy lentos con las obras de adaptación —respondió Victoria con desánimo.

—Lo entiendo. Ahora lo importante es tu embarazo. Hablamos en unos días para saber cómo vas.

* * *

El día a día de Clotilde en Marbella seguía una cotidianidad social que la obligaba a asistir a galas benéficas que, por aquel entonces, proliferaban por doquier; muchas de ellas con ciertos visos de publicidad encubierta, pero todas con fines loables y necesarios. En cualquier caso, ese concepto de la beneficencia no encajaba con sus ideas; lo respetaba —mejor era hacer eso que nada—, pero creía que también esta forma de ayudar a los demás tenía que cambiar.

Sin embargo, la vida social seguía siendo un aliciente y la buena compañía de Jaime Valdés, un apoyo.

La discoteca de moda era sin duda Mau-Mau, pero Clotilde sentía cierta atracción hacia el punto «canalla» que tenía Pepe Moreno; allí se daba cita la sociedad de Marbella, incluidas las ovejas negras de cada casa.

Jaime y ella solían pasarse a tomar una copa después de cenar.

Al llegar, Valdés le comentó a Clotilde que iba a pasar al baño un momento.

—Don Jaime, si quiere su tabaco, pídamelo ahora; luego no se lamente de que ya no me queden —le dijo a Valdés «Mari Carmen», el cigarrero encargado de los aseos, con su habitual mal genio.

—Vale, dame un Ducados y dime, ¿qué se cuece hoy por aquí?

—Uyyyy, no sabe, don Jaime... Resulta que el príncipe marroquí que iba a comprar el local y que durante todo el verano estuvo firmando todas las consumiciones de su séquito, resultó ser el cocinero del yate de un príncipe marroquí de verdad. Y de la compra, nada de nada; no se habla de otra cosa —le explicó con aspavientos la Mari Carmen.

Mientras tanto, Clotilde tomó asiento al aire libre.

Había entrado el otoño, hacía buen tiempo y seguía abierta la zona sin techo de la discoteca. Los vecinos protestaban por los ruidos que tenían que soportar hasta altas horas de la madrugada. Tal era el caso del maestro Artur Rubinstein, que, aunque resultase una paradoja, estaba harto de que la música no le dejara dormir.

—No sabes el cotilleo que me ha contado Mari Carmen; que aquel tipo tan raro al que todos le hacían la ola porque se suponía que era un príncipe, resultó ser un empleado del príncipe.

—No me digas —se rio Clotilde—. A estos les crecen los enanos.

El ambiente era tan artificial y al mismo tiempo sencillo como los libros que decoraban el salón de invierno de Pepe Moreno, que en realidad eran ladrillos forrados con aspecto de libros. Las velas por doquier eran otro artilugio para no contratar más luz.

La noche estaba tomada por gente joven con muchas ganas de beberse su tiempo. Clotilde era ya una señora de sesenta y cinco años y no podía equipararse a grupos como el de los Choris, que cada noche montaban una juerga.

Su amiga la princesa Ann von Bismarck admiraba su jovialidad, que se traducía en tomarse una copita en el lugar de moda después de cenar y tener un novio estupendo a su edad. Así que le pidió que vigilara a su hija pequeña, Gunilla, que, en contra de su voluntad, solía escaparse por las noches para irse con sus amigos españoles.

Clotilde disfrutaba viendo cómo se divertían los jóvenes, pero nunca soltó prenda de las «locuras» que empezaba a hacer el grupo de los Choris, al que pertenecía la no tan angelical Gunilla, que disfrutaba de la noche, pero con una idea clara que no estaba en la mente de todos, y que era la animadversión a las drogas, sustancias que entraron con fuerza a finales de los setenta y que causaron estragos en aquella juventud incauta.

* * *

El otoño estaba a punto de esfumarse. La condesa reparó en que cada día pasaba más rápido el tiempo.

A Clotilde le entró pereza al pensar en viajar en las Navidades. Así que decidió quedarse en Marbella y aceptar la invitación de Bárbara Ross a su fiesta de los Tres Reyes. Tomó el teléfono para hablar con ella.

—Buenas tardes, Bárbara; solo para confirmarte que iré a tu fiesta del 5 de enero. Si te parece, me disfrazaré de reina de copas de la baraja. —Clotilde se tomaba mucha molestia en ir sofisticada y llamativa.

—Seguro que tu disfraz competirá con los mejores.

—Adelántame quién te ha confirmado —preguntó, aun a sabiendas de que era una indagación de mal gusto.

—Acabo de hablar con Marie Elena Rothschild y me ha comunicado que este año pasarán las Navidades en la casa que le han comprado a los Hohenlohe.

—Eso había oído, sin duda es una buena incorporación —comentó Clotilde—. ¿Vamos a ser muchos?

—Sí, ya me has confirmado su asistencia Dusty y John Negulesco, Sean Connery y Michelen, lord y lady Foley, Linda Christian, Mel Ferrer y Dany Robin y Michael. —A la futura marquesa de San Damián le encantaba recibir en su casa a gente guapa; como buena americana, dar una fiesta glamurosa era su mayor ilusión.

—Pues sí que estaremos todos. Seguro que será divertida —se despidió la condesa.

Después de colgar el teléfono, fue a tumbarse en el sofá junto a la chimenea del porche. Le encantaba disfrutar del atardecer con una mantita por encima, la música de Glenn Miller y su imprescindible vaso de whisky.

Sonó el teléfono en el salón. Con cierta pereza, se levantó a cogerlo.

—Clotilde al habla —respondió la condesa con voz cansada.

—Querida, soy Stefan —dijo una voz cansada al otro lado del auricular.

—¿Qué te pasa? Te encuentro raro. —Conocía muy bien los estados de ánimo de su exmarido.

—Te llamo para pedirte que vengas a Nueva York. —El barón Von Ulm tenía la voz cambiada; hablaba muy despacio y sin fuerza.

—Espero que tengas una buena razón para sacarme de mi paraíso particular de veinte grados y llevarme a la gélida Gran Manzana —bromeó Clotilde, acostumbrada a que su exmarido la llamara cada vez que rompía con un amante o se sentía solo y deseaba la compañía de su amiga del alma.

—Querida, me temo que en esta ocasión las noticias no son buenas; y créeme que no estoy exagerando. He contraído una enfermedad que los médicos no saben cómo tratar.

Clotilde cambió su semblante, tornándolo a una seriedad cercana al pánico.

—Pero ¿qué quieres decirme? ¿Cómo que una enfermedad incurable? —Clotilde no daba crédito a lo que decía Von Ulm.

—Sí, es una enfermedad de la que se sabe muy poco. Hace tiempo que empezaron a salirme por el cuerpo manchas rojas. Fui a varios médicos y apuntan a una neumonía, pero cada vez estoy más delgado y no tengo fuerzas para nada. Te necesito. Tú siempre has sido mi apoyo. —Stefan lloraba impotente.

—Descuida. Me organizo y voy a tu lado. ¿Le has dicho algo a nuestro hijo? ¿Quieres que lo llame?

—Le he dicho que estoy enfermo, pero no le hablé de la gravedad de mi dolencia. Así que no le adelantes nada. No quiero alarmarlo.

Al colgar el teléfono, Clotilde se quedó muy preocupada. Stefan era para ella el hermano que no había tenido, su gran apoyo y su amigo incondicional. ¡No podía morirse, no debía morirse!

En ese mismo momento empezó a organizar su viaje, con ánimo de quedarse junto a él todo el tiempo que hiciera falta. Antes de una semana, viajó a Nueva York. Sin lugar a dudas, aquel vuelo fue el más triste de su vida. Cuando las luces del avión se apagaron y los pasajeros intentaban dormir, ella fue incapaz de conciliar el sueño; sabía que si Stefan la dejaba, la soledad estaría patente en su interior, volviendo a sentirse vulnerable y sin respaldo alguno.

Al llegar al JFK, la condesa tuvo el consuelo de que Bárbara fuera a esperarla.

Se fundieron en un abrazo fraternal y hablaron solo lo imprescindible para que Clotilde la pusiera en antecedentes. Luego acudieron juntas a casa de Stefan.

Llovía con fuerza. El conductor aparcó junto a un portal elegantísimo. Al instante, un portero vestido con una librea verde y gorra de plato a juego, las recibió portando un paraguas de proporciones considerables. Un toldo azul inglés ribeteado en blanco amparaba la entrada principal del edificio de apartamentos, situado en el Upper East

Side, frente a Central Park. La coqueta casa de Stefan ocupaba la planta novena de un edificio sobrio y elegante.

El joven ascensorista —de guante blanco y chaquetilla avellana— saludó ceremonioso a Clotilde, sin poder evitar mirarla con tristeza.

Von Ulm era un hombre amable y generoso, y los trabajadores que estaban cerca de él se sentían apreciados y recompensados por su trabajo.

Abrió la puerta un mayordomo exquisitamente vestido. Les pidió que pasaran al salón, al tiempo que otro criado llevaba las maletas de la señora a su dormitorio.

Las dos amigas aceptaron de buen grado el té que se les ofreció. Pasó un cuarto de hora hasta que se abrieron las puertas del salón. Von Ulm, en silla de ruedas y muy demacrado, apareció vestido con un batín color carmesí con sus iniciales bordadas en oro.

Su mal color no hacía presagiar nada bueno. Clotilde se acercó a él y lo abrazó con suavidad. Estaba en los huesos; temió hacerle daño, lo besó en la frente y no pudo reprimir que los ojos se le llenaran de lágrimas.

—Cloty, no disimules la impresión tan extraordinaria que te causa mi delgadez de dandi trasnochado. —Él era así de generoso; se reía de sí mismo a fin de romper con un ambiente gélido de tristeza extrema.

Clotilde forzó una sonrisa, aunque su emoción le impidió llevarla a término.

—Siempre con tus bromas. He de reconocer que te he visto en mejores circunstancias, aunque este batín está a la altura de tus exigencias más elegantes. —Ella quiso entrar en el juego de Stefan de quitarle dramatismo a la muerte.

A la condesa le faltó tiempo para ordenar la vida de su exmarido. Adaptó su *suite* como si fuera un cuarto de hospital, y contrató tres turnos de enfermeras, un nutricionista y un médico que le visitaba cada mañana; al igual que un amigo de Stefan, profesor de universidad, que solía ir un día sí y otro no a tomar un té con él.

El día que iba el amigo de Stefan, Clotilde aprovechaba para salir a dar un paseo y entretenerse mirando tiendas por la Quinta Avenida. Al cabo de las semanas, aquellas visitas se espaciaron cada vez más. Cuando iba, solía pasar como máximo una hora, cogía a Stefan de la mano, le hablaba de su trabajo y poco más. Algunos días, el profesor ponía la excusa de corregir exámenes, luego se había tomado unas vacaciones...

Clotilde no estaba segura de que aquel fuera un amor verdadero o incondicional, pero no se atrevía a juzgarlo. Stefan le decía que el chico tenía que trabajar mucho, y que le había confesado que, además de no soportar la enfermedad, se sentía cohibido por ella.

Cuando el invierno de Nueva York daba tregua, Clotilde, ayudada por un sirviente, daba un paseo por Central Park. La silla de ruedas se encallaba en los caminos de tierra y Clotilde apretaba los dientes con rabia empujando aquel manojo de huesos que era su exmarido; él reía sin fuerzas.

—Cloty, no te pelees con la silla. Cualquier día vas a optar por llevarme en brazos —decía Stefan.

—No seas guasón, que los bachecitos se las traen. Menos mal que te casaste con una chica de campo —replicaba Clotilde.

El barón Vom Ulm parecía haber revivido un poco. Se encontraba más animado. El tener a Clotilde cerca le reconfortaba, tanto como le hacía pensar que con ella a su lado las cosas irían mejor.

* * *

La condesa de Orange superó el invierno en Nueva York, sacando fuerzas de donde no las tenía para cuidar de su exmarido y resistir aquel frío insoportable que le impedía salir de casa. Cuidó de Stefan como quien se dedica al cuidado de una piltrafa humana, pero con el cariño y agradecimiento que siempre le profesó.

Vom Ulm y ella tuvieron tiempo para hablar sin reparos.

Clotilde le confesó que se sentía feliz con su trabajo de recaudar fondos para darle una oportunidad de estudios superiores a los jóvenes de familias humildes de Marbella, aunque no veía que pudiera tener visos de futuro cuando ella faltase, dado que no tenía un fondo de ingresos permanentes.

—Querida, me acabas de hacer muy feliz. Deseo ayudarte y, de paso, me ayudo a mí mismo; mañana voy a decirle a mi abogado que venga y redacte la donación de una serie de propiedades que serán la base de una fundación que lleve tu nombre. —Stefan se sentía cansado, pero sus ganas de vivir mantenían activa su mente.

Clotilde, una vez más, se emocionó con la generosidad de Stefan. Era mucho más de lo que jamás había soñado. Pero no podía consentir que dicha fundación llevara su nombre.

—Acepto tu propuesta encantada, aunque con una condición: será la Fundación Stefan Von Ulm —dijo.

—Se hará como tú desees, aunque ya sabes que mis tiempos de pavoneo inmisericorde ya han pasado. Si te soy sincero, lo que más echo de menos de mi actual situación es no poder brujulear en la vida social, por el hecho de sentirme físicamente un guiñapo. Yo, que tan exigente he sido con la presencia de las personas, hoy soy físicamente repugnante. ¡Qué gran lección me ha dado la vida! —A pesar de su aspecto físico, Stefan no renunciaba a la elegancia y al señorío ni en el lecho de muerte. Clotilde lo sabía y se esmeraba en cuidar su imagen.

—¿Te arrepientes de algo? ¿Crees que deberías haber hecho algo que no hiciste? —preguntó ella.

—No me arrepiento de nada de lo que he hecho. Mi condición de homosexual en un tiempo marcado por la necesidad de ocultarme me hizo actuar como he actuado. Sí quiero que tengas en cuenta que la fundación va a tener entre sus posesiones mi casa de Tánger, y deseo que se convierta en un colegio y casa de acogida para huérfanos. En aquella ciudad fui muy feliz y quiero devolverle algo de lo mucho que me proporcionó.

Clotilde lo tomó de la mano y se la llevó a la boca, besándola con un cariño reverencial.

Von Ulm fue cerrando los pocos cabos sueltos de su vida, aunque siempre había sido un hombre muy previsor.

Su hijo Albert viajó en varias ocasiones a ver a su padre. Entre ellos había una gran unión, aunque eran diametralmente diferentes en casi todo. Stefan aconsejó a Clotilde que viviera la vida disfrutando sin excesos, cuidando y dejándose cuidar por su nuevo amor.

—Agradezco tus consejos. No debes preocuparte por mí, aunque sé que te echaré mucho de menos —comentó casi para sus adentros.

—Querida, cuando ya no esté y desees mi hombro para darte ánimos, recuerda que eres un ser especial y, como tal, debes estar por encima de lo que otros digan, sea por admiración o por envidia.

—¡Qué bien me conoces! ¿Qué va a ser de mí si tú no estás a mi lado? ¡¿Cómo podré superar la soledad de sentir que no puedo llamarte y descargar en ti todos mis miedos y fantasmas?! —se lamentó ella.

—Tienes a Jaime, que es un buen hombre. Déjate querer y dale la oportunidad de que te quiera. Recuerda que a las parejas debe unirlas el cariño y la comprensión por encima de todo, más incluso que el placer. Y te lo digo yo, que he hecho locuras en este sentido.

—Lo ves, ¡cómo no voy a echar de menos tu sabiduría de la vida! Tu sensibilidad para hacer que los problemas parezcan insignificantes.

—Piensa en lo que yo podría decirte y que estaré a tu lado esté donde esté. Todo está cambiando, y nuestra sociedad, tal como la hemos vivido, también. Tú misma has cambiado. Así que prepárate para lo que viene: el mundo va a ser más justo y equilibrado, pero también más chabacano y desconsiderado. Me temo que los valores ya no serán los mismos. Mi consejo es que intentes adaptarte para no sufrir demasiado.

Von Ulm era un hombre muy sensible e intuitivo, y deseaba que su amiga del alma fuera consciente de la llegada de otros tiempos a los que ella no estaba acostumbrada.

—Procuraré hacerte caso —respondió Clotilde con desaliento.

—Otra cosa: quiero que mi compañero actual herede mi casa de Nueva York. Él ha sido mi apoyo estos últimos años y deseo recompensárselo.

—Pero lleva semanas sin venir por aquí.

—No puede soportar la enfermedad, pero me llama casi todos los días —lo justificó Stefan.

La condesa no deseaba quitarle a su exmarido la única ilusión que le quedaba. Aunque le pareció una injusticia que Stefan hiciera semejante regalo. De todos modos, prefirió no decirle nada más al respecto. Así que alimentaba la idea a la que se aferraba Von Ulm de que aquel joven estaba enamorado de él.

Clotilde pasó casi un año cuidando de Stefan. Le dijeron que la enfermedad podría ser contagiosa, pero ella siguió atendiéndole, aunque con precauciones.

Al joven profesor, cuando conoció esta información, no se le volvió a ver nunca más. Stefan, sin embargo, no cambió su testamento.

Clotilde cuidó al gran amigo de su vida con todo el amor que un ser humano necesita para pasar el peor trance de su existencia. Él dejó este mundo con la placidez de haber podido vivir —dentro de su condición y de la época que le tocó vivir— como quiso.

Stefan von Ulm murió a principio de 1978 sin saber a ciencia cierta cómo se llamaba su enfermedad, que sería la plaga rosa de la década de los ochenta, y que más tarde se conoció con el nombre de sida.

* * *

A la muerte del decimoquinto barón de Ulm, su hijo Albert heredó toda su fortuna. Stefan dejó una generosa asignación a su exmujer y la presidencia vitalicia de la Fundación Stefan von Ulm. Clotilde sabía que su hijo Albert no era como su padre en cuanto a generosidad se refería.

La condesa de Orange debía controlar sus gastos personales. A sus hijos mayores les iba bien con las clínicas Havel, pero, a pesar de que fue ella la que hizo posible iniciar el negocio, no tenía ningún ingreso por esta parte.

Al llegar a España, decidió recortar gastos. Así que habló con Jutta para plantearse reducir el servicio.

—Hace meses que quería hablar con usted. Ha llegado el momento de jubilarme; me siento mayor.

—¡No me puede dejar ahora! —saltó como un resorte Clotilde.

—Sidonia me ha pedido que me vaya con ella. Alquilaré una casita cerca de donde vive, y así podré disfrutar de la familia que siempre he querido tener. —Jutta le expuso sus deseos a la condesa a sabiendas de que esta no se lo iba a tomar bien.

—La verdad es que no esperaba que me dejara. Siempre creí que envejeceríamos juntas. —La condesa estaba contrariada, pero comprendía que Jutta quisiera tener su propia vida.

—Nunca la dejaré. Y desearía pasar temporadas con usted y con Sidonia; pero necesito jubilarme de las responsabilidades.

—La entiendo. Aquí tendrá siempre su casa para venir cuando quiera.

—Se lo agradezco. —Jutta creyó a pie juntillas lo que afirmaba.

Meses después, su hijo Albert —nuevo barón de Ulm— le comunicó que deseaba hacer reformas en la casa de Eaton Place en Londres, y que, si deseaba cualquier objeto o enser de su antigua habitación, se lo podía enviar.

De igual modo, le hizo saber que había aparecido un documento que acreditaba que su padre hacía años que había puesto a nombre de ella el piso en el que habían vivido antes de comprar Eaton Place, y que estaba situado en el ático del edificio de la Compañía Ulm. Este hecho llenó de satisfacción a Clotilde, a quien le apenaba pensar que no volvería a tener su propia casa en Londres. Una vez más, le agradeció a su exmarido haber pensado en ella y haber sido justo, dado que en la posguerra Clotilde trabajó codo con codo con Ulm para levantar la compañía.

Esta herencia inesperada fue motivo de desencuentro con Albert, ya que exigió a su madre que vendiera el ático a la empresa. Clotilde, para evitar problemas con su hijo, firmó un documento mediante el cual disfrutaría del piso hasta su muerte y, llegado ese momento, el inmueble pasaría a formar parte de los activos de la compañía Ulm.

A Clotilde le entristecía que Albert fuera un hombre de negocios sin el corazón de un gran señor como había sido su padre.

* * *

El mundo que hasta ahora había tejido Clotilde se desmoronaba y recomponía por igual. Su capacidad de adaptación era proporcional a su sentimiento de sentirse una privilegiada. Pero siempre con una espada de Damocles: la soledad por compañera.

Se aferró a Jaime Valdés, si bien no sabía si lo hacía por el egoísmo de no sentirse sola o por amor. Lo cierto es que ambos proyectaron uno sobre el otro una dependencia equilibrada que les permitía disfrutar de la sociedad que tanto les divertía. Juntos formaban un equipo que se compenetraba y apoyaba mutuamente.

La condesa de Orange se acostumbró a un estilo de vida en el que ya no haría muchos cambios. Hacía tiempo que se había centrado únicamente en la Marbella de los extranjeros que, al igual que ella, vivían en torno al Marbella Club. Una sociedad endogámica que fue desapareciendo a lo largo de las siguientes décadas, como si fueran estrellas que dejan de lucir en el firmamento.

Las fiestas se sucedían, ya fuese para conmemorar un acontecimiento, como el 4 de Julio en casa de los Lodge, con fuegos de artificio, decoración en azul, rojo y blanco, y el bufé a base de ensalada de patatas, mazorcas de maíz, judías al horno, pollo frito y hamburguesas. O sin motivo alguno. Solo por el hecho de inventarse una diversión se organizaban fiestas temáticas ideadas por el príncipe Alfonso: los felices años veinte, las mil y una noches, fiestas hawaianas, dioses del Olimpo, indios y vaqueros y un largo etcétera.

El rico italiano Bastiano Bergese invitaba con frecuencia a su villa La Ermita, en la urbanización Casablanca, poco antes de buscar un refugio más tranquilo y trasladarse a la finca La Concepción. Desde el porche de la casa podía verse el mar entre los pinos. Al fondo del jardín, una enorme piscina —custodiada por esculturas que representaban las cuatro estaciones en posturas de danza— separaba el jardín de la playa. A continuación, una línea de pinos y, entre ellos, salpicando el césped, colchonetas color fucsia donde las invitadas tomaban el sol en biquini.

En la terraza de mármol delante del porche, el empresario farmacéutico había hecho colocar una alfombra persa y, sobre ella, un juego de sofás blancos; y unos pufs de cerámica en azul y blanco añadían al entorno el toque informal necesario para sentirse en Marbella.

Los invitados alemanes defendían la inocencia del conde Batthyány en el desagradable robo del tríptico flamenco en casa de Jean Guépin, y aseguraban que Batthyány decía la verdad cuando afirmaba que la pintura la había comprado a unos gitanos en el Rastro. Frente a ellos, estaban los ingleses, que daban por bueno el rumor de que Batthyány había sido cazado por la Interpol en la frontera, cuando pretendía sacar del país el cuadro supuestamente robado por él. Clotilde, como amiga de Jean Guépin, defendió la postura de los ingleses, aun sabiendo que era difícil de demostrar.

Se esfumaban los años setenta, y otra de las discusiones se centraba en los cambios que se estaban produciendo en la sociedad, y en Marbella en particular.

—Estoy muy molesta con Jacqueline de Ribes —sacó a colación la encantadora baronesa Terry von Pantz, dueña de la finca El Rincón, colindante con la de Bastiano, que lucía un turbante verde limón, tan de moda en aquellos días.

—¿Por qué? —alcanzó a decir una Clotilde extrañada de que la musa de Saint Laurent y Valentino pudiera hacer algo impropio de una diosa.

—Ha dicho que Marbella ya no es refugio de la *café society*; que más bien es de la *descafé society* —comentó Terry visiblemente enfadada.

—Me temo que Marbella destaca demasiado y está siendo pasto de las envidias de los que eligen otros lugares para divertirse —sentenció Clotilde como una premonición de lo que empezaría a suceder en los años venideros.

—Exacto. Y a ello deberíamos añadir que está en España y no en la Costa Azul, donde el chauvinismo francés no permitiría que se descalificara un lugar tan excepcional como este —contestó Bastiano, que adoraba la tierra que pisaba.

—El español acostumbra a criticar lo suyo como si, al hacerlo, su opinión adquiriese más valor, cuando lo que consigue con ello es tirarse piedras sobre su propio tejado —reflexionó el barón Von Pantz.

—No entremos en estos temas, que siempre nos llevan a una discusión acalorada. ¿Por qué no vamos esta noche a cenar a la Fonda de Horcher? Me encanta la carta con reminiscencias alemanas. El tronco de chocolate es una delicia —sugirió Clotilde.

—La vena alemana sigue presente en tus gustos. ¿Sabes que se dice que el viejo Horcher ha cocinado para el mismísimo Hitler? —afirmó Jaime, que adoraba a Clotilde, pero a veces era algo metepatas.

La condesa de Orange estaba harta del tema nazi. Así que puso mala cara y no contestó.

—Me parece estupendo. Pero ahora lo que procede es pensar en la fiesta de Caracciolo Parra. Tengo entendido que va a estar todo el mundo —apuntó el pintor Juan de Prat, haciendo gala de su exquisitez y de un cierto pavoneo.

Los últimos bastiones de la época dorada de Marbella continuaban firmes, sabiendo que apuraban el fin de una época que comenzaría en los ochenta.

La sociedad cambiaba con la rapidez del tiempo en una película. Los ricos riquísimos de antaño ya no lo eran tanto. El dinero también cambiaba de manos. Aprovechando esta circunstancia, los privilegiados de Marbella que habían disfrutado de la primera línea de mar fueron vendiendo sus casas y comprando fincas en el interior o en lugares más alejados.

El dinero ya no valía lo mismo. Y el señorío tampoco.

* * *

A Jaime Valdés le encantaba pasar los veranos en Marbella. Junto a Clotilde tenía lo mejor de los dos mundos: el internacional, que dominaba la condesa, y el nacional, en el que él se movía como pez en el agua.

En invierno, Clotilde iba alguna que otra vez a Madrid, si bien la vida de cócteles en las casas de la alta sociedad le aburrían.

Jaime prefería pasar los inviernos en Madrid, que era más entretenido que la tranquila Marbella invernal, de paseos al aire libre, deporte y reuniones sociales pequeñas.

Los marqueses de la Encina habían invitado a Jaime y a su acompañante a un cóctel en su residencia del barrio de Salamanca.

La condesa de Orange iba espectacular, con un vestido a juego con el abrigo de manga tres cuartos, abotonado en el mismo tono caramelo de la cabeza a los pies. Causó admiración y envidia a la vez. Las féminas de la aristocracia madrileña la miraban con desdén; los títulos extranjeros solían causar cierto rechazo entre los miembros de la aristocracia más rancia, mientras que los jóvenes cachorros, muchos de ellos enviados al extranjero para adquirir pátina internacional, daban su lugar a la elegante Clotilde, que, con su rapidez mental, fue tomando nota de aquella sociedad anclada en el pasado y que empezaba a abrirse gracias a la savia nueva de sus descendientes.

Jaime, muy considerado, fue presentándole a sus amistades. En algún momento, Clotilde acudió al cuarto de baño y, al salir, pudo oír hablar de ella a un grupo de señoras de su misma edad; decidió quedarse en el pasillo para prestar atención sin ser vista.

—Tengo entendido que es una condesa nazi; su primer marido era militar con Hitler —dijo una señora regordeta que parecía saberlo todo.

—O sea que es nazi —contestó otra con displicencia.

—Sí, claro. A saber lo que habrá hecho durante el Tercer Reich —apostilló la más alta, de nariz aguileña.

—Por su aspecto, seguro que fue algo así como una Mata Hari a lo fino.

Todas se rieron con la ocurrencia de la bajita con pinta de ser la graciosilla.

—Pues, al parecer, tiene varios castillos y casas en Londres y Nueva York. Sabe Dios cómo los habrá conseguido —aseguró una que había sido novia de Valdés.

Clotilde sopesó si pasar delante de ellas y hacer como que no se había enterado de las críticas o hacerles frente; su orgullo sajón entró en escena.

—Estimadas señoras, imagino que saben más de mi vida que yo misma. Estoy convencida de que es mucho más interesante lo que ustedes se inventen que la propia realidad. Les deseo toda la diversión con sus especulaciones y les sugiero que tengan cuidado con morderse la lengua; sería muy peligroso tragarse su propio veneno.

Y tras haber dicho esto, Clotilde continuó su camino, despidiéndose con una sonrisa condescendiente.

Las señoras se quedaron estupefactas; su exquisita educación las llevó a no contestar. Sin embargo, su prepotencia les sirvió para hacerle «un buen traje» a Clotilde, difundiendo por todo Madrid el chisme de que la señora que acompañaba a Jaime Valdés era una condesa nazi.

—Jaime, no me gustan los chismorreos y quizás alguna calumnia de tu entorno; creo que es la última vez que te acompaño —le dijo a Valdés cuando salieron de la fiesta.

—Siento que no te encontraras a gusto. Te vi hablando con el grupo de amigas de una exnovia y me temí lo peor. —Jaime hizo un gesto de desaprobación.

—Prefiero el ambiente cosmopolita e internacional de Marbella. Las críticas, aunque las haya, son algo más benévolas —concluyó ella.

* * *

Jaime adoraba a Clotilde y decidió adaptarse a sus exigencias; se estableció que cuando él estuviera en Madrid viviría su vida y cuando bajara a Marbella, disfrutaría de Clotilde y de su ambiente.

Por otro lado, la dificultad de mantener su estilo de vida fue empezando a manifestarse. Clotilde no quería renunciar a comprarse ropa de lujo o a dejar de viajar.

En uno de los muchos almuerzos con Sabine, le planteó la posibilidad de vender la casa e irse a otra más pequeña.

—Ofertas no te van a faltar. Esta casa es maravillosa, y hay mucho «dinero nuevo» que desearía tener algo así.

—Me horripilaría que unos nuevos ricos destrozaran esta casa que con tanto esmero he hecho. Siento mucho apego por ella. Soy muy feliz aquí —reflexionó Clotilde. La elegante vivienda estaba muy en consonancia con el estilo que había marcado los veinte años anteriores en Marbella.

—Tienes que pensar en ti. Esta casa te da la vida. No te veo en un apartamento de esos que yo misma construyo —respondió Sabine, que sabía que en cada movimiento o reflexión, Clotilde tenía presente de una forma u otra su linajuda procedencia.

La joven consideraba a Clotilde como la madre que nunca tuvo. Con frecuencia acudía a visitarla y la acompañaba en algunos de sus actos sociales. Aquella unión, sin duda, sentó las bases en las que se fundamentó el único apoyo real que tuvo Clotilde en su vejez; desde luego, más que sus hijos, que apenas tenían tiempo para visitarla, a excepción de Victoria, que ya le había encargado a Sabine que le buscara una parcela por Nagüeles, justo en la falda de Sierra Blanca, donde construiría una casa de estilo mediterráneo.

Por otra parte, Sabine se sentía feliz con la relación que mantenía con ella. Con frecuencia, Clotilde la animaba para que conociera chicos, cosa que por el momento descartaba.

El punto de inflexión de su manifiesta soledad fue cuando, en el transcurso de una cena con amigas —en su mayoría, señoras en sus mismas circunstancias—, una de ellas —con o sin intención— se dirigió a ella:

—Ya no sales con Jaime Valdés, ¿verdad?

Clotilde, que conocía lo taimada que era su «amiga», sopesó la respuesta.

—¿Lo preguntas por algo en concreto? —Acostumbraba a no andarse por las ramas.

—Me ha llamado mi prima para preguntármelo. Al parecer, Jaime ha estado quedando con ella.

—Me alegro por tu prima. Jaime es encantador. —Clotilde hizo verdaderos esfuerzos para seguir con la cena y mantener una conversación coherente sin que se apreciara su estado de ánimo.

Sin embargo, al regresar a su casa, se sintió más sola que nunca. Se tumbó en la cama y lloró hasta dormirse.

Al día siguiente llamó a Jaime y le interpeló acerca del comentario el día anterior.

—Clotilde, tú siempre estás y estarás en mi corazón. Es cierto que he salido un par de veces con esa señora, pero no me interesa nada; lo hago por no salir solo, dado que tú no quieres venir a Madrid; es solo un pasatiempo. Comprenderás que si tú no vienes, yo no me voy a quedar en casa —dijo esgrimiendo la verdad.

—Te entiendo, pero me ha molestado mucho estar en boca de una arpía —protestó ella, que tenía lo justo de celosa.

—Descuida, que no volveré a verla, y si alguna vez quedo con alguien te lo diré previamente para que estés prevenida. Este fin de semana iré a verte; quiero demostrarte que tú eres la única que me importa y te propongo que nos paseemos delante de esa «amiga» tan considerada —se rio con ganas Jaime.

La condesa de Orange, a aquellas alturas de su vida, comprendió a Jaime. Aunque le pidió que la respetara y, si iba a salir en serio con alguna mujer, se lo hiciera saber.

Él no tenía intención alguna de dejarla por nadie. Aquella riña de enamorados les sirvió para plantearse pasar más tiempo juntos. En cualquier caso, Clotilde seguía con su vida cotidiana inmersa en la sociedad de Marbella de la época, disfrutando de su jardín, su huerto, el golf, la playa y los acontecimientos sociales.

* * *

Amanecía cuando decidió levantarse y salir al porche. El horizonte chocaba con las montañas del Rif, y el cielo competía con el mar en cuál de los dos lucía el azul más hermoso.

Clotilde tomó asiento en su sillón de mimbre preferido y miró al infinito, extasiándose ante aquella belleza del entorno. Calibró que durante su vida había contribuido a cambiar algunas cosas: no aceptando a los nazis y apoyando la desnazificación de las empresas llevadas por ellos; procurándoles un futuro a sus hijos; intentando resarcir a los judíos de su sufrimiento; consiguiendo vengar a su marido, y ahora contribuyendo a que las nuevas generaciones tuvieran una formación universitaria que les llevara a tener criterios propios y no ajenos.

Hoy, con casi setenta años, todavía tenía fuerzas para seguir viviendo. Pero algo tenía claro: su hogar y su refugio siempre estarían en Marbella. Por primera vez asumió su soledad, compartida con la vida que la rodeaba.

Entró en la casa y, como cada mañana, se calzó unas alpargatas usadas, caló hasta las cejas el sombrero panamá, se abrigó con un chaleco acolchado y bajó a caminar a la playa.

Se cruzó con una joven pareja de bañistas que le dieron los buenos días. La joven la miró con discreción y continuaron su paseo.

—Cada vez que nos cruzamos con esta señora tan elegante en su sencillez, siento unos deseos irrefrenables de saber qué vida habrá tenido —confesó la joven a su compañero.

—A mí me ocurre lo mismo. Aunque dudo que una persona así quisiera contar la verdad de su vida.

—Pues es una pena. Algún día desaparecerá, y con ella probablemente se extinguirá una parte de la historia. —La joven admiraba el porte de aquella mujer.

—O quizás solo sea una señora frívola, sin un pasado interesante...

—Dejemos de especular. ¡Nunca sabremos quién es! —concluyó ella con pena.

—Así es. Lo cierto es que este perfil de mujer, elegante, discreta y con clase, abunda en Marbella. Estoy seguro de que más de una tiene una vida de película.

—Y luego dices que yo soy una fantasiosa. —La chica le dio un empujón cariñoso y echó a correr; él la siguió y, al alcanzarla, la abrazó con fuerza susurrándole al oído:

—No te cambiaría por ninguna de ellas; ni cambiaría nuestra vida por la de ellas.

La condesa de Orange les había contestado al saludo con una amable sonrisa, al tiempo que pensó: «Qué extraordinario es sentir la juventud de esta pareja y qué importante es saber que caminan hacia una sociedad más justa e igualitaria, donde espero que no tengan que vivir una guerra que condicione sus vidas para siempre».

Clotilde, a las puertas de empezar a vivir su vejez, seguía notando la fascinación que causaba en los demás. Continuó su paseo, pensando que estaba en paz con su mundo; que había vivido, sufrido, amado y odiado por igual. Se sentía orgullosa de no haber pasado por su existencia sin intentar dar solución a su pasado; aspiraba a regresar algún día a su castillo de Sajonia, aunque solo fuera para verlo por última vez... Pero si no ocurría tal cosa, ya no sufriría por ello. Ahora su casa estaba en Marbella.

De nuevo, sintió que todavía tenía una vida por vivir. Sin cabos sueltos del pasado por resolver... Ya no le importaba que alguien especulara con que si era o no una nazi. Sabía que aquel mundo pertenecía a un pasado que no iba a volver, y, de ser algo, sería la última condesa nazi.

ÍNDICE

PRIMERA PARTE

SEGUNDA PARTE

TERCERA PARTE